새로운 수능 국어 학습

이 지 스 프 로 그 램

AEGIS

KB206271

2026학년도 수능 대비

홀수

옛 기출 분석서

국어 | 독서

새로운 수능 국어 학습
이지스 프로그램

홀수 기출 1년 학습 PLAN

시즌 1
12월~3월

홀수 약점 CHECK 모의고사
+
홀수 기출 분석서 1회독

취약 영역
진단 및 보완

시즌 2
4월~5월

홀수 옛 기출 분석서

평가원 핵심
출제 요소 학습

시즌 3
6월~8월

홀수 기출 분석서 2회독
(홀수 옛 기출 분석서 활용 가능)

취약 지문 영역
집중 강화

시즌 4
9월~11월

홀수 기출 분석서 3회독
(홀수 옛 기출 분석서 활용 가능)

취약 문제 유형
집중 강화

시즌 1
12월~3월

'홀수 약점 CHECK 모의고사'와 '홀수 기출 분석서'로 취약 영역을 탐색 및 보완

STEP 1 '홀수 약점 CHECK 모의고사'로 학습 상황 점검 및 취약점 진단

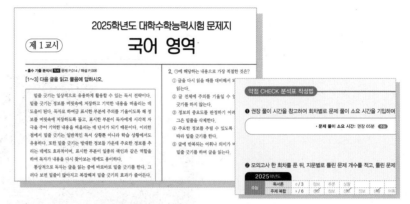

홀수 약점 CHECK 모의고사 구성

– 최신 6개년 평가원 기출 국어 공통과목(문학, 독서) 문제를 시험지 형태 그대로 제작하였습니다.
– OMR 카드와 약점 CHECK 분석표를 제공합니다.

홀수 약점 CHECK 모의고사 활용법

– 최신 기출부터 역순으로 구성된 모의고사 각 회차를 시간 제한을 두고 풉니다.
– 문제 풀이 시간, 틀린 문제의 유형과 개수를 토대로 학습 상황을 점검하고 취약점을 진단합니다.

STEP 2 '홀수 기출 분석서' 1회독으로 평가원이 요구하는 사고방식을 파악하고 약점을 보완

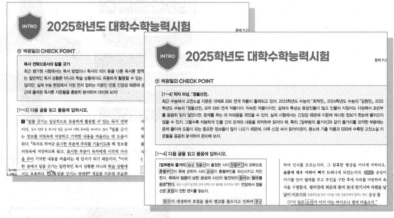

홀수 기출 분석서 구성

– 최근 6개년 평가원 기출 국어 공통과목(문학, 독서) 지문을 영역별로 분류·수록하여 각 영역에 대한 집중적인 학습이 가능합니다.
– 스스로 빈칸을 채워 나가며 지문을 분석하는 장치, '문제적 문제'와 '모두의 질문' 등 심화된 해설을 제공하는 장치를 통해 '분석하는 기출'의 모형을 제시합니다.

홀수 기출 분석서 1회독 방법

– STEP 1에서 푼 지문과 문제를 시간 제한 없이 다시 풀고 분석합니다.
– 기출 분석의 과정을 시각화한 해설 책과의 비교를 통해 자신의 사고방식을 보완합니다.

'홀수 옛 기출 분석서'로 평가원의 핵심 출제 요소를 폭넓게 학습

박광일의 VIEWPOINT 이 지문은 서양 우주론의 발전 과정을 지구 중심설에서 태양 중심설로의 이행으로 설명한 후, 서양 우주론의 영향을 받은 중국 우주론의 전개 양상을 제시하고 있다. 16세기부터 대두된···

홀수 옛 기출 분석서 구성
- 박광일 선생님이 엄선한 평가원 필수 옛 기출 지문으로 구성되었습니다.
- 각 지문을 풀어 보아야 하는 이유, 지문과 문제에 대한 상세한 분석을 제공합니다.

홀수 옛 기출 분석서 활용법
- 시즌 1에서 학습한 내용을 적용해 옛 기출 지문을 꼼꼼하게 분석합니다.
- 평가원에서 반복적으로 묻는 핵심 요소를 파악하여 평가원의 관점을 체화합니다.

'홀수 기출 분석서' 2회독으로 취약 지문 영역 파악 및 집중 보완
– '홀수 옛 기출 분석서'도 취약 영역 강화에 활용 가능

취약 지문 영역 순위

	독서	문학
1순위	과학·기술	고전산문
2순위	주제 복합	갈래 복합
3순위	사회	고전시가

(예시) 독서 2회독: '과학·기술' 영역 전 지문 기출 분석 → '주제 복합' 영역 전 지문 기출 분석 → '사회' 영역 전 지문 기출 분석

홀수 기출 분석서 2회독 방법
- '홀수 약점 CHECK 모의고사'의 약점 CHECK 분석표를 토대로 우선적으로 보완해야 하는 지문 영역을 파악하여 집중 학습합니다.
- 독서에서는 지문의 구조도를 그리며 정보를 체계화하는 훈련을, 문학에서는 영역별 핵심 출제 요소 및 접근법에 대한 이해를 높이는 훈련을 권장합니다.

'홀수 기출 분석서' 3회독으로 취약 문제 유형 파악 및 집중 보완
– '홀수 옛 기출 분석서'도 취약 유형 강화에 활용 가능

취약 문제 유형 순위

	독서	문학
1순위	구체적 상황에 적용	작품의 내용 이해
2순위	세부 내용 추론	외적 준거에 따른 작품 감상
3순위	세부 정보 파악	표현상, 서술상의 특징 파악

(예시) 독서 3회독: 전 지문의 '구체적 상황에 적용' 문제만 기출 분석 → 전 지문의 '세부 내용 추론' 문제만 기출 분석 → 전 지문의 '세부 정보 파악' 문제만 기출 분석

홀수 기출 분석서 3회독 방법
- '홀수 약점 CHECK 모의고사'의 약점 CHECK 분석표를 토대로 수능 전 반드시 보완해야 하는 문제 유형을 파악하여 집중 학습합니다.
- 수능 직전에는 최근 3~5개년 수능 및 올해 시행된 6월·9월 모의평가를 다시 분석합니다.

구성과 특징

첫째 ── 2009학년도~2019학년도 평가원 기출 중 박광일 선생님이 엄선한 필수 지문과 문항을 수록하였습니다.

둘째 ── 수험생들의 편의를 위해 문제 책과 해설 책으로 분권하였습니다.

문제 책   엄선된 옛 기출을 영역별로 수록

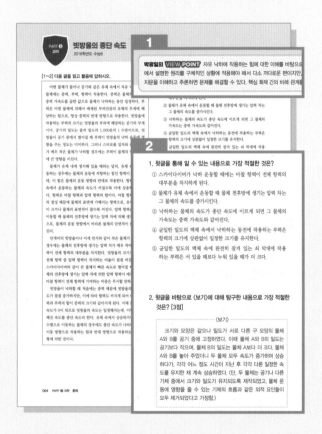

해설 책   1. 지문에 대한 이해를 심화·보충하는 설명

---

1   박광일의 VIEWPOINT

박광일 선생님이 해당 기출을 선정한 이유를 설명해 줍니다. 평가원의 최신 출제 경향을 바탕으로 눈여겨보아야 할 출제 요소를 제시하여 2026학년도 수능을 준비하는 수험생들에게 바람직한 옛 기출 분석 방향을 제시합니다.

2   엄선된 지문의 전 문항 수록

2009학년도~2019학년도에 평가원에서 출제한 기출 중 엄선된 지문을 영역별로 구성하고 지문의 전 문항을 수록하여 실전 감각을 익힐 수 있도록 했습니다.

1   사고의 흐름

지문을 읽을 때는 지문 구성 원리와 출제 요소를 전략적으로 파악해야 합니다. 사고의 흐름은 문제 풀이를 위해 지문을 효율적으로 읽는 훈련을 할 수 있도록 안내합니다.

2   이것만은 챙기자

지문에서 중요하거나 자주 등장하는 어휘를 풀이하여 기출 분석 과정에서 자연스럽게 어휘력을 키울 수 있습니다.

3   만점 선배의 구조도 예시

지문 구성 원리를 파악하여 자신만의 구조도를 그려 본 후 만점 선배의 구조도 예시와 비교하여 부족한 부분을 점검할 수 있습니다.

셋째 ▶ 최신 출제 경향에 부합하는 지문별 화제와 핵심 포인트를 분석하여 옛 기출의 접근 방안을 안내합니다.

넷째 ▶ 문항별로 제시된 문제 유형과 정답률을 통해 체감 난이도를 확인하고 약점을 진단 및 보완할 수 있습니다.

2. 전 문항 자세한 해설 + 학습을 돕는 장치 수록

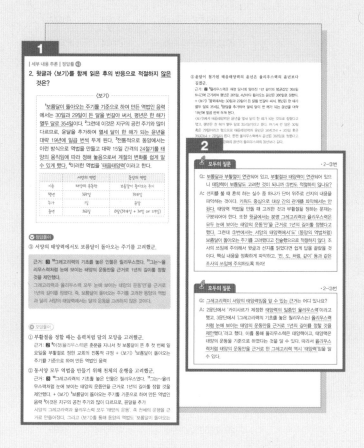

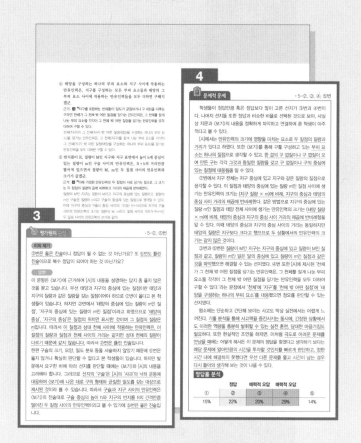

1 문항 해설

혼자서도 완벽한 기출 분석을 할 수 있도록 정·오답의 근거와 해설을 친절하고 상세하게 제시했습니다.

2 모두의 질문

온라인 강의와 현장에서 수험생들이 많이 한 질문들과 이에 대한 명쾌한 답변을 제시합니다.

3 평가원의 관점

수험생들의 이의 제기에 대한 평가원의 답변을 모두 수록하여 평가원의 관점과 출제 의도를 정확히 확인할 수 있도록 했습니다.

4 문제적 문제

오답률이 높았던 문제를 심화 분석합니다. 매력적 오답을 집중적으로 살펴보면서 실전에서의 실수를 예방할 수 있습니다.

목차

나만의
학습
PLAN

HOLSOO

혼자 공부하는 수능 국어 기출 분석

PART 1
인문

[1~4] 다음 글을 읽고 물음에 답하시오.

두 명제가 모두 참인 것도 모두 거짓인 것도 가능하지 않은 관계를 모순 관계라고 한다. 예를 들어, 임의의 명제를 P라고 하면 P와 ~P는 모순 관계이다.(기호 '~'은 부정을 나타낸다.) P와 ~P가 모두 참인 것은 가능하지 않다는 법칙을 무모순율이라고 한다. 그런데 "㉠다보탑은 경주에 있다."와 "㉡다보탑은 개성에 있을 수도 있었다."는 모순 관계가 아니다. 현실과 다르게 다보탑을 경주가 아닌 곳에 세웠다면 다보탑의 소재지는 지금과 달라졌을 것이다. 철학자들은 이를 두고, P와 ~P가 모두 참인 혹은 모두 거짓인 가능세계는 없지만 다보탑이 개성에 있는 가능세계는 있다고 표현한다.

'가능세계'의 개념은 일상 언어에서 흔히 쓰이는 필연성과 가능성에 관한 진술을 분석하는 데 중요한 역할을 한다. 'P는 가능하다'는 P가 적어도 하나의 가능세계에서 성립한다는 뜻이며, 'P는 필연적이다'는 P가 모든 가능세계에서 성립한다는 뜻이다. "만약 Q이면 Q이다."를 비롯한 필연인 명제들은 모든 가능세계에서 성립한다. "다보탑은 경주에 있다."와 같이 가능하지만 필연적이지는 않은 명제는 우리의 현실세계를 비롯한 어떤 가능세계에서는 성립하고 또 어떤 가능세계에서는 성립하지 않는다.

가능세계를 통한 담론은 우리의 일상적인 몇몇 표현들을 보다 잘 이해하는 데 도움이 된다. 다음 상황을 생각해 보자. 나는 현실에서 아침 8시에 출발하는 기차를 놓쳤고, 지각을 했으며, 내가 놓친 기차는 제시간에 목적지에 도착했다. 그리고 나는 "만약 내가 8시 기차를 탔다면, 나는 지각을 하지 않았다."라고 주장한다. 그런데 전통 논리학에서는 "만약 A이면 B이다."라는 형식의 명제는 A가 거짓인 경우에는 B의 참 거짓에 상관없이 참이라고 규정한다. 그럼에도 ⓐ내가 만약 그 기차를 탔다면 여전히 지각을 했을 것이라고 주장하지는 않는 이유는 무엇일까? 내가 그 기차를 탄 가능세계들을 생각해 보면 그 이유를 알 수 있다. 그 가능세계 중 어떤 세계에서 나는 여전히 지각을 한다. 가령 내가 탄 그 기차가 고장으로 선로에 멈춰 운행이 오랫동안 지연된 세계가 그런 예이다. 하지만 내가 기차를 탄 세계들 중에서, 내가 기차를 타고 별다른 이변 없이 제시간에 도착한 세계가 그렇지 않은 세계보다 우리의 현실세계와의 유사성이 더 높다. 일반적으로, A가 참인 가능세계들 중에 비교할 때, B도 참인 가능세계가 B가 거짓인 가능세계보다 현실세계와 더 유사하다면, 현실세계의 나는 A가 실현되지 않은 경우에, 만약 A라면 ~B가 아닌 B라고 말할 수 있다.

가능세계는 다음의 네 가지 성질을 갖는다. 첫째는 가능세계의 일관성이다. 가능세계는 명칭 그대로 가능한 세계이므로 어떤 것이 가능하지 않다면 그것이 성립하는 가능세계는 없다. 둘째는 가능세계의 포괄성이다. 이것은 어떤 것이 가능하다면 그 것이 성립하는 가능세계는 존재한다는 것이다. 셋째는 가능세계의 완결성이다. 어느 세계에서든 임의의 명제 P에 대해 "P이거나 ~P이다."라는 배중률이 성립한다. 즉 P와 ~P 중 하나는 반드시 참이라는 것이다. 넷째는 가능세계의 독립성이다. 한 가능세계는 모든 시간과 공간을 포함해야만 하며, 연속된 시간과 공간에 포함된 존재들은 모두 동일한 하나의 세계에만 속한다. 한 가능세계 W1의 시간과 공간이, 다른 가능세계 W2의 시간과 공간으로 이어질 수는 없다. W1과 W2는 서로 시간과 공간이 전혀 다른 세계이다.

가능세계의 개념은 철학에서 갖가지 흥미로운 질문과 통찰을 이끌어 내며, 그에 관한 연구 역시 활발히 진행되고 있다. 나아가 가능세계를 활용한 논의는 오늘날 인지 과학, 언어학, 공학 등의 분야로 그 응용의 폭을 넓히고 있다.

1. 윗글의 내용과 일치하는 것은?

① 배중률은 모든 가능세계에서 성립한다.

② 모든 가능한 명제는 현실세계에서 성립한다.

③ 필연적인 명제가 성립하지 않는 가능세계가 있다.

④ 무모순율에 의하면 P와 ~P가 모두 참인 것은 가능하다.

⑤ 전통 논리학에 따르면 "만약 A이면 B이다."의 참 거짓은 A의 참 거짓과 상관없이 결정된다.

2. ㉠, ㉡에 대한 이해로 적절하지 않은 것은?

① ㉠이 성립하지 않는 가능세계가 존재한다.

② "만약 다보탑이 개성에 있다면, 다보탑은 개성에 있다."가 성립하는 가능세계 중에는 ㉠이 거짓인 가능세계는 없다.

③ ㉡과 "다보탑은 개성에 있지 않다."는 모순 관계가 아니다.

④ 만약 ㉡이 거짓이라면 어떤 가능세계에서도 다보탑이 개성에 있지 않다.

⑤ ㉠과 ㉡은 현실세계에서 둘 다 참인 것이 가능하다.

3. 윗글을 바탕으로 할 때, ⓐ에 대한 답으로 가장 적절한 것은?

① 내가 그 기차를 타지 않은 가능세계들끼리 비교할 때 지각을 한 가능세계와 지각을 하지 않은 가능세계가 현실세계와의 유사성의 정도가 다르기 때문이다.

② 내가 그 기차를 타지 않은 가능세계들끼리 비교할 때 기차 고장이 자주 일어나지 않는 가능세계가 현실세계와의 유사성이 높기 때문이다.

③ 내가 그 기차를 탄 가능세계들끼리 비교할 때 내가 지각을 한 가능세계가 내가 지각을 하지 않은 가능세계에 비해 현실세계와의 유사성이 더 낮기 때문이다.

④ 내가 그 기차를 탄 가능세계들끼리 비교할 때 그 가능세계들의 대다수에서 내가 지각을 하지 않았기 때문이다.

⑤ 내가 그 기차를 탄 것이 현실세계에서 거짓이기 때문이다.

4. 윗글을 참고할 때, 〈보기〉를 이해한 내용으로 적절한 것은?
[3점]

〈보기〉

명제 "모든 학생은 연필을 쓴다."와 "어떤 학생도 연필을 쓰지 않는다."는 반대 관계이다. 이 말은, 두 명제 다 참인 것은 가능하지 않지만, 둘 중 하나만 참이거나 둘 다 거짓인 것은 가능하다는 뜻이다.

① 가능세계의 완결성과 독립성에 따르면, 모든 학생이 연필을 쓰는 가능세계가 존재한다는 것과 어떤 학생도 연필을 쓰지 않는 가능세계가 존재한다는 것 중 하나는 반드시 참이고, 그중 한 세계의 시간과 공간이 다른 세계로 이어질 수 없겠군.

② 가능세계의 포괄성과 독립성에 따르면, "어떤 학생도 연필을 쓰지 않는다."가 성립하면서 그 세계에 속한 한 명의 학생이 연필을 쓰는 가능세계들이 존재하고, 그 세계들의 시간과 공간은 서로 단절되어 있겠군.

③ 가능세계의 완결성에 따르면, 어느 세계에서든 "어떤 학생은 연필을 쓴다."와 "어떤 학생은 연필을 쓰지 않는다." 중 하나는 반드시 참이겠군.

④ 가능세계의 포괄성에 따르면, '"모든 학생은 연필을 쓴다."가 참이거나 "어떤 학생도 연필을 쓰지 않는다."가 참'인 가능세계들이 있겠군.

⑤ 가능세계의 일관성에 따르면, 학생들 중 절반은 연필을 쓰고 절반은 연필을 쓰지 않는 가능세계가 존재하겠군.

구조도 그리기

[1~6] 다음 글을 읽고 물음에 답하시오.

17세기 초부터 ⓐ유입되기 시작한 서학(西學) 서적에 담긴 서양의 과학 지식은 당시 조선의 지식인들에게 적지 않은 지적 충격을 주며 사상의 변화를 이끌었다. 하지만 ㉠19세기 중반까지 서양 의학의 영향력은 천문·지리 지식에 비해 미미하였다. 일부 유학자들이 서양 의학 서적들을 읽었지만, 이에 대해 논평을 남긴 인물은 극히 제한적이었다.

이런 가운데 18세기 실학자 이익은 주목할 만한 인물이다. 그는 「서국의(西國醫)」라는 글에서 아담 샬이 쓴 『주제군징(主制群徵)』의 일부를 채록하면서 자신의 생각을 ⓑ제시하였다. 『주제군징』에는 당대 서양 의학의 대변동을 이끈 근대 해부학 및 생리학의 성과나 그에 따른 기계론적 인체관은 담기지 않았다. 대신 기독교를 효과적으로 ⓒ전파하기 위해 신의 존재를 증명하려 했던 로마 시대의 생리설, 중세의 해부 지식 등이 실려 있었다. 한정된 서양 의학 지식이었지만 이익은 그 우수성을 인정하고 내용을 부분적으로 수용하였다. 뇌가 몸의 운동과 지각 활동을 주관한다는 아담 샬의 설명에 대해, 이익은 몸의 운동을 뇌가 주관한다는 것은 긍정하였지만, 지각 활동은 심장이 주관한다는 전통적인 심주지각설(心主知覺說)을 고수하였다.

이익 이후에도 서양 의학이 조선 사회에 끼친 영향은 두드러지지 않았다. 당시 유학자들은 서양 의학의 필요성을 느끼지 못하였고, 의원들의 관심에서도 서양 의학은 비껴나 있었다. 당시에 전해진 서양 의학 지식은 내용 면에서도 부족했을 뿐 아니라, 지구가 둥글다거나 움직인다는 주장만큼 충격적이지는 않았다. 서양 해부학이 야기하는 윤리적 문제도 서양 의학의 영향력을 제한하는 요인으로 작용하였으며, 서학에 대한 조정(朝廷)의 금지 조치도 걸림돌이었다. 그러던 중 19세기 실학자 최한기는 당대 서양에서 주류를 이루고 있던 최신 의학 성과를 담은 홉슨의 책들을 접한 후 해부학 전반과 뇌 기능을 중심으로 문제의식을 본격화하였다. 인체에 대한 이전 유학자들의 논의가 도덕적 차원에 초점이 있었던 것과 달리, 그는 지각적·생리적 기능에 주목하였다.

최한기의 인체관을 함축하는 개념 중 하나는 '몸기계'였다. 그는 이 개념을 본격적으로 사용하기에 앞서 인체를 형체와 내부 장기로 구성된 일종의 기계로 파악하고 있었다. 이러한 생각은 『전체신론(全體新論)』 등 홉슨의 저서를 접한 후 더 분명해져서 인체를 복잡한 장치와 그 작동으로 이루어진 몸기계로 형상화하면서도, 인체가 외부 동력에 의한 기계적 인과 관계에 지배되는 것이 아니라 그 자체가 생명력을 가지고 자발적인 운동을 한다고 보았다. 이는 인체를 '신기(神氣)'와 결부하여 이해한 결과였다. 기계적 운동의 인과 관계를 설명하려면 원인을 찾는 과정이 꼬리에 꼬리를 물고 이어지게 된다. 따라서 이러한 무한 소급을 끝맺으려면 운동의 최초 원인을 상정해야만 한다. 이 문제를 해결하기 위해 의료

선교사인 홉슨은 창조주와 같은 질적으로 다른 존재를 상정하였다. 기독교적 세계관을 부정했던 최한기는 인체를 구성하는 신기를 신체 운동의 원인으로 규정하여 이 문제를 해결하려 하였다.

최한기는 『전체신론』에 ⓓ수록된, 뇌로부터 온몸에 뻗어 있는 신경계 그림을 접하고, 신체 운동을 주관하는 뇌의 역할과 중요성을 인정하였다. 하지만 뇌가 운동뿐만 아니라 지각을 주관한다는 홉슨의 뇌주지각설(腦主知覺說)에 관심을 기울이면서도, 뇌주지각설은 완전한 체계를 이루기에 불충분하다고 보았다. 뇌가 지각을 주관하는 과정을 창조주의 섭리로 보고 지각 작용과 기독교적 영혼 사이의 연관성을 부각하려 한 『전체신론』의 견해를 부정하고, 대신 '심'이 지각 운용을 주관한다는 심주지각설이 더 유용하다고 주장하였다.

그러나 종래의 심주지각설을 그대로 수용한 것은 아니었다. 기존의 심주지각설이 '심'을 심장으로 보았던 것과 달리 그는 신기의 '심'으로 파악하였다. 그에 따르면, 신기는 신체와 함께 생성되고 소멸되는 것으로, 뇌나 심장 같은 인체 기관이 아니라 몸을 구성하면서 형체가 없이 몸속을 두루 돌아다니는 것이다. 신기는 유동적인 성질을 지녔는데 그 중심이 '심'이다. 신기는 상황에 따라 인체의 특정 부분에 더 높은 밀도로 몰린다. 그래서 특수한 경우에는 다른 곳으로 중심이 이동하는데, 신기가 균형을 이루어야 생명 활동과 지각이 제대로 이루어질 수 있다. 그는 경험 이전에 아무런 지각 내용을 내포하지 않고 있는 신기가 감각 기관을 통한 지각 활동에 의해 외부 세계의 정보를 받아들여 기억으로 저장한다고 파악하였다. 신기는 한 몸을 주관하며 그 자체가 하나로 통합되어 있기 때문에 감각을 통합할 수 있으며, 지각 내용의 종합과 확장, 곧 스스로의 사유를 통해 지각 내용을 조정하고, 그러한 작용에 적응하여 온갖 세계의 변화에 대응할 수 있다고 보았다.

최한기의 인체관은 서양 의학과 신기 개념의 접합을 통해 새롭게 정립된 것이었다. 비록 양자 사이의 결합이 완전하지는 않았지만, 서양 의학을 ⓔ맹신하지 않고 주체적으로 수용하여 정합적인 체계를 이루고자 한 그의 시도는 조선 사상사에서 주목할 만한 성취라 평가할 수 있을 것이다.

박광일의 **VIEWPOINT** 이 지문은 서양 의학이 조선에 유입되면서 이에 영향을 받은 조선 학자들의 인체관을 설명하고 있다. 서양 의학에 관한 아담 샬의 『주제군징』과 홉슨의 『전체신론』의 내용을 이해하고, 이를 받아들인 조선의 사상가 이익과 최한기의 관점의 차이를 이해할 수 있어야 한다. 복수의 견해를 비교하여 이해하는 연습을 하기에 적합한 기출이다.

1. 윗글의 전개 방식으로 가장 적절한 것은?

① 조선에서 인체관이 분화하는 과정을 서양과 대조하여 단계적으로 서술하고 있다.

② 서학의 수용으로 일어난 인체관의 변화를 조선 시대 학자들의 견해를 통해 제시하고 있다.

③ 인체관과 관련된 유학자들의 주장이 지닌 문제점을 열거하여 역사적인 시각에서 비판하고 있다.

④ 우리나라 근대의 인체관 가운데 서로 충돌되는 견해를 절충하여 새로운 결론을 도출하고 있다.

⑤ 동양과 서양의 지식인들이 서로 영향을 주고받으며 인체관을 정립하는 과정을 인과적으로 설명하고 있다.

2. 윗글에 대한 이해로 적절하지 않은 것은?

① 최한기는 홉슨의 저서를 접하기 전부터 인체를 일종의 기계로 파악하였다.

② 아담 샬과 달리 이익은 심장을 중심으로 인간의 지각 활동을 이해하였다.

③ 이익과 홉슨은 신체의 동작을 뇌가 주관한다는 것에서 공통적인 견해를 보였다.

④ 아담 샬과 홉슨은 각자가 활동했던 당시에 유력했던 기계론적 의학 이론을 동양에 소개하였다.

⑤ 『주제군징』과 『전체신론』에는 기독교적인 세계관이 투영된 서양 의학 이론이 포함되어 있었다.

3. 윗글을 참고할 때, ㉠의 이유로 적절하지 않은 것은?

① 조선에서 서양 학문을 정책적으로 배척했기 때문이다.

② 전래된 서양 의학이 내용 면에서 불충분했기 때문이다.

③ 당대 의원들이 서양 의학의 한계를 지적했기 때문이다.

④ 서양 해부학이 조선의 윤리 의식에 위배되었기 때문이다.

⑤ 서양 의학이 천문 지식에 비해 충격적이지 않았기 때문이다.

4. 〈보기〉는 인체에 관한 조선 시대 학자들의 견해이다. 윗글에 제시된 '최한기'의 견해와 부합하는 것을 〈보기〉에서 고른 것은?

〈보기〉

ㄱ. 심장은 오장(五臟)의 하나이지만 한 몸의 군주가 되어 지각이 거기에서 나온다.

ㄴ. 귀에 쏠린 신기가 눈에 쏠린 신기와 통하여, 보고 들음을 합하여 하나로 만들 수 있다.

ㄷ. 인간의 신기는 온몸의 기관이 갖추어짐에 따라 생기고, 지각 작용에 익숙해져 변화에 대응하는 것이다.

ㄹ. 신기는 대소(大小)로 구분되어 있는 것이니, 한 몸에 퍼지는 신기가 있고 심장에서 운용하는 신기가 있다.

① ㄱ, ㄴ   ② ㄱ, ㄷ   ③ ㄴ, ㄷ

④ ㄴ, ㄹ   ⑤ ㄷ, ㄹ

5. 윗글의 '최한기'와 〈보기〉의 '데카르트'를 비교하여 이해한 내용으로 적절하지 <u>않은</u> 것은? [3점]

〈보기〉

서양 근세의 철학자 데카르트는 물질과 정신을 구분하여, 물질은 공간을 차지한다는 특징을 갖는 반면 정신은 사유라는 특징을 갖는다고 보았다. 물질의 기계적 운동을 옹호했던 그는 정신이 깃든 곳은 물질의 하나인 두뇌이지만 정신과 물질은 서로 독립적이라고 주장하였다. 그러나 정신과 물질이 영향을 주고받음을 설명할 수 없다는 비판을 받았다.

① 데카르트의 '정신'과 달리 최한기의 '신기'는 신체와 독립적이지 않겠군.

② 데카르트와 최한기는 모두 인간의 사고 작용이 일어나는 곳은 두뇌라고 보았겠군.

③ 데카르트의 '정신'과 최한기의 '신기'는 모두 그 자체로는 형체를 갖지 않는 것이겠군.

④ 데카르트와 달리 최한기는 인간의 사고가 신체와 영향을 주고 받음을 설명할 수 없다는 비판을 받지는 않겠군.

⑤ 데카르트의 견해에서도 최한기에서처럼 기계적 운동의 최초 원인을 상정하면 무한 소급의 문제를 해결할 수 있겠군.

6. 문맥상 ⓐ~ⓔ와 바꿔 쓰기에 적절하지 <u>않은</u> 것은?

① ⓐ: 들어오기

② ⓑ: 드러내었다

③ ⓒ: 퍼뜨리기

④ ⓓ: 실린

⑤ ⓔ: 가리지

구조도 그리기

유비 논증의 개념과 유용성

2017학년도 6월 모평

[1~5] 다음 글을 읽고 물음에 답하시오.

(가) 유비 논증은 두 대상이 몇 가지 점에서 유사하다는 사실이 확인된 상태에서 어떤 대상이 추가적 특성을 갖고 있음이 알려졌을 때 다른 대상도 그 추가적 특성을 가지고 있다고 추론하는 논증이다. 유비 논증은 이미 알고 있는 전제에서 새로운 정보를 결론으로 도출하게 된다는 점에서 유익하기 때문에 일상생활과 과학에서 흔하게 쓰인다. 특히 의학적인 목적에서 포유류를 대상으로 행해지는 동물 실험이 유효하다는 주장과 그에 대한 비판은 유비 논증을 잘 이해할 수 있게 해 준다.

(나) 유비 논증을 활용해 동물 실험의 유효성을 주장하는 쪽은 인간과 ⓐ실험동물이 ⓑ유사성을 보유하고 있기 때문에 신약이나 독성 물질에 대한 실험동물의 ⓒ반응 결과를 인간에게 안전하게 적용할 수 있다고 추론한다. 이를 바탕으로 이들은 동물 실험이 인간에게 명백하고 중요한 이익을 준다고 주장한다.

(다) 도출한 새로운 정보가 참일 가능성을 유비 논증의 개연성이라 한다. 개연성이 높기 위해서는 비교 대상 간의 유사성이 커야 하는데 이 유사성은 단순히 비슷하다는 점에서의 유사성이 아니고 새로운 정보와 관련 있는 유사성이어야 한다. 예를 들어 ㉠동물 실험의 유효성을 주장하는 쪽은 실험동물로 많이 쓰이는 포유류가 인간과 공유하는 유사성, 가령 비슷한 방식으로 피가 순환하며 허파로 호흡을 한다는 유사성은 실험 결과와 관련 있는 유사성으로 보기 때문에 자신들의 유비 논증은 개연성이 높다고 주장한다. 반면에 인간과 꼬리가 있는 실험동물은 꼬리의 유무에서 유사성을 갖지 않지만 그것은 실험과 관련이 없는 특성이므로 무시해도 된다고 본다.

(라) 그러나 ㉡동물 실험을 반대하는 쪽은 유효성을 주장하는 쪽을 유비 논증과 관련하여 두 가지 측면에서 비판한다. 첫째, 인간과 실험동물 사이에는 위와 같은 유사성이 있다고 말하지만 그것은 기능적 차원에서의 유사성일 뿐이라는 것이다. 인간과 실험동물의 기능이 유사하다고 해도 그 기능을 구현하는 인과적 메커니즘은 동물마다 차이가 있다는 과학적 근거가 있는데도 말이다. 둘째, 기능적 유사성에만 주목하면서도 막상 인간과 동물이 고통을 느낀다는 기능적 유사성에는 주목하지 않는다는 것이다. 인간은 자신의 고통과 달리 동물의 고통은 직접 느낄 수 없지만 무엇인가에 맞았을 때 신음 소리를 내거나 몸을 움츠리는 동물의 행동이 인간과 기능적으로 유사하다는 것을 보고 유비 논증으로 동물이 고통을 느낀다는 것을 알 수 있는데도 말이다.

(마) 요컨대 첫째 비판은 동물 실험의 유효성을 주장하는 유비 논증의 개연성이 낮다고 지적하는 반면 둘째 비판은 동물도 고통을 느낀다는 점에서 동물 실험의 윤리적 문제를 제기하는 것이다. 인간과 동물 모두 고통을 느끼는데 인간에게 고통을 ㉢끼치는 실험은 해서는 안 되고 동물에게 고통을 끼치는 실험은 해도 된다고 생각하는 것은 공평하지 않다고 생각하기 때문이다. 결국 윤리성의 문제도 일관되지 않게 쓰인 유비 논증에서 비롯된 것이다.

1. (가)~(마)에 대한 이해로 적절하지 않은 것은?

① (가): 유비 논증의 개념과 유용성을 소개하고 있다.

② (나): 동물 실험의 유효성 주장에 유비 논증이 활용되고 있음을 언급하고 있다.

③ (다): 동물 실험을 예로 들어 유비 논증이 높은 개연성을 갖기 위한 조건을 설명하고 있다.

④ (라): 동물 실험 유효성 주장이 유비 논증을 잘못 적용하고 있다는 비판을 소개하고 있다.

⑤ (마): 동물 실험 유효성 주장이 갖는 현실적 문제들을 유비 논증의 차원을 넘어서 살펴보고 있다.

2. 윗글을 바탕으로 추론한 내용으로 가장 적절한 것은?

① 유비 논증의 개연성은 이미 알고 있는 정보와 관련이 없는 새로운 대상이 추가될 때 높아진다.

② 인간은 자신이 고통을 느낀다는 것이나 동물이 고통을 느낀다는 것이나 모두 유비 논증에 의해 안다.

③ 인간이 꼬리가 있는 실험동물과 차이가 있다는 사실은 동물 실험의 유효성을 주장하는 논증의 개연성을 낮춘다.

④ 동물 실험이 인간에게 중대한 이익을 가져다준다는 것은 동물 실험의 유효성과 상관없이 알 수 있는 정보이다.

⑤ 동물 실험에 윤리적 문제가 있다는 주장에는 인간과 동물의 고통을 공평한 기준으로 대해야 한다는 생각이 전제되어 있다.

3. ㉠과 ㉡에 대한 설명으로 가장 적절한 것은?

① ㉠과 ㉡은 모두 인간과 동물이 기능적으로 유사하면 인과적 메커니즘도 유사하다고 생각한다.

② ㉠이 ㉡의 비판에 적절히 대응하기 위해서는 인간과 동물이 기능적으로 유사하지 않다는 것을 보여 주면 된다.

③ ㉡은 ㉠이 인간과 동물 사이의 기능적 차원의 유사성과 인과적 메커니즘의 차이점 중 전자에만 주목한다고 비판한다.

④ ㉡은 ㉠과 달리 인간과 동물이 유사하지 않으면 동물 실험 결과는 인간에게 적용할 수 없다고 생각한다.

⑤ ㉡은 ㉠과 달리 인간이 고통을 느끼는 것과 동물이 고통을 느끼는 것은 기능적으로 유사하지 않다고 생각한다.

4. 〈보기〉는 유비 논증의 하나이다. 유비 논증에 대한 윗글의 설명을 참고할 때, ⓐ~ⓒ에 해당하는 것을 ㉮~㉺ 중에서 골라 알맞게 짝지은 것은? [3점]

〈보기〉

내가 알고 있는 ㉮어떤 개는 ㉯몹시 사납고 물려는 버릇이 있다. 나는 공원에서 산책을 하다가 그 개와 ㉰비슷하게 생긴 ㉱다른 개를 만났다. 그래서 이 개도 사납고 물려는 버릇이 있을 것이라고 추측했다.

	ⓐ	ⓑ	ⓒ
①	㉮	㉯	㉱
②	㉮	㉰	㉯
③	㉱	㉮	㉰
④	㉱	㉯	㉰
⑤	㉱	㉰	㉯

5. 문맥상 ㉢과 바꿔 쓰기에 적절하지 않은 것은?

① 맡기는

② 가하는

③ 주는

④ 안기는

⑤ 겪게 하는

구조도 그리기

도덕적 운과 도덕적 평가

2016학년도 수능B

해설 P.023

[1~4] 다음 글을 읽고 물음에 답하시오.

우리 삶에서 운이 작용해서 결과가 달라지는 일은 흔하다. 그러나 외적으로 드러나는 행위에 초점을 맞추는 '의무 윤리'든, 행위의 ⓐ기반이 되는 성품에 초점을 맞추는 '덕의 윤리'든, 도덕의 문제를 다루는 철학자들은 도덕적 평가가 운에 따라 달라져서는 안 된다고 생각한다. 이들의 생각처럼 도덕적 평가는 스스로가 통제할 수 있는 것에 대해서만 이루어져야 한다. 운은 자신의 의지에 따라 통제할 수 없어서, 운에 따라 누구는 도덕적이게 되고 누구는 아니게 되는 일은 공평하지 않기 때문이다.

그런데 ㉠어떤 철학자들은 운에 따라 도덕적 평가가 달라지는 일이 실제로 일어난다고 주장하고, 그런 운을 '도덕적 운'이라고 부른다. 그들에 따르면 세 가지 종류의 도덕적 운이 ⓑ거론된다. 첫째는 태생적 운이다. 우리의 행위는 성품에 의해 결정되며 이런 성품은 태어날 때 이미 결정되므로, 성품처럼 우리가 통제할 수 없는 요인이 도덕적 평가에 ⓒ개입되는 불공평한 일이 일어난다는 것이다.

둘째는 상황적 운이다. 똑같은 성품이더라도 어떤 상황에 처하느냐에 따라 그 성품이 발현되기도 하고 안 되기도 한다는 것이다. 가령 남의 것을 탐내는 성품을 똑같이 가졌는데 결핍된 상황에 처한 사람은 그 성품이 발현되는 반면에 풍족한 상황에 처한 사람은 그렇지 않다면, 전자만 비난하는 것은 공평하지 못하다는 것이다. 어떤 상황에 처하느냐는 통제할 수 없는 요인이기 때문이다.

셋째는 우리가 통제할 수 없는 결과에 의해 도덕적 평가가 좌우되는 결과적 운이다. 어떤 화가가 자신의 예술적 이상을 달성하기 위해 가족을 버리고 멀리 떠났다고 해 보자. 이 경우 그가 화가로서 성공했을 때보다 실패했을 때 그의 무책임함을 더 비난하는 것을 '상식'으로 받아들이는 경우가 많다. 그러나 도덕적 운을 인정하는 철학자들은 그가 가족을 버릴 당시에는 예측할 수 없었던 결과에 의해 그의 행위를 달리 평가하는 것 역시 불공평하다고 생각한다.

그들의 주장에 따라 도덕적 운의 존재를 인정하면 불공평한 평가만 할 수 있을 뿐인데, 이는 결국 도덕적 평가 자체가 불가능해짐을 의미한다. ㉡도덕적 평가가 불가능한 대상은 강제나 무지와 같이 스스로가 통제할 수 없는 요인에 의해 결정되는 것에만 국한되어야 한다. 그런데 도덕적 운의 존재를 인정하면 그동안 도덕적 평가의 대상이었던 성품이나 행위에 대해 도덕적 평가를 내릴 수 없는 난점에 직면하게 되는 것이다.

하지만 관점을 바꾸어 도덕적 운의 존재를 부정하고 도덕적 평가가 불가능한 경우를 강제나 무지에 의한 행위에 ⓓ국한한다면 이와 같은 난점에서 벗어날 수 있다. 도덕적 운의 존재를 부정하기 위해서는 도덕적 운이라고 생각되는 예들이 실제로는

도덕적 운이 아님을 보여 주면 된다. 우선 행위는 성품과는 별개의 것이므로 태생적 운의 존재가 부정된다. 또한 나쁜 상황에서 나쁜 행위를 할 것이라는 추측만으로 어떤 사람을 ⓔ폄하하는 일은 정당하지 못하므로 상황적 운의 존재도 부정된다. 끝으로 어떤 화가가 결과적으로 성공을 했든 안 했든 무책임함에 대해서는 똑같이 비난받아야 하므로 결과적 운의 존재도 부정된다. 실패한 화가를 더 비난하는 '상식'이 통용되는 것은 화가의 무책임한 행위가 그가 실패했을 때보다 성공했을 때 덜 부각되기 때문이다.

1. ㉠과 글쓴이의 견해에 대한 설명으로 가장 적절한 것은?

① ㉠과 달리 글쓴이는 도덕적 평가는 '상식'을 존중해야 한다고 생각한다.

② ㉠은 글쓴이와 달리 운은 우리가 통제할 수 없는 것이라고 생각한다.

③ ㉠과 글쓴이는 모두 같은 성품을 가진 사람은 같은 행위를 한다고 생각한다.

④ ㉠과 글쓴이는 모두 도덕의 영역에서는 운에 따라 도덕적 평가가 달라지는 일은 없다고 생각한다.

⑤ ㉠과 글쓴이는 모두 도덕적 운의 존재를 인정하는 것은 도덕적 평가를 불공평하게 만든다고 생각한다.

2. ㉡의 관점에 따를 때, '도덕적 평가'의 대상으로 볼 수 있는 것만을 〈보기〉에서 있는 대로 고른 것은?

〈보기〉

ㄱ. 거친 성격의 사람이 자신의 성격을 억누르고 주위 사람들을 다정하게 대했다.

ㄴ. 복잡한 지하철에서 누군가에게 떠밀린 사람이 어쩔 수 없이 앞 사람의 발을 밟게 되었다.

ㄷ. 글을 모르는 어린아이가 바닥에 떨어진 중요한 서류가 실수로 버려진 것인 줄 모르고 찢으며 놀았다.

ㄹ. 풍족한 나라의 한 종교인이 가난한 나라로 발령을 받자 자신의 종교적 신념에 따라 가난한 사람들을 돕는 활동을 했다.

① ㄱ, ㄹ   ② ㄴ, ㄷ   ③ ㄷ, ㄹ

④ ㄱ, ㄴ, ㄷ   ⑤ ㄱ, ㄴ, ㄹ

3. 윗글에 근거하여 〈보기〉를 설명한 내용으로 가장 적절한 것은?

〈보기〉

동료 선수와 협동하지 않고 무모한 공격을 감행한 축구 선수 A와 B가 있다. A는 상대팀 골키퍼가 실수를 하여 골을 넣었는데, B는 골키퍼가 실수를 하지 않아 골을 넣지 못했다. 두 사람은 무모하고 독선적인 성품이나 행위와 동기는 같은데도, 통상 사람들은 A보다 B를 도덕적으로 더 비난한다.

① 도덕적 운의 존재를 인정하지 않는 철학자는 A는 B에 비해 무모함과 독선이 사람들에게 덜 부각되었을 뿐이라고 본다.

② 도덕적 운의 존재를 인정하는 철학자는 A가 B의 처지라면 골을 넣지 못했으리라는 추측만으로 A를 비난하는 것은 정당하지 못하다고 본다.

③ 태생적 운의 존재를 인정하는 철학자는 B가 A에 비해 무모하고 독선적인 성품을 천부적으로 더 가지고 있으므로 더 비난받아야 한다고 본다.

④ 상황적 운의 존재를 인정하지 않는 철학자는 A가 B의 상황이라면 무모함과 독선이 발현되지 않을 것이기 때문에 똑같이 비난받아서는 안 된다고 본다.

⑤ 결과적 운의 존재를 인정하는 철학자는 A보다 B가 더 무모한 공격을 했기 때문에 더 비난받아야 한다고 본다.

4. ⓐ~ⓔ의 사전적 의미로 적절하지 않은 것은?

① ⓐ: 기초가 되는 바탕. 또는 사물의 토대.

② ⓑ: 어떤 사항을 논제로 삼아 제기하거나 논의함.

③ ⓒ: 자신과 직접적 관계가 없는 일에 끼어듦.

④ ⓓ: 알맞게 이용하거나 어떤 상황에 맞추어 씀.

⑤ ⓔ: 어떤 대상이 지닌 가치를 깎아내림.

구조도 그리기

신채호의 역사관

2015학년도 수능B

해설 P.027

[1~4] 다음 글을 읽고 물음에 답하시오.

역사가 신채호는 역사를 아(我)와 비아(非我)의 투쟁 과정이라고 정의한 바 있다. 그가 무장 투쟁의 필요성을 역설한 독립운동가이기도 했다는 사실 때문에, 그의 이러한 생각은 그를 투쟁만을 강조한 강경론자처럼 비춰지게 하곤 한다. 하지만 그는 식민지 민중과 제국주의 국가에서 제국주의를 반대하는 민중 간의 연대를 지향하기도 했다. 그의 사상에서 투쟁과 연대는 모순되지 않는 요소였던 것이다. 이를 바르게 이해하기 위해서는 그의 사상의 핵심 개념인 '아'를 정확하게 이해할 필요가 있다.

신채호의 사상에서 아란 자기 ㉠본위에서 자신을 ㉡자각하는 주체인 동시에 항상 나와 상대하고 있는 존재인 비아와 마주선 주체를 의미한다. 자신을 자각하는 누구나 아가 될 수 있다는 상대성을 지니면서 또한 비아와의 관계 속에서 비로소 아가 생성된다는 상대성도 지닌다. 신채호는 조선 민족의 생존과 발전의 길을 모색하기 위해 『조선 상고사』를 저술하여 아의 이러한 특성을 규정했다. 그는 아의 자성(自性), 곧 '나의 나됨'은 스스로의 고유성을 유지하려는 항성(恒性)과 환경의 변화에 대응하여 적응하려는 변성(變性)이라는 두 요소로 이루어져 있다고 하였다. 아는 항성을 통해 아 자신에 대해 자각하며, 변성을 통해 비아와의 관계 속에서 자기의식을 갖게 되는 것으로 ㉢설정하였다. 그리고 자성이 시대와 환경에 따라 변화한다고 하였다.

신채호는 아를 소아와 대아로 구별하였다. 그에 따르면, 소아는 개별화된 개인적 아이며, 대아는 국가와 사회 차원의 아이다. 소아는 자성은 갖지만 상속성(相續性)과 보편성(普遍性)을 갖지 못하는 반면, 대아는 자성을 갖고 상속성과 보편성을 가질 수 있다. 여기서 상속성이란 시간적 차원에서 아의 생명력이 지속되는 것을 뜻하며, 보편성이란 공간적 차원에서 아의 영향력이 ㉣파급되는 것을 뜻한다. 상속성과 보편성은 긴밀한 관계를 가지는데, 보편성의 확보를 통해 상속성이 실현되며 상속성의 유지를 통해 보편성이 실현된다. 대아가 자성을 자각한 이후, 항성과 변성의 조화를 통해 상속성과 보편성을 실현할 수 있다. 만약 대아의 항성이 크고 변성이 작으면 환경에 순응하지 못하여 멸절(滅絕)할 것이며, 항성이 작고 변성이 크면 환경에 주체적으로 대응하지 못하여 우월한 비아에게 정복당한다고 하였다.

이러한 아의 개념을 통해 우리는 투쟁과 연대에 관한 신채호의 인식을 정확히 이해할 수 있다. 일본의 제국주의 침략에 ㉤직면하여 그는 신국민이라는 새로운 개념을 제시하고 조선 민족이 신국민이 될 때 민족 생존이 가능하다고 보았다. 신국민은 상속성과 보편성을 지닌 대아로서, 역사적 주체 의식이라는 항성과 제국주의 국가에 대응하여 생긴 국가 정신이라는 변성을 갖춘 조선 민족의 근대적 대아에 해당한다. 또한 그는 일본을 중심으로 서구 열강에 대항하자는 동양주의에 반대했다. 동양주의는 비아인 일본이 아가 되어 동양을 통합하는 길이기에, 조선 민족인 아의 생존이 위협받는다고 보았기 때문이다.

식민 지배가 심화될수록 일본에 동화되는 세력이 증가하면서 신채호는 아 개념을 더욱 명료화할 필요가 있었다. 이에 그는 조선 민중을 아의 중심에 놓으면서, 아에도 일본에 동화된 '아 속의 비아'가 있고, 일본이라는 비아에도 아와 연대할 수 있는 '비아 속의 아'가 있음을 밝혔다. 민중은 비아에 동화된 자들을 제외한 조선 민족을 의미한 것이었다. 그는 조선 민중을, 민족 내부의 압제와 위선을 제거함으로써 참된 민족 생존과 번영을 달성할 수 있는 주체이자 제국주의 국가에서 제국주의를 반대하는 민중과의 연대를 통하여 부당한 폭력과 억압을 강제하는 제국주의에 함께 저항할 수 있는 주체로 보았다. 이러한 민중 연대를 통해 '인류로서 인류를 억압하지 않는' 자유를 지향했다.

1. 윗글에서 다룬 내용으로 적절하지 않은 것은?

① 신채호 사상의 핵심 개념에 대한 이해의 필요성
② 신채호 사상에서의 자성의 의미
③ 신채호가 밝힌 대아와 소아의 차이
④ 신채호 사상에서의 대아의 역사적 기원
⑤ 신채호가 지향한 민중 연대의 의의

2. 윗글의 자성(自性)에 관한 이해로 가장 적절한 것은?

① 자성을 갖춘 모든 아는 상속성과 보편성을 갖는다.
② 소아의 항성과 변성이 조화를 이루면, 상속성과 보편성이 모두 실현된다.
③ 대아의 항성이 작고 변성이 크면, 상속성은 실현되어도 보편성은 실현되지 않는다.
④ 항성과 변성이 조화를 이루지 못하면, 대아의 상속성과 보편성은 실현되지 않는다.
⑤ 소아의 항성이 크고 변성이 작으면, 상속성은 실현되어도 보편성은 실현되지 않는다.

3. 윗글에 대한 이해로 적절하지 <u>않은</u> 것은? [3점]

① 신채호가 『조선 상고사』를 쓴 것은, 대아인 조선 민족의 자성을 역사적으로 어떻게 유지·계승할 수 있는지 모색하기 위한 것이겠군.

② 신채호가 동양주의를 비판한 것은, 동양주의로 인해 아의 항성이 작아짐으로써 아의 자성을 유지하기 어렵게 될 것으로 보았기 때문이겠군.

③ 신채호가 신국민이라는 개념을 설정한 것은, 대아인 조선 민족이 시대적 환경에 대응하여 비아와의 연대를 통해 아의 생존을 꾀할 수 있다고 보았기 때문이겠군.

④ 신채호가 독립 투쟁을 한 것은, 비아인 일본 제국주의의 침략이 아의 상속성과 보편성 유지를 불가능하게 하기에 일본 제국주의와 투쟁해야 한다고 생각했기 때문이겠군.

⑤ 신채호가 제국주의 국가에서 제국주의를 반대하는 민중과 식민지 민중의 연대를 지향한 것은, 아가 비아 속의 아와 연대하여 억압을 이겨 내고 자유를 얻을 수 있다고 생각했기 때문이겠군.

4. ㉠~㉤의 사전적 의미로 적절하지 <u>않은</u> 것은?

① ㉠: 판단이나 행동에서 중심이 되는 기준.

② ㉡: 자기의 처지나 능력 따위를 스스로 깨달음.

③ ㉢: 여럿 가운데서 어떤 것을 뽑아 정함.

④ ㉣: 어떤 일의 여파나 영향이 다른 데로 미침.

⑤ ㉤: 어떠한 일이나 사물을 직접 당하거나 접함.

구조도 그리기

비트겐슈타인의 그림 이론

2012학년도 수능

해설 P.032

[1~4] 다음 글을 읽고 물음에 답하시오.

비트겐슈타인이 1918년에 쓴 『논리 철학 논고』는 '빈학파'의 논리실증주의를 비롯하여 20세기 현대 철학에 큰 영향을 주었다. 그는 많은 철학적 논란들이 언어를 애매하게 사용하여 발생한다고 보았기 때문에 언어를 분석하고 비판하여 명료화하는 것을 철학의 과제로 삼았다.

그는 이 책에서 언어가 세계에 대한 그림이라는 '그림 이론'을 주장한다. 이 이론을 세우는 데 그에게 영감을 주었던 것은, 교통사고를 다루는 재판에서 장난감 자동차와 인형 등을 이용한 ㉠모형을 통해 ㉡사건을 설명했다는 기사였다. 그런데 모형을 가지고 사건을 설명할 수 있는 이유는 무엇일까? 그것은 모형이 실제의 자동차와 사람 등에 대응하기 때문이다. 그는 언어도 이와 같다고 보았다. 언어가 의미를 갖는 것은 언어가 세계와 대응하기 때문이다. 다시 말해 언어가 세계에 존재하는 것들을 가리키고 있기 때문이다. 언어는 명제들로 구성되어 있으며, 세계는 사태들로 구성되어 있다. 그리고 명제들과 사태들은 각각 서로 대응하고 있다. 이처럼 언어와 세계의 논리적 구조는 동일하며, 언어는 세계를 그림처럼 기술함으로써 의미를 가진다.

'그림 이론'에서 명제에 대응하는 '사태'는 '사실'이 아니라 사실이 될 수 있는 논리적 가능성을 의미한다. 따라서 언어를 구성하는 명제들은 사실적 그림이 아니라 논리적 그림이다. 사태가 실제로 일어나서 사실이 되면 그것을 기술하는 명제는 참이 되지만, 사태가 실제로 일어나지 않는다면 그 명제는 거짓이 된다. 어떤 명제가 '의미 있는 명제'가 되기 위해서는 그 명제가 실재하는 대상이나 사태에 대해 언급해야 하며, 그것에 대해서는 참, 거짓을 따질 수 있다. 만약 어떤 명제가 실재하지 않는 대상이나 사태가 아닌 것에 대해 언급하면 그것은 '의미 없는 명제'가 되며, 그것에 대해 참, 거짓을 따질 수 없다. 따라서 경험적 세계에 대해 언급하는 명제만이 의미 있는 것이 된다.

이러한 관점에서 비트겐슈타인은 기존의 철학자들이 다루었던 신, 영혼, 형이상학적 주체, 윤리적 가치 등과 관련된 논의가 의미 없는 말들에 불과하다고 보았다. 왜냐하면 그 말들이 가리키는 대상이 세계 속에 존재하지 않는, 즉 경험 가능하지 않은 대상이기 때문이다. 이와 같은 형이상학적 문제와 관련된 명제나 질문들은 의미가 없는 말들이다. 그러한 문제는 우리의 삶을 통해 끊임없이 드러나는 신비한 것들이지만 이에 대해 말로 답변하거나 설명할 수는 없다. 그래서 비트겐슈타인은 "말할 수 없는 것에 대해서는 침묵해야 한다."라고 말했다.

1. 비트겐슈타인의 이론에 대한 이해로 적절하지 않은 것은?

① 언어의 문제를 철학의 중요한 과제로 보았다.

② '그림 이론'으로 논리실증주의에 큰 영향을 주었다.

③ '사태'와 '사실'의 개념을 구별하였다.

④ 경험적 대상을 언급하는 명제는 참이라고 보았다.

⑤ 형이상학적 문제를 다룬 기존 철학을 비판하였다.

2. 윗글의 '의미 없는 명제'에 해당하는 것은?

① 곰팡이는 생물의 일종이다.

② 물은 1기압에서 90℃에 끓는다.

③ 피카소는 1881년 스페인에서 태어났다.

④ 우리 반 학생의 절반 이상이 헌혈을 했다.

⑤ 선생님은 한평생 바람직한 삶을 살아왔다.

3. ㉠ : ㉡의 관계에 해당하는 것만을 〈보기〉에서 있는 대로 고른 것은?

〈보기〉

ㄱ. 언어 : 세계

ㄴ. 명제 : 사태

ㄷ. 논리적 그림 : 의미 있는 명제

ㄹ. 형이상학적 주체 : 경험적 세계

① ㄱ, ㄴ   ② ㄱ, ㄷ   ③ ㄴ, ㄹ

④ ㄱ, ㄴ, ㄷ   ⑤ ㄴ, ㄷ, ㄹ

4. 윗글로 미루어 볼 때, 비트겐슈타인이 〈보기〉와 같이 말한 이유로 가장 적절한 것은? [3점]

구조도 그리기

〈보기〉

사다리를 딛고 올라간 후에 그 사다리를 던져 버리듯이, 『논리 철학 논고』를 이해한 사람은 거기에 나오는 내용을 버려야 한다. ㉮이 책의 내용은 의미 있는 언어의 한계를 넘어선 것이기 때문에 엄밀하게 보면 '말할 수 있는 것'의 범주에 속하지 않는다.

① ㉮는 자신이 내세웠던 철학의 과제를 넘어서는 주제들을 다루고 있기 때문이다.

② ㉮는 객관적 세계에 존재하는 대상을 과학적으로 분석하여 서술하고 있기 때문이다.

③ ㉮는 실재하는 대상이 아니라 논리적으로 가능한 사태에 대해 기술하고 있기 때문이다.

④ ㉮는 경험적 세계가 아니라 언어와 세계의 논리적 관계에 대해 언급하고 있기 때문이다.

⑤ ㉮는 기존의 철학자들이 다루었던 형이상학적 물음에 대해 관념적으로 답하고 있기 때문이다.

동양에서의 천(天) 개념의 변천 과정

2010학년도 9월 모평

해설 P.036

[1~5] 다음 글을 읽고 물음에 답하시오.

동양에서 '천(天)'은 그 함의가 넓다. 모든 존재의 근거가 그 것으로부터 말미암지 않는 것이 없다는 면에서 하나의 표본이 었고, 모든 존재들이 자신의 생존을 영위하고 그 존재 가치와 의의를 실현하는 데도 그것의 이치와 범주를 벗어날 수 없다는 면에서 하나의 기준이었다. 그래서 현실 세계 안에서 인간의 삶 을 모색하는 데 관심을 두었던 동양에서는 인간이 천을 어떻게 이해하느냐에 따라 삶의 길이 달리 설정되었을 만큼 천에 대한 이해가 다양하였다.

천은 자연 현상 가운데 인간에게 가장 크게 영향을 미치는 것이자 가장 크고 뚜렷하게 파악되는 현상으로 여겨졌다. 농경 을 주로 하는 문화적 특성상 자연 현상과 기후의 변화를 파악하 는 것이 중시된 만큼 천의 표면적인 모습 외에 작용 면에서 천 을 파악하려는 경향이 ⓐ짙었다. 그래서 천은 자연적 현상과 작 용 등을 포괄하는 '자연천(自然天)' 개념으로 자리를 잡았다.

이러한 천 개념하에서 인간은 도덕적 자각이 없었을 뿐만 아 니라 자연 변화의 원인과 의지도 알 수 없었다. 이에 따라 천은 신성한 대상으로 숭배되었고, 여러 자연신 가운데 하나로 생각 되었다. 특히 상제(上帝)와 결부됨으로써 모든 것을 주재하는 절대적인 권능을 가진 '상제천(上帝天)' 개념이 자리 잡았다. 길 흉화복을 주재하고 생사여탈권까지 관장하는 종교적인 의미로 그 성격이 변화한 것이다. 가치중립적이었던 천이 의지를 가진 절대적 권능의 존재로 수용되면서 정치적인 개념으로 '천명(天命)' 이 등장하였다. 그리고 통치자들은 천의 명령을 통해 통치권을 부여받았고, 천의 의지인 천명은 제사 등을 통해 통치자만 알 수 있는 것으로 규정되었다. 그리하여 천명은 통치자가 권력을 행사하고, 정권의 정통성을 보장하는 근거가 되었다.

그러나 독점적이고 배타적인 천명에 근거한 권력 행사는 부 작용을 가져왔다. 도덕적 경계심이 결여된 통치자의 권력 행사 는 백성에 대한 억압의 계기로 작용하였다. 통치의 부작용이 심 화됨에 따라 천에 대한 반성이 제기되었고, 도덕적 반성을 통해 천명 의식은 수정되었다. 그리고 '천은 명을 주었다가도 통치자 가 정치를 잘못하면 언제나 그 명을 박탈해 간다.', '천은 백성 들이 원하는 것을 들어준다.'는 생각이 현실화되었다. 천명은 계속 수용되었지만, 그것의 불변성, 독점성, 편파성 등은 수정 되었고, 그 기저에는 도덕적 의미로서 '의리천(義理天)' 개념이 자리하였다.

천명 의식의 변화와 맞물려 천 개념은 복합적으로 수용되었 다. 상제로서의 천 개념이 개방되면서 주재적 측면이 도덕적 측 면으로 수용되었고, '의리천' 개념은 더욱 심화되어 천은 인간의 도덕성과 규범의 근거로 받아들여졌다. 천을 인간 내면으로 끌 어들여 인간 본성을 자연한 것이자 도덕적인 것으로 간주하였

다. 천이 도덕 및 인간 본성과 결부됨에 따라 인간 내면에 있는 천으로서의 본성을 잘 발휘하면 도덕을 실현함은 물론, 천의 경 지에 도달할 수 있다고 여겨졌다. 내면화된 천은 비도덕적 행위 에 대한 제어 장치 역할을 하는 양심의 근거로도 수용되어 천의 도덕적 의미는 더욱 강조되었다. 천명 의식의 변화와 확장된 천 개념의 결합에 따라 천은 초월성과 내재성을 가진 존재로서 받 아들여졌고, ㉠인간 행위의 자율성과 타율성을 이끌어 내는 기 반이 되어 인간 삶의 중요한 근거로서 그 위상이 강화되었다.

1. 윗글의 내용과 일치하는 것은?

① 천명 의식은 농경 생활의 경험에서 비롯되었다.

② 천은 초월적인 세계 안에서 인간 삶의 표본이었다.

③ 자연으로서의 천 개념에는 작용에 대한 인식이 없었다.

④ 천은 인간에게 자연 현상이자 도덕적 가치의 근원이었다.

⑤ 내면화된 천은 통치자의 배타적 권력 행사의 기반이었다.

2. 〈보기〉의 ㉮~㉲ 중, 윗글에서 중점적으로 다루고 있는 것은?

〈보기〉

특정한 사상의 개념을 이해하기 위해서는 그 ㉮개념의 어원 에서 출발하여 ㉯개념의 의미 변천, ㉰해당 개념에 대한 주요 사상가의 견해, 그리고 ㉱현대적 적용 양상을 폭넓게 다룰 필 요가 있다. 특히 개념에 대해 더욱 풍부하게 이해하기 위해서 는 ㉲사상사 속에서 드러나는 주요한 쟁점이 표출하는 다양 한 의식의 층위도 고찰해야 한다.

① ㉮   ② ㉯   ③ ㉰   ④ ㉱   ⑤ ㉲

3. ㉠에 대한 설명으로 적절하지 않은 것은?

① '자연천'에서는 인간 행위의 자율성이 부각된다.

② '상제천'에서 인간 행위의 타율성이 나타나기 시작한다.

③ '의리천'에서 인간 행위의 자율성이 잘 발휘되면 천의 경지에 도달할 수 있다.

④ 천 개념의 개방에 따라 인간 행위의 자율성이 인정되는 방향으로 나갔다.

⑤ 천명 의식이 달라짐에 따라 인간 행위의 자율성과 타율성의 양상이 변화하였다.

구조도 그리기

4. 윗글의 천 개념에 해당하는 예를 〈보기〉에서 골라 바르게 묶은 것은?

〈보기〉

ㄱ. 천은 크기로 보면 바깥이 없고, 운행이 초래하는 변화는 다함이 없다.

ㄴ. 만물의 생성과 변화를 살피면 그와 같이 되도록 주재하고 운용하는 존재가 있는 것으로 생각된다.

ㄷ. 인심이 돌아가는 곳은 곧 천명이 있는 곳이다. 그러므로 사람을 거스르고 천을 따르는 자는 없고, 사람을 따르고 천을 거스르는 자도 없다.

ㄹ. 이 세상 사물 가운데 털끝만큼 작은 것들까지 천이 내지 않은 것이 없다고들 한다. 대체 하늘이 어떻게 하나하나 명을 낸단 말인가? 천은 텅 비고 아득하여 아무런 조짐도 없으면서 저절로 되어 가도록 맡겨 둔다.

	자연천	상제천	의리천
①	ㄱ	ㄴ, ㄹ	ㄷ
②	ㄴ	ㄱ	ㄷ, ㄹ
③	ㄹ	ㄴ	ㄱ, ㄷ
④	ㄱ, ㄹ	ㄴ	ㄷ
⑤	ㄱ, ㄹ	ㄷ	ㄴ

5. ⓐ와 가장 가까운 뜻으로 쓰인 것은?

① 폭우가 내릴 가능성이 짙어 건물 외벽을 점검했다.

② 짙게 탄 커피를 마시면 잠이 잘 안 온다.

③ 철수는 짙은 안개 속에서 길을 잃었다.

④ 정원에서 꽃향기가 짙게 풍겨 온다.

⑤ 해가 지고 어둠이 짙게 깔렸다.

HOLSOO

혼자 공부하는 수능 국어 기출 분석

PART 2
사회

계약의 개념과 법률 효과

2019학년도 수능

해설 P.042

[1~5] 다음 글을 읽고 물음에 답하시오.

사람은 살아가는 동안 여러 약속을 한다. 계약도 하나의 약속이다. 하지만 이것은 친구와 뜻이 맞아 주말에 영화 보러 가자는 약속과는 다르다. 일반적인 다른 약속처럼 계약도 서로의 의사 표시가 합치하여 성립하지만, 이때의 의사는 일정한 법률 효과의 발생을 목적으로 한다는 점에서 차이가 있다. 한 예로 매매 계약은 '팔겠다'는 일방의 의사 표시와 '사겠다'는 상대방의 의사 표시가 합치함으로써 성립하며, 매도인은 매수인에게 매매 목적물의 소유권을 이전하여야 할 의무를 짐과 동시에 매매 대금의 지급을 청구할 권리를 갖는다. 반대로 매수인은 매도인에게 매매 대금을 지급할 의무가 있고 소유권의 이전을 청구할 권리를 갖는다. 양 당사자는 서로 권리를 행사하고 서로 의무를 이행하는 관계에 놓이는 것이다.

이처럼 의사 표시를 필수적 요소로 하여 법률 효과를 발생시키는 행위들을 법률 행위라 한다. 계약은 법률 행위의 일종으로서, 당사자에게 일정한 청구권과 이행 의무를 발생시킨다. 청구권을 내용으로 하는 권리가 채권이고, 그에 따라 이행을 해야 할 의무가 채무이다. 따라서 채권과 채무는 발생한 법률 효과가 동전의 양면처럼 서로 다른 방향에서 파악되는 것이라 할 수 있다. 채무자가 채무의 내용대로 이행하여 채권을 소멸시키는 것을 변제라 한다.

갑과 을은 을이 소유한 그림 A를 갑에게 매도하는 것을 내용으로 하는 매매 계약을 체결하였다. ㉠을의 채무는 그림 A의 소유권을 갑에게 이전하는 것이다. 동산인 물건의 소유권을 이전하는 방식은 그 물건을 인도하는 것이다. 갑은 그림 A가 너무나 마음에 들었기 때문에 그것을 인도받기 전에 대금 전액을 금전으로 지급하였다. 그런데 갑이 아무리 그림 A를 넘겨달라고 청구하여도 을은 인도해 주지 않았다. 이런 경우 갑이 사적으로 물리력을 행사하여 해결하는 것은 엄격히 금지된다.

채권의 내용은 민법과 같은 실체법에서 규정하고 있고, 그것을 강제적으로 실현할 수 있도록 민사 소송법이나 민사 집행법 같은 절차법이 갖추어져 있다. 갑은 소를 제기하여 판결로써 자기가 가진 채권의 존재와 내용을 공적으로 확정받을 수 있고, 나아가 법원에 강제 집행을 신청할 수도 있다. 강제 집행은 국가가 물리적 실력을 행사하여 채무자의 의사에 구애받지 않고 채무의 내용을 실행시켜 채권이 실현되도록 하는 제도이다.

을이 그림 A를 넘겨주지 않은 까닭은 갑으로부터 매매 대금을 받은 뒤에 을의 과실로 불이 나 그림 A가 타 없어졌기 때문이다. ㉮결국 채무는 이행 불능이 되었다. 소송을 하더라도 불능의 내용을 이행하라는 판결은 ⓐ나올 수 없다. 그림 A의 소실이 계약 체결 전이었다면, 그 계약은 실현 불가능한 내용을 담고 있기 때문에 체결할 때부터 계약 자체가 무효이다. 이행 불능이 채무자

의 과실 때문에 일어난 것이라면 채무자가 채무 불이행에 대한 책임을 져야 한다.

이때 채무 불이행은 갑이나 을의 의사 표시가 작용한 것이 아니라, 매매 목적물의 소실에 따른 이행 불능으로 말미암은 것이다. 이러한 사건을 통해서도 법률 효과가 발생한다. 채무 불이행에 대한 책임은 갑으로 하여금 계약을 해제할 수 있는 권리를 갖게 한다. 갑이 계약 해제권을 행사하면 그때까지 유효했던 계약이 처음부터 효력이 없는 것으로 된다. 이때의 계약 해제는 일방의 의사 표시만으로 성립한다. 따라서 갑이 해제권을 행사하는 데에 을의 승낙은 요건이 되지 않는다. 이러한 법률 행위를 단독 행위라 한다.

갑은 계약을 해제하였다. 이로써 그 계약으로 발생한 채권과 채무는 없던 것이 된다. 당연히 계약의 양 당사자는 자신의 채무를 이행할 필요가 없다. 이미 이행된 것이 있다면 계약이 체결되기 전의 상태로 돌려놓아야 한다. 이를 청구할 수 있는 권리가 원상회복 청구권이다. 계약의 해제로 갑은 원상회복 청구권을 행사할 수 있으며, 이러한 ㉡갑의 채권은 결국 을에게 매매 대금을 반환해 달라고 청구할 수 있는 권리가 된다.

1. 윗글의 내용과 일치하지 <u>않는</u> 것은?

① 실체법에는 청구권에 관한 규정이 있다.
② 절차법에 강제 집행 제도가 마련되어 있다.
③ 법률 행위가 없으면 법률 효과가 발생하지 않는다.
④ 법원을 통하여 물리력으로 채권을 실현할 수 있다.
⑤ 실현 불가능한 것을 내용으로 하는 계약은 무효이다.

2. ㉠, ㉡에 대한 이해로 가장 적절한 것은?

① ㉠은 매도인의 청구와 매수인의 이행으로 소멸한다.
② ㉡은 채권자와 채무자의 의사 표시가 작용하여 성립한 것이다.
③ ㉠과 ㉡은 ㉠이 이행되면 그 결과로 ㉡이 소멸하는 관계이다.
④ ㉠과 ㉡은 동일한 계약의 효과를 서로 다른 측면에서 바라본 것이다.
⑤ ㉠에는 물건을 인도할 의무가 있고, ㉡에는 금전의 지급을 청구할 권리가 있다.

3. ㉮의 상황에 대한 설명으로 적절한 것은?

① '을'의 과실로 이행 불능이 되어 '갑'의 계약 해제권이 발생한다.

② '갑'은 소를 제기하여야 매매의 목적이 된 재산권을 이전받을 수 있다.

③ '갑'은 원상회복 청구권을 행사하여야 '그림 A'의 소유권을 회복할 수 있다.

④ '갑'과 '을'은 애초부터 실현 불가능한 내용의 계약을 체결하였기 때문에 이행 불능이 되었다.

⑤ '을'이 '갑'에게 '그림 A'를 인도하는 것은 불가능해졌지만 '을'은 채무 불이행에 대한 책임을 지지 않는다.

4. 윗글을 바탕으로 할 때, 〈보기〉에 대한 분석으로 적절하지 <u>않은</u> 것은? [3점]

〈보기〉

증여는 당사자의 일방이 자기의 재산을 무상으로 상대방에게 줄 의사를 표시하고 상대방이 이를 승낙함으로써 성립하는 계약이다. 증여자만 이행 의무를 진다는 점이 특징이다. 유언은 유언자의 사망과 동시에 일정한 법률 효과를 발생시키려는 것을 목적으로 하는데, 유언자의 의사 표시만으로 유효하게 성립하고 의사 표시의 상대방이 필요 없다는 점에서 증여와 차이가 있다.

① 증여, 유언, 매매는 모두 법률 행위로서 의사 표시를 요소로 한다.

② 증여와 유언은 법률 효과를 발생시키려는 목적이 있다는 점이 공통된다.

③ 증여는 변제의 의무를 발생시키지 않는다는 점에서 매매와 차이가 있다.

④ 증여는 당사자 일방만이 이행한다는 점에서 양 당사자가 서로 이행하는 관계를 갖는 매매와 차이가 있다.

⑤ 증여는 양 당사자의 의사 표시가 서로 합치하여 성립한다는 점에서 의사 표시의 합치가 필요 없는 유언과 차이가 있다.

5. 문맥상 의미가 ⓐ와 가장 가까운 것은?

① 오랜 연구 끝에 만족할 만한 실험 결과가 나왔다.

② 그 사람이 부드럽게 나오니 내 마음이 누그러졌다.

③ 우리 마을은 라디오가 잘 안 나오는 산간 지역이다.

④ 이 책에 나오는 옛날이야기 한 편을 함께 읽어 보자.

⑤ 그동안 우리 지역에서는 걸출한 인물들이 많이 나왔다.

채권과 CDS 프리미엄

2019학년도 9월 모평

해설 P.048

[1~5] 다음 글을 읽고 물음에 답하시오.

대한민국 정부가 해외에서 발행한 채권의 CDS 프리미엄은 우리가 매체에서 자주 접하는 경제 지표의 하나이다. 이 지표를 이해하기 위해서는 채권의 '신용 위험'과 '신용 파산 스와프(CDS)'의 개념을 살펴볼 필요가 있다.

채권은 정부나 기업이 자금을 조달하기 위해 발행하며 그 가격은 채권이 매매되는 채권 시장에서 결정된다. 채권의 발행자는 정해진 날에 일정한 이자와 원금을 투자자에게 지급할 것을 약속한다. 채권을 매입한 투자자는 이를 다시 매도하거나 이자를 받아 수익을 얻는다. 그런데 채권 투자에는 발행자의 지급 능력 부족 등의 사유로 이자와 원금이 지급되지 않을 가능성인 신용 위험이 수반된다. 이에 따라 각국은 채권의 신용 위험을 평가해 신용 등급으로 공시하는 신용 평가 제도를 도입하여 투자자를 보호하고 있다.

우리나라의 신용 평가 제도에서는 원화로 이자와 원금의 지급을 약속한 채권 가운데 발행자의 지급 능력이 최상급인 채권에 AAA라는 최고 신용 등급이 부여된다. 원금과 이자가 지급되지 않아 부도가 난 채권에는 D라는 최저 신용 등급이 주어진다. 그 외의 채권은 신용 위험이 커지는 순서에 따라 AA, A, BBB, BB 등 점차 낮아지는 등급 범주로 평가된다. 이들 각 등급 범주 내에서도 신용 위험의 상대적인 크고 작음에 따라 각각 '−'나 '+'를 붙이거나 하여 각 범주가 세 단계의 신용 등급으로 세분되는 경우가 있다. 채권의 신용 등급은 신용 위험의 변동에 따라 조정될 수 있다. 다른 조건이 일정한 가운데 신용 위험이 커지면 채권 시장에서 해당 채권의 가격이 ⓐ떨어진다.

CDS는 채권 투자자들이 신용 위험을 피하려는 목적으로 활용하는 파생 금융 상품이다. CDS 거래는 '보장 매입자'와 '보장 매도자' 사이에서 이루어진다. 여기서 '보장'이란 신용 위험으로부터의 보호를 뜻한다. 보장 매도자는, 보장 매입자가 보유한 채권에서 부도가 나면 이에 따른 손실을 보상하는 역할을 한다. CDS 거래를 통해 채권의 신용 위험은 보장 매입자로부터 보장 매도자로 이전된다. CDS 거래에서 신용 위험의 이전이 일어나는 대상 자산을 '기초 자산'이라 한다.

[A]
가령 은행 ㉠갑은, 기업 ㉡을이 발행한 채권을 매입하면서 그것의 신용 위험을 피하기 위해 보험 회사 ㉢병과 CDS 계약을 체결할 수 있다. 이때 기초 자산은 을이 발행한 채권이다.

보장 매도자는 기초 자산의 신용 위험을 부담하는 것에 대한 보상으로 보장 매입자로부터 일종의 보험료를 받는데, 이것의 요율이 CDS 프리미엄이다. CDS 프리미엄은 기초 자산의 신용 위험이나 보장 매도자의 유사시 지급 능력과 같은 여러 요인의 영향을 받는다. 다른 요인이 동일한 경우, ㉣기초 자산의 신용

위험이 크면 CDS 프리미엄도 크다. 한편 ㉤보장 매도자의 지급 능력이 우수할수록 보장 매입자는 유사시 손실을 보다 확실히 보전받을 수 있으므로 보다 큰 CDS 프리미엄을 기꺼이 지불하는 경향이 있다. 만약 보장 매도자가 발행한 채권이 있다면, 그 신용 등급으로 보장 매도자의 지급 능력을 판단할 수 있다. 이에 따라 다른 요인이 동일한 경우, 보장 매도자가 발행한 채권의 신용 등급이 높으면 CDS 프리미엄은 크다.

1. 윗글의 내용과 일치하지 않는 것은?

① 정부는 자금을 조달하기 위해 채권을 발행한다.

② 채권 발행자의 지급 능력이 커지면 신용 위험은 커진다.

③ 신용 평가 제도는 채권을 매입한 투자자를 보호하는 장치이다.

④ 다른 조건이 일정할 경우, 어떤 채권의 신용 등급이 낮아지면 해당 채권의 가격은 하락한다.

⑤ 채권 발행자는 일정한 이자와 원금의 지급을 약속하지만, 채권에는 그 약속이 지켜지지 않을 위험이 수반된다.

2. [A]의 ㉠~㉢에 대한 이해로 가장 적절한 것은?

① ㉠은 기초 자산을 보유하지 않는다.

② ㉠은 기초 자산에 부도가 나면 손실을 보상하는 역할을 한다.

③ ㉡은 신용 위험을 기피하는 채권 투자자이다.

④ ㉢은 신용 위험을 부담하는 보장 매도자이다.

⑤ ㉢은 기초 자산에 부도가 나야만 이득을 본다.

3. 〈보기〉의 ㉮~㉲ 중 CDS 프리미엄이 두 번째로 큰 것은?

〈보기〉

윗글의 ㉣과 ㉤을 기준으로 서로 다른 CDS 거래 ㉮~㉲를 비교하여 CDS 프리미엄의 크기에 순서를 매길 수 있다. (단, 기초 자산의 발행자와 보장 매도자는 한국 기업이며, ㉮~㉲에서 제시된 조건 외에 다른 조건은 동일하다.)

CDS 거래	기초 자산의 신용 등급	보장 매도자 발행 채권의 신용 등급
㉮	BB+	AAA
㉯	BB+	AA−
㉰	BBB−	A−
㉱	BBB−	AA−
㉲	BBB−	A+

① ㉮   ② ㉯   ③ ㉰   ④ ㉱   ⑤ ㉲

4. 윗글을 바탕으로 〈보기〉를 이해한 내용으로 가장 적절한 것은? [3점]

〈보기〉

X가 2015년 12월 31일에 이자와 원금의 지급이 완료되는 채권 B_X를 2011년 1월 1일에 발행했다. 발행 즉시 B_X 전량을 매입한 Y는 B_X를 기초 자산으로 하는 CDS 계약을 Z와 체결하고 보장 매입자가 되었다. 계약 체결 당시 B_X의 신용 등급은 A−, Z가 발행한 채권의 신용 등급은 AAA였다. 2011년 9월 17일, X의 재무 상황 악화로 B_X의 신용 위험에 대한 우려가 발생하였다. 2012년 12월 30일, X의 지급 능력이 2011년 8월 시점보다 개선되었다. 2013년 9월에는 Z가 발행한 채권의 신용 등급이 AA+로 변경되었다. 2013년 10월 2일, B_X의 CDS 프리미엄은 100bp*였다. (단, X, Y, Z는 모두 한국 기업이며 신용 등급은 매월 말일에 변경될 수 있다. 이 CDS 계약은 2015년 12월 31일까지 매월 1일에 갱신되며 CDS 프리미엄은 매월 1일에 변경될 수 있다. 제시된 것 외에 다른 요인에는 변화가 없다.)

2011. 1. 1.	2011. 9. 17.	2012. 12. 30.	2013. 9. 30.
CDS 계약	X의 재무 상황 악화	X의 지급 능력 개선	Z가 발행한 채권의 신용 등급 변경

*bp: 1bp는 0.01%와 같음.

① 2011년 1월에는 B_X에 대한 CDS 계약으로 X가 신용 위험을 부담하게 되었겠군.

② 2011년 11월에는 B_X의 신용 등급이 A−보다 높았겠군.

③ 2013년 1월에는 B_X의 신용 위험으로 Z가 손실을 입을 가능성이 2011년 10월보다 작아졌겠군.

④ 2013년 3월에는 B_X에 대한 CDS 프리미엄이 100bp보다 작았겠군.

⑤ 2013년 4월에는 B_X의 신용 등급이 BB−보다 낮았겠군.

5. 문맥상 ⓐ의 의미와 가장 가까운 의미로 쓰인 것은?

① 오늘 아침에는 기온이 영하로 떨어졌다.

② 과자 한 봉지를 팔면 내게 100원이 떨어진다.

③ 더위를 먹었는지 입맛이 떨어지고 기운이 없다.

④ 신발이 떨어져서 걸을 때마다 빗물이 스며든다.

⑤ 선생님 말씀이 떨어지자마자 모두 자리에 앉았다.

정부의 정책 수단
2018학년도 수능

해설 P.054

[1~6] 다음 글을 읽고 물음에 답하시오.

정부는 국민 생활에 영향을 미치는 활동의 총체인 정책의 목표를 효과적으로 달성하기 위해 정책 수단의 특성을 고려하여 정책을 수행한다. 정책 수단은 강제성, 직접성, 자동성, 가시성의 ㉮네 가지 측면에서 다양한 특성을 갖는다. 강제성은 정부가 개인이나 집단의 행위를 제한하는 정도로서, 유해 식품 판매 규제는 강제성이 높다. 직접성은 정부가 공공 활동의 수행과 재원 조달에 직접 관여하는 정도를 의미한다. 정부가 정책을 직접 수행하지 않고 민간에 위탁하여 수행하게 하는 것은 직접성이 낮다. 자동성은 정책을 수행하기 위해 별도의 행정 기구를 설립하지 않고 기존의 조직을 활용하는 정도를 말한다. 전기 자동차 보조금 제도를 기존의 시청 환경과에서 시행하는 것은 자동성이 높다. 가시성은 예산 수립 과정에서 정책을 수행하기 위한 재원이 명시적으로 드러나는 정도이다. 일반적으로 사회 규제의 정도를 조절하는 것은 예산 지출을 수반하지 않으므로 가시성이 낮다.

정책 수단 선택의 사례로 환율과 관련된 경제 현상을 살펴보자. 외국 통화에 대한 자국 통화의 교환 비율을 의미하는 환율은 장기적으로 한 국가의 생산성과 물가 등 기초 경제 여건을 반영하는 수준으로 수렴된다. 그러나 단기적으로 환율은 이와 ⓐ괴리되어 움직이는 경우가 있다. 만약 환율이 예상과는 다른 방향으로 움직이거나 또는 비록 예상과 같은 방향으로 움직이더라도 변동 폭이 예상보다 크게 나타날 경우 경제 주체들은 과도한 위험에 ⓑ노출될 수 있다. 환율이나 주가 등 경제 변수가 단기에 지나치게 상승 또는 하락하는 현상을 오버슈팅(overshooting)이라고 한다. 이러한 오버슈팅은 물가 경직성 또는 금융 시장 변동에 따른 불안 심리 등에 의해 촉발되는 것으로 알려져 있다. 여기서 물가 경직성은 시장에서 가격이 조정되기 어려운 정도를 의미한다.

물가 경직성에 따른 환율의 오버슈팅을 이해하기 위해 통화를 금융 자산의 일종으로 보고 경제 충격에 대해 장기와 단기에 환율이 어떻게 조정되는지 알아보자. 경제에 충격이 발생할 때 물가나 환율은 충격을 흡수하는 조정 과정을 거치게 된다. 물가는 단기에는 장기 계약 및 공공요금 규제 등으로 인해 경직적이지만 장기에는 신축적으로 조정된다. 반면 환율은 단기에서도 신축적인 조정이 가능하다. 이러한 물가와 환율의 조정 속도 차이가 오버슈팅을 초래한다. 물가와 환율이 모두 신축적으로 조정되는 장기에서의 환율은 구매력 평가설에 의해 설명되는데, 이에 의하면 장기의 환율은 자국 물가 수준을 외국 물가 수준으로 나눈 비율로 나타나며, 이를 균형 환율로 본다. 가령 국내 통화량이 증가하여 유지될 경우 장기에서는 자국 물가도 높아져 장기의 환율은 상승한다. 이때 통화량을 물가로 나눈 실질 통화량은 변하지 않는다.

[가]

그런데 단기에는 물가의 경직성으로 인해 구매력 평가설에 기초한 환율과는 다른 움직임이 나타나면서 오버슈팅이 발생할 수 있다. 가령 국내 통화량이 증가하여 유지될 경우, 물가가 경직적이어서 ㉠실질 통화량은 증가하고 이에 따라 시장 금리는 하락한다. 국가 간 자본 이동이 자유로운 상황에서, ㉡시장 금리 하락은 투자의 기대 수익률 하락으로 이어져, 단기성 외국인 투자 자금이 해외로 빠져나가거나 신규 해외 투자 자금 유입을 위축시키는 결과를 ⓒ초래한다. 이 과정에서 자국 통화의 가치는 하락하고 ㉢환율은 상승한다. 통화량의 증가로 인한 효과는 물가가 신축적인 경우에 예상되는 환율 상승에, 금리 하락에 따른 자금의 해외 유출이 유발하는 추가적인 환율 상승이 더해진 것으로 나타난다. 이러한 추가적인 상승 현상이 환율의 오버슈팅인데, 오버슈팅의 정도 및 지속성은 물가 경직성이 클수록 더 크게 나타난다. 시간이 경과함에 따라 물가가 상승하여 실질 통화량이 원래 수준으로 돌아오고 해외로 유출되었던 자금이 시장 금리의 반등으로 국내로 ⓓ복귀하면서, 단기에 과도하게 상승했던 환율은 장기에는 구매력 평가설에 기초한 환율로 수렴된다.

단기의 환율이 기초 경제 여건과 괴리되어 과도하게 급등락하거나 균형 환율 수준으로부터 장기간 이탈하는 등의 문제가 심화되는 경우를 예방하고 이에 대처하기 위해 정부는 다양한 정책 수단을 동원한다. 오버슈팅의 원인인 물가 경직성을 완화하기 위한 정책 수단 중 강제성이 낮은 사례로는 외환의 수급 불균형 해소를 위해 관련 정보를 신속하고 정확하게 공개하거나, 불필요한 가격 규제를 축소하는 것을 들 수 있다. 한편 오버슈팅에 따른 부정적 파급 효과를 완화하기 위해 정부는 환율 변동으로 가격이 급등한 수입 필수 품목에 대한 세금을 조절함으로써 내수가 급격히 위축되는 것을 방지하려고 하기도 한다. 또한 환율 급등락으로 인한 피해에 대비하여 수출입 기업에 환율 변동 보험을 제공하거나, 외화 차입 시 지급 보증을 제공하기도 한다. 이러한 정책 수단은 직접성이 높은 특성을 가진다. 이와 같이 정부는 기초 경제 여건을 반영한 환율의 추세는 용인하되, 사전적 또는 사후적인 미세 조정 정책 수단을 활용하여 환율의 단기 급등락에 따른 위험으로부터 실물 경제와 금융 시장의 안정을 ⓔ도모하는 정책을 수행한다.

1. 윗글에 대한 이해로 적절하지 않은 것은?

① 국내 통화량이 증가하여 유지될 경우 장기에는 실질 통화량이 변하지 않으므로 장기의 환율도 변함이 없을 것이다.

② 물가가 신축적인 경우가 경직적인 경우에 비해 국내 통화량 증가에 따른 국내 시장 금리 하락 폭이 작을 것이다.

③ 물가 경직성에 따른 환율의 오버슈팅은 물가의 조정 속도보다 환율의 조정 속도가 빠르기 때문에 발생하는 것이다.

④ 환율의 오버슈팅이 발생한 상황에서 외국인 투자 자금이 국내 시장 금리에 민감하게 반응할수록 오버슈팅 정도는 커질 것이다.

⑤ 환율의 오버슈팅이 발생한 상황에서 물가 경직성이 클수록 구매력 평가설에 기초한 환율로 수렴되는 데 걸리는 기간이 길어질 것이다.

2. ㉮를 바탕으로 정책 수단의 특성을 이해한 것으로 가장 적절한 것은?

① 다자녀 가정에 출산 장려금을 지급하는 것은, 불법 주차 차량에 과태료를 부과하는 것보다 강제성이 높다.

② 전기 제품 안전 규제를 강화하는 것은, 학교 급식을 제공하기 위한 재원을 정부 예산에 편성하는 것보다 가시성이 높다.

③ 문화재를 발견하여 신고할 경우 포상금을 주는 것은, 자연 보존 지역에서 개발 행위를 금지하는 것보다 강제성이 높다.

④ 쓰레기 처리를 민간 업체에 맡겨서 수행하게 하는 것은, 정부 기관에서 주민등록 관련 행정 업무를 수행하는 것보다 직접성이 높다.

⑤ 담당 부서에서 문화 소외 계층에 제공하던 복지 카드의 혜택을 늘리는 것은, 전담 부처를 신설하여 상수원 보호 구역을 감독 하는 것보다 자동성이 높다.

3. 윗글을 바탕으로 할 때, 〈보기〉의 'A국' 경제 상황에 대한 '경제학자 갑'의 견해를 추론한 것으로 적절하지 않은 것은?

〈보기〉

A국 경제학자 갑은 자국의 최근 경제 상황을 다음과 같이 진단했다.

금융 시장 불안의 여파로 A국의 주식, 채권 등 금융 자산의 가격 하락에 대한 우려가 확산되면서 안전 자산으로 인식되는 B국의 채권에 대한 수요가 증가하고 있다. 이로 인해 외환 시장에서는 A국에 투자되고 있던 단기성 외국인 자금이 B국으로 유출되면서 A국의 환율이 급등하고 있다.

B국에서는 해외 자금 유입에 따른 통화량 증가로 B국의 시장 금리가 변동할 것으로 예상된다. 이에 따라 A국의 환율 급등은 향후 다소 진정될 것이다. 또한 양국 간 교역 및 금융 의존도가 높은 현실을 감안할 때, A국의 환율 상승은 수입품의 가격 상승 등에 따른 부작용을 초래할 것으로 예상되지만 한편으로는 수출이 증대되는 효과도 있다. 그러므로 정부는 시장 개입을 가능한 한 자제하고 환율이 시장 원리에 따라 자율적으로 균형 환율 수준으로 수렴되도록 두어야 한다.

① A국에 환율의 오버슈팅이 발생한 상황에서 B국의 시장 금리가 하락한다면 오버슈팅의 정도는 커질 것이다.

② A국에 환율의 오버슈팅이 발생하였다면 이는 금융 시장 변동에 따른 불안 심리에 의해 촉발된 것으로 볼 수 있다.

③ A국에 환율의 오버슈팅이 발생할지라도 시장의 조정을 통해 환율이 장기에는 균형 환율 수준에 도달할 수 있을 것이다.

④ A국의 환율 상승이 수출을 증대시키는 긍정적인 효과도 동반 하므로 A국의 정책 당국은 외환 시장 개입에 신중해야 한다.

⑤ A국의 환율 상승은 B국으로부터 수입하는 상품의 가격을 인상 시킴으로써 A국의 내수를 위축시키는 결과를 초래할 수 있다.

4. 〈보기〉에 제시된 그래프의 세로축 a, b, c는 [가]의 ㉠~㉢과 하나씩 대응된다. 이를 바르게 짝지은 것은? [3점]

〈보기〉

다음 그래프들은 [가]에서 국내 통화량이 t 시점에서 증가하여 유지된 경우 예상되는 ㉠~㉢의 시간에 따른 변화를 순서 없이 나열한 것이다.

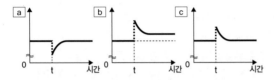

(단, t 시점 근처에서 그래프의 형태는 개략적으로 표현하였으며, t 시점 이전에는 모든 경제 변수들의 값이 일정한 수준에서 유지되어 왔다고 가정한다. 장기 균형으로 수렴되는 기간은 변수마다 상이하다.)

	㉠	㉡	㉢
①	a	c	b
②	b	a	c
③	b	c	a
④	c	a	b
⑤	c	b	a

5. 미세 조정 정책 수단의 사례로 적절하지 않은 것은?

① 예기치 못한 외환 손실에 대비한 환율 변동 보험을 수출 주력 중소기업에 제공한다.

② 원유와 같이 수입 의존도가 높은 상품의 경우 해당 상품에 적용하는 세율을 환율 변동에 따라 조정한다.

③ 환율의 급등락으로 금융 시장이 불안정할 경우 해외 자금 유출과 유입을 통제하여 환율의 추세를 바꾼다.

④ 환율 급등으로 수입 물가가 가파르게 상승했을 때, 수입 대금 지급을 위해 외화를 빌리는 수입 업체에 지급 보증을 제공한다.

⑤ 수출입 기업을 대상으로 국내외 금리 변동, 해외 투자 자금 동향 등 환율 변동에 영향을 주는 요인들에 대한 정보를 제공한다.

6. 문맥상 ⓐ~ⓔ와 바꿔 쓰기에 적절하지 않은 것은?

① ⓐ: 동떨어져   ② ⓑ: 드러낼

③ ⓒ: 불러온다   ④ ⓓ: 되돌아오면서

⑤ ⓔ: 꾀하는

[1~5] 다음 글을 읽고 물음에 답하시오.

사람들은 함께 모여 '집합 의례'를 행한다. ㉠뒤르켐은 오스트레일리아 부족들의 집합 의례를 공동체 결속의 관점에서 탐구한다. 부족 사람들은 문제 상황이 발생할 경우 생계 활동을 멈추고 자신들이 공유하는 성(聖)과 속(俗)의 분류 체계를 활용하여 이 상황이 성스러운 것인지 아니면 속된 것인지를 판별하는 집합 의례를 행한다. 이 과정에서 그들은 자신들이 공유하는 성스러움이 무엇인지 새삼 깨닫고 그것을 중심으로 약해진 기존의 도덕 공동체를 재생한다. 집합 의례가 끝나면 부족 사람들은 가슴 속에 성스러움을 품고 일상의 속된 세계로 되돌아간다. 이로써 단순히 먹고사는 문제에 불과했던 생계 활동이 성스러움과 연결된 도덕적 의미를 지니게 된다.

뒤르켐은 현대 사회의 집합 의례가 기존 도덕 공동체의 재생으로 끝나지 않고 새로운 도덕 공동체를 창출할 것이라고 본다. 예를 들어, 프랑스 혁명은 자유, 평등, 우애와 같은 새로운 성스러움을 창출하고 이를 중심으로 새로운 도덕 공동체를 구성한 집합 의례다. 뒤르켐은 새로 창출된 성스러움이 자기 이해관계를 추구하며 속된 세계에서 살아가는 개인들에게 서로 결속할 수 있는 도덕적 의미를 제공할 것이라 여긴다.

㉡파슨스와 스멜서는 이러한 이론적 통찰을 기능주의 이론으로 구체화한다. 그들은 성스러움을 가치라는 말로 바꿔 표현한다. 현대 사회에서는 가치가 평상시 사회적 삶 아래에 잠재되어 있다가, 그 도덕적 의미가 뿌리부터 뒤흔들리는 위기 시기에 위로 올라와 전국적으로 일반화된다. 속된 일상에서 사람들은 가치를 추구하기보다는 자기 이해관계를 구체화한 목표와 이의 실현을 안내하는 규범에 따라 살아간다. 하지만 위기 시기에는 사람들의 관심이 자신들의 특수한 이해관계에서 보편적인 가치로 상승한다. 사람들은 가치에 기대어 위기가 주는 심리적 긴장과 압박을 해소하는 집합 의례를 행한다. 그 결과 사회의 통합이 회복된다. 파슨스와 스멜서는 이것이 마치 유기체가 환경의 압박으로 인해 흐트러진 항상성의 기능을 생리 작용을 통해 회복하는 과정과 유사하다고 본다.

㉢알렉산더는 파슨스와 스멜서의 이론을 받아들이면서도 그들이 사용한 생물학적 은유가 복잡한 현대 사회의 집합 의례를 탐구하는 데는 한계가 있다고 보고, 그 대안으로 '사회적 공연론'을 제시한다. 그는 가치를 전 사회로 일반화하는 집합 의례가 현대 사회에서는 유기체의 생리 작용처럼 자연적으로 진행되는 것이 아니라, 그 결과가 정해지지 않은 과정이라고 본다. 현대 사회는 사회적 공연의 요소들이 분화되어 있을 뿐만 아니라 각 요소가 자율성을 지니고 있다. 따라서 이 요소들을 융합하는 사회적 공연은 우발성이 극대화된 문화적 실천을 요구한다. 알렉산더가 기능주의 이론과 달리 공연의 요소들이 어떤 조건 아래

에서 어떤 과정을 거쳐 융합이 이루어지는지 경험적으로 세밀하게 탐구해야 한다고 강조하는 이유가 여기에 있다.

현대 사회의 사회적 공연의 요소들로는 성과 속의 분류 체계를 다양하게 구체화한 대본, 다양한 대본을 자신만의 방식으로 실행하는 배우, 계급·출신 지역·나이·성별 등 내부적으로 분화된 관객, 시·공간적으로 다양한 동선을 짜서 공연을 무대 위에 올리는 미장센*, 시·공간의 한계를 넘어 공연을 광범위한 관객에게 전파하는 상징적 생산 수단, 공연을 생산하고 배포하고 해석하는 과정을 총체적으로 통제하지 못할 정도로 고도로 분화된 사회적 권력 등이 있다. 그러나 요소의 분화와 자율성이 없는 전체주의 사회에서는 국가 권력에 의한 대중 동원만 있을 뿐 사회적 공연이 일어나기 어렵다.

*미장센(mise en scéne): 무대 위에서의 등장인물의 배치나 역할, 무대 장치, 조명 따위에 관한 총체적인 계획과 실행.

1. 윗글의 논지 전개 방식에 대한 설명으로 가장 적절한 것은?

① 중심 화제에 대해 주요 학자들이 합의한 결과를 제시하고 있다.
② 중심 화제에 대해 상반된 견해를 제시한 후 두 견해를 절충하고 있다.
③ 중심 화제에 대한 이론이 후속 연구에 의해 보완되는 과정을 고찰하고 있다.
④ 중심 화제에 대한 다양한 사례들을 제시한 후 이를 유형별로 분류하고 있다.
⑤ 중심 화제의 역사적 기원에 대한 다양한 가설들의 의의와 한계를 평가하고 있다.

2. '집합 의례'에 대해 ㉠이 할 수 있는 말로 적절하지 않은 것은?

① 부족 사회는 집합 의례를 행하여 기존의 도덕 공동체를 되살린다.
② 집합 의례를 통해 사람들은 생계 활동의 성스러운 의미를 얻는다.
③ 현대 사회에서는 집합 의례를 통해 새로운 도덕 공동체가 형성된다.
④ 공동체 성원들은 집합 의례를 거쳐 구체적인 이해관계를 중심으로 묶인다.
⑤ 집합 의례의 과정에서 공동체 성원들은 문제 상황을 성 또는 속의 문제로 규정한다.

3. 위기 시기에 일어나는 상황을 이해한 것으로 가장 적절한 것은?

① 사람들이 관심을 속에서 성으로 옮긴다.

② 사람들이 목표와 규범 차원에서 행동한다.

③ 사람들이 생계 활동을 위한 최적의 수단을 찾는다.

④ 사람들이 항상성을 유지하기 위해 위기 상황을 외면한다.

⑤ 사람들이 평상시 추구하던 삶의 도덕적 의미를 상실한다.

4. 윗글의 ⓛ과 ⓒ에 대한 설명으로 가장 적절한 것은?

① ⓛ과 달리 ⓒ은 현대 사회의 집합 의례는 그 결과가 미리 결정되어 있지 않다고 본다.

② ⓛ과 달리 ⓒ은 집합 의례가 가치의 일반화를 통해 도덕 공동체를 구성할 것이라 본다.

③ ⓒ과 달리 ⓛ은 집합 의례가 발생하는 과정을 경험적으로 탐구할 필요성이 있다고 본다.

④ ⓛ과 ⓒ은 모두 문화적 실천으로서의 집합 의례를 유기체의 생리 과정과 유사하다고 본다.

⑤ ⓛ과 ⓒ은 모두 현대 사회에서는 성과 속의 분류 체계 없이 집합 의례가 일어난다고 본다.

5. 윗글에서 설명한 '사회적 공연론'으로 〈보기〉를 이해한 내용으로 적절하지 않은 것은? [3점]

〈보기〉

수려한 경관으로 유명한 A시에 소각장이 들어설 예정이다. A시의 시장은 정부의 보조금을 활용하여 낙후된 지역 경제를 발전시키기 위해 소각장을 유치하였다고 밝혔다. A시 시민들은 반대파와 찬성파로 갈려 집회를 이어 갔다. 반대파는 지역 경제 발전에는 찬성하지만 소각장이 환경을 오염시킨다며 철회할 것을 요구했고, 찬성파는 반대파가 지역 이기주의에 빠져 있다고 비판했다. 집회에 참여하지 않았던 사람들도 의견이 갈려 토박이와 노인은 반대 운동에, 이주민과 젊은이는 찬성 운동에 적극 참여하였다. 중앙 언론은 이 사건이 지역 내 현상이라며 아예 보도하지 않았다. 반대파는 반대 운동을 전국적으로 알리기 위해 서울에 가서 집회를 하려 했지만 경찰이 허가를 내 주지 않았다.

① 공연의 미장센이 A시에 한정되어 펼쳐지고 있군.

② 공연의 요소들이 융합되어 가치의 일반화가 일어났군.

③ 출신 지역과 나이로 분화된 관객이 배우로 직접 나서고 있군.

④ 상징적 생산 수단과 사회적 권력이 공연의 전국적 전파를 막으려 하는군.

⑤ 배우들이 지역 경제 발전에는 동의하면서도 서로 다른 대본을 가지고 공연을 수행하는군.

구조도 그리기

[1~4] 다음 글을 읽고 물음에 답하시오.

통화 정책은 중앙은행이 물가 안정과 같은 경제적 목적의 달성을 위해 이자율이나 통화량을 조절하는 것이다. 대표적인 통화 정책 수단인 '공개 시장 운영'은 중앙은행이 민간 금융 기관을 상대로 채권을 매매해 금융 시장의 이자율을 정책적으로 결정한 기준 금리 수준으로 접근시키는 것이다. 중앙은행이 채권을 매수하면 이자율은 하락하고, 채권을 매도하면 이자율은 상승한다. 이자율이 하락하면 소비와 투자가 확대되어 경기가 활성화되고 물가 상승률이 오르며, 이자율이 상승하면 경기가 위축되고 물가 상승률이 떨어진다. 이와 같이 공개 시장 운영의 영향은 경제 전반에 ⓐ파급된다.

중앙은행의 통화 정책이 의도한 효과를 얻기 위한 요건 중에는 '선제성'과 '정책 신뢰성'이 있다. 먼저 통화 정책이 선제적이라는 것은 중앙은행이 경제 변동을 예측해 이에 미리 대처한다는 것이다. 기준 금리를 결정하고 공개 시장 운영을 실시하여 그 효과가 실제로 나타날 때까지는 시차가 발생하는데 이를 '정책 외부 시차'라 하며, 이 때문에 선제성이 문제가 된다. 예를 들어 중앙은행이 경기 침체 국면에 들어서야 비로소 기준 금리를 인하한다면, 정책 외부 시차로 인해 경제가 스스로 침체 국면을 벗어난 다음에야 정책 효과가 ⓑ발현될 수도 있다. 이 경우 경기 과열과 같은 부작용이 ⓒ수반될 수 있다. 따라서 중앙은행은 통화 정책을 선제적으로 운용하는 것이 바람직하다.

또한 통화 정책은 민간의 신뢰가 없이는 성공을 거둘 수 없다. 따라서 중앙은행은 정책 신뢰성이 손상되지 않게 ⓓ유의해야 한다. 그런데 어떻게 통화 정책이 민간의 신뢰를 얻을 수 있는지에 대해서는 견해 차이가 있다. 경제학자 프리드먼은 중앙은행이 특정한 정책 목표나 운용 방식을 '준칙'으로 삼아 민간에 약속하고 어떤 상황에서도 이를 지키는 ㉠'준칙주의'를 주장한다. 가령 중앙은행이 물가 상승률 목표치를 민간에 약속했다고 하자. 민간이 이 약속을 신뢰하면 물가 불안 심리가 진정된다. 그런데 물가가 일단 안정되고 나면 중앙은행으로서는 이제 경기를 ⓔ부양하는 것도 고려해 볼 수 있다. 문제는 민간이 이 비일관성을 인지하면 중앙은행에 대한 신뢰가 훼손된다는 점이다. 준칙주의자들은 이런 경우에 중앙은행이 애초의 약속을 일관되게 지키는 편이 바람직하다고 주장한다.

그러나 민간이 사후적인 결과만으로는 중앙은행이 준칙을 지키려 했는지 판단하기 어렵고, 중앙은행에 준칙을 지킬 것을 강제할 수 없는 것도 사실이다. 준칙주의와 대비되는 ㉡'재량주의'에서는 경제 여건 변화에 따른 신축적인 정책 대응을 지지하며 준칙주의의 엄격한 실천은 현실적으로 어렵다고 본다. 아울러 준칙주의가 최선인지에 대해서도 물음을 던진다. 예상보다 큰

경제 변동이 있으면 사전에 정해 둔 준칙이 장애물이 될 수 있기 때문이다. 정책 신뢰성은 중요하지만, 이를 위해 중앙은행이 반드시 준칙에 얽매일 필요는 없다는 것이다.

1. 윗글에서 사용한 설명 방식에 해당하지 않는 것은?

① 통화 정책의 목적을 유형별로 나누어 제시하고 있다.

② 통화 정책에서 선제적 대응의 필요성을 예를 들어 설명하고 있다.

③ 공개 시장 운영이 경제 전반에 영향을 미치는 과정을 인과적으로 설명하고 있다.

④ 관련된 주요 용어의 정의를 바탕으로 통화 정책의 대표적인 수단을 설명하고 있다.

⑤ 통화 정책의 신뢰성 확보를 위해 준칙을 지켜야 하는지에 대한 두 견해의 차이를 드러내고 있다.

2. 윗글을 바탕으로 〈보기〉를 이해할 때 '경제학자 병'이 제안한 내용으로 가장 적절한 것은? [3점]

〈보기〉

어떤 가상의 경제에서 20○○년 1월 1일부터 9월 30일까지 3개 분기 동안 중앙은행의 기준 금리가 4%로 유지되는 가운데 다양한 물가 변동 요인의 영향으로 물가 상승률은 아래 표와 같이 나타났다. 단, 각 분기의 물가 변동 요인은 서로 관련이 없다고 한다.

기간	1/1 ～ 3/31	4/1 ～ 6/30	7/1 ～ 9/30
	1분기	2분기	3분기
물가 상승률	2%	3%	3%

경제학자 병은 1월 1일에 위 표의 내용을 예측할 수 있었고 국민들의 생활 안정을 위해 물가 상승률을 매 분기 2%로 유지해야 한다고 주장하였다. 이를 위해 다음 사항을 고려한 선제적 통화 정책을 제안했으나 받아들여지지 않았다.

[경제학자 병의 고려 사항]

기준 금리가 4%로부터 1.5%p*만큼 변하면 물가 상승률은 위 표의 각 분기 값을 기준으로 1%p만큼 달라지며, 기준 금리 조정과 공개 시장 운영은 1월 1일과 4월 1일에 수행된다. 정책 외부 시차는 1개 분기이며 기준 금리 조정에 따른 물가 상승률 변동 효과는 1개 분기 동안 지속된다.

*%p는 퍼센트 간의 차이를 말한다. 예를 들어 1%에서 2%로 변화하면 이는 1%p 상승한 것이다.

① 중앙은행은 기준 금리를 1월 1일에 2.5%로 인하하고 4월 1일에도 이를 2.5%로 유지해야 한다.

② 중앙은행은 기준 금리를 1월 1일에 2.5%로 인하하고 4월 1일에는 이를 4%로 인상해야 한다.

③ 중앙은행은 기준 금리를 1월 1일에 4%로 유지하고 4월 1일에는 이를 5.5%로 인상해야 한다.

④ 중앙은행은 기준 금리를 1월 1일에 5.5%로 인상하고 4월 1일에는 이를 4%로 인하해야 한다.

⑤ 중앙은행은 기준 금리를 1월 1일에 5.5%로 인상하고 4월 1일에도 이를 5.5%로 유지해야 한다.

3. 윗글의 ㉠과 ㉡에 대한 설명으로 가장 적절한 것은?

① ㉠에서는 중앙은행이 정책 운용에 관한 준칙을 지키느라 경제 변동에 신축적인 대응을 못해도 이를 바람직하다고 본다.

② ㉡에서는 중앙은행이 스스로 정한 준칙을 지키는 것은 얼마든지 가능하다고 본다.

③ ㉠에서는 ㉡과 달리, 정책 운용에 관한 준칙을 지키지 않아도 민간의 신뢰를 확보할 수 있다고 본다.

④ ㉡에서는 ㉠과 달리, 통화 정책에서 민간의 신뢰 확보를 중요하게 여기지 않는다.

⑤ ㉡에서는 ㉠과 달리, 경제 상황 변화에 대한 통화 정책의 탄력적 대응이 효과적이지 않다고 본다.

4. ⓐ～ⓔ의 문맥적 의미를 활용하여 만든 문장으로 적절하지 <u>않은</u> 것은?

① ⓐ: 그의 노력으로 소비자 운동이 전국적으로 <u>파급</u>되었다.

② ⓑ: 의병 활동은 민중의 애국 애족 의식이 <u>발현</u>한 것이다.

③ ⓒ: 이 질병은 구토와 두통 증상을 <u>수반</u>하는 경우가 많다.

④ ⓓ: 기온과 습도가 높은 요즘 건강관리에 <u>유의</u>해야 한다.

⑤ ⓔ: 장남인 그가 늙으신 부모와 어린 동생들을 <u>부양</u>하고 있다.

구조도 그리기

[1~6] 다음 글을 읽고 물음에 답하시오.

보험은 같은 위험을 보유한 다수인이 위험 공동체를 형성하여 보험료를 납부하고 보험 사고가 발생하면 보험금을 지급받는 제도이다. 보험 상품을 구입한 사람은 장래의 우연한 사고로 인한 경제적 손실에 ⓐ대비할 수 있다. 보험금 지급은 사고 발생이라는 우연적 조건에 따라 결정되는데, 이처럼 보험은 조건의 실현 여부에 따라 받을 수 있는 재화나 서비스가 달라지는 조건부 상품이다.

[가]
위험 공동체의 구성원이 납부하는 보험료와 지급받는 보험금은 그 위험 공동체의 사고 발생 확률을 근거로 산정된다. 특정 사고가 발생할 확률은 정확히 알 수 없지만 그동안 발생된 사고를 바탕으로 그 확률을 예측한다면 관찰 대상이 많아짐에 따라 실제 사고 발생 확률에 근접하게 된다. 본래 보험 가입의 목적은 금전적 이득을 취하는 데 있는 것이 아니라 장래의 경제적 손실을 보상받는 데 있으므로 위험 공동체의 구성원은 자신이 속한 위험 공동체의 위험에 상응하는 보험료를 납부하는 것이 공정할 것이다. 따라서 공정한 보험에서는 구성원 각자가 납부하는 보험료와 그가 지급받을 보험금에 대한 기댓값이 일치해야 하며 구성원 전체의 보험료 총액과 보험금 총액이 일치해야 한다. 이때 보험금에 대한 기댓값은 사고가 발생할 확률에 사고 발생 시 수령할 보험금을 곱한 값이다. 보험금에 대한 보험료의 비율(보험료/보험금)을 보험료율이라 하는데, 보험료율이 사고 발생 확률보다 높으면 구성원 전체의 보험료 총액이 보험금 총액보다 더 많고, 그 반대의 경우에는 구성원 전체의 보험료 총액이 보험금 총액보다 더 적게 된다. 따라서 공정한 보험에서는 보험료율과 사고 발생 확률이 같아야 한다.

물론 현실에서 보험사는 영업 활동에 소요되는 비용 등을 보험료에 반영하기 때문에 공정한 보험이 적용되기 어렵지만 기본적으로 위와 같은 원리를 바탕으로 보험료와 보험금을 산정한다. 그런데 보험 가입자들이 자신이 가진 위험의 정도에 대해 진실한 정보를 알려 주지 않는 한, 보험사는 보험 가입자 개개인이 가진 위험의 정도를 정확히 ⓑ파악하여 거기에 상응하는 보험료를 책정하기 어렵다. 이러한 이유로 사고 발생 확률이 비슷하다고 예상되는 사람들로 구성된 어떤 위험 공동체에 사고 발생 확률이 더 높은 사람들이 동일한 보험료를 납부하고 진입하게 되면, 그 위험 공동체의 사고 발생 빈도가 높아져 보험사가 지급하는 보험금의 총액이 증가한다. 보험사는 이를 보전하기 위해 구성원이 납부해야 할 보험료를 ⓒ인상할 수밖에 없다. 결국 자신의 위험 정도에 상응하는 보험료보다 더 높은 보험료를 납부하는 사람이 생기게 되는 것이다. 이러한 문제는 정보의 비대칭성에서 비롯되는데 보험 가입자의 위험 정도에 대한 정보는 보험 가입자가 보험사보다 더 많이 갖고 있기 때문이다. 이를 해결하기 위해 보험사는 보험 가입자의 감춰진 특성을 파악할 수 있는 수단이 필요하다.

우리 상법에 규정되어 있는 고지 의무는 이러한 수단이 법적으로 구현된 제도이다. 보험 계약은 보험 가입자의 청약과 보험사의 승낙으로 성립된다. 보험 가입자는 반드시 계약을 체결하기 전에 '중요한 사항'을 알려야 하고, 이를 사실과 다르게 진술해서는 안 된다. 여기서 '중요한 사항'은 보험사가 보험 가입자의 청약에 대한 승낙을 결정하거나 차등적인 보험료를 책정하는 근거가 된다. 따라서 고지 의무는 결과적으로 다수의 사람들이 자신의 위험 정도에 상응하는 보험료보다 더 높은 보험료를 납부해야 하거나, 이를 이유로 아예 보험에 가입할 동기를 상실하게 되는 것을 방지한다.

보험 계약 체결 전 보험 가입자가 고의나 중대한 과실로 '중요한 사항'을 보험사에 알리지 않거나 사실과 다르게 알리면 고지 의무를 위반하게 된다. 이러한 경우에 우리 상법은 보험사에 계약 해지권을 부여한다. 보험사는 보험 사고가 발생하기 이전이나 이후에 상관없이 고지 의무 위반을 이유로 계약을 해지할 수 있고, 해지권 행사는 보험사의 일방적인 의사 표시로 가능하다. 해지를 하면 보험사는 보험금을 지급할 책임이 없게 되며, 이미 보험금을 지급했다면 그에 대한 반환을 청구할 수 있다. 일반적으로 법에서 의무를 위반하게 되면 위반한 자에게 그 의무를 이행하도록 강제하거나 손해 배상을 청구할 수 있는 것과 달리, 보험 가입자가 고지 의무를 위반했을 때에는 보험사가 해지권만 행사할 수 있다. 그런데 보험사의 계약 해지권이 제한되는 경우도 있다. 계약 당시에 보험사가 고지 의무 위반에 대한 사실을 알았거나 중대한 과실로 인해 알지 못한 경우에는 보험 가입자가 고지 의무를 위반했어도 보험사의 해지권은 ⓓ배제된다. 이는 보험 가입자의 잘못보다 보험사의 잘못에 더 책임을 둔 것이라 할 수 있다. 또 보험사가 해지권을 행사할 수 있는 기간에도 일정한 제한을 두고 있는데, 이는 양자의 법률관계를 신속히 확정함으로써 보험 가입자가 불안정한 법적 상태에 장기간 놓여 있는 것을 방지하려는 것이다. 그러나 고지해야 할 '중요한 사항' 중 고지 의무 위반에 해당되는 사항이 보험 사고와 인과 관계가 없을 때에는 보험사는 보험금을 지급할 책임이 있다. 그렇지만 이때에도 해지권은 행사할 수 있다.

보험에서 고지 의무는 보험에 가입하려는 사람의 특성을 검증함으로써 다른 가입자에게 보험료가 부당하게 ⓔ전가되는 것을 막는 기능을 한다. 이로써 사고의 위험에 따른 경제적 손실에 대비하고자 하는 보험 본연의 목적이 달성될 수 있다.

1. 윗글에 대한 설명으로 가장 적절한 것은?

① 보험 계약에서 보험사가 준수해야 할 법률 규정의 실효성을 검토하고 있다.

② 보험사의 보험 상품 판매 전략에 내재된 경제학적 원리와 법적 규제의 필요성을 강조하고 있다.

③ 공정한 보험의 경제학적 원리와 보험의 목적을 실현하는 데 기여하는 법적 의무를 살피고 있다.

④ 보험금 지급을 두고 벌어지는 분쟁의 원인을 나열한 후 경제적 해결책과 법적 해결책을 모색하고 있다.

⑤ 보험 상품의 거래에 부정적으로 작용하는 법률 조항의 문제점을 경제학적인 시각에서 분석하고 있다.

2. 윗글을 이해한 내용으로 가장 적절한 것은?

① 보험사가 청약을 하고 보험 가입자가 승낙해야 보험 계약이 해지된다.

② 구성원 전체의 보험료 총액보다 보험금 총액이 더 많아야 공정한 보험이 된다.

③ 보험 사고 발생 여부와 관계없이 같은 보험료를 납부한 사람들은 동일한 보험금을 지급받는다.

④ 보험에 가입하고자 하는 사람이 알린 중요한 사항을 근거로 보험사는 보험 가입을 거절할 수 있다.

⑤ 우리 상법은 보험 가입자보다 보험사의 잘못을 더 중시하기 때문에 보험사에 계약 해지권을 부여하고 있다.

3. [가]를 바탕으로 〈보기〉의 상황을 이해한 내용으로 적절한 것은? [3점]

〈보기〉

사고 발생 확률이 각각 0.1과 0.2로 고정되어 있는 위험 공동체 A와 B가 있다고 가정한다. A와 B에 모두 공정한 보험이 항상 적용된다고 할 때, 각 구성원이 납부할 보험료와 사고 발생 시 지급받을 보험금을 산정하려고 한다.

단, 동일한 위험 공동체의 구성원끼리는 납부하는 보험료가 같고, 지급받는 보험금이 같다. 보험료는 한꺼번에 모두 납부한다.

① A에서 보험료를 두 배로 높이면 보험금은 두 배가 되지만 보험금에 대한 기댓값은 변하지 않는다.

② B에서 보험금을 두 배로 높이면 보험료는 변하지 않지만 보험금에 대한 기댓값은 두 배가 된다.

③ A에 적용되는 보험료율과 B에 적용되는 보험료율은 서로 같다.

④ A와 B에서의 보험금이 서로 같다면 A에서의 보험료는 B에서의 보험료의 두 배이다.

⑤ A와 B에서의 보험료가 서로 같다면 A와 B에서의 보험금에 대한 기댓값은 서로 같다.

4. 윗글의 고지 의무에 대한 설명으로 적절하지 않은 것은?

① 고지 의무를 위반한 보험 가입자가 보험사에 손해 배상을 해야 하는 근거가 된다.

② 보험사가 보험 가입자의 위험 정도에 따라 차등적인 보험료를 책정하는 데 도움이 된다.

③ 보험 계약 과정에서 보험사가 가입자들의 특성을 파악하는 데 드는 어려움을 줄여 준다.

④ 보험사와 보험 가입자 간의 정보 비대칭성에서 기인하는 문제를 줄일 수 있는 법적 장치이다.

⑤ 자신의 위험 정도에 상응하는 보험료보다 높은 보험료를 내야 한다는 이유로 보험 가입을 포기하는 사람들이 생기는 것을 방지하는 효과가 있다.

5. 윗글을 바탕으로 〈보기〉의 사례를 검토한 내용으로 가장 적절한 것은?

〈보기〉

> 보험사 A는 보험 가입자 B에게 보험 사고로 인한 보험금을 지급한 후, B가 중요한 사항을 고지하지 않았다는 사실을 뒤늦게 알고 해지권을 행사할 수 있는 기간 내에 보험금 반환을 청구했다.

① 계약 체결 당시 A에게 중대한 과실이 있었다면 A는 계약을 해지할 수 없으나 보험금은 돌려받을 수 있다.

② 계약 체결 당시 A에게 중대한 과실이 없다 하더라도 A는 보험금을 이미 지급했으므로 계약을 해지할 수 없다.

③ 계약 체결 당시 A에게 중대한 과실이 있고 B 또한 중대한 과실로 고지 의무를 위반했다면 A는 보험금을 돌려받을 수 있다.

④ B가 고지하지 않은 중요한 사항이 보험 사고와 인과 관계가 없다면 A는 보험금을 돌려받을 수 없다.

⑤ B가 자신의 고지 의무 위반 사실을 보험 사고가 발생한 후 A에게 즉시 알렸다면 고지 의무를 위반한 것이 아니다.

6. ⓐ~ⓔ를 사용하여 만든 문장으로 적절하지 않은 것은?

① ⓐ: 지난해의 이익과 손실을 대비해 올해 예산을 세웠다.

② ⓑ: 일을 시작하기 전에 상황을 파악하는 것이 중요하다.

③ ⓒ: 임금이 인상되었다는 소식에 많은 사람들이 기뻐했다.

④ ⓓ: 이번 실험이 실패할 가능성을 전혀 배제할 수는 없다.

⑤ ⓔ: 그는 자신의 실수에 대한 책임을 동료에게 전가했다.

[1~4] 다음 글을 읽고 물음에 답하시오.

변론술을 가르치는 프로타고라스(P)에게 에우아틀로스(E)가 제안하였다. "제가 처음으로 승소하면 그때 수강료를 내겠습니다." P는 이를 ⓐ받아들였다. 그런데 E는 모든 과정을 수강하고 나서도 소송을 할 기미를 보이지 않았고 그러자 P가 E를 상대로 소송하였다. P는 주장하였다. "내가 승소하면 판결에 따라 수강료를 받게 되고, 내가 지면 자네는 계약에 따라 수강료를 내야 하네." E도 맞섰다. "제가 승소하면 수강료를 내지 않게 되고 제가 지더라도 계약에 따라 수강료를 내지 않아도 됩니다."

지금까지도 이 사례는 풀기 어려운 논리 난제로 거론된다. 다만 법률가들은 이를 해결할 수 있는 사안이라고 본다. 우선, 이 사례의 계약이 수강료 지급이라는 효과를, 실현되지 않은 사건에 의존하도록 하는 계약이라는 점을 살펴야 한다. 이처럼 일정한 효과의 발생이나 소멸에 제한을 ⓑ덧붙이는 것을 '부관'이라 하는데, 여기에는 '기한'과 '조건'이 있다. 효과의 발생이나 소멸이 장래에 확실히 발생할 사실에 의존하도록 하는 것을 기한이라 한다. 반면 장래에 일어날 수도 있는 사실에 의존하도록 하는 것은 조건이다. 그리고 조건이 실현되었을 때 효과를 발생시키면 '정지 조건', 소멸시키면 '해제 조건'이라 ⓒ부른다.

민사 소송에서 판결에 대하여 상소, 곧 항소나 상고가 그 기간 안에 제기되지 않아서 사안이 종결되든가, 그 사안에 대해 대법원에서 최종 판결이 선고되든가 하면, 이제 더 이상 그 일을 다툴 길이 없어진다. 이때 판결은 확정되었다고 한다. 확정 판결에 대하여는 '기판력(旣判力)'이라는 것을 인정한다. 기판력이 있는 판결에 대해서는 더 이상 같은 사안으로 소송에서 다툴 수 없다. 예를 들어, 계약서를 제시하지 못해 매매 사실을 입증하지 못하고 패소한 판결이 확정되면, 이후에 계약서를 발견하더라도 그 사안에 대하여는 다시 소송하지 못한다. 같은 사안에 대해 서로 모순되는 확정 판결이 존재하도록 할 수는 없는 것이다.

확정 판결 이후에 법률상의 새로운 사정이 ⓓ생겼을 때는, 그것을 근거로 하여 다시 소송하는 것이 허용된다. 이 경우에는 전과 다른 사안의 소송이라 하여 이전 판결의 기판력이 미치지 않는다고 보는 것이다. 위에서 예로 들었던 계약서는 판결 이전에 작성된 것이어서 그 발견이 새로운 사정이라고 인정되지 않는다. 그러나 임대인이 임차인에게 집을 비워 달라고 하는 소송에서 임대차 기간이 남아 있다는 이유로 임대인이 패소한 판결이 확정된 후 시일이 흘러 계약 기간이 만료되면, 임대인은 집을 비워 달라는 소송을 다시 할 수 있다. 계약상의 기한이 지남으로써 임차인의 권리에 변화가 생겼기 때문이다.

이렇게 살펴본 바를 바탕으로 ㉠P와 E 사이의 분쟁을 해결하는 소송이 어떻게 전개될지 따져 보자. 이 사건에 대한 소송에서는 조건이 성취되지 않았다는 이유로 법원이 E에게 승소 판결을

내리면 된다. 그런데 이 판결 확정 이후에 P는 다시 소송을 할 수 있다. 조건이 실현되었기 때문이다. 따라서 이 두 번째 소송에서는 결국 P가 승소한다. 그리고 이때부터는 E가 다시 수강료에 관한 소송을 할 만한 사유가 없다. 이 분쟁은 두 차례의 판결을 ⓔ거쳐 해결될 수 있는 것이다.

1. 윗글을 이해한 내용으로 적절하지 <u>않은</u> 것은?

① 승소하면 그때 수강료를 내겠다고 할 때 승소는 수강료 지급 의무에 대한 기한이다.

② 기한과 조건은 모두 계약상의 효과를 장래의 사실에 의존 하도록 한다는 점이 공통된다.

③ 계약에 해제 조건을 덧붙이면 그 조건이 실현되었을 때 계약상 유지되고 있는 효과를 소멸시킬 수 있다.

④ 판결이 선고되고 나서 상소 기간이 다 지나가도록 상소가 이루어지지 않으면 그 판결에는 기판력이 생긴다.

⑤ 기판력에는 법원이 판결로 확정한 사안에 대하여 이후에 법원 스스로 그와 모순된 판결을 내릴 수 없다는 전제가 깔려 있다.

2. ㉠에 대한 추론으로 적절한 것은?

① 첫 번째 소송에서 P는 계약이 유효하다고 주장하고, E는 계약이 유효하지 않다고 주장할 것이다.

② 첫 번째 소송의 판결문에는 E가 수강료를 내야 할 의무가 있다는 내용이 실릴 것이다.

③ 첫 번째 소송에서나 두 번째 소송에서나 P가 할 청구는 수강료를 내라는 내용일 것이다.

④ 두 번째 소송에서는 E가 첫 승소라는 조건을 달성하지 못한 상태이므로 P는 수강료를 받을 수 있을 것이다.

⑤ 첫 번째와 두 번째 소송의 판결은 P와 E 사이에 승패가 상반될 것이므로 두 판결 가운데 하나는 무효일 것이다.

3. 윗글을 바탕으로 〈보기〉의 사례를 검토한 내용으로 적절하지 <u>않은</u> 것은? [3점]

구조도 그리기

───〈보기〉───

갑은 을을 상대로 자신에게 빌려 간 금전을 갚아 달라는 소송을 하는데, 계약서와 같은 증거 자료는 제출하지 못했다. 그 결과 (가) 또는 (나)의 경우가 생겼다고 하자.

(가) 갑은 금전을 빌려 주었다는 증거를 제시하지 못하여 패소하였다. 이 판결은 확정되었다.
(나) 법원은 을이 금전을 빌렸다는 사실을 인정하면서도, 갚기로 한 날은 2015년 11월 30일이라 인정하여, 아직 그날이 되지 않았다는 이유로 갑에게 패소 판결을 내렸다. 이 판결은 확정되었다.

① (가)의 경우, 갑은 더 이상 상급 법원에 상소하여 다툴 수 있는 방법이 남아 있지 않다.
② (가)의 경우, 갑은 빌려 준 금전에 대한 계약서를 발견하더라도 그것을 근거로 하여 금전을 갚아 달라고 소송하는 것은 허용되지 않는다.
③ (나)의 경우, 을은 2015년 11월 30일이 되기 전에는 갑에게 금전을 갚지 않아도 된다.
④ (나)의 경우, 2015년 11월 30일이 지나면 갑이 을을 상대로 금전을 갚아 달라는 소송을 다시 하더라도 기판력에 저촉되지 않는다.
⑤ (나)의 경우, 이미 지나간 2015년 2월 15일이 갚기로 한 날임을 밝혀 주는 계약서가 발견되면 갑은 같은 해 11월 30일이 되기 전에 그것을 근거로 금전을 갚아 달라는 소송을 할 수 있다.

4. 문맥상 ⓐ~ⓔ와 바꿔 쓰기에 가장 적절한 것은?

① ⓐ: 수취하였다
② ⓑ: 부가하는
③ ⓒ: 지시한다
④ ⓓ: 형성되었을
⑤ ⓔ: 경유하여

징벌적 손해 배상 제도

2016학년도 6월 모평AB

해설 P.082

[1~4] 다음 글을 읽고 물음에 답하시오.

사회 구성원들이 경제적 이익을 추구하는 과정에서 불법 행위를 감행하기 쉬운 상황일수록 이를 억제하는 데에는 금전적 제재 수단이 효과적이다.

현행법상 불법 행위에 대한 금전적 제재 수단에는 민사적 수단인 손해 배상, 형사적 수단인 벌금, 행정적 수단인 과징금이 있으며, 이들은 각각 피해자의 구제, 가해자의 징벌, 법 위반 상태의 시정을 목적으로 한다. 예를 들어 기업들이 담합하여 제품 가격을 인상했다가 적발된 경우, 그 기업들은 피해자에게 손해 배상 소송을 제기당하거나 법원으로부터 벌금형을 선고받을 수 있고 행정 기관으로부터 과징금도 부과받을 수 있다. 이처럼 하나의 불법 행위에 대해 세 가지 금전적 제재가 내려질 수 있지만 제재의 목적이 서로 다르므로 중복 제재는 아니라는 것이 법원의 판단이다.

그런데 우리나라에서는 기업의 불법 행위에 대해 손해 배상 소송이 제기되거나 벌금이 부과되는 사례는 드물어서, 과징금 등 행정적 제재 수단이 억제 기능을 수행하는 경우가 많다. 이런 상황에서는 과징금 등 행정적 제재의 강도를 높임으로써 불법 행위의 억제력을 끌어올릴 수 있다. 그러나 적발 가능성이 매우 낮은 불법 행위의 경우에는 과징금을 올리는 방법만으로는 억제력을 유지하는 데 한계가 있다. 또한 피해자에게 귀속되는 손해 배상금과는 달리 벌금과 과징금은 국가에 귀속되므로 과징금을 올려도 피해자에게는 ㉠직접적인 도움이 되지 못한다. 이 때문에 적발 가능성이 매우 낮은 불법 행위에 대해 억제력을 높이면서도 손해 배상을 더욱 충실히 할 수 있는 방안들이 요구되는데 그 방안 중 하나가 '징벌적 손해 배상 제도'이다.

이 제도는 불법 행위의 피해자가 손해액에 해당하는 배상금에다 가해자에 대한 징벌의 성격이 가미된 배상금을 더하여 배상받을 수 있도록 하는 것을 내용으로 한다. 일반적인 손해 배상 제도에서는 피해자가 손해액을 초과하여 배상받는 것이 불가능하지만 징벌적 손해 배상 제도에서는 ㉡그것이 가능하다는 점에서 이례적이다. 그런데 ㉢이 제도는 민사적 수단인 손해 배상 제도이면서도 피해자가 받는 배상금 안에 ㉣벌금과 비슷한 성격이 가미된 배상금이 포함된다는 점 때문에 중복 제재의 발생과 관련하여 의견이 엇갈리며, 이 제도 자체에 대한 찬반양론으로 이어지고 있다.

이 제도의 반대론자들은 징벌적 성격이 가미된 배상금이 피해자에게 부여되는 ㉤횡재라고 본다. 또한 징벌적 성격이 가미된 배상금이 형사적 제재 수단인 벌금과 함께 부과될 경우에는 가해자에 대한 중복 제재가 된다고 주장한다. 반면에 찬성론자들은 징벌적 성격이 가미된 배상금을 피해자들이 소송을 위해 들인 시간과 노력에 대한 정당한 대가로 본다. 따라서 징벌적 성격

이 가미된 배상금도 피해자의 구제를 목적으로 하는 민사적 제재의 성격을 갖는다고 보아야 하므로 징벌적 성격이 가미된 배상금과 벌금이 함께 부과되더라도 중복 제재가 아니라고 주장한다.

1. 윗글에서 다룬 내용이 아닌 것은?

① 징벌적 손해 배상 제도의 내용
② 징벌적 손해 배상 제도와 관련한 논쟁
③ 불법 행위에 대한 금전적 제재 수단의 종류
④ 징벌적 손해 배상 제도의 도입 사례와 문제점
⑤ 징벌적 손해 배상 제도의 도입이 요구되는 배경

2. 윗글에 대한 이해로 적절하지 않은 것은?

① 과징금은 불법 행위를 행정적으로 제재하는 수단에 해당된다.
② 기업이 담합해 제품 가격을 인상한 행위는 불법 행위에 해당한다.
③ 불법 행위로 인한 피해자는 손해 배상으로 구제받는 것이 가능하다.
④ 하나의 불법 행위에 대해 두 가지 이상의 금전적 제재가 내려질 수 있다.
⑤ 우리나라에서는 기업의 불법 행위를 과징금보다 벌금으로 제재하는 사례가 많다.

3. 문맥을 고려할 때 ㉠~㉤에 대한 설명으로 적절하지 않은 것은?

① ㉠은 피해자가 금전적으로 구제받는 것을 의미한다.
② ㉡은 피해자가 손해액을 초과하여 배상받는 것을 가리킨다.
③ ㉢은 징벌적 손해 배상 제도를 가리킨다.
④ ㉣은 행정적 제재 수단으로서의 성격을 말한다.
⑤ ㉤은 배상금 전체에서 손해액에 해당하는 배상금을 제외한 금액을 의미한다.

4. 윗글을 바탕으로 〈보기〉를 이해한 내용으로 적절하지 <u>않은</u> 것은? [3점]

> ───〈보기〉───
>
> 우리나라의 법률 중에는 징벌적 손해 배상 제도의 성격을 가진 규정이 「하도급거래 공정화에 관한 법률」 제35조에 포함되어 있다. 이 규정에 따르면 하도급거래 과정에서 자기의 기술자료를 유용당하여 손해를 입은 피해자는 그 손해의 3배까지 가해자로부터 배상을 받을 수 있다.

① 이 규정에 따라 피해자가 받게 되는 배상금은 국가에 귀속되겠군.

② 이 규정의 시행으로, 기술자료를 유용해 타인에게 손해를 끼치는 행위가 억제되는 효과가 생기겠군.

③ 이 규정에 따라 피해자가 손해의 3배를 배상받을 경우에는 배상금에 징벌적 성격이 가미된 배상금이 포함되겠군.

④ 일반적인 손해 배상 제도를 이용할 때보다 이 규정을 이용할 때에 피해자가 받을 수 있는 배상금의 최대한도가 더 커지겠군.

⑤ 이 규정이 만들어진 것으로 볼 때, 하도급거래 과정에서 발생하는 기술자료 유용은 적발 가능성이 매우 낮은 불법 행위에 해당되겠군.

구조도 그리기

[1~2] 다음 글을 읽고 물음에 답하시오.

일반적으로 법률에서는 일정한 법률 효과와 함께 그것을 일으키는 요건을 규율한다. 이를테면, 민법 제750조에서는 불법 행위에 따른 손해 배상 책임을 규정하는데, 그 배상 책임의 성립 요건을 다음과 같이 정한다. '고의나 과실'로 말미암은 '위법 행위'가 있어야 하고, '손해가 발생'하여야 하며, 바로 그 위법 행위 때문에 손해가 생겼다는, 이른바 '인과 관계'가 있어야 한다. 이 요건들이 모두 충족되어야, 법률 효과로서 가해자는 피해자에게 손해를 배상할 책임이 생기는 것이다.

소송에서는 이런 요건들을 입증해야 한다. 소송에서 입증은 주장하는 사실을 법관이 의심 없이 확신하도록 만드는 일이다. 어떤 사실의 존재 여부에 대해 법관이 확신을 갖지 못하면, 다시 말해 입증되지 않으면 원고와 피고 가운데 누군가는 패소의 불이익을 당하게 된다. 이런 불이익을 받게 될 당사자는 입증의 부담을 안을 수밖에 없고, 이를 입증 책임이라 부른다.

대체로 어떤 사실이 존재함을 증명하는 것이 존재하지 않음을 증명하는 것보다 쉽다. 이 둘 가운데 어느 한 쪽에 부담을 지워야 한다면, 쉬운 쪽에 지우는 것이 공평할 것이다. 이런 형평성을 고려하여 특정한 사실의 발생을 주장하는 이에게 그 사실의 존재에 대한 입증 책임을 지도록 하였다. 그리하여 상대방에게 불법 행위의 책임이 있다고 주장하는 피해자는 소송에서 원고가 되어, 앞의 민법 조문에서 규정하는 요건들이 이루어졌다고 입증해야 한다.

그런데 이들 요건 가운데 인과 관계는 그 입증의 어려움 때문에 공해 사건 등에서 문제가 된다. 공해에 관하여는 현재의 과학 수준으로도 해명되지 않는 일이 많다. 그런데도 피해자에게 공해와 손해 발생 사이의 인과 관계를 하나하나의 연결 고리까지 자연 과학적으로 증명하도록 요구한다면, 사실상 사법적 구제를 거부하는 일이 될 수 있다. 더구나 관련 기업은 월등한 지식과 기술을 가지고 훨씬 더 쉽게 원인 조사를 할 수 있는 상황이기에, 피해자인 상대방에게만 엄격한 부담을 지우는 데 대한 형평성 문제도 제기된다.

공해 소송에서도 인과 관계에 대한 입증 책임은 여전히 피해자인 원고에 있다. 판례도 이 원칙을 바꾸지는 않는다. 다만 입증되었다고 보는 정도를 낮추어 인과 관계 입증의 어려움을 덜어 주려 한다. 곧 공해 소송에서는 예외적으로 인과 관계의 입증에 관하여 의심 없는 확신의 단계까지 요구하지 않고, 다소 낮은 정도의 규명으로도 입증되었다고 인정하는 판례가 등장하는 것이다. 이렇게 해서 인과 관계가 인정되면 가해자인 피고는 인과 관계의 성립을 방해하는 증거를 제출하여 책임을 면해야 한다.

1. 윗글을 이해한 내용으로 가장 적절한 것은?

① 소송에서 양 당사자에게 부담을 공평하게 하려는 고려가 입증 책임을 분배하는 원리에 작용한다.

② 원칙적으로 어떤 사실이 일어났을지도 모른다는 개연성이 인정되면 입증이 성공하였다고 본다.

③ 민법 제750조에서 규정하는 요건들이 충족되었다는 사실을 입증할 책임은 소송에서 피고에게 있다.

④ 위법 행위를 저지르면 고의와 과실이 없다는 사실을 입증하더라도 불법 행위에 따른 손해 배상 책임이 성립한다.

⑤ 문제되는 사실이 실제로 일어났는지 밝혀지지 않으면 그 사실의 존재에 대한 입증 책임이 없는 쪽이 소송에서 불이익을 받는다.

2. 윗글을 바탕으로 〈보기〉에서 대법원의 입장을 추론한 것으로 적절하지 않은 것은? [3점]

〈보기〉

다음은 어느 공해 소송에 대한 대법원의 판결에 관한 내용이다.

공장의 폐수 방류 때문에 양식 중이던 김이 폐사하였다고 주장하는 어민들은, 해당 회사를 상대로 불법 행위에 따른 손해 배상을 청구하는 소를 제기하였다. 폐수의 방류 때문에 김이 폐사하였다고 하기 위해서는 다음의 세 가지가 모두 자연 과학적으로 뚜렷이 밝혀져야 할 것이다. 1) 방류된 폐수가 해류를 타고 양식장에 도달하였다. 2) 그 폐수 안에 김의 생육에 악영향을 미치는 오염 물질이 들어 있었다. 3) 오염 물질의 농도가 안전 범위를 넘었다. 이에 대해 대법원은 폐수가 해류를 따라 양식장에 이르렀다는 것만 증명하면 인과 관계를 입증하는 데 충분하다고 인정하였다.

① 피해자인 어민들이 원고로서 겪게 되는 입증의 어려움을 완화시켜 주려 한 것이다.

② 인과 관계를 입증할 수 있는 자연 과학적 연결 고리가 존재한다는 점을 인정한 것이다.

③ 공장 폐수가 김 양식장으로 흘러들었다는 사실을 어민들 쪽에서 입증하라고 한 것이다.

④ 위법 행위와 손해 사이에 인과 관계가 존재한다는 데 대한 입증 책임이 회사 쪽에 있다고 인정한 것이다.

⑤ 공장 폐수 속에 김의 폐사에 영향을 주는 물질이 들어 있지 않다는 사실은 회사 쪽에서 입증하라고 한 것이다.

박광일의 VIEW POINT 손해 배상 책임의 성립 요건과 소송에서 입증해야 할 세 가지 요건을 중심으로 입증의 어려움과 문제점을 정리한다면 글의 구조가 명확하게 보이는 지문이다. 지문에 제시된 정보를 구체적인 사례에 적용하여, 법적 판결 및 법 집행의 원칙과 근거, 예외적 허용의 범위까지 고려하여 판단해야 하는 문제가 출제되었다. 법률의 기본적인 개념을 구체적 상황에 적용·추론하는 연습을 하기에 적합한 기출이다.

HOLSOO

혼자 공부하는 수능 국어 기출 분석

PART 3
과학

LFIA 키트의 원리와 특성

2019학년도 6월 모평

해설 P.092

[1~4] 다음 글을 읽고 물음에 답하시오.

건강 상태를 진단하거나 범죄의 현장에서 혈흔을 조사하기 위해 검사용 키트가 널리 이용된다. 키트 제작에는 다양한 과학적 원리가 적용되는데, 적은 비용으로 쉽고 빠르고 정확하게 검사할 수 있는 키트를 제작하는 것이 요구된다. 이러한 필요에 따라 항원-항체 반응을 응용하여 시료에 존재하는 성분을 분석하는 다양한 형태의 키트가 개발되고 있다. 항원-항체 반응은 항원과 그 항원에만 특이적으로 반응하는 항체가 결합하는 면역 반응을 말한다. 항체 제조 기술이 발전하면서 휴대성이 높고 분석 시간이 짧은 측면유동면역분석법(LFIA)을 이용한 다양한 종류의 키트가 개발되고 있다.

LFIA 키트를 이용하면 키트에 나타나는 선을 통해, 액상의 시료에서 검출하고자 하는 목표 성분의 유무를 간편하게 확인할 수 있다. LFIA 키트는 가로로 긴 납작한 막대 모양인데, 시료 패드, 결합 패드, 반응막, 흡수 패드가 순서대로 나란히 배열된 구조로 되어 있다. 시료 패드로 흡수된 시료는 결합 패드에서 복합체와 함께 반응막을 지나 여분의 시료가 흡수되는 흡수 패드로 이동한다. 결합 패드에 있는 복합체는 금-나노 입자 또는 형광 비드 등의 표지 물질에 특정 물질이 붙어 이루어진다. 표지 물질은 발색 반응에 의해 색깔을 내는데, 이 표지 물질에 붙어 있는 특정 물질은 키트 방식에 따라 종류가 다르다. 일반적으로 한 가지 목표 성분을 검출하는 키트의 반응막에는 항체들이 띠 모양으로 두 가닥 고정되어 있는데, 그중 시료 패드와 가까운 쪽에 있는 가닥이 검사선이고 다른 가닥은 표준선이다. 표지 물질이 검사선이나 표준선에 놓이면 발색 반응에 의해 반응선이 나타난다. 검사선이 발색되어 나타나는 반응선을 통해서는 목표 성분의 유무를 판정할 수 있다. 표준선이 발색된 반응선이 나타나면 검사가 정상적으로 진행되었음을 알 수 있다.

LFIA 키트는 주로 ㉠직접 방식 또는 ㉡경쟁 방식으로 제작되는데, 방식에 따라 검사선의 발색 여부가 의미하는 바가 다르다. 직접 방식에서 복합체에 포함된 특정 물질은 목표 성분에 결합할 수 있는 항체이다. 시료에 목표 성분이 포함되어 있다면 목표 성분은 이 항체와 일차적으로 결합하고, 이후 검사선의 고정된 항체와 결합한다. 따라서 검사선이 발색되면 시료에서 목표 성분이 검출되었다고 판정한다. 한편 경쟁 방식에서 복합체에 포함된 특정 물질은 목표 성분에 대한 항체가 아니라 목표 성분 자체이다. 만약 시료에 목표 성분이 포함되어 있으면 시료의 목표 성분과 복합체의 목표 성분이 서로 검사선의 항체와 결합하려 경쟁한다. 이때 시료에 목표 성분이 충분히 많다면 시료의 목표 성분은 복합체의 목표 성분이 검사선의 항체와 결합하는 것을 방해하므로 검사선이 발색되지 않는다. 직접 방식은 세균이나 분자량이 큰 단백질 등을 검출할 때 이용하고, 경쟁 방식은

항생 물질처럼 목표 성분의 크기가 작은 경우에 이용한다.

한편, 검사용 키트는 휴대성과 신속성 외에 정확성도 중요하다. 키트의 정확성을 측정하기 위해서는 키트를 이용해 여러 번의 검사를 실시하고 그 결과를 분석한다. 키트가 시료에 목표 성분이 들어있다고 판정하면 이를 양성이라고 한다. 이때 시료에 목표 성분이 실제로 존재하면 진양성, 시료에 목표 성분이 없다면 위양성이라고 한다. 반대로 키트가 시료에 목표 성분이 들어 있지 않다고 판정하면 음성이라고 한다. 이 경우 실제로 목표 성분이 없다면 진음성, 목표 성분이 있다면 위음성이라고 한다. 현실에서 위양성이나 위음성을 배제할 수 있는 키트는 없다.

여러 번의 검사 결과를 통해 키트의 정확도를 구하는데, 정확도란 시료를 분석할 때 올바른 검사 결과를 얻을 확률이다. 정확도는 민감도와 특이도로 나뉜다. 민감도는 시료에 목표 성분이 존재하는 경우에 대해 키트가 이를 양성으로 판정한 비율이다. 특이도는 시료에 목표 성분이 없는 경우에 대해 키트가 이를 음성으로 판정한 비율이다. 민감도와 특이도가 모두 높아 정확도가 높은 키트가 가장 이상적이지만 현실에서는 그렇지 않은 경우가 많아서 상황에 따라 민감도나 특이도를 고려하여 키트를 선택해야 한다.

1. 윗글을 읽고 알 수 있는 내용으로 적절하지 <u>않은</u> 것은?

① LFIA 키트에서 시료 패드와 흡수 패드는 모두 시료를 흡수하는 역할을 한다.

② LFIA 키트를 통해 검출하려고 하는 목표 성분은 항원-항체 반응의 항원에 해당한다.

③ LFIA 키트를 사용할 때 정상적인 키트에서 검사선이 발색되지 않으면 표준선도 발색되지 않는다.

④ LFIA 키트에 표지 물질이 없다면 시료에 목표 성분이 있더라도 이를 시각적으로 확인할 수 없다.

⑤ LFIA 키트를 이용하여 검사할 때, 시료에 목표 성분이 포함되어 있지 않더라도 검사선이 발색될 수 있다.

2. ㉠과 ㉡에 대한 이해로 가장 적절한 것은?

① ㉠은 ㉡과 달리, 시료에 들어 있는 목표 성분은 검사선에 도달
하기 이전에 항체와 결합을 하겠군.

② ㉠은 ㉡과 달리, 시료에서 목표 성분을 검출했다면 검사선에서
항체와 목표 성분의 결합이 존재하지 않겠군.

③ ㉡은 ㉠과 달리, 시료가 표준선에 도달하기 이전에 검사선에
먼저 도달하겠군.

④ ㉡은 ㉠과 달리, 정상적인 검사로 시료에서 목표 성분을 검출
했다면 반응막에 아무런 반응선도 나타나지 않았겠군.

⑤ ㉠과 ㉡은 모두 시료에 들어 있는 목표 성분이 표지 물질과
항원-항체 반응으로 결합하겠군.

3. 윗글을 참고할 때, 〈보기〉의 A와 B에 들어갈 말을 올바르게
짝지은 것은?

〈보기〉

검사용 키트를 가지고 여러 번의 검사를 실시하여 키트의
정확성을 측정하였을 때, 검사 결과 (A)인 경우가 적을수
록 민감도는 높고, (B)인 경우가 많을수록 특이도는 높다.

	A	B
①	진양성	진음성
②	진양성	위음성
③	위양성	위음성
④	위음성	진음성
⑤	위음성	위양성

4. 윗글을 바탕으로 〈보기〉를 이해한 반응으로 적절하지 않은
것은? [3점]

〈보기〉

살모넬라균은 집단 식중독을 일으키는 대표적인 병원성 세
균이다. 기존의 살모넬라균 분석법은 정확도는 높으나 3~5일
의 시간이 소요되어 질병 발생 시 신속한 진단 및 예방에 어
려움이 있었다. 살모넬라균은 감염 속도가 빠르므로 다량의
시료 중 오염이 의심되는 시료부터 신속하게 골라낸 후에 이
시료만을 대상으로 더 정확한 방법으로 분석하여 오염 여부
를 확정 짓는 것이 효과적이다. 최근에 기존 방법보다 정확도
는 낮으나 저렴한 비용으로 살모넬라균만을 신속하게 검출할
수 있는 ⓐLFIA 방식의 새로운 키트가 개발되었다고 한다.

① ⓐ를 개발하기 전에 살모넬라균과 결합하는 항체를 제조하는
기술이 개발되었겠군.

② ⓐ의 결합 패드에는 표지 물질에 살모넬라균이 붙어 있는
복합체가 들어 있겠군.

③ ⓐ를 이용하여 음식물의 살모넬라균 오염 여부를 검사하려면
시료를 액체 상태로 만들어야겠군.

④ ⓐ를 이용하여 현장에서 살모넬라균 오염 의심 시료를 선별하기
위해서는 특이도보다 민감도가 높은 것이 더 효과적이겠군.

⑤ ⓐ를 이용하여 살모넬라균이 검출되었다고 키트가 판정한 경우
에도 기존의 분석법으로는 균이 검출되지 않을 수 있겠군.

구조도 그리기

[1~4] 다음 글을 읽고 물음에 답하시오.

탄수화물은 사람을 비롯한 동물이 생존하는 데 필수적인 에너지원이다. 탄수화물은 섬유소와 비섬유소로 구분된다. 사람은 체내에서 합성한 효소를 이용하여 곡류의 녹말과 같은 비섬유소를 포도당으로 분해하고 이를 소장에서 흡수하여 에너지원으로 이용한다. 반면, 사람은 풀이나 채소의 주성분인 셀룰로스와 같은 섬유소를 포도당으로 분해하는 효소를 합성하지 못하므로, 섬유소를 소장에서 이용하지 못한다. ㉠소, 양, 사슴과 같은 반추 동물도 섬유소를 분해하는 효소를 합성하지 못하는 것은 마찬가지이지만, 비섬유소와 섬유소를 모두 에너지원으로 이용하며 살아간다.

위(胃)가 넷으로 나누어진 반추 동물의 첫째 위인 반추위에는 여러 종류의 미생물이 서식하고 있다. 반추 동물의 반추위에는 산소가 없는데, 이 환경에서 왕성하게 생장하는 반추위 미생물들은 다양한 생리적 특성을 가지고 있다. 그중 ⓐ피브로박터 숙시노젠(F)은 섬유소를 분해하는 대표적인 미생물이다. 식물체에서 셀룰로스는 그것을 둘러싼 다른 물질과 복잡하게 얽혀 있는데, F가 가진 효소 복합체는 이 구조를 끊어 셀룰로스를 노출시킨 후 이를 포도당으로 분해한다. F는 이 포도당을 자신의 세포 내에서 대사 과정을 거쳐 에너지원으로 이용하여 생존을 유지하고 개체 수를 늘림으로써 생장한다. 이런 대사 과정에서 아세트산, 숙신산 등이 대사산물로 발생하고 이를 자신의 세포 외부로 배출한다. 반추위에서 미생물들이 생성한 아세트산은 반추 동물의 세포로 직접 흡수되어 생존에 필요한 에너지를 생성하는 데 주로 이용되고 체지방을 합성하는 데에도 쓰인다. 한편 반추위에서 숙신산은 프로피온산을 대사산물로 생성하는 다른 미생물의 에너지원으로 빠르게 소진된다. 이 과정에서 생성된 프로피온산은 반추 동물이 간(肝)에서 포도당을 합성하는 대사 과정에서 주요 재료로 이용된다.

반추위에는 비섬유소인 녹말을 분해하는 ⓑ스트렙토코쿠스 보비스(S)도 서식한다. 이 미생물은 반추 동물이 섭취한 녹말을 포도당으로 분해하고, 이 포도당을 자신의 세포 내에서 대사 과정을 통해 자신에게 필요한 에너지원으로 이용한다. 이때 S는 자신의 세포 내의 산성도에 따라 세포 외부로 배출하는 대사산물이 달라진다. 산성도를 알려 주는 수소 이온 농도 지수(pH)가 7.0 정도로 중성이고 생장 속도가 느린 경우에는 아세트산, 에탄올 등이 대사산물로 배출된다. 반면 산성도가 높아져 pH가 6.0 이하로 떨어지거나 녹말의 양이 충분하여 생장 속도가 빠를 때는 젖산이 대사산물로 배출된다. 반추위에서 젖산은 반추 동물의 세포로 직접 흡수되어 반추 동물에게 필요한 에너지를 생성하는 데 이용되거나 아세트산 또는 프로피온산을 대사산물로 배출하는 다른 미생물의 에너지원으로 이용된다.

그런데 S의 과도한 생장이 반추 동물에게 악영향을 끼치는 경우가 있다. 반추 동물이 짧은 시간에 과도한 양의 비섬유소를 섭취하면 S의 개체 수가 급격히 늘고 과도한 양의 젖산이 배출되어 반추위의 산성도가 높아진다. 이에 따라 산성의 환경에서 왕성히 생장하며 항상 젖산을 대사산물로 배출하는 ⓒ락토바실러스 루미니스(L)와 같은 젖산 생성 미생물들의 생장이 증가하며 다량의 젖산을 배출하기 시작한다. F를 비롯한 섬유소 분해 미생물들은 자신의 세포 내부의 pH를 중성으로 일정하게 유지하려는 특성이 있는데, 젖산 농도의 증가로 자신의 세포 외부의 pH가 낮아지면 자신의 세포 내의 항상성을 유지하기 위해 에너지를 사용하므로 생장이 감소한다. 만일 자신의 세포 외부의 pH가 5.8 이하로 떨어지면 에너지가 소진되어 생장을 멈추고 사멸하는 단계로 접어든다. 이와 달리 S와 L은 상대적으로 산성에 견디는 정도가 강해 자신의 세포 외부의 pH가 5.5 정도까지 떨어지더라도 이에 맞춰 자신의 세포 내부의 pH를 낮출 수 있어 자신의 에너지를 세포 내부의 pH를 유지하는 데 거의 사용하지 않고 생장을 지속하는 데 사용한다. 그러나 S도 자신의 세포 외부의 pH가 그 이하로 더 떨어지면 생장을 멈추고 사멸하는 단계로 접어들고, 산성에 더 강한 L을 비롯한 젖산 생성 미생물들이 반추위 미생물의 많은 부분을 차지하게 된다. 그렇게 되면 반추위의 pH가 5.0 이하가 되는 급성 반추위 산성증이 발병한다.

1. 윗글을 읽고 알 수 있는 내용으로 가장 적절한 것은?

① 섬유소는 사람의 소장에서 포도당의 공급원으로 사용된다.

② 반추 동물의 세포에서 합성한 효소는 셀룰로스를 분해한다.

③ 반추위 미생물은 산소가 없는 환경에서 생장을 멈추고 사멸한다.

④ 반추 동물의 과도한 섬유소 섭취는 급성 반추위 산성증을 유발한다.

⑤ 피브로박터 숙시노젠(F)은 자신의 세포 내에서 포도당을 에너지원으로 이용하여 생장한다.

2. 윗글로 볼 때, ⓐ~ⓒ에 대한 이해로 적절하지 <u>않은</u> 것은?

① ⓐ와 ⓑ는 모두 급성 반추위 산성증에 걸린 반추 동물의 반추위에서는 생장하지 못하겠군.

② ⓐ와 ⓑ는 모두 반추위에서 반추 동물의 체지방을 합성하는 물질을 생성할 수 있겠군.

③ 반추위의 pH가 6.0일 때, ⓐ는 ⓒ보다 자신의 세포 내의 산성도를 유지하는 데 더 많은 에너지를 쓰겠군.

④ ⓑ와 ⓒ는 모두 반추위의 산성도에 따라 다양한 종류의 대사산물을 배출하겠군.

⑤ 반추위에서 녹말의 양과 ⓑ의 생장이 증가할수록, ⓐ의 생장은 감소하고 ⓒ의 생장은 증가하겠군.

3. 윗글을 바탕으로 ㉠이 가능한 이유를 진술한다고 할 때, 〈보기〉의 ㉮, ㉯에 들어갈 말로 가장 적절한 것은? [3점]

──〈보기〉──

반추 동물이 섭취한 섬유소와 비섬유소는 반추위에서 (㉮), 이를 이용하여 생장하는 (㉯)은 반추 동물의 에너지원으로 이용되기 때문이다.

① ┌ ㉮: 반추위 미생물의 에너지원이 되고
  └ ㉯: 반추위 미생물이 대사 과정을 통해 생성한 대사산물

② ┌ ㉮: 반추위 미생물의 에너지원이 되고
  └ ㉯: 반추위 미생물이 대사 과정을 통해 생성한 포도당

③ ┌ ㉮: 반추위 미생물에 의해 합성된 포도당이 되고
  └ ㉯: 반추 동물이 대사 과정을 통해 생성한 포도당

④ ┌ ㉮: 반추위 미생물에 의해 합성된 포도당이 되고
  └ ㉯: 반추위 미생물이 대사 과정을 통해 생성한 대사산물

⑤ ┌ ㉮: 반추위 미생물에 의해 합성된 포도당이 되고
  └ ㉯: 반추위 미생물이 대사 과정을 통해 생성한 포도당

4. 윗글로 볼 때, 반추위 미생물에서 배출되는 숙신산과 젖산에 대한 설명으로 적절하지 <u>않은</u> 것은?

① 숙신산이 많이 배출될수록 반추 동물의 간에서 합성되는 포도당의 양도 늘어난다.

② 젖산은 반추 동물의 세포로 직접 흡수되어 반추 동물의 에너지원으로 이용될 수 있다.

③ 숙신산과 젖산은 반추위가 산성일 때보다 중성일 때 더 많이 배출된다.

④ 숙신산과 젖산은 반추위 미생물의 세포 내에서 대사 과정을 거쳐 생성된다.

⑤ 숙신산과 젖산은 프로피온산을 대사산물로 배출하는 다른 미생물의 에너지원으로 이용되기도 한다.

구조도 그리기

[1~4] 다음 글을 읽고 물음에 답하시오.

18세기에는 열의 실체가 칼로릭(caloric)이며 칼로릭은 온도가 높은 쪽에서 낮은 쪽으로 흐르는 성질을 갖고 있는, 질량이 없는 입자들의 모임이라는 생각이 받아들여지고 있었다. 이를 칼로릭 이론이라 ㉠부르는데, 이에 따르면 찬 물체와 뜨거운 물체를 접촉시켜 놓았을 때 두 물체의 온도가 같아지는 것은 칼로릭이 뜨거운 물체에서 차가운 물체로 이동하기 때문이라는 것이다. 이러한 상황에서 과학자들의 큰 관심사 중의 하나는 증기 기관과 같은 열기관의 열효율 문제였다.

열기관은 높은 온도의 열원에서 열을 흡수하고 낮은 온도의 대기와 같은 열기관 외부에 열을 방출하며 일을 하는 기관을 말하는데, 열효율은 열기관이 흡수한 열의 양 대비 한 일의 양으로 정의된다. 19세기 초에 카르노는 열기관의 열효율 문제를 칼로릭 이론에 기반을 두고 ㉡다루었다. 카르노는 물레방아와 같은 수력 기관에서 물이 높은 곳에서 낮은 곳으로 ㉢흐르면서 일을 할 때 물의 양과 한 일의 양의 비가 높이 차이에만 좌우되는 것에 주목하였다. 물이 높이 차에 의해 이동하는 것과 흡사하게 칼로릭도 고온에서 저온으로 이동하면서 일을 하게 되는데, 열기관의 열효율 역시 이러한 두 온도에만 의존한다는 것이었다.

한편 1840년대에 줄(Joule)은 일정량의 열을 얻기 위해 필요한 각종 에너지의 양을 측정하는 실험을 행하였다. 대표적인 것이 열의 일당량 실험이었다. 이 실험은 열기관을 대상으로 한 것이 아니라, 추를 낙하시켜 물속의 날개바퀴를 회전시키는 실험이었다. 열의 양은 칼로리(calorie)로 표시되는데, 그는 역학적 에너지인 일이 열로 바뀌는 과정의 정밀한 실험을 통해 1kcal의 열을 얻기 위해서 필요한 일의 양인 열의 일당량을 측정하였다. 줄은 이렇게 일과 열은 형태만 다를 뿐 서로 전환이 가능한 물리량이므로 등가성을 갖는다는 것을 입증하였으며, 열과 일이 상호 전환될 때 열과 일의 에너지를 합한 양은 일정하게 보존된다는 사실을 알아내었다. 이후 열과 일뿐만 아니라 화학 에너지, 전기 에너지 등이 등가성을 가지며 상호 전환될 때에 에너지의 총량은 변하지 않는다는 에너지 보존 법칙이 입증되었다.

열과 일에 대한 이러한 이해는 카르노의 이론에 대한 과학자들의 재검토로 이어졌다. 특히 톰슨은 ⓐ칼로릭 이론에 입각한 카르노의 열기관에 대한 설명이 줄의 에너지 보존 법칙에 위배된다고 지적하였다. 카르노의 이론에 의하면, 열기관은 높은 온도에서 흡수한 열 전부를 낮은 온도로 방출하면서 일을 한다. 이것은 줄이 입증한 열과 일의 등가성과 에너지 보존 법칙에 ㉣어긋나는 것이어서 열의 실체가 칼로릭이라는 생각은 더 이상 유지될 수 없게 되었다. 하지만 열효율에 관한 카르노의 이론은 클라우지우스의 증명으로 유지될 수 있었다. 그는 카르노의 이론이 유지되지 않는다면 열은 저온에서 고온으로 흐르는 현상이

㉤생길 수도 있을 것이라는 가정에서 출발하여, 열기관의 열효율은 열기관이 고온에서 열을 흡수하고 저온에 방출할 때의 두 작동 온도에만 관계된다는 카르노의 이론을 증명하였다.

클라우지우스는 자연계에서는 열이 고온에서 저온으로만 흐르고 그와 반대되는 현상은 일어나지 않는 것과 같이 경험적으로 알 수 있는 방향성이 있다는 점에 주목하였다. 또한 일이 열로 전환될 때와는 달리, 열기관에서 열 전부를 일로 전환할 수 없다는, 즉 열효율이 100%가 될 수 없다는 상호 전환 방향에 관한 비대칭성이 있다는 사실에 주목하였다. 이러한 방향성과 비대칭성에 대한 논의는 이를 설명할 수 있는 새로운 물리량인 엔트로피의 개념을 낳았다.

1. 윗글에서 알 수 있는 내용으로 가장 적절한 것은?

① 열기관은 외부로부터 받은 일을 열로 변환하는 기관이다.

② 수력 기관에서 물의 양과 한 일의 양의 비는 물의 온도 차이에 비례한다.

③ 칼로릭 이론에 의하면 차가운 쇠구슬이 뜨거워지면 쇠구슬의 질량은 증가하게 된다.

④ 칼로릭 이론에서는 칼로릭을 온도가 낮은 곳에서 높은 곳으로 흐르는 입자라고 본다.

⑤ 열기관의 열효율은 두 작동 온도에만 관계된다는 이론은 칼로릭 이론의 오류가 밝혀졌음에도 유지되었다.

2. 윗글로 볼 때 ⓐ의 내용으로 가장 적절한 것은?

① 화학 에너지와 전기 에너지는 서로 전환될 수 없는 에너지라는 점

② 열의 실체가 칼로릭이라면 열기관이 한 일을 설명할 수 없다는 점

③ 자연계에서는 열이 고온에서 저온으로만 흐르는 것과 같은 방향성이 있는 현상이 존재한다는 점

④ 열효율에 관한 카르노의 이론이 맞지 않는다면 열은 저온에서 고온으로 흐르는 현상이 생길 수 있다는 점

⑤ 열기관의 열효율은 열기관이 고온에서 열을 흡수하고 저온에 방출할 때의 두 작동 온도에만 관계된다는 점

3. 윗글을 바탕으로 할 때, 〈보기〉의 [가]에 들어갈 말로 가장 적절한 것은? [3점]

〈보기〉

줄의 실험과 달리, 열기관이 흡수한 열의 양(A)과 열기관으로부터 얻어진 일의 양(B)을 측정하여 $\dfrac{B}{A}$로 열의 일당량을 구하면, 그 값은 ([가])는 결과가 나올 것이다.

① 열기관의 두 작동 온도의 차이가 일정하다면 줄이 구한 열의 일당량과 같다

② 열기관이 열을 흡수할 때의 온도와 상관없이 줄이 구한 열의 일당량과 같다

③ 열기관이 흡수한 열의 양이 많을수록 줄이 구한 열의 일당량보다 더 커진다

④ 열기관의 두 작동 온도의 차이가 커질수록 줄이 구한 열의 일당량보다 더 커진다

⑤ 열기관이 흡수한 열의 양과 두 작동 온도에 상관없이 줄이 구한 열의 일당량보다 작다

4. 윗글의 ㉠~㉤과 같은 의미로 사용된 것은?

① ㉠: 웃음은 또 다른 웃음을 <u>부르는</u> 법이다.

② ㉡: 그는 익숙한 솜씨로 기계를 <u>다루고</u> 있었다.

③ ㉢: 이야기가 엉뚱한 방향으로 <u>흐르고</u> 있다.

④ ㉣: 그는 상식에 <u>어긋나는</u> 일을 한 적이 없다.

⑤ ㉤: 하늘을 보니 당장이라도 비가 오게 <u>생겼다.</u>

구조도 그리기

인공 신경망의 학습과 판정

2017학년도 6월 모평

해설 P.109

[1~4] 다음 글을 읽고 물음에 답하시오.

인간의 신경 조직을 수학적으로 모델링하여 컴퓨터가 인간처럼 기억·학습·판단할 수 있도록 구현한 것이 인공 신경망 기술이다. 신경 조직의 기본 단위는 뉴런인데, ⓐ인공 신경망에서는 뉴런의 기능을 수학적으로 모델링한 퍼셉트론을 기본 단위로 사용한다.

ⓑ퍼셉트론은 입력값들을 받아들이는 여러 개의 ⓒ입력 단자와 이 값을 처리하는 부분, 처리된 값을 내보내는 한 개의 출력 단자로 구성되어 있다. 퍼셉트론은 각각의 입력 단자에 할당된 ⓓ가중치를 입력값에 곱한 값들을 모두 합하여 가중합을 구한 후, 고정된 ⓔ임계치보다 가중합이 작으면 0, 그렇지 않으면 1과 같은 방식으로 ⓕ출력값을 내보낸다.

이러한 퍼셉트론은 출력값에 따라 두 가지로만 구분하여 입력값들을 판정할 수 있을 뿐이다. 이에 비해 복잡한 판정을 할 수 있는 인공 신경망은 다수의 퍼셉트론을 여러 계층으로 배열하여 한 계층에서 출력된 신호가 다음 계층에 있는 모든 퍼셉트론의 입력 단자에 입력값으로 입력되는 구조로 이루어진다. 이러한 인공 신경망에서 가장 처음에 입력값을 받아들이는 퍼셉트론들을 입력층, 가장 마지막에 있는 퍼셉트론들을 출력층이라고 한다.

㉠어떤 사진 속 물체의 색깔과 형태로부터 그 물체가 사과인지 아닌지를 구별할 수 있도록 인공 신경망을 학습시키는 경우를 생각해 보자. 먼저 학습을 위한 입력값들 즉 학습 데이터를 만들어야 한다. 학습 데이터를 만들기 위해서는 사과 사진을 준비하고 사진에 나타난 특징인 색깔과 형태를 수치화해야 한다. 이 경우 색깔과 형태라는 두 범주를 수치화하여 하나의 학습 데이터로 묶은 다음, '정답'에 해당하는 값과 함께 학습 데이터를 인공 신경망에 제공한다. 이때 같은 범주에 속하는 입력값은 동일한 입력 단자를 통해 들어가도록 해야 한다. 그리고 사과 사진에 대한 학습 데이터를 만들 때에 정답인 '사과이다'에 해당하는 값을 '1'로 설정하였다면 출력값 '0'은 '사과가 아니다'를 의미하게 된다.

인공 신경망의 작동은 크게 학습 단계와 판정 단계로 나뉜다. 학습 단계는 학습 데이터를 입력층의 입력 단자에 넣어 주고 출력층의 출력값을 구한 후, 이 출력값과 정답에 해당하는 값의 차이가 줄어들도록 가중치를 갱신하는 과정이다. 어떤 학습 데이터가 주어지면 이때의 출력값을 구하고 학습 데이터와 함께 제공된 정답에 해당하는 값에서 출력값을 뺀 값 즉 오차 값을 구한다. 이 오차 값의 일부가 출력층의 출력 단자에서 입력층의 입력 단자 방향으로 되돌아가면서 각 계층의 퍼셉트론별로 출력 신호를 만드는 데 관여한 모든 가중치들에 더해지는 방식으로 가중치들이 갱신된다. 이러한 과정을 다양한 학습 데이터에 대하여 반복하면 출력값들이 각각의 정답 값에 수렴하게 되고 판정 성

능이 좋아진다. 오차 값이 0에 근접하게 되거나 가중치의 갱신이 더 이상 이루어지지 않게 되면 학습 단계를 마치고 판정 단계로 전환한다. 이때 판정의 오류를 줄이기 위해서는 학습 단계에서 대상들의 변별적 특징이 잘 반영되어 있는 서로 다른 학습 데이터를 사용하는 것이 좋다.

1. 윗글에 따를 때, ⓐ~ⓕ에 대한 설명으로 적절하지 않은 것은?

① ⓑ는 ⓐ의 기본 단위이다.

② ⓒ는 ⓑ를 구성하는 요소 중 하나이다.

③ ⓓ가 변하면 ⓔ도 따라서 변한다.

④ ⓔ는 ⓕ를 결정하는 기준이 된다.

⑤ ⓐ가 학습하는 과정에서 ⓕ는 ⓓ의 변화에 영향을 미친다.

2. 윗글에 대한 이해로 적절하지 않은 것은?

① 퍼셉트론의 출력 단자는 하나이다.

② 출력층의 출력값이 정답에 해당하는 값과 같으면 오차 값은 0이다.

③ 입력층 퍼셉트론에서 출력된 신호는 다음 계층 퍼셉트론의 입력값이 된다.

④ 퍼셉트론은 인간의 신경 조직의 기본 단위의 기능을 수학적으로 모델링한 것이다.

⑤ 가중치의 갱신은 입력층의 입력 단자에서 출력층의 출력 단자 방향으로 진행된다.

3. 윗글을 바탕으로 ⑤에 대해 추론한 것으로 적절하지 않은 것은?

① 학습 데이터를 만들 때는 색깔이나 형태가 다른 사과의 사진을 선택하는 것이 좋겠군.

② 학습 데이터에 두 가지 범주가 제시되었으므로 입력층의 퍼셉트론은 두 개의 입력 단자를 사용하겠군.

③ 색깔에 해당하는 범주와 형태에 해당하는 범주를 분리하여 각각 서로 다른 학습 데이터로 만들어야 하겠군.

④ 가중치가 더 이상 변하지 않는 단계에 이르면 '사과'인지 아닌지를 구별하는 학습 단계가 끝났다고 볼 수 있겠군.

⑤ 학습 데이터를 만들 때 사과 사진의 정답에 해당하는 값을 0으로 설정하였다면, 출력층의 출력 단자에서 0 신호가 출력되면 '사과이다'로, 1 신호가 출력되면 '사과가 아니다'로 해석해야 되겠군.

4. 윗글을 바탕으로 〈보기〉를 이해한 내용으로 가장 적절한 것은? [3점]

───────〈보기〉───────

아래의 [A]와 같은 하나의 퍼셉트론을 [B]를 이용해 학습시키고자 한다.

[A]
• 입력 단자는 세 개(a, b, c)
• a, b, c의 현재의 가중치는 각각 $W_a = 0.5$, $W_b = 0.5$, $W_c = 0.1$
• 가중합이 임계치 1보다 작으면 0을, 그렇지 않으면 1을 출력

[B]
• a, b, c로 입력되는 학습 데이터는 각각 $I_a = 1$, $I_b = 0$, $I_c = 1$
• 학습 데이터와 함께 제공되는 정답 = 1

① [B]로 학습시키기 위해서는 판정 단계를 먼저 거쳐야 하겠군.

② 이 퍼셉트론이 1을 출력한다면, 가중합이 1보다 작았기 때문이겠군.

③ [B]로 한 번 학습시키고 나면 가중치 W_a, W_b, W_c가 모두 늘어나 있겠군.

④ [B]로 여러 차례 반복해서 학습시키면 퍼셉트론의 출력값은 0에 수렴하겠군.

⑤ [B]의 학습 데이터를 한 번 입력했을 때 그에 대한 퍼셉트론의 출력값은 1이겠군.

───────────────────

구조도 그리기

지레의 원리에 담긴 돌림힘

2016학년도 수능A

해설 P.114

[1~3] 다음 글을 읽고 물음에 답하시오.

지레는 받침과 지렛대를 이용하여 물체를 쉽게 움직일 수 있는 도구이다. 지레에서 힘을 주는 곳을 힘점, 지렛대를 받치는 곳을 받침점, 물체에 힘이 작용하는 곳을 작용점이라 한다. 받침점에서 힘점까지의 거리가 받침점에서 작용점까지의 거리에 비해 멀수록 힘점에 작은 힘을 주어 작용점에서 물체에 큰 힘을 가할 수 있다. 이러한 지레의 원리에는 돌림힘의 개념이 숨어 있다.

물체의 회전 상태에 변화를 일으키는 힘의 효과를 돌림힘이라고 한다. 물체에 회전 운동을 일으키거나 물체의 회전 속도를 변화시키려면 물체에 힘을 가해야 한다. 같은 힘이라도 회전축으로부터 얼마나 멀리 떨어진 곳에 가해 주느냐에 따라 회전 상태의 변화 양상이 달라진다. 물체에 속한 점 X와 회전축을 최단거리로 잇는 직선과 직각을 이루는 동시에 회전축과 직각을 이루도록 힘을 X에 가한다고 하자. 이때 물체에 작용하는 돌림힘의 크기는 회전축에서 X까지의 거리와 가해 준 힘의 크기의 곱으로 표현되고 그 단위는 N·m(뉴턴미터)이다.

동일한 물체에 작용하는 두 돌림힘의 합을 알짜 돌림힘이라 한다. 두 돌림힘의 방향이 같으면 알짜 돌림힘의 크기는 두 돌림힘의 크기의 합이 되고 그 방향은 두 돌림힘의 방향과 같다. 두 돌림힘의 방향이 서로 반대이면 알짜 돌림힘의 크기는 두 돌림힘의 크기의 차가 되고 그 방향은 더 큰 돌림힘의 방향과 같다. 지레의 힘점에 힘을 주지만 물체가 지레의 회전을 방해하는 힘을 작용점에 주어 지레가 움직이지 않는 상황처럼, 두 돌림힘의 크기가 같고 방향이 반대이면 알짜 돌림힘은 0이 되고 이때를 돌림힘의 평형이라고 한다.

회전 속도의 변화는 물체에 알짜 돌림힘이 일을 해 주었을 때에만 일어난다. 돌고 있는 팽이에 마찰력이 일으키는 돌림힘을 포함하여 어떤 돌림힘도 작용하지 않으면 팽이는 영원히 돈다. 일정한 형태의 물체에 일정한 크기와 방향의 알짜 돌림힘을 가하여 물체를 회전시키면, 알짜 돌림힘이 한 일은 알짜 돌림힘의 크기와 회전 각도의 곱이고 그 단위는 J(줄)이다.

[가] 가령, 마찰이 없는 여닫이문이 정지해 있다고 하자. 갑은 지면에 대하여 수직으로 서 있는 문의 회전축에서 1m 떨어진 지점을 문의 표면과 직각으로 300N의 힘으로 밀고, 을은 문을 사이에 두고 갑의 반대쪽에서 회전축에서 2m만큼 떨어진 지점을 문의 표면과 직각으로 200N의 힘으로 미는 상태에서 문이 90° 즉, 0.5π 라디안을 돌면, 알짜 돌림힘이 문에 해 준 일은 50π J이다.

알짜 돌림힘이 물체를 돌리려는 방향과 물체의 회전 방향이 일치하면 알짜 돌림힘이 양(+)의 일을 하고 그 방향이 서로 반대이면 음(−)의 일을 한다. 어떤 물체에 알짜 돌림힘이 양의 일

을 하면 그만큼 물체의 회전 운동 에너지는 증가하고 음의 일을 하면 그만큼 회전 운동 에너지는 감소한다. 형태가 일정한 물체의 회전 운동 에너지는 회전 속도의 제곱에 정비례한다. 그러므로 형태가 일정한 물체에 알짜 돌림힘이 양의 일을 하면 회전 속도가 증가하고, 음의 일을 하면 회전 속도가 감소한다.

1. 윗글의 내용과 일치하지 않는 것은?

① 물체에 힘이 가해지지 않으면 돌림힘은 작용하지 않는다.

② 물체에 가해진 알짜 돌림힘이 0이 아니면 물체의 회전 상태가 변화한다.

③ 회전 속도가 감소하고 있는, 형태가 일정한 물체에는 돌림힘이 작용한다.

④ 힘점에 힘을 받는 지렛대가 움직이지 않으면 돌림힘의 평형이 이루어져 있다.

⑤ 형태가 일정한 물체의 회전 속도가 2배가 되면 회전 운동 에너지는 2배가 된다.

2. [가]에서 문이 90° 회전하는 동안의 상황에 대한 이해로 적절한 것은?

① 알짜 돌림힘의 크기는 점점 증가한다.

② 문의 회전 운동 에너지는 점점 증가한다.

③ 문에는 돌림힘의 평형이 유지되고 있다.

④ 알짜 돌림힘과 갑의 돌림힘은 방향이 같다.

⑤ 갑의 돌림힘의 크기는 을의 돌림힘의 크기보다 크다.

3. 윗글을 바탕으로 할 때, 〈보기〉의 '원판'의 회전 운동에 대한 이해로 적절하지 <u>않은</u> 것은? [3점]

〈보기〉

돌고 있는 원판 위의 두 점 A, B는 그 원판의 중심 O를 수직으로 통과하는 회전축에서 각각 0.5R, R만큼 떨어져 O, A, B의 순서로 한 직선 위에 있다. A, B에는 각각 $\overline{OA}$, $\overline{OB}$와 직각 방향으로 표면과 평행하게 같은 크기의 힘이 작용하여 원판을 각각 시계 방향과 시계 반대 방향으로 밀어 준다. 현재 이 원판은 시계 반대 방향으로 회전하고 있다. 단, 원판에는 다른 힘이 작용하지 않고 회전축은 고정되어 있다.

① 두 힘을 계속 가해 주는 상태에서 원판의 회전 속도는 증가한다.

② A, B에 가해 주는 힘을 모두 제거하면 원판은 일정한 회전 속도를 유지한다.

③ A에 가해 주는 힘만을 제거하면 원판의 회전 속도는 증가한다.

④ A에 가해 주는 힘만을 제거한 상태에서 원판이 두 바퀴 회전하는 동안 알짜 돌림힘이 한 일은 한 바퀴 회전하는 동안 알짜 돌림힘이 한 일의 4배이다.

⑤ B에 가해 주는 힘만을 제거하면 원판의 회전 운동 에너지는 점차 감소하여 0이 되었다가 다시 증가한다.

구조도 그리기

빗방울의 종단 속도

2016학년도 수능B

해설 P.118

[1~2] 다음 글을 읽고 물음에 답하시오.

어떤 물체가 물이나 공기와 같은 유체 속에서 자유 낙하할 때 물체에는 중력, 부력, 항력이 작용한다. 중력은 물체의 질량에 중력 가속도를 곱한 값으로 물체가 낙하하는 동안 일정하다. 부력은 어떤 물체에 의해서 배제된 부피만큼의 유체의 무게에 해당하는 힘으로, 항상 중력의 반대 방향으로 작용한다. 빗방울에 작용하는 부력의 크기는 빗방울의 부피에 해당하는 공기의 무게이다. 공기의 밀도는 물의 밀도의 1,000분의 1 수준이므로, 빗방울이 공기 중에서 떨어질 때 부력이 빗방울의 낙하 운동에 영향을 주는 정도는 미미하다. 그러나 스티로폼 입자와 같이 밀도가 매우 작은 물체가 낙하할 경우에는 부력이 물체의 낙하 속도에 큰 영향을 미친다.

물체가 유체 내에 정지해 있을 때와는 달리, 유체 속에서 운동하는 경우에는 물체의 운동에 저항하는 힘인 항력이 발생하는데, 이 힘은 물체의 운동 방향과 반대로 작용한다. 항력은 유체 속에서 운동하는 물체의 속도가 커질수록 이에 상응하여 커진다. 항력은 마찰 항력과 압력 항력의 합이다. 마찰 항력은 유체의 점성 때문에 물체의 표면에 가해지는 항력으로, 유체의 점성이 크거나 물체의 표면적이 클수록 커진다. 압력 항력은 물체가 이동할 때 물체의 전후방에 생기는 압력 차에 의해 생기는 항력으로, 물체의 운동 방향에서 바라본 물체의 단면적이 클수록 커진다.

안개비의 빗방울이나 미세 먼지와 같이 작은 물체가 낙하하는 경우에는 물체의 전후방에 생기는 압력 차가 매우 작아 마찰 항력이 전체 항력의 대부분을 차지한다. 빗방울의 크기가 커지면 전체 항력 중 압력 항력이 차지하는 비율이 점점 커진다. 반면 스카이다이버와 같이 큰 물체가 빠른 속도로 떨어질 때에는 물체의 전후방에 생기는 압력 차에 의한 압력 항력이 매우 크므로 마찰 항력이 전체 항력에 기여하는 비중은 무시할 만하다.

빗방울이 낙하할 때 처음에는 중력 때문에 빗방울의 낙하 속도가 점점 증가하지만, 이에 따라 항력도 커지게 되어 마침내 항력과 부력의 합이 중력의 크기와 같아지게 된다. 이때 물체의 가속도가 0이 되므로 빗방울의 속도는 일정해지는데, 이렇게 일정해진 속도를 종단 속도라 한다. 유체 속에서 상승하거나 지면과 수평으로 이동하는 물체의 경우에도 종단 속도가 나타나는 것은 이동 방향으로 작용하는 힘과 반대 방향으로 작용하는 힘의 평형에 의한 것이다.

1. 윗글을 통해 알 수 있는 내용으로 가장 적절한 것은?

① 스카이다이버가 낙하 운동할 때에는 마찰 항력이 전체 항력의 대부분을 차지하게 된다.

② 물체가 유체 속에서 운동할 때 물체 전후방에 생기는 압력 차는 그 물체의 속도를 증가시킨다.

③ 낙하하는 물체의 속도가 종단 속도에 이르게 되면 그 물체의 가속도는 중력 가속도와 같아진다.

④ 균일한 밀도의 액체 속에서 낙하하는 동전에 작용하는 부력은 항력의 크기에 상관없이 일정한 크기를 유지한다.

⑤ 균일한 밀도의 액체 속에 완전히 잠겨 있는 쇠 막대에 작용하는 부력은 서 있을 때보다 누워 있을 때가 더 크다.

2. 윗글을 바탕으로 〈보기〉에 대해 탐구한 내용으로 가장 적절한 것은? [3점]

〈보기〉

크기와 모양은 같으나 밀도가 서로 다른 구 모양의 물체 A와 B를 공기 중에 고정하였다. 이때 물체 A와 B의 밀도는 공기보다 작으며, 물체 B의 밀도는 물체 A보다 더 크다. 물체 A와 B를 놓아 주었더니 두 물체 모두 속도가 증가하며 상승하다가, 각각 어느 정도 시간이 지난 후 각각 다른 일정한 속도를 유지한 채 계속 상승하였다. (단, 두 물체는 공기나 다른 기체 중에서 크기와 밀도가 유지되도록 제작되었고, 물체 운동에 영향을 줄 수 있는 기체의 흐름과 같은 외적 요인들이 모두 제거되었다고 가정함.)

① A와 B가 고정되어 있을 때에는 A에 작용하는 항력이 B에 작용하는 항력보다 더 작겠군.

② A와 B가 각각 일정한 속도를 유지할 때 A에 작용하고 있는 항력은 B에 작용하고 있는 항력보다 더 작겠군.

③ A에 작용하는 부력과 중력의 크기 차이는 A의 속도가 증가하고 있을 때보다 A가 고정되어 있을 때 더 크겠군.

④ A와 B 모두 일정한 속도에 도달하기 전에 속도가 증가하는 것으로 보아 A와 B에 작용하는 항력이 점점 감소하기 때문에 일정한 속도에 도달하는 것이겠군.

⑤ 공기보다 밀도가 더 큰 기체 내에서 B가 상승하여 일정한 속도를 유지할 때 B에 작용하는 항력은 공기 중에서 상승하여 일정한 속도를 유지할 때 작용하는 항력보다 더 크겠군.

구조도 그리기

암 치료에 사용되는 항암제

2016학년도 9월 모평B

해설 P.122

[1~2] 다음 글을 읽고 물음에 답하시오.

암 치료에 사용되는 항암제는 세포 독성 항암제와 표적 항암제로 나뉜다. ⊙파클리탁셀과 같은 세포 독성 항암제는 세포 분열을 방해하여 세포가 증식하지 못하고 사멸에 이르게 한다. 그러므로 세포 독성 항암제는 암세포뿐 아니라 정상 세포 중 빈번하게 세포 분열하는 종류의 세포도 손상시킨다. 이러한 세포 독성 항암제의 부작용은 이 약제의 사용을 꺼리게 하는 주된 이유이다. 반면에 표적 항암제는 암세포에 선택적으로 작용하도록 고안된 것이다.

암세포에서는 변형된 유전자가 만들어 낸 비정상적인 단백질이 세포 분열을 위한 신호 전달 과정을 왜곡하여 과다한 세포 증식을 일으킨다. 암세포가 종양으로 자라려면 종양 속으로 연결되는 새로운 혈관의 생성이 필수적이다. 표적 항암제는 암세포가 증식하고 종양이 자라는 과정에서 어느 단계에 개입하느냐에 따라 신호 전달 억제제와 신생 혈관 억제제로 나뉜다.

신호 전달 억제제는 암세포의 증식을 유도하는 신호 전달 과정 중 특정 단계의 진행을 방해한다. 신호 전달 경로는 암의 종류에 따라 다르므로 신호 전달 억제제는 특정한 암에만 치료 효과를 나타낸다. 만성골수성백혈병(CML)의 치료제인 ⓒ이마티닙이 그 예이다. 만성골수성백혈병은 골수의 조혈 모세포가 혈구로 분화하는 과정에서 발생하는 혈액암이다. 만성골수성백혈병 환자의 95% 정도는 조혈 모세포의 염색체에서 돌연변이 유전자가 형성되어 변형된 형태의 효소인 Bcr-Abl 단백질을 만들어 낸다. 이 효소는 암세포 증식을 유도하는 신호 전달 경로를 활성화하여 암세포를 증식시킨다. 이러한 원리에 착안하여 Bcr-Abl 단백질에 달라붙어 그것의 작용을 방해하는 이마티닙이 개발되었다.

신생 혈관 억제제는 암세포가 새로운 혈관을 생성하는 것을 방해한다. 암세포가 증식하여 종양이 되고 그 종양이 자라려면 산소와 영양분이 계속 공급되어야 한다. 종양이 계속 자라려면 종양에 인접한 정상 조직과 종양이 혈관으로 연결되고, 종양 속으로 혈관이 뻗어 들어와야 한다. 대부분의 암세포들은 혈관 내피 성장인자(VEGF)를 분비하여 암세포 주변의 조직에서 혈관 내피세포를 증식시킴으로써 새로운 혈관을 형성한다. 이러한 원리에 착안하여 종양의 혈관 생성을 저지할 수 있는 약제인 ⓒ베바시주맙이 개발되었다. 이 약제는 인공적인 항체로서 혈관 내피 성장인자를 항원으로 인식하여 결합함으로써 혈관 생성을 방해한다. 베바시주맙은 대장암의 치료제로 개발되었지만 다른 여러 종류의 암에도 효과가 있다.

1. ⊙~ⓒ에 대한 이해로 가장 적절한 것은?

① ⊙과 ⓒ은 모두 암세포만 선택적으로 공격한다.

② ⊙은 ⓒ과 달리 세포의 증식을 방해한다.

③ ⓒ과 ⓒ은 모두 변형된 유전자를 정상 유전자로 복원한다.

④ ⓒ은 ⓒ과 달리 한 가지 종류의 암에만 효능을 보인다.

⑤ ⓒ은 ⓒ과 달리 암세포가 분비하는 성장인자에 작용한다.

2. 윗글을 바탕으로 〈보기〉의 ⓐ, ⓑ를 이해한 내용으로 적절하지 않은 것은? [3점]

〈보기〉

어떤 암세포를 시험관 속의 액체에 넣었다. 액체 속에는 산소와 영양분이 충분함에도 불구하고, ⓐ액체 속의 암세포는 세포 분열을 하여 1~2mm의 작은 암 덩이로 자란 후 더 이상 증식하지 않았다.

같은 종류의 암세포를 실험동물에게 주입하였다. ⓑ주입된 암세포는 커다란 종양으로 계속 자라났고, 종양의 일부 조직을 조사해 보니 조직 내부에 혈관이 들어차 있었다.

① ⓐ에서는 혈관내피 성장인자 분비를 통한 혈관 생성이 이루어지지 못했겠군.

② ⓐ와 함께 Bcr-Abl 단백질을 액체에 넣는다면 암세포가 큰 종양으로 계속 자라겠군.

③ ⓑ와 함께 세포 독성 항암제를 주입한다면 암세포의 분열이 억제되겠군.

④ ⓑ가 종양으로 자랄 수 있었던 것은 산소와 영양분이 계속 공급되었기 때문이겠군.

⑤ ⓑ가 종양으로 자라는 과정에서 암세포의 증식을 유도하는 신호 전달 경로에 비정상적인 단백질의 개입이 있었겠군.

박광일의 VIEWPOINT 암 치료에 사용되는 항암제인 세포 독성 항암제와 표적 항암제 중 표적 항암제를 신호 전달 억제제와 신생 혈관 억제제로 구분하여 설명한 지문으로, 여러 항암제의 특징과 작용 기제를 꼼꼼히 파악해야 했다. 지문에 제시된 핵심 화제의 특징을 비교하고 〈보기〉에 제시된 두 사례와 연결 지어 추론적 사고 훈련을 하는 데 적합한 기출이다.

구조도 그리기

달과 지구의 공전 궤도
2015학년도 수능B

해설 P.125

[1~2] 다음 글을 읽고 물음에 답하시오.

우리는 가끔 평소보다 큰 보름달인 '슈퍼문(supermoon)'을 보게 된다. 실제 달의 크기는 일정한데 이러한 현상이 발생하는 까닭은 무엇일까? 이 현상은 달의 공전 궤도가 타원 궤도라는 점과 관련이 있다.

타원은 두 개의 초점이 있고 두 초점으로부터의 거리를 합한 값이 일정한 점들의 집합이다. 두 초점이 가까울수록 원 모양에 가까워진다. 타원에서 두 초점을 지나는 긴지름을 가리켜 장축이라 하는데, 두 초점 사이의 거리를 장축의 길이로 나눈 값을 이심률이라 한다. 두 초점이 가까울수록 이심률은 작아진다.

달은 지구를 한 초점으로 하면서 이심률이 약 0.055인 타원 궤도를 돌고 있다. 이 궤도의 장축 상에서 지구로부터 가장 먼 지점을 '원지점', 가장 가까운 지점을 '근지점'이라 한다. 지구에서 보름달은 약 29.5일 주기로 세 천체가 '태양-지구-달'의 순서로 배열될 때 볼 수 있는데, 이때 보름달이 근지점이나 그 근처에 위치하면 슈퍼문이 관측된다. 슈퍼문은 보름달 중 크기가 가장 작게 보이는 것보다 14% 정도 크게 보인다. 이는 지구에서 본 달의 겉보기 지름이 달라졌기 때문이다. 지구에서 본 천체의 겉보기 지름을 각도로 나타낸 것을 각지름이라 하는데, 관측되는 천체까지의 거리가 가까워지면 각지름이 커진다. 예를 들어, 달과 태양의 경우 평균적인 각지름은 각각 0.5° 정도이다.

지구의 공전 궤도에서도 이와 같은 현상이 나타난다. 지구 역시 태양을 한 초점으로 하는 타원 궤도로 공전하고 있으므로, 궤도 상의 지구의 위치에 따라 태양과의 거리가 다르다. 달과 마찬가지로 지구도 공전 궤도의 장축 상에서 태양으로부터 가장 먼 지점과 가장 가까운 지점을 갖는데, 이를 각각 원일점과 근일점이라 한다. 지구와 태양 사이의 이러한 거리 차이에 따라 일식 현상이 다르게 나타난다. 세 천체가 '태양-달-지구'의 순서로 늘어서고, 달이 태양을 가릴 수 있는 특정한 위치에 있을 때, 일식 현상이 일어난다. 이때 달이 근지점이나 그 근처에 위치하면 대부분의 경우 태양 면의 전체 면적이 달에 의해 완전히 가려지는 개기 일식이 관측된다. 하지만 일식이 일어나는 같은 조건에서 달이 원지점이나 그 근처에 위치하면 대부분의 경우 태양 면이 달에 의해 완전히 가려지지 않아 태양 면의 가장자리가 빛나는 고리처럼 보이는 금환 일식이 관측될 수 있다.

이러한 원일점, 근일점, 원지점, 근지점의 위치는 태양, 행성 등 다른 천체들의 인력에 의해 영향을 받아 미세하게 변한다. 현재 지구 공전 궤도의 이심률은 약 0.017인데, 일정한 주기로 이심률이 변한다. 천체의 다른 조건들을 고려하지 않을 때 지구 공전 궤도의 이심률만이 현재보다 더 작아지면 근일점은 현재보다 더 멀어지며 원일점은 현재보다 더 가까워지게 된다. 이는 달의

공전 궤도 상에 있는 근지점과 원지점도 마찬가지이다. 천체의 다른 조건들을 고려하지 않을 때 천체의 공전 궤도의 이심률만이 현재보다 커지면 반대의 현상이 일어난다.

1. 윗글을 통해 알 수 있는 내용으로 적절하지 않은 것은?

① 태양의 인력으로 달 공전 궤도의 이심률이 약간씩 변화될 수 있다.
② 현재의 달 공전 궤도는 현재의 지구 공전 궤도보다 원 모양에 더 가깝다.
③ 금환 일식이 일어날 때 지구에서 관측되는 태양의 각지름은 달의 각지름보다 크다.
④ 지구에서 보이는 보름달의 크기는 달 공전 궤도 상의 근지점일 때보다 원지점일 때 더 작게 보인다.
⑤ 지구 공전 궤도 상의 근일점에서 관측한 태양의 각지름은 원일점에서 관측한 태양의 각지름보다 더 크다.

2. 윗글을 바탕으로 할 때, 〈보기〉의 ㉠에 들어갈 말로 가장 적절한 것은? [3점]

〈구조도 그리기〉

---〈보기〉---

북반구의 A 지점에서는 약 12시간 25분 주기로 해수면이 높아졌다 낮아졌다 하는 현상이 관측된다. 이 현상에서 해수면이 가장 높은 때와 가장 낮은 때의 해수면의 높이 차이를 '조차'라고 한다. 이 조차에 영향을 미치는 한 요인이 지구와 달, 지구와 태양 사이의 '거리'인데, 그 거리가 가까울수록 조차가 커진다. 지구와 태양 사이의 거리가 조차에 미치는 영향만을 고려하면, 조차는 북반구의 겨울인 1월에 가장 크고 7월에 가장 작다.

천체의 다른 모든 조건들은 고정되어 있고, 다만 지구 공전 궤도의 이심률과 지구와 달, 지구와 태양 사이의 거리만이 조차에 영향을 준다고 가정하자. 이 경우에 (_____㉠_____)

---

① 지구 공전 궤도의 이심률에 변화가 없다면, 1월에 슈퍼문이 관측되었을 때보다 7월에 슈퍼문이 관측되었을 때, A 지점에서의 조차가 더 크다.

② 지구 공전 궤도의 이심률에 변화가 없다면, 보름달이 관측된 1월에 달이 근지점에 있을 때보다 원지점에 있을 때, A 지점에서의 조차가 더 크다.

③ 지구 공전 궤도의 이심률에 변화가 없다면, 7월에 슈퍼문이 관측될 때보다 7월에 원지점에 위치한 보름달이 관측될 때, A 지점에서의 조차가 더 크다.

④ 지구 공전 궤도의 이심률만이 더 커지면, 달이 근지점에 있을 때 A 지점에서 1월에 나타나는 조차가 이심률 변화 전의 1월의 조차보다 더 커진다.

⑤ 지구 공전 궤도의 이심률만이 더 커지면, 달이 원지점에 있을 때 A 지점에서 7월에 나타나는 조차가 이심률 변화 전의 7월의 조차보다 더 커진다.

[1~2] 다음 글을 읽고 물음에 답하시오.

어떤 물체가 점탄성이라는 성질을 가지고 있다고 했을 때, 점탄성이란 무엇일까? 점탄성을 이해하기 위해 점성을 가진 물체와 탄성을 가진 물체의 특징을 알아보자. 용수철에 힘을 가하여 잡아당기면 용수철은 즉각적으로 늘어나며 용수철에 가한 힘을 제거하면 바로 원래의 형태로 되돌아가는데, 이는 용수철이 탄성을 가지고 있기 때문이다. 이와 같이 용수철은 힘과 변형의 관계가 즉각적으로 형성되는 '즉각성'을 가지고 있다. 반면 꿀을 평평한 판 위에 올려놓으면 꿀은 중력에 의해 서서히 흐르는 변형을 하게 되는데, 이는 꿀이 흐름에 저항하는 성질인 점성을 가지고 있기 때문이다. 즉 꿀은 힘과 변형의 관계가 시간에 따라 변하는 '시간 지연성'을 가지고 있다.

어떤 물체가 힘과 변형의 관계에서 탄성체가 가지고 있는 '즉각성'과 점성체가 가지고 있는 '시간 지연성'을 모두 가지고 있을 때 점탄성을 가지고 있다고 하고, 그 물체를 점탄성체라 한다. 이러한 점탄성을 잘 보여 주는 물리적 현상으로 응력 완화와 크리프를 들 수 있다. 응력 완화는 변형된 상태가 고정되어 있을 때, 물체가 받는 힘인 응력이 시간에 따라 감소하는 현상이다. 그리고 크리프는 응력이 고정되어 있을 때 변형이 서서히 증가하는 현상이다.

응력 완화를 이해하기 위해 고무줄에 힘을 주어 특정 길이만큼 당긴 후 이 길이를 유지하는 경우를 생각해 보자. 외부에서 힘을 주면 고무줄은 즉각적으로 늘어나게 된다. 힘과 변형의 관계가 탄성의 특성인 '즉각성'을 보여 주는 것이다. 그런데 이때 늘어난 고무줄의 길이를 그대로 고정해 놓으면, 시간이 지남에 따라 겉보기에는 아무 변화가 없지만 고무줄의 분자들의 배열 구조가 점차 변하며 응력이 서서히 감소하게 된다. 이는 점성의 특성인 '시간 지연성'을 보여 주는 것이다. 이처럼 점탄성체의 변형이 그대로 유지될 때, 응력이 시간에 따라 서서히 감소하는 현상이 응력 완화이다.

이제는 고무줄에 추를 매달아 고무줄이 일정한 응력을 받도록 하는 경우를 살펴보자. 고무줄은 순간적으로 일정 길이만큼 늘어난다. 이는 탄성체가 가지고 있는 특성을 보여 준다. 그러나 이후에는 시간이 지남에 따라 점성체와 같이 분자들의 위치가 점차 변하며 고무줄이 서서히 늘어나게 되는데, 이러한 현상이 크리프이다. 오랜 세월이 지나면 유리창 유리의 아랫부분이 두꺼워지는 것도 이와 같은 현상이다.

점탄성체의 변형에 걸리는 시간이 물질마다 다른 것은 분자나 원자 간의 결합 및 배열된 구조가 서로 다르기 때문이다. 나일론과 같은 물질의 응력 완화와 크리프는 상온(常溫)에서도 인지할 수 있지만, 금속의 경우 너무 느리게 일어나므로 상온에서는 관찰이 어렵다. 온도를 높이면 물질의 유동성이 증가하기 때문에,

나일론의 경우 온도를 높임에 따라 응력 완화와 크리프가 가속화되며, 금속도 고온에서는 응력 완화와 크리프를 인지할 수 있다. 모든 물체는 본질적으로는 점탄성체이며 물체의 점탄성 현상이 우리가 인지할 정도로 빠르게 일어나는가 아닌가의 차이가 있을 뿐이다.

1. 윗글을 이해한 내용으로 가장 적절한 것은?

① 용수철의 힘과 변형의 관계가 '즉각성'을 갖는 것은 점성 때문이다.

② 같은 온도에서는 물질의 종류와 무관하게 물질의 유동성 정도는 같다.

③ 물체가 서서히 변형될 때에는 물체를 이루는 분자의 위치에 변화가 없다.

④ 유리창의 유리 아랫부분이 두꺼워지는 것은 '시간 지연성'과 관련이 있다.

⑤ 판 위의 꿀이 흐르는 동안 중력에 대응하여 꿀의 응력은 서서히 증가한다.

2. 윗글을 바탕으로 〈보기〉의 (가), (나)에 대해 탐구한 내용으로 적절하지 않은 것은? [3점]

구조도 그리기

〈보기〉

(가) 나일론 재질의 기타 줄을 길이가 늘어나게 당긴 후 고정하여 음을 맞추고 바로 풀어 보니 원래의 길이로 돌아갔다. 이번에는 기타 줄을 길이가 늘어나게 당긴 후 고정하여 음을 맞추고 오랫동안 방치해 놓으니, 매여 있는 기타 줄의 길이는 그대로였지만 팽팽한 정도가 감소하여 음이 맞지 않았다.

(나) 무거운 책을 선반에 올려놓으니 선반이 즉각적으로 아래로 휘어졌다. 이 상태에서 선반이 서서히 휘어져 몇 달이 지난 후 살펴보니 선반의 휘어진 정도가 처음보다 더 심해져 있었다. 다른 조건이 모두 같을 때 선반이 서서히 휘는 속력은 따뜻한 여름과 추운 겨울에 따라 차이가 있었다.

① (가)에서 기타 줄이 원래의 길이로 돌아간 것은 기타 줄이 탄성을 가지고 있기 때문이군.

② (가)에서 기타 줄의 팽팽한 정도가 달라진 것은 기타 줄에 응력 완화가 일어났기 때문이군.

③ (가)에서 나일론 재질 대신 금속 재질의 기타 줄을 사용한다면 기타 줄의 팽팽한 정도가 더 빨리 감소하겠군.

④ (나)에서 선반이 책 무게 때문에 서서히 변형된 것은 선반이 크리프 현상을 보였기 때문이겠군.

⑤ (나)에서 여름과 겨울에 선반의 휘어지는 속력이 차이가 나는 것은 선반이 겨울보다 여름에 휘어지는 속력이 더 크기 때문이군.

각운동량

2014학년도 9월 모평B

해설 P.132

[1~2] 다음 글을 읽고 물음에 답하시오.

회전 운동을 하는 물체는 외부로부터 돌림힘이 작용하지 않는다면 일정한 빠르기로 회전 운동을 유지하는데, 이를 각운동량 보존 법칙이라 한다. 각운동량은 질량이 m인 작은 알갱이가 회전축으로부터 r만큼 떨어져 속도 v로 운동하고 있을 때 mvr로 표현된다. 그런데 회전하는 물체에 회전 방향으로 힘이 가해지거나 마찰 또는 공기 저항이 작용하게 되면, 회전하는 물체의 각운동량이 변화하여 회전 속도는 빨라지거나 느려지게 된다. 이렇게 회전하는 물체의 각운동량을 변화시키는 힘을 돌림힘이라고 한다.

그러면 팽이와 같은 물체의 각운동량은 어떻게 표현할까? 아주 작은 균일한 알갱이들로 팽이가 이루어졌다고 볼 때, 이 알갱이 하나하나를 질량 요소라고 한다. 이 질량 요소 각각의 각운동량의 총합이 팽이 전체의 각운동량에 해당한다. 회전 운동에서 물체의 각운동량은 (각속도)×(회전 관성)으로 나타낸다. 여기에서 각속도는 회전 운동에서 물체가 단위 시간당 회전하는 각이다. 질량이 직선 운동에서 물체의 속도를 변화시키기 어려운 정도를 나타내듯이, 회전 관성은 회전 운동에서 각속도를 변화시키기 어려운 정도를 나타낸다. 즉, 회전체의 회전 관성이 클수록 그것의 회전 속도를 변화시키기 어렵다.

회전체의 회전 관성은 회전체를 구성하는 질량 요소들의 회전 관성의 합과 같은데, 질량 요소들의 회전 관성은 질량 요소가 회전축에서 떨어져 있는 거리가 멀수록 커진다. 그러므로 질량이 같은 두 팽이가 있을 때 홀쭉하고 키가 큰 팽이보다 넓적하고 키가 작은 팽이가 회전 관성이 크다.

각운동량 보존의 원리는 스포츠에서도 쉽게 확인할 수 있다. 피겨 선수에게 공중 회전수는 중요한데 이를 확보하기 위해서는 공중회전을 하는 동안 각속도를 크게 해야 한다. 이를 위해 피겨 선수가 공중에서 팔을 몸에 바짝 붙인 상태로 회전하는 것을 볼 수 있다. 피겨 선수의 회전 관성은 몸을 이루는 질량 요소들의 회전 관성의 합과 같다. 따라서 팔을 몸에 붙이면 팔을 구성하는 질량 요소들이 회전축에 가까워져서 팔을 폈을 때보다 몸 전체의 회전 관성이 줄어들게 된다. 점프 이후에 공중에서 각운동량은 보존되기 때문에 팔을 붙였을 때가 폈을 때보다 각속도가 커지는 것이다. 반대로 착지 직전에는 각속도를 줄여 착지 실수를 없애야 하기 때문에 양팔을 한껏 펼쳐 회전 관성을 크게 만드는 것이 유리하다.

1. 윗글로 미루어 알 수 있는 내용으로 적절한 것은?

① 정지되어 있는 물체는 회전 관성이 클수록 회전시키기 쉽다.

② 회전하는 팽이는 외부에서 가해지는 돌림힘의 작용 없이 회전을 멈출 수 있다.

③ 지면과의 마찰은 회전하는 팽이의 회전 관성을 작게 만들어 팽이의 각운동량을 줄어들게 한다.

④ 크기와 질량이 동일한, 속이 빈 쇠공과 속이 찬 플라스틱 공이 자전할 때 회전 관성은 쇠공이 더 크다.

⑤ 회전하는 하나의 시곗바늘 위의 두 점 중 회전축에 가까이 있는 점이 멀리 있는 점보다 각속도가 작다.

2. 윗글을 바탕으로 〈보기〉를 이해한 내용으로 적절한 것은?

[3점]

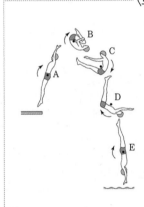

─〈보기〉─

다이빙 선수가 발판에서 점프하여 공중회전하며 A~E 단계를 거쳐 1.5바퀴 회전하여 입수하고 있다. 여기에서 검은 점은 회전 운동의 회전축을 나타내며 회전 운동은 화살표 방향으로만 진행된다. 단, 다이빙 선수가 공중에 머무는 동안은 외부에서 돌림힘이 작용하지 않는다고 간주한다.

① A보다 B에서 다이빙 선수의 각운동량이 더 크겠군.

② B보다 D에서 다이빙 선수의 질량 요소들의 합은 더 작겠군.

③ A~E의 다섯 단계 중 B 단계에서 다이빙 선수는 가장 작은 각속도를 갖겠군.

④ C에서 E로 진행함에 따라 다이빙 선수의 팔과 다리가 펼쳐지면서 회전 관성이 작아지겠군.

⑤ B 단계부터 같은 자세로 회전 운동을 계속하여 입수한다면 다이빙 선수는 1.5바퀴보다 더 많이 회전하겠군.

● 구조도 그리기 ●

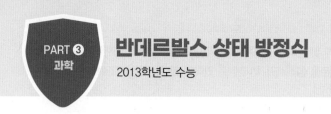

[1~3] 다음 글을 읽고 물음에 답하시오.

기체의 온도를 일정하게 하고 부피를 줄이면 압력은 높아진다. 한편 압력을 일정하게 유지할 때 온도를 높이면 부피는 증가한다. 이와 같이 기체의 상태에 영향을 미치는 압력(P), 온도(T), 부피(V)의 상관관계를 1몰*의 기체에 대해 표현하면 $P=\dfrac{RT}{V}$(R: 기체 상수)가 되는데, 이를 ㉠이상 기체 상태 방정식이라 한다. 여기서 이상 기체란 분자 자체의 부피와 분자 간 상호 작용이 없다고 가정한 기체이다. 이 식은 기체에서 세 변수 사이에 발생하는 상관관계를 간명하게 설명할 수 있다.

하지만 실제 기체에 이상 기체 상태 방정식을 적용하면 잘 맞지 않는다. 실제 기체에는 분자 자체의 부피와 분자 간의 상호 작용이 존재하기 때문이다. 분자 간의 상호 작용은 인력과 반발력에 의해 발생하는데, 일반적인 기체 상태에서 분자 간 상호 작용은 대부분 분자 간 인력에 의해 일어난다. 온도를 높이면 기체 분자의 운동 에너지가 증가하여 인력의 영향은 줄어든다. 또한 인력은 분자 사이의 거리가 멀어지면 감소하는데, 어느 정도 이상 멀어지면 그 힘은 무시할 수 있을 정도로 약해진다. 하지만 분자들이 거의 맞닿을 정도가 되면 반발력이 급격하게 증가하여 반발력이 인력을 압도하게 된다. 이러한 반발력 때문에 실제 기체의 부피는 압력을 아무리 높이더라도 이상 기체에서 기대했던 것만큼 줄지 않는다.

이제 부피가 V인 용기 안에 들어 있는 1몰의 실제 기체를 생각해 보자. 이때 분자의 자체 부피를 b라 하면 기체 분자가 운동할 수 있는 자유 이동 부피는 이상 기체에 비해 b만큼 줄어든 V-b가 된다. 한편 실제 기체는 분자 사이의 인력에 의한 상호 작용으로 분자들이 서로 끌어당기므로 이상 기체보다 압력이 낮아진다. 이때 줄어드는 압력은 기체 부피의 제곱에 반비례하는데, 이것을 비례 상수 a가 포함된 $\dfrac{a}{V^2}$로 나타낼 수 있다. 왜냐하면 기체의 부피가 줄면 분자 간 거리도 줄어 인력이 커지기 때문이다. 즉 실제 기체의 압력은 이상 기체에 비해 $\dfrac{a}{V^2}$만큼 줄게 된다.

이와 같이 실제 기체의 분자 자체 부피와 분자 사이의 인력에 의한 압력 변화를 고려하여 이상 기체 상태 방정식을 보정하면 $P=\dfrac{RT}{V-b}-\dfrac{a}{V^2}$가 된다. 이를 ㉡반데르발스 상태 방정식이라 하는데, 여기서 매개 변수 a와 b는 기체의 종류마다 다른 값을 가진다. 이 방정식은 실제 기체의 압력, 온도, 부피의 상관관계를 이상 기체 상태 방정식보다 잘 표현할 수 있게 해 주었으며, 반데르발스가 1910년 노벨상을 수상하는 계기가 되었다. 이처럼 자연현상을 정확하게 표현하기 위해 단순한 모형을 정교한 모형으로 수정해 나가는 것은 과학 연구에서 매우 중요한 절차 중의 하나이다.

*1몰: 기체 분자 6.02 ×10²³개.

1. 윗글의 내용과 일치하지 <u>않는</u> 것은?

① 이상 기체는 압력이 일정할 때 온도를 높이면 부피가 증가한다.

② 이상 기체는 분자 자체의 부피와 분자 간 상호 작용이 없는 가상의 기체이다.

③ 실제 기체에서 분자 간 상호 작용은 기체 압력에 영향을 준다.

④ 실제 기체 분자의 운동 에너지가 증가하면 인력의 영향은 줄어든다.

⑤ 실제 기체의 분자 간 상호 작용은 거리에 상관없이 일정하다.

2. ㉠과 ㉡에 대한 설명으로 옳지 <u>않은</u> 것은?

① ㉠, ㉡ 모두 기체의 압력, 온도, 부피의 상관관계를 나타낸다.

② ㉠과 달리 ㉡에서는 기체 분자 사이에 작용하는 인력이 기체의 부피에 따라 달라짐을 반영한다.

③ ㉠으로부터 ㉡이 유도된 것은 단순한 모형을 실제 상황에 맞추기 위해 수정한 예이다.

④ 매개 변수 b는 ㉠을 ㉡으로 보정할 때 실제 기체의 자체 부피를 고려하여 추가된 것이다.

⑤ 용기의 부피가 같다면 ㉠에서 기체 분자가 운동할 수 있는 자유 이동 부피는 ㉡에서보다 작다.

3. 윗글을 바탕으로 〈보기〉에 대해 탐구할 때, 적절한 것은?

[3점]

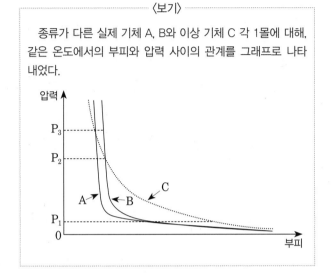

〈보기〉

　종류가 다른 실제 기체 A, B와 이상 기체 C 각 1몰에 대해, 같은 온도에서의 부피와 압력 사이의 관계를 그래프로 나타내었다.

① 압력이 P_1에서 0에 가까워질수록 A와 B 모두 분자 간 상호 작용이 증가되고 있음을 알 수 있군.

② 압력이 P_1과 P_2 사이일 때, A가 B에 비해 반발력보다 인력의 영향을 더 크게 받는다고 볼 수 있군.

③ 압력이 P_2와 P_3 사이일 때, A와 B 모두 반발력보다 인력의 영향을 더 크게 받는다고 볼 수 있군.

④ 압력이 P_3보다 높을 때, A가 B에 비해 인력보다 반발력의 영향을 더 크게 받는다고 볼 수 있군.

⑤ 압력을 P_3 이상에서 계속 높이면 A, B, C 모두 부피가 0이 되겠군.

구조도 그리기

[1~5] 다음 글을 읽고 물음에 답하시오.

1582년 10월 4일의 다음날이 1582년 10월 15일이 되었다. 10일이 사라지면서 혼란이 예상되었으나 교황청은 과감한 조치를 단행했던 것이다. 이로써 ㉠그레고리력이 시행된 국가에서는 이듬해 춘분인 3월 21일에 밤과 낮의 길이가 같아졌다. 그레고리력은 코페르니쿠스의 지동설이 무시당하고 여전히 천동설이 지배적이었던 시절에 부활절을 정확하게 지키려는 필요에 의해 제정되었다.

그 전까지 유럽에서는 ㉡율리우스력이 사용되고 있었다. 카이사르가 제정한 태양력의 일종인 율리우스력은 제정 당시에 알려진 1년 길이의 평균값인 365일 6시간에 근거하여 평년은 365일, 4년마다 돌아오는 윤년은 366일로 정했다. 율리우스력의 4년은 실제보다 길었기에 절기는 조금씩 앞당겨져 16세기 후반에는 춘분이 3월 11일에 도래했다. 이것은 춘분을 지나서 첫 보름달이 뜬 후 첫 번째 일요일을 부활절로 정한 교회의 전통적 규정에서 볼 때, 부활절을 정확하게 지키지 못하는 문제를 낳았다. 그것이 교황 그레고리우스 13세가 역법 개혁을 명령한 이유였다.

그레고리력의 기초를 놓은 인물은 릴리우스였다. 그는 당시 천문학자들의 생각처럼 복잡한 천체 운동을 반영하여 역법을 고안하면 일반인들이 어려워할 것이라 보고, 율리우스력처럼 눈에 보이는 태양의 운동만을 근거로 1년의 길이를 정할 것을 제안했다. 그런데 무엇을 1년의 길이로 볼 것인가가 문제였다. 릴리우스는 반세기 전에 코페르니쿠스가 지구의 공전 주기인 항성년을 1년으로 본 것을 알고 있었다.

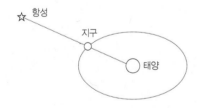

☆ 항성

지구

태양

[A]
항성년은 위의 그림처럼 태양과 지구와 어떤 항성이 일직선에 놓였다가 다시 그렇게 될 때까지의 시간이다. 그러나 릴리우스는 교회의 요구에 따라 절기에 부합하는 역법을 창출하고자 했기에 항성년을 1년의 길이로 삼을 수 없었다. 그는 춘분과 다음 춘분 사이의 시간 간격인 회귀년이 항성년보다 짧다는 것을 알고 있었기 때문이었다. 항성년과 회귀년의 차이는 춘분 때의 지구 위치가 공전 궤도상에서 매년 조금씩 달라지는 현상 때문에 생긴다.

릴리우스는 이 현상의 원인에 관련된 논쟁을 접어 두고, 당시 가장 정확한 천문 데이터를 모아 놓은 알폰소 표에 제시된 회귀년 길이의 평균값을 채택하자고 했다. 그 값은 365일 5시간 49분 16초였고, 이 값을 채용하면 새 역법은 율리우스력보다 134년에 하루가 짧아지게 되어 있었다. 릴리우스는 연도가 4의 배수

인 해를 ⓐ윤년으로 삼아 하루를 더하는 율리우스력의 방식을 받아들이되, 100의 배수인 해는 평년으로, 400의 배수인 해는 다시 윤년으로 하는 규칙을 추가할 것을 제안했다. 이것은 1만년에 3일이 절기와 차이가 생기는 정도였다. 이리하여 그레고리력은 과학적 논쟁에 휘말리지 않으면서도 절기에 더 잘 들어맞는 특성을 갖게 되었다. 그 결과 새 역법은 종교적 필요를 떠나 일상생활의 감각과도 잘 맞아서 오늘날까지 널리 사용되고 있다.

1. 윗글의 내용과 일치하는 것은?

① 두 역법 사이의 10일의 오차는 조금씩 나누어 몇 년에 걸쳐 수정되었다.

② 과학계의 반대에도 불구하고 역법 개혁안이 권력에 의해 강제되었다.

③ 릴리우스는 교회의 요구에 부응하여 역법 개혁안을 마련했다.

④ 릴리우스는 천문 현상의 원인 구명에 큰 관심을 가졌다.

⑤ 그레고리력이 선포된 시점에는 지동설이 지배적이었다.

2. 윗글과 〈보기〉를 함께 읽은 후의 반응으로 적절하지 않은 것은?

〈보기〉

보름달이 돌아오는 주기를 기준으로 하여 만든 역법인 음력에서는 30일과 29일이 든 달을 번갈아 써서, 평년은 한 해가 열두 달로 354일이다. 그런데 이것은 지구의 공전 주기와 많이 다르므로, 윤달을 추가하여 열세 달이 한 해가 되는 윤년을 대략 19년에 일곱 번씩 두게 된다. 전통적으로 동양에서는 이런 방식으로 역법을 만들고 대략 15일 간격의 24절기를 태양의 움직임에 따라 정해 놓음으로써 계절의 변화를 쉽게 알 수 있게 했다. 이러한 역법을 '태음태양력'이라고 한다.

① 부활절을 정할 때는 음력처럼 달의 모양을 고려했군.

② 동서양 모두 역법을 만들기 위해 천체의 운행을 고려했군.

③ 서양의 태양력에서도 보름달이 돌아오는 주기를 고려했군.

④ 그레고리력의 1년은 태음태양력의 열두 달과 일치하지 않는군.

⑤ 윤달이 첨가된 태음태양력의 윤년은 율리우스력의 윤년보다 길겠군.

구조도 그리기

3. ㉠과 ㉡을 비교한 설명으로 적절한 것은?

① ㉠과 ㉡에서 서기 1700년은 모두 윤년이다.

② ㉠은 ㉡보다 더 정확한 관측치를 토대로 제정되었다.

③ ㉠을 쓰면 ㉡을 쓸 때보다 윤년이 더 자주 돌아온다.

④ ㉡은 ㉠보다 절기에 더 잘 들어맞는다.

⑤ ㉡은 ㉠보다 나중에 제정되었지만 더 보편적으로 쓰인다.

4. [A]를 이해하기 위해 〈보기〉를 활용할 때 ㉮~㉱에 해당하는 것은?

〈보기〉

○○시에 있는 원형 전망대 식당은 그 식당의 중심을 축으로 조금씩 회전한다. ㉮철수는 창밖의 폭포에 가장 가까운 창가 식탁에서 일어나 전망대의 회전 방향과 반대 방향으로 창가를 따라 걸었다. 철수가 한 바퀴를 돌아 그 식탁으로 돌아오는 데 ㉯57초가 걸렸는데, 폭포에 가장 가까운 창가 위치까지 돌아오는 데에는 ㉰60초가 걸렸다.

	㉮	㉯	㉰
①	항성	항성년	회귀년
②	항성	회귀년	항성년
③	지구	회귀년	회귀년
④	지구	항성년	회귀년
⑤	지구	회귀년	항성년

5. ⓐ의 '으로'와 쓰임이 가장 가까운 것은?

① 이 안경테는 플라스틱으로 만들어서 가볍다.

② 그 문제는 가능하면 토론으로 해결하자.

③ 그가 동창회의 차기 회장으로 뽑혔다.

④ 사장은 간부들을 현장으로 불렀다.

⑤ 지난겨울에는 독감으로 고생했다.

HOLSOO

홀로 공부하는 수능 국어 기출 분석

PART 4
기술

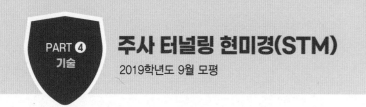
[1~4] 다음 글을 읽고 물음에 답하시오.

⊙주사 터널링 현미경(STM)에서는 끝이 첨예한 금속 탐침과 도체 또는 반도체 시료 표면 간에 적당한 전압을 걸어 주고 둘 간의 거리를 좁히게 된다. 탐침과 시료의 거리가 매우 가까우면 양자 역학적 터널링 효과에 의해 둘이 접촉하지 않아도 전류가 흐른다. 이때 탐침과 시료 표면 간의 거리가 원자 단위 크기에서 변하더라도 전류의 크기는 민감하게 달라진다. 이 점을 이용하면 시료 표면의 높낮이를 원자 단위에서 측정할 수 있다. 하지만 전류가 흐를 수 없는 시료의 표면 상태는 STM을 이용하여 관찰할 수 없다. 이렇게 민감한 STM도 진공 기술의 뒷받침이 있었기에 널리 사용될 수 있었다.

STM은 대체로 진공 통 안에 설치되어 사용되는데 그 이유는 무엇일까? 기체 분자는 끊임없이 떠돌아다니다가 주변과 충돌한다. 이때 일부 기체 분자들은 관찰하려는 시료의 표면에 붙어 표면과 반응하거나 표면을 덮어 시료 표면의 관찰을 방해한다. 따라서 용이한 관찰을 위해 STM을 활용한 실험에서는 관찰하려고 하는 시료와 기체 분자의 접촉을 최대한 차단할 필요가 있어 진공이 요구되는 것이다. 진공이란 기체 압력이 대기압보다 낮은 상태를 통칭하며 기체 압력이 낮을수록 진공도가 높다고 한다. 진공 통 내부의 온도가 일정하고 한 종류의 기체 분자만 존재할 경우, 기체 분자의 종류와 상관없이 통 내부의 기체 압력은 단위 부피당 떠돌아다니는 기체 분자의 수에 비례한다. 따라서 기체 분자들을 진공 통에서 뽑아내거나 진공 통 내부에서 움직이지 못하게 고정하면 진공 통 내부의 기체 압력을 낮출 수 있다.

STM을 활용하는 실험에서 어느 정도의 진공도가 요구되는지를 이해하기 위해서는 '단분자층 형성 시간'의 개념을 이해할 필요가 있다. 진공 통 내부에서 떠돌아다니던 기체 분자들이 관찰하려는 시료의 표면에 달라붙어 한 층의 막을 형성하기까지 걸리는 시간을 단분자층 형성 시간이라 한다. 이 시간은 시료의 표면과 충돌한 기체 분자들이 표면에 달라붙을 확률이 클수록, 단위 면적당 기체 분자의 충돌 빈도가 높을수록 짧다. 또한 기체 운동론에 따르면 고정된 온도에서 기체 분자의 질량이 크거나 기체의 압력이 낮을수록 단분자층 형성 시간은 길다. 가령 질소의 경우 20℃, 760토르* 대기압에서 단분자층 형성 시간은 3×10^{-9}초이지만, 같은 온도에서 압력이 10^{-9}토르로 낮아지면 대략 2,500초로 증가한다. 이런 이유로 STM에서는 시료의 관찰 가능 시간을 확보하기 위해 통상 10^{-9}토르 이하의 초고진공이 요구된다.

초고진공을 얻기 위해서는 ⓒ스퍼터 이온 펌프가 널리 쓰인다. 스퍼터 이온 펌프는 진공 통 내부의 기체 분자가 펌프 내부로 유입되도록 진공 통과 연결하여 사용한다. 스퍼터 이온 펌프

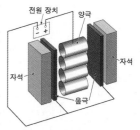
스퍼터 이온 펌프

는 영구 자석, 금속 재질의 속이 뚫린 원통 모양 양극, 타이타늄으로 만든 판 형태의 음극으로 구성되어 있다. 자석 때문에 생기는 자기장이 원통 모양 양극의 축 방향으로 걸려 있고, 양극과 음극 간에는 2~7kV의 고전압이 걸려 있다. 양극과 음극 간에 걸린 고전압의 영향으로 음극에서 방출된 전자는 자기장의 영향을 받아 복잡한 형태의 궤적을 그리며 양극으로 이동한다. 이 과정에서 음극에서 방출된 전자는 주변의 기체 분자와 충돌하여 기체 분자를 그것의 구성 요소인 양이온과 전자로 분리시킨다. 여기서 자기장은 전자가 양극까지 이동하는 거리를 자기장이 없을 때보다 증가시켜 주어 전자와 기체 분자와의 충돌 빈도를 높여 준다. 이 과정에서 생성된 양이온은 전기력에 의해 음극으로 당겨져 음극에 박히게 되어 이동 불가능한 상태가 된다. 이 과정이 1차 펌프 작용이다. 또한 양이온이 음극에 충돌하면 타이타늄이 떨어져 나와 충돌 지점 주변에 들러붙는다. 이렇게 들러붙은 타이타늄은 높은 화학 반응성 때문에 여러 기체 분자와 쉽게 반응하여, 떠돌아다니던 기체 분자를 흡착한다. 이는 떠돌아다니는 기체 분자의 수를 줄이는 효과가 있으므로 이를 2차 펌프 작용이라 부른다. 이렇듯 1, 2차 펌프 작용을 통해 스퍼터 이온 펌프는 초고진공 상태를 만들 수 있다.

*토르(torr): 기체 압력의 단위.

1. 윗글의 내용과 일치하는 것은?

① 대기압보다 진공도가 낮은 상태가 진공이다.

② 스퍼터 이온 펌프는 초고진공을 만드는 역할을 한다.

③ 단분자층 형성 시간이 짧을수록 STM을 이용한 관찰이 용이하다.

④ 일정한 온도와 부피의 진공 통 안에서 떠돌아다니는 기체 분자의 수는 기체 압력에 반비례한다.

⑤ 단분자층 형성 시간은 시료 표면과 충돌한 기체 분자들이 표면에 달라붙을 확률과 무관하게 결정된다.

2. ㉠에 대한 이해로 가장 적절한 것은?

① 시료 표면의 높낮이를 원자 단위까지 측정할 수 없다.

② 시료의 전기 전도 여부에 관계없이 시료를 관찰할 수 있다.

③ 시료의 관찰 가능 시간을 늘리려면 진공 통 안의 기체 압력을 낮추어야 한다.

④ 시료 표면의 관찰을 위해서는 시료 표면에 기체의 단분자층 형성이 필요하다.

⑤ 양자 역학적 터널링 효과를 이용하여 탐침을 시료 표면에 접촉시킨 후 흐르는 전류를 측정한다.

3. ㉡의 '음극'에 대한 설명으로 적절하지 않은 것은?

① 고전압과 전자의 상호 작용으로 자기장을 만든다.

② 떠돌아다니던 기체 분자를 흡착하는 물질을 내놓는다.

③ 기체 분자에서 분리된 양이온을 전기력으로 끌어당긴다.

④ 전자와 기체 분자의 충돌로 만들어진 양이온을 고정시킨다.

⑤ 기체 분자를 양이온과 전자로 분리시키는 전자를 방출한다.

4. 윗글을 바탕으로 할 때, 〈보기〉에 대한 설명으로 옳지 않은 것은? [3점]

〈보기〉

STM을 사용하여 규소의 표면을 관찰하는 실험을 하려고 한다. 동일한 사양의 STM이 설치된, 동일한 부피의 진공 통 A~E가 있고, 각 진공 통 내부에 있는 기체 분자의 정보는 다음 표와 같다. 진공 통 A 안의 기체 압력은 10^{-9}토르이며, 모든 진공 통의 내부 온도는 20℃이다. (단, 기체 분자가 규소 표면과 충돌하여 달라붙을 확률은 기체의 종류와 관계없이 일정하며, 제시되지 않은 모든 조건은 각 진공 통에서 동일하다. N은 일정한 자연수이다.)

진공 통	기체	분자의 질량 (amu*)	단위 부피당 기체 분자 수 (개 / cm^3)
A	질소	28	$4N$
B	질소	28	$2N$
C	질소	28	$7N$
D	산소	32	N
E	이산화 탄소	44	N

*amu: 원자 질량 단위.

① A 내부에서의 단분자층 형성 시간은 대략 2,500초이겠군.

② B 내부의 기체 압력은 10^{-9}토르보다 낮겠군.

③ C 내부의 진공도는 B 내부의 진공도보다 낮겠군.

④ D 내부에서의 단분자층 형성 시간은 A의 경우보다 길겠군.

⑤ E 내부의 시료 표면에 대한 단위 면적당 기체 분자의 충돌 빈도는 D의 경우보다 높겠군.

구조도 그리기

[1~5] 다음 글을 읽고 물음에 답하시오.

디지털 통신 시스템은 송신기, 채널, 수신기로 구성되며, ⓐ전송할 데이터를 빠르고 정확하게 전달하기 위해 부호화 과정을 거쳐 전송한다. 영상, 문자 등인 데이터는 ⓑ기호 집합에 있는 기호들의 조합이다. 예를 들어 기호 집합 {a, b, c, d, e, f}에서 기호들을 조합한 add, cab, beef 등이 데이터이다. 정보량은 어떤 기호가 발생했다는 것을 알았을 때 얻는 정보의 크기이다. 어떤 기호 집합에서 특정 기호의 발생 확률이 높으면 그 기호의 정보량은 적고, 발생 확률이 낮으면 그 기호의 정보량은 많다. 기호 집합의 평균 정보량*을 기호 집합의 엔트로피라고 하는데 모든 기호들이 동일한 발생 확률을 가질 때 그 기호 집합의 엔트로피는 최댓값을 갖는다.

송신기에서는 소스 부호화, 채널 부호화, 선 부호화를 거쳐 기호를 ⓒ부호로 변환한다. 소스 부호화는 데이터를 압축하기 위해 기호를 0과 1로 이루어진 부호로 변환하는 과정이다. 어떤 기호가 110과 같은 부호로 변환되었을 때 0 또는 1을 비트라고 하며 이 부호의 비트 수는 3이다. 이때 기호 집합의 엔트로피는 기호 집합에 있는 기호를 부호로 표현하는 데 필요한 평균 비트 수의 최솟값이다. 전송된 부호를 수신기에서 원래의 기호로 ⓓ복원하려면 부호들의 평균 비트 수가 기호 집합의 엔트로피보다 크거나 같아야 한다. 기호 집합을 엔트로피에 최대한 가까운 평균 비트 수를 갖는 부호들로 변환하는 것을 엔트로피 부호화라 한다. 그중 하나인 '허프만 부호화'에서는 발생 확률이 높은 기호에는 비트 수가 적은 부호를, 발생 확률이 낮은 기호에는 비트 수가 많은 부호를 할당한다.

채널 부호화는 오류를 검출하고 정정하기 위하여 부호에 잉여 정보를 추가하는 과정이다. 송신기에서 부호를 전송하면 채널의 잡음으로 인해 오류가 발생하는데 이 문제를 해결하기 위해 잉여 정보를 덧붙여 전송한다. 채널 부호화 중 하나인 '삼중 반복 부호화'는 0과 1을 각각 000과 111로 부호화한다. 이때 수신기에서는 수신한 부호에 0이 과반수인 경우에는 0으로 판단하고, 1이 과반수인 경우에는 1로 판단한다. 즉 수신기에서 수신된 부호가 000, 001, 010, 100 중 하나라면 0으로 판단하고, 그 이외에는 1로 판단한다. 이렇게 하면 000을 전송했을 때 하나의 비트에서 오류가 생겨 001을 수신해도 0으로 판단하므로 오류는 정정된다. 채널 부호화를 하기 전 부호의 비트 수를, 채널 부호화를 한 후 부호의 비트 수로 나눈 것을 부호율이라 한다. 삼중 반복 부호화의 부호율은 약 0.33이다.

채널 부호화를 거친 부호들을 채널을 통해 전송하려면 부호들을 전기 신호로 변환해야 한다. 0 또는 1에 해당하는 전기 신호의 전압을 결정하는 과정이 선 부호화이다. 전압의 ⓔ결정 방법은 선 부호화 방식에 따라 다르다. 선 부호화 중 하나인 '차동 부호화'는 부호의 비트가 0이면 전압을 유지하고 1이면 전압을 변화시킨다. 차동 부호화를 시작할 때는 기준 신호가 필요하다. 예를 들어 차동 부호화 직전의 기준 신호가 양(+)의 전압이라면 부호 0110은 '양, 음, 양, 양'의 전압을 갖는 전기 신호로 변환된다. 수신기에서는 송신기와 동일한 기준 신호를 사용하여, 전압의 변화가 있으면 1로 판단하고 변화가 없으면 0으로 판단한다.

*평균 정보량: 각 기호의 발생 확률과 정보량을 서로 곱하여 모두 더한 것.

1. 윗글에서 알 수 있는 내용으로 적절한 것은?

① 영상 데이터는 채널 부호화 과정에서 압축된다.

② 수신기에는 부호를 기호로 복원하는 기능이 있다.

③ 잉여 정보는 데이터를 압축하기 위해 추가한 정보이다.

④ 영상을 전송할 때는 잡음으로 인한 오류가 발생하지 않는다.

⑤ 소스 부호화는 전송할 기호에 정보를 추가하여 오류에 대비하는 과정이다.

2. 윗글을 바탕으로, 2가지 기호로 이루어진 기호 집합에 대해 이해한 내용으로 적절하지 <u>않은</u> 것은?

① 기호들의 발생 확률이 모두 1/2인 경우, 각 기호의 정보량은 동일하다.

② 기호들의 발생 확률이 각각 1/4, 3/4인 경우의 평균 정보량이 최댓값이다.

③ 기호들의 발생 확률이 각각 1/4, 3/4인 경우, 기호의 정보량이 더 많은 것은 발생 확률이 1/4인 기호이다.

④ 기호들의 발생 확률이 모두 1/2인 경우, 기호를 부호화하는 데 필요한 평균 비트 수의 최솟값이 최대가 된다.

⑤ 기호들의 발생 확률이 각각 1/4, 3/4인 기호 집합의 엔트로피는 발생 확률이 각각 3/4, 1/4인 기호 집합의 엔트로피와 같다.

3. 윗글의 '부호화'에 대한 내용으로 적절한 것은?

① 선 부호화에서는 수신기에서 부호를 전기 신호로 변환한다.

② 허프만 부호화에서는 정보량이 많은 기호에 상대적으로 비트 수가 적은 부호를 할당한다.

③ 채널 부호화를 거친 부호들은 채널로 전송하기 전에 잉여 정보를 제거한 후 선 부호화한다.

④ 채널 부호화 과정에서 부호에 일정 수준 이상의 잉여 정보를 추가하면 부호율은 1보다 커진다.

⑤ 삼중 반복 부호화를 이용하여 0을 부호화한 경우, 수신된 부호에서 두 개의 비트에 오류가 있으면 오류는 정정되지 않는다.

구조도 그리기

4. 윗글을 바탕으로 〈보기〉를 이해한 내용으로 적절한 것은?
[3점]

〈보기〉

날씨 데이터를 전송하려고 한다. 날씨는 '맑음', '흐림', '비', '눈'으로만 분류하며, 각 날씨의 발생 확률은 모두 같다. 엔트로피 부호화를 통해 '맑음', '흐림', '비', '눈'을 각각 00, 01, 10, 11의 부호로 바꾼다.

① 기호 집합 {맑음, 흐림, 비, 눈}의 엔트로피는 2보다 크겠군.

② 엔트로피 부호화를 통해 4일 동안의 날씨 데이터 '흐림비맑음흐림'은 '01001001'로 바뀌겠군.

③ 삼중 반복 부호화를 이용하여 전송한 특정 날씨의 부호를 '110001'과 '101100'으로 각각 수신하였다면 서로 다른 날씨로 판단하겠군.

④ 날씨 '비'를 삼중 반복 부호화와 차동 부호화를 이용하여 부호화하는 경우, 기준 신호가 양(+)의 전압이면 '음, 양, 음, 음, 음, 음'의 전압을 갖는 전기 신호로 변환되겠군.

⑤ 삼중 반복 부호화와 차동 부호화를 이용하여 특정 날씨의 부호를 전송할 경우, 수신기에서 '음, 음, 음, 양, 양, 양'을 수신했다면 기준 신호가 양(+)의 전압일 때 '흐림'으로 판단하겠군.

5. 문맥을 고려할 때, 밑줄 친 말이 ⓐ~ⓔ의 동음이의어가 아닌 것은?

① ⓐ: 공항에서 해외로 떠나는 친구를 전송(餞送)할 계획이다.

② ⓑ: 대중의 기호(嗜好)에 맞추어 상품을 개발한다.

③ ⓒ: 나는 가난하지만 귀족이나 부호(富豪)가 부럽지 않다.

④ ⓓ: 한번 금이 간 인간관계를 복원(復原)하기는 어렵다.

⑤ ⓔ: 이 작품은 그 화가의 오랜 노력의 결정(結晶)이다.

DNS 스푸핑이 이루어지는 과정

2018학년도 6월 모평

해설 P.159

[1~5] 다음 글을 읽고 물음에 답하시오.

DNS(도메인 네임 시스템) 스푸핑은 인터넷 사용자가 어떤 사이트에 접속하려 할 때 사용자를 위조 사이트로 접속시키는 행위를 말한다. 이는 도메인 네임을 IP 주소로 변환해 주는 과정에서 이루어진다.

인터넷에 연결된 컴퓨터들이 서로를 식별하고 통신하기 위해서 각 컴퓨터들은 IP(인터넷 프로토콜)에 따라 ㉠만들어지는 고유 IP 주소를 가져야 한다. 프로토콜은 컴퓨터들이 연결되어 서로 데이터를 주고받기 위해 사용하는 통신 규약으로 소프트웨어나 하드웨어로 구현된다. 현재 주로 사용하는 IP 주소는 '***.126.63.1'처럼 점으로 구분된 4개의 필드에 숫자를 사용하여 ㉡나타낸다. 이 주소를 중복 지정하거나 임의로 지정해서는 안 되고 공인 IP 주소를 부여받아야 한다.

공인 IP 주소에는 동일한 번호를 지속적으로 사용하는 고정 IP 주소와 번호가 변경되기도 하는 유동 IP 주소가 있다. 유동 IP 주소는 DHCP라는 프로토콜에 의해 부여된다. DHCP는 IP 주소가 필요한 컴퓨터의 요청을 받아 주소를 할당해 주고, 컴퓨터가 IP 주소를 사용하지 않으면 주소를 반환받아 다른 컴퓨터가 그 주소를 사용할 수 있도록 해 준다. 한편, 인터넷에 직접 접속은 안 되고 내부 네트워크에서만 서로를 식별할 수 있는 사설 IP 주소도 있다.

인터넷은 공인 IP 주소를 기반으로 동작하지만 우리가 인터넷을 사용할 때는 IP 주소 대신 사용하기 쉽게 'www.***.***' 등과 같이 문자로 ㉢이루어진 도메인 네임을 이용한다. 따라서 도메인 네임을 IP 주소로 변환해 주는 DNS가 필요하며 DNS를 운영하는 장치를 네임서버라고 한다. 컴퓨터에는 네임서버의 IP 주소가 기록되어 있어야 하는데, 유동 IP 주소를 할당받는 컴퓨터에는 IP 주소를 받을 때 네임서버의 IP 주소가 자동으로 기록되지만, 고정 IP 주소를 사용하는 컴퓨터에는 사용자가 네임서버의 IP 주소를 직접 기록해 놓아야 한다. 인터넷 통신사는 가입자들이 공동으로 사용할 수 있는 네임서버를 운영하고 있다.

㉮사용자가 어떤 사이트에 정상적으로 접속하는 과정을 살펴보자. 웹 사이트에 접속하려고 하는 컴퓨터를 클라이언트라 한다. 사용자가 방문하고자 하는 사이트의 도메인 네임을 주소창에 직접 입력하거나 포털 사이트에서 그 사이트를 검색해 클릭하면 클라이언트는 기록되어 있는 네임서버에 도메인 네임에 해당하는 IP 주소를 물어보는 질의 패킷을 보낸다. 네임서버는 해당 IP 주소가 자신의 목록에 있으면 클라이언트에 이 IP 주소를 알려 주는 응답 패킷을 보낸다. 응답 패킷에는 어느 질의 패킷에 대한 응답인지가 적혀 있다. 만일 해당 IP 주소가 목록에 없으면 네임서버는 다른 네임서버의 IP 주소를 알려 주는 응답 패킷을 보내고, 클라이언트는 다시 그 네임서버에 질의 패킷을 보내

는 단계로 돌아가 같은 과정을 반복한다. 클라이언트는 이렇게 ㉣알아낸 IP 주소로 사이트를 찾아간다. 네임서버와 클라이언트는 UDP라는 프로토콜에 ㉤맞추어 패킷을 주고받는다. UDP는 패킷의 빠른 전송 속도를 확보하기 위해 상대에게 패킷을 보내기만 할 뿐 도착 여부는 확인하지 않으며, 특정 질의 패킷에 대해 처음 도착한 응답 패킷을 신뢰하고 다음에 도착한 패킷은 확인하지 않고 버린다. DNS 스푸핑은 UDP의 이런 허점들을 이용한다.

㉯DNS 스푸핑이 이루어지는 과정을 알아보자. 악성 코드에 감염되어 DNS 스푸핑을 행하는 컴퓨터를 공격자라 한다. 클라이언트가 네임서버에 특정 IP 주소를 묻는 질의 패킷을 보낼 때, 공격자에도 패킷이 전달되고 공격자는 위조 사이트의 IP 주소가 적힌 응답 패킷을 클라이언트에 보낸다. 공격자가 보낸 응답 패킷이 네임서버가 보낸 응답 패킷보다 클라이언트에 먼저 도착하고 클라이언트는 공격자가 보낸 응답 패킷을 옳은 패킷으로 인식하여 위조 사이트로 연결된다.

1. 윗글의 '프로토콜'에 대한 설명으로 적절하지 않은 것은?

① 컴퓨터 사이의 통신을 위한 규약으로서 저마다 정해진 기능이 있다.

② IP에 따르면 현재 주로 사용하는 IP 주소는 4개의 필드에 적힌 숫자로 구성된다.

③ DHCP를 이용하는 컴퓨터는 IP 주소를 요청해야 IP 주소를 부여받을 수 있다.

④ DHCP를 이용하는 컴퓨터에는 네임서버의 IP 주소를 사용자가 기록해야 한다.

⑤ UDP는 패킷 전송 속도를 높이기 위해 패킷이 목적지에 제대로 도착했는지 확인하지 않는다.

2. 〈보기〉는 ㉮ 또는 ㉯에서 이루어지는 클라이언트의 동작을 나타낸 것이다. 이에 대한 이해로 적절한 것은? [3점]

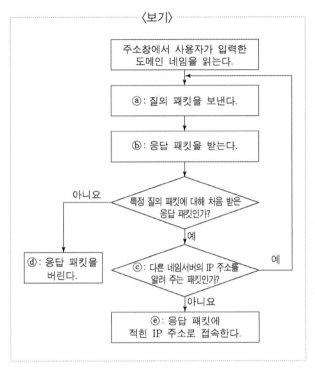

〈보기〉
- 주소창에서 사용자가 입력한 도메인 네임을 읽는다.
- ⓐ: 질의 패킷을 보낸다.
- ⓑ: 응답 패킷을 받는다.
- 특정 질의 패킷에 대해 처음 받은 응답 패킷인가?
  - 아니요 → ⓓ: 응답 패킷을 버린다.
  - 예 → ⓒ: 다른 네임서버의 IP 주소를 알려 주는 패킷인가?
    - 예
    - 아니요 → ⓔ: 응답 패킷에 적힌 IP 주소로 접속한다.

① ㉮: ⓐ가 두 번 동작했다면, 두 질의 내용이 동일하고 패킷을 받는 수신 측도 동일하다.

② ㉮: ⓑ가 두 번 동작했다면, 두 응답 내용이 서로 다르고 패킷을 보낸 송신 측은 동일하다.

③ ㉮: ⓒ는 ⓐ에서 질의한 도메인 네임에 해당하는 IP 주소를 네임서버가 찾았는지 여부를 확인하는 절차이다.

④ ㉯: ⓓ의 응답 패킷에는 공격자가 보내 온 IP 주소가 포함되어 있다.

⑤ ㉯: ⓔ의 IP 주소는 ⓐ에서 질의한 도메인 네임에 해당하는 IP 주소이다.

3. 윗글을 바탕으로 알 수 있는 것은?

① DNS는 도메인 네임을 사설 IP 주소로 변환한다.

② 동일한 내부 네트워크에 연결된 컴퓨터들의 사설 IP 주소는 서로 달라야 한다.

③ 유동 IP 주소 방식의 컴퓨터들에는 동시에 동일한 공인 IP 주소를 할당할 수 있다.

④ 고정 IP 주소 방식의 컴퓨터들에는 동시에 동일한 공인 IP 주소를 부여할 수 있다.

⑤ IP 주소가 서로 다른 컴퓨터들은 각각에 기록되어 있는 네임서버의 IP 주소도 서로 달라야 한다.

4. 윗글과 〈보기〉를 참고할 때, DNS 스푸핑을 피하기 위한 방법으로 적절한 것은?

〈보기〉

　　DNS가 고안되기 전에는 특정 컴퓨터의 사용자가 'hosts'라는 파일에 모든 도메인 네임과 그에 해당하는 IP 주소를 적어 놓았고, 클라이언트들은 이 파일을 복사하여 사용하였다. 네임서버를 사용하는 현재에도 여전히 클라이언트는 질의 패킷을 보내기 전에 hosts 파일의 내용을 확인한다. 클라이언트가 이 파일에서 원하는 도메인 네임의 IP 주소를 찾으면 그 주소로 바로 접속하고, IP 주소를 찾지 못했을 때 클라이언트는 네임서버에 질의 패킷을 보낸다.

① 클라이언트에서 사용자가 hosts 파일을 찾아 삭제하면 되겠군.

② 클라이언트의 IP 주소를 사용자가 클라이언트의 hosts 파일에 적어 놓으면 되겠군.

③ 클라이언트에 hosts 파일이 없더라도 사용자가 주소창에 도메인 네임만 입력하면 되겠군.

④ 네임서버의 도메인 네임과 IP 주소를 사용자가 클라이언트의 hosts 파일에 적어 놓으면 되겠군.

⑤ 접속하려는 사이트의 도메인 네임과 IP 주소를 사용자가 클라이언트의 hosts 파일에 적어 놓으면 되겠군.

5. 문맥상 ㉠~㉤과 바꿔 쓰기에 가장 적절한 것은?

① ㉠: 제조(製造)되는

② ㉡: 표시(標示)한다

③ ㉢: 발생(發生)된

④ ㉣: 인정(認定)한

⑤ ㉤: 비교(比較)해

구조도 그리기

[1~6] 다음 글을 읽고 물음에 답하시오.

'콘크리트'는 건축 재료로 다양하게 사용되고 있다. 일반적으로 콘크리트가 근대 기술의 ㉠산물로 알려져 있지만 콘크리트는 이미 고대 로마 시대에도 사용되었다. 로마 시대의 탁월한 건축미를 보여 주는 판테온은 콘크리트 구조물인데, 반구형의 지붕인 돔은 오직 콘크리트로만 이루어져 있다. 로마인들은 콘크리트의 골재 배합을 달리하면서 돔의 상부로 갈수록 두께를 점점 줄여 지붕을 가볍게 할 수 있었다. 돔 지붕이 지름 45m 남짓의 넓은 원형 내부 공간과 이어지도록 하였고, 지붕의 중앙에는 지름 9m가 넘는 ㉡원형의 천창을 내어 빛이 내부 공간을 채울 수 있도록 하였다.

콘크리트는 시멘트에 모래와 자갈 등의 골재를 섞어 물로 반죽한 혼합물이다. 콘크리트에서 결합재 역할을 하는 시멘트가 물과 만나면 ㉢점성을 띠는 상태가 되며, 시간이 지남에 따라 수화 반응이 일어나 골재, 물, 시멘트가 결합하면서 굳어진다. 콘크리트의 수화 반응은 상온에서 일어나기 때문에 작업하기에도 좋다. 반죽 상태의 콘크리트를 거푸집에 부어 경화시키면 다양한 형태와 크기의 구조물을 만들 수 있다. 콘크리트의 골재는 종류에 따라 강도와 밀도가 다양하므로 골재의 종류와 비율을 조절하여 콘크리트의 강도와 밀도를 다양하게 변화시킬 수 있다. 그리고 골재들 간의 접촉을 높여야 강도가 높아지기 때문에, 서로 다른 크기의 골재를 배합하는 것이 효과적이다.

콘크리트가 철근 콘크리트로 발전함에 따라 건축은 구조적으로 더욱 견고해지고, 형태 면에서는 더욱 다양하고 자유로운 표현이 가능해졌다. 일반적으로 콘크리트는 누르는 힘인 압축력에는 쉽게 부서지지 않지만 당기는 힘인 인장력에는 쉽게 부서진다. 압축력이나 인장력에 재료가 부서지지 않고 그 힘에 견딜 수 있는, 단위 면적당 최대의 힘을 각각 압축 강도와 인장 강도라 한다. 콘크리트의 압축 강도는 인장 강도보다 10배 이상 높다. 또한 압축력을 가했을 때 최대한 줄어드는 길이는 인장력을 가했을 때 최대한 늘어나는 길이보다 훨씬 길다. 그런데 철근이나 철골과 같은 철재는 인장력과 압축력에 의한 변형 정도가 콘크리트보다 작은 데다가 압축 강도와 인장 강도 모두가 콘크리트보다 높다. 특히 인장 강도는 월등히 더 높다. 따라서 보강재로 철근을 콘크리트에 넣어 대부분의 인장력을 철근이 받도록 하면 인장력에 취약한 콘크리트의 단점이 크게 보완된다. 다만 철근은 무겁고 비싸기 때문에, 대개는 인장력을 많이 받는 부분을 정확히 계산하여 그 지점을 ㉣위주로 철근을 보강한다. 또한 가해진 힘의 방향에 수직인 방향으로 재료가 변형되는 점도 고려해야 하는데, 이때 필요한 것이 포아송 비이다. 철재는 콘크리트보다 포아송 비가 크며, 대체로 철재의 포아송 비는 0.3, 콘크리트는 0.15 정도이다.

강도가 높고 지지력이 좋아진 철근 콘크리트를 건축 재료로 사용하면서, 대형 공간을 축조하고 기둥의 간격도 넓힐 수 있게 되었다. 20세기에 들어서면서부터 근대 건축에서 철근 콘크리트는 예술적 ㉤영감을 줄 수 있는 재료로 인식되기 시작하였다. 기술이 예술의 가장 중요한 근원이라는 신념을 가졌던 르 코르뷔지에는 철근 콘크리트 구조의 장점을 사보아 주택에서 완벽히 구현하였다. 사보아 주택은, 벽이 건물의 무게를 지탱하는 구조로 설계된 건축물과는 달리 기둥만으로 건물 본체의 하중을 지탱하도록 설계되어 건물이 공중에 떠 있는 듯한 느낌을 준다. 2층 거실을 둘러싼 벽에는 수평으로 긴 창이 나 있고, 건축가가 '건축적 산책로'라고 이름 붙인 경사로는 지상의 출입구에서 2층의 주거 공간으로 이어지다가 다시 테라스로 나와 지붕까지 연결된다. 목욕실 지붕에 설치된 작은 천창을 통해 하늘을 바라보면 이 주택이 자신을 중심으로 펼쳐진 또 다른 소우주임을 느낄 수 있다. 평평하고 넓은 지붕에는 정원이 조성되어, 여기서 산책하다 보면 대지를 바다 삼아 항해하는 기선의 갑판에 서 있는 듯하다.

철근 콘크리트는 근대 이후 가장 중요한 건축 재료로 널리 사용되어 왔지만 철근 콘크리트의 인장 강도를 높이려는 연구가 계속되어 프리스트레스트 콘크리트가 등장하였다. 프리스트레스트 콘크리트는 다음과 같이 제작된다. 먼저, 거푸집에 철근을 넣고 철근을 당긴 상태에서 콘크리트 반죽을 붓는다. 콘크리트가 굳은 뒤에 당기는 힘을 제거하면, 철근이 줄어들면서 콘크리트에 압축력이 작용하여 외부의 인장력에 대한 저항성이 높아진 프리스트레스트 콘크리트가 만들어진다. 킴벨 미술관은 개방감을 주기 위하여 기둥 사이를 30m 이상 벌리고 내부의 전시 공간을 하나의 층으로 만들었다. 이 간격은 프리스트레스트 콘크리트 구조를 활용하였기에 구현할 수 있었고, 일반적인 철근 콘크리트로는 구현하기 어려웠다. 이 구조로 이루어진 긴 지붕의 틈새로 들어오는 빛이 넓은 실내를 환하게 채우며 철근 콘크리트로 이루어진 내부를 대리석처럼 빛나게 한다.

이처럼 건축 재료에 대한 기술적 탐구는 언제나 새로운 건축 미학의 원동력이 되어 왔다. 특히 근대 이후에는 급격한 기술의 발전으로 혁신적인 건축 작품들이 탄생할 수 있었다. 건축 재료와 건축 미학의 유기적인 관계는 앞으로도 지속될 것이다.

박광일의 **VIEWPOINT** 콘크리트의 특성과 발전 과정을 사례를 통해 설명하고 있는 지문이다. 압축력, 인장력, 압축 강도, 인장 강도, 포아송 비 등 제시된 정보가 많고 지문이 길어 내용을 이해하는 데 많은 시간이 필요하다. 주요 정보와 세부 정보의 선별과 시간 배분 연습을 하기에 적합한 기출이다.

1. 윗글에 대한 설명으로 가장 적절한 것은?

① 건축 재료의 특성과 발전을 서술하면서 각 건축물들의 공간적 특징을 설명하고 있다.

② 건축 재료의 특성에 기초하여 건축물들의 특징에 대한 상반된 평가를 제시하고 있다.

③ 건축 재료의 기원을 검토하여 다양한 건축물들의 미학적 특성과 한계를 평가하고 있다.

④ 건축 재료의 시각적 특성을 설명하면서 각 재료와 건축물들의 경제적 가치를 탐색하고 있다.

⑤ 건축물들의 특징에 대한 평가가 시대에 따라 달라진 원인을 제시하고 건축 재료와의 관계를 설명하고 있다.

2. 윗글의 내용에 대한 이해로 적절하지 <u>않은</u> 것은?

① 판테온의 돔에서 상대적으로 더 얇은 부분은 상부 쪽이다.

② 사보아 주택의 지붕은 여유를 즐길 수 있는 공간으로도 활용되었다.

③ 킴벨 미술관은 철근 콘크리트의 인장 강도를 높이는 방법을 이용하여 넓고 개방된 내부 공간을 확보하였다.

④ 판테온과 사보아 주택은 모두 천창을 두어 빛이 위에서 들어올 수 있도록 하였다.

⑤ 사보아 주택과 킴벨 미술관은 모두 층을 구분하지 않도록 구성하여 개방감을 확보하였다.

3. 윗글을 바탕으로 추론한 내용으로 가장 적절한 것은?

① 당기는 힘에 대한 저항은 철근 콘크리트가 철재보다 크다.

② 일반적으로 철근을 콘크리트에 보강재로 사용할 때는 압축력을 많이 받는 부분에 넣는다.

③ 프리스트레스트 콘크리트에서는 철근의 인장력으로 높은 강도를 얻게 되어 수화 반응이 일어나지 않는다.

④ 프리스트레스트 콘크리트는 철근이 복원되려는 성질을 이용하여 콘크리트에 압축력을 줌으로써 인장 강도를 높인 것이다.

⑤ 콘크리트의 강도를 높이는 데에는 크기가 다양한 자갈을 사용하는 것보다 균일한 크기의 자갈만 사용하는 것이 효과적이다.

4. 윗글을 바탕으로 〈보기〉에 대해 탐구한 내용으로 적절하지 <u>않은</u> 것은?

〈보기〉

철재만으로 제작된 원기둥 A와 콘크리트만으로 제작된 원기둥 B에 힘을 가하며 변형을 관찰하였다. A와 B의 윗면과 아랫면에 수직인 방향으로 압축력을 가했더니 높이가 줄어들면서 지름은 늘어났다. 또, A의 윗면과 아랫면에 수직인 방향으로 인장력을 가했더니 높이가 늘어나면서 지름이 줄어들었다. 이때 지름의 변화량의 절댓값을 높이의 변화량의 절댓값으로 나누어 포아송 비를 구하였더니, 일반적으로 알려진 철재와 콘크리트의 포아송 비와 동일하게 나왔다. 그리고 A와 B의 포아송 비는 변형 정도에 상관없이 그 값이 변하지 않았다. (단, 힘을 가하기 전 A의 지름과 높이는 B와 동일하다.)

① 동일한 압축력을 가했다면 B는 A보다 높이가 더 줄어들었을 것이다.

② A에 인장력을 가했다면 높이의 변화량의 절댓값은 지름의 변화량의 절댓값보다 컸을 것이다.

③ B에 압축력을 가했다면 지름의 변화량의 절댓값은 높이의 변화량의 절댓값보다 작았을 것이다.

④ A와 B에 압축력을 가했을 때 줄어든 높이의 변화량이 같았다면 B의 지름이 A의 지름보다 더 늘어났을 것이다.

⑤ A와 B에 압축력을 가했을 때 늘어난 지름의 변화량이 같았다면 A의 높이가 B의 높이보다 덜 줄어들었을 것이다.

5. 윗글과 〈보기〉를 읽고 추론한 내용으로 적절하지 <u>않은</u> 것은? [3점]

〈보기〉

> 철골은 매우 높은 강도를 지닌 건축 재료로, 규격화된 직선의 형태로 제작된다. 철근 콘크리트 대신 철골을 사용하여 기둥을 만들면 더 가는 기둥으로도 간격을 더욱 벌려 세울 수 있어 훨씬 넓은 공간 구현이 가능하다. 하지만 산화되어 녹이 슨다는 단점이 있어 내식성 페인트를 칠하거나 콘크리트를 덧입히는 등 산화 방지 조치를 하여 사용한다.
>
> 베를린 신국립미술관은 철골의 기술적 장점을 미학적으로 승화시킨 건축물이다. 거대한 평면 지붕은 여덟 개의 십자형 철골 기둥만이 떠받치고 있고, 지붕과 지면 사이에는 가벼운 유리벽이 사면을 둘러싸고 있다. 최소한의 설비 외에는 어떠한 것도 천장에 닿아 있지 않고 내부 공간이 텅 비어 있어 지붕은 공중에 떠 있는 느낌을 준다. 미술관 내부에 들어가면 넓은 공간 속에서 개방감을 느끼게 된다.

① 베를린 신국립미술관의 기둥에는 산화 방지 조치가 되어 있겠군.

② 휘어진 곡선 모양의 기둥을 세우려 할 때는 대체로 철골을 재료로 쓰지 않겠군.

③ 베를린 신국립미술관은 철골을, 킴벨 미술관은 프리스트레스트 콘크리트를 활용하여 개방감을 구현하였겠군.

④ 가는 기둥들이 넓은 간격으로 늘어선 건물을 지을 때 기둥의 재료로는 철골보다 철근 콘크리트가 더 적합하겠군.

⑤ 베를린 신국립미술관의 지붕과 사보아 주택의 건물이 공중에 떠 있는 느낌을 주는 것은 벽이 아닌 기둥이 구조적으로 중요한 역할을 하고 있기 때문이겠군.

6. ㉠~㉤을 사용하여 만든 문장으로 적절하지 <u>않은</u> 것은?

① ㉠: 행복은 성실하고 꾸준한 노력의 <u>산물</u>이다.

② ㉡: 이 건축물은 후대 미술관의 <u>원형</u>이 되었다.

③ ㉢: 이 물질은 <u>점성</u> 때문에 끈적끈적한 느낌을 준다.

④ ㉣: 그녀는 채소 <u>위주</u>의 식단을 유지하고 있다.

⑤ ㉤: 그의 발명품은 형의 조언에서 <u>영감</u>을 얻은 것이다.

CPU 스케줄링

2015학년도 9월 모평A

[1~3] 다음 글을 읽고 물음에 답하시오.

우리는 컴퓨터에서 음악을 들으면서 문서를 작성할 때 두 가지 프로그램이 동시에 실행되고 있다고 생각한다. 그러나 실제로는 아주 짧은 시간 간격으로 그 프로그램들이 번갈아 실행되고 있다. 이는 컴퓨터 운영 체제의 일부인 CPU(중앙 처리 장치) 스케줄링 때문이다. 어떤 프로그램이 실행될 때 컴퓨터 운영 체제는 실행할 프로그램을 주기억 장치에 저장하고 실행 대기 프로그램의 목록인 '작업큐'에 등록한다. 운영 체제는 실행할 하나의 프로그램을 작업큐에서 선택하여 CPU에서 실행하고 실행이 종료되면 작업큐에서 지운다.

한 개의 CPU는 한 번에 하나의 프로그램만 실행할 수 있다. 그러면 A와 B 두 개의 프로그램이 동시에 실행되는 것처럼 보이게 하려면 어떻게 해야 할까? 프로그램은 실행을 요청한 순서대로 작업큐에 등록되고 이 순서에 따라 A와 B는 차례로 실행된다. 이때 A의 실행 시간이 길어지면 B가 기다려야 하는 '대기 시간'이 길어지므로 동시에 두 프로그램이 실행되고 있는 것처럼 보이지 않는다. 그러나 A와 B를 일정한 시간 간격을 두고 번갈아 실행하면 두 프로그램이 동시에 실행되는 것처럼 보인다.

이를 위해서 CPU의 실행 시간을 여러 개의 짧은 구간으로 나누어 놓고 각각의 구간마다 하나의 프로그램이 실행되도록 한다. 여기서 한 구간에서 프로그램이 실행되는 것을 '구간 실행'이라 하며, 각각의 구간에서 프로그램이 실행되는 시간을 '구간 시간'이라고 하는데 구간 시간의 길이는 일정하게 정한다. A와 B의 구간 실행은 원칙적으로 두 프로그램이 종료될 때까지 번갈아 반복되지만 하나의 프로그램이 먼저 종료되면 나머지 프로그램이 계속 실행된다.

한편, 어떤 프로그램의 구간 실행이 진행되는 동안, 다른 프로그램은 작업큐에서 대기한다. A의 구간 실행이 끝나면 A의 실행이 정지되고 다음번 구간 시간 동안 실행할 프로그램을 선택한다. 이때 A가 정지한 후 B의 실행을 준비하는 데 필요한 시간을 '교체 시간'이라고 하는데 교체 시간은 구간 시간에 비해 매우 짧다. 교체 시간에는 그때까지 실행된 A의 상태를 저장하고 B를 실행하기 위해 B의 이전 상태를 가져온다. 그뿐만 아니라 같은 프로그램이 이어서 실행되더라도 운영 체제가 다음에 실행되어야 할 프로그램을 판단해야 하므로 구간 실행 사이에는 반드시 교체 시간이 필요하다.

하나의 프로그램이 작업큐에 등록될 때부터 종료될 때까지 걸리는 시간을 '총처리 시간'이라고 하는데 이 시간은 순수하게 프로그램의 실행에만 소요된 시간인 '총실행 시간'에 '교체 시간'과 작업큐에서 실행을 기다리는 '대기 시간'을 모두 합한 것이다. ⊙총실행 시간이 구간 시간보다 긴 프로그램이 실행될 때는 구간 실행 횟수가 많아져서 교체 시간의 총합은 늘어난다. 그러나

총실행 시간이 구간 시간보다 짧거나 같은 프로그램은 한 번의 구간 시간 내에 종료되고 곧바로 다음 프로그램이 실행된다.

이제 프로그램 A, B, C가 실행되는 경우를 생각해 보자. A가 실행되고 있고 B가 작업큐에서 대기 중인 상태에서 새로운 프로그램 C를 실행할 경우, C는 B 다음에 등록되므로 A와 B의 구간 실행이 끝난 후 C가 실행된다. A와 B가 종료되지 않아 추가적인 구간 실행이 필요하면 작업큐에서 C의 뒤로 다시 등록되므로 C, A, B의 상태가 되고 결과적으로 세 프로그램은 등록되는 순서대로 반복해서 실행된다.

이처럼 작업큐에 등록된 프로그램의 수가 많아지면 각 프로그램의 대기 시간은 그에 비례하여 늘어난다. 따라서 작업큐에 등록할 수 있는 프로그램의 수를 제한해 대기 시간이 일정 수준 이상으로 길어지는 것을 막을 필요가 있다.

1. 윗글의 내용과 일치하지 않는 것은?

① CPU 스케줄링은 컴퓨터 운영 체제의 일부이다.
② 프로그램 실행이 종료되면 실행 결과는 작업큐에 등록된다.
③ 구간 실행의 교체에 소요되는 시간은 구간 시간보다 짧다.
④ CPU 한 개는 한 번에 하나의 프로그램만 실행이 가능하다.
⑤ 컴퓨터 운영 체제는 실행할 프로그램을 주기억 장치에 저장한다.

2. ⊙의 실행 과정에 대한 이해로 적절하지 않은 것은?

① 교체 시간이 줄어들면 총처리 시간이 줄어든다.
② 대기 시간이 늘어나면 총처리 시간이 늘어난다.
③ 총실행 시간이 줄어들면 총처리 시간이 줄어든다.
④ 구간 시간이 늘어나면 구간 실행 횟수는 늘어난다.
⑤ 작업큐의 프로그램 개수가 늘어나면 총처리 시간은 늘어난다.

3. 윗글을 바탕으로 할 때, 〈보기〉의 [가]에 들어갈 내용으로 적절한 것은? [3점]

구조도 그리기

〈보기〉

　운영 체제가 작업큐에 등록된 프로그램에 대해 우선순위를 부여하고 순위가 가장 높은 것을 다음에 실행할 프로그램으로 선택하면 작업큐의 크기를 제한하지 않고도 각 프로그램의 '대기 시간'을 조절할 수 있다.

　프로그램 P, Q, R이 실행되고 있는 예를 생각해 보자. P가 '구간 실행' 상태이고 Q와 R이 작업큐에 대기 중이며 Q의 순위가 R보다 높다. P가 구간 실행을 마치고 작업큐에 재등록될 때, P의 순위를 Q보다는 낮지만 R보다는 높게 한다. P가 작업큐에 재등록된 후 다시 P가 구간 실행을 하기 직전까지 ＿＿＿＿[가]＿＿＿＿ 을/를 거쳐야 한다.

① P에서 R로의 교체
② Q의 구간 실행
③ Q의 구간 실행과 R의 구간 실행
④ Q의 구간 실행과 Q에서 P로의 교체
⑤ R의 구간 실행과 R에서 P로의 교체

[1~3] 다음 글을 읽고 물음에 답하시오.

CD 드라이브는 디스크 표면에 조사된 레이저 광선이 반사되거나 산란되는 효과를 이용해 정보를 판독한다. CD의 기록면 중 광선이 흩어짐 없이 반사되는 부분을 랜드, 광선의 일부가 산란되어 빛이 적게 반사되는 부분을 피트라고 한다. CD에는 나선 모양으로 돌아 나가는 단 하나의 트랙이 있는데 트랙을 따라 일렬로 랜드와 피트가 번갈아 배치되어 있다. 피트를 제외한 부분, 즉 이웃하는 트랙과 트랙 사이도 랜드에 해당한다.

CD 드라이브는 디스크 모터, 광 픽업 장치, 광학계 구동 모터로 구성된다. 디스크 모터는 CD를 회전시킨다. CD 아래에 있는 광 픽업 장치는 레이저 광선을 발생시켜 CD 기록면에 조사하고, CD에서 반사된 광선은 광 픽업 장치 안의 광 검출기가 받아들인다. 광선의 경로 상에 있는 포커싱 렌즈는 광선을 트랙의 한 지점에 모으고, 광 검출기는 반사된 광선의 양을 측정하여 랜드와 피트의 정보를 읽어 낸다. 이때 CD의 회전 속도에 맞춰 트랙에 광선이 조사될 수 있도록 광학계 구동 모터가 광 픽업 장치를 CD의 중심부에서 바깥쪽으로 서서히 직선으로 이동시킨다.

CD의 고속 회전 등으로 진동이 생기면 광선의 위치가 트랙을 벗어나거나 초점이 맞지 않아 데이터를 잘못 읽을 수 있다. 이를 막으려면 트래킹 조절 장치와 초점 조절 장치를 제어해 실시간으로 편차를 보정해야 한다. 편차 보정에는 광 검출기가 사용된다. 광 검출기는 가운데를 기준으로 전후좌우의 네 영역으로 분할되어 있는데, 트랙의 방향과 같은 방향으로 전후 영역이, 직각 방향으로 좌우 영역이 배치되어 있다. 이때 각 영역에 조사되는 빛의 양이 많아지면 그 영역의 출력값도 커지며 네 영역의 출력값의 합을 통해 피트와 랜드를 구별한다.

레이저 광선이 트랙의 중앙에 초점이 맞은 상태로 정확히 조사되면 광 검출기 네 영역의 출력값은 모두 동일하다. 그런데 광선이 피트에 해당하는 지점에 조사될 때 트랙의 중앙을 벗어나 좌측으로 치우치면, 피트 왼편에 있는 랜드에서 반사되는 빛이 많아져 광 검출기의 좌 영역의 출력값이 우 영역보다 커진다. 이 경우 두 출력값의 차이에 대응하는 만큼 트래킹 조절 장치를 작동하여 광 픽업 장치를 오른쪽으로 움직여서 편차를 보정한다. 우측으로 치우쳐 조사된 경우에도 비슷한 과정을 거쳐 편차를 보정한다.

한편 광 검출기에 조사되는 광선의 모양은 초점의 상태에 따라 전후나 좌우 방향으로 길어진다. CD 기록면과 포커싱 렌즈 간의 거리가 가까워져 광선의 초점이 맞지 않으면, 조사된 모양이 전후 영역으로 길어지고 출력값도 상대적으로 커진다. 반면 둘 사이의 거리가 멀어지면, 좌우 영역으로 길어지고 출력값도 상대적으로 커진다. 이때 광 검출기의 전후 영역 출력값의 합과 좌우 영역 출력값의 합을 구한 후, 그 둘의 차이에 해당하는 만큼 초점 조절 장치를 이용해 포커싱 렌즈의 위치를 CD 기록면과 가깝게 또는 멀게 이동시켜 초점이 맞도록 한다.

1. 윗글에 나타난 여러 장치에 대한 설명으로 적절하지 <u>않은</u> 것은?

① 초점 조절 장치는 포커싱 렌즈의 위치를 이동시킨다.

② 포커싱 렌즈는 레이저 광선을 트랙의 한 지점에 모아 준다.

③ 광 검출기의 출력값은 트래킹 조절 장치를 제어하는 데 사용된다.

④ 광학계 구동 모터는 광 픽업 장치가 CD를 따라 회전할 수 있도록 해 준다.

⑤ 광 픽업 장치에는 레이저 광선을 발생시키는 부분과 반사된 레이저 광선을 검출하는 부분이 있다.

2. 윗글을 이해한 내용으로 적절하지 <u>않은</u> 것은?

① CD에 기록된 정보는 중심에서부터 바깥쪽으로 읽어야 하겠군.

② 레이저 광선은 CD 기록면을 향해 아래에서 위쪽으로 조사되겠군.

③ 광 검출기에서 네 영역의 출력값의 합은 피트를 읽을 때보다 랜드를 읽을 때 더 크게 나타나겠군.

④ 렌즈의 초점이 맞지 않으면 광 검출기의 전 영역과 후 영역의 출력값의 차이를 이용하여 보정하겠군.

⑤ CD의 고속 회전에 의한 진동으로 인해 광 검출기에 조사된 레이저 광선의 모양이 길쭉해질 수 있겠군.

3. 윗글을 바탕으로 〈보기〉에 대해 설명한 내용으로 적절한 것은? [3점]

─〈보기〉─

다음은 CD 기록면의 피트 위치에 레이저 광선이 조사되었을 때 〈상태 1〉과 〈상태 2〉에서 얻은 광 검출기의 출력값이다.

영역	전	후	좌	우
상태 1의 출력값	2	2	3	1
상태 2의 출력값	5	5	3	3

① 광 검출기에 조사되는 레이저 광선의 총량은 〈상태 1〉보다 〈상태 2〉가 작다.

② 〈상태 1〉에서는 초점 조절 장치가 구동되어야 하지만, 〈상태 2〉에서는 구동될 필요가 없다.

③ 〈상태 1〉에서는 트래킹 조절 장치가 구동될 필요가 없지만, 〈상태 2〉에서는 구동되어야 한다.

④ 〈상태 1〉에서는 레이저 광선이 트랙의 오른쪽에 치우쳐 조사되고, 〈상태 2〉에서는 가운데 조사된다.

⑤ 〈상태 1〉에서는 포커싱 렌즈와 CD 기록면의 사이의 거리를 조절할 필요가 없지만, 〈상태 2〉에서는 멀게 해야 한다.

구조도 그리기

CT(컴퓨터 단층촬영장치)

2014학년도 9월 모평A

해설 P.179

[1~3] 다음 글을 읽고 물음에 답하시오.

1895년에 발견된 X선은 진단의학의 혁명을 일으켰다. 이후 X선 사진 기술은 단면 촬영을 통해 입체 영상 구성이 가능한 CT(컴퓨터 단층촬영장치)로 진화하면서 해부를 하지 않고 인체 내부를 정확하게 진단하는 기술로 발전하였다.

X선 사진은 X선을 인체에 조사하고, 투과된 X선을 필름에 감광시켜 얻어낸 것이다. 조사된 X선의 일부는 조직에서 흡수·산란되고 나머지는 조직을 투과하여 반대편으로 나오게 된다. X선이 투과되는 정도를 나타내는 투과율은 공기가 가장 높으며 지방, 물, 뼈의 순서로 낮아진다. 또한 투과된 X선의 세기는 통과한 조직의 투과율이 낮을수록, 두께가 두꺼울수록 약해진다. 이런 X선의 세기에 따라 X선 필름의 감광 정도가 달라져 조직의 흑백 영상을 얻을 수 있다. 그렇지만 X선 사진에서는 투과율이 비슷한 조직들 간의 구별이 어려워서, X선 사진은 다른 조직과의 투과율 차이가 큰 뼈나 이상 조직의 검사에 주로 사용된다. 이러한 X선 사진의 한계를 극복한 것이 CT이다.

CT는 인체에 투과된 X선의 분포를 통해 인체의 횡단면을 영상으로 재구성한다. CT 촬영기 한쪽 편에는 X선 발생기가 있고 반대편에는 여러 개의 X선 검출기가 배치되어 있다. CT 촬영기 중심에, 사람이 누운 침대가 들어가면 X선 발생기에서 나온 X선이 인체를 투과한 후 맞은편 X선 검출기에서 검출된다.

X선 검출기로 인체를 투과한 X선의 세기를 검출하는데, 이때 공기를 통과하며 감쇄된 양을 빼고, 인체 조직만을 통과하면서 감쇄된 X선의 총량을 구해야 한다. 이것은 공기만을 통과한 X선 세기와 조직을 투과한 X선 세기의 차이를 계산하면 얻을 수 있고, 이를 환산값이라고 한다. 즉, 환산값은 특정 방향에서 X선이 인체 조직을 통과하면서 산란되거나 흡수되어 감쇄된 총량을 의미한다. 이 값을 여러 방향에서 구하기 위해 CT 촬영기를 회전시킨다. 그러면 동일 단면에 대한 각 방향에서의 환산값을 구할 수 있고, 이를 활용하여 컴퓨터가 단면 영상을 재구성한다.

CT에서 영상을 재구성하는 데에는 역투사(back projection) 방법이 이용된다. 역투사는 어떤 방향에서 X선이 진행했던 경로를 거슬러 진행하면서 경로상에 환산값을 고르게 분배하는 방법이다. CT 촬영기를 회전시키며 얻은 여러 방향의 환산값을 경로별로 역투사하여 더해 나가는데, 이처럼 여러 방향의 환산값들이 더해진 결과가 역투사 결괏값이다. 역투사를 하게 되면 뼈와 같이 감쇄를 많이 시키는 조직에서는 여러 방향의 값들이 더해지게 되고, 그 결과 다른 조직에서보다 더 큰 결괏값이 나오게 된다.

역투사 결괏값들을 합성하면 투과율의 차이에 따른 조직의 분포를 영상으로 재구성할 수 있다. CT 촬영기가 조금씩 움직이면 서 인체의 여러 단면에 대하여 촬영을 반복하면 연속적인 단면 영상을 얻을 수 있고, 필요에 따라 이 단면 영상들을 조합하여 입체 영상도 얻을 수 있다.

1. 윗글에 대한 이해로 적절하지 않은 것은?

① CT 촬영을 할 때 X선 발생기와 X선 검출기는 회전한다.

② X선 사진에서는 비슷한 투과율을 가진 조직들 간의 구별이 어렵다.

③ CT에서의 환산값은 통과한 조직에서 감쇄된 X선의 총량을 나타낸다.

④ 조직에서 흡수·산란된 X선의 세기는 그 조직을 투과한 X선 세기와 항상 같다.

⑤ 조직의 투과율이 높을수록, 조직의 두께가 얇을수록 X선은 더 많이 투과된다.

2. 역투사 에 대한 설명으로 적절하지 않은 것은?

① X선 사진의 흑백 영상을 만드는 과정에서 역투사는 필요하지 않다.

② 역투사 결괏값은 조직이 없고 공기만 있는 부분에서 가장 크다.

③ 역투사 결괏값들을 활용하여 조직의 분포에 대한 영상을 얻을 수 있다.

④ X선 투과율이 낮은 조직일수록 그 위치에 대응하는 역투사 결괏값은 커진다.

⑤ 역투사 결괏값은 CT 촬영기에서 구한 환산값을 컴퓨터에서 처리하여 얻을 수 있다.

3. 윗글을 바탕으로 〈보기〉와 같은 실험을 했을 때, B에 해당하는 그래프로 알맞은 것은? [3점]

〈보기〉

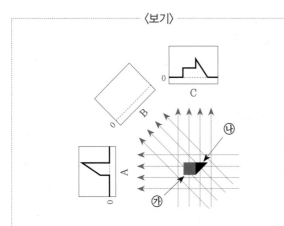

위의 그림처럼 단면이 정사각형인 물체 ㉮와 직각이등변삼각형인 물체 ㉯가 연결된 ◼◥를 CT 촬영기 안에 넣고 촬영하여 A, B, C 방향에서 구한 환산값의 크기를 그래프로 나타냈다. 이때 ㉮의 투과율은 ㉯의 2배이다.

* X선은 화살표와 같이 평행하게 진행함.

* 물체 ◼◥의 밑면을 기준으로 A는 0° 방향, B는 45° 방향, C는 90° 방향의 위치에 있음.

①

②

③

④

⑤

[1~3] 다음 글을 읽고 물음에 답하시오.

하드 디스크는 고속으로 회전하는 디스크의 표면에 데이터를 저장한다. 데이터는 동심원으로 된 트랙에 저장되는데, 하드 디스크는 트랙을 여러 개의 섹터로 미리 구획하고, 트랙을 오가는 헤드를 통해 섹터 단위로 읽기와 쓰기를 수행한다. 하드 디스크에서 데이터 입출력 요청을 완료하는 데 걸리는 시간을 접근 시간이

섹터 / 디스크 헤드 / 트랙

라고 하며, 이는 하드 디스크의 성능을 결정하는 기준 중 하나가 된다. 접근 시간은 원하는 트랙까지 헤드가 이동하는 데 소요되는 탐색 시간과, 트랙 위에서 해당 섹터가 헤드의 위치까지 회전해 오는 데 걸리는 대기 시간의 합이다. 하드 디스크의 제어기는 '디스크 스케줄링'을 통해 접근 시간이 최소가 되도록 한다.

㉠200개의 트랙이 있고 가장 안쪽의 트랙이 0번인 하드 디스크를 생각해 보자. 현재 헤드가 54번 트랙에 있고 대기 큐*에는 '99, 35, 123, 15, 66' 트랙에 대한 처리 요청이 들어와 있다고 가정하자. 요청 순서대로 데이터를 처리하는 방법을 FCFS 스케줄링이라 하며, 이때 헤드는 '54 → 99 → 35 → 123 → 15 → 66'과 같은 순서로 이동하여 데이터를 처리하므로 헤드의 총 이동 거리는 356이 된다.

만일 헤드가 현재 위치로부터 이동 거리가 가장 가까운 트랙 순서로 이동하면 '54 → 66 → 35 → 15 → 99 → 123'의 순서가 되므로, 이때 헤드의 총 이동 거리는 171로 줄어든다. 이러한 방식을 SSTF 스케줄링이라 한다. 이 방법을 사용하면 FCFS 스케줄링에 비해 헤드의 이동 거리가 짧아 탐색 시간이 줄어든다. 하지만 현재 헤드 위치로부터 가까운 트랙에 대한 데이터 처리 요청이 계속 들어오면 먼 트랙에 대한 요청들의 처리가 계속 미뤄지는 문제가 발생할 수 있다.

이러한 SSTF 스케줄링의 단점을 개선한 방식이 SCAN 스케줄링이다. SCAN 스케줄링은 헤드가 디스크의 양 끝을 오가면서 이동 경로 위에 포함된 모든 대기 큐에 있는 트랙에 대한 요청을 처리하는 방식이다. 위의 예에서 헤드가 현재 위치에서 트랙 0번 방향으로 이동한다면 '54 → 35 → 15 → 0 → 66 → 99 → 123'의 순서로 처리되며, 이때 헤드의 총 이동 거리는 177이 된다. 이 방법을 쓰면 현재 헤드 위치에서 멀리 떨어진 트랙이라도 최소한 다음 이동 경로에는 포함되므로 처리가 지나치게 늦어지는 것을 막을 수 있다. SCAN 스케줄링을 개선한 LOOK 스케줄링은 현재 위치로부터 이동 방향에 따라 대기 큐에 있는 트랙의 최솟값과 최댓값 사이에서만 헤드가 이동함으로써 SCAN 스케줄링에서 불필요하게 양 끝까지 헤드가 이동하는 데 걸리는

시간을 없애 탐색 시간을 더욱 줄인다.

*대기 큐: 하드 디스크에 대한 데이터 입출력 처리 요청을 임시로 저장하는 곳.

1. 윗글의 내용과 일치하지 않는 것은?

① 데이터에 따라 트랙당 섹터의 수가 결정된다.

② 헤드의 이동 거리가 늘어나면 탐색 시간도 늘어난다.

③ 디스크 스케줄링은 데이터들의 처리 순서를 결정한다.

④ 대기 시간은 하드 디스크의 회전 속도에 영향을 받는다.

⑤ 접근 시간은 하드 디스크의 성능을 평가하는 척도 중 하나이다.

2. 〈보기〉는 주어진 조건에 따라 ㉠에서 헤드가 이동하는 경로를 나타낸 것이다. (가), (나)에 해당하는 스케줄링 방식으로 적절한 것은?

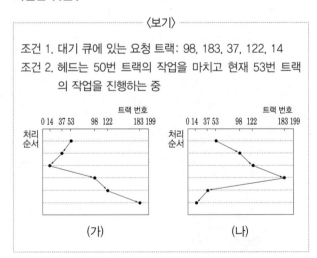

━〈보기〉━

조건 1. 대기 큐에 있는 요청 트랙: 98, 183, 37, 122, 14

조건 2. 헤드는 50번 트랙의 작업을 마치고 현재 53번 트랙의 작업을 진행하는 중

(가) / (나)

	(가)	(나)
①	FCFS	SSTF
②	SSTF	SCAN
③	SSTF	LOOK
④	SCAN	LOOK
⑤	LOOK	SCAN

3. 헤드의 위치가 트랙 0번이고 현재 대기 큐에 있는 요청만을 처리한다고 할 때, 각 스케줄링의 탐색 시간의 합에 대한 비교로 옳은 것은? [3점]

① 요청된 트랙 번호들이 내림차순이면, SSTF 스케줄링과 LOOK 스케줄링에서 탐색 시간의 합은 같다.

② 요청된 트랙 번호들이 내림차순이면, FCFS 스케줄링이 SSTF 스케줄링보다 탐색 시간의 합이 작다.

③ 요청된 트랙 번호들이 오름차순이면, FCFS 스케줄링과 LOOK 스케줄링에서 탐색 시간의 합은 다르다.

④ 요청된 트랙 번호들이 오름차순이면, FCFS 스케줄링이 SCAN 스케줄링보다 탐색 시간의 합이 크다.

⑤ 요청된 트랙 번호들에 끝 트랙이 포함되면, LOOK 스케줄링이 SCAN 스케줄링보다 탐색 시간의 합이 크다.

구조도 그리기

[1~4] 다음 글을 읽고 물음에 답하시오.

이어폰으로 스테레오 음악을 ㉠들으면 두 귀에 약간 차이가 나는 소리가 들어와서 자기 앞에 공연장이 펼쳐진 것 같은 공간감을 느낄 수 있다. 이러한 효과는 어떤 원리가 적용되어 나타난 것일까?

사람의 귀는 주파수 분포를 감지하여 음원의 종류를 알아내지만, 음원의 위치를 알아낼 수 있는 직접적인 정보는 감지하지 못한다. 하지만 사람의 청각 체계는 두 귀 사이 그리고 각 귀와 머리 측면 사이의 상호 작용에 의한 단서들을 이용하여 음원의 위치를 알아낼 수 있다. 음원의 위치는 소리가 오는 수평·수직 방향과 음원까지의 거리를 이용하여 지각하는데, 그 정확도는 음원의 위치와 종류에 따라 다르며 개인차도 크다. 음원까지의 거리는 목소리 같은 익숙한 소리의 크기와 거리의 상관관계를 이용하여 추정한다.

음원이 청자의 정면 정중앙에 있다면 음원에서 두 귀까지의 거리가 같으므로 소리가 두 귀에 도착하는 시간 차이는 없다. 반면 음원이 청자의 오른쪽으로 ㉡치우치면 소리는 오른쪽 귀에 먼저 도착하므로, 두 귀 사이에 도착하는 시간 차이가 생긴다. 이때 치우친 정도가 클수록 시간 차이도 커진다. 도착 순서와 시간 차이는 음원의 수평 방향을 ㉢알아내는 중요한 단서가 된다.

음원이 청자의 오른쪽 귀 높이에 있다면 머리 때문에 왼쪽 귀에는 소리가 작게 들린다. 이러한 현상을 '소리 그늘'이라고 하는데, 주로 고주파 대역에서 ㉣일어난다. 고주파의 경우 소리가 진행하다가 머리에 막혀 왼쪽 귀에 잘 도달하지 않는 데 비해, 저주파의 경우 머리를 넘어 왼쪽 귀까지 잘 도달하기 때문이다. 소리 그늘 효과는 주파수가 1,000Hz 이상인 고음에서는 잘 나타나지만, 그 이하의 저음에서는 거의 나타나지 않는다. 이 현상은 고주파 음원의 수평 방향을 알아내는 데 특히 중요한 단서가 된다.

한편, 소리는 귓구멍에 도달하기 전에 머리 측면과 귓바퀴의 굴곡의 상호 작용에 의해 여러 방향으로 반사되고, 반사된 소리들은 서로 간섭을 일으킨다. 같은 소리라도 소리가 귀에 도달하는 방향에 따라 상호 작용의 효과가 달라지는데, 수평 방향뿐만 아니라 수직 방향의 차이도 영향을 준다. 이러한 상호 작용에 의해 주파수 분포의 변형이 생기는데, 이는 간섭에 의해 어떤 주파수의 소리는 ㉤작아지고 어떤 주파수의 소리는 커지기 때문이다. 이 또한 음원의 방향을 알아낼 수 있는 중요한 단서가 된다.

1. 윗글의 내용과 일치하지 않는 것은?

① 사람의 귀는 소리의 주파수 분포를 감지하는 감각 기관이다.

② 청각 체계는 여러 단서를 이용해서 음원의 위치를 지각한다.

③ 위치 감지의 정확도는 소리가 오는 방향에 관계없이 일정하다.

④ 소리 그늘 현상은 머리가 장애물로 작용하기 때문에 일어난다.

⑤ 반사된 소리의 간섭은 소리의 주파수 분포에 변화를 일으킨다.

2. 사람의 청각 체계에 대한 설명으로 옳은 것은?

① 두 귀에 소리가 도달하는 순서와 시간 차이를 감지했다면 생소한 소리라도 음원까지의 거리를 알아낼 수 있다.

② 이어폰을 통해 두 귀에 크기와 주파수 분포가 같은 소리를 동시에 들려주면 수평 방향의 공간감이 느껴진다.

③ 소리가 울리는 실내라면 소리가 귀까지 도달하는 시간이 다양해져서 음원의 방향을 더 잘 찾아낼 수 있다.

④ 귓바퀴의 굴곡을 없애도록 만드는 보형물을 두 귀에 붙이면 음원의 수평 방향을 지각할 수 없다.

⑤ 소리의 주파수에 따라 음원의 수평 방향 지각에서 소리 그늘을 활용하는 정도가 달라진다.

3. 〈보기〉에서 ⓐ~ⓔ의 합성에 적용된 원리를 분석한 내용으로 옳지 않은 것은?

〈보기〉

은영이는 이어폰을 이용한 소리 방향 지각 실험에 참여하였다. 이 실험에서는 컴퓨터가 각각 하나의 원리만을 이용해서 합성한 소리를 들려준다. 은영이는 ⓐ멀어져 가는 자동차 소리, ⓑ머리 위에서 나는 종소리, ⓒ발 바로 아래에서 나는 마루 삐걱거리는 소리, ⓓ오른쪽에서 나는 저음의 북소리, ⓔ왼쪽에서 나는 고음의 유리잔 깨지는 소리로 들리도록 합성한 소리를 차례로 들었다.

① ⓐ는 소리의 크기가 시간에 따라 점점 작아지도록 했겠군.

② ⓑ는 귓바퀴와 머리 측면의 상호 작용이 일어난 소리가 두 귀에 들리도록 했겠군.

③ ⓒ는 같은 소리가 두 귀에서 시간 차이를 두고 들리도록 했겠군.

④ ⓓ는 특정 주파수 분포를 가진 소리가 오른쪽 귀에 먼저 들리도록 했겠군.

⑤ ⓔ는 오른쪽 귀에 소리 그늘 효과가 생긴 소리가 들리도록 했겠군.

박광일의 VIEW POINT 음원의 감지 원리와 위치에 따른 시간차를 활용한 방향 감지를 설명한 지문이다. '이어폰으로 소리의 공간감을 구현하는 원리'를 수평 방향과 수직 방향으로 나누어 설명하고 있으며, 정보량이 적어 독해 난도가 높지 않다. 제시된 정보를 활용해 추론하는 문제와, 구체적 사례에 적용하는 문제 등이 출제되었으므로 직접적인 언급이 없는 내용을 추론하는 연습을 하기에 적합한 기출이다.

4. ㉠~㉤을 바꾸어 쓴 말로 적절하지 않은 것은?

① ㉠: 청취(聽取)하면

② ㉡: 치중(置重)하면

③ ㉢: 파악(把握)하는

④ ㉣: 발생(發生)한다

⑤ ㉤: 감소(減少)하고

구조도 그리기

산화물 반도체 물질을 이용한 저항형 센서

2011학년도 9월 모평

[1~3] 다음 글을 읽고 물음에 답하시오.

우리는 생활에서 각종 유해 가스에 노출될 수 있다. 인간은 후각이나 호흡 기관을 통해 위험 가스의 존재를 인지할 수는 있으나, 그 종류를 감각으로 판별하기는 어려우며, 미세한 농도의 감지는 더욱 불가능하다. 따라서 가스의 종류나 농도 등을 감지할 수 있는 고성능 가스 센서를 사용하는 것이 위험 가스로 인한 사고를 미연에 방지할 수 있는 길이다.

가스 센서란 특정 가스를 감지하여 그것을 적당한 전기 신호로 변환하는 장치의 총칭이다. 각종 가스 센서 가운데 산화물 반도체 물질을 이용한 저항형 센서는 감지 속도가 빠르고 안정성이 높으며 휴대용 장치에 적용할 수 있도록 소형화가 용이하기 때문에 널리 사용되고 있다. 센서 장치에서 ⊙안정성이 높다는 것은 시간이 지남에 따라 반복 측정하여도 동일 조건 하에서는 센서의 출력이 거의 일정하다는 뜻이다.

저항형 가스 센서는 두께가 수백 나노미터(10^{-9}m)에서 수 마이크로미터(10^{-6}m)인 산화물 반도체 물질이 두 전극 사이를 연결하는 방식으로 되어 있다. 가스가 센서에 다다르면 시간이 지남에 따라 산화물 반도체 물질에 흡착*되는 가스의 양이 늘어나다가 흡착된 가스의 양이 일정하게 유지되는 정상 상태(定常狀態)에 도달하여 일정한 저항값을 나타내게 된다. 정상 상태에 도달하는 동안 이산화질소와 같은 산화 가스는 산화물 반도체로부터 전자를 받으면서 흡착하여 산화물 반도체의 저항값을 증가시킨다. 반면에 일산화탄소와 같은 환원 가스는 산화물 반도체 물질에 전자를 주면서 흡착하여 산화물 반도체의 저항값을 감소시킨다. 이러한 저항값 변화로부터 가스를 감지하고 농도를 산출하는 것이 센서의 작동 원리이다.

저항형 가스 센서의 성능을 평가하는 주된 요소는 응답 감도, 응답 시간, 회복 시간이다. 응답 감도는 특정 가스가 존재할 때 가스 센서의 저항이 얼마나 민감하게 변하는가에 대한 정도이며, 일정하게 유지되는 정상 상태 저항값(R_s)과 특정 가스 없이 공기 중에서 측정된 저항값(R_{air})으로부터 도출된다. 이는 R_s와 R_{air}의 차이를 R_{air}로 나누어 백분율로 나타낸 것으로, 이 값이 클수록 가스 센서는 감도가 좋다고 할 수 있다. 또한 가스 센서가 특정 가스를 얼마나 빨리 감지하고 반응하느냐의 척도인 응답 시간은 응답 감도 값의 50% 혹은 90% 값에 도달하는 데 걸리는 시간으로 정의된다. 한편, 센서는 반복적으로 사용해야 하기 때문에 산화물 반도체 물질에 정상 상태로 흡착돼 있는 가스를 가능한 한 빠른 시간 내에 탈착*시켜 처음 상태로 되돌려야 한다. 따라서 흡착된 가스가 공기 중에서 탈착되는 데 필요한 시간인 회복 시간 역시 가스 센서의 성능을 평가하는 중요한 요소로 꼽힌다.

*흡착: 고체 표면에 기체나 액체가 달라붙는 현상.
*탈착: 흡착된 물질이 고체 표면으로부터 떨어지는 현상.

1. 윗글의 내용과 일치하는 것은?

① 산화물 반도체 물질은 가스 흡착 시 전자를 주거나 받을 수 있다.
② 인간은 후각을 이용하여 유해 가스 농도를 수치로 나타낼 수 있다.
③ 회복 시간이 길어야 산화물 반도체 가스 센서를 오래 사용할 수 있다.
④ 산화물 반도체 물질에 흡착되는 가스의 양은 시간이 지남에 따라 계속 늘어난다.
⑤ 저항형 가스 센서는 가스의 탈착 전후에 변화한 저항값으로부터 가스를 감지한다.

2. ⊙에 해당하는 예로 가장 적절한 것은?

① 어제 잠자리에 들기 전 음악을 듣고 마음의 안정을 찾았다.
② 체육 시간에 안정적인 자세로 물구나무를 서서 박수를 받았다.
③ 모형 항공기가 처음에는 맞바람에 요동쳤으나 곧 안정되어 활강하였다.
④ 자세를 여러 가지로 바꾸어 가며 공을 던졌으나 50m 이상 날아가지 않았다.
⑤ 매일 아침 운동장을 열 바퀴 걸은 직후 맥박을 재어 보니 항상 분당 128~130회였다.

3. 산화물 반도체 물질 A와 B를 각각 이용한 두 센서를 가지고 같은 조건에서 실험하여 〈보기〉와 같은 그래프를 얻었다. 이에 대한 해석으로 적절하지 <u>않은</u> 것은? [3점]

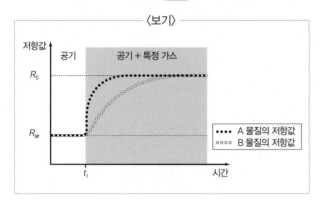

① 실험에 사용된 가스는 산화 가스이다.

② 응답 감도는 A를 이용한 센서와 B를 이용한 센서가 같다.

③ 응답 시간은 A를 이용한 센서와 B를 이용한 센서가 같다.

④ 특정 가스가 흡착하기 전에는 공기 중에서 A와 B의 저항값이 같다.

⑤ t_1 직후부터 정상 상태에 도달하기 직전까지는 A의 저항값이 B의 저항값보다 크다.

구조도 그리기

HOLSOO

홀로 공부하는 수능 국어 기출 분석

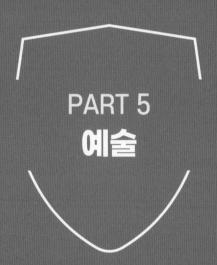

PART 5
예술

[1~4] 다음 글을 읽고 물음에 답하시오.

사진은 19세기 초까지만 해도 근대 문명이 만들어 낸 기술적 도구이자 현실 재현의 수단으로 인식되었다. 하지만 점차 여러 사진작가들이 사진을 연출된 형태로 찍거나 제작함으로써 자기의 주관을 표현하고자 하는 시도를 하였다. 이들은 빛의 처리, 원판의 합성 등의 기법으로 회화적 표현을 모방하여 예술성 있는 사진을 추구하였다. 이러한 흐름 속에서 만들어진 사진 작품들을 회화주의 사진이라고 부른다.

스타이컨의 ㉠〈빅토르 위고와 생각하는 사람과 함께 있는 로댕〉(1902년)은 회화주의 사진을 대표하는 것으로 평가된다. 이 작품에서 피사체들은 조각가 '로댕'과 그의 작품인 〈빅토르 위고〉와 〈생각하는 사람〉이다. 스타이컨은 로댕을 대리석상 〈빅토르 위고〉 앞에 두고 찍은 사진과, 청동상 〈생각하는 사람〉을 찍은 사진을 합성하여 하나의 사진 작품으로 만들었다. 이렇게 제작된 사진의 구도에서 어둡게 나타난 근경에는 로댕이 〈생각하는 사람〉과 서로 마주 보며 비슷한 자세로 앉아 있고, 반면 환하게 보이는 원경에는 〈빅토르 위고〉가 이들을 내려다보는 모습으로 배치되어 있다. 단순히 근경과 원경을 합성한 것이 아니라, 두 사진의 피사체들이 작가가 의도한 바에 따라 하나의 프레임 속에서 자리 잡을 수 있도록 당시로서는 고난도인 합성 사진 기법을 동원한 것이다. 또한 인화 과정에서는 피사체의 질감이 억제되는 감광액을 사용하였다.

스타이컨은 1901년부터 거의 매주 로댕과 예술적 교류를 하며 그의 작품들을 촬영했다. 로댕은 사물의 외형만을 재현하려는 당시 예술계의 경향에서 벗어나 생명력과 표현성을 강조하는 조각을 하고 있었는데, 스타이컨은 이를 높이 평가하고 깊이 공감하였다. 스타이컨은 사진이나 조각이 작가의 주관과 감정을 표현할 수 있으며 문학 작품처럼 해석의 대상도 될 수 있다고 생각했는데, 로댕 또한 이에 동감하여 기꺼이 사진 작품의 모델이 되어 주기도 하였다.

이 사진에서는 피사체들의 질감이 뚜렷이 ㉡살지 않게 처리하여 모든 피사체들이 사람인 듯한 느낌을 주고자 하였다. 대문호 〈빅토르 위고〉가 내려다보고 있는 가운데 로댕은 〈생각하는 사람〉과 마주하여 자신도 〈생각하는 사람〉이 된 양, 같은 자세로 묵상하는 모습을 취하고 있다. 원경에서 희고 밝게 빛나는 〈빅토르 위고〉는 근경에 있는 로댕과 〈생각하는 사람〉의 어두운 모습에 대비되어 창조의 영감을 발산하는 모습으로 나타난다. 이러한 구도는 로댕의 작품도 문학 작품과 마찬가지로 창작의 고뇌 속에서 이루어진 것이라는 메시지를 주고 있다.

이처럼 스타이컨은 명암 대비가 뚜렷이 드러나도록 촬영하고, 원판을 합성하여 구도를 만들고, 특수한 감광액으로 질감에 변화를 주는 등의 방식으로 사진이 회화와 같은 방식으로 창작되고 표현될 수 있는 예술임을 보여 주고자 하였다.

1. 윗글에 대한 이해로 가장 적절한 것은?

① 로댕은 사진 작품, 조각 작품, 문학 작품 모두 해석의 대상이 된다고 여겼다.

② 빅토르 위고는 사진과 조각을 모두 해석의 대상이라고 생각하여 그것들을 내려다보고 있었다.

③ 스타이컨의 사진은 대상을 그대로 보여 준다는 점에서 회화주의 사진의 대표적 작품으로 평가된다.

④ 로댕과 스타이컨은 조각의 역할이 사물의 형상을 충실히 재현하는 것으로 한정되어야 한다고 보았다.

⑤ 스타이컨의 작품에서 명암 효과는 합성 사진 기법으로 구현되었고 질감 변화는 피사체의 대립적인 구도로 실현되었다.

2. ㉠과 관련하여 추론할 수 있는 스타이컨의 의도로 적절하지 않은 것은? [3점]

① 고난도의 합성 사진 기법을 쓴 것은 촬영한 대상들을 하나의 프레임에 담기 위해서였다.

② 원경이 밝게 보이도록 한 것은 〈빅토르 위고〉와 로댕 간의 명암 대비 효과를 내기 위해서였다.

③ 로댕이 〈생각하는 사람〉과 마주 보며 같은 자세로 있게 한 것은 고뇌하는 모습을 보여 주기 위해서였다.

④ 원경의 대상을 따로 촬영한 것은 인물과 청동상을 함께 찍은 근경의 사진과 합칠 때 대비 효과를 얻기 위해서였다.

⑤ 대상들의 질감이 잘 살지 않도록 인화한 것은 대리석상과 청동상이 사람처럼 보이게 하는 효과를 얻기 위해서였다.

3. 다음은 학생이 쓴 감상문의 일부이다. 윗글을 바탕으로 할 때, ⓐ~ⓔ 중 적절하지 않은 것은?

구조도 그리기

학습활동 스타이컨의 작품을 감상하고 글을 써 보자.

예전에 나는, 사진은 사물을 있는 그대로 재현하는 도구에 지나지 않는다고 생각했고, 사진이 예술 작품이 된다고 생각해 본 적이 없었다. 그런데 스타이컨의 〈빅토르 위고와 생각하는 사람과 함께 있는 로댕〉을 보고, ⓐ사진도 예술 작품으로서 작가의 생각을 표현하는 창작 활동이라는 스타이컨의 생각에 동감하게 되었다. 특히 ⓑ회화적 표현을 사진에서 실현시키려 했던 스타이컨의 노력은 그 예술사적 가치를 인정받아야 할 것이다. 하지만 아쉬운 점도 없지 않다. 당시의 상황에서는 ⓒ스타이컨이 빅토르 위고와 같은 위대한 문학가를 창작의 영감을 주는 존재로 표현할 수밖에 없었을 것이다. 그래도 ⓓ스타이컨이 로댕의 조각 예술이 문학에 종속되는 것으로 표현할 것까지는 없었다고 생각한다. 그렇더라도 ⓔ기술적 도구로 여겨졌던 사진을 예술 행위의 수단으로 활용한 스타이컨의 창작열은 참으로 본받을 만하다.

① ⓐ   ② ⓑ   ③ ⓒ   ④ ⓓ   ⑤ ⓔ

4. ㉡의 문맥적 의미와 가장 가까운 것은?

① 이 소설가는 개성이 살아 있는 문체로 유명하다.
② 아궁이에 불씨가 살아 있으니 장작을 더 넣어라.
③ 어제까지도 살아 있던 손목시계가 그만 멈춰 버렸다.
④ 흰긴수염고래는 지구에 살고 있는 동물 중 가장 크다.
⑤ 부부가 행복하게 살려면 서로를 존중하고 사랑해야 한다.

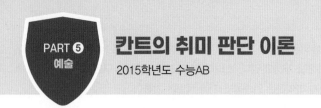

[1~4] 다음 글을 읽고 물음에 답하시오.

근대 초기의 합리론은 이성에 의한 확실한 지식만을 중시하여 미적 감수성의 문제를 거의 논외로 하였다. 미적 감수성은 이성과는 달리 어떤 원리도 없는 자의적인 것이어서 '세계의 신비'를 푸는 데 거의 기여하지 못한다고 ㉠여겼기 때문이다. 이러한 근대 초기의 합리론에 맞서 칸트는 미적 감수성을 '미감적 판단력'이라 부르면서, 이 또한 어떤 원리에 의거하며 결코 이성에 못지 않은 위상과 가치를 지닌다는 주장을 ㉡펼친다. 이러한 작업에서 핵심 역할을 하는 것이 그의 취미 판단 이론이다.

[A] 취미 판단이란, 대상의 미·추를 판정하는, 미감적 판단력의 행위이다. 모든 판단은 'S는 P이다.'라는 명제 형식으로 환원되는데, 그 가운데 이성이 개념을 통해 지식이나 도덕 준칙을 구성하는 '규정적 판단'에서는 술어 P가 보편적 개념에 따라 객관적 성질로서 주어 S에 부여된다. 이와 유사하게 취미 판단에서도 P, 즉 '미' 또는 '추'가 마치 객관적 성질인 것처럼 S에 부여된다. 하지만 실제로 취미 판단에서의 P는 오로지 판단 주체의 쾌 또는 불쾌라는 주관적 감정에 의거한다. 또한 규정적 판단은 명제의 객관적이고 보편적인 타당성을 지향하므로 하나의 개별 대상뿐 아니라 여러 대상이나 모든 대상을 묶은 하나의 단위에 대해서도 이루어진다. 이와 달리, 취미 판단은 오로지 하나의 개별 대상에 대해서만 이루어진다. 즉 복수의 대상을 한 부류로 묶어 말하는 것은 이미 개념적 일반화가 되기 때문에 취미 판단이 될 수 없는 것이다. 한편 취미 판단은 오로지 대상의 형식적 국면을 관조하여 그것이 일으키는 감정에 따라 미·추를 판정하는 것 이외의 어떤 다른 목적도 배제하는 순수한 태도, 즉 미감적 태도를 전제로 한다. 취미 판단에는 대상에 대한 지식뿐 아니라, 실용적 유익성, 교훈적 내용 등 일체의 다른 맥락이 ㉢끼어들지 않아야 하는 것이다.

중요한 것은 취미 판단이 기본적으로 공동체적 차원의 것이라는 점이다. 순수한 미감적 태도를 취할 때, 취미 판단의 주체들은 미감적 공동체를 이루고 있다고 할 수 있다. 왜냐하면 그 구성원들 간에는 '공통감'이라 불리는 공통의 미적 감수성이 전제로 작용하고 있기 때문이다. 이때 공통감은 취미 판단의 미적 규범 역할을 한다. 즉 공통감으로 인해 취미 판단은 규정적 판단의 객관적 보편성과 구별되는 '주관적 보편성'을 ㉣지니는 것으로 설명된다. 따라서 어떤 주체가 내리는 취미 판단은 그가 속한 공동체의 공통감을 예시한다.

이러한 분석을 통해 칸트가 궁극적으로 지향한 것은 인간의 총체적인 자기 이해이다. 그에 따르면 '인간은 무엇인가?'라는 물음에 대한 충실한 답변을 얻고자 한다면, 이성뿐 아니라 미

적 감수성에 대해서도 그 고유한 원리를 설명해야 한다. 게다가 객관적 타당성은 이성의 미덕인 동시에 한계가 되기도 한다. '세계'는 개념으로는 낱낱이 밝힐 수 없는 무한한 것이기 때문이다. 반면 미적 감수성은 대상을 개념적으로 규정할 수는 없지만 역으로 개념으로부터의 자유를 통해 세계라는 무한의 영역에 더 가까이 다가갈 수 있다. 오늘날에는 미적 감수성을 심오한 지혜의 하나로 보는 견해가 ㉤퍼져 있는데, 많은 학자들이 그 이론적 단초를 칸트에게서 찾는 것은 그의 이러한 논변 때문이다.

1. 윗글에 대한 이해로 가장 적절한 것은?

① 칸트는 미감적 판단력과 규정적 판단력이 동일하다고 보았다.

② 칸트는 이성에 의한 지식이 개념의 한계로 인해 객관적 타당성을 결여한다고 보았다.

③ 칸트는 미적 감수성이 비개념적 방식으로 세계에 대한 객관적 지식을 창출한다고 보았다.

④ 칸트는 미감적 판단력을 본격적으로 규명하여 근대 초기의 합리론을 선구적으로 이끌었다.

⑤ 칸트는 미적 감수성의 원리에 대한 설명이 인간의 총체적 자기 이해에 기여한다고 보았다.

2. [A]에 제시된 '취미 판단'에 대한 이해로 적절하지 않은 것은?

① '이 장미는 아름답다.'는 취미 판단에 해당한다.

② '유용하다'는 취미 판단 명제의 술어가 될 수 없다.

③ '모든 예술'은 취미 판단 명제의 주어가 될 수 없다.

④ '이 영화의 주제는 권선징악이어서 아름답다.'는 취미 판단에 해당한다.

⑤ '이 소설은 액자식 구조로 이루어져 있다.'는 취미 판단에 해당하지 않는다.

박광일의 VIEW POINT 미적 감수성에 대한 근대 초기의 합리론과 칸트의 이론을 비교·대조한 지문으로, 칸트 이론의 정의, 조건, 목적 등을 파악하며 읽어야 했다. 특히 지문에 제시된 표현과 선지에 사용된 표현이 동일하지 않아 추론적 사고가 요구되는 문제가 있어 난도가 다소 높았다. 지문의 표현과 이를 재진술한 선지 표현을 비교하는 연습을 하는 데 적합한 기출이다.

3. 윗글을 통해 추론한 내용으로 적절하지 않은 것은? [3점]

① 개념적 규정은 예술 작품에 대한 취미 판단을 가능하게 한다.

② 공통감은 미감적 공동체에서 예술 작품의 미를 판정할 보편적 규범이 될 수 있다.

③ 특정 예술 작품에 대한 사람들의 취미 판단이 일치하는 것은 우연으로 볼 수 없다.

④ 예술 작품에 대한 나의 취미 판단은 내가 속한 미감적 공동체의 미적 감수성을 보여 준다.

⑤ 예술 작품에 대해 순수한 미감적 태도를 취하지 못하면 그 작품에 대한 취미 판단이 가능하지 않다.

4. 문맥상 ㉠~㉤과 바꿔 쓰기에 적절하지 않은 것은?

① ㉠: 간주했기

② ㉡: 피력한다

③ ㉢: 개입하지

④ ㉣: 소지하는

⑤ ㉤: 확산되어

구조도 그리기

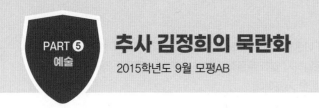

[1~4] 다음 글을 읽고 물음에 답하시오.

먹으로 난초를 그린 묵란화는 사군자의 하나인 난초에 관념을 투영하여 형상화한 그림으로, 여느 사군자화와 마찬가지로 군자가 마땅히 지녀야 할 품성을 담고 있다. 묵란화는 중국 북송 시대에 그려지기 시작하여 우리나라를 포함한 동북아시아 문인들에게 널리 퍼졌다. 문인들에게 시, 서예, 그림은 나눌 수 없는 하나였다. 이런 인식은 묵란화에도 이어져 난초를 칠 때는 글씨의 획을 그을 때와 같은 붓놀림을 구사했다. 따라서 묵란화는 문인들이 인문적 교양과 감성을 드러내는 수단이 되었다.

추사 김정희가 25세 되던 해에 그린 ㉠〈석란(石蘭)〉은 당시 청나라에서도 유행하던 전형적인 양식을 따른 묵란화이다. 화면에 공간감과 입체감을 부여하는 잎새들은 가지런하면서도 완만한 곡선을 따라 늘어져 있으며, 꽃은 소담하고 정갈하게 피어 있다. 도톰한 잎과 마른 잎, 둔중한 바위와 부드러운 잎의 대비가 돋보인다. 난 잎의 조심스러운 선들에서는 단아한 품격을, 잎들 사이로 핀 꽃에서는 고상한 품위를, 묵직한 바위에서는 돈후한 인품을 느낄 수 있으며 당시 문인들의 공통적 이상이 드러난다.

평탄했던 젊은 시절과 달리 김정희의 예술 세계는 55세부터 장기간의 유배 생활을 거치면서 큰 변화를 보인다. 글씨는 맑고 단아한 서풍에서 추사체로 알려진 자유분방한 서체로 바뀌었고, 그림도 부드럽고 우아한 화풍에서 쓸쓸하고 처연한 느낌을 주는 화풍으로 바뀌어 갔다.

생을 마감하기 일 년 전인 69세 때 그렸다고 추정되는 ㉡〈부작란도(不作蘭圖)〉는 이러한 변화를 잘 보여 준다. 담묵의 거친 갈필*로 화면 오른쪽 아래에서 시작된 몇 가닥의 잎은 왼쪽에서 불어오는 바람을 맞아, 오른쪽으로 뒤틀리듯 구부러져 있다. 그중 유독 하나만 위로 솟구쳐 올라 허공을 가르지만, 그 잎 역시 부는 바람에 속절없이 꺾여 있다. 그 잎과 평행한 꽃대 하나, 바람에 맞서며 한 송이 꽃을 피웠다. 바람에 꺾이고, 맞서는 난초 꽃대와 꽃송이에서 세파에 시달려 쓸쓸하고 황량해진 그의 처지와 그것에 맞서는 강한 의지를 느낄 수 있다. 우리는 여기에서 김정희가 자신의 경험에서 느낀 세계와 묵란화의 표현 방법을 일치시켜, 문인 공통의 이상을 표출하는 관습적인 표현을 넘어 자신만의 감정을 충실히 드러낸 세계를 창출했음을 알 수 있다.

묵란화에는 종종 심정을 적어 두기도 했다. 김정희도 〈부작란도〉에 '우연히 그린 그림에서 참모습을 얻었다'고 적어 두었다. 여기서 우연히 얻은 참모습을 자신이 처한 모습을 적절하게 표현하는 것이라 한다면 이때 우연이란 요행이 아니라 오랜 기간 훈련된 감성이 어느 한 순간의 계기에 의해 표출된 필연적인 우연이라고 해야 할 것이다.

*갈필: 물기가 거의 없는 붓으로 먹을 조금만 묻혀 거친 느낌을 주게 그리는 필법.

1. 윗글에 대한 설명으로 가장 적절한 것은?

① 구체적인 작품을 사례로 제시하며 작가의 삶과 작품 세계를 설명하고 있다.

② 후대 작가의 작품과의 비교를 통해 작품에 대한 이해를 확장하고 있다.

③ 특정한 입장을 바탕으로 작가와 작품에 대한 역사적 논란을 소개하고 있다.

④ 다양한 해석을 근거로 들어 작품에 대한 통념적인 이해를 비판하고 있다.

⑤ 대조적인 성격의 작품을 예로 들어 예술의 대중화 과정을 분석하고 있다.

2. 윗글의 내용과 일치하지 않는 것은?

① 문인들은 사군자화를 통해 군자의 덕목을 드러내려 했다.

② 묵란화는 그림의 소재에 관념을 투영하여 형상화한 것이다.

③ 유배 생활은 김정희의 서체와 화풍의 변화에 영향을 주었다.

④ 묵란화는 중국에서 기원하여 우리나라에 전래된 그림 양식이다.

⑤ 김정희는 말년에 서예의 필법을 쓰지 않고 그리는 묵란화를 창안하였다.

3. ㉠, ㉡에 대한 이해로 적절하지 않은 것은?

① ㉠에서 완만하고 가지런한 잎새는 김정희가 삶이 순탄하던 시절에 추구하던 단아한 품격을 표현한 것이다.

② ㉠에서 소담하고 정갈한 꽃을 피워 내는 모습은 고상한 품위를 지키려는 김정희의 이상을 표상한 것이다.

③ ㉡에서 바람을 맞아 뒤틀리듯 구부러진 잎은 세상의 풍파에 시달린 김정희의 처지를 형상화한 것이다.

④ ㉡에서 홀로 위로 솟구쳤다 꺾인 잎은 지식을 추구했던 과거의 삶과 단절하겠다는 김정희 자신의 의지가 표현된 것이다.

⑤ ㉠과 ㉡에 그려진 난초는 김정희가 자신의 인문적 교양과 감성을 표현하기 위해 선택한 소재이다.

4. 〈보기〉를 바탕으로 할 때, 윗글에 나타난 김정희의 예술 세계에 대해 이해한 내용으로 적절하지 <u>않은</u> 것은? [3점]

구조도 그리기

〈보기〉

예술 작품의 내용은 형식에 담긴다. 그러므로 감상자의 입장에서 보면 형식으로써 내용을 알게 된다고 할 수 있고, 내용과 형식이 꼭 맞게 이루어진 예술 작품에서 감동을 받는다. 따라서 형식에 대한 파악은 예술 작품을 이해하는 데 핵심적인 요소가 된다. 예술 작품의 형식은 그것이 속한 문화 속에서 형성되어 온 것이다. 이 형식을 이해하고 능숙하게 익히는 것은 작가에게도 매우 중요한 일이다. 예술 창작이란 아무 것도 없는 것에서 어떤 사물을 창조하는 것이 아니라, 문화적 축적 속에서 새롭게 의미를 찾아 형식화하는 것이기 때문이다. 결국 전통의 계승과 혁신의 문제는 예술에서도 오래된 주제이다.

① 전형적인 방식으로 〈석란〉을 그린 것은 당시 문인화의 전통을 수용한 것이겠군.

② 추사체라는 필법을 새롭게 창안했다는 것은 전통의 답습에 머무르지 않았음을 의미하는군.

③ 〈부작란도〉에서 참모습을 얻었다고 한 것은 의미가 그에 걸맞은 형식을 만난 것이라 할 수 있겠군.

④ 시와 서예와 그림 모두에 능숙했다는 것은 여러 가지 표현 양식을 이해하고 익힌 것이라 할 수 있겠군.

⑤ 〈부작란도〉에서 자신만의 감정을 드러내는 세계를 창출했다는 것은 축적된 문화로부터 멀어지려 한 것이라 할 수 있겠군.

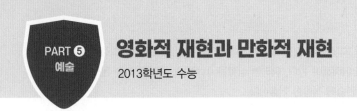

[1~4] 다음 글을 읽고 물음에 답하시오.

전통적 의미에서 영화적 재현과 만화적 재현의 큰 차이점 중 하나는 움직임의 유무일 것이다. 영화는 사진에 결여되었던 사물의 운동, 즉 시간을 재현한 예술 장르이다. 반면 만화는 공간이라는 차원만을 알고 있다. 정지된 그림이 의도된 순서에 따라 공간적으로 나열된 것이 만화이기 때문이다. 만일 만화에도 시간이 존재한다면 그것은 읽기의 과정에서 독자에 의해 사후에 생성된 것이다. 독자는 정지된 이미지에서 상상을 통해 움직임을 끌어낸다. 그리고 인물이나 물체의 주변에 그어져 속도감을 암시하는 효과선은 독자의 상상을 더욱 부추긴다.

만화는 물리적 시간의 부재를 공간의 유연함으로 극복한다. 영화 화면의 테두리인 프레임과 달리, 만화의 칸은 그 크기와 모양이 다양하다. 또한 만화에는 한 칸 내부에 그림뿐 아니라, ⓐ말풍선과 인물의 심리나 작중 상황을 드러내는 언어적·비언어적 정보를 모두 담을 수 있는 자유로움이 있다. 그리고 그것이 독자의 읽기 시간에 변화를 주게 된다. 하지만 영화에서는 이미지를 영사하는 속도가 일정하여 감상의 속도가 강제된다.

영화와 만화는 그 이미지의 성격에서도 대조적이다. 영화가 촬영된 이미지라면 만화는 수작업으로 만들어진 이미지이다. 빛이 렌즈를 통과하여 필름에 착상되는 사진적 원리에 따른 영화의 이미지 생산 과정은 기술적으로 자동화되어 있다. 그렇기에 영화 이미지 내에서 감독의 체취를 발견하기란 쉽지 않다. 그에 비해 만화는 수작업의 과정에서 자연스럽게 세계에 대한 작가의 개인적인 해석을 드러내게 된다. 이것은 그림의 스타일과 터치 등으로 나타난다. 그래서 만화 이미지는 '서명된 이미지'이다.

촬영된 이미지와 수작업에 따른 이미지는 영화와 만화가 현실과 맺는 관계를 다르게 규정한다. 영화는 실제 대상과 이미지가 인과 관계로 맺어져 있어 본질적으로 사물에 대한 사실적인 기록이 된다. 이 기록의 과정에는 촬영장의 상황이나 촬영 여건과 같은 제약이 따른다. 그러나 최근에는 촬영된 이미지들을 컴퓨터상에서 합성하거나 그래픽 이미지를 활용하는 ㉠디지털 특수 효과의 도움을 받는 사례가 늘고 있는데, 이를 통해 만화에서와 마찬가지로 실재하지 않는 대상이나 장소도 만들어 낼 수 있게 되었다.

만화의 경우는 구상을 실행으로 옮기는 단계가 현실을 매개로 하지 않는다. 따라서 만화 이미지는 그 제작 단계가 작가의 통제에 포섭되어 있는 이미지이다. 이 점은 만화적 상상력의 동력으로 작용한다. 현실과 직접적으로 대면하지 않기에 작가의 상상력에 이끌려 만화적 현실로 향할 수 있는 것이다.

1. 윗글의 내용과 일치하는 것은?

① 영화는 사물의 움직임을 재현한 예술이다.
② 만화는 물리적 시간 재현이 영화보다 충실하다.
③ 영화에서 이미지를 영사하는 속도는 일정하지 않다.
④ 만화 이미지는 사진적 원리에 따라 만들어진다.
⑤ 만화는 사물을 영화보다 더 사실적으로 기록한다.

2. ㉠에 대한 반응으로 적절한 것은?

① 제작 주체가 이미지를 의도대로 만들기가 더 어려워지겠군.
② 영화 촬영장의 물리적 환경이 미치는 영향이 더 커지겠군.
③ 촬영된 이미지에만 의존하는 제작 방식의 비중이 늘겠군.
④ 실제 대상과 영화 이미지 간의 인과 관계가 약해지겠군.
⑤ 영화에 만화적 상상력을 도입하기가 더 힘들어지겠군.

3. 윗글을 바탕으로 〈보기〉에 대해 설명할 때, 적절하지 **않은** 것은?

〈보기〉

① 칸 ①부터 칸 ⑥에 이르기까지 각 칸에 독자의 시선이 머무는 시간은 유동적이다.

② 칸 ②는 언어적·비언어적 정보를 모두 활용하여 작중 상황을 부각하고 있다.

③ 칸 ④에서 효과선을 지우면 인물의 움직임을 상상하게 하는 요소가 모두 사라진다.

④ 인물들의 얼굴과 몸의 형태를 통해 만화 이미지가 '서명된 이미지' 임을 확인할 수 있다.

⑤ 다양한 크기와 모양의 칸을 통해 영화의 프레임과 차별화된 만화 칸의 유연함을 알 수 있다.

4. 〈보기〉를 바탕으로 할 때, 윗글의 ⓐ와 같은 방식으로 이루어진 것은?

〈보기〉

ⓐ는 '만화에서 주고받는 대사를 써넣은 풍선 모양의 그림' 을 뜻한다. 원래 '풍선'에는 공기만이 담길 수 있을 뿐, '말'은 담길 수 없다. 따라서 ⓐ는 서로 담고 담길 수 없는 것들이 한데 묶인 단어이다.

① 국그릇   ② 기름통   ③ 꾀주머니

④ 물병   ⑤ 쌀가마니

구조도 그리기

이차 프레임의 기능

2013학년도 6월 모평

해설 P.213

[1~4] 다음 글을 읽고 물음에 답하시오.

프레임(frame)은 영화와 사진 등의 시각 매체에서 화면 영역과 화면 밖의 영역을 구분하는 경계로서의 틀을 말한다. 카메라로 대상을 포착하는 행위는 현실의 특정한 부분만을 떼어 내 프레임에 담는 것으로, 찍는 사람의 의도와 메시지를 내포한다. 그런데 문, 창, 기둥, 거울 등 주로 사각형이나 원형의 형태를 갖는 물체들을 이용하여 프레임 안에 또 다른 프레임을 만드는 경우가 있다. 이런 기법을 '이중 프레이밍', 그리고 안에 있는 프레임을 '이차 프레임'이라 칭한다.

이차 프레임의 일반적인 기능은 크게 세 가지로 구분할 수 있다. 먼저, 화면 안의 인물이나 물체에 대한 시선 유도 기능이다. 대상을 틀로 에워싸기 때문에 시각적으로 강조하는 효과가 있으며, 대상이 작거나 구도의 중심에서 벗어나 있을 때도 존재감을 부각하기가 용이하다. 또한 프레임 내 프레임이 많을수록 화면이 다층적으로 되어, 자칫 밋밋해질 수 있는 화면에 깊이감과 입체감이 부여된다. 광고의 경우, 설득력을 높이기 위해 이차 프레임 안에 상품을 위치시켜 주목을 받게 하는 사례들이 있다.

다음으로, 이차 프레임은 작품의 주제나 내용을 암시하기도 한다. 이차 프레임은 시각적으로 내부의 대상을 외부와 분리하는데, 이는 곧잘 심리적 단절로 이어져 구속, 소외, 고립 따위를 환기한다. 그리고 이차 프레임 내부의 대상과 외부의 대상 사이에는 정서적 거리감이 ⓐ조성(造成)되기도 한다. 어떤 영화들은 작중 인물을 문이나 창을 통해 반복적으로 보여 주면서, 그가 세상으로부터 격리된 상황을 암시하거나 불안감, 소외감 같은 인물의 내면을 시각화하기도 한다.

마지막으로, 이차 프레임은 '이야기 속 이야기'인 액자형 서사 구조를 지시하는 기능을 하기도 한다. 일례로, 어떤 영화는 작중 인물의 현실 이야기와 그의 상상에 따른 이야기로 구성되는데, 카메라는 이차 프레임으로 사용된 창을 비추어 한 이야기의 공간에서 다른 이야기의 공간으로 들어가거나 빠져나온다.

그런데 현대에 이를수록 시각 매체의 작가들은 ㉠이차 프레임의 범례에서 벗어나는 시도들로 다양한 효과를 끌어내기도 한다. 가령 이차 프레임 내부 이미지의 형체를 식별하기 어렵게 함으로써 관객의 지각 행위를 방해하여, 강조의 기능을 무력한 것으로 만들거나 서사적 긴장을 유발하기도 한다. 또 문이나 창을 봉쇄함으로써 이차 프레임으로서의 기능을 상실시켜 공간이나 인물의 폐쇄성을 드러내기도 한다. 혹은 이차 프레임 내의 대상이 그 경계를 넘거나 파괴하도록 하여 호기심을 자극하고 대상의 운동성을 강조하는 효과를 낳는 사례도 있다.

1. 윗글의 내용과 일치하지 않는 것은?

① 작가의 의도는 현실을 화면에 담는 촬영 행위에서도 드러난다.

② 이차 프레임 내에 또 다른 프레임을 만들 수도 있다.

③ 이차 프레임의 시각적 효과는 심리적 효과로 이어지기도 한다.

④ 이차 프레임 내부의 인물과 외부의 인물 사이에는 일체감이 형성된다.

⑤ 이차 프레임은 액자형 서사 구조의 영화에서 이야기 전환을 알리는 데 쓰이기도 한다.

2. 윗글을 바탕으로 〈보기〉를 이해한 내용으로 가장 적절한 것은?

〈보기〉

1950년대 어느 도시의 거리를 담은 이 사진은 ㉯자동차의 열린 뒷문의 창이 우연히 한 인물을 테두리 지어 작품의 묘미를 더하는데, 이는 이중 프레이밍의 전형적인 사례이다.

① ㉯로 인해 화면이 평면적으로 느껴지는군.

② ㉯가 없다면 사진 속 공간의 폐쇄성이 강조되겠군.

③ ㉯로 인해 창 테두리 외부의 풍경에 시선이 유도되는군.

④ ㉯ 안의 인물은 멀리 있어서 ㉯가 없더라도 작품 내 존재감이 비슷하겠군.

⑤ ㉯가 행인이 들고 있는 원형의 빈 액자 틀로 바뀌더라도 이차 프레임이 만들어지겠군.

3. ㉠의 사례로 보기 어려운 것은?

① 한 그림에서 화면 안의 직사각형 틀이 인물을 가두고 있는데, 팔과 다리는 틀을 빠져나와 있어 역동적인 느낌을 준다.

② 한 영화에서 주인공이 속한 공간의 문이나 창은 항상 닫혀 있는데, 이는 주인공의 폐쇄적인 내면을 상징적으로 보여 준다.

③ 한 그림에서 문이라는 이차 프레임을 이용해 관객의 시선을 유도한 뒤, 정작 그 안은 실체가 불분명한 물체의 이미지로 처리하여 관객에게 혼란을 준다.

④ 한 영화에서 주인공이 앞집의 반쯤 열린 창틈으로 가족의 화목한 모습을 목격하고 계속 지켜보는데, 이차 프레임으로 사용된 창틈이 한 가정의 행복을 드러내는 기능을 한다.

⑤ 한 영화는 자동차 여행 장면들에서 이차 프레임인 차창을 안개로 줄곧 뿌옇게 보이게 하여, 외부 풍경을 보여 주며 환경과 인간의 교감을 묘사하는 로드 무비의 관습을 비튼다.

4. 문맥상 ⓐ와 바꾸어 쓸 수 있는 말로 가장 적절한 것은?

① 결성(結成)되기도

② 구성(構成)되기도

③ 변성(變成)되기도

④ 숙성(熟成)되기도

⑤ 형성(形成)되기도

구조도 그리기

[1~4] 다음 글을 읽고 물음에 답하시오.

㉠전통적인 철학적 미학은 세계관, 인간관, 정치적 이념과 같은 심오한 정신적 내용의 미적 형상화를 예술의 소명으로 본다. 반면 현대의 ㉡체계 이론 미학은 내용적 구속성에서 벗어난 예술을 진정한 예술로 여긴다. 이는 예술이 미적 유희를 통제하는 모든 외적 연관에서 벗어나 하나의 자기 연관적 체계로 확립되어 온 과정을 관찰하고 분석함으로써 얻은 결론이다. 이 이론은 자율성을 참된 예술의 조건으로 보는 이들이 선호할 만하다. 그렇다면 현대의 새로운 예술 장르인 뮤지컬은 어떻게 진술될 수 있을까?

뮤지컬은 여러 가지 형식적 요소로 구성되는데, 이것들은 내용, 즉 작품의 줄거리나 주제를 실질적으로 구현하는 역할을 한다. 전통적인 철학적 미학에 따르면 참된 예술은 훌륭한 내용과 훌륭한 형식이 유기적으로 조화될 때 달성된다. 이러한 고전적 기준을 수용할 때, 훌륭한 뮤지컬 작품은 어느 한 요소라도 ⓐ소홀히 한다면 만들어지기 어렵다. 뮤지컬은 기본적으로 극적 서사를 지니기에 훌륭한 극본이 요구되고, 그 내용이 노래와 춤으로 표현되기에 음악과 무용도 핵심이 되며, 이것들의 효과는 무대 장치, 의상과 소품 등을 통해 배가되기 때문이다.

그런데 찬사를 받는 뮤지컬 중에는 전통적 기준의 충족과는 거리가 먼 사례가 적지 않다. 가령 A. L. 웨버는 대표작 〈캐츠〉의 일차적 목표를 다양한 형식의 볼거리와 들을 거리로 관객을 즐겁게 하는 데 두었다. 〈캐츠〉는 고양이들을 주인공으로 한 T. S. 엘리엇의 우화집에서 소재를 빌렸지만, 이 작품의 핵심은 내용의 충실한 전달에 있는 것이 아니라 어떤 기발한 무대에서 얼마나 다채롭고 완성도 있는 춤과 노래가 펼쳐지는가에 있다. 뮤지컬을 '레뷰(revue)', 즉 버라이어티 쇼로 바라보는 최근의 관점은 바로 이 점에 근거한다.

체계 이론 미학의 기준을 끌어들일 때, 레뷰로서의 뮤지컬은 예술로서의 예술의 한 범례로 꼽힐 수 있다. 물론 이러한 유형의 미학이 완전히 주류로 확립된 것은 아니다. 전통적인 철학적 미학도 여전히 지지를 얻는 예술관의 하나이기 때문이다. 이 입장에 준거할 때 체계 이론 미학의 예술관은 예술을 명예롭게 하는 숭고한 가치 지향성을 아예 포기하는 형식 지상주의적 예술관으로 해석될 수 있다.

1. ㉠과 ㉡에 대한 이해로 적절한 것은?

① ㉠은 내용적 요소와 형식적 요소를 모두 중시한다.

② ㉡은 자율적 예술의 탄생을 주도적으로 이끈 이론이다.

③ ㉠과 ㉡이 적용되는 예술 장르는 서로 다르다.

④ ㉡은 ㉠을 대체할 수 있는 새로운 주류 이론이다.

⑤ ㉡은 ㉠에 비해 더 진지한 정신적 가치를 지향한다.

2. 〈캐츠〉에 대한 감상 중 최근의 관점에 가장 가까운 것은?

① 멋진 춤과 노래가 어우러진 공연이 충분한 볼거리를 제공했기 때문에, 원작과 관계없이 만족했어요.

② 감독이 고양이들의 등장 장면에 채택한 연출 방식이 작품의 주제 구현을 오히려 방해해서 실망했어요.

③ 늙은 암고양이의 회한이 담긴 노래의 가사는 들을 때마다 소외된 사람들에 대한 연민을 불러일으켜요.

④ 기발한 조명과 의상이 사용된 것을 보고, 원작의 심오한 주제에 걸맞은 연출 방식이구나 하며 감탄했어요.

⑤ 의인화된 고양이들의 삶과 내면이 노래들 속에 녹아들어 있어서, 인간을 진지하게 성찰하는 기회가 되었어요.

3. 윗글을 바탕으로 〈보기〉의 ㉮와 ㉯를 이해한 것으로 적절한 것은?

〈보기〉

종합 예술의 기원인 ㉮그리스 비극은 형식적 측면에서 높은 수준에 이르렀을 뿐만 아니라, 세계와 삶에 대한 당대인들의 인식을 이끌었다. 반면 ㉯근대의 오페라는 그 발전 과정에서 점차 아리아 위주로 편성됨으로써, 심오한 지적·도덕적 관심이 아니라 음악 내적 요소에 지배되는 경향을 띠었다.

① ㉮는 즐거움의 제공을, ㉯는 교훈의 제공을 목표로 삼고 있군.

② ㉮는 자기 연관적이지만, ㉯는 외적 연관에 의해 지배되는군.

③ ㉮는 정신적 내용의 미적 형상화를, ㉯는 미적 유희를 추구하는군.

④ ㉮와 ㉯는 모두 고전적 기준에 따라 높이 평가될 수 있군.

⑤ ㉮와 ㉯는 모두 각각의 시대에 걸맞은 '레뷰'라고 볼 수 있군.

4. 문맥상 ⓐ와 바꾸어 쓰기에 가장 적절한 것은?

① 멸시(蔑視)한다면

② 천시(賤視)한다면

③ 등한시(等閑視)한다면

④ 문제시(問題視)한다면

⑤ 이단시(異端視)한다면

구조도 그리기

HOLSOO

홀로 공부하는 수능 국어 기출 분석

PART 6
주제 복합

[1~6] 다음 글을 읽고 물음에 답하시오.

16세기 전반에 서양에서 태양 중심설을 지구 중심설의 대안으로 제시하며 시작된 천문학 분야의 개혁은 경험주의의 확산과 수리 과학의 발전을 통해 형이상학을 뒤바꾸는 변혁으로 이어졌다. 서양의 우주론이 전파되자 중국에서는 중국과 서양의 우주론을 회통하려는 시도가 전개되었고, 이 과정에서 자신의 지적 유산에 대한 관심이 제고되었다.

복잡한 문제를 단순화하여 푸는 수학적 전통을 이어받은 코페르니쿠스는 천체의 운행을 단순하게 기술할 방법을 찾고자 하였고, 그것이 ⓐ일으킬 형이상학적 문제에는 별 관심이 없었다. 고대의 아리스토텔레스와 프톨레마이오스는 우주의 중심에 고정되어 움직이지 않는 지구의 주위를 달, 태양, 다른 행성들의 천구들과, 항성들이 붙어 있는 항성 천구가 회전한다는 지구 중심설을 내세웠다. 그와 달리 코페르니쿠스는 태양을 우주의 중심에 고정하고 그 주위를 지구를 비롯한 행성들이 공전하며 지구가 자전하는 우주 모형을 ⓑ만들었다. 그러자 프톨레마이오스보다 훨씬 적은 수의 원으로 행성들의 가시적인 운동을 설명할 수 있었고 행성이 태양에서 멀수록 공전 주기가 길어진다는 점에서 단순성이 충족되었다. 그러나 아리스토텔레스의 형이상학을 고수하는 다수 지식인과 종교 지도자들은 그의 이론을 받아들이려 하지 않았다. 왜냐하면 그것은 지상계와 천상계를 대립시키는 아리스토텔레스의 이분법적 구도를 무너뜨리고, 신의 형상을 ⓒ지닌 인간을 한갓 행성의 거주자로 전락시키는 것으로 여겨졌기 때문이다.

16세기 후반에 브라헤는 코페르니쿠스 천문학의 장점은 인정하면서도 아리스토텔레스 형이상학과의 상충을 피하고자 우주의 중심에 지구가 고정되어 있고, 달과 태양과 항성들은 지구 주위를 공전하며, 지구 외의 행성들은 태양 주위를 공전하는 모형을 제안하였다. 그러나 케플러는 우주의 수적 질서를 신봉하는 형이상학인 신플라톤주의에 매료되었기 때문에, 태양을 우주 중심에 배치하여 단순성을 추구한 코페르니쿠스의 천문학을 받아들였다. 하지만 그는 경험주의자였기에 브라헤의 천체 관측치를 활용하여 태양 주위를 공전하는 행성의 운동 법칙들을 수립할 수 있었다. 우주의 단순성을 새롭게 보여 주는 이 법칙들은 아리스토텔레스 형이상학을 더 이상 온존할 수 없게 만들었다.

[A]
17세기 후반에 뉴턴은 태양 중심설을 역학적으로 정당화하였다. 그는 만유인력 가설로부터 케플러의 행성 운동 법칙들을 성공적으로 연역했다. 이때 가정된 만유인력은 두 질점*이 서로 당기는 힘으로, 그 크기는 두 질점의 질량의 곱에 비례하고 거리의 제곱에 반비례한다. 지구를 포함하는 천체들이 밀도가 균질하거나 구 대칭*을 이루는 구라면 천체가 그 천체 밖 어떤 질점을 당기는 만유인력은, 그 천체를 잘게 나눈 부피 요소들 각각이 그 천체 밖 어떤 질점을 당기는 만유인력을 모두 더하여 구할 수 있다. 또한 여기에서 지구보다 질량이 큰 태양과 지구가 서로 당기는 만유인력이 서로 같음을 증명할 수 있다. 뉴턴은 이 원리를 적용하여 달의 공전 궤도와 사과의 낙하 운동 등에 관한 실측값을 연역함으로써 만유인력의 실재를 입증하였다.

16세기 말부터 중국에 본격 유입된 서양 과학은, 청 왕조가 1644년 중국의 역법(曆法)을 기반으로 서양 천문학 모델과 계산법을 수용한 시헌력을 공식 채택함에 따라 그 위상이 구체화되었다. 브라헤와 케플러의 천문 이론을 차례대로 수용하여 정확도를 높인 시헌력이 생활 리듬으로 자리 잡았지만, 중국 지식인들은 서양 과학이 중국의 지적 유산에 적절히 연결되지 않으면 아무리 효율적이더라도 불온한 요소로 ⓓ여겼다. 이에 따라 서양 과학에 매료된 학자들도 어떤 방식으로든 ㉠서양 과학과 중국 전통 사이의 적절한 관계 맺음을 통해 이 문제를 해결하고자 하였다.

17세기 웅명우와 방이지 등은 중국 고대 문헌에 수록된 우주론에 대해서는 부정적 태도를 견지하면서 성리학적 기론(氣論)에 입각하여 실증적인 서양 과학을 재해석한 독창적 이론을 제시하였다. 수성과 금성이 태양 주위를 회전한다는 그들의 태양계 학설은 브라헤의 영향이었지만, 태양의 크기에 대한 서양 천문학 이론에 의문을 제기하고 기(氣)와 빛을 결부하여 제시한 광학 이론은 그들이 창안한 것이었다.

17세기 후반 왕석천과 매문정은 서양 과학의 영향을 받아 경험적 추론과 수학적 계산을 통해 우주의 원리를 파악하고자 하였다. 그러면서 서양 과학의 우수한 면은 모두 중국 고전에 이미 ⓔ갖추어져 있던 것인데 웅명우 등이 이를 깨닫지 못한 채 성리학 같은 형이상학에 몰두했다고 비판했다. 매문정은 고대 문헌에 언급된, 하늘이 땅의 네 모퉁이를 가릴 수 없을 것이라는 증자의 말을 땅이 둥글다는 서양 이론과 연결하는 등 서양 과학의 중국 기원론을 뒷받침하였다.

중국 천문학을 중심으로 서양 천문학을 회통하려는 매문정의 입장은 18세기 초를 기점으로 중국의 공식 입장으로 채택되었으며, 이 입장은 중국의 역대 지식 성과물을 망라한 총서인 『사고전서』에 그대로 반영되었다. 이 총서의 편집자들은 고대부터 당시까지 쏟아진 천문 관련 문헌들을 정리하여 수록하였다. 이와 같이 고대 문헌에 담긴 우주론을 재해석하고 확인하려는 경향은 19세기 중엽까지 주를 이루었다.

*질점: 크기가 없고 질량이 모여 있다고 보는 이론상의 물체.
*구 대칭: 어떤 물체가 중심으로부터 모든 방향으로 같은 거리에서 같은 특성을 갖는 상태.

1. 다음은 윗글을 읽은 학생의 독서 기록 중 일부이다. 윗글을 참고할 때, '점검 결과'로 적절하지 않은 것은?

○ 읽기 계획: 1문단을 훑어보면서 뒷부분을 예측하고 질문 만들기를 한 후, 글을 읽고 점검하기

예측 및 질문 내용	점검 결과
○ 서양의 우주론에 태양 중심설과 지구 중심설의 개념이 소개되어 있을 것이다.	예측과 같음 …… ①
○ 서양의 우주론의 영향으로 변화된 중국의 우주론이 소개되어 있을 것이다.	예측과 다름 …… ②
○ 서양에서 태양 중심설을 제기한 사람은 누구일까?	질문의 답이 제시됨 ……… ③
○ 중국에서 서양의 우주론을 접하고 회통을 시도한 사람은 누구일까?	질문의 답이 제시됨 ……… ④
○ 중국에서 서양의 우주론을 전파한 서양의 인물은 누구일까?	질문의 답이 언급되지 않음 … ⑤

2. 윗글에 대한 이해로 적절하지 않은 것은?

① 서양과 중국에서는 모두 우주론을 정립하는 과정에서 형이상학적 사고에 대한 재검토가 이루어졌다.

② 서양 천문학의 전래는 중국에서 자국의 우주론 전통을 재인식하는 계기가 되었다.

③ 중국에 서양의 천문학적 성과가 자리 잡게 된 데에는 국가의 역할이 작용하였다.

④ 중국에서는 18세기에 자국의 고대 우주론을 긍정하는 입장이 주류가 되었다.

⑤ 서양에서는 중국과 달리 경험적 추론에 기초한 우주론이 제기되었다.

3. 윗글에 나타난 서양의 우주론 에 대한 설명으로 가장 적절한 것은?

① 항성 천구가 고정되어 있다고 보는 아리스토텔레스의 우주론은 천상계와 지상계를 대립시킨 형이상학을 토대로 한 것이었다.

② 많은 수의 원을 써서 행성의 가시적 운동을 설명한 프톨레마이오스의 우주론은 행성이 태양에서 멀수록 공전 주기가 길어진다는 점에서 단순성을 갖는 것이었다.

③ 지구와 행성이 태양 주위를 공전한다는 코페르니쿠스의 우주론은 이전의 지구 중심설보다 단순할 뿐 아니라 아리스토텔레스의 형이상학과 양립이 가능한 것이었다.

④ 지구가 우주 중심에 고정되어 있고 다른 행성을 거느린 태양이 지구 주위를 돈다는 브라헤의 우주론은 아리스토텔레스의 형이상학에서 자유롭지 못한 것이었다.

⑤ 태양 주위를 공전하는 행성의 운동 법칙들을 관측치로부터 수립한 케플러의 우주론은 신플라톤주의에서 경험주의적 근거를 찾은 것이었다.

4. ㉠에 대한 이해로 적절하지 않은 것은?

① 중국에서 서양 과학을 수용한 학자들은 자국의 지적 유산에 서양 과학을 접목하려 하였다.

② 서양 천문학과 관련된 내용이 중국의 역대 지식 성과를 집대성한 『사고전서』에 수록되었다.

③ 방이지는 서양 우주론의 영향을 받았지만 서양의 이론과 구별되는 새 이론의 수립을 시도하였다.

④ 매문정은 중국 고대 문헌에 나타나는 천문학적 전통과 서양 과학의 수학적 방법론을 모두 활용하였다.

⑤ 성리학적 기론을 긍정한 학자들은 중국 고대 문헌의 우주론을 근거로 서양 우주론을 받아들여 새 이론을 창안하였다.

5. 〈보기〉를 참고할 때, [A]에 대한 이해로 적절하지 <u>않은</u> 것은?
[3점]

〈보기〉

구는 무한히 작은 부피 요소들로 이루어져 있다. 그 부피 요소들이 빈틈없이 한 겹으로 배열되어 구 껍질을 이루고, 그런 구 껍질들이 구의 중심 O 주위에 반지름을 달리하며 양파처럼 겹겹이 싸여 구를 이룬다. 이때 부피 요소는 그것의 부피와 밀도를 곱한 값을 질량으로 갖는 질점으로 볼 수 있다.

(1) 같은 밀도의 부피 요소들이 하나의 구 껍질을 구성하면, 이 부피 요소들이 구 외부의 질점 P를 당기는 만유인력들의 총합은, 그 구 껍질과 동일한 질량을 갖는 질점이 그 구 껍질의 중심 O에서 P를 당기는 만유인력과 같다.
(2) (1)에서의 구 껍질들이 구를 구성할 때, 그 동심의 구 껍질들이 P를 당기는 만유인력들의 총합은, 그 구와 동일한 질량을 갖는 질점이 그 구의 중심 O에서 P를 당기는 만유인력과 같다.

(1), (2)에 의하면, 밀도가 균질하거나 구 대칭인 구를 구성하는 부피 요소들이 P를 당기는 만유인력들의 총합은, 그 구와 동일한 질량을 갖는 질점이 그 구의 중심 O에서 P를 당기는 만유인력과 같다.

① 밀도가 균질한 하나의 행성을 구성하는 동심의 구 껍질들이 같은 두께일 때, 하나의 구 껍질이 태양을 당기는 만유인력은 그 구 껍질의 반지름이 클수록 커지겠군.

② 태양의 중심에 있는 질량이 m인 질점이 지구 전체를 당기는 만유인력은, 지구의 중심에 있는 질량이 m인 질점이 태양 전체를 당기는 만유인력과 크기가 같겠군.

③ 질량이 M인 지구와 질량이 m인 달은, 둘의 중심 사이의 거리만큼 떨어져 있으면서 질량이 M, m인 두 질점 사이의 만유인력과 동일한 크기의 힘으로 서로 당기겠군.

④ 태양을 구성하는 하나의 부피 요소와 지구 사이에 작용하는 만유인력은, 지구를 구성하는 모든 부피 요소들과 태양의 그 부피 요소 사이에 작용하는 만유인력들을 모두 더하면 구해지겠군.

⑤ 반지름이 R, 질량이 M인 지구와 지구 표면에서 높이 h에 중심이 있는 질량이 m인 구슬 사이의 만유인력은, R + h의 거리만큼 떨어져 있으면서 질량이 M, m인 두 질점 사이의 만유인력과 크기가 같겠군.

6. 문맥상 ⓐ~ⓔ와 바꿔 쓴 것으로 가장 적절한 것은?

① ⓐ: 진작(振作)할
② ⓑ: 고안(考案)했다
③ ⓒ: 소지(所持)한
④ ⓓ: 설정(設定)했다
⑤ ⓔ: 시사(示唆)되어

[1~6] 다음 글을 읽고 물음에 답하시오.

근대 도시의 삶의 양식은 많은 학자들의 관심을 끌어 왔다. 오랫동안 지배적인 관점으로 받아들여진 것은 삶의 양식 중 노동 양식에 주목하는 ㉠생산학파의 견해였다. 생산학파는 산업 혁명을 통해 근대 도시 특유의 노동 양식이 형성되는 점에 관심을 기울였다. 그들은 우선 새로운 테크놀로지를 갖춘 근대 생산 체제가 대규모의 노동력을 각지로부터 도시로 끌어 모으는 현상에 주목했다. 또한 다양한 습속을 지닌 사람들이 어떻게 대규모 기계의 리듬에 맞추어 획일적으로 움직이는 노동자가 되는지 탐구했다. 예를 들어, 미셸 푸코는 노동자를 집단 규율에 맞춰 금욕 노동을 하는 유순한 몸으로 만들어 착취하기 위해 어떤 훈육 전략이 동원되었는지 연구하였다. 또한 생산학파는 노동자가 기계화된 노동으로 착취당하는 동안 감각과 감성으로 체험하는 내면세계를 상실하고 사물로 전락했다고 고발하였다. 이렇게 보면 근대 도시는 어떠한 쾌락과 환상도 끼어들지 못하는 거대한 생산 기계인 듯하다.

이에 대하여 ㉡소비학파는 근대 도시인이 내면세계를 상실한 사물로 전락한 것은 아니라고 하면서 생산학파를 비판하기 시작했다. 예를 들어, 콜린 캠벨은 금욕주의 정신을 지닌 청교도들조차 소비 양식에서 자기 환상적 쾌락주의를 가지고 있었다고 주장하였다. 결핍을 충족시키려는 욕망과 실제로 욕망이 충족된 상태 사이에는 시간적 간극이 존재할 수밖에 없다. 그런데 근대 도시에서는 이 간극이 좌절이 아니라 오히려 욕망이 충족된 미래 상태에 대한 주관적 환상을 자아낸다. 생산학파와 달리 캠벨은 새로운 테크놀로지의 발달 덕분에 이런 환상이 단순한 몽상이 아니라 실현 가능한 현실이 될 것이라는 기대를 불러일으킨다고 보았다. 그는 이런 기대가 쾌락을 유발하여 근대 소비 정신을 북돋웠다고 긍정적으로 평가했다.

근래 들어 노동 양식에 주목한 생산학파와 소비 양식에 주목한 소비학파의 입장을 ⓐ아우르려는 연구가 진행되고 있다. 일찍이 근대 도시의 복합적 특성에 주목했던 발터 벤야민은 이러한 연구의 선구자 중 한 명으로 재발견되었다. 그는 새로운 테크놀로지의 도입이 노동의 소외를 심화한다는 점은 인정하였다. 하지만 소비 행위의 의미가 자본가에게 이윤을 ⓑ가져다주는 구매 행위로 축소될 수는 없다고 생각했다. 소비는 그보다 더 복합적인 체험을 가져다주기 때문이다. 벤야민은 이런 사실을 근대 도시에 대한 탐구를 통해 설명한다. 근대 도시에서는 옛것과 새것, 자연적인 것과 인공적인 것 등 서로 다른 것들이 병치되고 뒤섞이며 빠르게 흘러간다. 환상을 자아내는 다양한 구경거리도 근대 도시 곳곳에 등장했다. 철도 여행은 근대 이전에는 정지된 이미지로 체험되었던 풍경을 연속적으로 이어지는 파노라마로 체험하게 만들었다. 또한 유리와 철을 사용하여 만든 상품 거리인 아케이드는 안과 밖, 현실과 꿈의 경계가 모호해지는 체험을 가져다주었다. 벤야민은 이러한 체험이 근대 도시인에게 충격을 가져다준다고 보았다. 또한 이러한 충격 체험을 통해 새로운 감성과 감각이 일깨워진다고 말했다.

벤야민은 근대 도시의 복합적 특성이 영화라는 새로운 예술 형식에 드러난다고 주장했다. 19세기 말에 등장한 신기한 구경거리였던 영화는 벤야민에게 근대 도시의 작동 방식과 리듬에 상응하는 매체다. 영화는 조각난 필름들이 일정한 속도로 흘러가면서 움직임을 만들어 낸다는 점에서 공장에서 컨베이어 벨트가 만들어 내는 기계의 리듬을 ⓒ떠올리게 한다. 또한 관객이 아닌 카메라라는 기계 장치 앞에서 연기를 해야 하는 배우나 자신의 전문 분야에만 참여하는 스태프는 작품의 전체적인 모습을 파악하기 어렵다. 분업화로 인해 노동으로부터 소외되는 근대 도시인의 모습이 영화 제작 과정에서도 드러나는 것이다. 하지만 동시에 영화는 일종의 충격 체험을 통해 근대 도시인에게 새로운 감성과 감각을 불러일으키는 매체이기도 하다. 예측 불가능한 이미지의 연쇄로 이루어진 영화를 체험하는 것은 이질적인 대상들이 복잡하고 불규칙하게 뒤섞인 근대 도시의 일상 체험과 유사하다. 서로 다른 시 · 공간의 연결, 카메라가 움직일 때마다 변화하는 시점, 느린 화면과 빠른 화면의 교차 등 영화의 형식 원리는 ㉯정신적 충격을 발생시킨다. 영화는 보통 사람의 육안이라는 감각적 지각의 정상적 범위를 넘어선 체험을 가져다준다. 벤야민은 이러한 충격 체험을 환각, 꿈의 체험에 ⓓ빗대어 '시각적 무의식'이라고 불렀다. 관객은 영화가 제공하는 시각적 무의식을 체험함으로써 일상적 공간에 대해 새로운 의미를 발견하게 된다. 영화관에 모인 관객은 이런 체험을 집단적으로 공유하면서 동시에 개인적인 꿈의 세계를 향유한다.

근대 도시와 영화의 체험에 대한 벤야민의 견해는 생산학파와 소비학파를 포괄할 수 있는 이론적 단초를 제공한다. 벤야민은 근대 도시인이 사물화된 노동자이지만 그 자체로 내면세계를 지닌 꿈꾸는 자이기도 하다는 사실을 보여 준다. 벤야민이 말한 근대 도시는 착취의 사물 세계와 꿈의 주체 세계가 교차하는 복합 공간이다. 이렇게 벤야민의 견해는 근대 도시에 대한 일면적인 시선을 ⓔ바로잡는 데 도움을 준다.

1. 윗글의 내용 전개 방식으로 가장 적절한 것은?

① 근대 도시의 삶의 양식에 대한 벤야민의 주장을 기준으로, 근대 도시의 산물인 영화를 유형별로 분류하고 있다.

② 근대 도시와 영화의 개념을 정의한 후, 근대 도시의 복합적 특성을 밝힌 벤야민의 견해에 대해 그 의의와 한계를 평가하고 있다.

③ 근대 도시의 삶의 양식에 대한 벤야민의 관점을 활용하여, 근대 도시의 기원과 영화의 탄생 간에 공통점과 차이점을 비교하고 있다.

④ 근대 도시의 복합적 특성에 따른 영화의 변화 양상을 통시적으로 살펴본 후, 근대 도시와 영화의 체험에 대한 벤야민의 주장을 비판하고 있다.

⑤ 근대 도시의 삶의 양식에 대한 서로 다른 견해를 소개한 후, 근대 도시와 영화에 대한 벤야민의 견해가 근대 도시의 복합적 특성을 드러냄을 밝히고 있다.

2. ㉠, ㉡에 대한 이해로 가장 적절한 것은?

① ㉠은 근대 도시를 근대 도시인이 지닌 환상에 의해 작동되는 생산 기계라고 본다.

② ㉠은 새로운 테크놀로지의 발달로 성립된 근대 생산 체제가 욕망과 충족의 간극을 해소할 수 있다고 본다.

③ ㉡은 근대 도시인의 소비 정신이 금욕주의 정신에 의해 만들어졌다고 본다.

④ ㉡은 근대 도시인이 사물로 전락한 대상이 아니라 실현 가능한 미래에 대한 기대를 가진 존재라고 본다.

⑤ ㉠과 ㉡은 모두 소비가 노동자에 대한 집단 규율을 완화하여 유순한 몸을 만든다고 본다.

3. ㉮에 대한 이해로 적절하지 않은 것은?

① 관객에게 새로운 감성과 감각을 불러일으킨다.

② 영화가 다루고 있는 독특한 주제에서 발생한다.

③ 근대 도시의 일상 체험에서 유발되는 충격과 유사하다.

④ 촬영 기법이나 편집 등 영화의 형식적 요소에 의해 관객에게 유발된다.

⑤ 육안으로 지각 가능한 범위를 넘어서는 영화적 체험으로부터 발생한다.

4. 윗글을 바탕으로 〈보기〉를 이해한 내용으로 적절하지 않은 것은? [3점]

〈보기〉

베르토프의 〈카메라를 든 사나이〉는 1920년대의 근대 도시를 소재로 한 다큐멘터리 영화다. 베르토프는 다중 화면, 화면 분할 등 다양한 영화 기법을 도입하여 도시의 일상적 공간을 새롭게 재구성하고 있다. 이 영화는 억압의 대상이던 노동자를 생산의 주체이자 새로운 시대의 주인공으로 묘사한다. 영화인도 노동자 중 한 사람이라고 생각했던 베르토프는 영화 속에서 주체적이고 자율적으로 영화를 제작하는 영화인의 모습을 보여 준다. 베르토프는 짧은 이미지들의 빠른 교차를 통해 영화가 편집의 예술임을 확인시켜 준다. 또한 영화관에서 신기한 장면에 즐겁게 반응하는 관객들의 모습을 영화 속에서 보여 줌으로써 영화가 상영되는 과정을 드러낸다.

① 베르토프의 영화는 분업화로 인해 영화 제작 과정에서 소외된 영화인의 모습을 보여 주는군.

② 베르토프의 영화에 등장하는 노동자의 모습은 생산학파가 묘사하는 훈육된 노동자의 모습과는 다르군.

③ 베르토프가 다양한 영화 기법을 통해 일상 공간을 재구성한 것은 벤야민이 말하는 시각적 무의식을 유발하겠군.

④ 베르토프가 사용한 짧은 이미지들의 빠른 교차는 벤야민이 말하는 예측 불가능한 이미지의 연쇄를 보여 주는군.

⑤ 베르토프의 영화에 등장하는 관객의 모습은 영화관에서 신기한 구경거리인 영화를 즐기는 근대 도시인을 보여 주는군.

5. 벤야민이 말한 근대 도시를 이해한 내용으로 적절하지 않은 것은?

① 생산의 공간과 꿈꾸는 공간이 교차하는 공간이다.

② 소비 행위가 노동자에게 복합 체험을 가져다주는 공간이다.

③ 이질적인 것이 병치되고 뒤섞이며 빠르게 흘러가는 공간이다.

④ 새로운 테크놀로지의 도입을 통해 노동의 소외가 극복된 공간이다.

⑤ 집단 규율을 따라 노동하는 노동자도 내면세계를 가지고 있는 공간이다.

6. 문맥상 ⓐ~ⓔ와 바꿔 쓰기에 가장 적절한 것은?

① ⓐ: 봉합(縫合)하려는

② ⓑ: 보증(保證)하는

③ ⓒ: 연상(聯想)하게

④ ⓓ: 의지(依支)하여

⑤ ⓔ: 개편(改編)하는

[1~6] 다음 글을 읽고 물음에 답하시오.

고전 역학에 ⓐ따르면, 물체의 크기에 관계없이 초기 운동 상태를 정확히 알 수 있다면 일정한 시간 후의 물체의 상태는 정확히 측정될 수 있으며, 배타적인 두 개의 상태가 공존할 수 없다. 하지만 20세기에 등장한 양자 역학에 의해 미시 세계에서는 상호 배타적인 상태들이 공존할 수 있음이 알려졌다.

미시 세계에서의 상호 배타적인 상태의 공존을 이해하기 위해, 거시 세계에서 회전하고 있는 반지름 5㎝의 팽이를 생각해 보자. 그 팽이는 시계 방향 또는 반시계 방향 중 한쪽으로 회전하고 있을 것이다. 팽이의 회전 방향은 관찰하기 이전에 이미 정해져 있으며, 다만 관찰을 통해 ⓑ알게 되는 것뿐이다. 이와 달리 미시 세계에서 전자만큼 작은 팽이 하나가 회전하고 있다고 상상해 보자. 이 팽이의 회전 방향은 시계 방향과 반시계 방향의 두 상태가 공존하고 있다. 하나의 팽이에 공존하고 있는 두 상태는 관찰을 통해서 한 가지 회전 방향으로 결정된다. 두 개의 방향 중 어떤 쪽이 결정될지는 관찰하기 이전에는 알 수 없다. 거시 세계와 달리 양자 역학이 지배하는 미시 세계에서는, 우리가 관찰하기 이전에는 상호 배타적인 상태가 공존하는 것이다. 배타적인 상태의 공존과 관찰 자체가 물체의 상태를 결정한다는 개념을 받아들이기 힘들었기 때문에, 아인슈타인은 ㉠"당신이 달을 보기 전에는 달이 존재하지 않는 것인가?"라는 말로 양자 역학의 해석에 회의적인 태도를 취하였다.

최근에는 상호 배타적인 상태의 공존을 적용함으로써 초고속 연산을 수행하는 양자 컴퓨터에 대한 연구가 진행되고 있다. 이는 양자 역학에서 말하는 상호 배타적인 상태의 공존이 현실에서 실제로 구현될 수 있음을 잘 보여 주는 예라 할 수 있다. 미시 세계에 대한 이러한 연구 성과는 거시 세계에 대해 우리가 자연스럽게 ⓒ지니게 된 상식적인 생각들에 근본적인 의문을 ⓓ던진다. 이와 비슷한 의문은 논리학에서도 볼 수 있다.

고전 논리는 '참'과 '거짓'이라는 두 개의 진리치만 있는 이치 논리이다. 그리고 고전 논리에서는 어떠한 진술이든 '참' 또는 '거짓'이다. 이는 우리의 상식적인 생각과 잘 ⓔ들어맞는다. 그러나 프리스트에 따르면, '참'인 진술과 '거짓'인 진술 이외에 '참인 동시에 거짓'인 진술이 있다. 이를 설명하기 위해 그는 '거짓말쟁이 문장'을 제시한다. 거짓말쟁이 문장을 이해하기 위해 자기 지시적 문장과 자기 지시적이지 않은 문장을 구분해 보자. 자기 지시적 문장은 말 그대로 자기 자신을 가리키는 문장을 말한다. 예를 들어 "이 문장은 모두 열여덟 음절로 이루어져 있다."라는 '참'인 문장은 자기 자신을 가리키며 그것이 몇 음절로 이루어져 있는지 말하고 있다. 반면 "페루의 수도는 리마이다."라는 '참'인 문장은 페루의 수도가 어디인지 말할 뿐 자기 자신을 가리키는 문장은 아니다.

"이 문장은 거짓이다."는 거짓말쟁이 문장이다. 이는 '이 문장'이라는 표현이 문장 자체를 가리키며 그것이 '거짓'이라고 말하는 자기 지시적 문장이다. 그렇다면 프리스트는 왜 거짓말쟁이 문장에 '참인 동시에 거짓'을 부여해야 한다고 생각할까? 이에 답하기 위해 우선 거짓말쟁이 문장이 '참'이라고 가정해 보자. 그렇다면 거짓말쟁이 문장은 '거짓'이다. 왜냐하면 거짓말쟁이 문장은 자기 자신을 가리키며 그것이 '거짓'이라고 말하는 문장이기 때문이다. 반면 거짓말쟁이 문장이 '거짓'이라고 가정해 보자. 그렇다면 거짓말쟁이 문장은 '참'이다. 왜냐하면 그것이 바로 그 문장이 말하는 바이기 때문이다. 프리스트에 따르면 어떤 경우에도 거짓말쟁이 문장은 '참인 동시에 거짓'인 문장이다. 따라서 그는 거짓말쟁이 문장에 '참인 동시에 거짓'을 부여해야 한다고 본다. 그는 거짓말쟁이 문장 이외에 '참인 동시에 거짓'인 진리치가 존재함을 뒷받침하는 다양한 사례를 제시한다. 특히 그는 양자 역학에서 상호 배타적인 상태의 공존은 이 점을 시사하고 있다고 본다.

고전 논리에서는 '참인 동시에 거짓'인 진리치를 지닌 문장을 다룰 수 없기 때문에 프리스트는 그것도 다룰 수 있는 비고전 논리 중 하나인 LP*를 제시하였다. 그런데 LP에서는 직관적으로 호소력 있는 몇몇 추론 규칙이 성립하지 않는다. 전건 긍정 규칙을 예로 들어 생각해 보자. 고전 논리에서는 전건 긍정 규칙이 성립한다. 이는 ㉡"P이면 Q이다."라는 조건문과 그것의 전건인 P가 '참'이라면 그것의 후건인 Q도 반드시 '참'이 된다는 것이다. 이와 비슷한 방식으로 LP에서 전건 긍정 규칙이 성립하려면, 조건문과 그것의 전건인 P가 모두 '참' 또는 '참인 동시에 거짓'이라면 그것의 후건인 Q도 반드시 '참' 또는 '참인 동시에 거짓'이어야 한다. 그러나 LP에서 조건문의 전건은 '참인 동시에 거짓'이고 후건은 '거짓'인 경우, 조건문과 전건은 모두 '참인 동시에 거짓'이지만 후건은 '거짓'이 된다. 비록 전건 긍정 규칙이 성립하지는 않지만, LP는 고전 논리에 대한 근본적인 의문들에 답하기 위한 하나의 시도로서 의의가 있다.

*LP: '역설의 논리(Logic of Paradox)'의 약자.

1. 문맥을 고려할 때 ㉠의 의미를 추론한 내용으로 가장 적절한 것은?

① 많은 사람들이 항상 달을 관찰하고 있으므로 달이 존재한다.

② 달은 질량이 매우 큰 거시 세계의 물체이므로 관찰 여부와 상관없이 존재한다.

③ 달은 관찰 여부와 상관없이 존재하므로 누군가 달을 관찰하기 이전에도 존재한다.

④ 달은 원래부터 있었지만 우리가 관찰하지 않으면 존재 여부에 대해 말할 수 없다.

⑤ 달이 있을 가능성과 없을 가능성이 반반이므로 관찰 이후에 달이 있을 가능성은 반이다.

2. 윗글을 바탕으로, 〈보기〉의 '양자 컴퓨터'와 '일반 컴퓨터'에 대해 이해한 내용으로 적절한 것은?

〈보기〉

양자 컴퓨터는 여러 개의 이진수들을 단 한 번에 처리함으로써 일반 컴퓨터보다 훨씬 빠른 속도로 연산을 수행한다. 연산 속도에 영향을 미치는 다른 요소들을 배제하면, 이진수를 처리하는 횟수가 적어질수록 연산 결과를 빨리 얻을 수 있기 때문이다.

n자리 이진수를 나타내기 위해서는 n비트*가 필요하고 n자리 이진수는 모두 2^n개 존재한다. 일반 컴퓨터는 한 개의 비트에 0과 1 중 하나만을 담을 수 있어, 두 자리 이진수인 00, 01, 10, 11을 2비트를 이용하여 연산할 때 네 번에 걸쳐 처리한다. 하지만 공존의 원리를 이용하는 양자 컴퓨터는 0과 1을 하나의 비트에 동시에 담아 정보를 처리할 수 있어 두 자리 이진수를 2비트를 이용하여 연산할 때 단 한 번에 처리가 가능하다. 양자 컴퓨터는 처리할 이진수의 자릿수가 커질수록 연산 속도에서 압도적인 위력을 발휘한다.

*비트(bit): 컴퓨터가 0과 1을 이용하는 이진법으로 연산을 수행하기 위해 사용하는 최소의 정보 저장 단위.

① 양자 컴퓨터는 상태의 공존을 이용함으로써 연산에 필요한 비트의 수를 늘릴 수 있다.

② 3비트를 사용하여 세 자리 이진수를 모두 처리하려고 할 때 양자 컴퓨터는 일반 컴퓨터보다 속도가 6배 빠르다.

③ 한 자리 이진수를 모두 처리하기 위해 1비트를 사용한다고 할 때, 일반 컴퓨터와 양자 컴퓨터의 정보 처리 횟수는 같다.

④ 양자 컴퓨터의 각각의 비트에는 0과 1이 공존하고 있어 4비트로 한 번에 처리할 수 있는 네 자리 이진수의 개수는 모두 16개이다.

⑤ 3비트의 양자 컴퓨터가 세 자리 이진수를 모두 처리하는 속도는 6비트의 양자 컴퓨터가 여섯 자리 이진수를 모두 처리하는 속도보다 2배 빠르다.

3. 자기 지시적 문장에 대해 이해한 내용으로 적절한 것은?

① "붕어빵에는 붕어가 없다."는 자기 지시적 문장이다.

② "이 문장은 자기 지시적이다."라는 자기 지시적 문장은 '거짓'이 아니다.

③ "이 문장은 거짓이다."는 이치 논리에서 자기 지시적인 문장이 될 수 없다.

④ 고전 논리에서는 어떠한 자기 지시적 문장에도 진리치를 부여하지 못한다.

⑤ 비고전 논리에서는 모든 자기 지시적 문장에 '참인 동시에 거짓'을 부여한다.

4. 윗글을 통해 ㉡에 대해 적절하게 추론한 것은?

① LP에서 P가 '참인 동시에 거짓'이고 Q가 '거짓'이면, ㉡은 '거짓'이다.

② LP에서 ㉡과 P가 '참인 동시에 거짓'이면, Q도 반드시 '참인 동시에 거짓'이다.

③ LP에서 ㉡과 P가 '참' 또는 '참인 동시에 거짓'이면, Q도 반드시 '참' 또는 '참인 동시에 거짓'이다.

④ 고전 논리에서 ㉡과 P가 각각 '거짓'이 아닐 때, Q는 '거짓'이다.

⑤ 고전 논리에서 ㉡과 P가 '참'이면서 Q가 '거짓'인 것은 불가능하다.

5. 윗글을 바탕으로 〈보기〉를 이해한 내용으로 적절하지 <u>않은</u> 것은? [3점]

〈보기〉

A는 고전 논리를 받아들이고, B는 LP를 받아들일 뿐 아니라 양자 역학에서 상호 배타적인 상태의 공존이 시사하는 바에 대한 프리스트의 입장도 받아들인다.

A와 B는 아래의 (ㄱ)~(ㄹ)에 대하여 토론을 하고 있다.

(ㄱ) 전자 e는 관찰하기 이전에 S라는 상태에 있다.
(ㄴ) 전자 e는 관찰하기 이전에 S와 배타적인 상태에 있다.
(ㄷ) 반지름 5㎝의 팽이가 시계 방향으로 회전한다.
(ㄹ) 반지름 5㎝의 팽이가 반시계 방향으로 회전한다.

(단, (ㄱ)과 (ㄴ)의 전자 e는 동일한 전자이고 (ㄷ)과 (ㄹ)의 팽이는 동일한 팽이이다.)

① A는 (ㄱ)이 '참'이 아니라면 '거짓'이고, '참', '거짓' 외에 다른 진리치를 가질 수 없다고 주장할 것이다.
② B는 (ㄱ)은 '참인 동시에 거짓'일 수 있다고 주장하지만, (ㄷ)은 '참'이 아니라면 '거짓'이라고 주장할 것이다.
③ A와 B는 모두 (ㄷ)이 '참'일 때 (ㄹ)도 '참'이 되는 것은 불가능하다고 주장할 것이다.
④ A는 B와 달리 (ㄴ)이 '참인 동시에 거짓'이 될 수 없다고 주장할 것이다.
⑤ B는 A와 달리 (ㄹ)이 '참'이 아니라면 '참인 동시에 거짓'이라고 주장할 것이다.

6. 문맥상 ⓐ~ⓔ와 바꾸어 쓸 수 있는 말로 적절하지 <u>않은</u> 것은?

① ⓐ: 의거(依據)하면
② ⓑ: 인지(認知)하게
③ ⓒ: 소지(所持)하게
④ ⓓ: 제기(提起)한다
⑤ ⓔ: 부합(符合)한다

혼자서도 제대로, **빈틈없이** 공부할 수 있는 도서출판 홀수의

수능 국어 교재 시리즈

홀수 약점 CHECK 모의고사

[실력 점검 및 약점 진단]

홀수 기출 분석서

[사고력 강화 및 약점 보완]

홀수 옛 기출 분석서

[평가원의 관점 체화]

기본기 강화 교재

일등급을 만드는 국어 공부 전략 (독서, 문학)

[독서 · 문학 개념과 공부법]

독해력 증진 어휘집

[필수 어휘 20일 완성]

고전을 면하다

[고전시가 해석 풀이집]

국어 문법 FAQ

[문법 개념 학습]

영역별 집중 학습 교재

하루 30분, 독해 트레이닝

[이상적인 독해 과정의 체화]

하루 30분, 문학 트레이닝

[빠르고 정확한 선지 판단 훈련]

문법백제 PLUS

[문법 모의고사]

＊ 교재에 대한 상세한 정보는 도서출판 홀수 홈페이지를 통해 확인할 수 있습니다.

새로운 수능 국어 학습 이지스 프로그램 기출 분석 시리즈

가장 실전적이고 체계적인 수능 국어 기출 분석의 모형을 담은
홀수 기출 분석 시리즈로 수능 국어를 빈틈없이 대비할 수 있습니다.

홀수 기출 1년 학습 PLAN			
12월 ~ 3월	4월 ~ 5월	6월 ~ 8월	9월 ~ 11월
취약 영역 진단 및 보완 약점 CHECK 모의고사 + 기출 분석서 1회독	핵심 출제 요소 학습 옛 기출 분석서	취약 지문 영역 집중 강화 기출 분석서 2회독	취약 문제 유형 집중 강화 기출 분석서 3회독

←———— 옛 기출 분석서 활용 가능 ————→

🛡 홀수 약점 CHECK 모의고사

- 최신 6개년 평가원 기출 국어 공통과목(문학, 독서) 문제를 시험지 형태 그대로 구성
- 빠른 정답 및 회차별 OMR 카드 제공
- 약점 CHECK 분석표를 통해 학습 상황 점검 및 취약점 진단 가능

🛡 홀수 기출 분석서 (문학, 독서)

- 박광일 선생님의 2025학년도 수능 총평 및 지문별 CHECK POINT 수록
- 최신 6개년 평가원 기출 국어 공통과목(문학, 독서) 지문을 영역별로 수록하여 집중 학습 가능
- 지문 분석 장치, 심화 해설 장치 등을 통해 '분석하는 기출'의 모형 제시

🛡 홀수 옛 기출 분석서 (문학, 독서)

- 박광일 선생님이 엄선한 평가원 필수 옛 기출 지문으로 구성
- 각 지문의 분석 포인트와 상세한 해설 제공
- 평가원에서 반복적으로 묻는 핵심 요소를 파악하여 평가원의 관점을 체화

2026 학년도 수능 대비

홀수

옛 기출 분석서

국어 | 독서

목차

PART 1
인문

[1~4] 다음 글을 읽고 물음에 답하시오.

✎ 사고의 흐름

1 ¹두 명제가 모두 참인 것도 모두 거짓인 것도 가능하지 않은 관계를 모순 관계라고 한다. ²예를 들어, 임의*의 명제를 P라고 하면 P와 ~P는 모순 관계이다.(기호 '~'은 부정을 나타낸다.) ³P와 ~P가 모두 참인 것은 가능하지 않다는 법칙을 무모순율이라고 한다. 모순 관계와 무모순율에 대한 정의가 제시되고 있어. 잘 확인하고 넘어가자! ⁴그런데 ㉠"다보탑은 경주에 있다."와 ㉡"다보탑은 개성에 있을 수도 있었다."는 모순 관계가 아니다. ⁵현실과 다르게 다보탑을 경주가 아닌 곳에 세웠다면 다보탑의 소재지는 지금과 달라졌을 것이다. ⁶철학자들은 이를 두고, P와 ~P가 모두 참인 혹은 모두 거짓인 가능세계는 없지만 다보탑이 개성에 있는 가능세계는 있다고 표현한다. 가능세계에 초점을 맞추어 설명해 주고 있어. 앞으로 이에 대해 더욱 자세히 설명하겠지?

> 예를 통해 모순 관계의 개념을 확실히 이해해 보자!

> 첫 문단의 '그런데'는 내용을 전환해서 구체적인 화제를 제시해 주니 이후 내용을 꼼꼼히 읽어 보자!

2 ⁷'가능세계'의 개념은 일상 언어에서 흔히 쓰이는 필연성*과 가능성에 관한 진술을 분석하는 데 중요한 역할을 한다. ⁸'P는 가능하다'는 P가 적어도 하나의 가능세계에서 성립*한다는 뜻이며, 'P는 필연적이다'는 P가 모든 가능세계에서 성립한다는 뜻이다. ⁹"만약 Q이면 Q이다."를 비롯한 필연적인 명제들은 모든 가능세계에서 성립한다. ¹⁰"다보탑은 경주에 있다."와 같이 가능하지만 필연적이지는 않은 명제는 우리의 현실세계를 비롯한 어떤 가능세계에서는 성립하고 또 어떤 가능세계에서는 성립하지 않는다.

명제	필연성 있음 - '모든' 가능세계에서 성립
	가능성 있음 - '일부' 가능세계에서 성립

3 ¹¹가능세계를 통한 담론은 우리의 일상적인 몇몇 표현들을 보다 잘 이해하는 데 도움이 된다. ¹²다음 상황을 생각해 보자. ¹³나는 현실에서 아침 8시에 출발하는 기차를 놓쳤고, 지각을 했으며, 내가 놓친 기차는 제시간에 목적지에 도착했다. ¹⁴그리고 나는 "만약 내가 8시 기차를 탔다면, 나는 지각을 하지 않았다."라고 주장한다. ¹⁵그런데 전통 논리학에서는 "만약 A이면 B이다."라는 형식의 명제는 A가 거짓인 경우에는 B의 참 거짓에 상관없이 참이라고 규정한다. '전통 논리학'의 입장을 간단히 언급했네! A가 거짓일 경우 '만약'이라는 가정이 붙으면 B와 관계없이 무조건 참이라고 보는군! ¹⁶그럼에도 ⓐ내가 만약 그 기차를 탔다면 여전히 지각을 했을 것이라고 주장하지는 않는 이유는 무엇일까? "만약 A이면 ~B이다."라고 하지 않는 이유에 대한 질문을 하고 있네! 이어서 이에 대한 답을 제시하겠지? 문제에서 ⓐ와 관련된 것을 물어본다면 '이유'가 무엇인지 물어볼 테니 이어지는 설명을 눈여겨보자! ¹⁷내가 그 기차를 탄 가능세계들을 생각해 보면 그 이유를 알 수 있다. ¹⁸그 가능세계 중 어떤 세계에서 나는 여전히 지각을 한다. ¹⁹가령 내가 탄 그 기차가 고장으로 선로에 멈춰 운행이 오랫동안 지연된 세계가 그런 예이다. ²⁰하지만 내가 기차를 탄 세계들 중에서, 내가 기차를 타고 별다른 이변 없이 제시간에 도착한 세계가 그렇지 않은

> 예시를 통해 일상적인 표현과 관련된 사례를 제시해 줄 거야! 예시로 설명하는 부분은 꼼꼼하게 읽고 이해해야 해!

세계보다 우리의 현실세계와의 유사성이 더 높다. ²¹일반적으로, A가 참인 가능세계들 중에 비교할 때, B도 참인 가능세계가 B가 거짓인 가능세계보다 현실세계와 더 유사하다면, 현실세계의 나는 A가 실현되지 않은 경우에, 만약 A라면 ~B가 아닌 B라고 말할 수 있다. "만약 A이면 B이다."라고 주장할 때에는 (~A가 일어난 현실세계와 달리) A가 일어난 가능세계 중에서 B와 ~B 중 현실세계와의 유사성이 더 높은 쪽(B)을 주장하는 것이로군!

4 ²²가능세계는 다음의 네 가지 성질을 갖는다. ²³첫째는 가능세계의 일관성이다. ²⁴가능세계는 명칭 그대로 가능한 세계이므로 어떤 것이 가능하지 않다면 그것이 성립하는 가능세계는 없다. ²⁵둘째는 가능세계의 포괄성이다. ²⁶이것은 어떤 것이 가능하다면 그것이 성립하는 가능세계는 존재한다는 것이다. ²⁷셋째는 가능세계의 완결성이다. ²⁸어느 세계에서든 임의의 명제 P에 대해 "P이거나 ~P이다."라는 배중률이 성립한다. ²⁹즉 P와 ~P 중 하나는 반드시 참이라는 것이다. 배중률: 모순 관계에 있는 두 명제(P와 ~P) 가운데 하나는 반드시 참이라는 것! ³⁰넷째는 가능세계의 독립성이다. ³¹한 가능세계는 모든 시간과 공간을 포함해야만 하며, 연속된 시간과 공간에 포함된 존재들은 모두 동일한 하나의 세계에만 속한다. ³²한 가능세계 W1의 시간과 공간이, 다른 가능세계 W2의 시간과 공간으로 이어질 수는 없다. ³³W1과 W2는 서로 시간과 공간이 전혀 다른 세계이다. 관련 문제가 있으면 지문으로 돌아와서 각 성질과 그에 대한 설명을 확인하자! ①일관성: 불가능 = 가능세계 X, ②포괄성: 가능 = 가능세계 O, ③완결성: 어느 세계든 배중률 성립, ④독립성: 가능세계끼리 시공간 공유 불가

> 이어지는 내용은 가능세계의 네 가지 성질과 그에 대한 설명이겠지? 잘 정리해 두자!

5 ³⁴가능세계의 개념은 철학에서 갖가지 흥미로운 질문과 통찰을 이끌어 내며, 그에 관한 연구 역시 활발히 진행되고 있다. ³⁵나아가 가능세계를 활용한 논의는 오늘날 인지 과학, 언어학, 공학 등의 분야로 그 응용의 폭을 넓히고 있다.

이것만은 챙기자

* **임의:** 대상이나 장소 따위를 미리 또는 따로 정하지 않은 상태임을 나타내는 말.
* **필연성:** 사물의 관련이나 일의 결과가 반드시 그렇게 될 수밖에 없는 요소나 성질.
* **성립:** 일이나 관계 따위가 제대로 이루어짐.

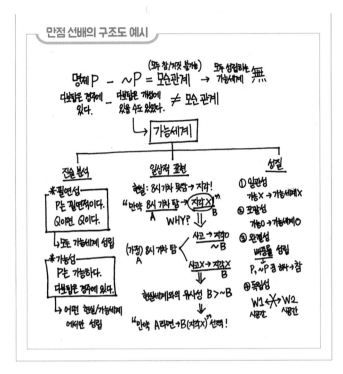

만점 선배의 구조도 예시

1. 윗글의 내용과 일치하는 것은?

정답풀이

① 배중률은 모든 가능세계에서 성립한다.

> 근거: 4 [28]어느 세계에서든 임의의 명제 P에 대해 "P이거나 ~P이다."라는 배중률이 성립한다.

오답풀이

② 모든 가능한 명제는 현실세계에서 성립한다.

근거: 2 [8]P는 가능하다'는 P가 적어도 하나의 가능세계에서 성립한다는 뜻이며, 'P는 필연적이다'는 P가 모든 가능세계에서 성립한다는 뜻이다. [10]"다보탑은 경주에 있다."와 같이 가능하지만 필연적이지는 않은 명제는 우리의 현실세계를 비롯한 어떤 가능세계에서는 성립하고 또 어떤 가능세계에서는 성립하지 않는다.

가능한 명제의 경우 우리의 현실세계를 비롯한 어떤 가능세계에서는 성립하지만 또 어떤 가능세계에서는 성립하지 않는다. 즉 모든 가능한 명제가 현실세계에서 성립하는 것은 아니다.

③ 필연적인 명제가 성립하지 않는 가능세계가 있다.

근거: 2 [9]"만약 Q이면 Q이다."를 비롯한 필연적인 명제들은 모든 가능세계에서 성립한다.

④ 무모순율에 의하면 P와 ~P가 모두 참인 것은 가능하다.

근거: 1 [3]P와 ~P가 모두 참인 것은 가능하지 않다는 법칙을 무모순율이라고 한다.

⑤ 전통 논리학에 따르면 "만약 A이면 B이다."의 참 거짓은 A의 참 거짓과 상관없이 결정된다.

근거: 3 [15]그런데 전통 논리학에서는 "만약 A이면 B이다."라는 형식의 명제는 A가 거짓인 경우에는 B의 참 거짓에 상관없이 참이라고 규정한다.

전통 논리학에 따르면 "만약 A이면 B이다."의 참 거짓은 B가 아닌 A가 참인지 거짓인지의 여부에 따라 결정된다.

2. ㉠, ㉡에 대한 이해로 적절하지 <u>않은</u> 것은?

> ㉠: 다보탑은 경주에 있다.
> ㉡: 다보탑은 개성에 있을 수도 있었다.

✓ 정답풀이

② "만약 다보탑이 개성에 있다면, 다보탑은 개성에 있다."가 성립하는 가능세계 중에는 ㉠이 거짓인 가능세계는 없다.

> 근거: **2** ⁹"만약 Q이면 Q이다."를 비롯한 필연적인 명제들은 모든 가능세계에서 성립한다. ¹⁰"다보탑은 경주에 있다.(㉠)"와 같이 가능하지만 필연적이지는 않은 명제는 우리의 현실세계를 비롯한 어떤 가능세계에서는 성립하고 또 어떤 가능세계에서는 성립하지 않는다.
> "만약 다보탑이 개성에 있다면, 다보탑은 개성에 있다."는 "만약 Q이면 Q이다."의 형식을 가진 필연적인 명제이므로 모든 가능세계에서 성립한다. 반면 ㉠은 가능하지만 필연적이지는 않은 명제이므로 어떤 가능세계에서는 성립하고 또 어떤 가능세계에서는 성립하지 않는다. 즉 "만약 다보탑이 개성에 있다면, 다보탑은 개성에 있다."가 성립하는 '모든' 가능세계 중에서는 ㉠이 거짓인 가능세계도 있을 수 있다.

✗ 오답풀이

① ㉠이 성립하지 않는 가능세계가 존재한다.

> 근거: **2** ¹⁰"다보탑은 경주에 있다.(㉠)"와 같이 가능하지만 필연적이지는 않은 명제는 우리의 현실세계를 비롯한 어떤 가능세계에서는 성립하고 또 어떤 가능세계에서는 성립하지 않는다.

③ ㉡과 "다보탑은 개성에 있지 않다."는 모순 관계가 아니다.

> 근거: **1** ¹두 명제가 모두 참인 것도 모두 거짓인 것도 가능하지 않은 관계를 모순 관계라고 한다. ⁴그런데 "다보탑은 경주에 있다.(㉠)"와 "다보탑은 개성에 있을 수도 있었다.(㉡)"는 모순 관계가 아니다. ⁶철학자들은 이를 두고, P와 ~P가 모두 참인 혹은 모두 거짓인 가능세계는 없지만 다보탑이 개성에 있는 가능세계는 있다고 표현한다.
> ㉡은 현실과 다르게 다보탑이 개성에 있는 가능세계가 있다는 의미이므로 ㉡이 참이더라도 "다보탑은 개성에 있지 않다."가 참이 될 수 있다. 따라서 이 두 명제는 모순 관계가 아니다.

④ 만약 ㉡이 거짓이라면 어떤 가능세계에서도 다보탑이 개성에 있지 않다.

> 근거: **4** ²⁴가능세계는 명칭 그대로 가능한 세계이므로 어떤 것이 가능하지 않다면 그것이 성립하는 가능세계는 없다.
> ㉡이 거짓이라면 '다보탑이 개성에 있을 수도 있었'을 가능성이 없는 것이 되기 때문에 다보탑이 개성에 있는 가능세계는 존재하지 않을 것이다.

⑤ ㉠과 ㉡은 현실세계에서 둘 다 참인 것이 가능하다.

> 근거: **1** ¹두 명제가 모두 참인 것도 모두 거짓인 것도 가능하지 않은 관계를 모순 관계라고 한다. ⁴그런데 "다보탑은 경주에 있다.(㉠)"와 "다보탑은 개성에 있을 수도 있었다.(㉡)"는 모순 관계가 아니다. + **2** ¹⁰다보탑은 경주에 있다."와 같이 가능하지만 필연적이지는 않은 명제는 우리의 현실세계를 비롯한 어떤 가능세계에서는 성립하고 또 어떤 가능세계에서는 성립하지 않는다.
> ㉠과 ㉡은 모순 관계에 있지 않으므로 다보탑이 경주에 있는 현실세계에서 모두 참으로 성립하는 것이 가능하다.

3. 윗글을 바탕으로 할 때, ⓐ에 대한 답으로 가장 적절한 것은?

> ⓐ: 내가 만약 그 기차를 탔다면 여전히 지각을 했을 것이라고 주장하지는 않는 이유는 무엇일까?

✓ 정답풀이

③ 내가 그 기차를 탄 가능세계들끼리 비교할 때 내가 지각을 한 가능세계가 내가 지각을 하지 않은 가능세계에 비해 현실세계와의 유사성이 더 낮기 때문이다.

> 근거: **3** ²⁰하지만 내가 기차를 탄 세계들 중에서, 내가 기차를 타고 별다른 이변 없이 제시간에 도착한 세계가 그렇지 않은 세계보다 우리의 현실세계와의 유사성이 더 높다. ²¹일반적으로, A가 참인 가능세계들 중에 비교할 때, B도 참인 가능세계가 B가 거짓인 가능세계보다 현실세계와 더 유사하다면, 현실세계의 나는 A가 실현되지 않은 경우에, 만약 A라면 ~B가 아닌 B라고 말할 수 있다.
> 3문단에 따르면 '내가 만약 그 기차를 탔다면 여전히 지각을 했을 것'이라고 주장하지 않는 이유는 '내가 8시 기차를 탔다'는 것이 참인 가능세계들 중에 비교할 때 '나는 지각을 하지 않았다'는 것이 참인 가능세계보다 '나는 지각을 했다'는 것이 참인 가능세계가 현실세계와의 유사성이 상대적으로 낮기 때문이다.

✕ 오답풀이

① 내가 그 기차를 타지 않은 가능세계들끼리 비교할 때 지각을 한 가능세계와 지각을 하지 않은 가능세계가 현실세계와의 유사성의 정도가 다르기 때문이다.
근거: **3** ²¹일반적으로, A가 참인 가능세계들 중에 비교할 때
'내가 그 기차를 탔다'는 명제가 참인 가능세계들 중에서 비교하고 있으므로 적절하지 않다.

② 내가 그 기차를 타지 않은 가능세계들끼리 비교할 때 기차 고장이 자주 일어나지 않는 가능세계가 현실세계와의 유사성이 높기 때문이다.
근거: **3** ²¹일반적으로, A가 참인 가능세계들 중에 비교할 때
'내가 그 기차를 탔다'는 명제가 참인 가능세계들 중에서 비교하고 있으므로 적절하지 않다.

④ 내가 그 기차를 탄 가능세계들끼리 비교할 때 그 가능세계들의 대다수에서 내가 지각을 하지 않았기 때문이다.
근거: **3** ²⁰하지만 내가 기차를 탄 세계들 중에서, 내가 기차를 타고 별다른 이변 없이 제시간에 도착한 세계가 그렇지 않은 세계보다 우리의 현실세계와의 유사성이 더 높다.
윗글에서는 가능세계와 현실세계의 유사성을 비교하여 판단하고 있을 뿐, 가능세계들 중 '내가 지각을 하지 않'은 상황이 대다수라고 언급한 부분은 없으며, 그렇게 판단할 근거도 찾을 수 없다.

⑤ 내가 그 기차를 탄 것이 현실세계에서 거짓이기 때문이다.
근거: **3** ¹³나는 현실에서 아침 8시에 출발하는 기차를 놓쳤고, 지각을 했으며, 내가 놓친 기차는 제시간에 목적지에 도착했다. ¹⁴그리고 나는 "만약 내가 8시 기차를 탔다면, 나는 지각을 하지 않았다."라고 주장한다.
ⓐ는 "만약 내가 8시 기차를 탔다면, 나는 지각을 하지 않았다."라는 명제를 "만약 A이면 B이다."라고 할 때 왜 "만약 A이면 ~B이다."라고는 주장하지 않는지에 대해 제기한 의문이다. '내가 그 기차를 탄 것이 현실세계에서 거짓이기 때문'은 '만약 A이면'이라고 가정하는 이유일 뿐, ⓐ에 대한 답이 될 수 없다.

4. 윗글을 참고할 때, 〈보기〉를 이해한 내용으로 적절한 것은?

[3점]

─────────────────〈보기〉─────────────────

[1]명제 A"모든 학생은 연필을 쓴다."와 B"어떤 학생도 연필을 쓰지 않는다."는 반대 관계이다. [2]이 말은, 두 명제 다 참인 것은 가능하지 않지만, 둘 중 하나만 참이거나 둘 다 거짓인 것은 가능하다는 뜻이다.

명제 A와 명제 B: 모두 참인 것은 불가능
　　　　　　　 모두 거짓이거나 둘 중 하나가 참인 것은 가능 = 반대 관계
　　　　　　　 → A와 B는 모순 관계 X

──────────────────────────────────────

✅ 정답풀이

④ 가능세계의 포괄성에 따르면, "'모든 학생은 연필을 쓴다.'가 참이거나 "어떤 학생도 연필을 쓰지 않는다."가 참'인 가능세계들이 있겠군.

근거: **4** [25]둘째는 가능세계의 포괄성이다. [26]이것은 어떤 것이 가능하다면 그것이 성립하는 가능세계는 존재한다는 것이다. + 〈보기〉 [1]명제 "모든 학생은 연필을 쓴다.(A)"와 "어떤 학생도 연필을 쓰지 않는다.(B)"는 반대 관계이다.~[2]둘 중 하나만 참이거나 둘 다 거짓인 것은 가능하다는 뜻이다.
가능세계의 포괄성에 따르면 어떤 것이 '가능'하다면 그것이 성립하는 가능세계도 존재한다. 〈보기〉에서 A와 B 중 하나만 참이 되는 것은 '가능'하다고 하였으므로, A가 '참'으로 나타나거나 B가 '참'으로 나타나는 가능세계들이 존재할 수 있을 것이다.

❌ 오답풀이

① 가능세계의 완결성과 독립성에 따르면, 모든 학생이 연필을 쓰는 가능세계가 존재한다는 것과 어떤 학생도 연필을 쓰지 않는 가능세계가 존재한다는 것 중 하나는 반드시 참이고, 그중 한 세계의 시간과 공간이 다른 세계로 이어질 수 없겠군.

근거: **1** [1]두 명제가 모두 참인 것도 모두 거짓인 것도 가능하지 않은 관계를 모순 관계라고 한다. [2]임의의 명제를 P라고 하면 P와 ~P는 모순 관계이다. + **4** [27]셋째는 가능세계의 완결성이다.~[29]즉 P와 ~P 중 하나는 반드시 참이라는 것이다. [30]넷째는 가능세계의 독립성이다.~[33]W1과 W2는 서로 시간과 공간이 전혀 다른 세계이다. + 〈보기〉 [1]명제 "모든 학생은 연필을 쓴다.(A)"와 "어떤 학생도 연필을 쓰지 않는다.(B)"는 반대 관계이다.~[2]둘 중 하나만 참이거나 둘 다 거짓인 것은 가능하다는 뜻이다.
가능세계의 독립성에 따르면 한 세계의 시공간이 다른 세계로 이어질 수 없는 것은 맞다. 그러나 가능세계의 완결성에 따르면 모순 관계가 성립하는 두 명제(P와 ~P) 사이에 하나만 참으로 나타난다는 배중률은 성립한다고 했으므로, 모순 관계가 아닌 A와 B에 이를 적용할 수 없다.

② 가능세계의 포괄성과 독립성에 따르면, "어떤 학생도 연필을 쓰지 않는다."가 성립하면서 그 세계에 속한 한 명의 학생이 연필을 쓰는 가능세계들이 존재하고, 그 세계들의 시간과 공간은 서로 단절되어 있겠군.

근거: **1** [1]두 명제가 모두 참인 것도 모두 거짓인 것도 가능하지 않은 관계를 모순 관계라고 한다. [2]임의의 명제를 P라고 하면 P와 ~P는 모순 관계이다. + **4** [25]둘째는 가능세계의 포괄성이다. [26]이것은 어떤 것이 가능하다면 그것이 성립하는 가능세계는 존재한다는 것이다. [30]넷째는 가능세계의 독립성이다.~[33]W1과 W2는 서로 시간과 공간이 전혀 다른 세계이다.
가능세계의 독립성에 따르면 가능세계들 간의 시공간이 서로 단절되어 있는 것은 맞다. 그러나 가능세계의 포괄성에 따르면 '어떤 것이 가능'할 경우 그것이 성립하는 가능세계는 존재한다고 하였는데, '어떤 학생도 연필을 쓰지 않'는 것이 성립되었을 때 '한 명의 학생이 연필을 쓰는' 가능세계가 발생하는 것(즉 B와 ~B가 모두 참으로 나타나는 가능세계가 발생하는 것)은 불가능하므로(모순이므로), 이러한 가능세계는 존재할 수 없다.

③ 가능세계의 완결성에 따르면, 어느 세계에서든 "어떤 학생은 연필을 쓴다."와 "어떤 학생은 연필을 쓰지 않는다." 중 하나는 반드시 참이겠군.

근거: **1** [1]두 명제가 모두 참인 것도 모두 거짓인 것도 가능하지 않은 관계를 모순 관계라고 한다. [2]임의의 명제를 P라고 하면 P와 ~P는 모순 관계이다. + **4** [27]셋째는 가능세계의 완결성이다.~[29]즉 P와 ~P 중 하나는 반드시 참이라는 것이다.
가능세계의 완결성에 따르면 어떤 세계에서든 임의의 명제 P에 대해 모순 관계에 있는 P와 ~P 중 하나는 참으로 나타나야 한다. 그런데 '어떤 학생은 연필을 쓴다.'와 '어떤 학생은 연필을 쓰지 않는다.'는 모두 참이 될 수도 있으므로 P와 ~P의 모순 관계로 나타나지 않는다. 한 교실에서 어떤 학생은 연필을 쓰고, 어떤 학생은 연필을 쓰지 않는 것이 모두 가능하기 때문이다. 따라서 선지의 두 명제에 완결성에서 언급한 P와 ~P의 원리를 적용하여 둘 중 하나는 반드시 참일 것이라고 볼 수 없다.

⑤ 가능세계의 일관성에 따르면, 학생들 중 절반은 연필을 쓰고 절반은 연필을 쓰지 않는 가능세계가 존재하겠군.

근거: **4** [23]첫째는 가능세계의 일관성이다. [24]가능세계는 명칭 그대로 가능한 세계이므로 어떤 것이 가능하지 않다면 그것이 성립하는 가능세계는 없다. [25]둘째는 가능세계의 포괄성이다. [26]이것은 어떤 것이 가능하다면 그것이 성립하는 가능세계는 존재한다는 것이다. + 〈보기〉 [1]명제 "모든 학생은 연필을 쓴다.(A)"와 "어떤 학생도 연필을 쓰지 않는다.(B)"는 반대 관계이다.~[2]둘 중 하나만 참이거나 둘 다 거짓인 것은 가능하다는 뜻이다.
가능세계의 일관성은 어떤 것이 가능하지 않다면 그것이 성립하는 가능세계는 없다는 것을 나타내고, 가능세계의 포괄성은 어떤 것이 가능하다면 그것이 성립하는 가능세계는 존재한다는 것을 나타낸다. 이때 학생들 중 절반만 연필을 쓴다는 것은 가능한 일이므로 그것이 성립하는 가능세계는 존재한다. 따라서, 일관성이 아닌 포괄성에 근거하여 선지에 제시된 가능세계가 존재할 수 있다고 주장해야 한다.

문제적 문제

학생들이 정답 이외에 가장 많이 고른 선지가 ③번이다. 이 문제가 전반적으로 '그럴듯해 보이는' 정보를 담은 선지들로 구성되어 있어 특히 헷갈렸을 것이다. 또한 ③번의 경우 〈보기〉나 지문에 제시된 것과는 성격이 다른 명제를 제시했기 때문에, 지문과 〈보기〉뿐 아니라 선지도 꼼꼼하게 살펴보며 추론적인 사고를 해야 했다.

1문단에서는 '모순 관계'에 대해 '두 명제가 모두 참인 것도 모두 거짓인 것도 가능하지 않은 관계'이며, '임의의 명제를 P라고 하면 P와 ～P는 모순 관계'라고 언급하였다. ③번의 정답 여부를 판단하기 위해서는 '어떤 학생은 연필을 쓴다.'와 '어떤 학생은 연필을 쓰지 않는다.'가 모순 관계 (P와 ～P)에 해당되는지를 우선 파악할 필요가 있었다. 그런데 실제로 '어떤 학생은 연필을 쓰고, 어떤 학생은 연필을 쓰지 않는' 것은 모두 가능하기 때문에 두 명제는 모두 참이 될 수 있다. (단, 두 명제가 모두 거짓이 될 수는 없다.) 즉 ③번의 두 명제는 P와 ～P라는 모순 관계가 성립하지 않는다.

다음으로 4문단을 보자. 선지에서 언급한 '완결성'에 따르면 어느 세계에서든 P와 ～P라는 모순 관계에 있는 두 명제 중 하나는 참으로 나타나야 한다. 그런데 앞서 언급했듯 ③번의 두 명제에서는 두 명제 모두 참인 가능세계가 있으므로 P와 ～P라는 모순 관계를 확인할 수 없다. 따라서 가능세계의 완결성이라는 성질에 근거하여 '어떤 학생은 연필을 쓴다.'와 '어떤 학생은 연필을 쓰지 않는다.' 중 하나가 반드시 참인지의 여부를 판단할 수는 없다.

그런데 ③번을 고른 학생들은 선지의 제시된 두 명제가 모순 관계에 있다고 판단하여 배중률을 적용할 수 있다고 생각한 것이다.

③번은 어디까지나 '어느 세계에서든 P와 ～P 중 하나는 반드시 참'이라는 가능세계의 완결성을 그대로 선지의 두 명제에 대입하여 적용할 수 있는지의 여부를 묻고 있다. "어떤 학생은 연필을 쓴다."와 "어떤 학생은 연필을 쓰지 않는다."가 P와 ～P의 관계(부정 관계)에 해당하는지 파악하는 것이 관건이 되며, 부정 관계가 성립되지 않는 시점에서 해당 선지가 적절하지 않다고 판단하고 다음 선지로 넘어가야 했다. ④번이 적절한 내용을 담고 있다는 것은 상대적으로 명백하게 드러나기 때문이다.

정답률 분석

①	②	매력적 오답 ③	정답 ④	⑤
15%	12%	29%	36%	8%

서양 의학의 영향을 받은 이익과 최한기의 인체관

2019학년도 6월 모평

[1~6] 다음 글을 읽고 물음에 답하시오.

✏️ 사고의 흐름

1 ¹17세기 초부터 ⓐ유입되기 시작한 서학(西學) 서적에 담긴 서양의 과학 지식은 당시 조선의 지식인들에게 적지 않은 지적 충격을 주며 사상의 변화를 이끌었다. ²하지만 ㉠19세기 중반까지 서양 의학의 영향력은 천문·지리 지식에 비해 미미하였다.* ³일부 유학자들이 서양 의학 서적들을 읽었지만, 이에 대해 논평을 남긴 인물은 극히 제한적이었다. *서학이 유입되었음에도 다른 영역에 비해 서양 의학의 영향력은 아주 작았다는 내용이 제시되고는 있지만, 아직까지는 지문의 핵심 화제를 정확히 알 수 없어!*

'하지만'이 나오면 뒤의 내용에 주목해 보자!

일부 유학자들이 서양 의학 서적들을 읽었지만 논평을 남긴 인물은 극히 제한적인 상황을 의미해.

2 ⁴이런 가운데 18세기 실학자 이익은 주목할 만한 인물이다. ⁵그는 「서국의(西國醫)」라는 글에서 아담 샬이 쓴 『주제군징(主制群徵)』의 일부를 채록*하면서 자신의 생각을 ⓑ제시하였다. *이익은 서양 의학 서적에 대해 논평을 남긴 거네.* ⁶『주제군징』에는 당대 서양 의학의 대변동을 이끈 근대 해부학 및 생리학의 성과나 그에 따른 기계론적 인체관은 담지지 않았다. ⁷대신 기독교를 효과적으로 ⓒ전파하기 위해 신의 존재를 증명하려 했던 로마 시대의 생리설, 중세의 해부 지식 등이 실려 있었다.

앞에서 『주제군징』에 담기지 않은 내용이 나왔으니, '대신' 이후에는 담긴 내용이 나오겠지.

아담 샬	『주제군징』	근대 해부학·생리학의 성과 X, 기계론적 인체관 X
		로마 시대의 생리설 O, 중세의 해부 지식 O (기독교 전파 목적)

⁸한정된 서양 의학 지식이었지만 이익은 그 우수성을 인정하고 내용을 부분적으로 수용하였다. ⁹뇌가 몸의 운동과 지각 활동을 주관*한다는 아담 샬의 설명에 대해, 이익은 몸의 운동을 뇌가 주관한다는 것은 긍정하였지만, 지각 활동은 심장이 주관한다는 전통적인 심주지각설(心主知覺說)을 고수*하였다. *이익은 서양 의학 지식이 담긴 아담 샬의 글을 읽고 이를 부분적으로 수용했어.*

이익	몸의 운동을 뇌가 주관함 (서양 의학 지식 수용)
	지각 활동은 심장이 주관함 = 심주지각설 고수

3 ¹⁰이익 이후에도 서양 의학이 조선 사회에 끼친 영향은 두드러지지 않았다. ¹¹당시 유학자들은 서양 의학의 필요성을 느끼지 못하였고, 의원들의 관심에서도 서양 의학은 비켜나 있었다. ¹²당시에 전해진 서양 의학 지식은 내용 면에서도 부족했을 뿐 아니라, 지구가 둥글다거나 움직인다는 주장만큼 충격적이지는 않았다. ¹³서양 해부학이 야기*하는 윤리적 문제도 서양 의학의 영향력을 제한하는 요인으로 작용하였으며, 서학에 대한 조정(朝廷)의 금지 조치도 걸림돌이었다. *서양 의학이 조선 사회에 끼친 영향이 두드러지지 않았던 이유를 정리해 보자. ① 당시 유학자들이 서양 의학의 필요성을 느끼지 못함 ② 의원들이 서양 의학에 관심이 없었음 ③ 전해진 서양 의학 지식이 내용 면에서 부족하고, 충격적이지 않음 ④ 서양 해부학이 야기하는 윤리적 문제 ⑤ 서학에 대한 조정의 금지 조치* ¹⁴그러던 중 19세기 실학자 최한기는 당대 서양에서 주류를 이루고 있던 최신 의학 성과를 담은 홉슨의 책들을 접한

여러 이유로 여전히 서양 의학이 조선 사회에 끼친 영향이 두드러지지 않던 상황!

후 해부학 전반과 뇌 기능을 중심으로 문제의식을 본격화하였다. *새로운 인물로 '최한기'가 등장했어. 앞서 이익이 아담 샬의 글을 읽고 수용한 내용이 나온 걸로 보아, 이어지는 내용에서는 최한기가 홉슨의 책을 접하고 수용한 내용이 제시되겠지?* ¹⁵인체에 대한 이전 유학자들의 논의가 도덕적 차원에 초점이 있었던 것과 달리, 그는 지각적·생리적 기능에 주목하였다. *인체에 대한 논의: 도덕적 차원(이전 유학자들) VS. 지각적·생리적 기능(최한기)*

4 ¹⁶최한기의 인체관을 함축하는 개념 중 하나는 '몸기계'였다. ¹⁷그는 이 개념을 본격적으로 사용하기에 앞서 인체를 형체와 내부 장기로 구성된 일종의 기계로 파악하고 있었다. ¹⁸이러한 생각은 『전체신론(全體新論)』 등 홉슨의 저서를 접한 후 더 분명해져서 인체를 복잡한 장치와 그 작동으로 이루어진 몸기계로 형상화하면서도, 인체가 외부 동력에 의한 기계적 인과 관계에 지배되는 것이 아니라 그 자체가 생명력을 가지고 자발적인 운동을 한다고 보았다. ¹⁹이는 인체를 '신기(神氣)'와 결부*하여 이해한 결과였다.

인체를 일종의 기계로 보는 것

최한기	인체를 형체와 내부 장기로 구성된 일종의 기계로 파악 ↓ 『전체신론』 등 홉슨의 저서를 접한 후 더욱 분명해짐 - 인체는 복잡한 장치와 그 작동으로 이루어진 '몸기계' - 인체 자체가 생명력 가지고 자발적인 운동을 함 - 인체를 '신기'와 결부해서 이해함

²⁰기계적 운동의 인과 관계를 설명하려면 원인을 찾는 과정이 꼬리에 꼬리를 물고 이어지게 된다. ²¹따라서 이러한 무한 소급*을 끝맺으려면 운동의 최초 원인을 상정해야만 한다. ²²이 문제를 해결하기 위해 의료 선교사인 홉슨은 창조주와 같은 질적으로 다른 존재를 상정하였다. ²³기독교적 세계관을 부정했던 최한기는 인체를 구성하는 신기를 신체 운동의 원인으로 규정하여 이 문제를 해결하려 하였다. *최한기는 홉슨의 책을 읽고 영향을 받아 '몸기계' 개념을 구체화하였지만, '기독교적 세계관'에 대한 입장이 달랐기에 홉슨과 달리 신체 운동의 최초 원인으로 신기를 상정했어.*

기계적 운동의 인과 관계를 설명하는 과정에서 무한 소급이 발생하는 문제!

홉슨	최한기
운동의 최초 원인으로 창조주와 같은 질적으로 다른 존재 상정	신기를 신체 운동의 원인으로 규정

5 ²⁴최한기는 『전체신론』에 ⓓ수록된, 뇌로부터 온몸에 뻗어 있는 신경계 그림을 접하고, 신체 운동을 주관하는 뇌의 역할과 중요성을 인정하였다. ²⁵하지만 뇌가 운동뿐만 아니라 지각을 주관한다는 홉슨의 뇌주지각설(腦主知覺說)에 관심을 기울이면서도, 뇌주지각설은 완전한 체계를 이루기에 불충분하다고 보았다. ²⁶뇌가 지각을 주관하는 과정을 창조주의 섭리로 보고 지각 작용과 기독교적 영혼 사이의 연관성을 부각하려 한 『전체신론』의 견해를 부정하고, 대신 '심'이 지각 운용을 주관한다는 심주지각설이

앞 내용과 달리, 최한기가 『전체신론』 중 수용하지 않은 내용이 나올 거야.

더 유용하다고 주장하였다. 이 또한 '기독교적 세계관'에 대한 입장 차이가 반영된 거네.

홉슨	최한기
뇌가 운동과 지각을 주관 = 뇌주지각설	- '뇌'가 신체 운동을 주관함은 인정 - '심'이 지각 운용을 주관하는 심주지각설이 더 유용

6 ²⁷그러나 종래의 심주지각설을 그대로 수용한 것은 아니었다. ²⁸기존의 심주지각설이 '심'을 심장으로 보았던 것과 달리 그는 신기의 '심'으로 파악하였다. 기존의 심주지각설의 심 = 심장 vs. 최한기의 심주지각설의 심 = 신기의 '심' ²⁹그에 따르면, 신기는 신체와 함께 생성되고 소멸되는 것으로, 뇌나 심장 같은 인체 기관이 아니라 몸을 구성하면서 형체가 없이 몸속을 두루 돌아다니는 것이다. ³⁰신기는 유동적* 인 성질을 지녔는데 그 중심이 '심'이다. ³¹신기는 상황에 따라 인체의 특정 부분에 더 높은 밀도로 몰린다. ³²그래서 특수한 경우에는 다른 곳으로 중심이 이동하는데, 신기가 균형을 이루어야 생명 활동과 지각이 제대로 이루어질 수 있다. ³³그는 경험 이전에 아무런 지각 내용을 내포하지 않고 있는 신기가 감각 기관을 통한 지각 활동에 의해 외부 세계의 정보를 받아들여 기억으로 저장한다고 파악하였다. ³⁴신기는 한 몸을 주관하며 그 자체가 하나로 통합되어 있기 때문에 감각을 통합할 수 있으며, 지각 내용의 종합과 확장, 곧 스스로의 사유를 통해 지각 내용을 조정하고, 그러한 작용에 적응하여 온갖 세계의 변화에 대응할 수 있다고 보았다.

최한기가 제시한 신기와 관련한 내용을 정리해 보자. ① 신체와 함께 생성·소멸 ② 형체 없이 몸속을 두루 돌아다님 ③ 유동적인 성질로 중심이 '심' ④ 상황에 따라 다른 곳으로 중심이 이동하며 인체의 특정 부분에 몰림 ⑤ 경험 이전에 지각 내포 X → 감각 기관 통한 지각 → 외부 세계 정보 받아들여 기억으로 저장 ⑥ 한 몸을 주관, 그 자체가 하나로 통합 ⑦ 스스로 사유 통해 지각 조정, 적응하며 세계의 변화에 대응 / 세 가지 이상의 특징이 나올 때 이를 모두 외울 필요는 없어. 간단하게 표시해 두고 선지에서 이에 대해 물어볼 때 지문으로 돌아와서 확인해 보면 돼!

7 ³⁵최한기의 인체관은 서양 의학과 신기 개념의 접합을 통해 새롭게 정립된 것이었다. ³⁶비록 양자 사이의 결합이 완전하지는 않았지만, 서양 의학을 ⓔ맹신하지 않고 주체적으로 수용하여 정합적인 체계를 이루고자 한 그의 시도는 조선 사상사에서 주목할 만한 성취라 평가할 수 있을 것이다. 마지막으로 최한기의 인체관에 대한 평가와 의의가 제시되었어.

만점 선배의 구조도 예시

< 서양 의학의 수용 >

'아담 샬' ——— 18세기 '이익'
- 「주제군징」
- 당대 서양 의학 성과 X
- 기독교 전파 위해 신 존재 증명하려는 로마 생리설, 중세 해부지식
- 뇌가 몸의 운동, 지각 주관 — 뇌가 몸의 운동 주관 지각은 심장이 주관 (심주지각설)

'홉슨' ——— 19세기 '최한기'
- 「전체신론」
- 당대 최신 의학 성과
- 운동의 최초 원인 설명 위해 창조주 상정
- 뇌가 운동, 지각 주관 (뇌주지각설)
- 몸기계, 그 자체가 생명력 갖고 자발적 운동
- 신체 운동의 원인을 '신기'로 규정
- 뇌가 운동 주관 지각은 신기의 '심'이 주관
→ 서양 의학 + 신기로 새로운 인체관 정립

1. 윗글의 전개 방식으로 가장 적절한 것은?

✔️ 정답풀이

② 서학의 수용으로 일어난 인체관의 변화를 조선 시대 학자들의 견해를 통해 제시하고 있다.

> 1문단에서는 17세기 초부터 유입되기 시작한 서학에 대해 언급하고 있으며, 2문단에서는 18세기 실학자 이익이 지각 활동에 있어서는 '전통적인 심주지각설을 고수'하였지만, '아담 샬이 쓴『주제군징』'을 부분적으로 수용하여 '몸의 운동을 뇌가 주관한다는 것은 긍정'하였다는 내용을 담고 있다. 한편 3문단부터는 19세기 실학자 최한기의 인체관을 다루고 있는데, 최한기는 '홉슨의 저서를 접한 후' '몸기계' 개념을 구체화한다. 하지만 홉슨과 달리 최한기는 '인체를 구성하는 신기를 신체 운동의 원인으로 규정'하였고, '홉슨의 뇌주지각설'은 '완전한 체계를 이루기에 불충분'하다고 보면서 '종래의 심주지각설'을 비판적으로 수용하여 '심주지각설'의 '심'을 '신기의 심'으로 파악하는 등 서양 의학을 주체적으로 수용하여 새로운 인체관을 정립하였다. 이처럼 윗글은 서학의 수용으로 일어난 인체관의 변화를 조선 시대 학자들의 견해를 통해 제시하고 있다.

❌ 오답풀이

① 조선에서 인체관이 분화하는 과정을 서양과 대조하여 단계적으로 서술하고 있다.

> 시간의 흐름에 따라 조선 시대 학자들의 인체관이 변화하는 모습을 확인할 수 있지만, 조선과 서양을 대조하여 인체관이 분화(단순하거나 동질인 것에서 복잡하거나 이질인 것으로 변함)하는 과정을 단계적으로 서술하고 있지는 않다.

③ 인체관과 관련된 유학자들의 주장이 지닌 문제점을 열거하여 역사적인 시각에서 비판하고 있다.

> 근거: ③ ¹⁵인체에 대한 이전 유학자들의 논의가 도덕적 차원에 초점이 있었던 것과 달리
> 인체관과 관련하여 도덕적 관점에서 논의했을 유학자들의 주장을 추론해 볼 수는 있지만, 윗글에 이에 대한 문제점은 열거되고 있지 않으며, 역사적인 시각에서 이를 비판하고 있지도 않다.

④ 우리나라 근대의 인체관 가운데 서로 충돌되는 견해를 절충하여 새로운 결론을 도출하고 있다.

> 근거: ② ⁹이익은~지각 활동은 심장이 주관한다는 전통적인 심주지각설을 고수하였다. + ⑥ ²⁸기존의 심주지각설이 '심'을 심장으로 보았던 것과 달리 그(최한기)는 신기의 '심'으로 파악하였다.
> 지각 활동의 근원에 대한 이익과 최한기의 견해가 서로 충돌한다고 볼 수 있으나, 이를 절충하여 새로운 결론을 도출하고 있지는 않다.

⑤ 동양과 서양의 지식인들이 서로 영향을 주고받으며 인체관을 정립하는 과정을 인과적으로 설명하고 있다.

> 이익, 최한기 등 조선의 학자들이 서양의 지식인이 쓴 책을 읽고 영향을 받은 내용은 확인할 수 있지만, 동양의 지식인들도 서양의 지식인들에게 영향을 미쳤다는 내용은 제시되어 있지 않으므로 서로 영향을 주고받았다는 내용은 적절하지 않다.

2. 윗글에 대한 이해로 적절하지 않은 것은?

✔️ 정답풀이

④ 아담 샬과 홉슨은 각자가 활동했던 당시에 유력했던 기계론적 의학 이론을 동양에 소개하였다.

> 근거: ② ⁵아담 샬이 쓴『주제군징』~⁶『주제군징』에는 당대 서양 의학의 대변동을 이끈 근대 해부학 및 생리학의 성과나 그에 따른 기계론적 인체관은 담기지 않았다. ⁷대신 기독교를 효과적으로 전파하기 위해 신의 존재를 증명하려 했던 로마 시대의 생리설, 중세의 해부 지식 등이 실려 있었다. + ③ ¹⁴최신 의학 성과를 담은 홉슨의 책 + ④ ¹⁸(인체를 몸기계로 보는) 생각은『전체신론』등 홉슨의 저서를 접한 후 더 분명해져서 인체를 복잡한 장치와 그 작동으로 이루어진 몸기계로 형상화
> 이익과 최한기는 각각 아담 샬과 홉슨의 책을 접하고 서양 의학 지식을 부분적으로 수용하였다. 또한 윗글을 통해 홉슨의 책이 최신 의학 성과를 담았으며 이를 접한 최한기는 인체를 몸기계로 보는 생각이 더 분명해졌다고 한 것을 통해 그의 저서에는 기계론적 의학 이론이 제시되어 있었을 것이라고 추론할 수 있으나, 아담 샬의『주제군징』에는 당대 서양 의학의 대변동을 이끈 근대 해부학 및 생리학의 성과나 그에 따른 기계론적 인체관은 담기지 않았다.

❌ 오답풀이

① 최한기는 홉슨의 저서를 접하기 전부터 인체를 일종의 기계로 파악하였다.

> 근거: ④ ¹⁶최한기의 인체관을 함축하는 개념 중 하나는 '몸기계'였다. ¹⁷그는 이 개념을 본격적으로 사용하기에 앞서 인체를 형체와 내부 장기로 구성된 일종의 기계로 파악하고 있었다. ¹⁸이러한 생각은『전체신론』등 홉슨의 저서를 접한 후 더 분명해져서
> 최한기는 몸기계 개념을 본격적으로 사용하기에 앞서 인체를 형체와 내부 장기로 구성된 일종의 기계로 파악하고 있었는데, 이러한 생각이『전체신론』등 홉슨의 저서를 접한 후 더 분명해진 것이다. 이를 통해 최한기는 홉슨의 저서를 접하기 전부터 인체를 일종의 기계로 파악하였음을 알 수 있다.

② 아담 샬과 달리 이익은 심장을 중심으로 인간의 지각 활동을 이해하였다.

> 근거: ② ⁹뇌가 몸의 운동과 지각 활동을 주관한다는 아담 샬의 설명에 대해, 이익은 몸의 운동을 뇌가 주관한다는 것은 긍정하였지만, 지각 활동은 심장이 주관한다는 전통적인 심주지각설을 고수하였다.

③ 이익과 홉슨은 신체의 동작을 뇌가 주관한다는 것에서 공통적인 견해를 보였다.

> 근거: ② ⁹이익은 몸의 운동을 뇌가 주관한다는 것은 긍정 + ⑤ ²⁵뇌가 운동뿐만 아니라 지각을 주관한다는 홉슨의 뇌주지각설

⑤ 『주제군징』과『전체신론』에는 기독교적인 세계관이 투영된 서양 의학 이론이 포함되어 있었다.

> 근거: ② ⁷(『주제군징』에는) 기독교를 효과적으로 전파하기 위해 신의 존재를 증명하려 했던 로마 시대의 생리설, 중세의 해부 지식 등이 실려 있었다. + ⑤ ²⁶뇌가 지각을 주관하는 과정을 창조주의 섭리로 보고 지각 작용과 기독교적 영혼 사이의 연관성을 부각하려 한『전체신론』

3. 윗글을 참고할 때, ㉠의 이유로 적절하지 않은 것은?

> ㉠: 19세기 중반까지 서양 의학의 영향력은 천문·지리 지식에 비해 미미하였다.

정답풀이

③ 당대 의원들이 서양 의학의 한계를 지적했기 때문이다.

> 근거: ❸ ¹¹의원들의 관심에서도 서양 의학은 비껴나 있었다.
>
> 당대 의원들은 서양 의학에 관심을 가지지 않았을 뿐, 서양 의학의 한계를 지적하지는 않았다. 따라서 당대 의원들이 서양 의학의 한계를 지적했기 때문에 19세기 중반까지 서양 의학의 영향력이 천문·지리 지식에 비해 미미하였다고 볼 수는 없다.

오답풀이

① 조선에서 서양 학문을 정책적으로 배척했기 때문이다.

근거: ❸ ¹³서학에 대한 조정의 금지 조치도 걸림돌이었다.

② 전래된 서양 의학이 내용 면에서 불충분했기 때문이다.

근거: ❸ ¹²당시에 전해진 서양 의학 지식은 내용 면에서도 부족

④ 서양 해부학이 조선의 윤리 의식에 위배되었기 때문이다.

근거: ❸ ¹³서양 해부학이 야기하는 윤리적 문제도 서양 의학의 영향력을 제한하는 요인으로 작용

⑤ 서양 의학이 천문 지식에 비해 충격적이지 않았기 때문이다.

근거: ❸ ¹²당시에 전해진 서양 의학 지식은~지구가 둥글다거나 움직인다는 주장만큼 충격적이지는 않았다.

4. 〈보기〉는 인체에 관한 조선 시대 학자들의 견해이다. 윗글에 제시된 '최한기'의 견해와 부합하는 것을 〈보기〉에서 고른 것은?

> ───〈보기〉───
>
> ㄱ. 심장은 오장(五臟)의 하나이지만 한 몸의 군주가 되어 지각이 거기에서 나온다.
> ㄴ. 귀에 쏠린 신기가 눈에 쏠린 신기와 통하여, 보고 들음을 합하여 하나로 만들 수 있다.
> ㄷ. 인간의 신기는 온몸의 기관이 갖추어짐에 따라 생기고, 지각 작용에 익숙해져 변화에 대응하는 것이다.
> ㄹ. 신기는 대소(大小)로 구분되어 있는 것이니, 한 몸에 퍼지는 신기가 있고 심장에서 운용하는 신기가 있다.

정답풀이

③ ㄴ, ㄷ

> ㄴ
>
> 근거: ❻ ³¹신기는 상황에 따라 인체의 특정 부분에 더 높은 밀도로 몰린다. ³⁴신기는 한 몸을 주관하며 그 자체가 하나로 통합되어 있기 때문에 감각을 통합할 수 있으며
>
> 최한기는 신기는 상황에 따라 인체의 특정 부분에 더 높은 밀도로 몰릴 수 있고, 그 자체가 하나로 통합되어 있기 때문에 감각을 통합할 수 있다고 하였으므로, 귀나 눈에 신기가 쏠릴 수 있으며, 이러한 감각 기관을 통하여 보고 들은 것을 하나로 통합할 수 있다고 보았을 것이다.
>
> ㄷ
>
> 근거: ❻ ²⁹그(최한기)에 따르면, 신기는 신체와 함께 생성되고 소멸되는 것 ³⁴신기는~지각 내용의 종합과 확장, 곧 스스로의 사유를 통해 지각 내용을 조정하고, 그러한 작용에 적응하여 온갖 세계의 변화에 대응할 수 있다고 보았다.
>
> 최한기는 인간의 신기를 온몸의 기관이 갖추어짐(신기는 신체와 함께 생성, 소멸)에 따라 생기고, 지각 작용에 익숙해져 변화에 대응(그러한 작용에 적응하여 온갖 세계의 변화 대응)하는 것이라고 보았을 것이다.

오답풀이

> ㄱ
>
> 근거: ❷ ⁹지각 활동은 심장이 주관한다는 전통적인 심주지각설 + ❻ ²⁷그러나 종래의 심주지각설을 그대로 수용한 것은 아니었다. ²⁸기존의 심주지각설이 '심'을 심장으로 보았던 것과 달리 그(최한기)는 신기의 '심'으로 파악하였다.
>
> 심장에서 지각이 나온다고 보는 것은 지각 활동은 심장이 주관한다는 전통적인 심주지각설의 견해라고 할 수 있다. 그러나 최한기는 종래의 심주지각설을 그대로 수용하지 않고 신기에 의해 인간의 지각이 이루어진다고 보았다.

ㄹ

근거: **6** [29]그(최한기)에 따르면, 신기는~형체가 없이 몸속을 두루 돌아다니는 것이다. [34]신기는 한 몸을 주관하며 그 자체가 하나로 통합되어 있기 때문에 감각을 통합할 수 있으며

최한기가 신기를 대소로 구분하였다는 내용은 윗글에서 확인할 수 없다. 또한 신기는 형체가 없이 몸속을 두루 돌아다니며, 한 몸을 주관하고 그 자체가 하나로 통합되어 있다고 보았으므로, 구분되어 있다는 설명은 적절하지 않다.

| 구체적 상황에 적용 | 정답률 **60**

5. 윗글의 '최한기'와 〈보기〉의 '데카르트'를 비교하여 이해한 내용으로 적절하지 <u>않은</u> 것은? [3점]

〈보기〉

[1]서양 근세의 철학자 데카르트는 물질과 정신을 구분하여, 물질은 공간을 차지한다는 특징을 갖는 반면 정신은 사유라는 특징을 갖는다고 보았다. [2]물질의 기계적 운동을 옹호했던 그는 정신이 깃든 곳은 물질의 하나인 두뇌이지만 정신과 물질은 서로 독립적이라고 주장하였다. [3]그러나 정신과 물질이 영향을 주고받음을 설명할 수 없다는 비판을 받았다.

✔ 정답풀이

② 데카르트와 최한기는 모두 인간의 사고 작용이 일어나는 곳은 두뇌라고 보았겠군.

근거: **5** [24]최한기는 『전체신론』에 수록된, 뇌로부터 온몸에 뻗어 있는 신경계 그림을 접하고, 신체 운동을 주관하는 뇌의 역할과 중요성을 인정하였다. [25]하지만 뇌가 운동뿐만 아니라 지각을 주관한다는 홉슨의 뇌주지각설에 관심을 기울이면서도, 뇌주지각설은 완전한 체계를 이루기에 불충분하다고 보았다. [26]대신 '심'이 지각 운용을 주관한다는 심주지각설이 더 유용하다고 주장하였다. + 〈보기〉 [1]서양 근세의 철학자 데카르트는 물질과 정신을 구분하여, 물질은 공간을 차지한다는 특성을 갖는 반면 정신은 사유라는 특징을 갖는다고 보았다. [2]물질의 기계적 운동을 옹호했던 그는 정신이 깃든 곳은 물질의 하나인 두뇌이지만 정신과 물질은 서로 독립적이라고 주장하였다.

〈보기〉의 데카르트는 정신과 물질은 서로 독립적이라고 하였지만 정신이 깃든 곳은 물질의 하나인 두뇌라고 하였으므로, 인간의 사고 작용이 일어나는 곳은 두뇌라고 보았다고 할 수 있다. 한편 최한기는 신체 운동을 주관하는 뇌의 역할과 중요성을 인정했지만 '심'이 지각 운용을 주관한다는 심주지각설이 더 유용하다고 주장했으므로, 최한기는 인간의 사고 작용이 일어나는 곳은 신기의 작용이라고 보았을 것이다.

🗙 오답풀이

① 데카르트의 '정신'과 달리 최한기의 '신기'는 신체와 독립적이지 않겠군.

근거: **4** [19]이(인체가 생명력을 가지고 자발적인 운동을 한다고 본 것)는 인체를 '신기'와 결부하여 이해한 결과였다. + **6** [29]그(최한기)에 따르면, 신기는 신체와 함께 생성되고 소멸되는 것으로, 뇌나 심장 같은 인체 기관이 아니라 몸을 구성하면서 형체가 없이 몸속을 두루 돌아다니는 것 + 〈보기〉 [2]물질의 기계적 운동을 옹호했던 그(데카르트)는 정신이 깃든 곳은 물질의 하나인 두뇌이지만 정신과 물질은 서로 독립적이라고 주장하였다.

〈보기〉의 데카르트는 정신과 물질은 서로 독립적이라고 하였다. 하지만 최한기는 신기는 신체와 함께 생성되고 소멸되는 것이고 몸속을 두루 돌아다닌다고 하였으므로, 신기와 신체가 서로 독립적이지 않다고 보았을 것이다.

③ 데카르트의 '정신'과 최한기의 '신기'는 모두 그 자체로는 형체를 갖지 않는 것이겠군.

근거: **6** [29]그(최한기)에 따르면, 신기는~형체가 없이 몸속을 두루 돌아다니는 것이다. + 〈보기〉 [1]서양 근세의 철학자 데카르트는 물질과 정신을 구분하여, 물질은 공간을 차지한다는 특성을 갖는 반면 정신은 사유라는 특징을 갖는다고 보았다. [2]정신이 깃든 곳은 물질의 하나인 두뇌이지만

〈보기〉의 데카르트는 물질은 공간을 차지하는 특징을 갖는 반면 정신은 사유라는 특징을 가지며, 두뇌에 깃든다고 하였다. 최한기는 신기는 '형체가 없이 몸속을 두루 돌아다니는 것'이라고 하였으므로 모두 그 자체로는 형체를 갖지 않는다고 볼 수 있다.

④ 데카르트와 달리 최한기는 인간의 사고가 신체와 영향을 주고받음을 설명할 수 없다는 비판을 받지는 않겠군.

근거: **6** [29]그(최한기)에 따르면, 신기는 신체와 함께 생성되고 소멸되는 것 [34]신기는 한 몸을 주관하며 그 자체가 하나로 통합되어 있기 때문에 감각을 통합할 수 있으며, 지각 내용의 종합과 확장, 곧 스스로의 사유를 통해 지각 내용을 조정하고, 그러한 작용에 적응하여 온갖 세계의 변화에 대응할 수 있다고 보았다. + 〈보기〉 [3]그러나 정신과 물질이 영향을 주고받음을 설명할 수 없다는 비판을 받았다.

〈보기〉에 따르면 데카르트는 정신과 물질이 영향을 주고받음을 설명할 수 없다는 비판을 받았다. 반면 최한기는 신기 그 자체가 하나로 통합되어 있기 때문에 감각을 통합할 수 있으며, 스스로의 사유를 통해 보았음을 알 수 있다. 변화에 대응할 수 있다고 보았다'고 했다. 즉 최한기는 인간의 사고(사유)가 신체(감각 기관)와 서로 영향을 주고받는다고 보았으므로 비판을 받지는 않을 것이다.

⑤ 데카르트의 견해에서도 최한기에서처럼 기계적 운동의 최초 원인을 상정하면 무한 소급의 문제를 해결할 수 있겠군.

근거: **4** [20]기계적 운동의 인과 관계를 설명하려면 원인을 찾는 과정이 꼬리에 꼬리를 물고 이어지게 된다. [21]따라서 이러한 무한 소급을 끝맺으려면 운동의 최초 원인을 상정해야만 한다. [23]기독교적 세계관을 부정했던 최한기는 인체를 구성하는 신기를 신체 운동의 원인으로 규정하여 이 문제를 해결하려 하였다. + 〈보기〉 [2]물질의 기계적 운동을 옹호했던 그(데카르트)는 정신이 깃든 곳은 물질의 하나인 두뇌이지만 정신과 물질은 서로 독립적이라고 주장하였다.

무한 소급을 끝맺기 위해 최한기는 신기를 기계적 운동의 최초 원인으로 규정하였다. 〈보기〉의 데카르트 또한 물질의 기계적 운동을 옹호했다고 하였는데, 윗글을 참고하면 무한 소급이 발생할 것임을 추론할 수 있다. 따라서 데카르트 역시 그 최초 원인을 상정하면 무한 소급의 문제를 해결할 수 있을 것이다.

📋 문제적 문제
• 5-④, ⑤번

학생들이 정답 이외에 많이 고른 선지가 ④번과 ⑤번이다. 이 문제는 윗글의 '최한기'와 〈보기〉의 '데카르트'의 주장의 공통점과 차이점을 꼼꼼하게 확인하며 풀어야 하는 문제였다.

④번의 경우 '데카르트와 달리 최한기는'이라고 하였으므로, 데카르트와 최한기의 차이를 파악했어야 한다. 먼저 데카르트가 인간의 사고가 신체와 영향을 주고받음을 설명할 수 없다는 비판을 받았음은 〈보기〉의 마지막 문장에서 어렵지 않게 확인할 수 있다. 그렇다면 이와 달리 최한기는 인간의 사고가 신체와 영향을 주고받음을 설명할 수 있다고 보았는지를 윗글에서 확인하면 된다. 최한기는 지각 운용을 주관하는 것은 신기의 '심'이라고 하였는데, 이러한 신기는 신체와 함께 생성·소멸되며 한 몸을 주관하면서 감각을 통합하고 사유를 통해 지각 내용을 조정할 수 있어 인간의 사고와 신체가 영향을 주고받음을 전제하고 있으므로 ④번은 적절하다.

⑤번의 경우 데카르트와 최한기의 공통점을 확인했어야 한다. 4문단에서 최한기는 인체를 몸기계로 형상화하며 그 자체가 생명력을 가지고 자발적인 운동을 한다고 보았는데, 기계적 운동의 원인을 찾는 과정은 꼬리에 꼬리를 물고 한없이 이어지는 문제에 빠진다고 하였다. 이때 최한기는 '신기'가 신체 운동의 원인이라고 규정하여 이를 해결하였다. 따라서 '물질의 기계적 운동을 옹호'한다고 한 데카르트도 기계적 운동의 인과 관계를 설명하려다 무한 소급에 빠질 수 있지만, 최한기처럼 그 최초의 원인을 상정하면 이를 끝맺을 수 있음을 추론할 수 있다.

정답률 분석

	정답			매력적 오답	매력적 오답
①	②	③		④	⑤
5%	60%	7%		10%	18%

---

6. 문맥상 ⓐ~ⓔ와 바꿔 쓰기에 적절하지 <u>않은</u> 것은?

✅ 정답풀이

⑤ ⓔ: 가리지

> 근거: **7** [36]서양 의학을 ⓔ맹신하지 않고 주체적으로 수용하여
> ⓔ(맹신하다)는 '옳고 그름을 가리지 않고 덮어놓고 믿다.'의 의미인데, '가리다'는 '여럿 가운데서 하나를 구별하여 고르다.'라는 의미이므로 ⓔ와 바꿔 쓰기에 적절하지 않다.

❌ 오답풀이

① ⓐ: 들어오기

근거: **1** [1]17세기 초부터 ⓐ유입되기 시작한 서학 서적
유입되다: 문화, 지식, 사상 따위가 들어오게 되다.
들어오다: 일정한 지역이나 공간의 범위와 관련하여 그 밖에서 안으로 이동하다.

② ⓑ: 드러내었다

근거: **2** [5r]주제군징』의 일부를 채록하면서 자신의 생각을 ⓑ제시하였다.
제시하다: 어떠한 의사를 말이나 글로 나타내어 보이게 하다.
드러내다: 알려지지 않은 사실을 보이거나 밝히다.

③ ⓒ: 퍼뜨리기

근거: **2** [7]기독교를 효과적으로 ⓒ전파하기 위해
전파하다: 전하여 널리 퍼뜨리다.
퍼뜨리다: 널리 퍼지게 하다.

④ ⓓ: 실린

근거: **5** [24]최한기는 『전체신론』에 ⓓ수록된
수록되다: 책이나 잡지에 실리다.
실리다: 글, 그림, 사진 따위가 책이나 신문 따위의 출판물에 나오게 되다.

[1~5] 다음 글을 읽고 물음에 답하시오.

✏️ 사고의 흐름

❶ (가) ¹유비 논증은 두 대상이 몇 가지 점에서 유사하다는 사실이 확인된 상태에서 어떤 대상이 추가적 특성을 갖고 있음이 알려졌을 때 다른 대상도 그 추가적 특성을 가지고 있다고 추론하는 논증이다. '유비 논증'의 개념이 제시되었네. ²유비 논증은 이미 알고 있는 전제*에서 새로운 정보를 결론으로 도출*하게 된다는 점에서 유익하기 때문에 일상생활과 과학에서 흔하게 쓰인다. '유비 논증'의 유용성을 소개하고 있군. '유비 논증'의 개념을 정리해 보자!

유비 논증	
대상 A의 특성 ≒ 대상 B의 특성 + 대상 B가 x라는 특성을 가짐	이미 알고 있는 전제
↓ 추론(도출)	
대상 A도 x라는 특성을 가질 것임	새로운 정보

³특히 의학적인 목적에서 포유류를 대상으로 행해지는 동물 실험이 유효*하다는 주장과 그에 대한 비판은 유비 논증을 잘 이해할 수 있게 해 준다. 이어지는 내용에서는 동물 실험에 관한 논쟁을 가지고 유비 논증을 쉽게 설명해 주겠지?

❷ (나) ⁴유비 논증을 활용해 동물 실험의 유효성을 주장(찬성)하는 쪽은 인간과 ⓐ실험동물이 ⓑ유사성을 보유하고 있기 때문에 신약이나 독성 물질에 대한 실험동물의 ⓒ반응 결과를 인간에게 안전하게 적용할 수 있다고 추론한다. ⁵이를 바탕으로 이들은 동물 실험이 인간에게 명백하고 중요한 이익을 준다고 주장한다.

동물 실험을 찬성하는 쪽의 유비 논증
인간의 특성 ≒ 실험동물의 특성 + 실험동물이 어떤 신약이나 독성 물질에 특정 반응을 보임
↓ 추론(도출)
인간도 그 신약이나 독성 물질에 실험동물과 같은 반응을 보일 것임 따라서 동물 실험은 인간에게 이익을 준다(유효하다).

'A 아니라/보다/달리/대신 B'에 집중하자! 결국 B가 중요하다는 의미거든!

❸ (다) ⁶도출한 새로운 정보가 참일 가능성을 유비 논증의 개연성이라 한다. 새로운 개념이 제시되었네. 유비 논증의 개연성: 도출한 새로운 정보가 참일 가능성 ⁷개연성이 높기 위해서는 비교 대상 간의 유사성이 커야 하는데 이 유사성은 단순히 비슷하다는 점에서의 유사성이 아니고 새로운 정보와 관련 있는 유사성이어야 한다. 개연성이 높으려면 새로운 정보와 관련하여 비교 대상 간의 유사성이 커야 함

예가 제시되면 이와 관련된 개념이나 설명을 정확히 이해하고 넘어가야 해.

⁸예를 들어 ㉠동물 실험의 유효성을 주장하는 쪽은 실험동물로 많이 쓰이는 포유류가 인간과 공유하는 유사성, 가령 비슷한 방식으로 피가 순환하며 허파로 호흡을 한다는 유사성은 실험 결과와 관련 있는 유사성으로 보기 때문에 자신들의 유비 논증은 개연성이 높다고 주장한다. ⁹반면에 인간과 꼬리가 있는 실험동물은 꼬리의 유무에서 유사성을 갖지 않지만 그것은 실험과 관련이 없는 특성이므로 무시해도 된다고 본다.

동물 실험의 유효성을 주장하는 쪽에서는 실험동물과 인간의 유사성을 실험 결과와 관련 있는 유사성이라고 보는군.

❹ (라) ¹⁰그러나 ㉡동물 실험을 반대하는 쪽은 유효성을 주장하는 쪽을 유비 논증과 관련하여 두 가지 측면에서 비판한다. ¹¹첫째, 인간과 실험동물 사이에는 위와 같은 유사성이 있다고 말하지만 그것은 기능적 차원에서의 유사성일 뿐이라는 것이다. ¹²인간과 실험동물의 기능이 유사하다고 해도 그 기능을 구현하는 인과적 메커니즘은 동물마다 차이가 있다는 과학적 근거가 있는데도 말이다. 유비 논증과 관련한 동물 실험 반대쪽의 주장(비판) ① 인간과 실험동물 사이의 유사성은 기능적 차원에서의 유사성일 뿐 ¹³둘째, 기능적 유사성에만 주목하면서도 막상 인간과 동물이 고통을 느낀다는 기능적 유사성에는 주목하지 않는다는 것이다. ¹⁴인간은 자신의 고통과 달리 동물의 고통은 직접 느낄 수 없지만 무엇인가에 맞았을 때 신음 소리를 내거나 몸을 움츠리는 동물의 행동이 인간과 기능적으로 유사하다는 것을 보고 유비 논증으로 동물이 고통을 느낀다는 것을 알 수 있는데도 말이다. 유비 논증과 관련한 동물 실험 반대쪽의 주장(비판) ② 인간과 실험동물 사이에는 기능적 유사성(고통에 대한 반응)이 있고, 인간이 고통을 느낀다는 특성을 가지므로 실험동물도 고통을 느낀다는 유비 추론이 가능

3문단의 주장에 대한 비판이 나올 거야.

❺ (마) ¹⁵요컨대 첫째 비판은 동물 실험의 유효성을 주장하는 유비 논증의 개연성이 낮다고 지적하는 반면 둘째 비판은 동물도 고통을 느낀다는 점에서 동물 실험의 윤리적 문제를 제기하는 것이다. 비판 ㉠은 찬성 측 유비 논증의 개연성이 낮음을 지적한 것이고, 비판 ②는 유비 논증을 통해 동물 실험의 윤리적 문제를 지적한 것! ¹⁶인간과 동물 모두 고통을 느끼는데 인간에게 고통을 ⓓ끼치는 실험은 해서는 안 되고 동물에게 고통을 끼치는 실험은 해도 된다고 생각하는 것은 공평하지 않다고 생각하기 때문이다. ¹⁷결국 윤리성의 문제도 일관되지 않게 쓰인 유비 논증에서 비롯된 것이다. 찬성 측에서는 인간과 실험동물 사이에 유사성이 있다는 전제에서 동물 실험 유효성에 관한 유비 논증을 했는데, 고통에 관한 유사성은 유비 논증에서 고려하지 않고 있으니 일관되지 않다는 것이지!

4문단의 내용을 정리해 줄 거야.

이것만은 챙기자

*전제: 어떠한 사물이나 현상을 이루기 위하여 먼저 내세우는 것.

*도출: 판단이나 결론 따위를 이끌어 냄.

*유효: 보람이나 효과가 있음.

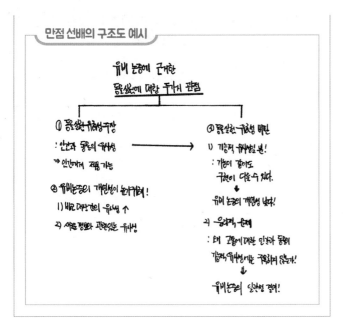

| 세부 정보 파악 | 정답률 68

1. (가)~(마)에 대한 이해로 적절하지 않은 것은?

✔ 정답풀이

⑤ (마): 동물 실험 유효성 주장이 갖는 현실적 문제들을 유비 논증의 차원을 넘어서 살펴보고 있다.

> 근거: **5** [15]요컨대 첫째 비판은 동물 실험의 유효성을 주장하는 유비 논증의 개연성이 낮다고 지적하는 반면 둘째 비판은 동물도 고통을 느낀다는 점에서 동물 실험의 윤리적 문제를 제기하는 것이다. [17]결국 윤리성의 문제도 일관되지 않게 쓰인 유비 논증에서 비롯된 것이다.
> (마)에는 동물 실험의 유효성을 주장하는 쪽에 대한 두 가지 비판이 제시되어 있다. 하나는 유비 논증의 개연성이 낮다고 지적하는 것이고, 다른 하나는 윤리적 문제를 지적하는 것이다. 그런데 이러한 윤리적 문제 역시 유비 논증에서 비롯된 것이라고 했다. 따라서 (마)에서 동물 실험 유효성 주장이 갖는 현실적 문제들을 유비 논증의 차원을 넘어서 살펴보고 있다고 할 수는 없다.

✖ 오답풀이

① (가): 유비 논증의 개념과 유용성을 소개하고 있다.

> 근거: **1** [1]유비 논증은 두 대상이 몇 가지 점에서 유사하다는 사실이 확인된 상태에서 어떤 대상이 추가적 특성을 갖고 있음이 알려졌을 때 다른 대상도 그 추가적 특성을 가지고 있다고 추론하는 논증이다. [2]유비 논증은 이미 알고 있는 전제에서 새로운 정보를 결론으로 도출하게 된다는 점에서 유익하기 때문에 일상생활과 과학에서 흔하게 쓰인다.

② (나): 동물 실험의 유효성 주장에 유비 논증이 활용되고 있음을 언급하고 있다.

> 근거: **2** [4]유비 논증을 활용해 동물 실험의 유효성을 주장하는 쪽은 인간과 실험동물이 유사성을 보유하고 있기 때문에 신약이나 독성 물질에 대한 실험동물의 반응 결과를 인간에게 안전하게 적용할 수 있다고 추론한다.
> (나)에서는 유비 논증을 활용하여 동물 실험의 유효성을 주장하는 쪽의 논리를 설명하고 있다.

③ (다): 동물 실험을 예로 들어 유비 논증이 높은 개연성을 갖기 위한 조건을 설명하고 있다.

> 근거: **3** [7]개연성이 높기 위해서는 비교 대상 간의 유사성이 커야 하는데 이 유사성은 단순히 비슷하다는 점에서의 유사성이 아니고 새로운 정보와 관련 있는 유사성이어야 한다. [8]예를 들어 동물 실험의 유효성을 주장하는 쪽은 실험동물로 많이 쓰이는 포유류가 인간과 공유하는 유사성, 가령 비슷한 방식으로 피가 순환하며 허파로 호흡을 한다는 유사성은 실험 결과와 관련 있는 유사성으로 보기 때문에 자신들의 유비 논증은 개연성이 높다고 주장한다.
> (다)에서는 유비 논증이 높은 개연성을 갖기 위한 조건으로 비교 대상 간의 유사성이 크고, 그 유사성이 새로운 정보와 관련 있는 유사성이어야 한다는 점을 동물 실험을 예로 들어 설명하고 있다.

④ (라): 동물 실험 유효성 주장이 유비 논증을 잘못 적용하고 있다는 비판을 소개하고 있다.

> 근거: **4** [10]그러나 동물 실험을 반대하는 쪽은 유효성을 주장하는 쪽을 유비 논증과 관련하여 두 가지 측면에서 비판한다. [11]첫째, 인간과 실험동물 사이에는 위와 같은 유사성이 있다고 말하지만 그것은 기능적 차원에서의 유사성일 뿐이라는 것이다. ~[13]둘째, 기능적 유사성에만 주목하면서도 막상 인간과 동물이 고통을 느낀다는 기능적 유사성에는 주목하지 않는다는 것이다.

2. 윗글을 바탕으로 추론한 내용으로 가장 적절한 것은?

☑ 정답풀이

⑤ 동물 실험에 윤리적 문제가 있다는 주장에는 인간과 동물의 고통을 공평한 기준으로 대해야 한다는 생각이 전제되어 있다.

> 근거: **5** [15](동물 실험을 반대하는 쪽의) 둘째 비판은 동물도 고통을 느낀 다는 점에서 동물 실험의 윤리적 문제를 제기하는 것이다. [16]인간과 동물 모두 고통을 느끼는데 인간에게 고통을 끼치는 실험은 해서는 안 되고 동물에게 고통을 끼치는 실험은 해도 된다고 생각하는 것은 공평하지 않 다고 생각하기 때문이다.

✖ 오답풀이

① 유비 논증의 개연성은 이미 알고 있는 정보와 관련이 없는 새로운 대상이 추가될 때 높아진다.

근거: **1** [2]유비 논증은 이미 알고 있는 전제에서 새로운 정보를 결론으로 도출 + **3** [6]도출한 새로운 정보가 참일 가능성을 유비 논증의 개연성이라 한다. [7]개연성이 높기 위해서는 비교 대상 간의 유사성이 커야 하는데 이 유사성은 단순히 비슷하다는 점에서의 유사성이 아니고 새로운 정보와 관 련 있는 유사성이어야 한다.

비교 대상 간 새로운 정보(결론으로 도출할 것)와 관련 있는 유사성이 크면 유비 논증의 개연성이 커진다. '이미 알고 있는 정보'는 유비 논증에서 전 제에 해당하므로 이것과 관련이 없는 새로운 대상이 추가된다고 하여 유비 논증의 개연성이 높아지는 것은 아니다.

② 인간은 자신이 고통을 느낀다는 것이나 동물이 고통을 느낀다는 것이나 모두 유비 논증에 의해 안다.

근거: **4** [14]인간은 자신의 고통과 달리 동물의 고통은 직접 느낄 수 없지만 무엇인가에 맞았을 때 신음 소리를 내거나 몸을 움츠리는 동물의 행동이 인간과 기능적으로 유사하다는 것을 보고 유비 논증으로 동물이 고통을 느 낀다는 것을 알 수 있는데도 말이다.

인간은 동물이 고통을 느낀다는 것을 유비 논증을 통해 알 수 있다. 그러나 자신의 고통은 유비 논증에 의해 아는 것이 아니라 직접 느끼는 것이다.

③ 인간이 꼬리가 있는 실험동물과 차이가 있다는 사실은 동물 실험의 유효성을 주장하는 논증의 개연성을 낮춘다.

근거: **3** [9]반면에 인간과 꼬리가 있는 실험동물은 꼬리의 유무에서 유사성을 갖지 않지만 그것은 실험과 관련이 없는 특성이므로 무시해도 된다고 본다.

동물 실험의 유효성을 주장하는 쪽에서는 인간과 꼬리가 있는 실험동물 간 꼬리의 유무 차이는 실험과 관련이 없는 특성이므로 무시해도 된다고 본다. 따라서 인간이 꼬리가 있는 실험동물과 차이가 있다는 사실이 동물 실험의 유효성을 주장하는 논증의 개연성을 낮춘다고 볼 수 없다.

④ 동물 실험이 인간에게 중대한 이익을 가져다준다는 것은 동물 실험의 유효성과 상관없이 알 수 있는 정보이다.

근거: **2** [4]유비 논증을 활용해 동물 실험의 유효성을 주장하는 쪽은 인간과 실험동물이 유사성을 보유하고 있기 때문에 신약이나 독성 물질에 대한 실 험동물의 반응 결과를 인간에게 안전하게 적용할 수 있다고 추론한다. [5]이를 바탕으로 이들은 동물 실험이 인간에게 명백하고 중요한 이익을 준다고 주 장한다.

동물 실험의 유효성을 주장하는 쪽에서는 인간과 실험동물의 유사성을 근 거로 실험동물의 반응 결과를 인간에게 안전하게 적용할 수 있다고 추론하 며, 이를 바탕으로 동물 실험이 인간에게 이익을 준다고 주장한다. 따라서 동물 실험이 인간에게 중대한 이익을 가져다준다는 것은 동물 실험의 유효 성과 관련이 있다.

3. ㉠과 ㉡에 대한 설명으로 가장 적절한 것은?

㉠: 동물 실험의 유효성을 주장하는 쪽
㉡: 동물 실험을 반대하는 쪽

☑ 정답풀이

③ ㉡은 ㉠이 인간과 동물 사이의 기능적 차원의 유사성과 인과적 메커니즘의 차이점 중 전자에만 주목한다고 비판한다.

> 근거: ◢ ¹¹첫째, 인간과 실험동물 사이에는 위와 같은 유사성이 있다고 말하지만 그것은 기능적 차원에서의 유사성일 뿐이라는 것이다. ¹²인간과 실험동물의 기능이 유사하다고 해도 그 기능을 구현하는 인과적 메커니즘은 동물마다 차이가 있다는 과학적 근거가 있는데도 말이다.
> ㉡은 ㉠이 기능을 구현하는 인과적 메커니즘이 동물마다 차이가 있음을 간과하고 기능적 차원의 유사성에만 주목한다고 비판한다.

✖ 오답풀이

① ㉠과 ㉡은 모두 인간과 동물이 기능적으로 유사하면 인과적 메커니즘도 유사하다고 생각한다.

근거: ◢ ¹¹첫째, 인간과 실험동물 사이에는 위와 같은 유사성이 있다고 말하지만 그것은 기능적 차원에서의 유사성일 뿐이라는 것이다. ¹²인간과 실험동물의 기능이 유사하다고 해도 그 기능을 구현하는 인과적 메커니즘은 동물마다 차이가 있다는 과학적 근거가 있는데도 말이다.
㉡은 기능적 유사성과 인과적 메커니즘을 별개로 보고 있다.

② ㉠이 ㉡의 비판에 적절히 대응하기 위해서는 인간과 동물이 기능적으로 유사하지 않다는 것을 보여 주면 된다.

근거: ◢ ¹¹첫째, 인간과 실험동물 사이에는 위와 같은 유사성이 있다고 말하지만 그것은 기능적 차원에서의 유사성일 뿐이라는 것이다. + ⑤ ¹⁵요컨대 첫째 비판은 동물 실험의 유효성을 주장하는 유비 논증의 개연성이 낮다고 지적하는 반면 둘째 비판은 동물도 고통을 느낀다는 점에서 동물 실험의 윤리적 문제를 제기하는 것이다.
㉠은 인간과 동물이 기능적으로 유사하다고 보므로, ㉠이 ㉡의 비판에 대응하기 위해 인간과 동물이 기능적으로 유사하지 않다는 것을 보여 주는 것은 적절하지 않다. ㉠이 ㉡의 비판에 적절히 대응하기 위해서는 유비 논증의 개연성이 낮다는 것과 동물 실험의 윤리적 문제에 대한 지적에 반론을 제기하면 된다.

④ ㉡은 ㉠과 달리 인간과 동물이 유사하지 않으면 동물 실험 결과는 인간에게 적용할 수 없다고 생각한다.

근거: ◢ ¹¹첫째, 인간과 실험동물 사이에는 위와 같은 유사성이 있다고 말하지만 그것은 기능적 차원에서의 유사성일 뿐이라는 것이다. ¹²인간과 실험동물의 기능이 유사하다고 해도 그 기능을 구현하는 인과적 메커니즘은 동물마다 차이가 있다는 과학적 근거가 있는데도 말이다.
㉡은 인간과 동물이 유사하지 않으면 동물 실험 결과를 인간에게 적용할 수 없다고 생각하는 것이 아니라, 인간과 동물 사이에 유사성이 있더라도 인과적 메커니즘에 차이가 있기 때문에 실험의 유효성을 주장하는 쪽을 비판하는 것이다.

⑤ ㉡은 ㉠과 달리 인간이 고통을 느끼는 것과 동물이 고통을 느끼는 것은 기능적으로 유사하지 않다고 생각한다.

근거: ◢ ¹⁴인간은 자신의 고통과 달리 동물의 고통은 직접 느낄 수 없지만 무엇인가에 맞았을 때 신음 소리를 내거나 몸을 움츠리는 동물의 행동이 인간과 기능적으로 유사하다는 것을 보고 유비 논증으로 동물이 고통을 느낀다는 것을 알 수 있는데도 말이다.
㉡은 인간이 고통을 느끼는 것과 동물이 고통을 느끼는 것은 기능적으로 유사하다고 본다.

4. 〈보기〉는 유비 논증의 하나이다. 유비 논증에 대한 윗글의 설명을 참고할 때, ⓐ~ⓒ에 해당하는 것을 ㉮~㉣ 중에서 골라 알맞게 짝지은 것은? [3점]

ⓐ: 실험동물
ⓑ: 유사성
ⓒ: 반응 결과

〈보기〉

> 내가 알고 있는 ㉮어떤 개(어떤 대상)는 ㉯몹시 사납고 물려는 버릇(어떤 대상이 추가적 특성을 갖고 있음이 알려짐)이 있다. 나는 공원에서 산책을 하다가 그 개와 ㉰비슷하게 생긴(몇 가지 점에서 유사하다는 사실이 확인된 상태) ㉱다른 개(다른 대상)를 만났다. 그래서 이 개도 사납고 물려는 버릇이 있을 것이라고 추측(다른 대상도 그 추가적 특성을 가지고 있다고 추론)했다.
> 근거: ❶ ¹유비 논증은 두 대상이 몇 가지 점에서 유사하다는 사실이 확인된 상태에서 어떤 대상이 추가적 특성을 갖고 있음이 알려졌을 때 다른 대상도 그 추가적 특성을 가지고 있다고 추론하는 논증이다.

☑ 정답풀이

	ⓐ	ⓑ	ⓒ
②	㉮	㉰	㉯

> 근거: ❷ ⁴유비 논증을 활용해 동물 실험의 유효성을 주장하는 쪽은 인간과 실험동물(ⓐ)이 유사성(ⓑ)을 보유하고 있기 때문에 신약이나 독성 물질에 대한 실험동물(ⓐ)의 반응 결과(ⓒ)를 인간에게 안전하게 적용할 수 있다고 추론한다.
> '어떤 개'와 '다른 개'는 비슷하게 생겼다는 유사성이 있으므로 ⓑ에 대응하는 것은 ㉰가 된다. 그리고 이를 통해 '어떤 개'가 가지고 있는 '몹시 사납고 물려는 버릇'이 '다른 개'에게도 있을 것이라고 추측했으므로 ⓒ에 대응하는 것은 ㉯가 된다. 그리고 '실험동물'과 '인간'의 유사성을 통해 '실험동물'의 반응 결과를 '인간'에게 적용할 수 있다고 추론하는 것과 마찬가지로, '어떤 개'와 '다른 개'의 유사성을 통해 '다른 개'의 특성을 추측하고 있으므로 ⓐ에 대응하는 것은 ㉮가 되며 ㉱는 '인간'에 대응된다.

• 4–①, ⑤번

학생들이 정답보다 많이 고른 선지가 ⑤번이다.

	ⓐ		ⓑ		ⓒ
⑤		ⓔ		ⓓ		④

많은 학생들이 '실험동물'을 '다른 개'라고 판단하였다. 그러나 윗글에서 '실험동물'의 반응 결과를 통해 '인간'의 반응 결과를 추론할 수 있다고 한 것을 통해 '실험동물'은 어떤 특성을 가지고 있는지 이미 밝혀진 대상이어야 함을 알 수 있다. 즉 '어떤 개'의 '몹시 사납고 물려는 버릇'을 통해 '다른 개' 또한 이와 같은 버릇이 있을 것이라고 추론하고 있으므로, '실험동물'은 '다른 개'가 아니라 '어떤 개'가 되어야 한다.

정답률 분석

	정답			매력적 오답
①	②	③	④	⑤
5%	38%	7%	5%	45%

5. 문맥상 ⓒ과 바꿔 쓰기에 적절하지 않은 것은?

✅ 정답풀이

① 맡기는

> 근거: 5 [16]인간에게 고통을 ⓒ끼치는 실험은 해서는 안 되고
> ⓒ은 '영향, 해, 은혜 따위를 당하거나 입게 하다.'의 의미이므로 '어떤 일에 대한 책임을 지고 담당하게 하다.'라는 의미인 '맡기다'와 바꿔 쓰기에 적절하지 않다.

❌ 오답풀이

② 가하는
가하다: 영향을 끼치기 위해 어떤 행위나 작용을 더하다.

③ 주는
주다: 남에게 어떤 일이나 감정을 겪게 하거나 느끼게 하다.

④ 안기는
안기다: 생각이나 감정 따위를 마음속에 가지게 하다.

⑤ 겪게 하는
겪게 하다: 어렵거나 경험될 만한 일을 당하여 치르게 하다.

[1~4] 다음 글을 읽고 물음에 답하시오.

✏️ 사고의 흐름

1 ¹우리 삶에서 운이 작용해서 결과가 달라지는 일은 흔하다. ²그러나 외적으로 드러나는 행위에 초점을 맞추는 '의무 윤리'든 행위의 ⓐ기반이 되는 성품에 초점을 맞추는 '덕의 윤리'든, 도덕의 문제를 다루는 철학자들은 도덕적 평가가 운에 따라 달라져서는 안 된다고 생각한다. *도덕적 평가와 운이 이 글의 화제가 되겠군!* ³이들의 생각처럼 도덕적 평가는 스스로가 통제할 수 있는 것에 대해서만 이루어져야 한다. ⁴운은 자신의 의지에 따라 통제할 수 없어서, 운에 따라 누구는 도덕적이게 되고 누구는 아니게 되는 일은 공평하지 않기 때문이다. *운: 의지로 통제 불가 → 운에 따라 도덕적 평가를 하는 것은 불공평*

지문 초반에 '그런데'가 등장할 때는 집중! 앞의 내용을 전환하여 화제를 구체적으로 제시하기 때문이지.

2 ⁵그런데 ㉠어떤 철학자들은 운에 따라 도덕적 평가가 달라지는 일이 실제로 일어난다고 주장하고, 그런 운을 '도덕적 운'이라고 부른다. *'도덕적 운'의 개념!* ⁶그들에 따르면 세 가지 종류의 도덕적 운이 ⓑ거론된다. ⁷첫째는 태생적 운이다. ⁸우리의 행위는 성품에 의해 결정되며 이런 성품은 태어날 때 이미 결정되므로, 성품처럼 우리가 통제할 수 없는 요인이 도덕적 평가에 ⓒ개입되는 불공평한 일이 일어난다는 것이다. *도덕적 운 ① 태생적 운: 성품(태어날 때 결정, 통제 X) → 행위 → 평가 = 불공평*

3 ⁹둘째는 상황적 운이다. ¹⁰똑같은 성품이더라도 어떤 상황에 처하느냐에 따라 그 성품이 발현*되기도 하고 안 되기도 한다는 것이다. ¹¹가령 남의 것을 탐내는 성품을 똑같이 가졌는데 결핍된 상황에 처한 사람은 그 성품이 발현되는 반면에 풍족한 상황에 처한 사람은 그렇지 않다면, 전자만 비난하는 것은 공평하지 못하다는 것이다. ¹²어떤 상황에 처하느냐는 통제할 수 없는 요인이기 때문이다. *도덕적 운 ② 상황적 운: 상황(통제 X) → 성품 발현 O or X → 행위 → 평가 = 불공평*

4 ¹³셋째는 우리가 통제할 수 없는 결과에 의해 도덕적 평가가 좌우되는 결과적 운이다. ¹⁴어떤 화가가 자신의 예술적 이상을 달성하기 위해 가족을 버리고 멀리 떠났다고 해 보자. ¹⁵이 경우 그가 화가로서 성공했을 때보다 실패했을 때 그의 무책임함을 더 비난하는 것을 '상식'으로 받아들이는 경우가 많다. ¹⁶그러나 도덕적 운을 인정하는 철학자들은 그가 가족을 버릴 당시에는 예측할 수 없었던 결과에 의해 그의 행위를 달리 평가하는 것 역시 불공평하다고 생각한다. *도덕적 운 ③ 결과적 운: 결과(행위 당시 예측 X, 통제 X) → 행위 → 평가 = 불공평 / 도덕적 운을 인정하는 입장에 대해 정리해 보자! 도덕적 운: ① 태생적 운 ② 상황적 운 ③ 결과적 운 → 도덕적 운을 인정하지만 그에 따라 도덕적 평가를 하는 것은 불공평하다고 생각함*

5 ¹⁷그들(도덕적 운을 인정하는 철학자들)의 주장에 따라 도덕적 운의 존재를 인정하면 불공평한 평가만 할 수 있을 뿐인데, 이는 결국 도덕적 평가 자체가 불가능해짐을 의미한다. ¹⁸ㄴ도덕적 평가가 불가능한 대상은 강제나 무지와 같이 스스로가 통제할 수 없는 요인에 의해 결정되는 것에만 국한*되어야 한다. ¹⁹그런데 도덕적 운의 존재를 인정하면 그동안 도덕적 평가의 대상이었던 성품이나 행위에 대해 도덕적 평가를 내릴 수 없는 난점에 직면하게 되는 것이다. *도덕적 운을 인정하는 것의 문제점이군!*

6 ²⁰하지만 관점을 바꾸어 도덕적 운의 존재를 부정하고 도덕적 평가가 불가능한 경우를 강제나 무지에 의한 행위에 ⓓ국한한다면 이와 같은 난점(도덕적 운의 존재를 인정하면 도덕적 평가 자체가 불가능)에서 벗어날 수 있다. ²¹도덕적 운의 존재를 부정하기 위해서는 도덕적 운이라고 생각되는 예들이 실제로는 도덕적 운이 아님을 보여 주면 된다. ²²우선 행위는 성품과는 별개의 것이므로 태생적 운의 존재가 부정된다. ²³또한 나쁜 상황에서 나쁜 행위를 할 것이라는 추측만으로 어떤 사람을 ⓔ폄하하는 일은 정당하지 못하므로 상황적 운의 존재도 부정된다. ²⁴끝으로 어떤 화가가 결과적으로 성공을 했든 안 했든 무책임함에 대해서는 똑같이 비난받아야 하므로 결과적 운의 존재도 부정된다. ²⁵실패한 화가를 더 비난하는 '상식'이 통용*되는 것은 화가의 무책임한 행위가 그가 실패했을 때보다 성공했을 때 덜 부각되기 때문이다. *도덕적 운을 부정하는 입장도 정리해 볼까? ① 태생적 운 부정: 행위는 성품과 별개 ② 상황적 운 부정: 나쁜 상황에서 나쁜 행위를 할 것이라는 추측만으로 폄하 X ③ 결과적 운 부정: 무책임함은 결과를 떠나 똑같이 비난받아야 함*

앞부분과 반대되는 내용이 나올 거야!

이것만은 챙기자

* **발현:** 속에 있거나 숨은 것이 밖으로 나타나거나 그렇게 나타나게 함. 또는 그런 결과.
* **국한:** 범위를 일정한 부분에 한정함.
* **통용:** 일반적으로 두루 씀.

만점 선배의 구조도 예시

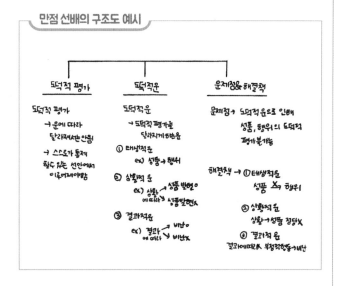

1. ㉠과 글쓴이의 견해에 대한 설명으로 가장 적절한 것은?

㉠: 어떤 철학자들

✓ 정답풀이

⑤ ㉠과 글쓴이는 모두 도덕적 운의 존재를 인정하는 것은 도덕적 평가를 불공평하게 만든다고 생각한다.

근거: **2** [5]그런데 어떤 철학자들(㉠)은 운에 따라 도덕적 평가가 달라지는 일이 실제로 일어난다고 생각하고, 그런 운을 '도덕적 운'이라고 부른다~ [8]우리의 행위는~불공평한 일이 일어난다는 것이다. + **3** [11]가령 남의 것을 탐내는~공평하지 못하다는 것이다. + **4** [16]불공평하다고 생각한다.(㉠의 입장) + **5** [17]그들(㉠)의 주장에 따라 도덕적 운의 존재를 인정하면 불공평한 평가만 할 수 있을 뿐인데.(글쓴이의 입장)

㉠은 도덕적 운을 인정하지만 이를 도덕적 평가의 대상으로 삼는 것은 불공평하다고 생각한다. 글쓴이도 도덕적 운의 존재를 인정하면 불공평한 평가만 할 수 있을 뿐이라고 하며 도덕적 운의 존재를 부정해 도덕적 평가 자체가 불가능한 문제를 해결하고자 하므로, ㉠과 글쓴이 모두 도덕적 운의 존재를 인정하는 것은 도덕적 평가를 불공평하게 만든다고 생각한다는 설명은 적절하다.

✗ 오답풀이

① ㉠과 달리 글쓴이는 도덕적 평가는 '상식'을 존중해야 한다고 생각한다.

근거: **4** [14]어떤 화가가 자신의 예술적 이상을 달성하기 위해 가족을 버리고 멀리 떠났다고 해 보자. [15]이 경우 그가 화가로서 성공했을 때보다 실패했을 때 그의 무책임함을 더 비난하는 것을 '상식'으로 받아들이는 경우가 많다. [16]그러나 도덕적 운을 인정하는 철학자들은 그가 가족을 버릴 당시에는 예측할 수 없었던 결과에 의해 그의 행위를 달리 평가하는 것 역시 불공평하다고 생각한다. (㉠의 입장) + **6** [25]실패한 화가를 더 비난하는 '상식'이 통용되는 것은 화가의 무책임한 행위가 그가 실패했을 때보다 성공했을 때 덜 부각되기 때문이다. (글쓴이의 입장)

㉠은 어떤 화가가 화가로서 성공했을 때보다 실패했을 때 그의 무책임함을 더 비난하는 것을 '상식'으로 받아들이는 경우가 많으나, 예측할 수 없었던 결과에 의해 그의 행위를 달리 평가하는 것은 불공평하다고 생각한다. 한편 글쓴이는 실패한 화가를 더 비난하는 '상식'이 통용되는 것은 화가의 무책임한 행위가 그가 실패했을 때보다 성공했을 때 덜 부각되기 때문이라고 했다. 따라서 ㉠과 글쓴이 모두 '상식'을 존중해야 한다고 생각하지는 않을 것이다.

② ㉠은 글쓴이와 달리 운은 우리가 통제할 수 없는 것이라고 생각한다.

근거: **2** [8]성품처럼 우리가 통제할 수 없는 요인이 도덕적 평가에 개입되는 불공평한 일이 일어난다는 것이다. + **3** [12]어떤 상황에 처하느냐는 통제할 수 없는 요인이기 때문이다. + **4** [13]셋째는 우리가 통제할 수 없는 결과에 의해 도덕적 평가가 좌우되는 결과적 운이다. (㉠의 입장) + **5** [17]그들(㉠)의 주장에 따라 도덕적 운의 존재를 인정하면 불공평한 평가만 할 수 있을 뿐인데, 이는 결국 도덕적 평가 자체가 불가능해짐을 의미한다. (글쓴이의 입장)

㉠은 도덕적 운을 세 가지 종류로 나눈 후, 각각의 도덕적 운은 우리가 통제할 수 없는 요인이기 때문에 이것이 도덕적 평가에 개입되는 것은 불공평하다고 설명한다. 한편 글쓴이는 도덕적 운의 존재를 인정하면 도덕적 평가 자체가 불가능하다고 말한다. 이는 곧 운이 통제 불가능한 요인이라고 보는 것이므로 ㉠과 글쓴이 모두 운을 우리가 통제할 수 없는 것이라고 생각할 것이다.

③ ㉠과 글쓴이는 모두 같은 성품을 가진 사람은 같은 행위를 한다고 생각한다.

근거: **3** [10]똑같은 성품이더라도 어떤 상황에 처하느냐에 따라 그 성품이 발현되기도 하고 안 되기도 한다는 것이다. (㉠의 입장) + **6** [22]우선 행위는 성품과는 별개의 것 (글쓴이의 입장)

㉠은 똑같은 성품이더라도 어떤 상황에 처하느냐에 따라 그 성품이 발현되기도 하고 안 되기도 한다고 했고, 글쓴이는 행위는 성품과는 별개라고 하였다. 따라서 ㉠과 글쓴이 모두 같은 성품을 가진 사람이 같은 행위를 한다고 생각하지 않을 것이다.

④ ㉠과 글쓴이는 모두 도덕의 영역에서는 운에 따라 도덕적 평가가 달라지는 일은 없다고 생각한다.

근거: **2** [5]그런데 어떤 철학자들은 운에 따라 도덕적 평가가 달라지는 일이 실제로 일어난다고 주장하고, 그런 운을 '도덕적 운'이라고 부른다. (㉠의 입장) + **5** [17]그들(㉠)의 주장에 따라 도덕적 운의 존재를 인정하면 불공평한 평가만 할 수 있을 뿐인데, 이는 결국 도덕적 평가 자체가 불가능해짐을 의미한다. + **6** [20]하지만 관점을 바꾸어 도덕적 운의 존재를 부정하고 도덕적 평가가 불가능한 경우를 강제나 무지에 의한 행위에 국한한다면 이와 같은 난점에서 벗어날 수 있다. (글쓴이의 입장)

㉠은 운에 따라 도덕적 평가가 달라지는 일이 실제로 일어난다고 했다. 하지만 글쓴이는 도덕적 운의 존재를 인정하면 도덕적 평가 자체가 불가능하다고 하여 도덕적 운의 존재를 부정하고 있다. 따라서 ㉠과 달리 글쓴이는 운에 따라 도덕적 평가가 달라지는 일은 없다고 볼 것이다.

2. ㉡의 관점에 따를 때, '도덕적 평가'의 대상으로 볼 수 있는 것만을 〈보기〉에서 있는 대로 고른 것은?

> ㉡: 도덕적 평가가 불가능한 대상은 강제나 무지와 같이 스스로가 통제할 수 없는 요인에 의해 결정되는 것에만 국한되어야 한다.

〈보기〉

ㄱ. 거친 성격의 사람이 자신의 성격을 억누르고 주위 사람들을 다정하게 대했다. (의지 → 통제 가능)
ㄴ. 복잡한 지하철에서 누군가에게 떠밀린 사람이 어쩔 수 없이 앞 사람의 발을 밟게 되었다. (강제 → 통제 불가능)
ㄷ. 글을 모르는 어린아이가 바닥에 떨어진 중요한 서류가 실수로 버려진 것인 줄 모르고 찢으며 놀았다. (무지 → 통제 불가능)
ㄹ. 풍족한 나라의 한 종교인이 가난한 나라로 발령을 받자 자신의 종교적 신념에 따라 가난한 사람들을 돕는 활동을 했다. (신념 → 통제 가능)

✔ 정답풀이

① ㄱ, ㄹ

㉡에 따르면 스스로가 통제할 수 없는 요인에 의한 것은 도덕적 평가가 불가능하다. ㄴ은 어쩔 수 없는 '강제' 상황에서 앞 사람의 발을 밟게 된 경우이며, ㄷ은 글을 모르는 '무지' 상황의 어린아이가 중요한 서류를 찢으며 논 경우이므로 ㄴ과 ㄷ은 도덕적 평가의 대상으로 볼 수 없다. 이와 달리 ㄱ과 ㄹ은 스스로의 의지나 신념 등 통제 가능한 요인에 의한 행위이므로 도덕적 평가의 대상으로 볼 수 있다.

📋 문제적 문제 • 2-①, ②번

학생들이 정답 이외에 가장 많이 고른 선지가 ②번이다.

② ㄴ, ㄷ

하지만 ②번은 정답과 완전히 상반된 선지였다. 〈보기〉의 내용이 어렵지 않으므로 발문을 잘못 이해했을 가능성이 크다. ㉡의 관점에서는 '강제'나 '무지'처럼 스스로 통제 불가한 요인만 도덕적 평가가 불가능하다고 보고 있으므로, 〈보기〉 중 '강제'와 '무지'의 상황이 아닌 것을 골라 묶어야 정답이 된다. 발문을 꼼꼼히 읽어 문제의 요구 사항이나 조건을 정확히 확인하자.

정답률 분석

정답	매력적 오답			
①	②	③	④	⑤
65%	29%	2%	2%	2%

3. 윗글에 근거하여 〈보기〉를 설명한 내용으로 가장 적절한 것은?

〈보기〉

[1]동료 선수와 협동하지 않고 무모한 공격을 감행한 축구 선수 A와 B가 있다. [2]A는 상대팀 골키퍼가 실수를 하여 골을 넣었는데, B는 골키퍼가 실수를 하지 않아 골을 넣지 못했다. 결과: A(골 이 / B(골 X) [3]두 사람은 무모하고 독선적인 성품이나 행위와 동기는 같은데도, 통상 사람들은 A보다 B를 도덕적으로 더 비난한다. → 결과적 운

✔ 정답풀이

① 도덕적 운의 존재를 인정하지 않는 철학자는 A는 B에 비해 무모함과 독선이 사람들에게 덜 부각되었을 뿐이라고 본다.

근거: 〈보기〉 [1]동료 선수와 협동하지 않고 무모한 공격을 감행한 축구 선수 A와 B가 있다. [2]A는 상대팀 골키퍼가 실수를 하여 골을 넣었는데, B는 골키퍼가 실수를 하지 않아 골을 넣지 못했다. [3]두 사람은 무모하고 독선적인 성품이나 행위와 동기는 같은데도, 통상 사람들은 A보다 B를 도덕적으로 더 비난한다. + 6 [24]끝으로 어떤 화가가 결과적으로 성공을 했든 안 했든 무책임함에 대해서는 똑같이 비난받아야 하므로 결과적 운의 존재도 부정된다. [25]실패한 화가를 더 비난하는 '상식'이 통용되는 것은 화가의 무책임한 행위가 그가 실패했을 때보다 성공했을 때 덜 부각되기 때문이다.

〈보기〉의 A와 B는 똑같이 동료 선수와 협동하지 않고 무모한 공격을 감행했다. 그러나 A는 골을 넣은 반면, B는 골을 넣지 못한 '결과' 때문에 사람들은 A보다 B를 도덕적으로 더 비난했다. 4문단에 제시된 화가의 사례에 대해 도덕적 운의 존재를 인정하지 않는 입장에서는 '결과'와 상관없이 무책임함에 대해서는 똑같이 비난받아야 한다고 하면서, 성공한 사람보다 실패한 사람이 더 비난받는 이유는 무책임한 행위가 실패했을 때보다 성공했을 때 덜 부각되기 때문이라고 말한다. 즉 도덕적 운의 존재를 인정하지 않는 철학자는 골을 넣은 A가 골을 넣지 못한 B에 비해 무모함과 독선이 사람들에게 덜 부각되었을 뿐이라고 볼 것이다.

✖ 오답풀이

② 도덕적 운의 존재를 인정하는 철학자는 A가 B의 처지라면 골을 넣지 못했으리라는 추측만으로 A를 비난하는 것은 정당하지 못하다고 본다.

근거: 6 [23]또한 나쁜 상황에서 나쁜 행위를 할 것이라는 추측만으로 어떤 사람을 폄하하는 일은 정당하지 못하므로 상황적 운의 존재도 부정된다.

도덕적 운의 존재를 부정하는 입장에서는 상황적 운에 대해 나쁜 상황에서 나쁜 행위를 할 것이라는 추측만으로 어떤 사람을 폄하하는 일은 정당하지 못하다고 본다. 그러나 도덕적 운의 존재를 인정하는 철학자는 이와 같은 추측의 정당성에 대해서 언급하지 않았다. 또한 〈보기〉의 상황은 '상황적 운'이 아니라 '결과적 운'에 해당한다.

③ 태생적 운의 존재를 인정하는 철학자는 B가 A에 비해 무모하고 독선적인 성품을 천부적으로 더 가지고 있으므로 더 비난받아야 한다고 본다.

근거: **2** [7]첫째는 태생적 운이다. [8]우리의 행위는 성품에 의해 결정되며 이런 성품은 태어날 때 이미 결정 + 〈보기〉[3]두 사람은 무모하고 독선적인 성품이나 행위와 동기는 같은데도, 통상 사람들은 A보다 B를 도덕적으로 더 비난한다.

태생적 운의 존재를 인정하는 입장에서는 우리의 성품은 태어날 때 이미 결정된다고 보며, 〈보기〉에서 A와 B의 무모하고 독선적인 성품은 같다고 했다. 따라서 B가 A에 비해 무모하고 독선적인 성품을 천부적(태어날 때부터 지닌)으로 더 가지고 있다고 볼 근거는 없다.

④ 상황적 운의 존재를 인정하지 않는 철학자는 A가 B의 상황이라면 무모함과 독선이 발현되지 않을 것이기 때문에 똑같이 비난받아서는 안 된다고 본다.

근거: **3** [9]둘째는 상황적 운이다. [10]똑같은 성품이더라도 어떤 상황에 처하느냐에 따라 그 성품이 발현되기도 하고 안 되기도 한다는 것이다. + **6** [23]또한 나쁜 상황에서 나쁜 행위를 할 것이라는 추측만으로 어떤 사람을 폄하하는 일은 정당하지 못하므로 상황적 운의 존재도 부정된다. + 〈보기〉[3]두 사람은 무모하고 독선적인 성품이나 행위와 동기는 같은데도, 통상 사람들은 A보다 B를 도덕적으로 더 비난한다.

상황에 따라 성품이 발현되기도 하고 안 되기도 한다는 것은 상황적 운의 존재를 인정하는 입장이다. 상황적 운의 존재를 인정하지 않는 철학자는 상황을 가정하여 행위를 추측하고 도덕적 판단을 하는 것은 불공평하다고 볼 것이므로, A가 B의 상황이라면 무모함과 독선이 발현되지 않을 것이라고 보지는 않을 것이다. 또한 〈보기〉에서 A와 B는 동일한 상황에서 동일하게 무모하고 독선적인 행위를 하였으므로 〈보기〉에 대한 설명으로 적절하지 않다.

⑤ 결과적 운의 존재를 인정하는 철학자는 A보다 B가 더 무모한 공격을 했기 때문에 더 비난받아야 한다고 본다.

근거: **4** [16]그러나 도덕적 운을 인정하는 철학자들은 그가 가족을 버릴 당시에는 예측할 수 없었던 결과에 의해 그의 행위를 달리 평가하는 것 역시 불공평하다고 생각한다. + 〈보기〉[3]두 사람은 무모하고 독선적인 성품이나 행위와 동기는 같은데도, 통상 사람들은 A보다 B를 도덕적으로 더 비난한다.

〈보기〉에서 A와 B는 무모하고 독선적인 성품이나 행위, 동기가 같으며 두 사람 모두 무모한 공격을 감행했다고 했을 뿐, A보다 B가 더 무모한 공격을 했다고 하지는 않았으므로 이를 적절하다고 볼 수 없다. 또한 결과적 운의 존재를 인정하는 철학자는 그에 따라 도덕적 평가가 이루어지는 것은 불공평하다고 생각하므로, 결과에 따라 B가 더 비난받아야 한다고 보지는 않을 것이다.

4. ⓐ~ⓔ의 사전적 의미로 적절하지 <u>않은</u> 것은?

✓ 정답풀이

④ ⓓ: 알맞게 이용하거나 어떤 상황에 맞추어 씀.

> 근거: **6** [20]하지만 관점을 바꾸어 도덕적 운의 존재를 부정하고 도덕적 평가가 불가능한 경우를 강제나 무지에 의한 행위에 ⓓ국한한다면 이와 같은 난점에서 벗어날 수 있다.
> '알맞게 이용하거나 어떤 상황에 맞추어 씀.'을 뜻하는 단어는 '적용'이다. '국한'의 사전적 의미는 '범위를 일정한 부분에 한정함.'이다.

✕ 오답풀이

① ⓐ: 기초가 되는 바탕. 또는 사물의 토대.
근거: **1** [2]행위의 ⓐ기반이 되는 성품에 초점을 맞추는 '덕의 윤리'든, ~

② ⓑ: 어떤 사항을 논제로 삼아 제기하거나 논의함.
근거: **2** [6]그들에 따르면 세 가지 종류의 도덕적 운이 ⓑ거론된다.

③ ⓒ: 자신과 직접적 관계가 없는 일에 끼어듦.
근거: **2** [8]성품처럼 우리가 통제할 수 없는 요인이 도덕적 평가에 ⓒ개입되는 불공평한 일이 일어난다는 것이다.

⑤ ⓔ: 어떤 대상이 지닌 가치를 깎아내림.
근거: **6** [23]또한 나쁜 상황에서 나쁜 행위를 할 것이라는 추측만으로 어떤 사람을 ⓔ폄하하는 일은 정당하지 못하므로 상황적 운의 존재도 부정된다.

[1~4] 다음 글을 읽고 물음에 답하시오.

✏️ 사고의 흐름

1 ¹역사가 신채호는 역사를 아(我)와 비아(非我)의 투쟁 과정이라고 정의한 바 있다. ²그가 무장 투쟁의 필요성을 역설한 독립 운동가이기도 했다는 사실 때문에, 그의 이러한 생각은 그를 투쟁만을 강조한 강경론자처럼 비춰지게 하곤 한다. ³한지만 그는 식민지 민중과 제국주의 국가에서 제국주의를 반대하는 민중 간의 연대*를 지향하기도 했다. 신채호는 투쟁만을 강조한 것이 아니라 연대를 지향하기도 했구나! ⁴그의 사상에서 투쟁과 연대는 모순되지 않는 요소였던 것이다. ⁵이를 바르게 이해하기 위해서는 그의 사상의 핵심 개념인 '아'를 정확하게 이해할 필요가 있다. 2문단부터 '아'에 대한 구체적인 설명이 이어지겠군. 이를 소개하는 것은 투쟁과 연대가 모순되지 않는 요소라고 보았던 신채호의 사상을 설명하기 위함임을 기억하며 읽자!

(좌측 여백) 신채호가 강경론자로 보인다고 설명하다가 '하지만' 이라고 했으니 그러한 인식과는 상반된 내용이 제시되겠군.

2 ⁶신채호의 사상에서 아란 자기 ㉠본위에서 자신을 ㉡자각*하는 주체인 동시에 항상 나와 상대하고 있는 존재인 비아와 마주 선 주체를 의미한다. 아 = 자신을 자각하는 주체 + 비아와 마주 선 주체 ⁷자신을 자각하는 누구나 아가 될 수 있다는 상대성*을 지니면서 또한 비아와의 관계 속에서 비로소 아가 생성된다는 상대성도 지닌다. ⁸신채호는 조선 민족의 생존과 발전의 길을 모색하기 위해 『조선 상고사』를 저술하여 아의 이러한 특성을 규정했다. ⁹그는 아의 **자성(自性)**, 곧 '나의 나됨'은 스스로의 고유성을 유지하려는 **항성(恒性)**과 환경의 변화에 대응하여 적응하려는 **변성(變性)**이라는 두 요소로 이루어져 있다고 하였다. 아의 자성(나의 나됨) = 항성(고유성 유지) + 변성(환경 변화에 대응하여 적응) ¹⁰아는 항성을 통해 아 자신에 대해 자각하며, 변성을 통해 비아와의 관계 속에서 자기의식을 갖게 되는 것으로 ㉢설정하였다. ¹¹그리고 자성이 시대와 환경에 따라 변화한다고 하였다.

```
┌──────────┐     ┌─────────┐   ┌──────────────┐
│    아     │     │   항성   │   │     변성      │
│ (아의 자성 │  =  │(고유성 유지)│ + │(환경 변화에    │
│ = 나의 나됨)│     │          │   │  대응하여 적응) │
└──────────┘     └─────────┘   └──────────────┘
                      ↓              ↓
                자신을 자각하는 주체   비아와 마주 선 주체
```

3 ¹²신채호는 아를 소아와 대아로 구별하였다. '아'를 소아와 대아로 구별했으니 이 둘을 비교하며 설명하겠지? 차이점을 생각하며 글을 읽어 보자. ¹³그에 따르면, 소아는 개별화된 개인적 아이며, 대아는 국가와 사회 차원의 아이다. ¹⁴소아는 자성은 갖지만 상속성(相續性)과 보편성(普遍性)을 갖지 못하는 반면, 대아는 자성을 갖고 상속성과 보편성을 가질 수 있다.

아	소아	개별화된 개인적 아	자성 O / 상속성, 보편성 X
	대아	국가, 사회 차원의 아	자성 O / 상속성, 보편성 O

¹⁵여기서 상속성이란 시간적 차원에서 아의 생명력이 지속되는 것을 뜻하며, 보편성이란 공간적 차원에서 아의 영향력이 ㉣파급되는 것을 뜻한다. ¹⁶상속성과 보편성은 긴밀한 관계를 가지는데, 보

(좌측 여백) 상속성에 대해 설명한 다음에 보편성에 대해서도 설명할 거야.

편성의 확보를 통해 상속성이 실현되며 상속성의 유지를 통해 보편성이 실현된다.

	의미	실현
상속성	시간적 차원, 아의 생명력 지속	보편성 확보를 통해
보편성	공간적 차원, 아의 영향력 파급	상속성 유지 통해

¹⁷대아가 자성을 자각한 이후, 항성과 변성의 조화를 통해 상속성과 보편성을 실현할 수 있다. ¹⁸만약 대아의 항성이 크고 변성이 작으면 환경에 순응하지 못하여 멸절(滅絕)*할 것이며, 항성이 작고 변성이 크면 환경에 주체적으로 대응하지 못하여 우월한 비아에게 정복당한다고 하였다.

대아(국가, 사회 차원의 아): 항성과 변성의 조화 → 상속성, 보편성 실현	
항성(고유성 유지)↑, 변성(환경 변화에 적응)↓	환경에 순응 X → 멸절
항성(고유성 유지)↓, 변성(환경 변화에 적응)↑	환경에 주체적 대응 X → 우월한 비아에 정복당함

4 ¹⁹이러한 아의 개념을 통해 우리는 투쟁과 연대에 관한 신채호의 인식을 정확히 이해할 수 있다. '아'에 대해 모두 설명했으니, 이제 신채호 사상의 투쟁과 연대가 모순되지 않음에 대해 본격적으로 설명할 거야. ²⁰일본의 제국주의 침략에 ㉤직면하여 그는 신국민이라는 새로운 개념을 제시하고 조선 민족이 신국민이 될 때 민족 생존이 가능하다고 보았다. 새로운 개념이 나왔으니 이어서 신국민에 대한 설명이 나올 거야. ²¹신국민은 상속성과 보편성을 지닌 대아로서, 역사적 주체 의식이라는 항성과 제국주의 국가에 대응하여 생긴 국가 정신이라는 변성을 갖춘 조선 민족의 근대적 대아에 해당한다. 신국민 = 상속성, 보편성 지닌 근대적 대아: 항성(역사적 주체 의식) + 변성(제국주의에 대응한 국가 정신) 갖춤 ²²또한 그는 일본을 중심으로 서구 열강에 대항하자는 동양주의에 반대했다. ²³동양주의는 비아인 일본이 아가 되어 동양을 통합하는 길이기에, 조선 민족인 아의 생존이 위협받는다고 보았기 때문이다. 동양주의: 일본(비아)이 아가 되어 동양을 통합하려 함 → 조선 민족(아)의 생존 위협

5 ²⁴식민 지배가 심화될수록 일본에 동화되는 세력이 증가하면서 신채호는 아 개념을 더욱 명료화할 필요가 있었다. 아 개념 명료화 필요성: 일본에 동화되는 세력 증가 때문! ²⁵이에 그는 조선 민중을 아의 중심에 놓으면서, 아에도 일본에 동화된 '아 속의 비아'가 있고, 일본이라는 비아에도 아와 연대할 수 있는 '비아 속의 아'가 있음을 밝혔다. ²⁶민중은 비아에 동화된 자들을 제외한 조선 민족을 의미한 것이었다.

```
                  아 속의 비아 → (제외)
아(조선 민중)                              비아(일본)
                  (연대) ← 비아 속의 아
```

[27]그는 조선 민중을, 민족 내부의 압제와 위선(아 속의 비아)을 제거함으로써 참된 민족 생존과 번영을 달성할 수 있는 주체이자 제국주의 국가에서 제국주의를 반대하는 민중(비아 속의 아)과의 연대를 통하여 부당한 폭력과 억압을 강제하는 제국주의에 함께 저항할 수 있는 주체로 보았다. [28]이러한 민중 연대를 통해 '인류로서 인류를 억압하지 않는' 자유를 지향했다. 조선 민중에서 아 속의 비아(제국주의 동화) 제거, 비아 속의 아(제국주의 반대)와 연대 → 민족 생존과 번영 달성 + 제국주의에 저항 → 자유 지향

이것만은 챙기자

* **연대**: 여럿이 함께 무슨 일을 하거나 함께 책임을 짐.
* **자각**: 현실을 판단하여 자기의 입장이나 능력 따위를 스스로 깨달음.
* **상대성**: 사물이 그 자체로서 독립하여 존재하지 아니하고, 다른 사물과 의존적인 관계를 가지는 성질.
* **멸절**: 멸망하여 아주 없어짐. 또는 멸망시켜 아주 없애 버림.

만점 선배의 구조도 예시

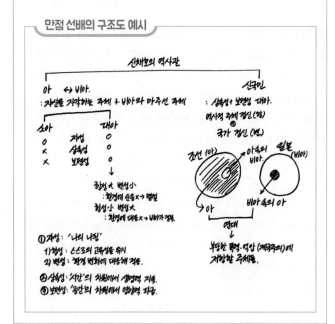

1. 윗글에서 다룬 내용으로 적절하지 않은 것은?

✅ 정답풀이

④ 신채호 사상에서의 대아의 역사적 기원

> 윗글에서 신채호가 아를 소아와 대아로 구별하고, 대아를 국가와 사회 차원의 아라고 규정했음을 언급했지만 윗글에서 신채호 사상에서의 대아의 역사적 기원을 소개하지는 않았다.

❌ 오답풀이

① 신채호 사상의 핵심 개념에 대한 이해의 필요성
근거: **1** [4]그(신채호)의 사상에서 투쟁과 연대는 모순되지 않는 요소였던 것이다. [5]이를 바르게 이해하기 위해서는 그의 사상의 핵심 개념인 '아'를 정확하게 이해할 필요가 있다.

② 신채호 사상에서의 자성의 의미
근거: **2** [9]그(신채호)는 아의 자성, 곧 '나의 나됨'은 스스로의 고유성을 유지하려는 항성과 환경의 변화에 대응하여 적응하려는 변성이라는 두 요소로 이루어져 있다고 하였다.

③ 신채호가 밝힌 대아와 소아의 차이
근거: **3** [12]신채호는 아를 소아와 대아로 구별하였다. [13]그에 따르면, 소아는 개별화된 개인적 아이며, 대아는 국가와 사회 차원의 아이다. [14]소아는 자성은 갖지만 상속성과 보편성을 갖지 못하는 반면, 대아는 자성을 갖고 상속성과 보편성을 가질 수 있다.

⑤ 신채호가 지향한 민중 연대의 의의
근거: **5** [27]그(신채호)는 조선 민중을, 민족 내부의 압제와 위선을 제거함으로써 참된 민족 생존과 번영을 달성할 수 있는 주체이자 제국주의 국가에서 제국주의를 반대하는 민중과의 연대를 통하여 부당한 폭력과 억압을 강제하는 제국주의에 함께 저항할 수 있는 주체로 보았다. [28]이러한 민중 연대를 통해 '인류로서 인류를 억압하지 않는' 자유를 지향했다.

2. 윗글의 자성(自性)에 관한 이해로 가장 적절한 것은?

✅ 정답풀이

④ 항성과 변성이 조화를 이루지 못하면, 대아의 상속성과 보편성은 실현되지 않는다.

> 근거: ❸ [17]대아가 자성을 자각한 이후, 항성과 변성의 조화를 통해 상속성과 보편성을 실현할 수 있다. [18]만약 대아의 항성이 크고 변성이 작으면 환경에 순응하지 못하여 멸절할 것이며, 항성이 작고 변성이 크면 환경에 주체적으로 대응하지 못하여 우월한 비아에게 정복당한다고 하였다.

❌ 오답풀이

① 자성을 갖춘 모든 아는 상속성과 보편성을 갖는다.

> 근거: ❸ [14]소아는 자성은 갖지만 상속성과 보편성을 갖지 못하는 반면, 대아는 자성을 갖고 상속성과 보편성을 가질 수 있다.
>
> 소아는 자성은 갖지만 상속성과 보편성을 갖지 못한다. 따라서 자성을 갖춘 모든 아가 상속성과 보편성을 갖는 것은 아니다.

② 소아의 항성과 변성이 조화를 이루면, 상속성과 보편성이 모두 실현된다.

> 근거: ❸ [14]소아는 자성은 갖지만 상속성과 보편성을 갖지 못하는 반면, 대아는 자성을 갖고 상속성과 보편성을 가질 수 있다.
>
> 소아는 항성과 변성의 조화 여부와 관계없이 상속성과 보편성을 갖지 못한다.

③ 대아의 항성이 작고 변성이 크면, 상속성은 실현되어도 보편성은 실현되지 않는다.

> 근거: ❸ [17]대아가 자성을 자각한 이후, 항성과 변성의 조화를 통해 상속성과 보편성을 실현할 수 있다. [18]만약 대아의 항성이 크고 변성이 작으면 환경에 순응하지 못하여 멸절할 것이며, 항성이 작고 변성이 크면 환경에 주체적으로 대응하지 못하여 우월한 비아에게 정복당한다고 하였다.
>
> 대아의 항성이 작고 변성이 크다는 것은 항성과 변성이 조화를 이루지 못함을 의미하므로 상속성과 보편성 모두 실현될 수 없다.

⑤ 소아의 항성이 크고 변성이 작으면, 상속성은 실현되어도 보편성은 실현되지 않는다.

> 근거: ❸ [14]소아는 자성은 갖지만 상속성과 보편성을 갖지 못하는 반면, 대아는 자성을 갖고 상속성과 보편성을 가질 수 있다.
>
> 소아는 항성과 변성의 조화 여부와 관계없이 상속성과 보편성을 갖지 못한다.

3. 윗글에 대한 이해로 적절하지 않은 것은? [3점]

✅ 정답풀이

③ 신채호가 신국민이라는 개념을 설정한 것은, 대아인 조선 민족이 시대적 환경에 대응하여 비아와의 연대를 통해 아의 생존을 꾀할 수 있다고 보았기 때문이겠군.

> 근거: ❹ [20]일본의 제국주의 침략에 직면하여 그(신채호)는 신국민이라는 새로운 개념을 제시 + ❺ [24]식민 지배가 심화될수록 일본에 동화되는 세력이 증가하면서 신채호는 아 개념을 더욱 명료화할 필요가 있었다. [25]이에 그는 조선 민중을 아의 중심에 놓으면서, 아에도 일본에 동화된 '아 속의 비아'가 있고, 일본이라는 비아에도 아와 연대할 수 있는 '비아 속의 아'가 있음을 밝혔다. [26]민중은 비아에 동화된 자들을 제외한 조선 민족을 의미한 것이었다. [27]그는 조선 민중을, 민족 내부의 압제와 위선을 제거함으로써 참된 민족 생존과 번영을 달성할 수 있는 주체이자 제국주의 국가에서 제국주의를 반대하는 민중과의 연대를 통하여 부당한 폭력과 억압을 강제하는 제국주의에 함께 저항할 수 있는 주체로 보았다.
>
> 신채호는 조선 민족을 '비아 속의 아'와의 연대를 통해 제국주의에 저항할 수 있는 주체로 보았다. 즉, 연대의 대상은 '비아'가 아니라 '비아 속의 아'이다. 또한 신채호가 신국민이라는 개념을 설정한 것은 제국주의 침략에 직면했을 때이고, 그 후에 식민 지배가 심화되면서 아 개념을 명료화하였으므로, 신국민이라는 개념을 대아인 조선 민족이 비아와의 연대를 통해 아의 생존을 꾀할 수 있다고 보았기 때문이라는 설명은 적절하지 않다.

❌ 오답풀이

① 신채호가 『조선 상고사』를 쓴 것은, 대아인 조선 민족의 자성을 역사적으로 어떻게 유지·계승할 수 있는지 모색하기 위한 것이겠군.

> 근거: ❷ [8]신채호는 조선 민족의 생존과 발전의 길을 모색하기 위해 『조선 상고사』를 저술하여 아의 이러한 특성을 규정했다. [9]그는 아의 자성, 곧 '나의 나됨'은 스스로의 고유성을 유지하려는 항성과 환경의 변화에 대응하여 적응하려는 변성이라는 두 요소로 이루어져 있다고 하였다. + ❸ [13]그(신채호)에 따르면, 소아는 개별화된 개인적 아이며, 대아는 국가와 사회 차원의 아이다. + ❹ [21]신국민은 상속성과 보편성을 지닌 대아로서, 역사적 주체 의식이라는 항성과 제국주의 국가에 대응하여 생긴 국가 정신이라는 변성을 갖춘 조선 민족의 근대적 대아에 해당한다.
>
> 『조선 상고사』는 제국주의 국가에 대응하는 국가와 사회 차원의 아인 대아로서 조선 민족의 생존과 발전의 길을 모색하기 위해, 즉 조선 민족의 자성을 역사적으로 유지·계승하기 위해 쓰인 것이다.

② 신채호가 동양주의를 비판한 것은, 동양주의로 인해 아의 항성이 작아짐으로써 아의 자성을 유지하기 어렵게 될 것으로 보았기 때문이겠군.

근거: **2** [9]그(신채호)는 아의 자성, 곧 '나의 나됨'은 스스로의 고유성을 유지하려는 항성과 환경의 변화에 대응하여 적응하려는 변성이라는 두 요소로 이루어져 있다고 하였다. + **4** [21]역사적 주체 의식이라는 항성 [22]또한 그는 일본을 중심으로 서구 열강에 대항하자는 동양주의에 반대했다. [23]동양주의는 비아인 일본이 아가 되어 동양을 통합하는 길이기에, 조선 민족인 아의 생존이 위협받는다고 보았기 때문이다.

아의 자성은 스스로의 고유성을 유지하려는 항성과 환경의 변화에 대응하여 적응하려는 변성의 두 요소로 이루어져 있는데, 항성은 역사적 주체 의식을 의미한다고 했다. 그리고 신채호는 동양주의가 조선 민족인 아의 생존을 위협한다고 보았는데, 이는 비아인 일본이 아가 되어 동양을 통합하는 동양주의로 인해 아의 항성 즉, 아의 역사적 주체 의식이 작아지기 때문이다. 아의 항성이 작아지면 항성과 변성의 두 요소로 이루어져 있는 아의 자성은 당연히 유지하기 어렵게 되므로 이 점에서 신채호는 동양주의를 비판한 것이다.

④ 신채호가 독립 투쟁을 한 것은, 비아인 일본 제국주의의 침략이 아의 상속성과 보편성 유지를 불가능하게 하기에 일본 제국주의와 투쟁해야 한다고 생각했기 때문이겠군.

근거: **4** [21]신국민은 상속성과 보편성을 지닌 대아로서, 역사적 주체 의식이라는 항성과 제국주의 국가에 대응하여 생긴 국가 정신이라는 변성을 갖춘 조선 민족의 근대적 대아에 해당한다.~[23]동양주의는 비아인 일본이 아가 되어 동양을 통합하는 길이기에, 조선 민족인 아의 생존이 위협받는다고 보았기 때문이다.

신국민은 상속성과 보편성을 지닌 대아인데, 동양주의는 비아인 일본이 아가 되어 동양을 통합하는 것이므로 조선 민족인 아의 생존을 위협한다고 했다. 따라서 신채호가 독립 투쟁을 한 것은, 비아인 일본 제국주의의 침략이 아의 상속성과 보편성 유지를 불가능하게 하기 때문이라고 볼 수 있다.

⑤ 신채호가 제국주의 국가에서 제국주의를 반대하는 민중과 식민지 민중의 연대를 지향한 것은, 아가 비아 속의 아와 연대하여 억압을 이겨 내고 자유를 얻을 수 있다고 생각했기 때문이겠군.

근거: **5** [25]일본이라는 비아에도 아와 연대할 수 있는 '비아 속의 아'가 있음을 밝혔다.~[27]그(신채호)는 조선 민중을~제국주의 국가에서 제국주의를 반대하는 민중(비아 속의 아)과의 연대를 통하여 부당한 폭력과 억압을 강제하는 제국주의에 함께 저항할 수 있는 주체로 보았다. [28]이러한 민중 연대를 통해 '인류로서 인류를 억압하지 않는' 자유를 지향했다.

신채호가 제국주의 국가에서 제국주의를 반대하는 민중(비아 속의 아)과 식민지 민중의 연대를 통해 '인류로서 인류를 억압하지 않는' 자유를 지향했음을 알 수 있다.

• 3-③, ④, ⑤번

문제적 문제

학생들이 정답 이외에 가장 많이 고른 선지가 ④번과 ⑤번이다.

1문단에 따르면, 신채호는 역사를 '아'와 '비아'의 투쟁 과정이라고 정의하고 있으며, 4문단에 따르면, 일본의 제국주의 침략에 직면한 조선 민족이 상속성과 보편성을 지닌 대아로서 항성(역사적 주체 의식)과 변성(제국주의 국가에 대응하여 생긴 국가 정신)을 갖춘 신국민이 될 때, 민족의 생존이 가능하다고 보았다.

또한 2문단에서 '아'는 자기 본위에서 자신을 자각하는 주체인 동시에 항상 나와 대면하는 '비아'와 마주 선 주체를 의미한다고 하였다. 4문단에서는 조선 민족을 아로 볼 때, 우리의 생존을 위협하는 일본은 비아이며 이는 투쟁의 대상임을 알 수 있다. 그러므로 비아인 일본 제국주의의 침략이 아의 상속성과 보편성의 유지를 불가능하게 할 것이며, 이러한 비아인 일본과 투쟁해야 한다고 생각한 ④번 선지는 적절하다. ④번을 정답으로 고른 학생들은 상속성과 보편성이라는 개념이 조선 민족의 생존과 직결되는 개념이라는 것을 잊었거나 이해하지 못했을 확률이 높다. 아와 비아의 관계를 파악하고 기억하는 것이 중요하다.

위에서도 언급했듯이 '아'와 '비아'는 투쟁 관계이며 아는 조선, 비아는 조선 민족의 생존을 위협하는 일본을 의미한다. ③번 선지에서는 비아와의 연대를 통해 아의 생존을 꾀할 수 있다고 보았으므로 적절하지 않다. 그러나 5문단에서는 '비아 속의 아', 즉 제국주의 국가에서 제국주의를 반대하는 민중(일본 내부에 존재하는 제국주의에 대한 반대 세력)과의 연대를 통해 제국주의에 함께 저항할 수 있다고 보았다. 이를 통해 ⑤번 선지도 적절함을 알 수 있다.

선지의 적절성은 지문에 대한 정확한 이해에 기반하여, 발문 혹은 선지가 '무엇을 판단하도록 요구하고 있는지'를 정확히 파악하여 결정해야 한다. 시험을 치는 현장에서는 심리적인 압박감에 의해 지문의 정보나 발문, 선지를 흘려 읽거나 섣부른 판단을 하게 될 가능성이 있으므로, 이에 유의하며 지문과 선지를 꼼꼼하게 확인해야 실수를 줄일 수 있다.

정답률 분석

①	②	정답 ③	매력적 오답 ④	매력적 오답 ⑤
7%	11%	56%	14%	12%

모두의 질문
• 3-⑤번

Q: '아 속의 비아'와 '비아 속의 아'에서 '아'와 '비아'는 각각 어떻게 다른가요?

A: '아 속의 비아'에서 '아'는 조선 사람을, '비아'는 조선 사람이면서도 일본 제국주의에 찬동하는 친일파와 같은 사람을 말한다.
'비아 속의 아'에서 '비아'는 일본 사람을, 이때의 '아'는 일본 사람이면서도 제국주의에 반대하여 조선을 억압해서는 안 된다고 생각하는 사람을 말한다.

4. ㉠~㉤의 사전적 의미로 적절하지 <u>않은</u> 것은?

☑ 정답풀이

③ ㉢: 여럿 가운데서 어떤 것을 뽑아 정함.

> 근거: **2** ¹⁰아는 항성을 통해 아 자신에 대해 자각하며, 변성을 통해 비아
> 와의 관계 속에서 자기의식을 갖게 되는 것으로 ㉢설정하였다.
> '여럿 가운데서 어떤 것을 뽑아 정함.'은 '선정'의 사전적 의미이다. '설정'
> 의 사전적 의미는 '새로 만들어 정해 둠.'이다.

❌ 오답풀이

① ㉠: 판단이나 행동에서 중심이 되는 기준.

근거: **2** ⁶신채호의 사상에서 아란 자기 ㉠본위에서 자신을 자각하는 주체
인 동시에 항상 나와 상대하고 있는 존재인 비아와 마주 선 주체를 의미한다.

② ㉡: 자기의 처지나 능력 따위를 스스로 깨달음.

근거: **2** ⁶신채호의 사상에서 아란 자기 본위에서 자신을 ㉡자각하는 주체
인 동시에 항상 나와 상대하고 있는 존재인 비아와 마주 선 주체를 의미한다.

④ ㉣: 어떤 일의 여파나 영향이 다른 데로 미침.

근거: **3** ¹⁵여기서 상속성이란 시간적 차원에서 아의 생명력이 지속되는 것
을 뜻하며, 보편성이란 공간적 차원에서 아의 영향력이 ㉣파급되는 것을 뜻
한다

⑤ ㉤: 어떠한 일이나 사물을 직접 당하거나 접함.

근거: **4** ²⁰일본의 제국주의 침략에 ㉤직면하여 그는 신국민이라는 새로운
개념을 제시하고 조선 민족이 신국민이 될 때 민족 생존이 가능하다고 보았다.

비트겐슈타인의 그림 이론

2012학년도 수능

[1~4] 다음 글을 읽고 물음에 답하시오.

✏ 사고의 흐름

1 ¹비트겐슈타인이 1918년에 쓴 『논리 철학 논고』는 '빈학파'의 논리실증주의를 비롯하여 20세기 현대 철학에 큰 영향을 주었다. ²그(비트겐슈타인)는 많은 철학적 논란들이 언어를 애매하게 사용하여 발생한다고 보았기 때문에 언어를 분석하고 비판하여 명료화하는 것을 철학의 과제로 삼았다. 언어를 애매하게 사용(원인) → 철학적 논란 발생(문제) → 언어 분석, 비판, 명료화(해결) / 그럼 다음에 나올 내용은 언어를 분석하고 비판하여 명료화하는 과정이겠지?

2 ³그는 이 책에서 언어가 세계에 대한 그림이라는 '그림 이론'을 주장한다. 언어를 분석하고 있군! ⁴이 이론을 세우는 데 그에게 영감을 주었던 것은, 교통사고를 다루는 재판에서 장난감 자동차와 인형 등을 이용한 ㉠모형을 통해 ㉡사건을 설명했다는 기사였다. ⁵그런데 모형을 가지고 사건을 설명할 수 있는 이유는 무엇일까? ⁶그것은 모형이 실제의 자동차와 사람 등에 대응하기 때문이다. 모형(인형, 장난감 자동차) → 사건(사람, 자동차 등)으로 대응! ⁷그는 언어도 이와 같다고 보았다. ⁸언어가 의미를 갖는 것은 언어가 세계와 대응하기 때문이다. ⁹다시 말해 언어가 세계에 존재하는 것들을 가리키고 있기 때문이다. ¹⁰언어는 명제들로 구성되어 있으며, 세계는 사태들로 구성되어 있다. ¹¹그리고 명제들과 사태들은 각각 서로 대응하고 있다. 대응 관계를 정리해 보자.

모형		사건
언어	→	세계
	(대응)	
명제		사태

¹²이처럼 언어와 세계의 논리적 구조는 동일하며, 언어는 세계를 그림처럼 기술함으로써 의미를 가진다. 앞의 내용을 정리해 볼까? 그림 이론은 언어가 세계에 대한 그림이라는 이론으로, 언어와 세계의 논리적 구조는 동일하며, 언어는 세계를 그림처럼 기술함으로써 의미를 지닌다는 내용이네.

3 ¹³'그림 이론'에서 명제에 대응하는 '사태'는 '사실'이 (아니라) '아니라, 달리, 보다, 대신에' 등과 같이 앞뒤 내용을 구별하는 표현이 나오면 집중해서 보고 분명하게 구별하자! 사실이 될 수 있는 논리적 가능성을 의미한다. ¹⁴따라서 언어를 구성하는 명제들은 사실적 그림이 아니라 논리적 그림이다.

명제	→	사태
사실적 그림 X, 논리적 그림 O	(대응)	사실 X, 사실이 될 수 있는 논리적 가능성 O

¹⁵사태가 실제로 일어나서 사실이 되면 그것을 기술하는 명제는 참이 되지만, 사태가 실제로 일어나지 않는다면 그 명제는 거짓이 된다. ¹⁶어떤 명제가 '의미 있는 명제'가 되기 위해서는 그 명제가 실재하는 대상이나 사태에 대해 언급해야 하며, 그것에 대해서는 참, 거짓을 따질 수 있다. 의미 있는 명제: 실재하는 대상, 사태 언급 / 참, 거짓 판단 가능 ¹⁷만약 어떤 명제가 실재하지 않는 대상이나 사태가 아닌 것에 대해 언급하면 그것은 '의미 없는 명제'가 되며, 그것에 대해 참, 거짓을 따질 수 없다. ¹⁸따라서 경험적 세계에 대해 언급

하는 명제만이 의미 있는 것이 된다. 실재하는 대상, 사태 = 경험적 세계. 즉, 의미 있는 명제는 실재하는 대상, 사태(경험적 세계)에 대해 언급해야 한다는 거야.

4 ¹⁹이러한 관점에서 비트겐슈타인은 기존의 철학자들이 다루었던 신, 영혼, 형이상학적* 주체, 윤리적 가치 등과 관련된 논의가 의미 없는 말들에 불과하다고 보았다. ²⁰왜냐하면 그 말들이 가리키는 대상이 세계 속에 존재하지 않는, 즉 경험 가능하지 않은 대상이기 때문이다. 실재하는 대상이 아니라는 거지! ²¹이와 같은 형이상학적 문제와 관련된 명제나 질문들은 의미가 없는 말들이다. ²²그러한 문제는 우리의 삶을 통해 끊임없이 드러나는 신비한 것들이지만 이에 대해 말로 답변하거나 설명할 수는 없다. ²³그래서 비트겐슈타인은 "말할 수 없는 것에 대해서는 침묵해야 한다."라고 말했다.

앞에서 언급한 비트겐슈타인이 언어를 보는 관점이야.

이것만은 챙기자

*형이상학적: 형이상학(사물의 본질, 존재의 근본 원리를 사유나 직관에 의하여 탐구하는 학문)에 관련되거나 바탕을 둔 것.

만점 선배의 구조도 예시

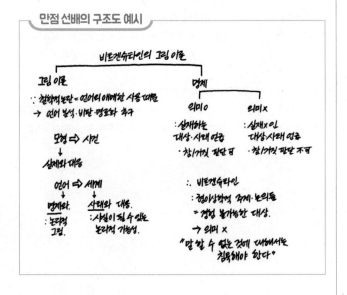

1. 비트겐슈타인의 이론에 대한 이해로 적절하지 <u>않은</u> 것은?

❤️ 정답풀이

④ 경험적 대상을 언급하는 명제는 참이라고 보았다.

> 근거: **3** ¹⁶어떤 명제가 '의미 있는 명제'가 되기 위해서는 그 명제가 실재하는 대상이나 사태에 대해 언급해야 하며, 그것에 대해서는 참, 거짓을 따질 수 있다.~¹⁸따라서 경험적 세계에 대해 언급하는 명제만이 의미 있는 것이 된다.
>
> 경험적 대상(실재하는 대상)을 언급하는 명제는 참, 거짓을 따질 수 있다고 했을 뿐, 경험적 대상을 언급한다고 해서 그 명제가 반드시 참이라고 본 것은 아니다.

❌ 오답풀이

① 언어의 문제를 철학의 중요한 과제로 보았다.

근거: **1** ²그(비트겐슈타인)는 많은 철학적 논란들이 언어를 애매하게 사용하여 발생한다고 보았기 때문에 언어를 분석하고 비판하여 명료화하는 것을 철학의 과제로 삼았다.

② '그림 이론'으로 논리실증주의에 큰 영향을 주었다.

근거: **1** ¹비트겐슈타인이 1918년에 쓴 『논리 철학 논고』는 '빈학파'의 논리실증주의를 비롯하여 20세기 현대 철학에 큰 영향을 주었다. + **2** ³그는 이 책에서 언어가 세계에 대한 그림이라는 '그림 이론'을 주장한다.

1문단에서 '비트겐슈타인이 1918년에 쓴 『논리 철학 논고』는 '빈학파'의 논리실증주의를 비롯하여 20세기 현대 철학에 큰 영향을 주었다.'라고 하였다. 또한 2문단에서 이 책은 '언어가 세계에 대한 그림'이라는 비트겐슈타인의 '그림 이론'에 대한 주장을 담고 있다고 한 것을 참고하면, 『논리 철학 논고』에 담긴 '그림 이론'이 논리실증주의에 큰 영향을 주었다고 볼 수 있다.

③ '사태'와 '사실'의 개념을 구별하였다.

근거: **3** ¹³'그림 이론'에서 명제에 대응하는 '사태'는 '사실'이 아니라 사실이 될 수 있는 논리적 가능성을 의미한다.

⑤ 형이상학적 문제를 다룬 기존 철학을 비판하였다.

근거: **1** ²그(비트겐슈타인)는 많은 철학적 논란들이 언어를 애매하게 사용하여 발생한다고 보았기 때문에 언어를 분석하고 비판하여 명료화하는 것을 철학의 과제로 삼았다. + **4** ¹⁹이러한 관점에서 비트겐슈타인은 기존의 철학자들이 다루었던 신, 영혼, 형이상학적 주체, 윤리적 가치 등과 관련된 논의가 의미 없는 말들에 불과하다고 보았다.

2. 윗글의 '의미 없는 명제'에 해당하는 것은?

❤️ 정답풀이

⑤ 선생님은 한평생 바람직한 삶을 살아왔다.

> 근거: **3** ¹⁷만약 어떤 명제가 실재하지 않는 대상이나 사태가 아닌 것에 대해 언급하면 그것은 '의미 없는 명제'가 되며, 그것에 대해 참, 거짓을 따질 수 없다. + **4** ¹⁹이러한 관점에서 비트겐슈타인은 기존의 철학자들이 다루었던 신, 영혼, 형이상학적 주체, 윤리적 가치 등과 관련된 논의가 의미 없는 말들에 불과하다고 보았다.
>
> '바람직한 삶'은 윤리적 가치이므로, 실재하는 대상이 아니다. 따라서 비트겐슈타인에 따르면, 이는 의미 없는 명제에 해당한다.

❌ 오답풀이

① 곰팡이는 생물의 일종이다.

곰팡이는 실재하는 대상이므로, 참과 거짓을 판별할 수 있는 의미 있는 명제이다.

② 물은 1기압에서 90℃에 끓는다.

물이 1기압에서 90℃에 끓는지는 실제로 확인할 수 있는 상황이므로 의미 있는 명제이다.

③ 피카소는 1881년 스페인에서 태어났다.

피카소가 태어난 것은 실제 일어난 일에 관한 언급이므로 의미 있는 명제이다.

④ 우리 반 학생의 절반 이상이 헌혈을 했다.

우리 반 학생은 실재하는 대상이며, 절반 이상이 헌혈을 했는지에 대해서 참과 거짓을 판별할 수 있으므로 의미 있는 명제이다.

3. ㉠ : ㉡의 관계에 해당하는 것만을 〈보기〉에서 있는 대로 고른 것은?

> ㉠: 모형
> ㉡: 사건

〈보기〉

ㄱ. 언어 : 세계
ㄴ. 명제 : 사태
ㄷ. 논리적 그림 : 의미 있는 명제
ㄹ. 형이상학적 주체 : 경험적 세계

언어	→	세계
|	(대응)	|
명제	→	사태
|	(대응)	|
사실적 그림 X,		사실 X,
논리적 그림 O		사실이 될 수 있는
		논리적 가능성 O

✔ 정답풀이

① ㄱ, ㄴ

근거: **2** ⁵그런데 모형(㉠)을 가지고 사건(㉡)을 설명할 수 있는 이유는 무엇일까? ⁶그것은 모형이 실제의 자동차와 사람 등에 대응하기 때문이다.~ ⁸언어가 의미를 갖는 것은 언어가 세계와 대응하기 때문이다.~¹⁰언어는 명제들로 구성되어 있으며, 세계는 사태들로 구성되어 있다.

㉠은 ㉡을 설명할 수 있는 대상이다. ㉠은 ㉡에 대응되므로 〈보기〉에서 대응 관계로 이루어진 것을 고르면 된다. 2문단을 통해 언어와 세계, 명제와 사태는 각각 대응됨을 알 수 있다.

✖ 오답풀이

ㄷ

근거: **3** ¹⁴따라서 언어를 구성하는 명제들은 사실적 그림이 아니라 논리적 그림이다.~¹⁶어떤 명제가 '의미 있는 명제'가 되기 위해서는 그 명제가 실재하는 대상이나 사태에 대해 언급해야 하며, 그것에 대해서는 참, 거짓을 따질 수 있다. ¹⁷만약 어떤 명제가 실재하지 않는 대상이나 사태가 아닌 것에 대해 언급하면 그것은 '의미 없는 명제'가 되며, 그것에 대해 참, 거짓을 따질 수 없다.

'논리적 그림 = 언어를 구성하는 명제들'임을 확인할 수 있다. 그리고 명제들은 '의미 있는 명제'와 '의미 없는 명제'를 포함한다. 따라서 논리적 그림(명제들)은 의미 있는 명제를 포함하는 상위 개념으로 ㉠ : ㉡의 관계와는 달리 포함 관계이다.

ㄹ

근거: **4** ¹⁹이러한 관점에서 비트겐슈타인은 기존의 철학자들이 다루었던 신, 영혼, 형이상학적 주체, 윤리적 가치 등과 관련된 논의가 의미 없는 말들에 불과하다고 보았다. ²⁰왜냐하면~경험 가능하지 않은 대상이기 때문이다. 비트겐슈타인은 형이상학적 주체와 관련된 논의는 의미 없는 말들에 불과하다고 보며 그 이유는 '경험 가능하지 않은 대상이기 때문'이라고 했다. 즉 형이상학적 주체와 경험적 세계는 대립되는 개념이므로 ㉠ : ㉡의 관계와는 다르다. 형이상학적 주체에 대해 기술하는 명제는 '의미 없는 명제'가 되고, 경험적 세계에 대해 기술하는 명제는 '의미 있는 명제'가 된다.

📋 **문제적 문제**   • 3-①, ④번

학생들이 정답 이외에 가장 많이 고른 선지가 ④(ㄱ, ㄴ, ㄷ)번이다.

많은 학생들이 ㄷ도 ㉠ : ㉡의 관계에 해당한다고 생각했다. 3문단에 '논리적 그림'과 '의미 있는 명제'가 언급되는데, 이 부분을 이해하지 못하면 ㄷ이 그럴듯하게 느껴졌을 수 있다.

그렇다면 ㉠과 ㉡의 관계를 정확히 살펴보자. 쉽게 생각하면 ㉠은 ㉡을 나타낸다. 언어는 세계를 나타내고, 언어는 명제로 구성되어 있고, 세계는 사태로 구성되어 있으니 ㄱ과 ㄴ이 이러한 관계에 해당된다.

그런데 3문단에서 언어를 구성하는 명제들은 '논리적 그림'이라고 했다. 즉 논리적 그림은 '명제들'이다. 그리고 이 명제들 중에 실재하는 대상이나 사태에 대해 언급한 것이 '의미 있는 명제들'이다. 따라서 '의미 있는 명제'는 '논리적 그림' 안에 속하게 된다.

실전에서 이러한 포함 관계를 명확하게 파악하지 못하고, '의미 있는 명제'의 의미를 정확히 몰랐다고 하더라도, 논리적 그림도 명제(들), 의미 있는 명제도 명제라는 점만 알았다면 '명제 : 사태'의 관계와 '논리적 그림 : 의미 있는 명제'의 관계가 같지 않다는 것을 파악할 수 있었다.

정답률 분석

정답			매력적 오답	
①	②	③	④	⑤
49%	10%	2%	37%	2%

4. 윗글로 미루어 볼 때, 비트겐슈타인이 〈보기〉와 같이 말한 이유로 가장 적절한 것은? [3점]

〈보기〉

사다리를 딛고 올라간 후에 그 사다리를 던져 버리듯이, 『논리 철학 논고』를 이해한 사람은 거기에 나오는 내용을 버려야 한다. ㉮이 책의 내용은 의미 있는 언어의 한계를 넘어선 것(의미 없는 명제)이기 때문에 엄밀하게 보면 '말할 수 있는 것'의 범주에 속하지 않는다.

✔ 정답풀이

④ ㉮는 경험적 세계가 아니라 언어와 세계의 논리적 관계에 대해 언급하고 있기 때문이다.

근거: ❹ ¹⁹이러한 관점에서 비트겐슈타인은 기존의 철학자들이 다루었던 신, 영혼, 형이상학적 주체, 윤리적 가치 등과 관련된 논의가 의미 없는 말들에 불과하다고 보았다. ²⁰왜냐하면 그 말들이 가리키는 대상이 세계 속에 존재하지 않는, 즉 경험 가능하지 않은 대상이기 때문이다. ²¹이와 같은 형이상학적 문제와 관련된 명제나 질문들은 의미가 없는 말들이다.~ ²³그래서 비트겐슈타인은 "말할 수 없는 것에 대해서는 침묵해야 한다." 라고 말했다.

경험할 수 없는 것, 실재하지 않는 것, 형이상학적인 것에 대해 언급하는 것은 의미 없는 명제이기 때문에 비트겐슈타인은 "말할 수 없는 것에 대해서는 침묵해야 한다."라고 말했다. 그런데 ㉮는 언어와 세계의 논리적 관계와 같은 경험할 수 없는 추상적인 것에 대해 언급하고 있으므로 의미 있는 언어의 한계를 넘어선 것으로 볼 수 있다.

✘ 오답풀이

① ㉮는 자신이 내세웠던 철학의 과제를 넘어서는 주제들을 다루고 있기 때문이다.

근거: ❶ ²그(비트겐슈타인)는 많은 철학적 논란들이 언어를 애매하게 사용하여 발생한다고 보았기 때문에 언어를 분석하고 비판하여 명료화하는 것을 철학의 과제로 삼았다.

『논리 철학 논고』는 '언어를 분석하고 비판하여 명료화'하려는 철학적 과제를 주제로 다루고 있다.

② ㉮는 객관적 세계에 존재하는 대상을 과학적으로 분석하여 서술하고 있기 때문이다.

근거: ❸ ¹⁶어떤 명제가 '의미 있는 명제'가 되기 위해서는 그 명제가 실재하는 대상이나 사태에 대해 언급해야 하며, 그것에 대해서는 참, 거짓을 따질 수 있다.

어떤 명제가 '의미 있는 명제'가 되기 위해서는 그 명제가 실재하는 대상이나 사태에 대해 언급해야 하는데 『논리 철학 논고』에서는 언어와 세계의 논리적 관계를 다루고 있다. 이는 객관적 세계에 존재하는 대상이라고 볼 수 없다. 만약 이 책이 객관적 세계에 존재하는 대상을 다루었다면 '말할 수 있는 것'의 범주에 속하므로 ㉮를 버려야 할 이유가 없다.

③ ㉮는 실재하는 대상이 아니라 논리적으로 가능한 사태에 대해 기술하고 있기 때문이다.

근거: ❸ ¹³'그림 이론'에서 명제에 대응하는 '사태'는 '사실'이 아니라 사실이 될 수 있는 논리적 가능성을 의미한다.~¹⁵사태가 실제로 일어나서 사실이 되면 그것을 기술하는 명제는 참이 되지만, 사태가 실제로 일어나지 않는다면 그 명제는 거짓이 된다. ¹⁶어떤 명제가 '의미 있는 명제'가 되기 위해서는 그 명제가 실재하는 대상이나 사태에 대해 언급해야 하며, 그것에 대해서는 참, 거짓을 따질 수 있다.

'사태'는 곧 논리적 가능성이고, 이러한 사태(논리적 가능성)는 참과 거짓을 따질 수 있으므로 '의미 있는 명제'에 해당한다. 그런데 〈보기〉에서 ㉮를 버리라고 한 이유는 이 책이 '의미 있는 언어의 한계를 넘어선 것', 즉 의미 없는 명제에 대해 말하고 있기 때문이다. 따라서 비트겐슈타인은 '논리적으로 가능한 사태'에 대해 기술하고 있어서가 아니라 '실재하지 않는 사태'에 대해 기술하고 있기 때문에 ㉮를 버려야 한다고 보았을 것이다.

⑤ ㉮는 기존의 철학자들이 다루었던 형이상학적 물음에 대해 관념적으로 답하고 있기 때문이다.

근거: ❹ ¹⁹비트겐슈타인은 기존의 철학자들이 다루었던~논의가 의미 없는 말들에 불과하다고 보았다. ²¹이와 같은 형이상학적 문제와 관련된 명제나 질문들은 의미가 없는 말들이다. ²²그러한 문제는 우리의 삶을 통해 끊임없이 드러나는 신비한 것들이지만 이에 대해 말로 답변하거나 설명할 수는 없다.

비트겐슈타인은 기존의 철학자들이 다루었던 형이상학적인 물음에 대해 '의미가 없다'고 비판하며 형이상학적 물음에 대해서는 말로 답변하거나 설명할 수 없다고 했다. ㉮는 형이상학적 물음에 대한 답이 아니라 언어와 세계의 관계에 대한 설명이다.

동양에서의 천(天) 개념의 변천 과정

2010학년도 9월 모평

[1~5] 다음 글을 읽고 물음에 답하시오.

✎ 사고의 흐름

1 ¹동양에서 '천(天)'은 그 함의*가 넓다. ²모든 존재의 근거가 그것으로부터 말미암지* 않는 것이 없다는 면에서 하나의 표본이었고, 모든 존재들이 자신의 생존을 영위하고* 그 존재 가치와 의의를 실현하는 데도 그것의 이치와 범주를 벗어날 수 없다는 면에서 하나의 기준이었다. 동양에서의 '천': 하나의 표본이자 기준! 동양에서의 '천'이 이 글의 화제구나. ³(그래서) 현실 세계 안에서 인간의 삶을 모색*하는 데 관심을 두었던 동양에서는 인간이 천을 어떻게 이해하느냐에 따라 삶의 길이 달리 설정되었을 만큼 천에 대한 이해가 다양하였다. '다양'하였다고 했으니까 '천에 대한 이해'가 두 가지 이상이 제시되겠군.

첫 문단에서 접속 표현을 사용해 내용을 전환하면 주목! 화제로 들어간다는 의미니까!

2 ⁴천은 자연 현상 가운데 인간에게 가장 크게 영향을 미치는 것이자 가장 크고 뚜렷하게 파악되는 현상으로 여겨졌다. ⁵농경을 주로 하는 문화적 특성상 자연 현상과 기후의 변화를 파악하는 것이 중시된 만큼 천의 표면적인 모습 외에 작용 면에서 천을 파악하려는 경향이 ⓐ짙어졌다. ⁶그래서 천은 자연적 현상과 작용 등을 포괄하는 '자연천(自然天)' 개념으로 자리를 잡았다. '자연천'의 개념!

3 ⁷이러한 천 개념('자연천' 개념)하에서 인간은 도덕적 자각이 없었을 뿐만 아니라 자연 변화의 원인과 의지도 알 수 없었다. '자연천' 개념 하에서 인간: ① 도덕적 자각 X ② 자연 변화의 원인과 의지 파악 X ⁸(이에 따라) 천은 신성한 대상으로 숭배되었고, 여러 자연신 가운데 하나로 생각되었다. ⁹특히 상제(上帝)와 결부됨으로써 모든 것을 주재*하는 절대적인 권능을 가진 '상제천(上帝天)' 개념이 자리 잡았다. 두 번째 '천' 개념이네! '자연천'과의 차이점을 정리해 가며 읽어야지. ¹⁰길흉화복을 주재하고 생사여탈권까지 관장하는 종교적인 의미로 그 성격이 변화한 것이다. ¹¹가치중립적이었던 천('자연천')이 의지를 가진 절대적 권능의 존재로 수용되면서 정치적인 개념으로 '천명(天命)'이 등장하였다. 정리해 보자! 가치중립적인 '자연천' → 종교적인 '상제천' → 정치적 개념인 '천명' 등장 ¹²그리고 통치자들은 천의 명령을 통해 통치권을 부여받았고, 천의 의지인 천명은 제사 등을 통해 통치자만 알 수 있는 것으로 규정되었다. ¹³그리하여 천명은 통치자가 권력을 행사하고, 정권의 정통성을 보장하는 근거가 되었다.

앞에서 말한 내용이 원인!

4 ¹⁴(그러나) 독점적이고 배타적*인 천명에 근거한 권력 행사는 부작용을 가져왔다. '천명'에 근거한 권력 행사의 부작용을 이야기하는 것을 보니, 곧 또 다른 '천'에 대해서 이야기하겠네. ¹⁵도덕적 경계심이 결여된 통치자의 권력 행사는 백성에 대한 억압의 계기로 작용하였다. ¹⁶통치의 부작용이 심화됨에 따라 천에 대한 반성이 제기되었고, 도덕적 반성을 통해 천명 의식은 수정되었다. ¹⁷그리고 '천은 명을 주었다가도 통치자가 정치를 잘못하면 언제나 그 명을 박탈해 간다.', '천은 백성들이 원하는 것을 들어준다.'는 생각이 현실화되었다. ¹⁸천명은 계속 수용되었지만, 그것의 불변성, 독점성, 편파성 등은 수정되었고, 그 기저*에는 도덕적 의미로서 '의리천(義理天)' 개념이 자리하였다. 세 번째 '천' 개념이네. '자연천', '상제천'과 비교하며 읽어야지! 도덕적

전환! 앞 내용에 대한 부정적 입장이 나오지 않을까?

반성을 통해 천명 의식 수정 → 도덕적 의미의 '의리천' 개념 등장함

5 ¹⁹천명 의식의 변화와 맞물려 천 개념은 복합적으로 수용되었다. ²⁰상제로서의 천 개념이 개방되면서 주재적 측면이 도덕적 측면으로 수용되었고, '의리천' 개념은 더욱 심화되어 천은 인간의 도덕성과 규범의 근거로 받아들여졌다. ²¹천을 인간 내면으로 끌어들여 인간 본성을 자연한 것이자 도덕적인 것으로 간주하였다. ²²천이 도덕 및 인간 본성과 결부됨에 따라 인간 내면에 있는 천으로서의 본성을 잘 발휘하면 도덕을 실현함은 물론, 천의 경지에 도달할 수 있다고 여겨졌다. 내면화된 천을 잘 발휘 → 도덕 실현, 천의 경지에 도달 ²³내면화된 천은 비도덕적 행위에 대한 제어 장치 역할을 하는 양심의 근거로도 수용되어 천의 도덕적 의미는 더욱 강조되었다. 예를 통해 이해해 보자! 내가 범죄를 저질렀는데 '하늘이 벌을 내리면 어떻게 하지?'라고 생각한다면 이때의 '하늘'은 '상제천'이고, 하늘을 쳐다보니 하늘이 하나의 도덕으로 보이면서 스스로 부끄러워졌다면 '의리천', 나쁜 짓을 하려고 했는데 마음에서 그러지 말라는 소리가 들린다면 '내면화된 천'이라는 뜻! ²⁴천명 의식의 변화와 확장된 천 개념의 결합에 따라 천은 초월성과 내재성을 가진 존재로서 받아들여졌고, ㉠인간 행위의 자율성과 타율성을 이끌어 내는 기반이 되어 인간 삶의 중요한 근거로서 그 위상이 강화되었다. 저 위에만 있던 천이 인간의 내면까지 '확장'되었네. 저 위에서 명을 내리는 것은 '초월성', 내면화되어 제어 장치 역할을 하는 것은 '내재성'이라 할 수 있겠군.

이것만은 챙기자

- *함의: 말이나 글 속에 어떠한 뜻이 들어 있음. 또는 그 뜻.
- *말미암다: 어떤 현상이나 사물 따위가 원인이나 이유가 되다.
- *영위하다: 일을 꾸려 나가다.
- *모색: 일이나 사건 따위를 해결할 수 있는 방법이나 실마리를 더듬어 찾음.
- *주재: 어떤 일을 중심이 되어 맡아 처리함.
- *배타적: 남을 배척하는 것.
- *기저: 사물의 뿌리나 밑바탕이 되는 기초.

만점 선배의 구조도 예시

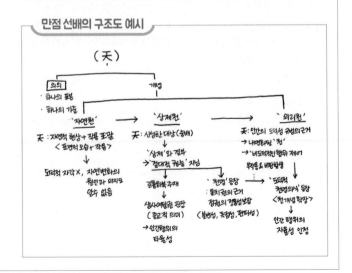

1. 윗글의 내용과 일치하는 것은?

🔽 **정답풀이**

④ 천은 인간에게 자연 현상이자 도덕적 가치의 근원이었다.

> 근거: **2** ⁴천은 자연 현상 가운데 인간에게 가장 크게 영향을 미치는 것이자 가장 크고 뚜렷하게 파악되는 현상으로 여겨졌다. + **5** ²⁰천은 인간의 도덕성과 규범의 근거로 받아들여졌다.

❌ **오답풀이**

① 천명 의식은 농경 생활의 경험에서 비롯되었다.

> 근거: **2** ⁵농경을 주로 하는 문화적 특성상 자연 현상과 기후의 변화를 파악하는 것이 중시 ⁶그래서 천은 자연적 현상과 작용 등을 포괄하는 '자연천' 개념으로 자리를 잡았다. + **3** ⁹'상제천' 개념이 자리 잡았다. ¹¹가치중립적이었던 천(자연천)이 의지를 가진 절대적 권능의 존재로 수용되면서 정치적인 개념으로 '천명'이 등장하였다.
> 농경 생활의 경험에서 비롯된 것은 '자연천'이다. '천명'은 '상제천' 개념이 자리 잡은 뒤 등장했음을 알 수 있다.

② 천은 초월적인 세계 안에서 인간 삶의 표본이었다.

> 근거: **1** ²하나의 표본 ³그래서 현실 세계 안에서 인간의 삶을 모색하는 데 관심을 두었던 동양에서는 인간이 천을 어떻게 이해하느냐에 따라 삶의 길이 달리 설정되었을 만큼 천에 대한 이해가 다양하였다.
> 천은 '현실 세계' 안에서 인간 삶의 표본이었다.

③ 자연으로서의 천 개념에는 작용에 대한 인식이 없었다.

> 근거: **2** ⁶그래서 천은 자연적 현상과 작용 등을 포괄하는 '자연천' 개념으로 자리를 잡았다.

⑤ 내면화된 천은 통치자의 배타적 권력 행사의 기반이었다.

> 근거: **3** ¹³그리하여 천명은 통치자가 권력을 행사하고, 정권의 정통성을 보장하는 근거가 되었다. + **4** ¹⁴그러나 독점적이고 배타적인 천명에 근거한 권력 행사는 부작용을 가져왔다. + **5** ²³내면화된 천은 비도덕적 행위에 대한 제어 장치 역할을 하는 양심의 근거로도 수용되어 천의 도덕적 의미는 더욱 강조되었다.
> 통치자의 배타적 권력 행사의 기반이 된 것은 '내면화된 천'이 아니라 '상제천' 개념하에 등장한 '천명'이다. 내면화된 천은 비도덕적 행위에 대한 제어 장치 역할을 하는 양심의 근거였다.

✒️ **모두의 질문** ・1-①번

> **Q:** 자연천이 농경 생활의 경험에서 비롯되었고, 상제천의 개념이 자연천의 개념에서 비롯되었다면, 천명도 자연천의 개념에서 비롯된 것 아닌가요?
>
> **A:** 그러한 추론은 '비롯되다'의 범주를 너무 확장하여 이해한 것이다. 농경 생활의 경험에서 비롯된 '천'은 자연천이고, '천명'은 '상제천' 개념이 자리 잡은 후, 그것이 정치적인 개념으로 등장한 것이다. 상제천이 자연천의 개념에서 비롯된 것이라고 할지라도 상제천 이후 상제천의 정치적 개념으로 등장한 '천명'이 농경 생활의 경험에서 직접 비롯된 것은 아니기 때문에 이 선지는 오답이 된다.

---

2. 〈보기〉의 ㉮~㉺ 중, 윗글에서 중점적으로 다루고 있는 것은?

> ─〈보기〉─
>
> 특정한 사상의 개념을 이해하기 위해서는 그 ㉮개념의 어원에서 출발하여 ㉯개념의 의미 변천, ㉰해당 개념에 대한 주요 사상가의 견해, 그리고 ㉱현대적 적용 양상을 폭넓게 다룰 필요가 있다. 특히 개념에 대해 더욱 풍부하게 이해하기 위해서는 ㉲사상사 속에서 드러나는 주요한 쟁점이 표출하는 다양한 의식의 층위도 고찰해야 한다.

🔽 **정답풀이**

② ㉯

> 근거: **1** ³동양에서는 인간이 천을 어떻게 이해하느냐에 따라 삶의 길이 달리 설정되었을 만큼 천에 대한 이해가 다양하였다.~**2** ⁶'자연천' 개념으로 자리를 잡았다.~**3** ⁹'상제천' 개념이 자리 잡았다.~**4** ¹⁸'의리천' 개념이 자리하였다.
> 동양에서 '천'의 개념의 의미가 '자연천 → 상제천 → 의리천'으로 변화, 확장되는 과정을 설명하고 있다.

3. ㉠에 대한 설명으로 적절하지 <u>않은</u> 것은?

> ㉠: 인간 행위의 자율성과 타율성

✅ 정답풀이

① '자연천'에서는 인간 행위의 자율성이 부각된다.

> 근거: **3** [7]이러한 천 개념(자연천 개념)하에서 인간은 도덕적 자각이 없었을 뿐만 아니라 자연 변화의 원인과 의지도 알 수 없었다. [8]이에 따라 천은 신성한 대상으로 숭배
>
> 자연천 개념하에 인간은 도덕적 자각이 없고, 자연 변화의 원인과 의지도 알 수 없었다. 또한 인간은 천을 신성한 대상으로 숭배하였으므로 인간 행위의 자율성이 부각된다고 보기 어렵다.

❌ 오답풀이

② '상제천'에서 인간 행위의 타율성이 나타나기 시작한다.

> 근거: **4** [14]그러나 독점적이고 배타적인 천명에 근거한 권력 행사는 부작용을 가져왔다. [15]도덕적 경계심이 결여된 통치자의 권력 행사는 백성에 대한 억압의 계기로 작용하였다.
>
> 상제천 개념하에서 통치자의 권력 행사는 백성을 억압하는 계기가 되었다고 했으므로, 인간 행위의 타율성이 나타나기 시작했다고 볼 수 있다.

③ '의리천'에서 인간 행위의 자율성이 잘 발휘되면 천의 경지에 도달할 수 있다.

> 근거: **5** [22]천이 도덕 및 인간 본성과 결부됨에 따라 인간 내면에 있는 천으로서의 본성을 잘 발휘하면 도덕을 실현함은 물론, 천의 경지에 도달할 수 있다고 여겨졌다.
>
> '인간 행위의 자율성이 잘 발휘'된다는 것은 곧 '인간 내면에 있는 천으로서의 본성을 잘 발휘'한다는 의미이다. 의리천에서는 '인간 내면에 있는 천으로서의 본성을 잘 발휘하면 도덕을 실현함은 물론, 천의 경지에 도달할 수 있다고' 여겨졌다.

④ 천 개념의 개방에 따라 인간 행위의 자율성이 인정되는 방향으로 나갔다.

> 근거: **5** [20]상제로서의 천 개념이 개방되면서 주재적 측면이 도덕적 측면으로 수용되었고, '의리천' 개념은 더욱 심화되어 천은 인간의 도덕성과 규범의 근거로 받아들여졌다. [22]인간 내면에 있는 천으로서의 본성을 잘 발휘하면 도덕을 실현함은 물론, 천의 경지에 도달할 수 있다고 여겨졌다. [24]천명 의식의 변화와 확장된 천 개념의 결합에 따라 천은 초월성과 내재성을 가진 존재로서 받아들여졌고, 인간 행위의 자율성과 타율성(㉠)을 이끌어 내는 기반이 되어 인간 삶의 중요한 근거로서 그 위상이 강화되었다.
>
> 천 개념이 개방되면서 인간 내면에 있는 천으로서의 본성을 잘 발휘하면 천의 경지에 도달할 수 있다고 여겨졌다. 인간 내면에 있는 천으로서의 본성을 잘 발휘한다는 것은 곧 인간 행위의 자율성이 잘 발휘된다는 의미이므로, 천 개념의 개방에 따라 인간 행위의 자율성이 인정되는 방향으로 나갔다고 할 수 있다.

⑤ 천명 의식이 달라짐에 따라 인간 행위의 자율성과 타율성의 양상이 변화하였다.

> 근거: **5** [24]천명 의식의 변화와 확장된 천 개념의 결합에 따라 천은 초월성과 내재성을 가진 존재로서 받아들여졌고, 인간 행위의 자율성과 타율성(㉠)을 이끌어 내는 기반이 되어 인간 삶의 중요한 근거로서 그 위상이 강화되었다.
>
> ②번과 ④번을 참고하면 상제천에서 인간 행위의 타율성이 나타났고, 의리천에서 자율성이 확대되었음을 알 수 있다. 즉 천명 의식의 변화에 따라 인간 행위의 자율성과 타율성의 양상 또한 변화한 것이다.

🖋 모두의 질문
• 3번

> **Q:** 인간 행위의 '자율성'과 '타율성'이 무엇을 말하는 건가요?
>
> **A:** 윗글의 마지막 문장을 다시 읽어 보자. '천명 의식의 변화와 확장된 천 개념의 결합에 따라 천은 초월성과 내재성을 가진 존재로서 받아들여졌고, 인간 행위의 자율성과 타율성을 이끌어 내는 기반이 되어 인간 삶의 중요한 근거로서 그 위상이 강화되었다.'를 보면, 처음에 현상과 작용을 포괄하며 저 위에만 있던 천이 인간의 내면까지 '확장'되었음을 알 수 있다.
>
> 따라서 '초월성'과 '내재성'은 각각 하늘에서 인간에게 명을 내리는 존재로서의 성질과 내면화되어 비도덕적 행위를 제어해 주는 역할로서의 성질을 의미한다. 그리고 이것이 인간 행위의 타율성과 자율성을 이끌어 내는 기반이라고 하였으므로 초월성을 가진 하늘이 내리는 명을 따르는 것은 '타율성', 내면화된 천의 제어에 따르는 것을 '자율성'이라 할 수 있다.

4. 윗글의 천 개념에 해당하는 예를 〈보기〉에서 골라 바르게 묶은 것은?

〈보기〉

ㄱ. 천은 크기로 보면 바깥이 없고, 운행이 초래하는 변화는 다함이 없다.

ㄴ. 만물의 생성과 변화를 살피면 그와 같이 되도록 주재하고 운용하는 존재가 있는 것으로 생각된다.

ㄷ. 인심이 돌아가는 곳은 곧 천명이 있는 곳이다. 그러므로 사람을 거스르고 천을 따르는 자는 없고, 사람을 따르고 천을 거스르는 자도 없다.

ㄹ. 이 세상 사물 가운데 털끝만큼 작은 것들까지 천이 내지 않은 것이 없다고들 한다. 대체 하늘이 어떻게 하나하나 명을 낸단 말인가? 천은 텅 비고 아득하여 아무런 조짐도 없으면서 저절로 되어 가도록 맡겨 둔다.

✔ 정답풀이

	자연천	상제천	의리천
④	ㄱ, ㄹ	ㄴ	ㄷ

ㄱ

근거: **2** ⁴천은~가장 크고 뚜렷하게 파악되는 현상으로 여겨졌다. ⁵농경을 주로 하는 문화적 특성상 자연 현상과 기후의 변화를 파악하는 것이 중시된 만큼 천의 표면적인 모습 외에 작용 면에서 천을 파악하려는 경향이 짙었다.

'천'의 크기와 그 변화, 즉 표면적인 모습과 작용을 가치중립적인 자연 현상으로 바라보고 있으므로 '자연천' 개념에 해당한다.

ㄴ

근거: **3** ⁹특히 상제와 결부됨으로써 모든 것을 주재하는 절대적인 권능을 가진 '상제천' 개념이 자리 잡았다.

ㄷ

근거: **4** ¹⁷그리고 '천은 명을 주었다가도 통치자가 정치를 잘못하면 언제나 그 명을 박탈해 간다.', '천은 백성들이 원하는 것을 들어준다.'는 생각이 현실화되었다. ¹⁸천명은 계속 수용되었지만, 그것의 불변성, 독점성, 편파성 등은 수정되었고, 그 기저에는 도덕적 의미로서 '의리천' 개념이 자리하였다.

인심이 곧 천명이라고 했으며, 사람을 거스르고 천을 따르는 자는 없다고 한 것으로 보아 도덕적 반성을 통해 천명의 의미가 수정된 '의리천' 개념의 예이다.

ㄹ

하늘이 하나하나 명을 내기 어렵다는 의미이므로 '상제천' 개념이 아니며, 저절로 가도록 맡겨 두는 것이라고 했으므로 '의리천'도 아니다. 천은 모든 사물을 내고, 저절로 되어 가도록 맡겨 둔다고 했으므로 '자연천' 개념에 해당한다.

5. ⓐ와 가장 가까운 뜻으로 쓰인 것은?

✔ 정답풀이

① 폭우가 내릴 가능성이 짙어 건물 외벽을 점검했다.

근거: **2** ⁵경향이 ⓐ짙었다.

ⓐ의 '짙었다'는 '드러나는 기미, 경향, 느낌 따위가 보통 정도보다 뚜렷하다.'라는 의미이다. 따라서 이와 가장 가까운 뜻으로 쓰인 것은 '폭우가 내릴 기미가 뚜렷하다.'라는 의미로 사용된 ①번이다.

✖ 오답풀이

② 짙게 탄 커피를 마시면 잠이 잘 안 온다.
'액체 속에 어떤 물질이 많이 들어 있어 진하다.'라는 의미로 사용되었다.

③ 철수는 짙은 안개 속에서 길을 잃었다.
'안개나 연기 따위가 자욱하다.'라는 의미로 사용되었다.

④ 정원에서 꽃향기가 짙게 풍겨 온다.
'일정한 공간에 냄새가 가득 차 보통 정도보다 강하다.'라는 의미로 사용되었다.

⑤ 해가 지고 어둠이 짙게 깔렸다.
'그림자나 어둠 같은 것이 아주 뚜렷하거나 빛깔이 아주 검은색이 있다.'라는 의미로 사용되었다.

HOLSOO

혼공하는 수능 국어 기출 분석

PART 2
사회

계약의 개념과 법률 효과

2019학년도 수능

✏️ 사고의 흐름

❶ ¹사람은 살아가는 동안 여러 약속을 한다. ²계약도 하나의 약속이다. ³하지만 이것은 친구와 뜻이 맞아 주말에 영화 보러 가자는 약속과는 다르다. ⁴일반적인 다른 약속처럼 계약도 서로의 의사 표시가 합치*하여 성립하지만, 이때의 의사는 일정한 법률 효과의 발생을 목적으로 한다는 점에서 차이가 있다. 일반적인 약속과의 공통점과 차이점을 언급하며 '계약'에 대해 설명하고 있어. / 계약: 서로의 의사 표시 합치로 성립, 의사는 법률 효과 발생을 목적으로 함 ⁵한 예로 매매* 계약은 '팔겠다'는 일방*의 의사 표시와 '사겠다'는 상대방의 의사 표시가 합치함으로써 성립하며, 매도인*은 매수인*에게 매매 목적물의 소유권을 이전*하여야 할 의무를 짐과 동시에 매매 대금의 지급을 청구할 권리를 갖는다. ⁶반대로 매수인은 매도인에게 매매 대금을 지급할 의무가 있고 소유권의 이전을 청구할 권리를 갖는다. ⁷양 당사자는 서로 권리를 행사하고 서로 의무를 이행하는 관계에 놓이는 것이다.

예를 들어 설명해주면 정확하게 이해해야 해. 꼭 묻겠다는 의미니까!

차이점을 파악하여 읽자.

❷ ⁸이처럼 의사 표시를 필수적 요소로 하여 법률 효과를 발생시키는 행위들을 법률 행위라 한다. ⁹계약은 법률 행위의 일종으로서, 당사자에게 일정한 청구권과 이행 의무를 발생시킨다. ¹⁰청구권을 내용으로 하는 권리가 채권이고, 그에 따라 이행을 해야 할 의무가 채무이다. 매도, 매수, 채권, 채무처럼 비슷해 보이는 개념이 등장해서 헷갈릴 수 있어. 정리하며 읽자!

매매 계약: 매도인과 매수인의 의사 표시 합치로 성립		
	채무: 청구권에 따라 이행해야 할 의무	채권: 청구권을 내용으로 하는 권리
매도인(파는 사람)	소유권 이전 의무	매매 대금 지급 청구 권리
매수인(사는 사람)	매매 대금 지급 의무	소유권 이전 청구 권리

¹¹따라서 채권과 채무는 발생한 법률 효과가 동전의 양면처럼 서로 다른 방향에서 파악되는 것이라 할 수 있다. ¹²채무자가 채무의 내용대로 이행하여 채권을 소멸시키는 것을 변제라 한다. 변제: 채무자가 채무를 이행하여 채권을 소멸시키는 것

❸ ¹³갑과 을은 을이 소유한 그림 A를 갑에게 매도하는 것을 내용으로 하는 매매 계약을 체결하였다. 이 계약에서는 '갑'이 매수인, '을'이 매도인이야. ¹⁴㉠을의 채무는 그림 A의 소유권을 갑에게 이전하는 것이다. ¹⁵동산*인 물건의 소유권을 이전하는 방식은 그 물건을 인도*하는 것이다. ¹⁶갑은 그림 A가 너무나 마음에 들었기 때문에 그것을 인도받기 전에 대금 전액을 금전으로 지급하였다. 갑(매수인)은 그림 A를 양도받기 전에 이미 채무를 이행해서 변제를 마쳤네! ¹⁷그런데 갑이 아무리 그림 A를 넘겨달라고 청구하여도 을은 인도해 주지 않았다. 갑과 달리 을은 채무를 이행하지 않고 있어! ¹⁸이런 경우 갑이 사적으로 물리력을 행사하여 해결하는 것은 엄격히 금지된다.

❹ ¹⁹채권의 내용은 민법과 같은 실체법에서 규정하고 있고, 그것을 강제적으로 실현할 수 있도록 민사 소송법이나 민사 집행법 같은 절차법이 갖추어져 있다. 실체법과 절차법이라는 내용이 앞부분과 자연스럽게 이어지지 않는 느낌이 들 수 있어. 이러한 정보들은 뒤에서 다룰 내용들을 이해하기 위해 알아 두어야 하는 사전 정보라고 생각하면 돼! ²⁰갑은 소를 제기하여 판결로써 자기가 가진 채권의 존재와 내용을 공적으로 확정받을 수 있고, 나아가 법원에 강제 집행을 신청할 수도 있다. ²¹강제 집행은 국가가 물리적 실력을 행사하여 채무자의 의사에 구애받지 않고 채무의 내용을 실행시켜 채권이 실현되도록 하는 제도이다. 3문단에서 사적으로 물리력을 행사하는 것은 금지된다고 했는데, 법원에 신청을 하면 '강제 집행'으로 물리력을 행사하여 채권이 실현되도록 할 수 있군!

❺ ²²을이 그림 A를 넘겨주지 않은 까닭은 갑으로부터 매매 대금을 받은 뒤에 을의 과실로 불이 나 그림 A가 타 없어졌기 때문이다. ²³㉮결국 채무는 이행 불능이 되었다. ²⁴소송을 하더라도 불능의 내용을 이행하라는 판결은 ⓐ나올 수 없다. 을의 채무는 그림 A의 소유권을 갑에게 이전하는 것인데, 그림 A가 을의 과실로 타서 없어졌으니 을의 채무 이행이 불가능해진 거지. ²⁵그림 A의 소실이 계약 체결 전이었다면, 그 계약은 실현 불가능한 내용을 담고 있기 때문에 체결할 때부터 계약 자체가 무효이다. 그림 A는 매매 계약 체결 후 대금을 받은 뒤에 소실되었다고 했는데, 만약 소실이 계약 체결 전이라면 계약 자체가 무효가 되는구나! ²⁶이행 불능이 채무자의 과실 때문에 일어난 것이라면 채무자가 채무 불이행에 대한 책임을 져야 한다.

❻ ²⁷이때 채무 불이행은 갑이나 을의 의사 표시가 작용한 것이 아니라, 매매 목적물의 소실에 따른 이행 불능으로 말미암은 것이다. ²⁸이러한 사건을 통해서도 법률 효과가 발생한다. ²⁹채무 불이행에 대한 책임은 갑으로 하여금 계약을 해제할 수 있는 권리를 갖게 한다. 5문단에서 채무자의 과실로 채무 불이행이 일어나면 채무자가 채무 불이행에 대한 책임을 져야 한다고 했지. 갑은 계약 해제권을 갖게 돼! ³⁰갑이 계약 해제권을 행사하면 그때까지 유효했던 계약이 처음부터 효력이 없는 것으로 된다. ³¹이때의 계약 해제는 일방의 의사 표시만으로 성립한다. ³²따라서 갑이 해제권을 행사하는 데에 을의 승낙은 요건*이 되지 않는다. ³³이러한 법률 행위를 단독 행위라 한다. 매매 계약이 체결되었을 때에는 양방의 의사 표시가 필요했는데, 한 당사자의 과실로 계약이 이행 불능이 되면 다른 당사자의 일방의 의사 표시만으로 계약이 해제되는군!

매매 목적물의 소실에 따른 을의 채무 불이행을 말하는 거야.

❼ ³⁴갑은 계약을 해제하였다. ³⁵이로써 그 계약으로 발생한 채권과 채무는 없던 것이 된다. ³⁶당연히 계약의 양 당사자는 자신의 채무를 이행할 필요가 없다. ³⁷이미 이행된 것이 있다면 계약이 체결되기 전의 상태로 돌려놓아야 한다. 갑은 이미 채무를 이행했으니, 미리 지불한 매매 대금을 돌려받아야겠네! ³⁸이를 청구할 수 있는 권리가 원상회복 청구권이다. ³⁹계약의 해제로 갑은 원상회복 청구권을 행사할

수 있으며, 이러한 ⓒ갑의 채권은 결국 을에게 매매 대금을 반환해 달라고 청구할 수 있는 권리가 된다.

이것만은 챙기자

*합치: 의견이나 주장 따위가 서로 맞아 일치함.
*매매: 물건을 팔고 사는 일.
*일방: 어느 한쪽. 또는 어느 한편.
*매도인: 물건을 팔아서 넘겨주는 사람.
*매수인: 물건을 사서 넘겨받은 사람.
*이전: 권리 따위를 남에게 넘겨주거나 또는 넘겨받음.
*동산: 형상, 성질 따위를 바꾸지 아니하고 옮길 수 있는 재산. 토지나 그 위에 고착된 건축물을 제외한 재산으로 돈, 증권, 세간 따위이다.
*인도: 사물이나 권리 따위를 넘겨줌.
*요건: 필요한 조건.

만점 선배의 구조도 예시

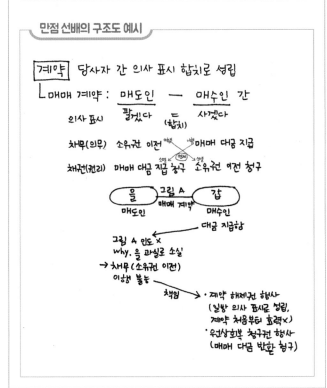

1. 윗글의 내용과 일치하지 않는 것은?

✔ 정답풀이

③ 법률 행위가 없으면 법률 효과가 발생하지 않는다.

> 근거: ❷ ⁸이처럼 의사 표시를 필수적 요소로 하여 법률 효과를 발생시키는 행위들을 법률 행위라 한다. + ❻ ²⁷이때 채무 불이행은 갑이나 을의 의사 표시가 작용한 것이 아니라, 매매 목적물의 소실에 따른 이행 불능으로 말미암은 것이다. ²⁸이러한 사건을 통해서도 법률 효과가 발생한다.
> 의사 표시를 필수적 요소로 하는 법률 행위가 법률 효과를 발생시키는 것은 맞지만, 의사 표시가 작용하지 않은 채무 불이행을 통해서도 법률 효과가 발생할 수 있다. 따라서 법률 행위가 없는 경우에도 법률 효과가 발생할 수 있다.

✘ 오답풀이

① 실체법에는 청구권에 관한 규정이 있다.
> 근거: ❷ ¹⁰청구권을 내용으로 하는 권리가 채권이고, 그에 따라 이행을 해야 할 의무가 채무이다. + ❹ ¹⁹채권의 내용은 민법과 같은 실체법에서 규정하고 있고,
> 청구권을 내용으로 하는 권리인 '채권'의 내용은 실체법에서 규정하고 있다.

② 절차법에 강제 집행 제도가 마련되어 있다.
> 근거: ❹ ¹⁹채권의 내용은 민법과 같은 실체법에서 규정하고 있고, 그것을 강제적으로 실현할 수 있도록 민사 소송법이나 민사 집행법 같은 절차법이 갖추어져 있다. ²¹강제 집행은 국가가 물리적 실력을 행사하여 채무자의 의사에 구애받지 않고 채무의 내용을 실행시켜 채권이 실현되도록 하는 제도이다.
> 강제 집행 제도는 국가가 물리적 실력을 행사하여 채무자의 의사에 구애받지 않고 채무의 내용을 실행시켜 채권이 실현되도록 하는 제도인데, 이처럼 채권을 강제적으로 실현할 수 있도록 하는 법은 절차법에 마련되어 있다.

④ 법원을 통하여 물리력으로 채권을 실현할 수 있다.
> 근거: ❸ ¹⁸이런 경우(거래 상대방인 을이 채무를 이행하지 않는 경우) 갑이 사적으로 물리력을 행사하여 해결하는 것은 엄격히 금지된다. + ❹ ²⁰(갑은) 법원에 강제 집행을 신청할 수도 있다. ²¹강제 집행은 국가가 물리적 실력을 행사하여 채무자의 의사에 구애받지 않고 채무의 내용을 실행시켜 채권이 실현되도록 하는 제도이다.
> 거래 상대방이 채무를 이행하지 않는 경우 사적으로 물리력을 행사하여 채권을 실현하는 것은 금지되나, 법원을 통해 강제 집행을 신청하면 국가의 물리력으로 채권이 실현되도록 할 수 있다.

⑤ 실현 불가능한 것을 내용으로 하는 계약은 무효이다.
> 근거: ❺ ²⁵그림 A의 소실이 계약 체결 전이었다면, 그 계약은 실현 불가능한 내용을 담고 있기 때문에 체결할 때부터 계약 자체가 무효이다.

2. ㉠, ㉡에 대한 이해로 가장 적절한 것은?

> ㉠: 을의 채무
> ㉡: 갑의 채권

✅ **정답풀이**

⑤ ㉠에는 물건을 인도할 의무가 있고, ㉡에는 금전의 지급을 청구할 권리가 있다.

> 근거: 3 ¹⁴을의 채무(㉠)는 그림 A의 소유권을 갑에게 이전하는 것이다. ¹⁵동산인 물건의 소유권을 이전하는 방식은 그 물건을 인도하는 것이다. + 5 ²²을이 그림 A를 넘겨주지 않은 까닭은 갑으로부터 매매 대금을 받은 뒤에 을의 과실로 불이 나 그림 A가 타 없어졌기 때문이다. + 6 ²⁷이때 채무 불이행은 갑이나 을의 의사 표시가 작용한 것이 아니라, 매매 목적물의 소실에 따른 이행 불능으로 말미암은 것이다.~²⁹채무 불이행에 대한 책임은 갑으로 하여금 계약을 해제할 수 있는 권리를 갖게 한다. + 7 ³⁹갑의 채권(㉡)은 결국 을에게 매매 대금을 반환해 달라고 청구할 수 있는 권리가 된다.
> ㉠은 계약 체결 당시 그림 A를 인도해야 했던 매도인 을의 의무이고 매매 목적물이 소실되어 계약 자체가 무효가 되었으므로 ㉡은 계약 해제 후 을에게 매매 대금을 반환해 달라고 청구할 매수인 갑의 권리(원상회복 청구권)이다.

❌ **오답풀이**

① ㉠은 매도인의 청구와 매수인의 이행으로 소멸한다.

> 근거: 2 ¹²채무자가 채무의 내용대로 이행하여 채권을 소멸시키는 것을 변제라 한다. + 3 ¹³갑과 을은 을이 소유한 그림 A를 갑에게 매도하는 것을 내용으로 하는 매매 계약을 체결하였다. ¹⁴을의 채무(㉠)는 그림 A의 소유권을 갑에게 이전하는 것이다. ¹⁵동산인 물건의 소유권을 이전하는 방식은 그 물건을 인도하는 것이다.
> 매도인의 청구(매매 대금 지급 청구)와 이에 따른 매수인의 이행(매매 대금 지급)이 일어나면 매수인에 대한 매도인의 '채권'이 소멸되는 것이지, ㉠이 소멸되는 것은 아니다. ㉠이 소멸되는 것은 매수인의 청구와 그에 따른 매도인의 이행이 이루어졌을 때라고 볼 수 있다.

② ㉡은 채권자와 채무자의 의사 표시가 작용하여 성립한 것이다.

> 근거: 6 ²⁹채무 불이행에 대한 책임은 갑으로 하여금 계약을 해제할 수 있는 권리를 갖게 한다. ³¹이때의 계약 해제는 일방의 의사 표시만으로 성립한다. ³²따라서 갑이 해제권을 행사하는 데에 을의 승낙은 요건이 되지 않는다. + 7 ³⁹계약의 해제로 갑은 원상회복 청구권을 행사할 수 있으며, 이러한 갑의 채권(㉡)은 결국 을에게 매매 대금을 반환해 달라고 청구할 수 있는 권리가 된다.
> ㉡은 채무 불이행에 대한 계약 해제로 인한 것인데, 이때의 계약 해제는 일방의 의사 표시만으로 성립하므로 채권자와 채무자의 의사 표시가 모두 작용했다고 볼 수 없다.

③ ㉠과 ㉡은 ㉠이 이행되면 그 결과로 ㉡이 소멸하는 관계이다.

> 근거: 2 ¹²채무자가 채무의 내용대로 이행하여 채권을 소멸시키는 것을 변제라 한다. + 5 ²²을이 그림 A를 넘겨주지 않은 까닭은 갑으로부터 매매 대금을 받은 뒤에 을의 과실로 불이 나 그림 A가 타 없어졌기 때문이다. ²³결국 채무는 이행 불능이 되었다. + 7 ³⁴갑은 계약을 해제하였다. ³⁵이로써 그 계약으로 발생한 채권과 채무는 없던 것이 된다.
> 채무자의 채무를 이행하여 채권이 소멸되는 것을 변제라고 하는데, 이는 하나의 계약이 체결되었을 때 발생한 채무와 채권의 관계에서 적용된다. 그런데 ㉠은 계약이 유효함을 전제로 발생한 것이고, ㉡은 ㉠이 이행되지 못한 결과로 계약이 해제되어 발생한 것이다. 따라서 ㉠이 이행된 결과로 ㉡이 소멸한다고 볼 수는 없다.

④ ㉠과 ㉡은 동일한 계약의 효과를 서로 다른 측면에서 바라본 것이다.

> 근거: 2 ¹¹따라서 채권과 채무는 발생한 법률 효과가 동전의 양면처럼 서로 다른 방향에서 파악되는 것이라 할 수 있다. + 7 ³⁴갑은 계약을 해제하였다. ³⁵이로써 그 계약으로 발생한 채권과 채무는 없던 것이 된다.
> ㉠은 계약이 유효함을 전제로 발생한 것이며, ㉡은 계약이 해제되어 발생한 것이므로 동일한 계약의 효과를 서로 다른 측면에서 바라본 것이라고 볼 수 없다.

🍃 **모두의 질문**

· 2-①, ③번

Q: 2문단에서 채무자가 채무의 내용대로 이행하면 채권이 소멸된다고 했으니까 ①, ③번은 적절한 것 아닌가요?

A: 2문단에서는 '채권과 채무는 발생한 법률 효과가 동전의 양면처럼 서로 다른 방향에서 파악되는 것'이라고 하였다. 즉 매매 계약에서 매도인의 채무는 매수인의 채권과, 매수인의 채무는 매도인의 채권과 맞닿아 있다. 따라서 '채무자가 채무의 내용대로 이행하여 채권을 소멸'시킨다고 했을 때, '채무자'가 매도인이라면 이행을 통해 매수인의 채권이 소멸되고, '채무자'가 매수인이라면 이행을 통해 매도인의 채권이 소멸되는 것이다.
①번의 경우 ㉠이 매도인의 청구와 매수인의 이행으로 소멸하는지를 물었다. 그런데 매수인이 이행을 한 경우 소멸되는 것은 매도인의 채무가 아니라 매도인의 '채권'이므로 ①번은 적절하지 않다.
③번의 경우 ㉠이 이행되면 그 결과로 ㉡이 소멸하는 관계인지를 물었다. 위에서 언급한 근거만을 고려할 때 ③번은 얼핏 적절해 보일 수 있다. 그러나 ㉠과 ㉡은 하나의 계약 내에서 동전의 양면처럼 파악되는 채무와 채권의 관계가 아니다. ㉠은 매매 계약이 유효할 때의 채무이지만, ㉡은 매매 계약이 유효할 때의 채권(소유권 이전 청구 권리)이 아니라 매도자의 채무 불이행으로 계약이 해제되어 발생한 채권(매매 대금 반환 청구 권리)에 해당하기 때문이다.

3. ㉮의 상황에 대한 설명으로 적절한 것은?

> ㉮: 결국 채무는 이행 불능이 되었다.

✔ 정답풀이

① '을'의 과실로 이행 불능이 되어 '갑'의 계약 해제권이 발생한다.

> 근거: ⑤ ²²을이 그림 A를 넘겨주지 않은 까닭은 갑으로부터 매매 대금을 받은 뒤에 을의 과실로 불이 나 그림 A가 타 없어졌기 때문이다. + ⑥ ²⁷이때 채무 불이행은 갑이나 을의 의사 표시가 작용한 것이 아니라, 매매 목적물의 소실에 따른 이행 불능으로 말미암은 것이다. ²⁹채무 불이행에 대한 책임은 갑으로 하여금 계약을 해제할 수 있는 권리를 갖게 한다.
> 그림 A가 을의 과실로 타서 없어지면서 을의 채무는 이행 불능이 되었다. 이로 인해 채무 불이행에 대한 을의 책임이 발생하면서 갑이 계약을 해제할 수 있는 권리를 갖게 된 것이다.

✘ 오답풀이

② '갑'은 소를 제기하여야 매매의 목적이 된 재산권을 이전받을 수 있다.

> 근거: ⑤ ²²을의 과실로 불이 나 그림 A가 타 없어졌기 때문이다. ²⁴소송을 하더라도 불능의 내용을 이행하라는 판결은 나올 수 없다.
> 매매의 목적이 된 재산권의 대상인 그림 A는 타서 없어졌다. 따라서 갑이 소를 제기하여도 재산권을 이전받을 수는 없다.

③ '갑'은 원상회복 청구권을 행사하여야 '그림 A'의 소유권을 회복할 수 있다.

> 근거: ⑤ ²²을의 과실로 불이 나 그림 A가 타 없어졌기 때문이다. ²³결국 채무는 이행 불능이 되었다.(㉮) ²⁴소송을 하더라도 불능의 내용을 이행하라는 판결은 나올 수 없다. + ⑦ ³⁹계약의 해제로 갑은 원상회복 청구권을 행사할 수 있으며, 이러한 갑의 채권은 결국 을에게 매매 대금을 반환해 달라고 청구할 수 있는 권리가 된다.
> 갑은 계약을 해제한 후 원상회복 청구권을 행사하여 을에게 매매 대금을 반환해 달라고 청구할 수 있다. 그러나 그림 A는 이미 타서 없어졌기 때문에 갑은 그림 A의 소유권을 회복할 수 없다.

④ '갑'과 '을'은 애초부터 실현 불가능한 내용의 계약을 체결하였기 때문에 이행 불능이 되었다.

> 근거: ⑤ ²²을이 그림 A를 넘겨주지 않은 까닭은 갑으로부터 매매 대금을 받은 뒤에 을의 과실로 불이 나 그림 A가 타 없어졌기 때문이다. ²³결국 채무는 이행 불능이 되었다.(㉮) ²⁵그림 A의 소실이 계약 체결 전이었다면, 그 계약은 실현 불가능한 내용을 담고 있기 때문에 체결할 때부터 계약 자체가 무효이다.
> 그림 A의 소실이 계약 체결 전이었다면 애초부터 실현 불가능한 내용의 계약을 체결한 것이므로 계약 자체가 무효이다. 그러나 그림 A는 계약이 체결되고 갑이 매매 대금을 지불하는 채무를 이행한 뒤 소실되었고, 이로 인해 이행 불능이 되었다. 즉 애초부터 실현 불가능한 내용의 계약을 체결한 것은 아니다.

⑤ '을'이 '갑'에게 '그림 A'를 인도하는 것은 불가능해졌지만 '을'은 채무 불이행에 대한 책임을 지지 않는다.

> 근거: ⑤ ²²을의 과실로 불이 나 그림 A가 타 없어졌기 때문이다. ²⁶이행 불능이 채무자의 과실 때문에 일어난 것이라면 채무자가 채무 불이행에 대한 책임을 져야 한다. + ⑥ ²⁹채무 불이행에 대한 책임은 갑으로 하여금 계약을 해제할 수 있는 권리를 갖게 한다.
> 을이 갑에게 그림 A를 인도하는 것이 불가능해진 것은 맞다. 하지만 이러한 이행 불능은 을의 과실로 인한 것이므로 을은 채무 불이행에 대한 책임을 져야 하며, 그 결과 갑이 계약 해제권을 갖게 된다.

4. 윗글을 바탕으로 할 때, 〈보기〉에 대한 분석으로 적절하지 않은 것은? [3점]

〈보기〉

[1]증여는 당사자의 일방이 자기의 재산을 무상으로 상대방에게 줄 의사를 표시하고 상대방이 이를 승낙함으로써 성립하는 계약이다. [2]증여자만 이행 의무를 진다는 점이 특징이다. [3]유언은 유언자의 사망과 동시에 일정한 법률 효과를 발생시키려는 것을 목적으로 하는데, 유언자의 의사 표시만으로 유효하게 성립하고 의사 표시의 상대방이 필요 없다는 점에서 증여와 차이가 있다.

증여: 당사자(증여자) 일방 의사 표시, 상대방 승낙 → 성립
유언: 유언자 의사 표시 → 성립 ⟶ 증여자만 이행 의무 있음
⟶ 의사 표시 상대방이 필요 없음

✔ **정답풀이**

③ 증여는 변제의 의무를 발생시키지 않는다는 점에서 매매와 차이가 있다.

근거: 2 [10]청구권을 내용으로 하는 권리가 채권이고, 그에 따라 이행을 해야 할 의무가 채무이다. [12]채무자가 채무의 내용대로 이행하여 채권을 소멸시키는 것을 변제라 한다. + 〈보기〉[1]증여는 당사자의 일방이 자기의 재산을 무상으로 상대방에게 줄 의사를 표시하고 상대방이 이를 승낙함으로써 성립하는 계약이다. [2]증여자만 이행 의무를 진다는 점이 특징이다.

변제는 채무자가 채무(청구권에 따라 이행을 해야 할 의무)의 내용대로 이행하여 채권을 소멸시키는 것이다. 매매는 계약 당사자 양방에 이와 같은 변제의 의무를 발생시키는데, 〈보기〉에 따르면 증여 또한 당사자 양방은 아니지만 당사자 일방인 증여자에게 이행 의무를 지게 하면서 변제의 의무를 발생시킨다. 따라서 증여가 변제의 의무를 발생시키지 않는다고 볼 수 없다.

✖ **오답풀이**

① 증여, 유언, 매매는 모두 법률 행위로서 의사 표시를 요소로 한다.
근거: 1 [5]한 예로 매매 계약은 '팔겠다'는 일방의 의사 표시와 '사겠다'는 상대방의 의사 표시가 합치함으로써 성립하며, [7]양 당사자는 서로 권리를 행사하고 서로 의무를 이행하는 관계에 놓이는 것이다. + 2 [8]이처럼 의사 표시를 필수적 요소로 하여 법률 효과를 발생시키는 행위들을 법률 행위라 한다. + 〈보기〉[1]증여는 당사자의 일방이 자기의 재산을 무상으로 상대방에게 줄 의사를 표시하고 상대방이 이를 승낙함으로써 성립하는 계약이다. [3]유언은 유언자의 사망과 동시에 일정한 법률 효과를 발생시키려는 것을 목적으로 하는데, 유언자의 의사 표시만으로 유효하게 성립하고

매매는 매도인과 매수인의 의사 표시가 합치함으로써 성립하며 양 당사자가 서로 권리를 행사하고 의무를 이행하는 계약이다. 〈보기〉에 따르면 증여는 당사자의 일방이 의사를 표시하고 상대방이 이를 승낙함으로써 성립하는 계약이고, 유언은 유언자의 의사 표시만으로도 유효하게 성립하며 일정한 법률 효과를 발생시키는 것을 목적으로 한다. 의사 표시를 필수적 요소로 하여 법률 효과를 발생시키는 행위를 법률 행위라고 했으므로, 매매, 증여, 유언은 모두 법률 행위로서 의사 표시를 요소로 한다는 점에서 공통된다고 할 수 있다.

② 증여와 유언은 법률 효과를 발생시키려는 목적이 있다는 점이 공통된다.
근거: 2 [8]이처럼 의사 표시를 필수적 요소로 하여 법률 효과를 발생시키는 행위들을 법률 행위라 한다. [9]계약은 법률 행위의 일종으로서, 당사자에게 일정한 청구권과 이행 의무를 발생시킨다. + 〈보기〉[1]증여는 당사자의 일방이 자기의 재산을 무상으로 상대방에게 줄 의사를 표시하고 상대방이 이를 승낙함으로써 성립하는 계약이다. [3]유언은 유언자의 사망과 동시에 일정한 법률 효과를 발생시키려는 것을 목적으로 하는데

〈보기〉에 따르면 증여는 계약이라고 했는데, 계약은 법률 행위이며 법률 행위는 법률 효과를 발생시킨다. 또한 유언은 법률 효과를 발생시키려는 것을 목적으로 하므로 증여와 유언은 모두 법률 효과를 발생시키려는 목적이 있다는 점이 공통된다고 할 수 있다.

④ 증여는 당사자 일방만이 이행한다는 점에서 양 당사자가 서로 이행하는 관계를 갖는 매매와 차이가 있다.
근거: 1 [7](매매 계약에서) 양 당사자는 서로 권리를 행사하고 서로 의무를 이행하는 관계에 놓이는 것이다. + 〈보기〉[1]증여는 당사자의 일방이 자기의 재산을 무상으로 상대방에게 줄 의사를 표시하고~[2]증여자만 이행 의무를 진다는 점이 특징이다.

〈보기〉에 따르면 증여는 당사자 일방, 즉 증여자만 이행 의무를 진다. 반면 매매는 양 당사자가 서로 의무를 이행하는 관계를 갖는다.

⑤ 증여는 양 당사자의 의사 표시가 서로 합치하여 성립한다는 점에서 의사 표시의 합치가 필요 없는 유언과 차이가 있다.
근거: 〈보기〉[1]증여는 당사자의 일방이 자기의 재산을 무상으로 상대방에게 줄 의사를 표시하고 상대방이 이를 승낙함으로써 성립하는 계약이다. [3]유언은~유언자의 의사 표시만으로 유효하게 성립하고 의사 표시의 상대방이 필요 없다는 점에서 증여와 차이가 있다.

〈보기〉에 따르면 증여는 당사자의 일방이 의사를 표시하고 상대방이 이를 승낙하여 서로 합치될 때 성립한다. 반면 유언은 의사 표시의 상대방이 필요 없이 유언자의 의사 표시만으로 성립한다.

5. 문맥상 의미가 ⓐ와 가장 가까운 것은?

🔽 정답풀이

① 오랜 연구 끝에 만족할 만한 실험 결과가 <u>나왔다</u>.

> 근거: 5 ²⁴이행하라는 판결은 ⓐ나올 수 없다.
> ⓐ와 ①번의 '나오다'는 모두 '처리나 결과로 이루어지거나 생기다.'라는 의미로 쓰였다.

❌ 오답풀이

② 그 사람이 부드럽게 <u>나오니</u> 내 마음이 누그러졌다.
　'어떠한 태도를 취하여 겉으로 드러내다.'라는 의미로 쓰였다.

③ 우리 마을은 라디오가 잘 안 <u>나오는</u> 산간 지역이다.
　'방송을 듣거나 볼 수 있다.'라는 의미로 쓰였다.

④ 이 책에 <u>나오는</u> 옛날이야기 한 편을 함께 읽어 보자.
　'책, 신문 따위에 글, 그림 따위가 실리다.'라는 의미로 쓰였다.

⑤ 그동안 우리 지역에서는 걸출한 인물들이 많이 <u>나왔다</u>.
　'상품이나 인물 따위가 산출되다.'라는 의미로 쓰였다.

MEMO

채권과 CDS 프리미엄

2019학년도 9월 모평

문제 P.032

[1~5] 다음 글을 읽고 물음에 답하시오.

✏ 사고의 흐름

1 [1]대한민국 정부가 해외에서 발행한 채권의 CDS 프리미엄은 우리가 매체에서 자주 접하는 경제 지표*의 하나이다. [2]이 지표를 이해하기 위해서는 채권의 '신용 위험'과 '신용 파산 스와프(CDS)'의 개념을 살펴볼 필요가 있다. *바로 이어서 채권의 '신용 위험'과 'CDS'의 개념에 대한 설명이 나오겠지? 이러한 개념을 설명해 주는 것은 뒤에서 '채권의 CDS 프리미엄'을 설명하기 위함임을 잊지 말아야 해!*

2 [3]채권은 정부나 기업이 자금을 조달하기 위해 발행하며 그 가격은 채권이 매매*되는 채권 시장에서 결정된다. [4]채권의 발행자는 정해진 날에 일정한 이자와 원금을 투자자에게 지급할 것을 약속한다. [5]채권을 매입*한 투자자는 이를 다시 매도*하거나 이자를 받아 수익을 얻는다. [6]그런데 채권 투자에는 발행자의 지급 능력 부족 등의 사유로 이자와 원금이 지급되지 않을 가능성인 신용 위험이 수반된다. [7]이에 따라 각국은 채권의 신용 위험을 평가해 신용 등급으로 공시*하는 신용 평가 제도를 도입하여 투자자를 보호하고 있다. *신용 위험: 투자자에게 채권의 이자와 원금이 지급되지 않을 가능성*
→ 신용 평가 제도 도입하여 투자자 보호

내용이 전환되고 있어. 채권 투자의 문제 상황이 제시되겠지?

3 [8]우리나라의 신용 평가 제도에서는 원화로 이자와 원금의 지급을 약속한 채권 가운데 발행자의 지급 능력이 최상급인 채권에 AAA라는 최고 신용 등급이 부여된다. [9]원금과 이자가 지급되지 않아 부도가 난 채권에는 D라는 최저 신용 등급이 주어진다. [10]그 외의 채권은 신용 위험이 커지는 순서에 따라 AA, A, BBB, BB 등 점차 낮아지는 등급 범주*로 평가된다. [11]이들 각 등급 범주 내에서도 신용 위험의 상대적인 크고 작음에 따라 각각 '−'나 '+'를 붙이거나 하여 각 범주가 세 단계의 신용 등급으로 세분되는 경우가 있다.

채권의 신용 등급
AAA - AA - A - BBB - BB - B - CCC - CC - … - D

지급 능력 최상	(A+, A, A−처럼	부도 난 채권
최고 신용 등급	각 범주가 세 단계로	최저 신용 등급
(신용 위험 ↓)	세분되기도 함)	(신용 위험 ↑)

[12]채권의 신용 등급은 신용 위험의 변동에 따라 조정될 수 있다. [13]다른 조건이 일정한 가운데 신용 위험이 커지면 채권 시장에서 해당 채권의 가격이 ⓐ떨어진다. *신용 위험 ↑(신용 등급 ↓) → 채권 가격 ↓*

4 [14]CDS는 채권 투자자들이 신용 위험을 피하려는 목적으로 활용하는 파생 금융 상품이다. *2문단~3문단에서 '신용 위험'을 설명한 것에 이어 이번에는 'CDS'에 대해 설명하려는 거야!* [15]CDS 거래는 '보장 매입자'와 '보장 매도자' 사이에서 이루어진다. [16]여기서 '보장'이란 신용 위험으로부터의 보호를 뜻한다. *생소한 개념들을 나열하고 있어. 뒤에서 이러한 개념들을 연결하여 궁극적으로 말하고자 하는 바를 설명할 테니, 나열되는 개념들은 정확히 정리하고 넘어가자! CDS: 채권 투자자가 신용 위험을 피하려고 활용하는 파생 금융 상품, 보장: 신용 위험으로부터의 보호* [17]보장 매도자는, 보장 매입자가 보유

한 채권에서 부도가 나면 이에 따른 손실을 보상하는 역할을 한다. [18]CDS 거래를 통해 채권의 신용 위험은 보장 매입자로부터 보장 매도자로 이전된다. [19]CDS 거래에서 신용 위험의 이전이 일어나는 대상 자산을 '기초 자산'이라 한다.

CDS 거래		
보장 매입자	→	보장 매도자
기초 자산 보유	기초 자산의 신용 위험	매입자가 보유한 채권(기초 자산) 부도 시 손실 보상

[A] [20]가령 은행 ㉠갑은, 기업 ㉡을이 발행한 채권을 매입하면서 그것의 신용 위험을 피하기 위해 보험 회사 ㉢병과 CDS 계약을 체결할 수 있다. [21]이때 기초 자산은 을이 발행한 채권이다. *'갑'은 채권을 보유한 '채권 투자자'이자 '보장 매입자', '을'은 채권을 발행한 '채권 발행자', '병'은 '보장 매도자'에 대응되는군.* *예를 들어 설명하면, 관련된 개념과 대응하여 읽자!*

5 [22]보장 매도자는 기초 자산의 신용 위험을 부담하는 것에 대한 보상으로 보장 매입자로부터 일종의 보험료를 받는데, 이것의 요율*이 CDS 프리미엄이다. *1문단에서 채권의 CDS 프리미엄을 이해하기 위해 '신용 위험'과 'CDS'를 설명하겠다고 했지? 이와 관련해 2문단~4문단에서 제시한 것들을 연결해서 드디어 CDS 프리미엄에 대해 설명하고 있어. CDS 프리미엄: 신용 위험 부담에 대한 보상으로, 보장 매입자로부터 받는 보험료의 요율* [23]CDS 프리미엄은 기초 자산의 신용 위험이나 보장 매도자의 유사시 지급 능력과 같은 여러 요인의 영향을 받는다. [24]다른 요인이 동일한 경우, ㉣기초 자산의 신용 위험이 크면 CDS 프리미엄도 크다. *기초 자산의 신용 위험 ↑ → CDS 프리미엄 ↑* [25]한편 ㉤보장 매도자의 지급 능력이 우수할수록 보장 매입자는 유사시 손실을 보다 확실히 보전받을 수 있으므로 보다 큰 CDS 프리미엄을 기꺼이 지불하는 경향이 있다. *보장 매도자 지급 능력 ↑ → CDS 프리미엄 ↑* [26]만약 보장 매도자가 발행한 채권이 있다면, 그 신용 등급으로 보장 매도자의 지급 능력을 판단할 수 있다. [27]이에 따라 다른 요인이 동일한 경우, 보장 매도자가 발행한 채권의 신용 등급이 높으면 CDS 프리미엄은 크다. *보장 매도자 발행 채권 신용 등급 ↑ → CDS 프리미엄 ↑ / 비례 혹은 반비례 관계가 나오면 잘 파악해 두자!*

이것만은 챙기자

- *지표: 방향이나 목적, 기준 따위를 나타내는 표지.
- *매매: 물건을 팔고 사는 일.
- *매입: 물건 따위를 사들임.
- *매도: 값을 받고 물건의 소유권을 다른 사람에게 넘김.
- *공시: 일정한 내용을 공개적으로 게시하여 일반에게 널리 알림. 또는 그렇게 알리는 글.
- *범주: 동일한 성질을 가진 부류나 범위.
- *요율: 요금의 정도나 비율.

만점 선배의 구조도 예시

채권
- 발행자 (정부, 기업)가 정해진 날 이자, 원금
  투자자에게 지급 약속
- BUT 지급되지 않을 가능성 (신용 위험) 有
→ 투자자 보호 위해 신용 평가 제도 도입

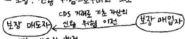

AAA AA A BBB BB → D
각 단계 세분화되기도 (+,-)
지급 능력 최상   부도 채권
신용 위험↓   신용 위험↑
                        (→ 채권 가격↓)

CDS
- CDS : 투자자가 신용 위험 피하려고 활용하는
  파생 금융 상품
- 보장 : 신용 위험으로부터의 보호

보장 매도자 ← CDS 거래로 기초 자산의 신용 위험 이전 → 보장 매입자

· 매입자 보유한 채권
  부도 시 손해 보상
· 그 대가로 매입자에게
  받는 보험료율 CDS 프리미엄↑ ← · 기초 자산의 신용 위험↑
                              · 매도자 지급 능력↑
                              · 매도자 발행 채권의 신용 등급↑

1. 윗글의 내용과 일치하지 않는 것은?

▼ 정답풀이

② 채권 발행자의 지급 능력이 커지면 신용 위험은 커진다.

> 근거: ❷ [6]그런데 채권 투자에는 발행자의 지급 능력 부족 등의 사유로
> 이자와 원금이 지급되지 않을 가능성인 신용 위험이 수반된다.
> 채권 발행자의 지급 능력이 부족하면 신용 위험이 커지고, 지급 능력이
> 커지면 신용 위험은 작아진다.

❌ 오답풀이

① 정부는 자금을 조달하기 위해 채권을 발행한다.
근거: ❷ [3]채권은 정부나 기업이 자금을 조달하기 위해 발행하며

③ 신용 평가 제도는 채권을 매입한 투자자를 보호하는 장치이다.
근거: ❷ [7]이에 따라 각국은 채권의 신용 위험을 평가해 신용 등급으로 공시
하는 신용 평가 제도를 도입하여 투자자를 보호하고 있다.

④ 다른 조건이 일정할 경우, 어떤 채권의 신용 등급이 낮아지면
해당 채권의 가격은 하락한다.
근거: ❸ [10]그 외의 채권은 신용 위험이 커지는 순서에 따라 AA, A, BBB,
BB 등 점차 낮아지는 등급 범주로 평가된다. [12]채권의 신용 등급은 신용 위
험의 변동에 따라 조정될 수 있다. [13]다른 조건이 일정한 가운데 신용 위험
이 커지면 채권 시장에서 해당 채권의 가격이 떨어진다.
채권의 신용 등급은 신용 위험이 커질수록 낮아지며, 신용 위험이 커지면
해당 채권의 가격은 떨어진다. 따라서 다른 조건이 일정한 경우, 어떤 채권
의 신용 등급이 낮아지면 신용 위험이 커졌다는 의미이므로 해당 채권의
가격은 하락한다.

⑤ 채권 발행자는 일정한 이자와 원금의 지급을 약속하지만, 채권
에는 그 약속이 지켜지지 않을 위험이 수반된다.
근거: ❷ [4]채권의 발행자는 정해진 날에 일정한 이자와 원금을 투자자에게
지급할 것을 약속한다. [6]그런데 채권 투자에는 발행자의 지급 능력 부족 등
의 사유로 이자와 원금이 지급되지 않을 가능성인 신용 위험이 수반된다.

2. [A]의 ㉠~㉢에 대한 이해로 가장 적절한 것은?

> ㉠: 갑
> ㉡: 을
> ㉢: 병

✅ 정답풀이

④ ㉢은 신용 위험을 부담하는 보장 매도자이다.

> 근거: ❹ [17]보장 매도자는, 보장 매입자가 보유한 채권에서 부도가 나면 이에 따른 손실을 보상하는 역할을 한다. [20]가령 은행 갑(㉠)은, 기업 을(㉡)이 발행한 채권을 매입하면서 그것의 신용 위험을 피하기 위해 보험 회사 병(㉢)과 CDS 계약을 체결할 수 있다.
> 보장 매도자는 보장 매입자가 보유한 채권에서 부도가 나면 손실을 보상하여, 신용 위험을 부담한다. 이를 고려할 때 [A]에서 신용 위험을 피하기 위해 ㉢과 CDS 계약을 체결한 ㉠은 보장 매입자, ㉢은 보장 매도자에 해당한다.

❌ 오답풀이

① ㉠은 기초 자산을 보유하지 않는다.

> 근거: ❹ [19]CDS 거래에서 신용 위험의 이전이 일어나는 대상 자산을 '기초 자산'이라 한다. [20]가령 은행 갑(㉠)은, 기업 을(㉡)이 발행한 채권을 매입하면서 그것의 신용 위험을 피하기 위해 보험 회사 병(㉢)과 CDS 계약을 체결할 수 있다. [21]이때 기초 자산은 을이 발행한 채권이다.
> [A]에서 신용 위험의 이전이 일어나는 대상 자산인 기초 자산은 ㉡이 발행하고 ㉠이 매입하여 보유한 채권이다.

② ㉠은 기초 자산에 부도가 나면 손실을 보상하는 역할을 한다.

> 근거: ❹ [17]보장 매도자는, 보장 매입자가 보유한 채권에서 부도가 나면 이에 따른 손실을 보상하는 역할을 한다. [20]가령 은행 갑(㉠)은, 기업 을(㉡)이 발행한 채권을 매입하면서 그것의 신용 위험을 피하기 위해 보험 회사 병(㉢)과 CDS 계약을 체결할 수 있다.
> 기초 자산에 부도가 나면 손실을 보상하는 역할을 하는 것은 '보장 매도자'로, [A]에서 보장 매도자는 ㉠이 아니라 ㉢이다.

③ ㉡은 신용 위험을 기피하는 채권 투자자이다.

> 근거: ❹ [14]CDS는 채권 투자자들이 신용 위험을 피하려는 목적으로 활용하는 파생 금융 상품이다. [20]가령 은행 갑(㉠)은, 기업 을(㉡)이 발행한 채권을 매입하면서 그것의 신용 위험을 피하기 위해 보험 회사 병(㉢)과 CDS 계약을 체결할 수 있다.
> [A]에서 CDS를 활용하여 신용 위험을 기피하는 채권 투자자는 채권 발행자인 ㉡이 아니라 채권을 매입한 ㉠이다.

⑤ ㉢은 기초 자산에 부도가 나야만 이득을 본다.

> 근거: ❹ [17]보장 매도자는, 보장 매입자가 보유한 채권에서 부도가 나면 이에 따른 손실을 보상하는 역할을 한다. + ❺ [22]보장 매도자는 기초 자산의 신용 위험을 부담하는 것에 대한 보상으로 보장 매입자로부터 일종의 보험료를 받는데, 이것의 요율이 CDS 프리미엄이다.
> [A]에서 기초 자산에 부도가 나지 않으면 ㉢은 ㉠으로부터 일종의 보험료를 받으므로 이득을 본다. 하지만 기초 자산에 부도가 나면 ㉢은 이에 따른 손실을 보상하는 역할을 하므로, 기초 자산에 부도가 나야만 ㉢이 이득을 본다고 보기는 어렵다.

3. 〈보기〉의 ㉮~㉲ 중 CDS 프리미엄이 두 번째로 큰 것은?

> ㉣: 기초 자산의 신용 위험
> ㉤: 보장 매도자의 지급 능력

〈보기〉

윗글의 ㉣과 ㉤을 기준으로 서로 다른 CDS 거래 ㉮~㉲를 비교하여 CDS 프리미엄의 크기에 순서를 매길 수 있다. (단, 기초 자산의 발행자와 보장 매도자는 한국 기업이며, ㉮~㉲ 에서 제시된 조건 외에 다른 조건은 동일하다.)

CDS 거래	기초 자산의 신용 등급	보장 매도자 발행 채권의 신용 등급
㉮	BB+	AAA
㉯	BB+	AA-
㉰	BBB-	A-
㉱	BBB-	AA-
㉲	BBB-	A+

❷ 정답풀이

② ㉯

근거: ❸ [10]그 외의 채권은 신용 위험이 커지는 순서에 따라 AA, A, BBB, BB 등 점차 낮아지는 등급 범주로 평가된다. [11]이들 각 등급 범주 내에서도 신용 위험의 상대적인 크고 작음에 따라 각각 '-'나 '+'를 붙이거나 하여 각 범주가 세 단계의 신용 등급으로 세분되는 경우가 있다. + ❺ [24]다른 요인이 동일한 경우, 기초 자산의 신용 위험이 크면 CDS 프리미엄도 크다. [26]만약 보장 매도자가 발행한 채권이 있다면, 그 신용 등급으로 보장 매도자의 지급 능력을 판단할 수 있다. [27]이에 따라 다른 요인이 동일한 경우, 보장 매도자가 발행한 채권의 신용 등급이 높으면 CDS 프리미엄은 크다.

기초 자산의 신용 위험이 크면(신용 등급이 낮으면) CDS 프리미엄은 크다. 〈보기〉에서 기초 자산의 신용 등급은 BBB-(㉰, ㉱, ㉲) 〉 BB+(㉮, ㉯)이므로, 기초 자산의 신용 등급을 기준으로 ㉮~㉲의 CDS 프리미엄의 크기를 비교하면 ㉮ = ㉯ 〉 ㉰ = ㉱ = ㉲가 된다.

한편 보장 매도자가 발행한 채권의 신용 등급이 높으면 CDS 프리미엄은 크다. 〈보기〉에서 채권의 신용 등급은 AAA(㉮) 〉 AA-(㉯, ㉱) 〉 A+(㉲) 〉 A-(㉰)이므로, 보장 매도자 발행 채권의 신용 등급을 기준으로 ㉮~㉲의 CDS 프리미엄의 크기를 비교하면 ㉮ 〉 ㉯ = ㉱ 〉 ㉲ 〉 ㉰이다.

따라서 이 둘을 모두 고려할 때 CDS 프리미엄은 ㉮ 〉 ㉯ 〉 ㉱ 〉 ㉲ 〉 ㉰의 순으로 크므로, CDS 프리미엄이 두 번째로 큰 것은 ㉯이다.

📋 문제적 문제

• 3-④, ⑤번

학생들이 정답 이외에 가장 많이 고른 선지가 ④번과 ⑤번이다. 발문에서 '〈보기〉의 ㉮~㉲ 중 CDS 프리미엄이 두 번째로 큰 것'을 고르라고 했으므로, ㉮~㉲의 CDS 프리미엄을 계산해야 하는데 이때 정답이 되는 것은 '두 번째로 큰 것'이라는 점에 주목해야 한다.

〈보기〉에 제시된 것은 ㉮~㉲의 '기초 자산의 신용 등급'과 '보장 매도자 발행 채권의 신용 등급'이므로, 각 요인과 CDS 프리미엄의 상관관계를 윗글에서 확인했어야 한다. 먼저 5문단에서 '기초 자산의 신용 위험이 크면 CDS 프리미엄도 크다.'라고 했으므로, 신용 위험이 크면 CDS 프리미엄이 큼을 알 수 있다. 그런데 〈보기〉에서는 ㉮~㉲의 '신용 위험'이 아닌 '신용 등급'이 제시되어 있다. 따라서 여기에서는 3문단의 신용 위험이 크면 신용 등급이 낮다는 것과 신용 등급을 표시하는 방법에 대한 정보를 끌어왔어야 한다. 이를 통해 '㉮, ㉯'가 '㉰, ㉱, ㉲'보다 신용 등급이 낮으므로 CDS 프리미엄이 큼을 알 수 있다.(Ⓐ) 한편 3문단의 신용 등급 표시 방법과 5문단의 '보장 매도자가 발행한 채권의 신용 등급이 높으면 CDS 프리미엄은 크다.'를 활용하면 ㉮~㉲의 CDS 프리미엄은 '㉮ 〉 ㉯ = ㉱ 〉 ㉲ 〉 ㉰'임을 알 수 있다.(Ⓑ)

마지막으로 Ⓐ와 Ⓑ를 종합하였을 때, CDS 프리미엄의 크기를 최종적으로 판단할 수 있다. Ⓐ에서 CDS 프리미엄은 ㉮와 ㉯가 같은데, Ⓑ에서는 ㉮ 〉 ㉯이므로, CDS 프리미엄이 가장 큰 것은 ㉮, 두 번째로 큰 것은 ㉯이다. 그리고 Ⓐ에서 CDS 프리미엄은 ㉰, ㉱, ㉲가 같은데, Ⓑ에서는 ㉱ 〉 ㉲ 〉 ㉰이므로, Ⓐ와 Ⓑ를 고려할 때 결과적으로 CDS 프리미엄은 ㉮ 〉 ㉯ 〉 ㉱ 〉 ㉲ 〉 ㉰의 순으로 큰 것이다.

이처럼 상관관계는 문제화될 확률이 높으므로, 지문을 읽을 때 미리 이들의 관계를 정리하며 읽는 것이 좋다. 또한 하나의 문제를 풀 때 요구되는 근거가 반드시 하나의 문단에만 있지는 않으므로, 여기저기 흩어져 있는 근거들을 유기적으로 연결하여 사고하는 훈련 역시 필요하다.

정답률 분석

①	정답 ②	③	매력적 오답 ④	매력적 오답 ⑤
5%	52%	7%	18%	18%

4. 윗글을 바탕으로 〈보기〉를 이해한 내용으로 가장 적절한 것은? [3점]

─〈보기〉─

[1]X(채권 발행자)가 2015년 12월 31일에 이자와 원금의 지급이 완료되는 채권 Bₓ를 2011년 1월 1일에 발행했다. [2]발행 즉시 Bₓ 전량을 매입한 Y(채권 투자자, 보장 매입자)는 Bₓ를 기초 자산으로 하는 CDS 계약을 Z(보장 매도자)와 체결하고 보장 매입자가 되었다. [3]계약 체결 당시 Bₓ의 신용 등급은 A−, Z가 발행한 채권의 신용 등급은 AAA였다. [4]2011년 9월 17일, X의 재무 상황 악화로 Bₓ의 신용 위험에 대한 우려가 발생하였다. [5]2012년 12월 30일, X의 지급 능력이 2011년 8월 시점보다 개선되었다. [6]2013년 9월에는 Z가 발행한 채권의 신용 등급이 AA+로 변경되었다. [7]2013년 10월 2일, Bₓ의 CDS 프리미엄은 100bp*였다. ([8]단, X, Y, Z는 모두 한국 기업이며 신용 등급은 매월 말일에 변경될 수 있다. [9]이 CDS 계약은 2015년 12월 31일까지 매월 1일에 갱신되며 CDS 프리미엄은 매월 1일에 변경될 수 있다. [10]제시된 것 외에 다른 요인에는 변화가 없다.)

*bp: 1bp는 0.01%와 같음.

✅ **정답풀이**

③ 2013년 1월에는 Bₓ의 신용 위험으로 Z가 손실을 입을 가능성이 2011년 10월보다 작아졌겠군.

> 근거: ❹ [17]보장 매도자는, 보장 매입자가 보유한 채권에서 부도가 나면 이에 따른 손실을 보상하는 역할을 한다. + 〈보기〉 [4]2011년 9월 17일, X의 재무 상황 악화로 Bₓ의 신용 위험에 대한 우려가 발생하였다. [5]2012년 12월 30일, X의 지급 능력이 2011년 8월 시점보다 개선되었다.
> 〈보기〉에서 2011년 9월 17일 X의 재무 상황 악화로 Bₓ의 신용 위험에 대한 우려가 발생하였지만, 2012년 12월 30일에 X의 지급 능력이 2011년 8월 시점보다 개선되었다고 하였으므로 신용 위험은 2013년 1월이 2011년 10월보다 더 작다.(신용 위험: 2013년 1월 〈 2011년 10월) Z는 보장 매도자로, 채권 Bₓ가 부도 시 이에 따른 손실을 Y에게 보상해야 하므로 Z가 손실을 입을 가능성 또한 신용 위험이 작은 2013년 1월이 신용 위험이 큰 2011년 10월보다 작다.

❌ **오답풀이**

① 2011년 1월에는 Bₓ에 대한 CDS 계약으로 X가 신용 위험을 부담하게 되었겠군.

> 근거: ❹ [18]CDS 거래를 통해 채권의 신용 위험은 보장 매입자로부터 보장 매도자로 이전된다. + 〈보기〉 [1]X가~채권 Bₓ를 2011년 1월 1일에 발행했다. [2]발행 즉시 Bₓ 전량을 매입한 Y(채권 투자자, 보장 매입자)는 Bₓ를 기초 자산으로 하는 CDS 계약을 Z(보장 매도자)와 체결하고 보장 매입자가 되었다.
> CDS 거래를 통해 신용 위험은 보장 매입자로부터 '보장 매도자'로 이전된다. 〈보기〉에서 2011년 1월 1일에 Y가 Bₓ를 기초 자산으로 하는 CDS 계약을 Z와 체결하였을 때 신용 위험을 부담하게 되는 것은 X가 아니라 보장 매도자인 Z이다.

② 2011년 11월에는 Bₓ의 신용 등급이 A−보다 높았겠군.

> 근거: ❸ [10]그 외의 채권은 신용 위험이 커지는 순서에 따라 AA, A, BBB, BB 등 점차 낮아지는 등급 범주로 평가된다. + 〈보기〉 [3]계약 체결 당시 Bₓ의 신용 등급은 A− [4]2011년 9월 17일, X의 재무 상황 악화로 Bₓ의 신용 위험에 대한 우려가 발생하였다.
> 신용 위험이 커지면 신용 등급은 낮아진다. 〈보기〉에서 CDS 계약 체결 당시인 2011년 1월에 Bₓ의 신용 등급은 A−인데, 2011년 9월 17일 Bₓ의 신용 위험에 대한 우려가 발생하였으므로 2011년 11월에 Bₓ의 신용 등급은 A−보다 낮았음을 알 수 있다.

④ 2013년 3월에는 Bₓ에 대한 CDS 프리미엄이 100bp보다 작았겠군.

> 근거: ❺ [27]이에 따라 다른 요인이 동일한 경우, 보장 매도자가 발행한 채권의 신용 등급이 높으면 CDS 프리미엄은 크다. + 〈보기〉 [3]계약 체결 당시 Bₓ의 신용 등급은 A−, Z가 발행한 채권의 신용 등급은 AAA였다. [6]2013년 9월에는 Z가 발행한 채권의 신용 등급이 AA+로 변경되었다. [7]2013년 10월 2일, Bₓ의 CDS 프리미엄은 100bp였다.
> 2013년 9월에 보장 매도자인 Z가 발행한 채권의 신용 등급이 AAA에서 AA+로 변경되었다. CDS 프리미엄은 보장 매도자가 발행한 채권의 신용도가 높을 때 커지므로 Z가 발행한 채권의 신용 등급이 하락하기 전인 2013년 3월에 CDS 프리미엄은, 신용 등급이 하락한 이후인 2013년 10월 2일의 100bp보다 더 클 것이다.

⑤ 2013년 4월에는 Bₓ의 신용 등급이 BB−보다 낮았겠군.

> 근거: ❸ [10]그 외의 채권은 신용 위험이 커지는 순서에 따라 AA, A, BBB, BB 등 점차 낮아지는 등급 범주로 평가된다. + 〈보기〉 [3]계약 체결 당시 Bₓ의 신용 등급은 A− [4]2011년 9월 17일, X의 재무 상황 악화로 Bₓ의 신용 위험에 대한 우려가 발생하였다. [5]2012년 12월 30일, X의 지급 능력이 2011년 8월 시점보다 개선되었다.
> 〈보기〉에서 2012년 12월 30일에는 X의 지급 능력이 2011년 8월 시점보다 개선되었다고 했는데, 2011년 8월 Bₓ의 신용 등급은 A−이므로 2013년 4월의 신용 등급은 A−보다 높음을 알 수 있다.

5. 문맥상 ⓐ와 가장 가까운 의미로 쓰인 것은?

정답풀이

① 오늘 아침에는 기온이 영하로 <u>떨어졌다</u>.

> 근거: 3 ¹³채권 시장에서 해당 채권의 가격이 ⓐ떨어진다.
> ⓐ와 ①번의 '떨어지다'는 모두 '값, 기온, 수준, 형세 따위가 낮아지거나 내려가다.'라는 의미로 쓰였다.

오답풀이

② 과자 한 봉지를 팔면 내게 100원이 <u>떨어진다</u>.
'이익이 남다.'라는 의미로 쓰였다.

③ 더위를 먹었는지 입맛이 <u>떨어지고</u> 기운이 없다.
'입맛이 없어지다.'라는 의미로 쓰였다.

④ 신발이 <u>떨어져서</u> 걸을 때마다 빗물이 스며든다.
'옷이나 신발 따위가 해어져서 못 쓰게 되다.'라는 의미로 쓰였다.

⑤ 선생님 말씀이 <u>떨어지자마자</u> 모두 자리에 앉았다.
'말이 입 밖으로 나오다.'라는 의미로 쓰였다.

MEMO

[1~6] 다음 글을 읽고 물음에 답하시오.

✎ 사고의 흐름

1 [1]정부는 국민 생활에 영향을 미치는 활동의 총체*인 정책의 목표를 효과적으로 달성하기 위해 정책 수단의 특성을 고려하여 정책을 수행한다. 정부의 정책 수단이란 화제를 제시했어. 정책을 수행할 때 정책 수단의 특성을 고려한다고 했으니, 이어지는 내용에서 정책 수단의 특성에 대해 설명할 거야. [2]정책 수단은 강제성, 직접성, 자동성, 가시성의 ㉮네 가지 측면에서 다양한 특성을 갖는다. 개념이나 특성이 3개 이상 나열되면 다 기억하려 하지 말고, 관련된 문제가 나오면 다시 돌아와 확인하며 선지를 판단하자! [3]강제성은 정부가 개인이나 집단의 행위를 제한하는 정도로서, 유해 식품 판매 규제는 강제성이 높다. [4]직접성은 정부가 공공 활동의 수행과 재원 조달*에 직접 관여하는 정도를 의미한다. [5]정부가 정책을 직접 수행하지 않고 민간에 위탁*하여 수행하게 하는 것은 직접성이 낮다. [6]자동성은 정책을 수행하기 위해 별도의 행정 기구를 설립하지 않고 기존의 조직을 활용하는 정도를 말한다. [7]전기 자동차 보조금 제도를 기존의 시청 환경과에서 시행하는 것은 자동성이 높다. [8]가시성은 예산 수립 과정에서 정책을 수행하기 위한 재원이 명시적*으로 드러나는 정도이다. [9]일반적으로 사회 규제의 정도를 조절하는 것은 예산 지출을 수반*하지 않으므로 가시성이 낮다. 예를 통해 정책 수단의 특성들을 구체적으로 설명하고 있네!

2 [10]정책 수단 선택의 사례로 환율과 관련된 경제 현상을 살펴보자. 환율과 관련된 경제 현상을 설명한 뒤 이에 대한 이해를 바탕으로 다시 정책 수단을 설명하겠지? [11]외국 통화에 대한 자국 통화의 교환 비율을 의미하는 환율은 장기적으로 한 국가의 생산성과 물가 등 기초 경제 여건을 반영하는 수준으로 수렴된다. [12]⟨그러나⟩단기적으로 환율은 이(기초 경제 여건)와 ⓐ괴리되어 움직이는 경우가 있다.

'그러나'를 기준으로 장기적 환율과 단기적 환율로 나누어지고 있어!

환율: 외국 통화에 대한 자국 통화의 교환 비율	
장기적	단기적
기초 경제 여건을 반영하는 수준으로 수렴	기초 경제 여건과 괴리되는 경우가 있음

[13]만약 환율이 예상과는 다른 방향으로 움직이거나 또는 비록 예상과 같은 방향으로 움직이더라도 변동 폭이 예상보다 크게 나타날 경우 경제 주체들은 과도한 위험에 ⓑ노출될 수 있다. [14]환율이나 주가 등 경제 변수가 단기에 지나치게 상승 또는 하락하는 현상을 오버슈팅(overshooting)이라고 한다. [15]이러한 오버슈팅은 물가 경직성 또는 금융 시장 변동에 따른 불안 심리 등에 의해 촉발되는 것으로 알려져 있다. [16]여기서 물가 경직성은 시장에서 가격이 조정*되기 어려운 정도를 의미한다. 물가 경직성, 금융 시장 변동에 따른 불안 심리 → 오버슈팅(경제 변수가 단기에 지나치게 변화하는 현상) / 정보량이 많아지기 시작했어. 이럴 때 흔들리지 않고 정보들을 위계적으로 구분하여 핵심 내용을 파악할 수 있어야 고득점이 가능해! 2문단을 읽고 기억해야 할 것은 환율의 장기/단기의 차이, 이와 관련한 오버슈팅의 개념과 그 원인 정도야. 환율의 오버슈팅은 뒤에서 환율과 관련된 경제 상황에서 어떠한 정책 수단이 선택되는지를 설명하기 위해 제시된 개념임을 기억하자.

3 [17]물가 경직성에 따른 환율의 오버슈팅을 이해하기 위해 통화를 금융 자산의 일종으로 보고 경제 충격에 대해 장기와 단기에 환율이 어떻게 조정되는지 알아보자. 물가 경직성에 따라 환율이 어떻게 오버슈팅이 되는 것일까? [18]경제에 충격이 발생할 때 물가나 환율은 충격을 흡수하는 조정 과정을 거치게 된다. [19]물가는 단기에는 장기 계약 및 공공요금 규제 등으로 인해 경직적이지만 장기에는 신축적*으로 조정된다. [20]⟨반면⟩ 환율은 단기에서도 신축적인 조정이 가능하다. 환율은 물가와는 다른 특성을 가진다는 것이겠네. [21]이러한 물가와 환율의 조정 속도 차이가 오버슈팅을 초래한다. 물가 경직성과 관련된 오버슈팅은 물가는 경직되고 환율은 신축적이어서 조정 속도에 차이가 있는 단기(조정 속도: 물가<환율)에 발생하겠군! [22]물가와 환율이 모두 신축적으로 조정되는 장기에서의 환율은 구매력 평가설에 의해 설명되는데, 이에 의하면 장기의 환율은 자국 물가 수준을 외국 물가 수준으로 나눈 비율로 나타나며, 이를 균형 환율로 본다. 장기의 환율(균형 환율) = 자국 물가 수준 / 외국 물가 수준 [23]⟨가령⟩국내 통화량이 증가하여 유지될 경우 장기에서는 자국 물가도 높아져 장기의 환율은 상승한다. 장기에는 국내 통화량↑ → 물가↑ → 환율↑ [24]이때 통화량을 물가로 나눈 실질 통화량은 변하지 않는다.

예를 통해 구체화! 예시를 통해 구매력 평가설을 이해해 보자.

4 [25]⟨그런데⟩단기에는 물가의 경직성으로 인해 구매력 평가설에 기초한 환율과는 다른 움직임이 나타나면서 오버슈팅이 발생할 수 있다. 단기에 물가는 경직적이지만, 환율은 신축적이기에 오버슈팅이 발생한다고 한 앞 부분의 내용을 반복한 거야. [26]가령 국내 통화량이 증가하여 유지될 경우, 물가가 경직적이어서 ㉠실질 통화량(통화량/물가)은 증가하고 이에 따라 시장 금리는 하락한다. [27]국가 간 자본 이동이 자유로운 상황에서, ㉡시장 금리 하락은 투자의 기대 수익률 하락으로 이어져, 단기성 외국인 투자 자금이 해외로 빠져나가거나 신규 해외 투자 자금 유입을 위축시키는 결과를 ㉢초래한다. [28]이 과정(국내 통화량↑ + 물가 경직 → 실질 통화량↑ → 시장 금리↓ → 기대 수익률↓ → 외국인 투자, 신규 해외 투자↓)에서 자국 통화의 가치는 하락하고 ㉣환율은 상승한다. 자국 통화 대비 외국 통화의 가치가 더 높은 상황이니까! [29]통화량의 증가로 인한 효과는 물가가 신축적인 경우(장기)에 예상되는 환율 상승에, 금리 하락에 따른 자금의 해외 유출이 유발하는 추가적인 환율 상승이 더해진 것으로 나타난다. 장기 환율 상승에 단기의 상승까지 더해질 테니 엄청난 환율 상승이 일어나겠구나! [30]이러한 추가적인 상승 현상이 환율의 오버슈팅인데, 오버슈팅의 정도 및 지속성은 물가 경직성이 클수록 더 크게 나타난다. 물가 경직성이 클수록 시장 금리는 더 낮아질 것이고, 해외로 빠져나가는 투자 자금이 더 많아져서 자국 통화 가치가 더 하락할 테니까! [31]시간이 경과함에 따라 물가가 상승하여 실질 통화량이 원래 수준으로 돌아오고 물가도 장기에는 신축적이라고 했으니까, 시간이 지나면서 조정이 되나 봐! 해외로 유출되었던 자금이 시장 금리의 반등*

환율은 물가와는 다른 특성을 가진다는 것이겠네.

장기와는 다른 상황이 나오겠네.

[가]

으로 국내로 ⓓ복귀하면서, 증가했던 실질 통화량이 원래 수준으로 돌아왔으니 시장 금리가 다시 상승하겠지. 단기에 과도하게 상승했던 환율은 장기에는 구매력 평가설에 기초한 환율로 수렴된다. 국내 통화량 ↑ → 실질 통화량 ↑ → 시장 금리 ↓ → 기대 수익률 ↓ → 투자 자금 ↓ → 자국 통화 가치 ↓ → 환율 ↑ ⋯ 시간 경과 ⋯ 물가 ↑ → 실질 통화량 원래 수준 → 시장 금리 반등 → 투자 자금 복귀 → 구매력 평가설 기초한 환율로 수렴

5 ³²단기의 환율이 기초 경제 여건과 괴리되어 과도하게 급등락하거나 균형 환율 수준으로부터 장기간 이탈하는 등의 문제가 심화되는 경우를 예방하고 이에 대처하기 위해 정부는 다양한 정책 수단을 동원한다. 이제 이 오버슈팅을 예방하고 대처하는 정책 수단들이 소개되겠네? 1문단에 제시되었던 정책 수단의 특성을 떠올리며 읽어 보자! ³³오버슈팅의 원인인 물가 경직성을 완화하기 위한 정책 수단 중 강제성이 낮은 사례로는 외환의 수급* 불균형 해소를 위해 ①관련 정보를 신속하고 정확하게 공개하거나, ②불필요한 가격 규제를 축소하는 것을 들 수 있다. ³⁴한편 오버슈팅에 따른 부정적 파급 효과를 완화하기 위해 정부는 환율 변동으로 가격이 급등한 ③수입 필수 품목에 대한 세금을 조절함으로써 내수*가 급격히 위축되는 것을 방지하려고 하기도 한다. ³⁵또한 환율 급등락으로 인한 피해에 대비하여 ④수출입 기업에 환율 변동 보험을 제공하거나, ⑤외화 차입* 시 지급 보증을 제공하기도 한다. ³⁶이러한 정책 수단(수입 필수 품목 세금 조절, 환율 변동 보험 제공, 지급 보증 제공)은 직접성이 높은 특성을 가진다. ³⁷이와 같이 정부는 기초 경제 여건을 반영한 환율의 추세는 용인하되, 사전적 또는 사후적인 미세 조정 정책 수단을 활용하여 환율의 단기 급등락에 따른 위험으로부터 실물 경제와 금융 시장의 안정을 ⓔ도모하는 정책을 수행한다. 예시로 든 정책 수단들이 모두 미세 조정 정책 수단이구나! 이 정책 수단은 경제와 금융 시장의 안정을 도모하기 위한 거야.

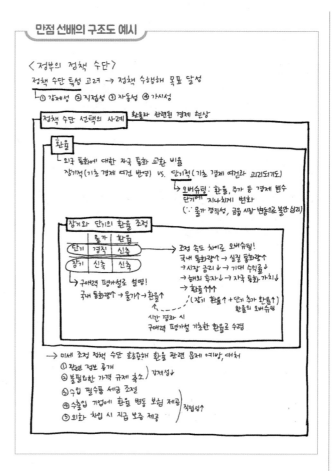

이것만은 챙기자

- ***총체:** 있는 것들을 모두 하나로 합친 전부 또는 전체.
- ***조달:** 자금이나 물자 따위를 대어 줌.
- ***위탁:** 남에게 사물이나 사람의 책임을 맡김.
- ***명시적:** 내용이나 뜻을 분명하게 드러내 보이는 것.
- ***수반:** 어떤 일과 더불어 생김.
- ***조정:** 어떤 기준이나 실정에 맞게 정돈함.
- ***신축적:** 일의 형편에 따라 적절하게 대처할 수 있는 것.
- ***반등:** 물가나 주식 따위의 시세가 떨어지다가 오름.
- ***수급:** 수요와 공급을 아울러 이르는 말.
- ***내수:** 국내에서의 수요.
- ***차입:** 돈이나 물건을 꾸어 들임.

1. 윗글에 대한 이해로 적절하지 <u>않은</u> 것은?

✅ 정답풀이

① 국내 통화량이 증가하여 유지될 경우 장기에는 실질 통화량이 변하지 않으므로 장기의 환율도 변함이 없을 것이다.

> 근거: ❸ [23]가령 국내 통화량이 증가하여 유지될 경우 장기에서는 자국 물가도 높아져 장기의 환율은 상승한다. [24]이때 통화량을 물가로 나눈 실질 통화량은 변하지 않는다.
>
> 국내 통화량이 증가하여 유지될 경우 장기에는 물가가 상승하여 실질 통화량은 변하지 않는다. 그러나 실질 통화량이 변하지 않더라도 국내 통화량이 증가하여 유지되면서 자국 물가가 높아지면 장기의 환율은 상승한다.

❌ 오답풀이

② 물가가 신축적인 경우가 경직적인 경우에 비해 국내 통화량 증가에 따른 국내 시장 금리 하락 폭이 작을 것이다.

근거: ❷ [14]환율이나 주가 등 경제 변수가 단기에 지나치게 상승 또는 하락하는 현상을 오버슈팅이라고 한다. + ❹ [25]물가의 경직성으로 인해~오버슈팅이 발생할 수 있다. [26]가령 국내 통화량이 증가하여 유지될 경우, 물가가 경직적이어서 실질 통화량은 증가하고 이에 따라 시장 금리는 하락한다.

경제 변수가 단기에 지나치게 상승 또는 하락하는 현상인 오버슈팅은 물가의 경직성으로 인해 발생할 수 있다. 오버슈팅이 발생하면 시장 금리가 하락하기도 하는데, 물가가 신축적인 경우에는 물가가 경직적인 경우에 비해 오버슈팅이 발생할 확률이 적으며, 국내 통화량 증가에 따른 국내 시장 금리 하락 폭이 작을 것이다.

③ 물가 경직성에 따른 환율의 오버슈팅은 물가의 조정 속도보다 환율의 조정 속도가 빠르기 때문에 발생하는 것이다.

근거: ❸ [19]물가는 단기에는 장기 계약 및 공공요금 규제 등으로 인해 경직적이지만 장기에는 신축적으로 조정된다. [20]반면 환율은 단기에서도 신축적인 조정이 가능하다. [21]이러한 물가와 환율의 조정 속도 차이가 오버슈팅을 초래한다.

④ 환율의 오버슈팅이 발생한 상황에서 외국인 투자 자금이 국내 시장 금리에 민감하게 반응할수록 오버슈팅 정도는 커질 것이다.

근거: ❹ [27]시장 금리 하락은 투자의 기대 수익률 하락으로 이어져, 단기성 외국인 투자 자금이 해외로 빠져나가거나 신규 해외 투자 자금 유입을 위축시키는 결과를 초래한다.~[29]통화량의 증가로 인한 효과는 물가가 신축적인 경우에 예상되는 환율 상승에, 금리 하락에 따른 자금의 해외 유출이 유발하는 추가적인 환율 상승이 더해진 것으로 나타난다. [30]이러한 추가적인 상승 현상이 환율의 오버슈팅

시장 금리가 하락하면 단기성 외국인 투자 자금이 해외로 빠져나가고, 이 과정에서 물가가 신축적인 경우 예상되는 것에 더하여 금리 하락에 따른 추가적 환율 상승이 나타나는 것이 오버슈팅이다. 따라서 환율의 오버슈팅이 발생한 상황에서 외국인 투자 자금이 국내 시장 금리에 민감하게 반응할수록, 기대 수익률 하락으로 인해 투자 자금이 해외로 빠져나가는 정도가 심해질 것이므로 오버슈팅 정도는 커질 것이다.

⑤ 환율의 오버슈팅이 발생한 상황에서 물가 경직성이 클수록 구매력 평가설에 기초한 환율로 수렴되는 데 걸리는 기간이 길어질 것이다.

근거: ❹ [30]이러한 추가적인 상승 현상이 환율의 오버슈팅인데, 오버슈팅의 정도 및 지속성은 물가 경직성이 클수록 더 크게 나타난다. [31]시간이 경과함에 따라~단기에 과도하게 상승했던 환율은 장기에는 구매력 평가설에 기초한 환율로 수렴된다.

물가 경직성이 클수록 환율의 오버슈팅 정도와 지속성은 더 커지기 때문에, 구매력 평가설에 기초한 환율로 수렴되는 데 걸리는 기간이 길어질 것이다.

2. ㉮를 바탕으로 정책 수단의 특성을 이해한 것으로 가장 적절한 것은?

> ㉮: 네 가지 측면

✅ 정답풀이

⑤ 담당 부서에서 문화 소외 계층에 제공하던 복지 카드의 혜택을 늘리는 것은, 전담 부처를 신설하여 상수원 보호 구역을 감독하는 것보다 자동성이 높다.

> 근거: ■ [6]자동성은 정책을 수행하기 위해 별도의 행정 기구를 설립하지 않고 기존의 조직을 활용하는 정도를 말한다. [7]전기 자동차 보조금 제도를 기존의 시청 환경과에서 시행하는 것은 자동성이 높다.
> 기존의 부서(조직)를 활용하여 복지 카드의 혜택을 늘리는 것은, 새로운 행정 기구를 신설하여 상수원 보호 구역을 감독하는 것보다 자동성이 높다.

❌ 오답풀이

① 다자녀 가정에 출산 장려금을 지급하는 것은, 불법 주차 차량에 과태료를 부과하는 것보다 강제성이 높다.

> 근거: ■ [3]강제성은 정부가 개인이나 집단의 행위를 제한하는 정도로서, 유해 식품 판매 규제는 강제성이 높다.
> 다자녀 가정에 출산 장려금을 지급하는 것은, 과태료를 부과하여 불법 주차 행위를 제한하는 것보다 행위 제한 정도가 약하므로 강제성이 낮다.

② 전기 제품 안전 규제를 강화하는 것은, 학교 급식을 제공하기 위한 재원을 정부 예산에 편성하는 것보다 가시성이 높다.

> 근거: ■ [8]가시성은 예산 수립 과정에서 정책을 수행하기 위한 재원이 명시적으로 드러나는 정도이다. [9]일반적으로 사회 규제의 정도를 조절하는 것은 예산 지출을 수반하지 않으므로 가시성이 낮다.
> 전기 제품 안전 규제를 강화하는 것은, 예산 지출을 수반하지 않으므로 학교 급식을 제공하기 위한 재원을 정부 예산에 편성하는 것보다 가시성이 낮다.

③ 문화재를 발견하여 신고할 경우 포상금을 주는 것은, 자연 보존 지역에서 개발 행위를 금지하는 것보다 강제성이 높다.

> 근거: ■ [3]강제성은 정부가 개인이나 집단의 행위를 제한하는 정도로서, 유해 식품 판매 규제는 강제성이 높다.
> 문화재를 발견하여 신고할 경우 포상금을 주는 것은, 자연 보존 지역에서 개발 행위를 금지하는 것보다 행위 제한의 정도가 약하므로 강제성이 낮다.

④ 쓰레기 처리를 민간 업체에 맡겨서 수행하게 하는 것은, 정부 기관에서 주민등록 관련 행정 업무를 수행하는 것보다 직접성이 높다.

> 근거: ■ [4]직접성은 정부가 공공 활동의 수행과 재원 조달에 직접 관여하는 정도를 의미한다. [5]정부가 정책을 직접 수행하지 않고 민간에 위탁하여 수행하게 하는 것은 직접성이 낮다.
> 쓰레기 처리를 민간 업체에 맡겨서 수행하게 하는 것은, 정부 기관에서 직접 주민등록 관련 행정 업무를 수행하는 것보다 직접성이 낮다.

3. 윗글을 바탕으로 할 때, 〈보기〉의 'A국' 경제 상황에 대한 '경제학자 갑'의 견해를 추론한 것으로 적절하지 않은 것은?

> ─────〈보기〉─────
>
> [1]A국 경제학자 갑은 자국의 최근 경제 상황을 다음과 같이 진단했다.
>
> [2]금융 시장 불안의 여파로 A국의 주식, 채권 등 금융 자산의 가격 하락에 대한 우려가 확산되면서 안전 자산으로 인식되는 B국의 채권에 대한 수요가 증가하고 있다. [3]이로 인해 외환 시장에서는 A국에 투자되고 있던 단기성 외국인 자금이 B국으로 유출되면서 A국의 환율이 급등(=오버슈팅)하고 있다.
>
> [4]B국에서는 해외 자금 유입에 따른 통화량 증가로 B국의 시장 금리가 변동할 것으로 예상된다. [5]이에 따라 A국의 환율 급등은 향후 다소 진정될 것이다. [6]또한 양국 간 교역 및 금융 의존도가 높은 현실을 감안할 때, A국의 환율 상승은 수입품의 가격 상승 등에 따른 부작용을 초래할 것으로 예상되지만 한편으로는 수출이 증대되는 효과도 있다. [7]그러므로 정부는 시장 개입을 가능한 한 자제하고 환율이 시장 원리에 따라 자율적으로 균형 환율 수준으로 수렴되도록 두어야 한다.

금융 시장 불안 A국 ← 교역 및 금융 의존도 높음 → B국	
[A국] - 금융 자산의 가격 하락 우려 ↑ - 단기성 외국인 자금 B국으로 유출 → 환율 급등	[B국] - 채권에 대한 수요 증가 - 해외 자금 유입에 따라 통화량 증가 → 시장 금리 변동 예상
갑의 진단: 수입품의 가격 상승 등에 대한 부작용 + 수출 증대 → 정부는 시장 개입 자제, 자율적으로 두어야 함	

✅ 정답풀이

① A국에 환율의 오버슈팅이 발생한 상황에서 B국의 시장 금리가 하락한다면 오버슈팅의 정도는 커질 것이다.

> 근거: ◢ [27]국가 간 자본 이동이 자유로운 상황에서, 시장 금리 하락은 투자의 기대 수익률 하락으로 이어져, 단기성 외국인 투자 자금이 해외로 빠져나가거나 신규 해외 투자 자금 유입을 위축시키는 결과를 초래한다. [29]통화량의 증가로 인한 효과는 물가가 신축적인 경우에 예상되는 환율 상승에, 금리 하락에 따른 자금의 해외 유출이 유발하는 추가적인 환율 상승이 더해진 것으로 나타난다. [30]이러한 추가적인 상승 현상이 환율의 오버슈팅 + 〈보기〉 [3]외환 시장에서는 A국에 투자되고 있던 단기성 외국인 자금이 B국으로 유출되면서 A국의 환율이 급등하고 있다. [4]B국에서는 해외 자금 유입에 따른 통화량 증가로 B국의 시장 금리가 변동할 것으로 예상된다. [5]이에 따라 A국의 환율 급등은 향후 다소 진정될 것이다.
> 〈보기〉의 A국에 환율의 오버슈팅이 발생한 상황에서 B국의 시장 금리가 하락한다면 이는 투자의 기대 수익률 하락으로 이어져 B국의 해외 투자 자금을 줄어들게 할 것이다. 그렇게 되면 상대적으로 A국에 대한 투자 수요가 높아지면서 A국 통화의 가치도 높아져 오버슈팅, 즉 환율 상승 정도는 작아질 것이다.

② A국에 환율의 오버슈팅이 발생하였다면 이는 금융 시장 변동에 따른 불안 심리에 의해 촉발된 것으로 볼 수 있다.

근거: **2** [14]환율이나 주가 등 경제 변수가 단기에 지나치게 상승 또는 하락하는 현상을 오버슈팅이라고 한다. [15]이러한 오버슈팅은 물가 경직성 또는 금융 시장 변동에 따른 불안 심리 등에 의해 촉발되는 것으로 알려져 있다. + 〈보기〉 [2]금융 시장 불안의 여파로 A국의 주식, 채권 등 금융 자산의 가격 하락에 대한 우려 확산~[3]A국의 환율이 급등하고 있다.

③ A국에 환율의 오버슈팅이 발생할지라도 시장의 조정을 통해 환율이 장기에는 균형 환율 수준에 도달할 수 있을 것이다.

근거: **4** [31]시간이 경과함에 따라~단기에 과도하게 상승했던 환율은 장기에는 구매력 평가설에 기초한 환율(균형 환율)로 수렴된다. + 〈보기〉 [7]정부는~환율이 시장 원리에 따라 자율적으로 균형 환율 수준으로 수렴되도록 두어야 한다.

④ A국의 환율 상승이 수출을 증대시키는 긍정적인 효과도 동반하므로 A국의 정책 당국은 외환 시장 개입에 신중해야 한다.

근거: 〈보기〉 [6]A국의 환율 상승은~한편으로는 수출이 증대되는 효과도 있다. [7]그러므로 정부는 시장 개입을 가능한 한 자제하고 환율이 시장 원리에 따라 자율적으로 균형 환율 수준으로 수렴되도록 두어야 한다.

⑤ A국의 환율 상승은 B국으로부터 수입하는 상품의 가격을 인상시킴으로써 A국의 내수를 위축시키는 결과를 초래할 수 있다.

근거: **5** [34]한편 오버슈팅에 따른 부정적 파급 효과를 완화하기 위해 정부는 환율 변동으로 가격이 급등한 수입 필수 품목에 대한 세금을 조절함으로써 내수가 급격히 위축되는 것을 방지하려고 하기도 한다. + 〈보기〉 [6]A국의 환율 상승은 수입품의 가격 상승 등에 따른 부작용을 초래할 것
〈보기〉의 A국의 환율이 상승하면 A국에서 B국의 상품을 수입할 때 환율이 상승하기 전보다 더 많은 통화를 사용해야 하므로, B국에서 수입하는 상품의 가격은 상승한다. 이와 같은 수입품의 가격 상승은 A국의 내수를 위축시키는 결과를 초래할 수 있다.

문제적 문제

•3–①, ⑤번

해당 문제의 정답률은 45%로 낮은 편이다. 그만큼 학생들이 정답 선지를 고르는 데 많은 어려움을 겪은 것으로 보인다. 정답 이외에 가장 많이 고른 선지는 ⑤번이었다. 윗글을 토대로 〈보기〉의 내용을 정확히 파악하지 못하면 잘못된 선지를 답으로 고르기 쉬운 문제였다.

〈보기〉의 A국은 현재 금융 자산의 가격 하락에 대한 우려가 확산되어 B국으로 단기성 외국인 투자 자금이 빠져나가는 상황이다. 이로 인해 A국의 통화 가치가 낮아지면서 환율이 급등하였다. 그러나 이로 인해 B국에서는 해외 자금 유입에 따른 실질 통화량이 증가하여 시장 금리가 하락한다. 따라서 B국에서도 투자의 기대 수익률이 하락하여 B국의 통화 가치가 낮아질 것이다. 그렇기 때문에 A국의 환율 급등은 향후 다소 진정될 것이라는 예측이 나오는 것이다. 이를 바탕으로 선지를 확인해 보자.

⑤번에서는 A국의 환율 상승은 B국으로부터 수입하는 상품의 가격을 상승시켜 A국의 내수를 위축시키는 결과를 가져올 수 있다고 하였다. 〈보기〉에 따르면 A국의 환율 상승은 수입품의 가격 상승 등에 따른 부정적인 결과를 가져온다고 하였다. 환율은 외국 통화에 대한 자국 통화의 교환 비율이기에 A국의 환율이 오른다는 것은 B국의 상품을 수입할 때 A국의 통화가 기존보다 더 많이 사용될 것임을 의미한다. 그런데 A국과 B국은 양국 간 교역 의존도가 높다고 하였으므로 이는 A국의 내수를 위축시킬 수 있다.

한편 ①번에서는 A국에 환율의 오버슈팅이 발생한 상황에서 B국의 시장 금리가 하락한다면 A국의 오버슈팅의 정도는 커질 것이라고 했다. 그러나 B국의 시장 금리가 하락한다는 것은 B국의 통화 가치 또한 어느 정도 하락한다는 의미이므로, A국과 B국 간 금융 의존도가 높다는 점을 고려할 때 B국의 금리 하락에 따라 A국에 대한 투자 수요가 상승할 것임을 알 수 있다. 따라서 A국의 환율이 급등하는 현상인 오버슈팅의 정도는 커지는 것이 아니라 작아질 것이다.

정답률 분석

정답				매력적 오답
①	②	③	④	⑤
45%	6%	14%	14%	21%

4. 〈보기〉에 제시된 그래프의 세로축 a, b, c는 [가]의 ⑦~ⓒ과 하나씩 대응된다. 이를 바르게 짝지은 것은? [3점]

⑦: 실질 통화량
ⓒ: 시장 금리
ⓒ: 환율

〈보기〉

다음 그래프들은 [가]에서 국내 통화량이 t 시점에서 증가하여 유지된 경우 예상되는 ⑦~ⓒ의 시간에 따른 변화를 순서 없이 나열한 것이다.

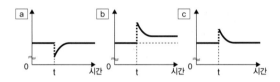

(단, t 시점 근처에서 그래프의 형태는 개략적으로 표현하였으며, t 시점 이전에는 모든 경제 변수들의 값이 일정한 수준에서 유지되어 왔다고 가정한다. 장기 균형으로 수렴되는 기간은 변수마다 상이하다.)

▼ 정답풀이

	⑦	ⓒ	ⓒ
④	c	a	b

⑦ – c

근거: 4 ²⁶가령 국내 통화량이 증가하여 유지될 경우, 물가가 경직적이어서 실질 통화량(⑦)은 증가 ³¹시간이 경과함에 따라 물가가 상승하여 실질 통화량이 원래 수준으로 돌아오고
〈보기〉에서 국내 통화량이 t 시점에서 증가하여 유지된 경우 ⑦은 증가했다가, 시간이 경과함에 따라 물가가 상승하여 원래 수준으로 돌아올 것이므로 ⑦에 대응하는 그래프로는 c가 적절하다.

ⓒ – a

근거: 4 ²⁶가령 국내 통화량이 증가하여 유지될 경우,~시장 금리(ⓒ)는 하락한다. ³¹시간이 경과함에 따라 물가가 상승하여~해외로 유출되었던 자금이 시장 금리의 반등으로 국내로 복귀
〈보기〉에서 국내 통화량이 t 시점에서 증가하여 유지된 경우 ⓒ은 하락했다가, 시간이 경과함에 따라 반등한다고 했으므로 ⓒ에 대응하는 그래프로는 a가 적절하다.

ⓒ – b

근거: 4 ²⁸이 (국내 통화량이 증가하여 유지될 경우의) 과정에서 자국 통화의 가치는 하락하고 환율(ⓒ)은 상승한다. ²⁹통화량의 증가로 인한 효과는 물가가 신축적인 경우에 예상되는 환율 상승(구매력 평가설에 기초한 잠재적 환율 상승)에, 금리 하락에 따른 자금의 해외 유출이 유발하는 추가적인 환율 상승이 더해진 것으로 나타난다. ³¹시간이 경과함에 따라~단기에 과도하게 상승했던 환율은 장기에는 구매력 평가설에 기초한 환율로 수렴된다.
〈보기〉에서 국내 통화량이 t 시점에서 증가하여 유지된 경우 ⓒ은 과도하게 증가했다가 시간이 경과함에 따라 원래 구매력 평가설에 기초한 환율, 즉 그래프상 기존 환율보다 약간 상승한 수치로 돌아올 것이므로 ⓒ에 대응하는 그래프로는 b가 적절하다.

✒ 모두의 질문

• 4-②번

Q: ⓒ의 경우 지문에서 '단기에 과도하게 상승했던 환율은 장기에는 구매력 평가설에 기초한 환율로 수렴된다.'라고 하였는데, 그럼 t 지점 이후에 상승을 하였다가 원래대로 하락하는 거 아닌가요? 왜 ⓒ의 그래프가 b에 해당하나요?

A: 4문단에서 '국내 통화량이 증가하여 유지될 경우', 즉 t 지점 이후에 '환율은 상승한다'고 하였다. 그러나 시간이 지나면서 상승했던 환율은 실질 통화량이 원래 수준으로 돌아감에 따라 '구매력 평가설에 기초한' 수치로 수렴하게 된다. 구매력 평가설은 '물가와 환율이 모두 신축적으로 조정되는 장기'일 경우에 적용되는 것으로, 3문단에 따르면 '국내 통화량이 증가하여 유지될 경우 장기에서는 자국 물가도 높아져 장기의 환율은 상승'한다고 했다. 따라서 t 지점 이후에 시간이 많이 흘러가면 ⓒ은 기존의 수치보다는 약간 상승한 값을 유지할 것이다.

5. 미세 조정 정책 수단의 사례로 적절하지 <u>않은</u> 것은?

✔ 정답풀이

③ 환율의 급등락으로 금융 시장이 불안정할 경우 해외 자금 유출과 유입을 통제하여 환율의 추세를 바꾼다.

> 근거: **5** [37]정부는 기초 경제 여건을 반영한 환율의 추세는 용인하되, 사전적 또는 사후적인 미세 조정 정책 수단을 활용하여~실물 경제와 금융 시장의 안정을 도모하는 정책을 수행한다.
>
> 정부는 미세 조정 정책 수단을 사전적 또는 사후적으로 활용한다고 하였다. 해외 자금 유출과 유입을 통제하는 것은 기초 경제 여건을 반영한 환율의 추세를 용인하는 것이 아니며, 윗글에 제시된 내용을 고려할 때 강제성이 낮고 직접성이 높은 미세 조정 정책 수단이라고 보기도 어렵다.

✖ 오답풀이

① 예기치 못한 외환 손실에 대비한 환율 변동 보험을 수출 주력 중소기업에 제공한다.
> 근거: **5** [35](정부는) 환율 급등락으로 인한 피해에 대비하여 수출입 기업에 환율 변동 보험을 제공하거나,

② 원유와 같이 수입 의존도가 높은 상품의 경우 해당 상품에 적용하는 세율을 환율 변동에 따라 조정한다.
> 근거: **5** [34]한편 오버슈팅에 따른 부정적 파급 효과를 완화하기 위해 정부는 환율 변동으로 가격이 급등한 수입 필수 품목에 대한 세금을 조절함으로써 내수가 급격히 위축되는 것을 방지하려고 하기도 한다.

④ 환율 급등으로 수입 물가가 가파르게 상승했을 때, 수입 대금 지급을 위해 외화를 빌리는 수입 업체에 지급 보증을 제공한다.
> 근거: **5** [35](정부는) 환율 급등락으로 인한 피해에 대비하여 수출입 기업에 ~외화 차입 시 지급 보증을 제공하기도 한다.

⑤ 수출입 기업을 대상으로 국내외 금리 변동, 해외 투자 자금 동향 등 환율 변동에 영향을 주는 요인들에 대한 정보를 제공한다.
> 근거: **5** [33]오버슈팅의 원인인 물가 경직성을 완화하기 위한 정책 수단 중 강제성이 낮은 사례로는 외환의 수급 불균형 해소를 위해 관련 정보를 신속하고 정확하게 공개하거나,

6. 문맥상 ⓐ~ⓔ와 바꿔 쓰기에 적절하지 <u>않은</u> 것은?

✔ 정답풀이

② ⓑ: 드러낼

> 근거: **2** [13]경제 주체들은 과도한 위험에 ⓑ노출될 수 있다.
>
> ⓑ는 '겉으로 드러나다.'의 의미이다. ⓑ가 쓰인 문장은 경제 주체들이 과도한 위험을 직접 겉으로 나타나게 한다는 의미가 아니므로 '드러낼'로 바꿔 쓸 수 없다.

✖ 오답풀이

① ⓐ: 동떨어져
> 근거: **2** [12]단기적으로 환율은 이와 ⓐ괴리되어 움직이는 경우가 있다.
> 괴리되다: 서로 어그러져 동떨어지다.
> 동떨어지다: 둘 사이에 관련성이 거의 없다.

③ ⓒ: 불러온다
> 근거: **4** [27]신규 해외 투자 자금 유입을 위축시키는 결과를 ⓒ초래한다.
> 초래하다: 일의 결과로서 어떤 현상을 생겨나게 하다.
> 불러오다: 어떤 행동이나 감정 또는 상태를 일어나게 하다.

④ ⓓ: 되돌아오면서
> 근거: **4** [31]자금이 시장 금리의 반등으로 국내로 ⓓ복귀하면서
> 복귀하다: 본디의 자리나 상태로 되돌아가다.
> 되돌아오다: 본디의 상태로 되다.

⑤ ⓔ: 꾀하는
> 근거: **5** [37]실물 경제와 금융 시장의 안정을 ⓔ도모하는 정책을 수행한다.
> 도모하다: 어떤 일을 이루기 위하여 대책과 방법을 세우다.
> 꾀하다: 어떤 일을 이루려고 뜻을 두거나 힘을 쓰다.

[1~5] 다음 글을 읽고 물음에 답하시오.

✎ 사고의 흐름

1 [1]사람들은 함께 모여 '집합 의례'를 행한다. [2]㉠뒤르켐은 오스트레일리아 부족들의 집합 의례를 공동체 결속의 관점에서 탐구한다. 뒤르켐의 관점에서의 집합 의례를 설명하겠지? [3]부족 사람들은 문제 상황이 발생할 경우 생계 활동을 멈추고 자신들이 공유하는 성(聖)과 속(俗)의 분류 체계를 활용하여 이 상황이 성스러운 것인지 아니면 속된 것인지를 판별하는 집합 의례를 행한다. [4]이 과정에서 그들은 자신들이 공유하는 성스러움이 무엇인지 새삼 깨닫고 그것을 중심으로 약해진 기존의 도덕 공동체를 재생한다. [5]집합 의례가 끝나면 부족 사람들은 가슴속에 성스러움을 품고 일상의 속된 세계로 되돌아간다. [6]이로써 단순히 먹고사는 문제에 불과했던 생계 활동이 성스러움과 연결된 도덕적 의미를 지니게 된다.

> *(왼쪽 여백)* 집합 의례를 행하는 과정을 설명할 거야!

2 [7]뒤르켐은 현대 사회의 집합 의례가 기존 도덕 공동체의 재생으로 끝나지 않고 새로운 도덕 공동체를 창출*할 것이라고 본다. [8]예를 들어, 프랑스 혁명은 자유, 평등, 우애와 같은 새로운 성스러움을 창출하고 이를 중심으로 새로운 도덕 공동체를 구성한 집합 의례이다. [9]뒤르켐은 새로 창출된 성스러움이 자기 이해관계를 추구하며 속된 세계에서 살아가는 개인들에게 서로 결속할 수 있는 도덕적 의미를 제공할 것이라 여긴다. 뒤르켐은 현대 사회에서 집합 의례가 사람들을 결속시킬 수 있다고 보는구나!

> *(왼쪽 여백)* 새로운 도덕 공동체 창출 사례 예시를 통해 개념을 확실하게 이해해 보자!

3 [10]㉡파슨스와 스멜서는 이러한 이론적 통찰*을 기능주의 이론으로 구체화한다. 뒤르켐에 이어 집합 의례에 대한 기능주의 관점이 나왔어! 기능주의 이론이 뒤르켐의 의견을 구체화한다는 것을 통해 기능주의가 뒤르켐의 이론적 통찰과 맥락을 같이하고 있음을 알 수 있겠지? [11]그들은 성스러움을 가치라는 말로 바꿔 표현한다. [12]현대 사회에서는 가치(성스러움)가 평상시 사회적 삶 아래에 잠재되어 있다가, 그 도덕적 의미가 뿌리부터 뒤흔들리는 위기 시기에 위로 올라와 전국적으로 일반화된다. [13]속된 일상에서 사람들은 가치를 추구하기보다는 자기 이해관계를 구체화한 목표와 이의 실현을 안내하는 규범에 따라 살아간다. [14]하지만 위기 시기에는 사람들의 관심이 자신들의 특수한 이해관계에서 보편적인 가치(성스러움)로 상승한다. [15]사람들은 가치(성스러움)에 기대어 위기가 주는 심리적 긴장과 압박을 해소하는 집합 의례를 행한다. [16]그 결과 사회의 통합이 회복된다. 기능주의에서 사회 통합이 회복되는 과정을 정리해 볼까? 속된 일상에서는 자기 이해관계를 추구함 → 위기 시기에는 보편적 가치에 관심을 가짐 → 가치(성스러움)에 기대어 집합 의례를 행함 → 사회 통합이 회복됨 [17]파슨스와 스멜서는 이것(집합 의례의 과정)이 마치 유기체가 환경의 압박으로 인해 흐트러진 항상성의 기능을 생리 작용을 통해 회복하는 과정과 유사하다고 본다.

> *(왼쪽 여백)* 뒤에 나오는 내용에 주의하여 읽어 보자!

4 [18]㉢알렉산더는 파슨스와 스멜서의 이론을 받아들이면서도 그들이 사용한 생물학적 은유가 복잡한 현대 사회의 집합 의례를 탐구하는 데는 한계가 있다고 보고, 그 대안으로 '사회적 공연론'을 제시한다. 알렉산더는 파슨스와 스멜서의 기능주의 이론의 한계를 언급하면서 '사회적 공연론'을 제시하였어! [19]그는 가치를 전 사회로 일반화하는 집합 의례가 현대 사회에서는 유기체의 생리 작용처럼 자연적으로 진행되는 것이 아니라, 그 결과가 정해지지 않은 과정이라고 본다. '사회적 공연론'과 '기능주의 이론'의 차이점 ① 현대 사회의 집합 의례의 결과에 대한 인식의 차이 [20]현대 사회는 사회적 공연의 요소들이 분화되어 있을 뿐만 아니라 각 요소가 자율성을 지니고 있다. [21]따라서 이 요소들을 융합하는 사회적 공연은 우발*성이 극대화된 문화적 실천을 요구한다. [22]알렉산더가 기능주의 이론과 달리 공연의 요소들이 어떤 조건 아래에서 어떤 과정을 거쳐 융합이 이루어지는지 경험적으로 세밀하게 탐구해야 한다고 강조하는 이유가 여기에 있다. '사회적 공연론'과 '기능주의 이론'의 차이점 ② 현대 사회의 집합 의례에 대한 접근 방식의 차이 / 기능주의 이론은 집합 의례의 과정을 세밀하게 탐구하지는 않았음을 추론할 수 있겠지?

> *(오른쪽 여백)* 차이점에 유의하여 글을 읽어 보자!
> 기능주의 이론과의 차이점에 주목하자!

5 [23]현대 사회의 사회적 공연의 요소들로는 성과 속의 분류 체계를 다양하게 구체화한 대본, 다양한 대본을 자신만의 방식으로 실행하는 배우, 계급·출신 지역·나이·성별 등 내부적으로 분화된 관객, 시·공간적으로 다양한 동선을 짜서 공연을 무대 위에 올리는 미장센*, 시·공간의 한계를 넘어 공연을 광범위한 관객에게 전파하는 상징적 생산 수단, 공연을 생산하고 배포*하고 해석하는 과정을 총체적*으로 통제하지 못할 정도로 고도로 분화된 사회적 권력 등이 있다. [24]그러나 요소의 분화와 자율성이 없는 전체주의 사회에서는 국가 권력에 의한 대중 동원만 있을 뿐 사회적 공연이 일어나기 어렵다.

> *미장센(mise en scéne): 무대 위에서의 등장인물의 배치나 역할, 무대 장치, 조명 따위에 관한 총체적인 계획과 실행.*

이것만은 챙기자

* **창출**: 전에 없던 것을 처음으로 생각하여 지어내거나 만들어 냄.
* **통찰**: 예리한 관찰력으로 사물을 꿰뚫어 봄.
* **우발**: 우연히 일어남. 또는 그런 일.
* **배포**: 신문이나 책자 따위를 널리 나누어 줌.
* **총체적**: 있는 것들을 모두 하나로 합치거나 묶은 것.

〈 집합 의례 〉

1 뒤르켐

　구체화

　- 문제 生 : 성과 속을 판별하는 집합 의례 행함
　　→ 생계활동 : 성스러움과 연결된 도덕적 의미 生
　- 현대 : 도덕 공동체 재생 + 창출
　　→ 사람들이 결속할 수 있는 도덕적 의미 지님

2 파슨스 & 스멜서 '기능주의 이론'

　한계
　언뇌
　·
　대안
　제시

　- 위기 시기 : 잠재돼 있던 가치(성스러움) 일반화
　　→ 가치에 기대 심리적 압박·긴장을 해소하는
　　　집합 의례 행함
　　→ 사회 통합 회복
　- 집합 의례 ≒ 유기체의 회복 과정

3 알렉산더 '사회적 공연론'

　- 집합 의례 : 가치를 전 사회로 일반화
　- 현대 사회 : 유기체 처럼 자연 진행 X (결과 정해지지 X)
　　→ 공연 요소들의 융합 과정 탐구 필요!
　　　대본, 배우, 관객, 미장센 ⋯⋯

---

1. 윗글의 논지 전개 방식에 대한 설명으로 가장 적절한 것은?

✅ 정답풀이

③ 중심 화제에 대한 이론이 후속 연구에 의해 보완되는 과정을 고찰하고 있다.

> 근거: 1 [2]뒤르켐은 오스트레일리아 부족들의 집합 의례를 공동체 결속의 관점에서 탐구한다. + 3 [10]파슨스와 스멜서는 이러한 이론적 통찰을 기능주의 이론으로 구체화한다. + 4 [18]알렉산더는 파슨스와 스멜서의 이론을 받아들이면서도 그들이 사용한 생물학적 은유가 복잡한 현대 사회의 집합 의례를 탐구하는 데는 한계가 있다고 보고, 그 대안으로 '사회적 공연론'을 제시한다.
> 1문단~2문단에서 집합 의례에 대한 뒤르켐의 이론을 제시한 뒤, 이 이론이 파슨스와 스멜서의 기능주의 이론, 알렉산더의 사회적 공연론 등 후속 연구에 의해 보완되는 과정을 제시하고 있다.

❌ 오답풀이

① 중심 화제에 대해 주요 학자들이 합의한 결과를 제시하고 있다.
　집합 의례에 대해 주요 학자들이 선행 연구를 수용 또는 발전시키는 과정을 서술하고 있으므로 주요 학자들이 합의한 결과를 제시하고 있다는 설명은 적절하지 않다.

② 중심 화제에 대해 상반된 견해를 제시한 후 두 견해를 절충하고 있다.
　집합 의례의 진행 과정에 대해 파슨스, 스멜서, 알렉산더가 서로 다른 견해를 가지고 있다는 내용은 제시되어 있으나 상반된 견해를 절충한 내용은 제시되어 있지 않다.

④ 중심 화제에 대한 다양한 사례들을 제시한 후 이를 유형별로 분류하고 있다.
　집합 의례에 대한 사례가 제시되어 있다고 볼 수 있지만 유형별로 분류하고 있지는 않다.

⑤ 중심 화제의 역사적 기원에 대한 다양한 가설들의 의의와 한계를 평가하고 있다.
　집합 의례의 역사적 기원에 대한 다양한 가설들이 제시되어 있지 않다.

2. '집합 의례'에 대해 ㉠이 할 수 있는 말로 적절하지 <u>않은</u> 것은?

> ㉠: 뒤르켐

✅ 정답풀이

④ 공동체 성원들은 집합 의례를 거쳐 구체적인 이해관계를 중심으로 묶인다.

> 근거: **2** [9]뒤르켐(㉠)은 (집합 의례를 통해) 새로 창출된 성스러움이 자기 이해관계를 추구하며 속된 세계에서 살아가는 개인들에게 서로 결속할 수 있는 도덕적 의미를 제공할 것이라 여긴다.

❌ 오답풀이

① 부족 사회는 집합 의례를 행하여 기존의 도덕 공동체를 되살린다.
　근거: **1** [4]이(집합 의례를 행하는) 과정에서 그들은 자신들이 공유하는 성스러움이 무엇인지 새삼 깨닫고 그것을 중심으로 약해진 기존의 도덕 공동체를 재생한다.

② 집합 의례를 통해 사람들은 생계 활동의 성스러운 의미를 얻는다.
　근거: **1** [6]이로써(집합 의례를 행함으로써) 단순히 먹고사는 문제에 불과했던 생계 활동이 성스러움과 연결된 도덕적 의미를 지니게 된다.

③ 현대 사회에서는 집합 의례를 통해 새로운 도덕 공동체가 형성된다.
　근거: **2** [7]뒤르켐(㉠)은 현대 사회의 집합 의례가 기존 도덕 공동체의 재생으로 끝나지 않고 새로운 도덕 공동체를 창출할 것이라고 본다.

⑤ 집합 의례의 과정에서 공동체 성원들은 문제 상황을 성 또는 속의 문제로 규정한다.
　근거: **1** [3]부족 사람들은 문제 상황이 발생할 경우 생계 활동을 멈추고 자신들이 공유하는 성과 속의 분류 체계를 활용하여 이 상황이 성스러운 것인지 아니면 속된 것인지를 판별하는 집합 의례를 행한다.

3. 위기 시기에 일어나는 상황을 이해한 것으로 가장 적절한 것은?

✅ 정답풀이

① 사람들이 관심을 속에서 성으로 옮긴다.

> 근거: **3** [13]속된 일상에서 사람들은~자기 이해관계를 구체화한 목표와 이의 실현을 안내하는 규범에 따라 살아간다. [14]하지만 위기 시기에는 사람들의 관심이 자신들의 특수한 이해관계에서 보편적인 가치(성스러움)로 상승한다. [15]사람들은 가치(성스러움)에 기대어 위기가 주는 심리적 긴장과 압박을 해소하는 집합 의례를 행한다.
> 위기 시기에는 사람들이 자신들의 이해관계에서 보편적인 가치로 관심을 돌리며, 가치에 기대어 집합 의례를 행한다. 즉 사람들이 관심을 속(자신의 이해관계)에서 성(가치)으로 옮기는 것이다.

❌ 오답풀이

② 사람들이 목표와 규범 차원에서 행동한다.
　근거: **3** [13]속된 일상에서 사람들은 가치를 추구하기보다는 자기 이해관계를 구체화한 목표와 이의 실현을 안내하는 규범에 따라 살아간다. [14]하지만 위기 시기에는 사람들의 관심이 자신들의 특수한 이해관계에서 보편적인 가치로 상승한다.
　사람들이 목표와 규범 차원에서 행동하는 것은 위기 시기가 아니라 속된 일상 속에 있을 때이다.

③ 사람들이 생계 활동을 위한 최적의 수단을 찾는다.
　근거: **3** [13]속된 일상에서 사람들은 가치를 추구하기보다는 자기 이해관계를 구체화한 목표와 이의 실현을 안내하는 규범에 따라 살아간다. [14]하지만 위기 시기에는 사람들의 관심이 자신들의 특수한 이해관계에서 보편적인 가치로 상승한다.
　사람들은 속된 일상에서 자기 이해관계를 구체화한 목표와 이의 실현을 안내하는 규범에 따라 살아간다고 했으므로, 위기 시기가 아니라 속된 일상 속에서 생계 활동을 위한 최적의 수단을 찾는다.

④ 사람들이 항상성을 유지하기 위해 위기 상황을 외면한다.
　근거: **3** [14]위기 시기에는 사람들의 관심이 자신들의 특수한 이해관계에서 보편적인 가치로 상승한다. [15]사람들은 가치에 기대어 위기가 주는 심리적 긴장과 압박을 해소하는 집합 의례를 행한다.
　사람들은 위기 시기에 위기 상황을 외면하지 않고 집합 의례를 행하여 위기가 주는 심리적 긴장과 압박을 해소하고자 한다.

⑤ 사람들이 평상시 추구하던 삶의 도덕적 의미를 상실한다.
　근거: **3** [12]현대 사회에서는 가치가 평상시 사회적 삶 아래에 잠재되어 있다가, 그 도덕적 의미가 뿌리부터 뒤흔들리는 위기 시기에 위로 올라와 전국적으로 일반화된다. [14]위기 시기에는 사람들의 관심이 자신들의 특수한 이해관계에서 보편적인 가치로 상승한다. [16]그 결과 사회의 통합이 회복된다.
　삶의 도덕적 의미와 같은 가치는 평상시에는 사회적 삶 아래에 잠재되어 있다가 위기 시기에 위로 올라와 일반화된다. 위기 시기에 사람들은 보편적인 가치에 관심을 가지며 사회의 통합을 이루므로 사람들이 평상시 추구하던 삶의 도덕적 의미를 상실하는 것이 아니다.

4. 윗글의 ⓛ과 ⓒ에 대한 설명으로 가장 적절한 것은?

> ⓛ: 파슨스와 스멜서
> ⓒ: 알렉산더

✔ 정답풀이

① ⓛ과 달리 ⓒ은 현대 사회의 집합 의례는 그 결과가 미리 결정되어 있지 않다고 본다.

> 근거: ❸ [16]그(집합 의례) 결과 사회의 통합이 회복된다. [17]파슨스와 스멜서(ⓛ)는 이것(집합 의례의 과정)이 마치 유기체가 환경의 압박으로 인해 흐트러진 항상성의 기능을 생리 작용을 통해 회복하는 과정과 유사하다고 본다. + ❹ [19]그(ⓒ)는 가치를 전 사회로 일반화하는 집합 의례가 현대 사회에서는 유기체의 생리 작용처럼 자연적으로 진행되는 것이 아니라, 그 결과가 정해지지 않은 과정이라고 본다.

✘ 오답풀이

② ⓛ과 달리 ⓒ은 집합 의례가 가치의 일반화를 통해 도덕 공동체를 구성할 것이라 본다.

근거: ❸ [12]현대 사회에서는 가치가 평상시 사회적 삶 아래에 잠재되어 있다가, 그 도덕적 의미가 뿌리부터 뒤흔들리는 위기 시기에 위로 올라와 전국적으로 일반화된다. + ❹ [19]그(ⓒ)는 가치를 전 사회로 일반화하는 집합 의례가 현대 사회에서는~그 결과가 정해지지 않은 과정이라고 본다.

ⓛ과 ⓒ 모두 집합 의례가 가치의 일반화에 따라 일어나는 것으로 본다.

③ ⓒ과 달리 ⓛ은 집합 의례가 발생하는 과정을 경험적으로 탐구할 필요성이 있다고 본다.

근거: ❹ [22]알렉산더(ⓒ)가 기능주의 이론과 달리 공연의 요소들이 어떤 조건 아래에서 어떤 과정을 거쳐 융합이 이루어지는지 경험적으로 세밀하게 탐구해야 한다고 강조하는 이유가 여기에 있다.

ⓒ은 기능주의 이론과 달리 집합 의례가 발생하는 과정을 경험적으로 탐구할 필요성이 있다고 주장한다. 이때 기능주의 이론은 ⓛ이 주장한 것이다. 즉 ⓛ과 달리 ⓒ이 집합 의례 과정을 경험적으로 탐구할 필요성이 있다고 본 것이다.

④ ⓛ과 ⓒ은 모두 문화적 실천으로서의 집합 의례를 유기체의 생리 과정과 유사하다고 본다.

근거: ❸ [17]파슨스와 스멜서(ⓛ)는 이것(집합 의례의 과정)이 마치 유기체가 환경의 압박으로 인해 흐트러진 항상성의 기능을 생리 작용을 통해 회복하는 과정과 유사하다고 본다. + ❹ [19]그(ⓒ)는 가치를 전 사회로 일반화하는 집합 의례가 현대 사회에서는 유기체의 생리 작용처럼 자연적으로 진행되는 것이 아니라, 그 결과가 정해지지 않은 과정이라고 본다.

⑤ ⓛ과 ⓒ은 모두 현대 사회에서는 성과 속의 분류 체계 없이 집합 의례가 일어난다고 본다.

근거: ❸ [11]그들(ⓛ)은 성스러움을 가치라는 말로 바꿔 표현한다. [13]속된 일상에서 사람들은~살아간다. [14]하지만 위기 시기에는 사람들의 관심이~보편적인 가치로 상승한다. [15]사람들은 가치에 기대어 위기가 주는 심리적 긴장과 압박을 해소하는 집합 의례를 행한다. + ❺ [23]현대 사회의 사회적 공연의 요소들로는 성과 속의 분류 체계를 다양하게 구체화한 대본

집합 의례를 행할 때 속된 일상의 이해관계보다 가치(성스러움)에 기댄다고 한 ⓛ과, 성과 속의 분류 체계를 구체화한 대본을 사회적 공연의 구성 요소로 본 ⓒ 모두 현대 사회의 집합 의례가 성과 속의 분류 체계를 전제한다고 본다.

5. 윗글에서 설명한 '사회적 공연론'으로 〈보기〉를 이해한 내용으로 적절하지 <u>않은</u> 것은? [3점]

〈보기〉

[1]수려한 경관으로 유명한 A시에 소각장이 들어설 예정이다. [2]A시의 시장은 정부의 보조금을 활용하여 낙후된 지역 경제를 발전시키기 위해 소각장을 유치하였다고 밝혔다. [3]A시 시민들은 반대파와 찬성파로 갈려 집회를 이어 갔다. [4]반대파는 지역 경제 발전에는 찬성하지만 소각장이 환경을 오염시킨다며 철회할 것을 요구했고, 찬성파는 반대파가 지역 이기주의에 빠져 있다고 비판했다. [5]집회에 참여하지 않았던 사람들도 의견이 갈려 토박이와 노인은 반대 운동에, 이주민과 젊은이는 찬성 운동에 적극 참여하였다. [6]중앙 언론은 이 사건이 지역 내 현상이라며 아예 보도하지 않았다. [7]반대파는 반대 운동을 전국적으로 알리기 위해 서울에 가서 집회를 하려 했지만 경찰이 허가를 내 주지 않았다.

정답풀이

② 공연의 요소들이 융합되어 가치의 일반화가 일어났군.

> 근거: ④ [18]알렉산더는 파슨스와 스멜서의 이론을 받아들이면서도~그 대안으로 '사회적 공연론'을 제시한다. [19]그는 가치를 전 사회로 일반화하는 집합 의례가 현대 사회에서는 유기체의 생리 작용처럼 자연적으로 진행되는 것이 아니라, 그 결과가 정해지지 않은 과정이라고 본다. + 〈보기〉 [1]수려한 경관으로 유명한 A시에 소각장이 들어설 예정이다. [3]A시 시민들은 반대파와 찬성파로 갈려 집회를 이어 갔다.
>
> 〈보기〉에서는 A시 내부에서 소각장 유치 문제를 놓고 찬성파와 반대파로 의견이 갈린 상황이기 때문에 가치의 일반화가 일어났다고 볼 수는 없다.

오답풀이

① 공연의 미장센이 A시에 한정되어 펼쳐지고 있군.

근거: ⑤ [23]시·공간적으로 다양한 동선을 짜서 공연을 무대 위에 올리는 미장센 + 〈보기〉 [6]중앙 언론은 이 사건이 지역 내 현상이라며 아예 보도하지 않았다. [7]반대파는 반대 운동을 전국적으로 알리기 위해 서울에 가서 집회를 하려 했지만 경찰이 허가를 내 주지 않았다.

〈보기〉에서 소각장의 유치를 둘러싼 논란이 A시에 한정되어 일어나고 있으므로 적절하다.

③ 출신 지역과 나이로 분화된 관객이 배우로 직접 나서고 있군.

근거: ⑤ [23]다양한 대본을 자신만의 방식으로 실행하는 배우, 계급·출신 지역·나이·성별 등 내부적으로 분화된 관객 + 〈보기〉 [5]집회에 참여하지 않았던 사람들(관객)도 의견이 갈려 토박이와 노인은 반대 운동에, 이주민과 젊은이는 찬성 운동에 적극 참여(배우로 나섬)하였다.

④ 상징적 생산 수단과 사회적 권력이 공연의 전국적 전파를 막으려 하는군.

근거: ⑤ [23]시·공간의 한계를 넘어 공연을 광범위한 관객에게 전파하는 상징적 생산 수단, 공연을 생산하고 배포하고 해석하는 과정을 총체적으로 통제하지 못할 정도로 고도로 분화된 사회적 권력 등이 있다. + 〈보기〉 [6]중앙 언론은 이 사건이 지역 내 현상이라며 아예 보도하지 않았다. [7]반대파는 반대 운동을 전국적으로 알리기 위해 서울에 가서 집회를 하려 했지만 경찰이 허가를 내 주지 않았다.

〈보기〉의 중앙 언론과 경찰은 각각 상징적 생산 수단과 사회적 권력에 해당된다고 볼 수 있다. 이들은 사건을 보도하지 않고, 집회 허가를 내 주지 않는 등의 행동을 통해 공연의 전국적인 전파를 막고 있다.

⑤ 배우들이 지역 경제 발전에는 동의하면서도 서로 다른 대본을 가지고 공연을 수행하는군.

근거: ⑤ [23]현대 사회의 사회적 공연의 요소들로는 성과 속의 분류 체계를 다양하게 구체화한 대본, 다양한 대본을 자신만의 방식으로 실행하는 배우 + 〈보기〉 [2]A시의 시장은 정부의 보조금을 활용하여 낙후된 지역 경제를 발전시키기 위해 소각장을 유치하였다고 밝혔다. [4]반대파(배우들)는 지역 경제 발전에는 찬성~[5]집회에 참여하지 않았던 사람들도 의견이 갈려 토박이와 노인은 반대 운동에, 이주민과 젊은이는 찬성 운동에 적극 참여(공연을 수행)하였다.

〈보기〉에서 A시의 시장이 소각장을 유치하려는 이유는 낙후된 지역 경제를 발전시키기 위해서인데, 반대파 역시 지역 경제 발전에는 찬성하고 있다. 그리고 찬성파와 반대파는 소각장 유치에 대한 각자의 의견을 전달하기 위해 서로 다른 대본(견해)을 가지고 각각 찬성 운동과 반대 운동에 적극 참여함으로써 공연을 수행하고 있다.

✒️ 모두의 질문
• 5-②번

Q: 윗글에서 알렉산더의 견해에 따르면 가치를 전 사회로 일반화하는 집합 의례는 결과가 정해지지 않은 과정이니까, 〈보기〉에서 집합 의례가 일어났는지는 알 수 없는 것 아닌가요?

A: '결과가 정해지지 않은 과정'이라는 것은 집합 의례가 자연적으로 진행되는 것이 아니라, 공연의 요소들이 융합되면서 다양하게 나타날 수 있다는 의미이다. 〈보기〉의 상황에서는 A시 내부에서 소각장 유치 문제를 두고 반대파와 찬성파로 의견이 나뉘어 가치의 일반화(특정 가치가 구성원 간에 보편적으로 공유되는 것)가 나타나지 않고 있다. 그뿐만 아니라 중앙 언론과 경찰로 인해 해당 사건이 전국적으로 전파될 가능성도 낮아 보인다. 그렇기에 가치가 전 사회로 일반화되는 집합 의례가 일어나지 않았다고 볼 수 있는 것이다.

[1~4] 다음 글을 읽고 물음에 답하시오. ✎사고의 흐름

1 ¹통화 정책은 중앙은행이 물가 안정과 같은 경제적 목적의 달성을 위해 이자율이나 통화량을 조절하는 것이다. ‘통화 정책’의 개념을 정의하여 그 목적과 방법을 말해 주었어. 지문 초반에 주어지는 정의나 순서는 이어지는 내용을 이해하는 데 꼭 필요한 전제이니까 꼼꼼하게 읽고 넘어가자! ²대표적인 통화 정책 수단인 ‘공개 시장 운영’은 중앙은행이 민간 금융 기관을 상대로 채권을 매매해 금융 시장의 이자율을 정책적으로 결정한 기준 금리 수준으로 접근시키는 것이다. 다양한 통화 정책 중 ‘공개 시장 운영’에 대해 설명하는군! 공개 시장 운영은 중앙은행이 기준 금리 결정 후 → 민간 금융 기관을 상대로 채권을 매매해 → 금융 시장의 이자율을 기준 금리 수준으로 접근시키는 거야! ³중앙은행이 채권을 매수하면 이자율은 하락하고, 채권을 매도하면 이자율은 상승한다. ⁴이자율이 하락하면 소비와 투자가 확대되어 경기가 활성화*되고 물가 상승률이 오르며, 이자율이 상승하면 경기가 위축되고 물가 상승률이 떨어진다. ⁵이와 같이 공개 시장 운영의 영향은 경제 전반에 ⓐ파급된다. 중앙은행의 채권 매수와 채권 매도의 두 가지 경우에 따른 영향을 ‘인과적 순서’로 정리해 두는 것이 좋겠지? 이때 앞의 내용을 고려하면 채권 매매보다 앞서는 것이 '기준 금리 결정'임을 알 수 있어.

채권 매수	이자율 ↓ → 소비, 투자 ↑ → 경기 활성화 → 물가 상승률 ↑
채권 매도	이자율 ↑ → 소비, 투자 ↓ → 경기 위축 → 물가 상승률 ↓

2 ⁶중앙은행의 통화 정책이 의도한 효과를 얻기 위한 요건 중에는 ‘선제성’과 ‘정책 신뢰성’이 있다. 통화 정책이 의도한 효과를 얻기 위한 두 가지 요건에 대해 설명하겠군. ⁷먼저 통화 정책이 선제적이라는 것은 중앙은행이 경제 변동을 예측해 이에 미리 대처한다는 것이다. ‘선제성’에 대해 먼저 설명! ⁸기준 금리를 결정하고 공개 시장 운영을 실시하여 그 효과가 실제로 나타날 때까지는 시차가 발생하는데 이를 ‘정책 외부 시차’라 하며, 이 때문에 선제성이 문제가 된다. ⁹예를 들어 중앙은행이 경기 침체 국면에 들어서야 비로소 기준 금리를 인하한다면, 정책 외부 시차로 인해 경제가 스스로 침체 국면을 벗어난 다음에야 정책 효과가 ⓑ발현될 수도 있다. 예를 통해 기준 금리가 인하되면 경제는 활성화됨을 추론할 수 있어. ¹⁰이 경우 경기 과열과 같은 부작용이 ⓒ수반될 수 있다. 경기 침체 → 경기 활성화를 위한 정책 시행(기준 금리 인하) → 정책 외부 시차로 인해 정책 효과가 늦게(경기 회복 뒤에서야) 발현 → 결국 경기가 과열 ¹¹따라서 중앙은행은 통화 정책을 선제적으로 운용*하는 것이 바람직하다. 정책 외부 시차(문제) → 통화 정책의 선제적 운용(해결)

3 ¹²또한 통화 정책은 민간의 신뢰가 없이는 성공을 거둘 수 없다. ¹³따라서 중앙은행은 정책 신뢰성이 손상되지 않게 ⓓ유의해야 한다. ¹⁴그런데 어떻게 통화 정책이 민간의 신뢰를 얻을 수 있는지에 대해서는 견해 차이가 있다. ¹⁵경제학자 프리드먼은 중앙은행이 특정한 정책 목표나 운용 방식을 ‘준칙’으로 삼아 민간에 약속하고 어떤 상황에서도 이를 지키는 ㉠‘준칙주의’를 주장한다. ‘준칙주의’는 경제 상황의 변동과 무관하게 ‘민간에 약속한 준칙’을 지키는 것으로 민간의 신

뢰를 얻을 수 있다고 보는구나! ¹⁶가령 중앙은행이 물가 상승률 목표치를 민간에 약속했다고 하자. ¹⁷민간이 이 약속을 신뢰하면 물가 불안 심리가 진정된다. ¹⁸그런데 물가가 일단 안정되고 나면 중앙은행으로서는 이제 경기를 ⓔ부양하는 것도 고려해 볼 수 있다. ¹⁹문제는 민간이 이 비일관성을 인지하면 중앙은행에 대한 신뢰가 훼손된다는 점이다. ²⁰준칙주의자들은 이런 경우에 중앙은행이 애초의 약속을 일관되게 지키는 편이 바람직하다고 주장한다. ‘준칙주의’의 주장: 비일관성은 중앙은행에 대한 민간의 신뢰를 훼손, 중앙은행이 애초의 약속을 일관되게 지키는 편이 바람직함

4 ²¹그러나 민간이 사후적인 결과만으로는 중앙은행이 준칙을 지키려 했는지 판단하기 어렵고, 중앙은행에 준칙을 지킬 것을 강제할 수 없는 것도 사실이다. ²²준칙주의와 대비되는 ㉡‘재량주의’에서는 경제 여건 변화에 따른 신축적*인 정책 대응을 지지하며 준칙주의의 엄격한 실천은 현실적으로 어렵다고 본다. ‘재량주의’의 주장: 통화 정책은 그 당시의 상황에 맞게 신축적으로(탄력적으로) 운영해야 함, 고정된 준칙만을 따를 수는 없음 ²³아울러 준칙주의가 최선인지에 대해서도 물음을 던진다. ²⁴예상보다 큰 경제 변동이 있으면 사전에 정해 둔 준칙이 장애물이 될 수 있기 때문이다. ²⁵정책 신뢰성은 중요하지만, 이를 위해 중앙은행이 반드시 준칙에 얽매일 필요는 없다는 것이다. 재량주의자들도 정책 신뢰성은 중요하게 생각하지만, 준칙을 엄격하게 지키는 것보다 경제 여건 변화에 따라 신축적인 정책 대응을 하는 것을 더 중요하다고 생각하는구나!

이것만은 챙기자
- *활성화: 사회나 조직 등의 기능이 활발함. 또는 그러한 기능을 활발하게 함.
- *운용: 무엇을 움직이게 하거나 부리어 씀.
- *신축적: 일의 형편에 따라 적절하게 대처할 수 있는 것.

만점 선배의 구조도 예시

1. 윗글에서 사용한 설명 방식에 해당하지 <u>않는</u> 것은?

✓ 정답풀이

① 통화 정책의 목적을 유형별로 나누어 제시하고 있다.

> 근거: **1** [1]통화 정책은 중앙은행이 물가 안정과 같은 경제적 목적의 달성
> 을 위해 이자율이나 통화량을 조절하는 것이다.
>
> 1문단에서 '물가 안정과 같은 경제적 목적의 달성'이라는 통화 정책의 목
> 적을 언급하고 있기는 하지만, 그 목적을 다시 유형별로 나누어 제시하고
> 있지는 않다. 윗글에서는 통화 정책이 의도한 효과를 얻기 위한 요건을
> 두 가지로 나누어 제시하고 있을 뿐이다.

✕ 오답풀이

② 통화 정책에서 선제적 대응의 필요성을 예를 들어 설명하고 있다.

근거: **2** [8]그 효과가 실제로 나타날 때까지는 시차가 발생하는데 이를 '정
책 외부 시차'라 하며, 이 때문에 선제성이 문제가 된다. [9]예를 들어 중앙은
행이 경기 침체 국면에 들어서야 비로소 기준 금리를 인하한다면, 정책 외
부 시차로 인해 경제가 스스로 침체 국면을 벗어난 다음에야 정책 효과가
발현될 수도 있다. [11]따라서 중앙은행은 통화 정책을 선제적으로 운용하는
것이 바람직하다.

통화 정책의 효과는 즉각적으로 발현되는 것이 아니며, 그 효과가 실제로
발현될 때까지는 시차가 발생하는데 이를 '정책 외부 시차'라고 한다. 윗글에
서는 이러한 정책 외부 시차로 인해 통화 정책의 효과가 늦게 발현되어 부
작용이 발생했던 사례를 제시하며 이를 막기 위한 선제적 대응의 필요성을
설명한다.

③ 공개 시장 운영이 경제 전반에 영향을 미치는 과정을 인과적으로
설명하고 있다.

근거: **1** [2]대표적인 통화 정책 수단인 '공개 시장 운영'은 중앙은행이 민간
금융 기관을 상대로 채권을 매매해 금융 시장의 이자율을 정책적으로 결정
한 기준 금리 수준으로 접근시키는 것이다. [3]중앙은행이 채권을 매수하면
이자율은 하락하고, 채권을 매도하면 이자율은 상승한다. [4]이자율이 하락하
면 소비와 투자가 확대되어 경기가 활성화되고 물가 상승률이 오르며, 이자
율이 상승하면 경기가 위축되고 물가 상승률이 떨어진다. [5]이와 같이 공개
시장 운영의 영향은 경제 전반에 파급된다.

중앙은행이 공개 시장 운영을 통해 채권을 매수한 경우 이자율이 하락하고
소비와 투자가 확대되어 경기가 활성화되며 물가 상승률이 오르는 과정과,
채권을 매도한 경우 경기가 위축되고 물가 상승률이 떨어지는 과정을 인과
적으로 설명하고 있다.

④ 관련된 주요 용어의 정의를 바탕으로 통화 정책의 대표적인 수단을
설명하고 있다.

근거: **1** [1]통화 정책은 중앙 은행이 물가 안정과 같은 경제적 목적의 달성
을 위해 이자율이나 통화량을 조절하는 것이다. [2]대표적인 통화 정책 수단
인 '공개 시장 운영'은 중앙은행이 민간 금융 기관을 상대로 채권을 매매해
금융 시장의 이자율을 정책적으로 결정한 기준 금리 수준으로 접근시키는
것이다.

1문단에서 '통화 정책'과 '공개 시장 운영'이라는 주요 용어의 정의를 제시
하고, 이를 바탕으로 통화 정책의 대표적인 수단인 '공개 시장 운영'에 대해
설명하고 있다.

⑤ 통화 정책의 신뢰성 확보를 위해 준칙을 지켜야 하는지에 대한
두 견해의 차이를 드러내고 있다.

근거: **3** [14]그런데 어떻게 통화 정책이 민간의 신뢰를 얻을 수 있는지에 대
해서는 견해 차이가 있다. [15]경제학자 프리드먼은 중앙은행이 특정한 정책
목표나 운용 방식을 '준칙'으로 삼아 민간에 약속하고 어떤 상황에서도 이
를 지키는 '준칙주의'를 주장한다. + **4** [22]준칙주의와 대비되는 '재량주의'
에서는 경제 여건 변화에 따른 신축적인 정책 대응을 지지하며 준칙주의의
엄격한 실천은 현실적으로 어렵다고 본다.

통화 정책의 신뢰성 확보를 위해 준칙을 상정하고 이를 지켜야 한다는 '준칙
주의'와, 정책 대응은 경제 여건 변화에 따라 신축적으로 이루어져야 한다
는 '재량주의'의 견해 차이를 드러내고 있다.

2. 윗글을 바탕으로 〈보기〉를 이해할 때 '경제학자 병'이 제안한 내용으로 가장 적절한 것은? [3점]

─────────────〈보기〉─────────────

어떤 가상의 경제에서 20○○년 1월 1일부터 9월 30일까지 3개 분기 동안 중앙은행의 기준 금리가 4%로 유지되는 가운데 다양한 물가 변동 요인의 영향으로 물가 상승률은 아래 표와 같이 나타났다. 단, 각 분기의 물가 변동 요인은 서로 관련이 없다고 한다.

기간	1/1 ~ 3/31	4/1 ~ 6/30	7/1 ~ 9/30
	1분기	2분기	3분기
물가 상승률	2%	3%	3%

경제학자 병은 1월 1일에 위 표의 내용을 예측할 수 있었고 국민들의 생활 안정을 위해 물가 상승률을 매 분기 2%로 유지해야 한다고 주장하였다. 이를 위해 다음 사항을 고려한 선제적 통화 정책을 제안했으나 받아들여지지 않았다.

[경제학자 병의 고려 사항]
기준 금리가 4%로부터 1.5%p*만큼 변하면 물가 상승률은 위 표의 각 분기 값을 기준으로 1%p만큼 달라지며, 기준 금리 조정과 공개 시장 운영은 1월 1일과 4월 1일에 수행된다. 정책 외부 시차는 1개 분기이며 기준 금리 조정에 따른 물가 상승률 변동 효과는 1개 분기 동안 지속된다.

* %p는 퍼센트 간의 차이를 말한다. 예를 들어 1%에서 2%로 변화하면 이는 1%p 상승한 것이다.

─────────────────────────────

✓ 정답풀이

⑤ 중앙은행은 기준 금리를 1월 1일에 5.5%로 인상하고 4월 1일에도 이를 5.5%로 유지해야 한다.

근거: **1** [2]대표적인 통화 정책 수단인 '공개 시장 운영'은 중앙은행이 민간 금융 기관을 상대로 채권을 매매해 금융 시장의 이자율을 정책적으로 결정한 기준 금리 수준으로 접근시키는 것이다. [4]이자율이 하락하면 소비와 투자가 확대되어 경기가 활성화되고 물가 상승률이 오르며, 이자율이 상승하면 경기가 위축되고 물가 상승률이 떨어진다. + **2** [8]기준 금리를 결정하고 공개 시장 운영을 실시하여 그 효과가 실제로 나타날 때까지는 시차가 발생하는데 이를 '정책 외부 시차'라 하며, 이 때문에 선제성이 문제가 된다.
〈보기〉에서 경제학자 병은 물가 상승률을 매 분기 2%로 유지해야 한다고 주장하였으므로, 2분기와 3분기의 물가 상승률을 1%p씩 낮추고자 할 것임을 알 수 있다. 이때 [경제학자 병의 고려 사항]에서 기준 금리가 1.5%p만큼 변하면 물가 상승률은 1%p만큼 달라진다고 하였다. 1문단에서 공개 시장 운영은 중앙은행이 이자율을 기준 금리 수준으로 접근시키는 것으로, 이자율이 하락하면 물가 상승률이 오른다고 했으므로, 기준 금리가 1.5%p 올라야 물가 상승률이 1%p 낮아진다는 것을 알 수 있다. 그리고 〈보기〉에서 언급한 정책 외부 시차가 1개 분기라는 점을 고려할 때, 중앙은행이 정책 외부 시차를 고려하여 1월 1일에 기준 금리를 기존의 4%에서 1.5%p 올려 4월 1일부터 시작하는 2분기에 물가 상승률을 1%p 낮추고자 할 것임을 알 수 있다. 또한 3분기에도 동일한 수준의 물가 상승률을 유지해야 하기 때문에 1분기에 5.5%로 인상한 기준 금리를 2분기의 시작점인 4월 1일에도 유지할 것임을 알 수 있다.

✗ 오답풀이

① 중앙은행은 기준 금리를 1월 1일에 2.5%로 인하하고 4월 1일에도 이를 2.5%로 유지해야 한다.
〈보기〉에서 중앙은행이 1월 1일에 기준 금리를 2.5%로 인하하여 4월 1일까지 유지하게 되면 2분기와 3분기의 물가 상승률이 그만큼 상승하여 3%에서 1%p만큼 올라간 4%가 될 것이다.

② 중앙은행은 기준 금리를 1월 1일에 2.5%로 인하하고 4월 1일에는 이를 4%로 인상해야 한다.
〈보기〉에서 중앙은행이 1월 1일에 기준 금리를 2.5%로 인하하게 되면 2분기의 물가 상승률이 3%에서 1%p만큼 올라간 4%가 될 것이며, 4월 1일에 기준 금리를 4%로 인상하게 되면 3분기 물가 상승률이 다시 3%가 될 것이다.

③ 중앙은행은 기준 금리를 1월 1일에 4%로 유지하고 4월 1일에는 이를 5.5%로 인상해야 한다.
〈보기〉에서 중앙은행이 1월 1일에 기준 금리를 4%로 유지하면 2분기의 물가 상승률이 3%로 유지될 것이며, 4월 1일에 이를 5.5%로 인상하면 3분기 물가 상승률이 1%p만큼 하락한 2%가 될 것이다.

④ 중앙은행은 기준 금리를 1월 1일에 5.5%로 인상하고 4월 1일에는 이를 4%로 인하해야 한다.
〈보기〉에서 중앙은행이 1월 1일에 기준 금리를 5.5%로 인상하면 2분기의 물가 상승률이 1%p만큼 하락한 2%가 될 것이며, 4월 1일에 기준 금리를 4%로 인하하면 3분기 물가 상승률이 다시 3%가 될 것이다.

모두의 질문

· 2-⑤번

Q: <보기>에서는 기준 금리가 '변하면' 물가 상승률이 달라진다는 언급밖에 없는데, 금리가 올라야 물가 상승률이 낮아진다는 것을 어떻게 알 수 있나요?

A: 1문단에서는 중앙은행이 통화 정책 수단인 '공개 시장 운영'을 통해 이자율을 기준 금리 수준으로 접근시킨다고 했다. 이때 이자율이 하락하면 소비와 투자가 확대되어 경기가 활성화되고 물가 상승률이 오르며, 이자율이 상승하면 경기가 위축되고 물가 상승률이 떨어진다고 했다. 또한, 2문단에서는 정책 외부 시차에 대해 설명하면서 '중앙은행이 경기 침체 국면에 들어서야 비로소 기준 금리를 인하한다면'이라고 하였다. 이때 기준 금리의 '인하'는 침체된 경제를 회복시킬 수 있는 '경기 활성화'를 위해 시행하는 정책이다. 이를 1문단에 나타난 채권 매수와 채권 매도의 관계성과 연관 지어 생각해 보면, '기준 금리 인하 → 경기 활성화 → 물가 상승률 증가'로 나타남을 알 수 있다. 즉 기준 금리 '인하'에 의해 물가 상승률이 오른다는 내용을 통해 기준 금리 '인상'은 물가 상승률의 하락으로 이어지게 된다는 것을 알 수 있다. 그리고 해당 문제에서 경제학자 병은 2분기와 3분기의 물가 상승률이 각각 3%에서 2%로, 1%만큼 '감소'되도록 기준 금리가 변화해야 한다고 주장하고 있으므로 금리가 1.5%만큼 '상승'되어야 함을 알 수 있다. 이렇듯 한 문단 속에 나란히 배치된 정보가 아닌, 지문 전체에 흩어진 정보들을 종합하여 판단해야 하는 문제는 난도가 높은 편에 속한다. 이런 문제를 해결하는 데 시간이 오래 걸릴 것 같으면 같은 지문에 속한 다른 문제들을 우선적으로 해결한 뒤, 그 문제 해결에 사용되지 않은 정보가 나타나는 문단을 눈여겨보자. 다른 문제에 한 번 사용되었던 정보가 또 다른 문제에서 중복되어 사용되는 경우는 상당히 드물기 때문이다.

3. 윗글의 ㉠과 ㉡에 대한 설명으로 가장 적절한 것은?

㉠: '준칙주의'
㉡: '재량주의'

✅ 정답풀이

① ㉠에서는 중앙은행이 정책 운용에 관한 준칙을 지키느라 경제 변동에 신축적인 대응을 못해도 이를 바람직하다고 본다.

> 근거: ❸ [15]경제학자 프리드먼은 중앙은행이 특정한 정책 목표나 운용 방식을 '준칙'으로 삼아 민간에 약속하고 어떤 상황에서도 이를 지키는 '준칙주의(㉠)'를 주장한다.~[20]준칙주의자들은 이런 경우에 중앙은행이 애초의 약속을 일관되게 지키는 편이 바람직하다고 주장한다.
> ㉠에서는 어떠한 상황에서도 그에 대한 신축적인 대응보다는 민간에 약속한 준칙의 준수를 더 우선시한다. 또한 중앙은행이 준칙을 어길 경우 중앙은행에 대한 민간의 신뢰가 훼손될 수 있으므로 ㉠에서는 중앙은행이 경제 변동에 신축적인 대응을 하지 못하였더라도 정책 운용에 대한 준칙만 지켰다면 이를 바람직하다고 볼 것이다.

❌ 오답풀이

② ㉡에서는 중앙은행이 스스로 정한 준칙을 지키는 것은 얼마든지 가능하다고 본다.

> 근거: ❹ [22]준칙주의와 대비되는 '재량주의(㉡)'에서는 경제 여건 변화에 따른 신축적인 정책 대응을 지지하며 준칙주의의 엄격한 실천은 현실적으로 어렵다고 본다.

③ ㉠에서는 ㉡과 달리, 정책 운용에 관한 준칙을 지키지 않아도 민간의 신뢰를 확보할 수 있다고 본다.

> 근거: ❸ [15]중앙은행이 특정한 정책 목표나 운용 방식을 '준칙'으로 삼아 민간에 약속하고 어떤 상황에서도 이를 지키는 '준칙주의(㉠)' [19]문제는 민간이 이 비일관성을 인지하면 중앙은행에 대한 신뢰가 훼손된다는 점이다. [20]준칙주의자들은 이런 경우에 중앙은행이 애초의 약속을 일관되게 지키는 편이 바람직하다고 주장한다. + ❹ [22]준칙주의와 대비되는 '재량주의(㉡)'에서는 경제 여건 변화에 따른 신축적인 정책 대응을 지지하며 준칙주의의 엄격한 실천은 현실적으로 어렵다고 본다. [25]정책 신뢰성은 중요하지만, 이를 위해 중앙은행이 반드시 준칙에 얽매일 필요는 없다는 것이다.
> ㉠은 '준칙'을 지키지 않아 발생하는 '비일관성'을 민간이 인지하면 중앙은행에 대한 신뢰가 훼손될 것이라고 주장한다. 따라서 ㉠에서는 ㉡과 달리 민간의 신뢰를 확보하기 위해서는 어떤 상황에서도 정책 운용에 관한 준칙을 지켜야 한다고 주장할 것이다.

④ ㉡에서는 ㉠과 달리, 통화 정책에서 민간의 신뢰 확보를 중요하게 여기지 않는다.

> 근거: ❸ [13]중앙은행은 정책 신뢰성이 손상되지 않게 유의해야 한다. [14]그런데 어떻게 통화 정책이 민간의 신뢰를 얻을 수 있는지에 대해서는 견해 차이가 있다. ❹ [25](㉡에서는) 정책 신뢰성은 중요하지만, 이를 위해 중앙은행이 반드시 준칙에 얽매일 필요는 없다는 것이다.
> ㉠과 ㉡은 모두 통화 정책에 대한 민간의 신뢰와 관련된 입장이다. 즉 ㉡은 민간의 신뢰를 얻는 방법에 있어 준칙에 얽매일 필요가 없다는 입장을 취하고 있을 뿐, ㉡ 역시 정책 신뢰성을 중요하게 여기고 있다.

⑤ ⓒ에서는 ㉠과 달리, 경제 상황 변화에 대한 통화 정책의 탄력적 대응이 효과적이지 않다고 본다.

근거: ❹ ²²준칙주의와 대비되는 '재량주의(ⓒ)'에서는 경제 여건 변화에 따른 신축적인 정책 대응을 지지하며

ⓒ에서는 경제 여건 변화에 따른 신축적인 정책 대응을 지지하므로 준칙을 지키는 것보다 경제 상황 변화에 대한 통화 정책의 탄력적 대응이 더 효과적이라고 생각할 것이다.

4. ⓐ~ⓔ의 문맥적 의미를 활용하여 만든 문장으로 적절하지 않은 것은?

◯ 정답풀이

⑤ ⓔ: 장남인 그가 늙으신 부모와 어린 동생들을 부양하고 있다.

> 근거: ❸ ¹⁸(중앙은행은) 경기를 ⓔ부양하는 것도 고려해 볼 수 있다.
> ⓔ의 '부양'은 선지에서 쓰인 '생활 능력이 없는 사람의 생활을 돌봄.'이라는 의미의 부양(扶養)이 아니라 '가라앉은 것이 떠오름. 또는 가라앉은 것을 떠오르게 함.'이라는 의미의 부양(浮揚)이다.

✕ 오답풀이

① ⓐ: 그의 노력으로 소비자 운동이 전국적으로 파급되었다.
근거: ❶ ⁵이와 같이 공개 시장 운영의 영향은 경제 전반에 ⓐ파급된다.
파급: 어떤 일의 여파나 영향이 차차 다른 데로 미침.

② ⓑ: 의병 활동은 민중의 애국 애족 의식이 발현한 것이다.
근거: ❷ ⁹정책 효과가 ⓑ발현될 수도 있다.
발현: 속에 있거나 숨은 것이 밖으로 나타나거나 그렇게 나타나게 함. 또는 그런 결과.

③ ⓒ: 이 질병은 구토와 두통 증상을 수반하는 경우가 많다.
근거: ❷ ¹⁰이 경우 경기 과열과 같은 부작용이 ⓒ수반될 수 있다.
수반: 어떤 일과 더불어 생김.

④ ⓓ: 기온과 습도가 높은 요즘 건강관리에 유의해야 한다.
근거: ❸ ¹³정책 신뢰성이 손상되지 않게 ⓓ유의해야 한다.
유의: 마음에 새겨 두어 조심하며 관심을 가짐.

[1~6] 다음 글을 읽고 물음에 답하시오.

✏ 사고의 흐름

1 ¹보험은 같은 위험을 보유한 다수인이 위험 공동체를 형성하여 보험료를 납부하고 보험 사고가 발생하면 보험금을 지급받는 제도이다. *'보험'의 개념이 제시되었어. 보험: 다수가 위험 공동체를 형성하여 보험료 납부 → 사고 발생 → 보험금 지급받는 제도* ²보험 상품을 구입한 사람은 장래의 우연한 사고로 인한 경제적 손실에 ⓐ대비할 수 있다. ³보험금 지급은 사고 발생이라는 우연적 조건에 따라 결정되는데, 이처럼 보험은 조건의 실현 여부에 따라 받을 수 있는 재화나 서비스가 달라지는 조건부 상품이다. *보험금은 '사고 발생'이라는 조건이 실현되어야 받을 수 있는 거네.*

2 ⁴위험 공동체의 구성원이 납부하는 보험료와 지급받는 보험금은 그 위험 공동체의 사고 발생 확률을 근거로 산정*된다. *보험료와 보험금을 구분하여 사용하고 있어. 비슷해 보여 헷갈릴 수 있는 개념은 확실히 구분하고 넘어가자. 보험료, 보험금 산정 근거: 사고 발생 확률* ⁵특정 사고가 발생할 확률은 정확히 알 수 없지만 그동안 발생된 사고를 바탕으로 그 확률을 예측한다면 관찰 대상이 많아짐에 따라 실제 사고 발생 확률에 근접하게 된다. ⁶본래 보험 가입의 목적은 금전적 이득을 취하는 데 있는 것이 아니라 장래의 경제적 손실을 보상받는 데 있으므로 위험 공동체의 구성원은 자신이 속한 위험 공동체의 위험에 상응하는 보험료를 납부하는 것이 공정할 것이다. *보험 가입 목적: 장래의 경제적 손실 보상*

[가] ⁷따라서 공정한 보험에서는 ①구성원 각자가 납부하는 보험료와 그가 지급받을 보험금에 대한 기댓값이 일치해야 하며 ②구성원 전체의 보험료 총액과 보험금 총액이 일치해야 한다. *'공정한 보험'의 특징 두 가지가 제시되었어.* ⁸이때 보험금에 대한 기댓값은 사고가 발생할 확률에 사고 발생 시 수령할 보험금을 곱한 값이다. *보험금에 대한 기댓값 = 사고 발생 확률 × 사고 발생 시 수령할 보험금* ⁹보험금에 대한 보험료의 비율(보험료/보험금)을 보험료율이라 하는데, *보험료율 = 보험료 / 보험금* 보험료율이 사고 발생 확률보다 높으면 구성원 전체의 보험료 총액이 보험금 총액보다 더 많고, *보험료율 > 사고 발생 확률 → 보험료 총액 > 보험금 총액* 그 반대의 경우에는 구성원 전체의 보험료 총액이 보험금 총액보다 더 적게 된다. *보험료율 < 사고 발생 확률 → 보험료 총액 < 보험금 총액* ¹⁰따라서 공정한 보험에서는 ③보험료율과 사고 발생 확률이 같아야 한다. *'공정한 보험'의 또 다른 특징이 제시되었어. 정리하면 '공정한 보험'은 ① 각자가 납부하는 보험료 = 지급받을 보험금에 대한 기댓값 ② 구성원 전체의 보험료 총액 = 보험금 총액 ③ 보험료율 = 사고 발생 확률!*

3 ¹¹물론 현실에서 보험사는 영업 활동에 소요되는 비용 등을 보험료에 반영하기 때문에 공정한 보험이 적용되기 어렵지만 기본적으로 위와 같은 원리를 바탕으로 보험료와 보험금을 산정한다.

지금까지는 공정한 보험에 대해 설명했는데, 화제를 전환하려나 봐!

¹²그런데 보험 가입자들이 자신이 가진 위험의 정도에 대해 진실한 정보를 알려 주지 않는 한, 보험사는 보험 가입자 개개인이 가진 위험의 정도를 정확히 ⓑ파악하여 거기에 상응하는 보험료를 책정하기 어렵다. *문제점이 제시되었어. 문제점이 제시되는 경우 그 원인과 해결책이 함께 나올 가능성이 높지. 어떤 이유로 문제가 발생하고 이를 해결할 수 있는 방법은 무엇인지를 파악하면서 읽어 보자!* ¹³이러한 이유로 사고 발생 확률이 비슷하다고 예상되는 사람들로 구성된 어떤 위험 공동체에 사고 발생 확률이 더 높은 사람들이 동일한 보험료를 납부하고 진입하게 되면, 그 위험 공동체의 사고 발생 빈도가 높아져 보험사가 지급하는 보험금의 총액이 증가한다. ¹⁴보험사는 이를 보전*하기 위해 구성원이 납부해야 할 보험료를 ⓒ인상할 수밖에 없다. ¹⁵결국 자신의 위험 정도에 상응하는 보험료보다 더 높은 보험료를 납부하는 사람이 생기게 되는 것이다. ¹⁶이러한 문제는 정보의 비대칭성에서 비롯되는데 보험 가입자의 위험 정도에 대한 정보는 보험 가입자가 보험사보다 더 많이 갖고 있기 때문이다. *보험 가입자와 보험사 간 정보의 비대칭성(원인)으로 발생하는 문제: 사고 발생 확률 높은 가입자 진입 → 사고 발생 빈도↑ → 보험금↑ → 보험료↑ → 위험 정도보다 높은 보험료 납부하는 사람 생김* ¹⁷이를 해결하기 위해 보험사는 보험 가입자의 감춰진 특성을 파악할 수 있는 수단이 필요하다. *4문단에서는 3문단에서 제시한 문제를 해결하기 위한 '수단(해결책)'이 제시되겠지?*

'이/그/저'가 나오면 지시하는 내용이 무엇인지 정확히 하고 가자! 여기서는 가입자가 위험 정도를 진실되게 알려 주지 않으면, 보험사가 이를 정확히 파악하여 보험료를 책정하기 어렵다는 내용이겠지?

4 ¹⁸우리 상법에 규정되어 있는 고지 의무는 이러한 수단이 법적으로 구현된 제도이다. *'고지 의무'가 바로 3문단에서 제시한 문제를 해결하기 위한 수단이겠네!* ¹⁹보험 계약은 보험 가입자의 청약과 보험사의 승낙으로 성립된다. ²⁰보험 가입자는 반드시 계약을 체결하기 전에 '중요한 사항'을 알려야 하고, 이를 사실과 다르게 진술해서는 안 된다. *고지 의무: 가입자는 계약 체결 전 '중요한 사항'을 사실대로 알려야 함* ²¹여기서 '중요한 사항'은 보험사가 보험 가입자의 청약에 대한 승낙을 결정하거나 차등적인 보험료를 책정하는 근거가 된다. ²²따라서 고지 의무는 결과적으로 다수의 사람들이 자신의 위험 정도에 상응하는 보험료보다 더 높은 보험료를 납부해야 하거나, 이를 이유로 아예 보험에 가입할 동기를 상실하게 되는 것을 방지한다. *고지 의무 효과 ① 높은 보험료 납부 방지 ② 가입 동기 상실 방지*

5 ²³보험 계약 체결 전 보험 가입자가 고의나 중대한 과실로 '중요한 사항'을 보험사에 알리지 않거나 사실과 다르게 알리면 고지 의무를 위반하게 된다. ²⁴이러한 경우에 우리 상법은 보험사에 계약 해지권을 부여한다. *가입자가 고지 의무를 위반하면 보험사는 계약 해지권을 갖게 되는군.* ²⁵보험사는 보험 사고가 발생하기 이전이나 이후에 상관없이 고지 의무 위반을 이유로 계약을 해지할 수 있고, 해지권 행사는 보험사의 일방적인 의사 표시로 가능하다. ²⁶해지를 하면 보험사는 보험금을 지급할 책임이 없게 되며, 이미

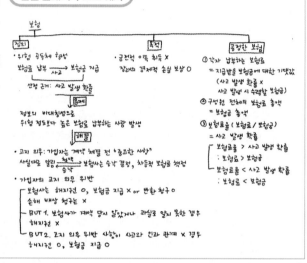

보험금을 지급했다면 그에 대한 반환을 청구할 수 있다. 계약을 해지하면 보험사는 보험금 지급에 대한 책임이 없어! [27]일반적으로 법에서 의무를 위반하게 되면 위반한 자에게 그 의무를 이행하도록 강제하거나 손해 배상을 청구할 수 있는 것과 (달리) 보험 가입자가 고지 의무를 위반했을 때에는 보험사가 해지권만 행사할 수 있다. [28](그런데) 보험사의 계약 해지권이 제한되는 경우도 있다. [29]계약 당시에 보험사가 고지 의무 위반에 대한 사실을 알았거나 중대한 과실로 인해 알지 못한 경우에는 보험 가입자가 고지 의무를 위반했어도 보험사의 해지권은 ⓓ배제된다. [30]이는 보험 가입자의 잘못보다 보험사의 잘못에 더 책임을 둔 것이라 할 수 있다. 보험사의 계약 해지권이 제한되는 경우 ① 계약 당시 고지 의무 위반을 알았음 ② 중대한 과실로 인해 고지 의무 위반을 알지 못했음 [31]또 보험사가 해지권을 행사할 수 있는 기간에도 일정한 제한을 두고 있는데, 이는 양자의 법률관계를 신속히 확정함으로써 보험 가입자가 불안정한 법적 상태에 장기간 놓여 있는 것을 방지하려는 것이다. [32]그러나 고지해야 할 '중요한 사항' 중 고지 의무 위반에 해당되는 사항이 보험 사고와 인과 관계가 없을 때에는 보험사는 보험금을 지급할 책임이 있다. [33]그렇지만 이때에도 해지권은 행사할 수 있다. 가입자가 고지 의무를 위반했어도 고지 의무 위반에 해당하는 사항이 보험 사고와 인과 관계가 없다면, 보험사는 계약 해지권은 갖지만 보험금은 지급해야 하는군.

❻ [34]보험에서 고지 의무는 보험에 가입하려는 사람의 특성을 검증함으로써 다른 가입자에게 보험료가 부당하게 ⓔ전가되는 것을 막는 기능을 한다. [35]이로써 사고의 위험에 따른 경제적 손실에 대비하고자 하는 보험 본연의 목적이 달성될 수 있다. 고지 의무의 기능과 의의에 대해 말하며 글이 마무리되었어.

[왼쪽 여백 손글씨]
'달리'가 나오면 앞뒤의 내용이 어떻게 다른지 생각해 보자! 뒤의 내용은 법에서 '일반적'이지 않다는 거네.

앞에서 보험사에게 계약 해지권이 '부여'되는 경우를 설명했다면, 지금하는 계약 해지권이 '제한'되는 경우를 다루려나 봐!

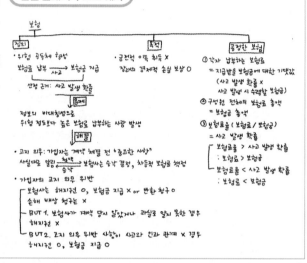

이것만은 챙기자

*산정: 셈하여 정함.
*보전: 부족한 부분을 보태어 채움.

만점 선배의 구조도 예시

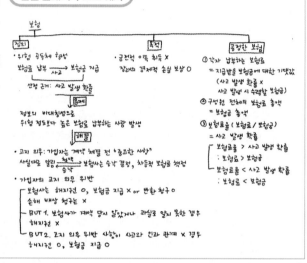

1. 윗글에 대한 설명으로 가장 적절한 것은?

✔ 정답풀이

③ 공정한 보험의 경제학적 원리와 보험의 목적을 실현하는 데 기여하는 법적 의무를 살피고 있다.

> 근거: **2** [7]따라서 공정한 보험에서는 구성원 각자가 납부하는 보험료와 그가 지급받을 보험금에 대한 기댓값이 일치해야 하며 구성원 전체의 보험료 총액과 보험금 총액이 일치해야 한다. [10]따라서 공정한 보험에서는 보험료율과 사고 발생 확률이 같아야 한다. + **6** [34]보험에서 고지 의무는 보험에 가입하려는 사람의 특성을 검증함으로써 다른 가입자에게 보험료가 부당하게 전가되는 것을 막는 기능을 한다. [35]이로써 사고의 위험에 따른 경제적 손실에 대비하고자 하는 보험 본연의 목적이 달성될 수 있다.
>
> 1~2문단에서는 공정한 보험의 원리를 설명하고 있으며, 3~6문단에서는 사고의 위험에 따른 경제적 손실에 대비하고자 하는 보험의 목적을 실현하는 데 기여하는 '고지 의무'에 대해 설명하고 있다.

✘ 오답풀이

① 보험 계약에서 보험사가 준수해야 할 법률 규정의 실효성을 검토하고 있다.

　윗글에 보험 계약에서 보험사가 준수해야 할 법률 규정의 실효성(법을 지켜야 할 사람에게 현실적으로 법이 준수되어 실현되는 것)을 검토하는 부분은 없다.

② 보험사의 보험 상품 판매 전략에 내재된 경제학적 원리와 법적 규제의 필요성을 강조하고 있다.

　윗글에 보험사의 보험 상품 판매 전략과 관련된 부분은 없다.

④ 보험금 지급을 두고 벌어지는 분쟁의 원인을 나열한 후 경제적 해결책과 법적 해결책을 모색하고 있다.

　윗글에 보험금 지급을 두고 벌어지는 분쟁의 원인을 나열한 부분은 없다.

⑤ 보험 상품의 거래에 부정적으로 작용하는 법률 조항의 문제점을 경제학적인 시각에서 분석하고 있다.

　윗글에 보험 상품의 거래에 부정적으로 작용하는 법률 조항의 문제점을 분석한 부분은 없다.

2. 윗글을 이해한 내용으로 가장 적절한 것은?

✔ 정답풀이

④ 보험에 가입하고자 하는 사람이 알린 중요한 사항을 근거로 보험사는 보험 가입을 거절할 수 있다.

> 근거: **4** [20]보험 가입자는 반드시 계약을 체결하기 전에 '중요한 사항'을 알려야 하고, 이를 사실과 다르게 진술해서는 안 된다. [21]여기서 '중요한 사항'은 보험사가 보험 가입자의 청약에 대한 승낙을 결정하거나 차등적인 보험료를 책정하는 근거가 된다.

✘ 오답풀이

① 보험사가 청약을 하고 보험 가입자가 승낙해야 보험 계약이 해지된다.

　근거: **4** [19]보험 계약은 보험 가입자의 청약과 보험사의 승낙으로 성립된다. + **5** [25]보험사는 보험 사고가 발생하기 이전이나 이후에 상관없이 고지 의무 위반을 이유로 계약을 해지할 수 있고, 해지권 행사는 보험사의 일방적인 의사 표시로 가능하다.

　보험 가입자가 청약을 하고 보험사가 승낙해야 보험 계약이 '성립'되지만, 보험 가입자가 고지 의무를 위반한 경우 보험사의 일방적인 의사 표시로 해지권 행사가 가능하다고 했으므로, 보험 가입자가 승낙해야 보험 계약이 '해지'되는 것은 아니다.

② 구성원 전체의 보험료 총액보다 보험금 총액이 더 많아야 공정한 보험이 된다.

　근거: **2** [7]공정한 보험에서는~구성원 전체의 보험료 총액과 보험금 총액이 일치해야 한다.

③ 보험 사고 발생 여부와 관계없이 같은 보험료를 납부한 사람들은 동일한 보험금을 지급받는다.

　근거: **1** [3]보험금 지급은 사고 발생이라는 우연적 조건에 따라 결정되는데, 이처럼 보험은 조건의 실현 여부에 따라 받을 수 있는 재화나 서비스가 달라지는 조건부 상품이다.

　'사고 발생'이라는 조건이 실현되어야 보험금을 지급받을 수 있다.

⑤ 우리 상법은 보험 가입자보다 보험사의 잘못을 더 중시하기 때문에 보험사에 계약 해지권을 부여하고 있다.

　근거: **5** [23]보험 계약 체결 전 보험 가입자가 고의나 중대한 과실로 '중요한 사항'을 보험사에 알리지 않거나 사실과 다르게 알리면 고지 의무를 위반하게 된다. [24]이러한 경우에 우리 상법은 보험사에 계약 해지권을 부여한다. + **6** [34]보험에서 고지 의무는 보험에 가입하려는 사람의 특성을 검증함으로써 다른 가입자에게 보험료가 부당하게 전가되는 것을 막는 기능을 한다. [35]이로써 사고의 위험에 따른 경제적 손실에 대비하고자 하는 보험 본연의 목적이 달성될 수 있다.

　보험 가입자가 '고지 의무를 위반'하는 경우 상법이 보험사에 계약 해지권을 부여한다고 하였다. 이는 다른 가입자에게 보험료가 부당하게 전가되는 것을 막고 보험 본연의 목적을 달성하기 위한 것이지, 보험사의 잘못을 더 중시하기 때문이 아니다.

3. [가]를 바탕으로 〈보기〉의 상황을 이해한 내용으로 적절한 것은? [3점]

> ─〈보기〉─
>
> [1]사고 발생 확률이 각각 0.1과 0.2로 고정되어 있는 위험 공동체 A와 B가 있다고 가정한다. [2]A와 B에 모두 공정한 보험이 항상 적용된다고 할 때, 각 구성원이 납부할 보험료와 사고 발생 시 지급받을 보험금을 산정하려고 한다.
> [3]단, 동일한 위험 공동체의 구성원끼리는 납부하는 보험료가 같고, 지급받는 보험금이 같다. [4]보험료는 한꺼번에 모두 납부한다.

✅ 정답풀이

⑤ A와 B에서의 보험료가 서로 같다면 A와 B에서의 보험금에 대한 기댓값은 서로 같다.

> 근거: ❷ [7]공정한 보험에서는 구성원 각자가 납부하는 보험료와 그가 지급받을 보험금에 대한 기댓값이 일치 + 〈보기〉 [2]A와 B에 모두 공정한 보험이 항상 적용된다고 할 때, 각 구성원이 납부할 보험료와 사고 발생 시 지급받을 보험금을 산정하려고 한다.
> 〈보기〉의 A와 B에는 모두 공정한 보험이 항상 적용되는데, 공정한 보험에서는 구성원 각자가 납부하는 보험료와 그가 지급받을 보험금에 대한 기댓값이 일치해야 한다. 따라서 A와 B에서의 보험료가 서로 같다면 A와 B에서의 보험금에 대한 기댓값은 서로 같다.

❌ 오답풀이

① A에서 보험료를 두 배로 높이면 보험금은 두 배가 되지만 보험금에 대한 기댓값은 변하지 않는다.

> 근거: ❷ [7]공정한 보험에서는~구성원 전체의 보험료 총액과 보험금 총액이 일치해야 한다. [8]이때 보험금에 대한 기댓값은 사고가 발생할 확률에 사고 발생 시 수령할 보험금을 곱한 값이다.
> 공정한 보험에서는 구성원 전체의 보험료 총액과 보험금 총액이 일치해야 하므로 A에서 보험료를 두 배로 높이면 보험금이 두 배가 되는 것은 맞다. 하지만 보험금에 대한 기댓값은 '사고 발생 확률 × 사고 발생 시 수령할 보험금'이고, 사고 발생 확률은 고정되어 있으므로 보험금이 두 배가 되면 보험금에 대한 기댓값 또한 두 배가 된다.

② B에서 보험금을 두 배로 높이면 보험료는 변하지 않지만 보험금에 대한 기댓값은 두 배가 된다.

> 근거: ❷ [7]공정한 보험에서는~구성원 전체의 보험료 총액과 보험금 총액이 일치해야 한다. [8]이때 보험금에 대한 기댓값은 사고가 발생할 확률에 사고 발생 시 수령할 보험금을 곱한 값이다.
> 보험금에 대한 기댓값은 '사고 발생 확률 × 사고 발생 시 수령할 보험금'이고, 사고 발생 확률은 고정되어 있으므로 B에서 보험금을 두 배로 높이면 보험금에 대한 기댓값이 두 배가 되는 것은 맞다. 하지만 공정한 보험에서는 구성원 전체의 보험료 총액과 보험금 총액이 일치해야 하므로 보험금을 두 배로 높이면 보험료 또한 두 배가 된다.

③ A에 적용되는 보험료율과 B에 적용되는 보험료율은 서로 같다.

> 근거: ❷ [10]따라서 공정한 보험에서는 보험료율과 사고 발생 확률이 같아야 한다. + 〈보기〉 [1]사고 발생 확률이 각각 0.1과 0.2로 고정되어 있는 위험 공동체 A와 B가 있다고 가정한다.
> 공정한 보험에서는 보험료율과 사고 발생 확률이 같아야 한다. 그런데 〈보기〉에서 A와 B의 사고 발생 확률은 각각 0.1과 0.2로 고정되어 있으므로 A에 적용되는 보험료율보다 B에 적용되는 보험료율이 더 높다.

④ A와 B에서의 보험금이 서로 같다면 A에서의 보험료는 B에서의 보험료의 두 배이다.

> 근거: ❷ [9]보험금에 대한 보험료의 비율(보험료 / 보험금)을 보험료율 [10]따라서 공정한 보험에서는 보험료율과 사고 발생 확률이 같아야 한다. + 〈보기〉 [1]사고 발생 확률이 각각 0.1과 0.2로 고정되어 있는 위험 공동체 A와 B가 있다고 가정한다.
> 공정한 보험에서는 보험료율과 사고 발생 확률이 같아야 하는데, 보험료율은 '보험금에 대한 보험료의 비율(보험료 / 보험금)'이고, 〈보기〉에서 A와 B의 사고 발생 확률은 각각 0.1과 0.2로 고정되어 있다. 따라서 A와 B에서의 보험금이 서로 같다면 B에서의 보험료가 A에서의 보험료의 두 배가 된다.

📋 문제적 문제
• 3-②, ④번

학생들이 정답 이외에 많이 고른 선지가 ②번과 ④번이다. '[가]를 바탕으로 〈보기〉의 상황을 이해'하라고 했으므로, [가]에 제시된 '공정한 보험'의 특징과 이와 관련된 '보험금에 대한 기댓값', '보험료율' 등에 대한 정확한 이해가 선행되었어야 한다. 그 내용을 정리해 보자.

'공정한 보험'의 특징
(1) 각자가 납부하는 보험료 = 지급받을 보험금에 대한 기댓값
   = 사고 발생 확률 × 사고 발생 시 수령할 보험금
(2) 구성원 전체의 보험료 총액 = 보험금 총액
(3) 보험료율(보험료 / 보험금) = 사고 발생 확률
②번의 경우 이 중 (1)과 (2)를, ④번의 경우 (3)을 이해한 내용을 적용하였다면 해당 선지의 내용이 적절하지 않음을 파악할 수 있었다. '보험료', '보험금', '보험료율' 등 비슷한 개념이 연달아 제시되어 혼란스러웠겠지만, 정보량이 많은 지문이 출제되는 것이 최근의 경향이므로 이에 당황하지 않도록 대비할 필요가 있다. 하지만 독해하는 방법이 크게 달라지는 것은 아니다. 길고 정보량이 많은 지문에서는 시간이 다소 오래 걸린다는 점을 전제하고, 무조건 빨리 읽으려고 하기보다는 정보를 차분히 정리해 가면서 정확하게 읽는 훈련을 하자.

정답률 분석

	①	매력적 오답 ②	③	매력적 오답 ④	정답 ⑤
	12%	20%	16%	23%	29%

4. 윗글의 고지 의무에 대한 설명으로 적절하지 않은 것은?

✓ 정답풀이

① 고지 의무를 위반한 보험 가입자가 보험사에 손해 배상을 해야
하는 근거가 된다.

> 근거: **5** [27]일반적으로 법에서 의무를 위반하게 되면 위반한 자에게 그
> 의무를 이행하도록 강제하거나 손해 배상을 청구할 수 있는 것과 달리,
> 보험 가입자가 고지 의무를 위반했을 때에는 보험사가 해지권만 행사할
> 수 있다.
> 일반적인 경우와 다르게 보험 가입자가 고지 의무를 위반했을 때 보험사는
> 해지권만 행사할 수 있을 뿐 보험 가입자가 보험사에 손해 배상을 해야
> 하는 것은 아니다.

✗ 오답풀이

② 보험사가 보험 가입자의 위험 정도에 따라 차등적인 보험료를
책정하는 데 도움이 된다.

> 근거: **3** [12]그런데 보험 가입자들이 자신이 가진 위험의 정도에 대해 진실한
> 정보를 알려 주지 않는 한, 보험사는 보험 가입자 개개인이 가진 위험의 정
> 도를 정확히 파악하여 거기에 상응하는 보험료를 책정하기 어렵다.~[17]이를
> 해결하기 위해 보험사는 보험 가입자의 감춰진 특성을 파악할 수 있는 수단이
> 필요하다. + **4** [18]우리 상법에 규정되어 있는 고지 의무는 이러한 수단이 법적
> 으로 구현된 제도이다.~[21]여기서 '중요한 사항'은 보험사가 보험 가입자의 청
> 약에 대한 승낙을 결정하거나 차등적인 보험료를 책정하는 근거가 된다.
> 보험사가 보험 가입자의 위험 정도를 파악할 수 있는 수단이 법적으로 구
> 현된 제도가 '고지 의무'이다. 고지 의무에 따라 보험 가입자는 반드시 계
> 약을 체결하기 전에 중요한 사항을 알려야 하는데 보험사는 이를 차등적인
> 보험료를 책정하는 근거로 활용할 수 있다.

③ 보험 계약 과정에서 보험사가 가입자들의 특성을 파악하는 데
드는 어려움을 줄여 준다.

> 근거: **3** [17]보험사는 보험 가입자의 감춰진 특성을 파악할 수 있는 수단이
> 필요하다. + **4** [18]우리 상법에 규정되어 있는 고지 의무는 이러한 수단이
> 법적으로 구현된 제도이다.

④ 보험사와 보험 가입자 간의 정보 비대칭성에서 기인하는 문제를
줄일 수 있는 법적 장치이다.

> 근거: **3** [15]결국 자신의 위험 정도에 상응하는 보험료보다 더 높은 보험료
> 를 납부하는 사람이 생기게 되는 것이다. [16]이러한 문제는 정보의 비대칭성
> 에서 비롯되는데 보험 가입자의 위험 정도에 대한 정보는 보험 가입자가 보
> 험사보다 더 많이 갖고 있기 때문이다. [17]이를 해결하기 위해 보험사는 보험
> 가입자의 감춰진 특성을 파악할 수 있는 수단이 필요하다. + **4** [18]우리 상법
> 에 규정되어 있는 고지 의무는 이러한 수단이 법적으로 구현된 제도이다.

⑤ 자신의 위험 정도에 상응하는 보험료보다 높은 보험료를 내야
한다는 이유로 보험 가입을 포기하는 사람들이 생기는 것을
방지하는 효과가 있다.

> 근거: **4** [22]따라서 고지 의무는 결과적으로 다수의 사람들이 자신의 위험
> 정도에 상응하는 보험료보다 더 높은 보험료를 납부해야 하거나, 이를 이유
> 로 아예 보험에 가입할 동기를 상실하게 되는 것을 방지한다.

5. 윗글을 바탕으로 〈보기〉의 사례를 검토한 내용으로 가장
적절한 것은?

> ─────────〈보기〉─────────
>
> 보험사 A는 보험 가입자 B에게 보험 사고로 인한 보험금을
> 지급한 후, B가 중요한 사항을 고지하지 않았다는 사실을 뒤
> 늦게 알고 해지권을 행사할 수 있는 기간 내에 보험금 반환을
> 청구했다.

✓ 정답풀이

④ B가 고지하지 않은 중요한 사항이 보험 사고와 인과 관계가
없다면 A는 보험금을 돌려받을 수 없다.

> 근거: **5** [32]그러나 고지해야 할 '중요한 사항' 중 고지 의무 위반에 해당
> 되는 사항이 보험 사고와 인과 관계가 없을 때에는 보험사는 보험금을
> 지급할 책임이 있다.
> 〈보기〉에서 B가 고지하지 않은 중요한 사항이 보험 사고와 인과 관계가
> 없다면 A는 보험금을 지급해야 하므로 B에게서 보험금을 돌려받을 수
> 없다.

✗ 오답풀이

① 계약 체결 당시 A에게 중대한 과실이 있었다면 A는 계약을
해지할 수 없으나 보험금은 돌려받을 수 있다.

> 근거: **5** [29]계약 당시에 보험사가 고지 의무 위반에 대한 사실을 알았거나
> 중대한 과실로 인해 알지 못한 경우에는 보험 가입자가 고지 의무를 위반했
> 어도 보험사의 해지권은 배제된다.
> 계약 체결 당시 A가 중대한 과실로 인해 고지 의무 위반에 대해 알지 못했
> 다면 해지권이 배제되므로, A는 계약을 해지할 수 없고 보험금을 돌려받을
> 수 없다.

② 계약 체결 당시 A에게 중대한 과실이 없다 하더라도 A는 보험
금을 이미 지급했으므로 계약을 해지할 수 없다.

> 근거: **5** [24]이러한 경우(보험 가입자가 고지 의무를 위반한 경우)에 우리 상
> 법은 보험사에 계약 해지권을 부여한다. [26]해지를 하면 보험사는 보험금을
> 지급할 책임이 없게 되며, 이미 보험금을 지급했다면 그에 대한 반환을 청
> 구할 수 있다. [29]계약 당시에 보험사가 고지 의무 위반에 대한 사실을 알았
> 거나 중대한 과실로 인해 알지 못한 경우에는 보험 가입자가 고지 의무를
> 위반했어도 보험사의 해지권은 배제된다.
> 해지권이 배제되는 것은 계약 체결 당시 A가 '고지 의무 위반에 대한 사실을
> 알았거나 중대한 과실로 인해 알지 못한 경우'이다. 따라서 계약 체결 당시
> A에게 중대한 과실이 없다면 A가 보험금을 이미 지급했더라도 계약을 해지
> 할 수 있으며, 이미 지급한 보험금에 대해서는 반환 청구를 할 수 있다.

③ 계약 체결 당시 A에게 중대한 과실이 있고 B 또한 중대한 과실로 고지 의무를 위반했다면 A는 보험금을 돌려받을 수 있다.

근거: **5** ²⁹계약 당시에 보험사가 고지 의무 위반에 대한 사실을 알았거나 중대한 과실로 인해 알지 못한 경우에는 보험 가입자가 고지 의무를 위반했어도 보험사의 해지권은 배제된다.

계약 체결 당시 A가 중대한 과실로 인해 고지 의무 위반에 대해 알지 못했다면 B가 고지 의무를 위반했어도 해지권은 배제된다. 즉 A는 계약을 해지할 수 없으므로 보험금을 돌려받을 수 없다.

⑤ B가 자신의 고지 의무 위반 사실을 보험 사고가 발생한 후 A에게 즉시 알렸다면 고지 의무를 위반한 것이 아니다.

근거: **5** ²³보험 계약 체결 전 보험 가입자가 고의나 중대한 과실로 '중요한 사항'을 보험사에 알리지 않거나 사실과 다르게 알리면 고지 의무를 위반하게 된다.

B가 자신의 고지 의무 위반 사실을 보험 사고가 발생한 후 A에게 즉시 알렸다고 해도 이는 고지 의무 위반에 해당한다. '중요한 사항'을 '보험 계약 체결 전'에 사실대로 알려야 고지 의무를 위반하지 않은 것이다.

6. ⓐ~ⓔ를 사용하여 만든 문장으로 적절하지 <u>않은</u> 것은?

✅ 정답풀이

① ⓐ: 지난해의 이익과 손실을 <u>대비</u>해 올해 예산을 세웠다.

> 근거: **1** ²보험 상품을 구입한 사람은 장래의 우연한 사고로 인한 경제적 손실에 ⓐ대비할 수 있다.
> ⓐ(대비(對備))는 '앞으로 일어날지도 모르는 어떠한 일에 대응하기 위하여 미리 준비함. 또는 그런 준비.'를 의미한다. 그러나 '이익과 손실을 대비해'의 '대비(對比)'는 '두 가지의 차이를 밝히기 위하여 서로 맞대어 비교함. 또는 그런 비교.'의 의미를 지닌 단어로 윗글의 '대비'와 소리는 같으나 뜻은 다른 동음이의어이다.

❌ 오답풀이

② ⓑ: 일을 시작하기 전에 상황을 <u>파악</u>하는 것이 중요하다.
  근거: **3** ¹²위험의 정도를 정확히 ⓑ파악
  파악: 어떤 대상의 내용이나 본질을 확실하게 이해하여 앎.

③ ⓒ: 임금이 <u>인상</u>되었다는 소식에 많은 사람들이 기뻐했다.
  근거: **3** ¹⁴보험료를 ⓒ인상할 수밖에 없다.
  인상: 물건값, 봉급, 요금 따위를 올림.

④ ⓓ: 이번 실험이 실패할 가능성을 전혀 <u>배제</u>할 수는 없다.
  근거: **5** ²⁹보험사의 해지권은 ⓓ배제된다.
  배제: 받아들이지 아니하고 물리쳐 제외함.

⑤ ⓔ: 그는 자신의 실수에 대한 책임을 동료에게 <u>전가</u>했다.
  근거: **6** ³⁴보험료가 부당하게 ⓔ전가되는 것을 막는 기능을 한다.
  전가: 잘못이나 책임을 다른 사람에게 넘겨씌움.

부관의 법률적 효력

2016학년도 수능AB

[1~4] 다음 글을 읽고 물음에 답하시오.

✎ 사고의 흐름

■1 ¹변론술을 가르치는 프로타고라스(P)에게 에우아틀로스(E)가 제안하였다. *(1문단 시작에 사례가 나오네? 사례가 먼저 제시되면 이는 이후 제시될 개념, 이론 등과 대응되는 경우가 많아. 꼼꼼하게 읽자!)* ²"제가 처음으로 승소하면 그때 수강료를 내겠습니다." ³P는 이를 ⓐ받아들였다. ⁴그런데 E는 모든 과정을 수강하고 나서도 소송을 할 기미를 보이지 않았고 그러자 P가 E를 상대로 소송하였다. ⁵P는 주장하였다. ⁶"내가 승소하면 판결에 따라 수강료를 받게 되고, 내가 지면 자네는 계약에 따라 수강료를 내야 하네. ⁷E도 맞섰다. ⁸"제가 승소하면 수강료를 내지 않게 되고 제가 지더라도 계약에 따라 수강료를 내지 않아도 됩니다."

```
              (수강료를 지불하라는) 소송 제기
    P   ──────────────────────────────────→   E
              승소하면 수강료 지불(하지만 소송을 하지 X)
```

	P의 주장	E의 주장
승소	(E가 수강료를 지불하라는) 판결에 따라 수강료 받음	(E가 수강료를 지불하지 않아도 된다는) 판결에 따라 수강료 내지 않음
패소	(E가 처음 승소할 경우 P에게 수강료를 지불한다는) 계약에 따라 수강료 받음	(E가 처음 승소할 경우 P에게 수강료를 지불한다는) 계약에 따라 수강료 내지 않음

■2 ⁹지금까지도 이 사례는 풀기 어려운 논리 난제로 거론된다. ¹⁰다만 법률가들은 이를 해결할 수 있는 사안*이라고 본다. *(1문단의 사례에서 나타난 '문제'를 어떤 방법으로 '해결'할 수 있는지에 대해 설명하겠구나!)* ¹¹우선, 이 사례의 계약이 수강료 지급이라는 효과를, 실현되지 않은 사건(E가 처음으로 승소)에 의존하도록 하는 계약이라는 점을 살펴야 한다. ¹²이처럼 일정한 효과의 발생이나 소멸에 제한을 ⓑ덧붙이는 것을 '부관'이라 하는데, 여기에는 '기한'과 '조건'이 있다. *(개념과 그 종류가 나왔으니까 차이에 주목하며 읽어야지!)* 부관 ① 기한 ② 조건 ¹³효과의 발생이나 소멸이 장래에 확실히 발생할 사실에 의존하도록 하는 것을 기한이라 한다. ¹⁴반면 장래에 일어날 수도 있는 사실에 의존하도록 하는 것은 조건이다. ¹⁵그리고 조건이 실현되었을 때 효과를 발생시키면 '정지 조건', 소멸시키면 '해제 조건'이라 ⓒ부른다.

(앞과 상반된 내용이 나오겠지? 앞에서 '기한'을 설명했으니 뒤에는 '조건'의 내용이 나올 거야.)

부관: 효과의 발생이나 소멸에 제한 덧붙임		
기한	조건	
장래에 확실히 발생할 사실에 의존	장래에 일어날 수도 있는 사실에 의존	
	효과 발생: 정지 조건	효과 소멸: 해제 조건

1문단의 사례와 2문단의 개념을 연결해서 이해해 보자.

E가 처음으로 승소하면 P에게 수강료를 냄	계약
E가 처음으로 승소함	정지 조건
P에게 수강료를 냄	효과

■3 ¹⁶민사 소송에서 판결에 대하여 상소, 곧 항소나 상고가 그 기간 안에 제기되지 않아서 사안이 종결되든가, 그 사안에 대해 대법원에서 최종 판결이 선고되든가 하면, 이제 더 이상 그 일을 다툴 길이 없어진다. ¹⁷이때 판결은 확정되었다고 한다. ¹⁸확정 판결에 대하여는 '기판력(旣判力)'이라는 것을 인정한다. *(판결, 최종 판결, 확정 판결처럼 비슷한 표현이 나오면 멈춰서 개념들의 차이를 확인하고 넘어가자.)* ¹⁹기판력이 있는 판결에 대해서는 더 이상 같은 사안으로 소송에서 다툴 수 없다. ²⁰예를 들어, 계약서를 제시하지 못해 매매 사실을 입증*하지 못하고 패소한 판결이 확정되면, 이후에 계약서를 발견하더라도 그 사안에 대하여는 다시 소송하지 못한다. ²¹같은 사안에 대해 서로 모순되는 확정 판결이 존재하도록 할 수는 없는 것이다. *(확정 판결 → 기판력 인정 O: 같은 사안으로 다시 소송 X / 3문단으로 넘어올 때 2문단의 내용과 이어지지 않는 느낌이 들 수 있어. 정보들이 계속 나열되고 있기 때문이지! 뒤에서 나열된 내용이 연결되는 순간이 올 테니 끝까지 집중력을 유지하자.)*

(어떤 개념에 대한 '사례'가 제시되면, 시간이 걸리더라도 개념과 사례를 연결해 확실히 이해하고 넘어가야 해!)

■4 ²²확정 판결 이후에 법률상의 새로운 사정이 ⓓ생겼을 때는, 그것을 근거로 하여 다시 소송하는 것이 허용된다. ²³이 경우에는 전과 다른 사안의 소송이라 하여 이전 판결의 기판력이 미치지 않는다고 보는 것이다. *(확정 판결 → 법률상 새로운 사정 → 기판력 인정 X: 새로운 사정을 근거로 다시 소송 가능)* ²⁴위에서 예로 들었던 계약서는 판결 이전에 작성된 것이어서 그 발견이 새로운 사정이라고 인정되지 않는다. ²⁵그러나 임대인이 임차인에게 집을 비워 달라고 하는 소송에서 임대차 기간이 남아 있다는 이유로 임대인이 패소한 판결이 확정된 후 시일이 흘러 계약 기간이 만료되면, 임대인은 집을 비워 달라는 소송을 다시 할 수 있다. ²⁶계약상의 기한이 지남으로써 임차인의 권리에 변화가 생겼기 때문이다. *(계약상의 기한이 지났다는 것은 '법률상의 새로운 사정'이구나.)*

(앞과 상반된 내용이 나오겠지? 새로운 사정이 인정된 경우를 예로 들 거야!)

■5 ²⁷이렇게 살펴본 바를 바탕으로 ㉠P와 E 사이의 분쟁을 해결하는 소송이 어떻게 전개될지 따져 보자. *(드디어 1문단의 사례에 개념을 적용하여 설명하네!)* ²⁸이 사건에 대한 소송에서는 조건이 성취되지 않았다는 이유로 법원이 E에게 승소 판결을 내리면 된다. *('E가 승소한다'는 장래에 일어날 수도 있는 사실에 의존하니까 '조건'에 해당함. 그런데 이런 조건이 실현되지 않았으니까(E는 승소하지 않았으니까) P는 소송에서 지겠지.)* ²⁹그런데 이 판결 확정 이후에 P는 다시 소송을 할 수 있다. ³⁰조건이 실현되었기 때문이다. *(조건의 실현이라는 '새로운 사정'이 생겼으니까 기판력이 미치지 않는 거지.)* ³¹따라서 이 두 번째 소송에서는 결국 P가 승소한다. *('E가 승소한다'라는 조건이 실현되었으니까 두 번째 소송에서는 P가 승소하겠지!)* ³²그리고 이때부터는 E가 다시 수강료에 관한 소송을 할 만한 사유가 없다. *(기판력이 인정되어 다시 소송할 수 없게 되는 거야!)* ³³이 분쟁은 두 차례의 판결을 ⓔ거쳐 해결될 수 있는 것이다. *(정리해 보자! 첫 번째 소송(P가 제기): 'E의 승소'라는 조건이 실현되지 않았으므로 E가 승소 → 'E의 승소'라는 조건이 실현됨(새로운 사정) → 두 번째 소송(P가 제기): 'E의 승소'라는 조건이 실현되었으므로 P가 승소)*

이것만은 챙기자

*사안: 법률이나 규정 따위에서 문제가 되는 일이나 안.
*입증: 어떤 증거 따위를 내세워 증명함.

만점 선배의 구조도 예시

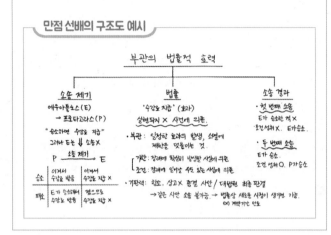

1. 윗글을 이해한 내용으로 적절하지 않은 것은?

✅ 정답풀이

① 승소하면 그때 수강료를 내겠다고 할 때 승소는 수강료 지급 의무에 대한 기한이다.

> 근거: 2 [13]효과의 발생이나 소멸이 장래에 확실히 발생할 사실에 의존하도록 하는 것을 기한이라 한다. [14]반면 장래에 일어날 수도 있는 사실에 의존하도록 하는 것은 조건이다.
> '승소'는 장래에 일어날 수도 있고 일어나지 않을 수도 있는 사실이므로 수강료 지급 의무에 대한 기한이 아니라 조건에 해당한다.

❌ 오답풀이

② 기한과 조건은 모두 계약상의 효과를 장래의 사실에 의존하도록 한다는 점이 공통된다.

근거: 2 [13]효과의 발생이나 소멸이 장래에 확실히 발생할 사실에 의존하도록 하는 것을 기한이라 한다. [14]반면 장래에 일어날 수도 있는 사실에 의존하도록 하는 것은 조건이다.

③ 계약에 해제 조건을 덧붙이면 그 조건이 실현되었을 때 계약상 유지되고 있는 효과를 소멸시킬 수 있다.

근거: 2 [15]그리고 조건이 실현되었을 때 효과를 발생시키면 '정지 조건', 소멸시키면 '해제 조건'이라 부른다.
해제 조건은 '조건이 실현되었을 때' 효과를 소멸시키는 것이다. 따라서 계약에 해제 조건을 덧붙이면 그 '조건이 실현되었을 때' 계약상 유지되고 있는 효과를 소멸시킬 수 있다.

④ 판결이 선고되고 나서 상소 기간이 다 지나가도록 상소가 이루어지지 않으면 그 판결에는 기판력이 생긴다.

근거: 3 [16]민사 소송에서 판결에 대하여 상소, 곧 항소나 상고가 그 기간 안에 제기되지 않아서 사안이 종결되든가, 그 사안에 대해 대법원에서 최종 판결이 선고되든가 하면, 이제 더 이상 그 일을 다툴 길이 없어진다. [17]이때 판결은 확정되었다고 한다. [18]확정 판결에 대하여는 '기판력'이라는 것을 인정한다.

⑤ 기판력에는 법원이 판결로 확정한 사안에 대하여 이후에 법원 스스로 그와 모순된 판결을 내릴 수 없다는 전제가 깔려 있다.

근거: 3 [19]기판력이 있는 판결에 대해서는 더 이상 같은 사안으로 소송에서 다툴 수 없다.~[21]같은 사안에 대해 서로 모순되는 확정 판결이 존재하도록 할 수는 없는 것이다.

2. ㉠에 대한 추론으로 적절한 것은?

> ㉠: P와 E 사이의 분쟁을 해결하는 소송이 어떻게 전개될지 따져 보자.

✔ **정답풀이**

③ 첫 번째 소송에서나 두 번째 소송에서나 P가 할 청구는 수강료를 내라는 내용일 것이다.

> 근거: **1** ¹변론술을 가르치는 프로타고라스(P)에게 에우아틀로스(E)가 제안하였다. ²"제가 처음으로 승소하면 그때 수강료를 내겠습니다." ³P는 이를 받아들였다. ⁴그런데 E는 모든 과정을 수강하고 나서도 소송을 할 기미를 보이지 않았고 그러자 P가 E를 상대로 소송하였다.
> 소송의 과정: ① 조건('승소하면') 미성취 → E 승소 ② E가 승소했기 때문에 조건 성취 → 새로운 사정 발생 → P 재소송 ③ P는 결국 승소, E는 다시 소송 불가(기판력 인정)
> P는 E에게 수강료를 받고자 한다. 따라서 첫 번째 소송에서는 계약이 무효이니 '수강료를 내야 한다'는 내용의 소송을 제기할 것이고, 두 번째 소송에서는 계약에 따라 '수강료를 내야 한다'는 내용의 소송을 제기할 것이다.

✘ **오답풀이**

① 첫 번째 소송에서 P는 계약이 유효하다고 주장하고, E는 계약이 유효하지 않다고 주장할 것이다.

근거: **1** ¹변론술을 가르치는 프로타고라스(P)에게 에우아틀로스(E)가 제안하였다. ²"제가 처음으로 승소하면 그때 수강료를 내겠습니다." ³P는 이를 받아들였다. ⁴그런데 E는 모든 과정을 수강하고 나서도 소송을 할 기미를 보이지 않았고 그러자 P가 E를 상대로 소송하였다.

첫 번째 소송에서 P는 '승소하면 수강료를 내겠다'라는 계약이 무효라고 주장할 것이다. 계약이 유효하다면 'E가 처음으로 승소한다'라는 조건이 실현되지 않았기 때문에 수강료를 내라고 소송을 제기할 수 없다.

② 첫 번째 소송의 판결문에는 E가 수강료를 내야 할 의무가 있다는 내용이 실릴 것이다.

근거: **5** ²⁸이 사건에 대한 (첫 번째) 소송에서는 조건이 성취되지 않았다는 이유로 법원이 E에게 승소 판결을 내리면 된다.

첫 번째 소송에서는 E가 승소하므로 수강료를 내야 할 의무가 없다는 내용이 판결문에 실릴 것이다.

④ 두 번째 소송에서는 E가 첫 승소라는 조건을 달성하지 못한 상태이므로 P는 수강료를 받을 수 있을 것이다.

근거: **5** ²⁸이 사건에 대한 (첫 번째) 소송에서는 조건이 성취되지 않았다는 이유로 법원이 E에게 승소 판결을 내리면 된다. ²⁹그런데 이 판결 확정 이후에 P는 다시 소송을 할 수 있다. ³⁰조건이 실현되었기 때문이다. ³¹따라서 이 두 번째 소송에서는 결국 P가 승소한다.

첫 번째 소송에서 E가 승소하므로 두 번째 소송에서는 'E가 처음으로 승소한다'라는 조건을 달성한 상태이다. 따라서 P는 두 번째 소송에서 승소하여 수강료를 받을 수 있다.

⑤ 첫 번째와 두 번째 소송의 판결은 P와 E 사이에 승패가 상반될 것이므로 두 판결 가운데 하나는 무효일 것이다.

근거: **5** ²⁸이 사건에 대한 (첫 번째) 소송에서는 조건이 성취되지 않았다는 이유로 법원이 E에게 승소 판결을 내리면 된다. ²⁹그런데 이 판결 확정 이후에 P는 다시 소송을 할 수 있다. ³⁰조건이 실현되었기 때문이다. ³¹따라서 이 두 번째 소송에서는 결국 P가 승소한다. ³²그리고 이때부터는 E가 다시 수강료에 관한 소송을 할 만한 사유가 없다. ³³이 분쟁은 두 차례의 판결을 거쳐 해결될 수 있는 것이다.

첫 번째 소송의 판결 확정 이후 '조건의 실현'이라는 새로운 사정이 생겼으므로 두 번째 소송에는 이전 판결의 기판력이 미치지 않는다. 또한 첫 번째 소송의 판결이 유효하기 때문에 두 번째 판결이 가능하다. 즉, 첫 번째 소송의 판결에서 E가 승리하였으므로 조건이 실현되어 두 번째 소송 제기가 가능했고, 이에 따라 P의 승소로 분쟁이 해결될 수 있는 것이다. 따라서 두 판결 가운데 하나는 무효일 것이라는 추론은 적절하지 않다.

3. 윗글을 바탕으로 〈보기〉의 사례를 검토한 내용으로 적절하지 않은 것은? [3점]

〈보기〉

갑은 을을 상대로 자신에게 빌려 간 금전을 갚아 달라는 소송을 하는데, 계약서와 같은 증거 자료는 제출하지 못했다. 그 결과 (가) 또는 (나)의 경우가 생겼다고 하자.

(가) 갑은 금전을 빌려 주었다는 증거를 제시하지 못하여 패소하였다. 이 판결은 확정되었다.

(나) 법원은 을이 금전을 빌렸다는 사실을 인정하면서도, 갚기로 한 날은 2015년 11월 30일이라 인정하여, 아직 그날이 되지 않았다는 이유로 갑에게 패소 판결을 내렸다. 이 판결은 확정되었다.

✅ 정답풀이

⑤ (나)의 경우, 이미 지나간 2015년 2월 15일이 갚기로 한 날임을 밝혀 주는 계약서가 발견되면 갑은 같은 해 11월 30일이 되기 전에 그것을 근거로 금전을 갚아 달라는 소송을 할 수 있다.

근거: ❸ [19]기판력이 있는 판결에 대해서는 더 이상 같은 사안으로 소송에서 다툴 수 없다. [20]예를 들어, 계약서를 제시하지 못해 매매 사실을 입증하지 못하고 패소한 판결이 확정되면, 이후에 계약서를 발견하더라도 그 사안에 대하여는 다시 소송하지 못한다.
2015년 2월 15일이 갚기로 한 날임을 밝혀 주는 계약서가 발견되더라도 〈보기〉의 (나)에서는 이미 돈을 갚기로 한 날을 2015년 11월 30일이라 인정한 판결이 확정되었기 때문에 기판력이 인정되어 다시 소송을 제기할 수 없다.

❌ 오답풀이

① (가)의 경우, 갑은 더 이상 상급 법원에 상소하여 다툴 수 있는 방법이 남아 있지 않다.

근거: ❸ [18]확정 판결에 대하여는 '기판력'이라는 것을 인정한다. [19]기판력이 있는 판결에 대해서는 더 이상 같은 사안으로 소송에서 다툴 수 없다.
〈보기〉의 (가)에서 갑은 증거를 제시하지 못하여 패소하였고 이 판결은 확정되었기 때문에 기판력이 인정되어 다시 소송을 제기할 수 없다.

② (가)의 경우, 갑은 빌려 준 금전에 대한 계약서를 발견하더라도 그것을 근거로 하여 금전을 갚아 달라고 소송하는 것은 허용되지 않는다.

근거: ❸ [18]확정 판결에 대하여는 '기판력'이라는 것을 인정한다. [19]기판력이 있는 판결에 대해서는 더 이상 같은 사안으로 소송에서 다툴 수 없다. [20]예를 들어, 계약서를 제시하지 못해 매매 사실을 입증하지 못하고 패소한 판결이 확정되면, 이후에 계약서를 발견하더라도 그 사안에 대하여는 다시 소송하지 못한다.

〈보기〉의 (가)에서 갑은 증거를 제시하지 못하여 패소하였고 이 판결은 확정되었기 때문에 기판력이 인정된다. 만약 패소 이후 계약서를 발견하더라도 그것은 '새로운 사정'이 아니라 판결 이전에 작성된 것이므로 갑은 다시 소송을 제기할 수 없다.

③ (나)의 경우, 을은 2015년 11월 30일이 되기 전에는 갑에게 금전을 갚지 않아도 된다.

근거: ❷ [12]이처럼 일정한 효과의 발생이나 소멸에 제한을 덧붙이는 것을 '부관'이라 하는데, 여기에는 '기한'과 '조건'이 있다. [13]효과의 발생이나 소멸이 장래에 확실히 발생할 사실에 의존하도록 하는 것을 기한이라 한다.
〈보기〉의 (나)에서 돈을 갚기로 한 날을 2015년 11월 30일로 인정하였으므로 이는 장래에 확실히 발생할 사실에 의존하는 '기한'에 해당한다. 이처럼 효과에 대해 제한이 붙었으므로 을은 2015년 11월 30일이 되기 전에는 갑에게 금전을 갚지 않아도 된다.

④ (나)의 경우, 2015년 11월 30일이 지나면 갑이 을을 상대로 금전을 갚아 달라는 소송을 다시 하더라도 기판력에 저촉되지 않는다.

근거: ❷ [12]이처럼 일정한 효과의 발생이나 소멸에 제한을 덧붙이는 것을 '부관'이라 하는데, 여기에는 '기한'과 '조건'이 있다. [13]효과의 발생이나 소멸이 장래에 확실히 발생할 사실에 의존하도록 하는 것을 기한이라 한다.
+ ❹ [25]임대인이 패소한 판결이 확정된 후 시일이 흘러 계약 기간이 만료되면, 임대인은 집을 비워 달라는 소송을 다시 할 수 있다.
〈보기〉의 (나)에서 돈을 갚기로 한 날을 2015년 11월 30일로 인정한 판결이 확정되었으므로 이는 장래에 확실히 발생할 사실에 의존하는 '기한'에 해당한다. 따라서 2015년 11월 30일까지는 기판력이 인정되므로 을이 갑에게 금전을 갚지 않아도 소송을 제기할 수 없으나, 2015년 11월 30일이 지나도 금전을 갚지 않을 경우에는 갑이 다시 소송을 제기할 수 있다.

📋 문제적 문제
• 3-④번

학생들이 정답 이외에 가장 많이 고른 선지가 ④번이다. 문제를 해결하려면 〈보기〉의 사례를 정확히 분석해야 한다. (가)에서는 이 판결이 확정되었다고 하였으므로 기판력이 생겼다고 보아야 하고, (나)에서는 2015년 11월 30일이 지나면 새로운 사정이 생기게 되는 것이므로 재소송이 가능하다고 볼 수 있다.

그런데 〈보기〉를 위와 같이 분석해 내지 못하더라도 4문단에 제시된 사례와 〈보기〉를 연결하면 ④번 선지에 대해 쉽게 판단할 수 있다. 윗글의 4문단에서는 임대인이 임차인에게 집을 비워 달라고 하는 소송에서 임대차 기간이 남아 있다는 이유로 임대인이 패소한 판결이 확정된 후, 계약 기간이 만료되면 소송을 다시 할 수 있다고 했다. 이를 〈보기〉의 (나)에 적용해 보면 을이 갑에게 돈을 갚으라는 내용의 소송에서 갚기로 한 날이 남아 있다는 이유로 갑이 패소한 판결이 확정된 후, 갚기로 한 날이 지나면 소송을 다시 할 수 있게 된다는 것을 알 수 있다. 즉, 갚기로 한 날짜가 지난 것은 '새로운 사정'으로 볼 수 있으며 따라서 이전 판결의 기판력이 미치지 않는 것이다.

정답률 분석

①	②	③	④ 매력적 오답	⑤ 정답
5%	9%	5%	15%	66%

4. 문맥상 ⓐ~ⓔ와 바꿔 쓰기에 가장 적절한 것은?

✅ 정답풀이

② ⓑ: 부가하는

> 근거: **2** [12]발생이나 소멸에 제한을 ⓑ덧붙이는 것을 '부관'이라 하는데 '덧붙이다'는 '붙은 위에 겹쳐 붙이다.'라는 의미이므로 '주된 것에 덧붙이다.'라는 의미의 '부가하다'와 바꿔 쓸 수 있다.

❌ 오답풀이

① ⓐ: 수취하였다

근거: **1** [3]P는 이(E의 제안)를 ⓐ받아들였다.

받아들이다: 다른 사람의 요구, 성의, 말 따위를 들어주다.

수취하다: 거두어 모으다.

③ ⓒ: 지시한다

근거: **2** [15]효과를 발생시키면 '정지 조건', 소멸시키면 '해제 조건'이라 ⓒ부른다.

부르다: 무엇이라고 가리켜 말하거나 이름을 붙이다.

지시하다: 가리켜 보게 하다.

④ ⓓ: 형성되었을

근거: **4** [22]확정 판결 이후에 법률상의 새로운 사정이 ⓓ생겼을 때

생기다: 어떤 일이 일어나다.

형성되다: 어떤 형상이 이루어지다.

⑤ ⓔ: 경유하여

근거: **5** [33]이 분쟁은 두 차례의 판결을 ⓔ거쳐 해결될 수 있는 것이다.

거치다: 어떤 과정이나 단계를 겪거나 밟다.

경유하다: 어떤 곳을 거쳐 지나다.

🎯 평가원의 관점

• 4-④, ⑤번

이의 제기

정답지 ②번뿐만 아니라 오답인 ④번, ⑤번도 적절하여 정답이 될 수 있지 않나요?

답변

우선, ④번은 적절한 답이 될 수 없습니다. 주어진 문맥에서 'ⓓ생겼을'의 '생기다'는 '생기다'의 여러 뜻 중, 지문의 '사정이 생기다'나 '계획에 지장이 생기다' 등에서처럼 '어떤 일이 일어나다'를 뜻합니다. 이에 비해 ④번의 '형성되었을'의 '형성되다'는 '도시가 형성되다, 기압골이 형성되다' 등에서처럼 '어떤 형상이 이루어지다'를 뜻합니다.

이와 관련하여 몇몇 이의 제기들은 지문의 '(확정 판결 이후에) 법률상의 새로운 사정이'까지를 '(확정 판결 이후에) 새로운 법률관계가'라고 바꿔 쓴 후 'ⓓ생겼을'을 '형성되었을'로 바꿔 써도 적절하다고 주장하였으나, 이러한 접근은 지문의 다른 부분은 유지한 채 밑줄 친 부분만을 바꿔 쓰기에 적절한 것을 판단하도록 요구한 문항의 조건을 위배하는 것입니다. 더욱이 '법률관계'란 용어를 지문에서는 사용하지도 않았으므로 이러한 접근은 부적절합니다.

⑤번 역시 적절하지 않습니다. 'ⓔ거쳐'의 '거치다'는 '거치다'의 여러 뜻 중, 지문의 '판결을 거치다'처럼 '어떤 과정이나 단계를 겪거나 밟다'를 뜻합니다. 이에 비해 ⑤번의 '경유하여'의 '경유하다'는 '대구를 경유하여 부산으로 갔다, 담당자를 경유한 서류' 등에서처럼 '어떤 곳이나, 사무 절차상 어떤 부서(의 담당자)를 거쳐 지나다'를 뜻합니다.

이와 관련하여 몇몇 이의 제기들은 '경유하다'를 '거치다'로 바꿔 쓸 수 있다거나 '재판을 경유하여'가 쓰인 경우가 있다는 사례를 들어 'ⓔ거쳐'를 '경유하여'로 바꿔 써도 적절하다고 주장하였으나, 이러한 주장은 '거치다'의 다양한 뜻 중 '경유하다'로 바꿔 쓸 수 있는 것과 없는 것이 있다는 점과 국어의 어법이나 사전에 비추어 적격하지 않은 문장에 대해 유의하지 못한 것입니다.

징벌적 손해 배상 제도

PART ❷ 사회

2016학년도 6월 모평AB

문제 P.048

[1~4] 다음 글을 읽고 물음에 답하시오.

✏️ 사고의 흐름

1 ¹사회 구성원들이 경제적 이익을 추구하는 과정에서 불법 행위를 감행*하기 쉬운 상황일수록 이를 억제하는 데에는 금전적 제재 수단이 효과적이다. *화제가 제시되었어! 불법 행위에 대한 금전적 제재 수단에 대한 설명이 이어지겠지?*

2 ²현행법상 불법 행위에 대한 금전적 제재 수단에는 민사적 수단인 손해 배상*, 형사적 수단인 벌금, 행정적 수단인 과징금이 있으며, 이들은 각각 피해자의 구제, 가해자의 징벌, 법 위반 상태의 시정*을 목적으로 한다. *금전적 제재 수단의 종류와 목적, 특징을 잘 파악해 두자!* ³예를 들어 기업들이 담합하여 제품 가격을 인상(현행법상 불법 행위)했다가 적발된 경우, 그 기업들은 피해자에게 손해 배상 소송(민사적 수단 → 피해자의 구제)을 제기당하거나 법원으로부터 벌금형(형사적 수단 → 가해자의 징벌)을 선고받을 수 있고 행정 기관으로부터 과징금(행정적 수단 → 법 위반 상태 시정)도 부과*받을 수 있다. ⁴이처럼 하나의 불법 행위에 대해 세 가지 금전적 제재가 내려질 수 있지만 제재의 목적이 서로 다르므로 중복 제재는 아니라는 것이 법원의 판단이다. *세 가지 제재 수단을 동시에 적용할 수 있다는 것이 특이하네.*

사례를 통해 금전적 제재 수단을 설명할 거야!

3 ⁵그런데 우리나라에서는 기업의 불법 행위에 대해 손해 배상 소송이 제기되거나 벌금이 부과되는 사례는 드물어서, 과징금 등 행정적 제재 수단이 억제 기능을 수행하는 경우가 많다. ⁶이런 상황(행정적 제재 수단을 주로 사용하는 우리나라의 상황)에서는 과징금 등 행정적 제재의 강도를 높임으로써 불법 행위의 억제력을 끌어올릴 수 있다. ⁷그러나 적발 가능성이 매우 낮은 불법 행위의 경우에는 과징금을 올리는 방법만으로는 억제력을 유지하는 데 한계가 있다. (한계 ①) ⁸또한 피해자에게 귀속*되는 손해 배상금과는 달리 벌금과 과징금은 국가에 귀속되므로 과징금을 올려도 피해자에게는 ㉠직접적인 도움이 되지 못한다. (한계 ②) *한계가 나왔으니 이를 해결할 수 있는 방법을 뒤에서 제시하겠지?* ⁹이 때문에 적발 가능성이 매우 낮은 불법 행위에 대해 억제력을 높이면서도 손해 배상을 더욱 충실히 할 수 있는 방안들이 요구되는데 그 방안 중 하나가 '징벌적 손해 배상 제도'이다. *기존의 금전적 제재 수단에 대한 대안적 성격을 지닌 제도가 제시되었어!*

앞의 내용과는 다른 내용이 제시되겠지?

4 ¹⁰이 제도(징벌적 손해 배상 제도)는 불법 행위의 피해자가 손해액에 해당하는 배상금에다 가해자에 대한 징벌의 성격이 가미*된 배상금을 더하여 배상받을 수 있도록 하는 것을 내용으로 한다. ¹¹일반적인 손해 배상 제도에서는 피해자가 손해액을 초과하여 배상받는 것이 불가능하지만 징벌적 손해 배상 제도에서는 ㉡그것(피해자가 손해액을 초과하여 배상받는 것)이 가능하다는 점에서 이례적*이다. ¹²그런데 ㉢이 제도는 민사적 수단인 손해 배상 제도이면서도 피해자가 받는 배상금(손해액 + 징벌의 성격이 가미된 배상금) 안에 ㉣벌금과 비슷한 성격이 가미된 배상금이 포함된다는 점 때문에 중복 제재의 발생과 관련하여 의견이 엇갈리며, 이 제도 자체에 대한 찬

반양론으로 이어지고 있다. *다음에는 중복 제재와 관련된 징벌적 손해 배상 제도 찬반론자들의 의견이 제시되겠지?*

5 ¹³이 제도의 반대론자들은 징벌적 성격이 가미된 배상금이 피해자에게 부여되는 ㉤횡재라고 본다. ¹⁴또한 징벌적 성격이 가미된 배상금이 형사적 제재 수단인 벌금과 함께 부과될 경우에는 가해자에 대한 중복 제재가 된다고 주장한다. ¹⁵반면에 찬성론자들은 징벌적 성격이 가미된 배상금을 피해자들이 소송을 위해 들인 시간과 노력에 대한 정당한 대가로 본다. ¹⁶따라서 징벌적 성격이 가미된 배상금도 피해자의 구제를 목적으로 하는 민사적 제재의 성격을 갖는다고 보아야 하므로 징벌적 성격이 가미된 배상금과 벌금이 함께 부과되더라도 중복 제재가 아니라고 주장한다.

반대론자들과 대조되는 찬성론자들의 의견이 제시되겠네!

징벌적 손해 배상 제도 반대	징벌적 성격이 가미된 배상금은	= 횡재 / 벌금과 함께 부과될 시 중복 제재 O
징벌적 손해 배상 제도 찬성		= 정당한 대가 / 민사적 제재의 성격을 가지기에 중복 제재 X

이것만은 챙기자

* **감행**: 과감하게 실행함.
* **배상**: 남의 권리를 침해한 사람이 그 손해를 물어 주는 일.
* **시정**: 잘못된 것을 바로잡음.
* **부과**: 세금이나 부담금 따위를 매기어 부담하게 함.
* **귀속**: 재산이나 영토, 권리 따위가 특정 주체에 붙거나 딸림.
* **가미**: 본래의 것에 다른 요소를 보태어 넣음.
* **이례적**: 상례(보통 있는 일)에서 벗어나 특이한 것.

만점 선배의 구조도 예시

[징벌적 손해 배상 제도]

• 금전적 제재 수단
: 경제적 이익 추구 과정에서의 불법 행위 억제
① 손해 배상(민사적 수단) : 피해자의 구제가 목적
② 벌금(형사적 수단) : 가해자의 징벌이 목적
③ 과징금(행정적 수단) : 법 위반 상태 시정이 목적
→ 제재의 목적이 다르기에 중복제재로 치지 X
- 우리나라 : ③이 억제 수단으로 많이 사용됨

문제 { - 적발 가능성 낮은 불법 행위를 억제하는 데 한계○
- 과징금을 올려도 피해자에게 직접적 도움 X

해결책 '징벌적 손해 배상 제도'
- 불법행위 억제↑ + 손해배상 충실히 할 수 있음
- 불법 행위의
피해자가   손해액 + 징벌의 성격이 가미된 배상금
받는 금액

징·손·제 반대   징·손·제 찬성
[징은 횡재임   [징은 정당한 대가임
[징+벌금   [징+벌금
→ 가해자에 대한   →징 : 민사적 제재!
중복제재임   중복제재 X

1. 윗글에서 다룬 내용이 아닌 것은?

정답풀이

④ 징벌적 손해 배상 제도의 도입 사례와 문제점

> 근거: ❸ [7]적발 가능성이 매우 낮은 불법 행위의 경우에는 과징금을 올리는 방법만으로는 억제력을 유지하는 데 한계가 있다. [8]또한 피해자에게 귀속되는 손해 배상금과는 달리 벌금과 과징금은 국가에 귀속되므로 과징금을 올려도 피해자에게는 직접적인 도움이 되지 못한다. [9]이 때문에 적발 가능성이 매우 낮은 불법 행위에 대해 억제력을 높이면서도 손해 배상을 더욱 충실히 할 수 있는 방안들이 요구되는데 그 방안 중 하나가 '징벌적 손해 배상 제도'이다. + ❹ [10]이 제도(징벌적 손해 배상 제도)는 불법 행위의 피해자가 손해액에 해당하는 배상금에다 가해자에 대한 징벌의 성격이 가미된 배상금을 더하여 배상받을 수 있도록 하는 것을 내용으로 한다. + ❺ [13]이 제도의 반대론자들은 징벌적 성격이 가미된 배상금이 피해자에게 부여되는 횡재라고 본다. [15]반면에 찬성론자들은 징벌적 성격이 가미된 배상금을 피해자들이 소송을 위해 들인 시간과 노력에 대한 정당한 대가로 본다.
> 기존의 행정적 수단으로는 기업의 불법 행위를 억제하는 데 한계가 있음을 언급하고 이후 징벌적 손해 배상 제도에 대해 소개하며 이에 대한 반대론자와 찬성론자의 주장을 제시하고 있을 뿐, 징벌적 손해 배상 제도의 실제 도입 사례나 이와 관련된 문제점을 제시하고 있지는 않다.

오답풀이

① 징벌적 손해 배상 제도의 내용

근거: ❹ [10]이 제도(징벌적 손해 배상 제도)는 불법 행위의 피해자가 손해액에 해당하는 배상금에다 가해자에 대한 징벌의 성격이 가미된 배상금을 더하여 배상받을 수 있도록 하는 것을 내용으로 한다.

② 징벌적 손해 배상 제도와 관련한 논쟁

근거: ❹ [12]이 제도(징벌적 손해 배상 제도)는~중복 제재의 발생과 관련하여 의견이 엇갈리며, 이 제도 자체에 대한 찬반양론으로 이어지고 있다. + ❺ [13]이 제도의 반대론자들은 징벌적 성격이 가미된 배상금이 피해자에게 부여되는 횡재라고 본다. [15]반면에 찬성론자들은 징벌적 성격이 가미된 배상금을 피해자들이 소송을 위해 들인 시간과 노력에 대한 정당한 대가로 본다.
징벌적 손해 배상 제도의 중복 제재 발생 여부에 기반한 찬반 논쟁을 제시하고 있다.

③ 불법 행위에 대한 금전적 제재 수단의 종류

근거: ❷ [2]현행법상 불법 행위에 대한 금전적 제재 수단에는 민사적 수단인 손해 배상, 형사적 수단인 벌금, 행정적 수단인 과징금이 있으며,
불법 행위에 대한 금전적 제재 수단의 종류로 손해 배상, 벌금, 과징금을 제시하고 있다.

⑤ 징벌적 손해 배상 제도의 도입이 요구되는 배경

근거: ❸ [7]적발 가능성이 매우 낮은 불법 행위의 경우에는 과징금을 올리는 방법만으로는 억제력을 유지하는 데 한계가 있다.~[9]이 때문에 적발 가능성이 매우 낮은 불법 행위에 대해 억제력을 높이면서도 손해 배상을 더욱 충실히 할 수 있는 방안들이 요구되는데 그 방안 중 하나가 '징벌적 손해 배상 제도'이다.

2. 윗글에 대한 이해로 적절하지 <u>않은</u> 것은?

✅ 정답풀이

⑤ 우리나라에서는 기업의 불법 행위를 과징금보다 벌금으로 제재하는 사례가 많다.

> 근거: **3** ⁵우리나라에서는 기업의 불법 행위에 대해 손해 배상 소송이 제기되거나 벌금이 부과되는 사례는 드물어서, 과징금 등 행정적 제재 수단이 억제 기능을 수행하는 경우가 많다.
> 우리나라는 주로 형사적 수단인 벌금보다 행정적 수단인 과징금으로 기업의 불법 행위를 제재하는 경우가 많다.

❌ 오답풀이

① 과징금은 불법 행위를 행정적으로 제재하는 수단에 해당된다.
근거: **2** ²현행법상 불법 행위에 대한 금전적 제재 수단에는~행정적 수단인 과징금이 있으며,

② 기업이 담합해 제품 가격을 인상한 행위는 불법 행위에 해당한다.
근거: **2** ³예를 들어 기업들이 담합하여 제품 가격을 인상했다가 적발된 경우, 그 기업들은 피해자에게 손해 배상 소송을 제기당하거나 법원으로부터 벌금형을 선고받을 수 있고 행정 기관으로부터 과징금도 부과받을 수 있다.
기업들이 담합하여 제품 가격을 인상했을 때의 제재 수단을 불법 행위에 대한 금전적 제재 수단의 예로 들고 있으므로 적절하다.

③ 불법 행위로 인한 피해자는 손해 배상으로 구제받는 것이 가능하다.
근거: **2** ²현행법상 불법 행위에 대한 금전적 제재 수단에는 민사적 수단인 손해 배상, 형사적 수단인 벌금, 행정적 수단인 과징금이 있으며, 이들은 각각 피해자의 구제, 가해자의 징벌, 법 위반 상태의 시정을 목적으로 한다.
민사적 수단인 손해 배상은 피해자의 구제를 목적으로 하므로, 피해자는 불법 행위로 인한 손해 배상으로 구제받는 것이 가능하다.

④ 하나의 불법 행위에 대해 두 가지 이상의 금전적 제재가 내려질 수 있다.
근거: **2** ⁴하나의 불법 행위에 대해 세 가지 금전적 제재가 내려질 수 있지만 제재의 목적이 서로 다르므로 중복 제재는 아니라는 것이 법원의 판단이다.

---

3. 문맥을 고려할 때 ㉠~㉣에 대한 설명으로 적절하지 <u>않은</u> 것은?

> ㉠: 직접적인 도움
> ㉡: 그것
> ㉢: 이 제도
> ㉣: 벌금과 비슷한 성격
> ㉤: 횡재

✅ 정답풀이

④ ㉣은 행정적 제재 수단으로서의 성격을 말한다.

> 근거: **2** ²현행법상 불법 행위에 대한 금전적 제재 수단에는 민사적 수단인 손해 배상, 형사적 수단인 벌금, 행정적 수단인 과징금이 있으며, 이들은 각각 피해자의 구제, 가해자의 징벌, 법 위반 상태의 시정을 목적으로 한다.
> + **4** ¹²이 제도(㉢)는 민사적 수단인 손해 배상 제도이면서도 피해자가 받는 배상금 안에 벌금과 비슷한 성격(㉣)이 가미된 배상금이 포함된다는 점
> 벌금은 형사적 수단이고 ㉣은 벌금과 비슷한 성격이라고 하였으므로 행정적 제재 수단이 아닌 형사적 제재 수단의 성격을 의미한다.

❌ 오답풀이

① ㉠은 피해자가 금전적으로 구제받는 것을 의미한다.
근거: **3** ⁸피해자에게 귀속되는 손해 배상금과는 달리 벌금과 과징금은 국가에 귀속되므로 과징금을 올려도 피해자에게는 직접적인 도움(㉠)이 되지 못한다.
피해자가 직접 배상을 받는 것이 아닌 벌금이나 과징금과 달리, ㉠은 피해자에게 귀속되는 손해 배상금, 즉 금전적인 구제를 의미한다.

② ㉡은 피해자가 손해액을 초과하여 배상받는 것을 가리킨다.
근거: **4** ¹¹일반적인 손해 배상 제도에서는 피해자가 손해액을 초과하여 배상받는 것이 불가능하지만 징벌적 손해 배상 제도에서는 그것(㉡)이 가능하다는 점에서 이례적이다.
㉡은 일반적 손해 배상 제도에서는 불가능한, 피해자가 손해액을 초과하여 배상받는 것을 의미한다.

③ ㉢은 징벌적 손해 배상 제도를 가리킨다.
근거: **4** ¹¹징벌적 손해 배상 제도에서는 그것(㉡)이 가능하다는 점에서 이례적이다. ¹²그런데 이 제도(㉢)는 민사적 수단인 손해 배상 제도이면서도

⑤ ㉤은 배상금 전체에서 손해액에 해당하는 배상금을 제외한 금액을 의미한다.
근거: **4** ¹⁰이 제도(징벌적 손해 배상 제도)는 불법 행위의 피해자가 손해액에 해당하는 배상금에다 가해자에 대한 징벌의 성격이 가미된 배상금을 더하여 배상받을 수 있도록 하는 것을 내용으로 한다. + **5** ¹³이 제도의 반대론자들은 징벌적 성격이 가미된 배상금이 피해자에게 부여되는 횡재(㉤)라고 본다.
징벌적 손해 배상 제도에서 피해자가 받는 배상금 총액은 '손해 배상금 + 징벌의 성격이 가미된 배상금'이다. 따라서 징벌적 성격이 가미된 배상금에 해당되는 ㉤은 피해자가 받을 전체 배상금에서 손해 배상금을 제외한 금액을 의미한다.

4. 윗글을 바탕으로 〈보기〉를 이해한 내용으로 적절하지 <u>않은</u> 것은? [3점]

〈보기〉

[1]우리나라의 법률 중에는 징벌적 손해 배상 제도의 성격을 가진 규정이 「하도급거래 공정화에 관한 법률」 제35조에 포함되어 있다. [2]이 규정에 따르면 하도급거래 과정에서 자기의 기술자료를 유용(적발 가능성이 매우 낮은 불법 행위)당하여 손해를 입은 피해자는 그 손해의 3배(손해액 + 징벌의 성격이 가미된 배상금)까지 가해자로부터 배상을 받을 수 있다.

✅ 정답풀이

① 이 규정에 따라 피해자가 받게 되는 배상금은 국가에 귀속되겠군.

> 근거: ④ [10]이 제도(징벌적 손해 배상 제도)는 불법 행위의 피해자가 손해액에 해당하는 배상금에다 가해자에 대한 징벌의 성격이 가미된 배상금을 더하여 배상받을 수 있도록 하는 것을 내용으로 한다. + 〈보기〉 [1]우리나라의 법률 중에는 징벌적 손해 배상 제도의 성격을 가진 규정이 「하도급거래 공정화에 관한 법률」 제35조에 포함되어 있다.
>
> 〈보기〉에 따르면 징벌적 손해 배상 제도의 성격을 지닌 「하도급거래 공정화에 관한 법률」 제35조에 따라 배상금은 국가가 아닌 불법 행위의 피해자에게 귀속된다.

❌ 오답풀이

② 이 규정의 시행으로, 기술자료를 유용해 타인에게 손해를 끼치는 행위가 억제되는 효과가 생기겠군.

근거: ③ [9]적발 가능성이 매우 낮은 불법 행위에 대해 억제력을 높이면서도 손해 배상을 더욱 충실히 할 수 있는 방안들이 요구되는데 그 방안 중 하나가 '징벌적 손해 배상 제도'이다. + 〈보기〉 [2]이 규정에 따르면 하도급거래 과정에서 자기의 기술자료를 유용당하여 손해를 입은 피해자는 그 손해의 3배까지 가해자로부터 배상을 받을 수 있다.

징벌적 손해 배상 제도의 성격을 가진 〈보기〉의 규정은 기술자료를 유용당한 피해자를 구제하는 규정으로, 이 규정의 시행을 통해 기술자료를 유용하여 손해를 끼치는 등의 불법 행위가 억제될 것이다.

③ 이 규정에 따라 피해자가 손해의 3배를 배상받을 경우에는 배상금에 징벌적 성격이 가미된 배상금이 포함되겠군.

근거: ④ [10]이 제도(징벌적 손해 배상 제도)는 불법 행위의 피해자가 손해액에 해당하는 배상금에다 가해자에 대한 징벌의 성격이 가미된 배상금을 더하여 배상받을 수 있도록 하는 것을 내용으로 한다. + 〈보기〉 [1]우리나라의 법률 중에는 징벌적 손해 배상 제도의 성격을 가진 규정이 「하도급거래 공정화에 관한 법률」 제35조에 포함되어 있다.

징벌적 손해 배상 제도의 성격을 지닌 〈보기〉의 규정에 따라 배상금에는 손해액에 징벌적 성격이 가미된 배상금이 포함될 것이다.

④ 일반적인 손해 배상 제도를 이용할 때보다 이 규정을 이용할 때에 피해자가 받을 수 있는 배상금의 최대한도가 더 커지겠군.

근거: ④ [11]일반적인 손해 배상 제도에서는 피해자가 손해액을 초과하여 배상받는 것이 불가능하지만 징벌적 손해 배상 제도에서는 그것(피해자가 손해액을 초과하여 배상받는 것)이 가능하다는 점에서 이례적이다. + 〈보기〉 [1]우리나라의 법률 중에는 징벌적 손해 배상 제도의 성격을 가진 규정이 「하도급거래 공정화에 관한 법률」 제35조에 포함되어 있다.

징벌적 손해 배상 제도의 성격을 지닌 〈보기〉의 규정을 적용받는 피해자가 받을 수 있는 배상금의 최대한도는 일반적인 손해 배상 제도를 이용하는 경우보다 더 커진다.

⑤ 이 규정이 만들어진 것으로 볼 때, 하도급거래 과정에서 발생하는 기술자료 유용은 적발 가능성이 매우 낮은 불법 행위에 해당되겠군.

근거: ③ [9]적발 가능성이 매우 낮은 불법 행위에 대해 억제력을 높이면서도 손해 배상을 더욱 충실히 할 수 있는 방안들이 요구되는데 그 방안 중 하나가 '징벌적 손해 배상 제도'이다. + 〈보기〉 [1]우리나라의 법률 중에는 징벌적 손해 배상 제도의 성격을 가진 규정이 「하도급거래 공정화에 관한 법률」 제35조에 포함되어 있다.

징벌적 손해 배상 제도는 적발 가능성이 매우 낮은 불법 행위의 억제력을 높이기 위한 목적에서 비롯되었다. 〈보기〉의 규정은 징벌적 손해 배상 제도의 성격을 지니고 있으므로 하도급거래 과정에서 발생하는 기술자료 유용은 적발 가능성이 매우 낮은 불법 행위에 해당한다고 볼 수 있다.

손해 배상 책임의 성립 요건에 대한 입증 책임

2014학년도 6월 모평A

문제 P.050

[1~2] 다음 글을 읽고 물음에 답하시오.

✏️ 사고의 흐름

1 [1]일반적으로 법률에서는 일정한 법률 효과와 함께 그것을 일으키는 요건을 규율*한다. [2]이를테면, 민법 제750조에서는 불법 행위에 따른 손해 배상 책임을 규정하는데, 그 배상 책임의 성립 요건을 다음과 같이 정한다. [3]고의나 과실로 말미암은 '위법 행위'가 있어야 하고, '손해가 발생'하여야 하며, 바로 그 위법 행위 때문에 손해가 생겼다는, 이른바 '인과 관계'가 있어야 한다. *실제 법조문이 나왔네. 법률 효과를 일으키는 세 가지 요건을 체크하고 넘어가자!* [4]이 요건들(위법 행위의 존재, 손해의 발생, 인과 관계의 존재)이 모두 충족되어야, 법률 효과로서 가해자는 피해자에게 손해를 배상할 책임이 생기는 것이다.

법률에서 규율하는 요건에 대해 자세히 설명해 줄 거야.

2 [5]소송*에서는 이런 요건들(위법 행위의 존재, 손해의 발생, 인과 관계의 존재)을 입증*해야 한다. *입증은 누가 해야 할까? 가해자? 피해자? 이것에 대한 해답을 생각하며 더 읽어 봐야겠군.* [6]소송에서 입증은 주장하는 사실을 법관이 의심 없이 확신하도록 만드는 일이다. [7]어떤 사실의 존재 여부에 대해 법관이 확신을 갖지 못하면(법관이 의심을 갖게 되면), 다시 말해 입증되지 않으면 원고*와 피고* 가운데 누군가는 패소*의 불이익을 당하게 된다. [8]이런 불이익을 받게 될 당사자는 입증의 부담을 안을 수밖에 없고, 이를 입증 책임이라 부른다. *입증 책임은 소송에서 불이익을 받게 될 당사자가 부담하는구나.*

소송의 입증에 대해 더 설명해 줄 거야.

3 [9]대체로 어떤 사실이 존재함을 증명하는 것이 존재하지 않음을 증명하는 것보다 쉽다. [10]이 둘(어떤 사실이 존재함을 증명하는 것, 어떤 사실이 존재하지 않음을 증명하는 것) 가운데 어느 한 쪽에 부담을 지워야 한다면, 쉬운 쪽에 지우는 것이 공평할 것이다. *어떤 사실이 존재함을 증명하는 측에서 입증 책임을 갖는 것이 공평하다는 말이군!* [11]이런 형평성*을 고려하여 특정한 사실의 발생을 주장하는 이에게 그 사실의 존재에 대한 입증 책임을 지도록 하였다. *입증을 누가 해야 하는지 제시하고 있네. 체크해 두자!* [12]그리하여 상대방에게 불법 행위의 책임이 있다고 주장하는 피해자는 소송에서 원고가 되어, 앞의 민법 조문에서 규정하는 요건들이 이루어졌다고 입증해야 한다. *입증 책임을 해야 하는 사람: 어떤 사실이 존재함을 증명해야 하는 사람 = 특정한 사실의 발생을 주장하는 사람 = 상대방에게 불법 행위의 책임이 있다고 주장하는 사람 = 원고!*

4 [13]그런데 이들 요건(위법 행위의 존재, 손해의 발생, 인과 관계의 존재) 가운데 인과 관계는 그 입증의 어려움 때문에 공해 사건 등에서 문제가 된다. [14]공해에 관하여는 현재의 과학 수준으로도 해명되지 않는 일이 많다. [15]그런데도 피해자에게 공해와 손해 발생 사이의 인과 관계를 하나하나의 연결 고리까지 자연 과학적으로 증명하도록 요구한다면, 사실상 사법적 구제를 거부하는 일이 될 수 있다. [16]더구나 관련 기업은 월등한 지식과 기술을 가지고 훨씬 더 쉽게 원인 조사를 할 수 있는 상황이기에, 피해자인 상대방에게만 엄격한 부담을 지우는 데 대한 형평성 문제도 제기된다. *공해 사건과 같이 피해자가 인과 관계를 자세히 입증하기 어려운 경우에, 상대편인 기업은 피해자에 비해 월등히 앞선 지식과 기술을 가지고 있으므로 피해자는 입증 책임을 제대로 지기 어렵겠네.*

앞서 입증 책임에 대해 이야기한 내용과 상반되는 정보가 제시되겠지?

5 [17]공해 소송에서도 인과 관계에 대한 입증 책임은 여전히 피해자인 원고에 있다. [18]판례*도 이 원칙(원고에게 입증 책임이 있다는 것)을 바꾸지는 않는다. [19]다만 입증되었다고 보는 정도를 낮추어 인과 관계 입증의 어려움을 덜어 주려 한다. *어떤 방식으로 어려움을 덜어 줄지 생각하며 읽자!* [20]곧 공해 소송에서는 예외적으로 인과 관계의 입증에 관하여 의심 없는 확신의 단계까지 요구하지 않고, 다소 낮은 정도의 규명으로도 입증되었다고 인정하는 판례가 등장하는 것이다. [21]이렇게 해서 인과 관계가 인정되면 가해자인 피고는 인과 관계의 성립을 방해하는 증거를 제출하여 책임을 면해야 한다.

공해 소송에서 입증 책임의 어려움을 덜어 주기 위한 추가적인 정보들이 나오겠지?

이것만은 챙기자

- ***규율**: 질서나 제도를 좇아 다스림.
- ***소송**: 재판에 의하여 원고와 피고 사이의 권리나 의무 따위의 법률 관계를 확정하여 줄 것을 법원에 요구함. 또는 그런 절차.
- ***입증**: 어떤 증거 따위를 내세워 증명함.
- ***원고**: 법원에 민사 소송을 제기한 사람.
- ***피고**: 민사 소송에서, 소송을 당한 측의 당사자.
- ***패소**: 소송에서 짐.
- ***형평성**: 균형이 맞음. 또는 그런 상태를 이루는 성질.
- ***판례**: 법원에서 동일하거나 비슷한 소송 사건에 대하여 행한 재판의 선례.

만점 선배의 구조도 예시

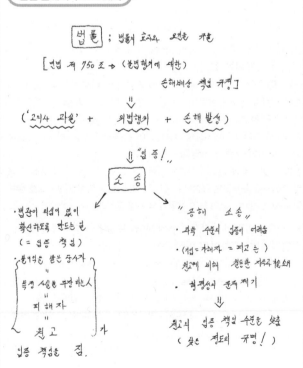

1. 윗글을 이해한 내용으로 가장 적절한 것은?

정답풀이

① 소송에서 양 당사자에게 부담을 공평하게 하려는 고려가 입증 책임을 분배하는 원리에 작용한다.

> 근거: **1** [4]이 요건들(위법 행위의 존재, 손해의 발생, 인과 관계의 존재)이 모두 충족되어야, 법률 효과로서 가해자는 피해자에게 손해를 배상할 책임이 생기는 것이다. + **3** [9]대체로 어떤 사실이 존재함을 증명하는 것이 존재하지 않음을 증명하는 것보다 쉽다. [10]이 둘 가운데 어느 한 쪽에 부담을 지워야 한다면, 쉬운 쪽에 지우는 것이 공평할 것이다. [11]이런 형평성을 고려하여 특정한 사실의 발생을 주장하는 이에게 그 사실의 존재에 대한 입증 책임을 지도록 하였다.
>
> 소송에서는 손해 배상의 요건들이 모두 충족되어야 손해 배상 책임이 발생하기 때문에 누군가 반드시 요건들을 입증할 책임을 지게 된다. 그런데, 형평성을 고려할 때, 어떤 사실이 존재하지 않음을 증명하는 것보다 존재함을 증명하는 것이 더 쉽기 때문에 어떤 사실의 발생을 주장하는 당사자가 입증 책임을 지도록 했다. 이는 입증의 부담이 가는 것을 막고, 양 당사자가 공평하게 소송을 진행할 수 있도록 하기 위한 것이다.

오답풀이

② 원칙적으로 어떤 사실이 일어났을지도 모른다는 개연성이 인정되면 입증이 성공하였다고 본다.

> 근거: **2** [6]소송에서 입증은 주장하는 사실을 법관이 의심 없이 확신하도록 만드는 일이다.
>
> 소송에서의 입증은 어떤 사실이 일어났을지도 모른다는 개연성의 인정 여부를 판단하는 것이 아니라, 주장하는 사실에 대하여 법관이 의심 없이 확신하도록 만드는 것이다.

③ 민법 제750조에서 규정하는 요건들이 충족되었다는 사실을 입증할 책임은 소송에서 피고에게 있다.

> 근거: **1** [2]민법 제750조에서는 불법 행위에 따른 손해 배상 책임을 규정하는데, + **3** [12]상대방에게 불법 행위의 책임이 있다고 주장하는 피해자는 소송에서 원고가 되어, 앞의 민법 조문에서 규정하는 요건들이 이루어졌다고 입증해야 한다.
>
> 불법 행위에 따른 손해 배상의 책임을 위해 민법 제750조에서 제시한 세 가지 요건('고의나 과실'로 말미암은 '위법 행위'가 있어야 함, '손해가 발생'하여야 함, 위법 행위 때문에 손해가 생겼다는 '인과 관계'가 있어야 함)을 입증해야 하는 대상은 피고가 아니라 원고이다.

④ 위법 행위를 저지르면 고의와 과실이 없다는 사실을 입증하더라도 불법 행위에 따른 손해 배상 책임이 성립한다.

> 근거: **1** [2]민법 제750조에서는 불법 행위에 따른 손해 배상 책임을 규정하는데, 그 배상 책임의 성립 요건을 다음과 같이 정한다. [3]'고의나 과실'로 말미암은 '위법 행위'가 있어야 하고, '손해가 발생'하여야 하며, 바로 그 위법 행위 때문에 손해가 생겼다는, 이른바 '인과 관계'가 있어야 한다. [4]이 요건들이 모두 충족되어야,
>
> 손해 배상 책임이 성립하기 위해서는 민법 제750조에서 제시한 세 가지 요건('고의나 과실'로 말미암은 '위법 행위'가 있어야 함, '손해가 발생'하여야 함, 위법 행위 때문에 손해가 생겼다는 '인과 관계'가 있어야 함)이 모두 성립해야 한다. 고의와 과실이 없다는 사실이 입증되면 모든 요건을 충족시키지 못해 손해 배상 책임이 성립되지 않는다.

⑤ 문제되는 사실이 실제로 일어났는지 밝혀지지 않으면 그 사실의 존재에 대한 입증 책임이 없는 쪽이 소송에서 불이익을 받는다.

> 근거: **2** [7]어떤 사실의 존재 여부에 대해 법관이 확신을 갖지 못하면, 다시 말해 입증되지 않으면 원고와 피고 가운데 누군가는 패소의 불이익을 당하게 된다. [8]이런 불이익을 받게 될 당사자는 입증의 부담을 안을 수밖에 없고, 문제되는 사실의 존재 여부에 대해 법관이 확신을 갖도록 밝히지 못하면, 입증 책임이 있는 쪽이 불이익을 받게 된다. 그렇기 때문에 입증 책임이 있는 쪽에서 불이익을 피하기 위해 입증의 부담을 갖게 되는 것이다.

📝 모두의 질문

• 1-②번

> **Q:** 어떤 사실이 일어났을지도 모른다는 개연성이 인정됐다는 말은 어떤 사실이 일어났다는 게 입증되었다는 말 아닌가요?
>
> **A:** '개연성'은 '절대적으로 확실하지 않으나 아마 그럴 것이라고 생각되는 성질'을 뜻한다. 1문단에서 <u>'고의나 과실'로 말미암은 '위법 행위' 가 있어야 하고, '손해가 발생'하여야 하며, 바로 그 위법 행위 때문에 손해가 생겼다는, 이른바 '인과 관계'가 있어야 하며, 이 요건들이 모두 충족되어야, 법률 효과로서 가해자는 피해자에게 손해를 배상할 책임이 생긴다</u>고 하였다. 또한 2문단에서 <u>소송에서 입증은 주장하는 사실을 법관이 의심 없이 확신하도록 만드는 일</u>이라고 하였으므로, '절대적으로 확실하지 않으나 아마 그럴 것이라고 생각되는 성질'인 '개연성'의 인정 유무와 입증은 거리가 멀다.

2. 윗글을 바탕으로 〈보기〉에서 대법원의 입장을 추론한 것으로 적절하지 <u>않은</u> 것은? [3점]

──〈보기〉──

[1]다음은 어느 공해 소송에 대한 대법원의 판결에 관한 내용이다.

[2]공장의 폐수 방류 때문에 양식 중이던 김이 폐사하였다고 주장하는 어민들(피해자, 원고)은, 해당 회사(가해자, 피고)를 상대로 불법 행위에 따른 손해 배상을 청구하는 소를 제기하였다. [3]폐수의 방류 때문에 김이 폐사하였다고 하기 위해서는 다음의 세 가지가 모두 자연 과학적으로 뚜렷이 밝혀져야 할 것이다. [4]1) 방류된 폐수가 해류를 타고 양식장에 도달하였다. [5]2) 그 폐수 안에 김의 생육에 악영향을 미치는 오염 물질이 들어 있었다. [6]3) 오염 물질의 농도가 안전 범위를 넘었다. [7]이에 대해 대법원은 폐수가 해류를 따라 양식장에 이르렀다는 것만 증명하면 인과 관계를 입증하는 데 충분하다고 인정하였다.

[소송의 요건]
  – 위법 행위의 존재: 공장의 폐수 방류
  – 손해의 발생: 양식장의 김 폐사
  – 인과 관계의 존재: 폐수 방류로 인해 김 폐사
            ↓
폐수 방류로 인한 공해 소송은 입증의 어려움이 있기 때문에 예외적으로 인과 관계의 입증에 관하여 의심 없는 확신의 단계까지 요구하지 않고 낮은 정도의 규명으로도 입증 인정

✔ 정답풀이

④ 위법 행위와 손해 사이에 인과 관계가 존재한다는 데 대한 입증 책임이 회사 쪽에 있다고 인정한 것이다.

> 근거: **5** [17]공해 소송에서도 인과 관계에 대한 입증 책임은 여전히 피해자인 원고에 있다. + 〈보기〉 [2]공장의 폐수 방류 때문에~소를 제기하였다.
> 〈보기〉에서 어민들은 공장의 폐수 방류로 인해 양식장의 김이 폐사했다고 주장했으므로, 폐수 방류라는 위법 행위와 양식장 김의 폐사라는 손해 사이에 인과 관계가 있다고 생각하는 것이다. 이것에 대한 입증 책임은 공해로 인해 손해를 입었다는 피해자인 어민들(원고)에게 있다.

✘ 오답풀이

① 피해자인 어민들이 원고로서 겪게 되는 입증의 어려움을 완화시켜 주려 한 것이다.

근거: **3** [12]상대방에게 불법 행위의 책임이 있다고 주장하는 피해자는 소송에서 원고가 되어, + **5** [20]공해 소송에서는 예외적으로 인과 관계의 입증에 관하여 의심 없는 확신의 단계까지 요구하지 않고, 다소 낮은 정도의 규명으로도 입증되었다고 인정하는 판례가 등장 + 〈보기〉 [1]다음은 어느 공해 소송에 대한 대법원의 판결 [7]대법원은 폐수가 해류를 따라 양식장에 이르렀다는 것만 증명하면 인과 관계를 입증하는 데 충분하다고 인정하였다.

폐수 방류로 인해 피해를 입었다고 주장하는 어민들은 원고가 되어 인과 관계에 대한 입증 책임을 지게 된다. 다만 〈보기〉에서 대법원이 공해 문제(폐수 방류)에 대해 세 가지 중에서 한 가지만을 입증해도 인과 관계를 인정하겠다고 한 것은 공해 소송에서 원고가 가지는 입증의 어려움을 덜어 주고자 입증 정도를 낮추는 판결을 한 것이다.

② 인과 관계를 입증할 수 있는 자연 과학적 연결 고리가 존재한다는 점을 인정한 것이다.

근거: **4** [15]피해자에게 공해와 손해 발생 사이의 인과 관계를 하나하나의 연결 고리까지 자연 과학적으로 증명하도록 요구한다면, 사실상 사법적 구제를 거부하는 일이 될 수 있다. + 〈보기〉 [7]대법원은 폐수가 해류를 따라 양식장에 이르렀다는 것만 증명하면 인과 관계를 입증하는 데 충분하다고 인정하였다.

〈보기〉에 따르면 폐수의 방류로 김이 폐사했다는 것을 입증하기 위해서는 세 가지의 자연 과학적 연결 고리를 밝힐 수 있어야 한다. 하지만 피해자인 어민들에게 이를 모두 증명하도록 하는 것은 사실상 무리라고 할 수 있다. 따라서 폐수가 해류를 타고 양식장에 도달했다는 사실만 증명한다면, 나머지 두 가지 요건에 대해서도 자연 과학적 연결 고리가 존재함을 인정하겠다는 것이다.

③ 공장 폐수가 김 양식장으로 흘러들었다는 사실을 어민들 쪽에서 입증하라고 한 것이다.

근거: **3** [12]상대방에게 불법 행위의 책임이 있다고 주장하는 피해자는 소송에서 원고가 되어, 앞의 민법 조문에서 규정하는 요건들(위법 행위의 존재, 손해의 발생, 인과 관계의 존재)이 이루어졌다고 입증해야 한다.

공장 폐수로 인해 김이 폐사해 피해를 보았다고 주장하는 것은 어민들이다. 따라서 어민들이 피해자 입장의 원고가 되어 입증 책임을 지게 된다.

⑤ 공장 폐수 속에 김의 폐사에 영향을 주는 물질이 들어 있지 않다는 사실은 회사 쪽에서 입증하라고 한 것이다.

근거: **5** [21]인과 관계가 인정되면 가해자인 피고는 인과 관계의 성립을 방해하는 증거를 제출하여 책임을 면해야 한다.

피해자인 어민들이 원고가 되어 공장 폐수로 인해 김이 폐사했다는 인과 관계를 입증하고자 한다면, 가해자인 회사는 피고가 되어 공장의 폐수와 김의 폐사 사이에는 관련이 없다는 증거를 제출해 인과 관계의 성립을 방해해야 손해 배상 책임을 면할 수 있다.

PART 3
과학

LFIA 키트의 원리와 특성
2019학년도 6월 모평

문제 P.054

[1~4] 다음 글을 읽고 물음에 답하시오.

✎ 사고의 흐름

❶ ¹건강 상태를 진단하거나 범죄의 현장에서 혈흔을 조사하기 위해 검사용 키트가 널리 이용된다. ²키트 제작에는 다양한 과학적 원리가 적용되는데, 적은 비용으로 쉽고 빠르고 정확하게 검사할 수 있는 키트를 제작하는 것이 요구된다. *방향 정보를 제시했네! 앞으로 키트에 적용된 과학적 원리에 대해 설명하겠군!* ³이러한 필요에 따라 항원-항체 반응을 응용하여 시료에 존재하는 성분을 분석하는 다양한 형태의 키트가 개발되고 있다. *다양한 과학적 원리 중에서도 '항원-항체 반응'을 이용한 키트를 제시했어!* ⁴항원-항체 반응은 항원과 그 항원에만 특이적으로 반응하는 항체가 결합하는 면역 반응을 말한다. *'항원-항체 반응'을 이용한 키트를 설명하기 위해 먼저 '항원-항체 반응'의 개념을 제시했어.* ⁵항체 제조 기술이 발전하면서 휴대성이 높고 분석 시간이 짧은 측면유동면역분석법(LFIA)을 이용한 다양한 종류의 키트가 개발되고 있다. *LFIA를 활용한 검사용 키트로 화제를 좁혔네!*

❷ ⁶LFIA 키트를 이용하면 키트에 나타나는 선을 통해, 액상*의 시료에서 검출*하고자 하는 목표 성분의 유무를 간편하게 확인할 수 있다. ⁷LFIA 키트는 가로로 긴 납작한 막대 모양인데, 시료 패드, 결합 패드, 반응막, 흡수 패드가 순서대로 나란히 배열된 구조로 되어 있다. ⁸시료 패드로 흡수된 시료는 결합 패드에서 복합체와 함께 반응막을 지나 여분의 시료가 흡수되는 흡수 패드로 이동한다. *LFIA 키트의 구조와 구조에 따른 시료의 이동 방향(시료 패드 → 결합 패드 → 반응막 → 흡수 패드)을 알려 주고 있네! 낯선 개념인 '복합체'가 중요하다면 무엇인지 설명해 주겠지? 만약 더 이상 설명하지 않는다면 시료가 복합체와 함께 반응막을 지난다는 사실만 이해하고 넘어가면 돼!* ⁹결합 패드에 있는 복합체는 금-나노 입자 또는 형광 비드 등의 표지 물질에 특정 물질이 붙어 이루어진다. *복합체 = 표지 물질 + 특정 물질* ¹⁰표지 물질은 발색 반응에 의해 색깔을 내는데, 이 표지 물질에 붙어 있는 특정 물질은 키트 방식에 따라 종류가 다르다. *표지 물질은 발색(색깔을 냄)과 관련된 물질이네. '키트 방식'에 따른 '특정 물질'의 종류에 대해서는 중요하다면 나중에 설명할 테니, 일단 복합체에는 항상 표지 물질과 특정 물질이 존재한다는 점을 기억해 두자!* ¹¹일반적으로 한 가지 목표 성분을 검출하는 키트의 반응막에는 항체들이 띠 모양으로 두 가닥 고정되어 있는데, 그중 시료 패드와 가까운 쪽에 있는 가닥이 검사선이고 다른 가닥은 표준선이다. *시료의 이동 방향: 시료 패드 → 결합 패드 → 반응막(검사선 → 표준선) → 흡수 패드 / 검사선과 표준선: 항체들로 구성* ¹²표지 물질이 검사선이나 표준선에 놓이면 발색 반응에 의해 반응선이 나타난다. *표지 물질이 검사선이나 표준선에 접촉해야 반응선이 나타나는구나.* ¹³검사선이 발색되어 나타나는 반응선을 통해서는 목표 성분의 유무를 판정할 수 있다. ¹⁴표준선이 발색된 반응선이 나타나면 검사가 정상적으로 진행되었음을 알 수 있다. *검사선과 표준선 발색의 의미 차이를 눈여겨보자! 검사선: 목표 성분의 유무 / 표준선: 검사의 정상적 진행*

❸ ¹⁵LFIA 키트는 주로 ㉠직접 방식 또는 ㉡경쟁 방식으로 제작되는데, 방식에 따라 검사선의 발색 여부가 의미하는 바가 다르다. *'키트 제작 방식'을 두 가지 유형으로 나누어 제시했어! 그렇다면 복합체를 구성하는 '특정 물질'이 '키트 제작 방식'에 따라 어떻게 달라지는지도 설명해 주겠지? 이때 '검사선의 발색 여부'가 갖는 의미의 차이점에도 주목하며 읽자!* ¹⁶직접 방식에서 복합체에 포함된 특정 물질은 목표 성분에 결합할 수 있는 항체이다. *직접 방식의 복합체 = 표지 물질 + 목표 성분에 결합 가능한 항체* ¹⁷시료에 목표 성분이 포함되어 있다면 목표 성분은 이 항체(목표 성분에 결합 가능한 항체)와 일차적으로 결합하고, 이후 검사선의 고정된 항체와 결합한다. *직접 방식에서 시료의 목표 성분은 항체와 연달아 두 번 결합하는군! 결합 패드에서 복합체의 항체와 결합 → 검사선의 항체와 결합* ¹⁸따라서 검사선이 발색되면 시료에서 목표 성분이 검출되었다고 판정한다. *직접 방식에서 검사선의 발색 = 시료에서 목표 성분이 검출* ¹⁹(한편) 경쟁 방식에서 복합체에 포함된 특정 물질은 목표 성분에 대한 항체가 아니라 목표 성분 자체이다. *앞서 직접 방식을 다뤘으니, 이제 경쟁 방식에 대해 설명하겠지?* *경쟁 방식의 복합체 = 표지 물질 + 목표 성분 자체* ²⁰만약 시료에 목표 성분이 포함되어 있으면 시료의 목표 성분과 복합체의 목표 성분이 서로 검사선의 항체와 결합하려 경쟁한다. ²¹이때 시료에 목표 성분이 충분히 많다면 시료의 목표 성분은 복합체의 목표 성분이 검사선의 항체와 결합하는 것을 방해하므로 검사선이 발색되지 않는다. *경쟁 방식에서 시료의 목표 성분에는 복합체(표지 물질 + 목표 성분)와 달리 발색하는 표지 물질이 붙어 있지 않으니까, 시료의 목표 성분들이 먼저 검사선의 항체와 결합하게 되면 검사선이 발색되지 않는 거야!* ²²직접 방식은 세균이나 분자량이 큰 단백질 등을 검출할 때 이용하고, 경쟁 방식은 항생 물질처럼 목표 성분의 크기가 작은 경우에 이용한다. *직접 방식과 경쟁 방식의 활용 방식에 대한 부록 정보! 부록 정보란 중요한 정보를 제시한 뒤에 붙는 사소한 정보들인데, 내용 자체의 중요도는 높지 않지만 선지에 제시될 가능성이 높아.*

❹ ²³(한편) 검사용 키트는 휴대성과 신속성 외에 정확성도 중요하다. *키트의 '정확성'에 초점을 맞추어 이야기하려 하네!* ²⁴키트의 정확성을 측정하기 위해서는 키트를 이용해 여러 번의 검사를 실시하고 그 결과를 분석한다. ²⁵키트가 시료에 목표 성분이 들어있다고 판정하면 이를 양성이라고 한다. ²⁶이때 시료에 목표 성분이 실제로 존재하면 진양성, 시료에 목표 성분이 없다면 위양성이라고 한다. ²⁷반대로 키트가 시료에 목표 성분이 들어 있지 않다고 판정하면 음성이라고 한다. ²⁸이 경우 실제로 목표 성분이 없다면 진음성, 목표 성분이 있다면 위음성이라고 한다. *정확성을 설명하기 위해 '음성', '양성'에 관련된 개념들을 제시했어! 비슷해 보여서 헷갈리기 쉬운 개념들이 제시되면 차분하게 정리를 하고 넘어가거나, 관련 문제를 풀 때 다시 지문으로 돌아와서 꼼꼼하게 확인하면 돼.* ²⁹현실에서 위양성이나 위음성을 배제할 수 있는 키트는 없다. *추가적인 부록 정보야! 다음 문단을 이해할 때 함께 고려하는 것이 좋아.*

❺ ³⁰여러 번의 검사 결과를 통해 키트의 정확도를 구하는데, 정확도란 시료를 분석할 때 올바른 검사 결과를 얻을 확률이다. ³¹정확도는 민감도와 특이도로 나뉜다. ³²민감도는 시료에 목표 성분이 존재하는 경우에 대해 키트가 이를 양성으로 판정한 비율이다.

앞의 직접 방식을 다뤘으니, 이제 경쟁 방식에 대해 설명하겠지?

앞의 내용과 다른 측면에서 글이 전개될 거야!

[33]특이도는 시료에 목표 성분이 없는 경우에 대해 키트가 이를 음성으로 판정한 비율이다. 정확도를 결정짓는 두 속성(민감도, 특이도)의 차이점을 앞 문단에 나열된 개념들과 연관지어 이해하자! [34]민감도와 특이도가 모두 높아 정확도가 높은 키트가 가장 이상적이지만 현실에서는 그렇지 않은 경우가 많아서 상황에 따라 민감도나 특이도를 고려하여 키트를 선택해야 한다. 4문단~5문단의 내용을 표로 정리해 보자!

시료에 목표 성분 있음		시료에 목표 성분 없음	
양성 판단	음성 판단	양성 판단	음성 판단
진양성	위음성	위양성	진음성
민감도와 연관		특이도와 연관	

이것만은 챙기자

*액상: 물질이 액체로 되어 있는 상태.
*검출: 물질 속에 어떤 화학 성분이나 미생물이 있는지를 검사하여 확인하는 일.

만점 선배의 구조도 예시

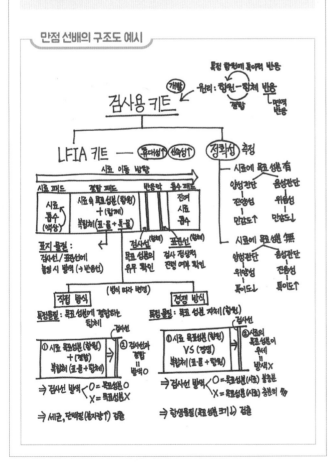

1. 윗글을 읽고 알 수 있는 내용으로 적절하지 않은 것은?

▼ 정답풀이

③ LFIA 키트를 사용할 때 정상적인 키트에서 검사선이 발색되지 않으면 표준선도 발색되지 않는다.

> 근거: 2문단 [14]표준선이 발색된 반응선이 나타나면 검사가 정상적으로 진행되었음을 알 수 있다. + 3문단 [19]한편 경쟁 방식에서 복합체에 포함된 특정 물질은 목표 성분에 대한 항체가 아니라 목표 성분 자체다.~[21]이때 시료에 목표 성분이 충분히 많다면 시료의 목표 성분은 복합체의 목표 성분이 검사선의 항체와 결합하는 것을 방해하므로 검사선이 발색되지 않는다.
> 표준선은 검사선의 발색 여부와 무관하게 키트를 통한 검사가 정상적으로 이루어졌는지의 여부에 따라 발색된다. 예를 들어 경쟁 방식의 정상적인 LFIA 키트에 투입된 시료에 목표 성분이 충분히 포함되어 있다면 검사선은 발색되지 않아도 정상적인 키트에서 정상적인 검사가 이루어진 이상 표준선은 발색될 것이다.

✖ 오답풀이

① LFIA 키트에서 시료 패드와 흡수 패드는 모두 시료를 흡수하는 역할을 한다.
근거: 2문단 [8]시료 패드로 흡수된 시료는 결합 패드에서 복합체와 함께 반응막을 지나 여분의 시료가 흡수되는 흡수 패드로 이동한다.
시료 패드에 흡수된 시료와 여분의 시료가 흡수되는 흡수 패드를 통해 두 패드 모두 시료를 흡수하는 역할을 하는 것을 알 수 있다.

② LFIA 키트를 통해 검출하려고 하는 목표 성분은 항원−항체 반응의 항원에 해당한다.
근거: 1문단 [4]항원−항체 반응은 항원과 그 항원에만 특이적으로 반응하는 항체가 결합하는 면역 반응을 말한다. [5]항체 제조 기술이 발전하면서~측면 유동면역분석법(LFIA)을 이용한 다양한 종류의 키트가 개발되고 있다. + 2문단 [11]일반적으로 한 가지 목표 성분을 검출하는 키트의 반응막에는 항체들이 띠 모양으로 두 가닥 고정
LFIA 키트는 특정 항원에 반응하는 항체를 제조하는 기술을 활용하여 제작되는데, 목표 성분을 검출하는 키트의 반응막에 고정된 것이 항체인 것으로 보아 목표 성분은 항체에 결합하는 항원에 해당함을 알 수 있다.

④ LFIA 키트에 표지 물질이 없다면 시료에 목표 성분이 있더라도 이를 시각적으로 확인할 수 없다.
근거: 2문단 [10]표지 물질은 발색 반응에 의해 색깔을 내는데~[12]표지 물질이 검사선이나 표준선에 놓이면 발색 반응에 의해 반응선이 나타난다.
LFIA 키트의 표지 물질은 검사선과 표준선에 닿았을 때 발색 반응을 일으켜 반응선을 시각적으로 나타내는 역할을 한다. 따라서 LFIA 키트에 발색 반응을 일으키는 표지 물질이 없다면 시료에 목표 성분이 있더라도 발색 반응이 나타나지 않아 목표 성분을 시각적으로 확인할 수 없을 것이다.

⑤ LFIA 키트를 이용하여 검사할 때, 시료에 목표 성분이 포함되어 있지 않더라도 검사선이 발색될 수 있다.

근거: **2** [13]검사선이 발색되어 나타나는 반응선을 통해서는 목표 성분의 유무를 판정할 수 있다. + **4** [25]키트가 시료에 목표 성분이 들어있다고 판정하면 이를 양성이라고 한다. [26]이때 시료에 목표 성분이 실제로 존재하면 진양성, 시료에 목표 성분이 없다면 위양성이라고 한다.

시료에 목표 성분이 없음에도 키트가 시료에 목표 성분이 들어있다고 판정하는 것을 '위양성'이라고 한다. 목표 성분이 들어있다고 판정하는 것은 검사선이 발색되었다는 것을 의미하므로 시료에 목표 성분이 포함되어 있지 않더라도 검사선은 발색될 수 있다.

2. ㉠과 ㉡에 대한 이해로 가장 적절한 것은?

㉠: 직접 방식
㉡: 경쟁 방식

✅ 정답풀이

① ㉠은 ㉡과 달리, 시료에 들어 있는 목표 성분은 검사선에 도달하기 이전에 항체와 결합을 하겠군.

근거: **3** [16]직접 방식(㉠)에서 복합체에 포함된 특정 물질은 목표 성분에 결합할 수 있는 항체이다. [17]시료에 목표 성분이 포함되어 있다면 목표 성분은 이 항체(목표 성분에 결합할 수 있는 항체)와 일차적으로 결합하고, 이후 검사선의 고정된 항체와 결합한다. [19]한편 경쟁 방식(㉡)에서 복합체에 포함된 특정 물질은 목표 성분에 대한 항체가 아니라 목표 성분 자체이다. [20]만약 시료에 목표 성분이 포함되어 있으면 시료의 목표 성분과 복합체의 목표 성분이 서로 검사선의 항체와 결합하려 경쟁한다.

㉠에서는 시료의 목표 성분이 검사선에 도달하기 전, 복합체의 항체와 일차적으로 결합한다. 그러나 ㉡에서는 검사선에 도달하기 이전의 지점에 있는 복합체에 목표 성분과 결합할 수 있는 항체가 없으므로 검사선에 도달하기 이전에는 항체와 결합할 수 없다.

❌ 오답풀이

② ㉠은 ㉡과 달리, 시료에서 목표 성분을 검출했다면 검사선에서 항체와 목표 성분의 결합이 존재하지 않겠군.

근거: **3** [16]직접 방식(㉠)에서 복합체에 포함된 특정 물질은 목표 성분에 결합할 수 있는 항체이다. [17]시료에 목표 성분이 포함되어 있다면 목표 성분은 이 항체(목표 성분에 결합할 수 있는 항체)와 일차적으로 결합하고, 이후 검사선의 고정된 항체와 결합한다.

시료에서 목표 성분을 검출했다면, ㉠의 시료에 포함된 목표 성분은 검사선에 고정되어 있는 항체와 결합하였을 것이다.

③ ㉡은 ㉠과 달리, 시료가 표준선에 도달하기 이전에 검사선에 먼저 도달하겠군.

근거: **2** [7]LFIA 키트는 가로로 긴 납작한 막대 모양인데, 시료 패드, 결합 패드, 반응막, 흡수 패드가 순서대로 나란히 배열된 구조로 되어 있다.~ [11]일반적으로 한 가지 목표 성분을 검출하는 키트의 반응막에는 항체들이 띠 모양으로 두 가닥 고정되어 있는데, 그중 시료 패드와 가까운 쪽에 있는 가닥이 검사선이고 다른 가닥은 표준선이다. + **3** [15]LFIA 키트는 주로 직접 방식(㉠) 또는 경쟁 방식(㉡)으로 제작

㉠과 ㉡은 모두 LFIA 키트의 한 유형에 해당되며, 공통적으로 시료 패드, 결합 패드, 반응막(검사선, 표준선), 흡수 패드가 나란히 배열된 구조로 이루어져 있다. 반응막에 띠 모양으로 고정되어 있는 두 가닥 항체 중, 시료 패드와 가까운 쪽에 있는 것이 검사선이므로 ㉠과 ㉡ 모두 시료가 표준선에 도달하기 전 검사선에 먼저 도달하게 될 것이다.

④ ⓛ은 ③과 달리, 정상적인 검사로 시료에서 목표 성분을 검출
했다면 반응막에 아무런 반응선도 나타나지 않았겠군.

근거: ❷ ¹¹일반적으로 한 가지 목표 성분을 검출하는 키트의 반응막에는
항체들이 띠 모양으로 두 가닥 고정되어 있는데, 그중 시료 패드와 가까운
쪽에 있는 가닥이 검사선이고 다른 가닥은 표준선이다.~¹⁴표준선이 발색된
반응선이 나타나면 검사가 정상적으로 진행되었음을 알 수 있다.

정상적인 검사를 통해 시료에서 목표 성분을 검출했다면, LFIA 키트가 만들
어진 방식에 따라 검사선과 표준선이 발색되는데, 이때 표준선이 발색된 반응
선은 정상적으로 검사가 진행된 것을 의미한다. 따라서 ③과 ⓛ 모두, 정상
적인 검사가 진행되었다면 표준선에서는 일관되게 발색된 반응선이 나타날
것이다.

⑤ ③과 ⓛ은 모두 시료에 들어 있는 목표 성분이 표지 물질과
항원–항체 반응으로 결합하겠군.

근거: ❶ ⁴항원–항체 반응은 항원과 그 항원에만 특이적으로 반응하는 항
체가 결합하는 면역 반응을 말한다. + ❷ ⁹결합 패드에 있는 복합체는 금–
나노 입자 또는 형광 비드 등의 표지 물질에 특정 물질이 붙어 이루어진다.
¹⁰표지 물질은 발색 반응에 의해 색깔을 내는데, 이 표지 물질에 붙어 있는
특정 물질은 키트 방식에 따라 종류가 다르다. + ❸ ¹⁶직접 방식(③)에서 복
합체에 포함된 특정 물질은 목표 성분에 결합할 수 있는 항체이다. ¹⁹한편
경쟁 방식(ⓛ)에서 복합체에 포함된 특정 물질은 목표 성분에 대한 항체가
아니라 목표 성분 자체이다.

항원–항체 반응은 특정 항원, 즉 시료에 들어 있는 목표 성분에 특이적으
로 반응하는 항체가 결합함으로써 이루어진다. ③과 ⓛ 모두 복합체에 발색
반응을 일으키는 표지 물질이 포함되어 있지만, 목표 성분의 유무를 확인하는
것은 표지 물질이 아닌 특정 물질과 관련이 있다. 즉 ③과 ⓛ 모두 복합체
내부의 표지 물질이 목표 성분과 항원–항체 반응으로 결합하지 않는다.

• 2–④번

학생들이 정답 이외에 가장 많이 고른 선지가 ④번이다. 3문단에 제시된
'직접 방식(③)'과 '경쟁 방식(ⓛ)'의 차이를 명확하게 판단하는 것도 중요
하지만, 두 가지 방식을 포괄하는 'LFIA 키트'의 구성과 각 부분의 역할에
대해 설명한 2문단의 내용도 분명하게 이해해야 ④번이 적절한지의 여부를
명확히 판별할 수 있다.

2문단에 제시된 'LFIA 키트'의 구성에 대한 설명을 참고하면, '반응막'
에서는 표지 물질과 만나 발색하여 '반응선'으로 나타날 수 있는 선으로
'검사선'과 '표준선' 두 가지가 있음을 알 수 있다. 이때 시료 패드와 가까
이에 있는 '검사선'이 발색되어 '반응선'으로 나타나는지의 여부를 통해
서는 목표 성분의 유무를 판정할 수 있고, '표준선'이 발색되어 '반응선'
으로 나타나는지의 여부를 통해서는 검사가 정상적으로 진행되었는지를
알 수 있다고 했다. 그런데 3문단에서 설명하는 ③과 ⓛ에 대한 설명에
서는 복합체와 함께 움직인 시료가 '검사선'에 닿았을 때 어떻게 반응하
는지에 대한 설명을 하고 있을 뿐, ③과 ⓛ의 방식 차이가 '표준선'에 어
떠한 영향을 미치는지에 대해서는 언급하지 않는다. '표준선'은 시료에
포함된 목표 성분의 유무와 무관하게 검사가 정상적으로 진행되었는지
의 여부와만 연관되는 것이기 때문이다. 그런데 ④번에서는 '정상적인 검
사로 시료에서 목표 성분을 검출'했을 경우, 즉 정상적인 검사가 진행된
경우에 '반응막'에 반응선이 나타나는지의 여부를 따지고 있다. 따라서
정상적으로 검사가 이루어졌다면 ③이나 ⓛ의 결과와 상관없이, 둘 모두
최소 한 개의 반응선('표준선')은 나타나게 될 것이다.

정답률 분석

	정답			매력적 오답	
	①	②	③	④	⑤
	47%	9%	10%	23%	11%

3. 윗글을 참고할 때, 〈보기〉의 A와 B에 들어갈 말을 올바르게 짝지은 것은?

─────〈보기〉─────

검사용 키트를 가지고 여러 번의 검사를 실시하여 키트의 정확성을 측정하였을 때, 검사 결과 (A)인 경우가 적을수록 민감도는 높고, (B)인 경우가 많을수록 특이도는 높다.

✔ 정답풀이

	A	B
④	위음성	진음성

근거: 4 ²⁵키트가 시료에 목표 성분이 들어있다고 판정하면 이를 양성이라고 한다. ²⁶이때 시료에 목표 성분이 실제로 존재하면 진양성, 시료에 목표 성분이 없다면 위양성이라고 한다. ²⁷반대로 키트가 시료에 목표 성분이 들어 있지 않다고 판정하면 음성이라고 한다. ²⁸이 경우 실제로 목표 성분이 없다면 진음성, 목표 성분이 있다면 위음성이라고 한다. + 5 ³²민감도는 시료에 목표 성분이 존재하는 경우에 대해 키트가 이를 양성으로 판정한 비율이다. ³³특이도는 시료에 목표 성분이 없는 경우에 대해 키트가 이를 음성으로 판정한 비율이다.

민감도는 시료에 목표 성분이 있는 경우와 관련되기 때문에, 키트의 정확성을 측정할 때에는 시료에 목표 성분이 존재함에도 존재하지 않는다고 잘못 판단하는 '위음성'인 경우가 적을수록 민감도가 높다고 볼 수 있다. 특이도는 시료에 목표 성분이 없는 경우와 관련되기 때문에, 키트의 정확성을 측정할 때에는 시료에 목표 성분이 존재하지 않는 경우를 존재하지 않는다고 올바르게 판단하는 '진음성'인 경우가 많을수록 특이도가 높다고 볼 수 있다.

모두의 질문
• 3-①, ②번

Q: 왜 A에 들어가는 것이 '진양성'이 아닌가요?

A: 5문단에 따르면 민감도는 분석의 대상이 되는 시료에 목표 성분이 존재하는 경우에 올바른 결과를 얻을 확률과, 특이도는 분석의 대상이 되는 시료에 목표 성분이 존재하지 않는 경우에 올바른 결과를 얻을 확률과 연관된다는 점에서 차이가 있다. 이를 4문단의 '진양성', '위양성', '진음성', '위음성' 개념과 연결 지어 보면, 시료에 목표 성분이 있는 경우와 관련된 판단인 '진양성'과 '위음성'이 민감도와 연관되고, 시료에 목표 성분이 없는 경우와 관련된 판단인 '위양성'과 '진음성'은 특이도와 연관된다.

결국 민감도가 높아지기 위해서는 '진양성'인 경우가 많아야 하고, 낮아지기 위해서는 '위음성'인 경우가 많아야 한다. 또한 특이도가 높아지기 위해서는 '진음성'인 경우가 많아야 하고, 낮아지기 위해서는 '위양성'인 경우가 많아야 한다. 그런데 〈보기〉에서는 여러 번의 검사를 실시하였을 때 민감도가 높아지기 위해 '많아져야' 하는 경우가 아닌, '적어져야' 하는 경우에 대해 묻고 있으므로, A에 들어가야 하는 것은 '진양성'이 아닌 '위음성'이 맞다. 상당히 어려운 소재의 지문을 읽은 뒤, 시험 후반부에 〈보기〉를 급하게 읽다 보니 '(A)인 경우가 적을수록 민감도는 높고'라는 부분을 간과했을 수 있다. 시간이 부족하더라도 〈보기〉의 내용을 꼼꼼히 읽어 지문의 내용과 연관 지어 보자.

4. 윗글을 바탕으로 〈보기〉를 이해한 반응으로 적절하지 <u>않은</u> 것은? [3점]

〈보기〉

[1]살모넬라균은 집단 식중독을 일으키는 대표적인 병원성 세균이다. [2]기존의 살모넬라균 분석법은 정확도는 높으나 3~5일의 시간이 소요되어 질병 발생 시 신속한 진단 및 예방에 어려움이 있었다. [3]살모넬라균은 감염 속도가 빠르므로 다량의 시료 중 오염이 의심되는 시료부터 신속하게 골라낸 후에 이 시료만을 대상으로 더 정확한 방법으로 분석하여 오염 여부를 확정 짓는 것이 효과적이다. [4]최근에 기존 방법보다 정확도는 낮으나 저렴한 비용으로 살모넬라균만을 신속하게 검출할 수 있는 @LFIA 방식의 새로운 키트가 개발되었다고 한다.

✅ 정답풀이

② @의 결합 패드에는 표지 물질에 살모넬라균이 붙어 있는 복합체가 들어 있겠군.

근거: **3** [16]직접 방식에서 복합체에 포함된 특정 물질은 목표 성분에 결합할 수 있는 항체이다. [19]한편 경쟁 방식에서 복합체에 포함된 특정 물질은 목표 성분에 대한 항체가 아니라 목표 성분 자체이다. [22]직접 방식은 세균이나 분자량이 큰 단백질 등을 검출할 때 이용하고, 경쟁 방식은 항생 물질처럼 목표 성분의 크기가 작은 경우에 이용한다. + 〈보기〉 [1]살모넬라균은 집단 식중독을 일으키는 대표적인 병원성 세균이다.

결합 패드의 복합체가 표지 물질과 목표 성분 자체인 살모넬라균으로 이루어져 있다는 것은 @가 경쟁 방식으로 제작된 키트임을 나타낸다. 그러나 살모넬라균과 같은 병원성 '세균'은 경쟁 방식이 아닌 직접 방식으로 만들어진 LFIA 키트를 통해 검출한다고 했으므로, 결합 패드에는 표지 물질에 살모넬라균에 결합할 수 있는 항체가 붙어 있는 복합체가 들어 있어야 한다.

❌ 오답풀이

① @를 개발하기 전에 살모넬라균과 결합하는 항체를 제조하는 기술이 개발되었겠군.

근거: **1** [4]항원–항체 반응은 항원과 그 항원에만 특이적으로 반응하는 항체가 결합하는 면역 반응을 말한다. [5]항체 제조 기술이 발전하면서~측면유동면역분석법(LFIA)을 이용한 다양한 종류의 키트가 개발되고 있다.

LFIA 키트의 개발은 특정한 항원에 결합하는 항체 제조 기술의 발전에 따라 이루어지고 있다. 따라서 @를 개발하기 전에 먼저 살모넬라균이라는 특정 항원과 결합하는 항체를 제조하는 기술이 우선적으로 개발되었어야 했을 것이다.

③ @를 이용하여 음식물의 살모넬라균 오염 여부를 검사하려면 시료를 액체 상태로 만들어야겠군.

근거: **2** [6]LFIA 키트를 이용하면 키트에 나타나는 선을 통해, 액상의 시료에서 검출하고자 하는 목표 성분의 유무를 간편하게 확인할 수 있다.

LFIA 키트는 액상(물질이 액체로 되어 있는 상태)의 시료를 활용하므로, @를 이용하여 음식물의 살모넬라균 오염 여부를 검사하기 위해서는 먼저 시료를 액체 상태로 만들어야 할 것이다.

④ @를 이용하여 현장에서 살모넬라균 오염 의심 시료를 선별하기 위해서는 특이도보다 민감도가 높은 것이 더 효과적이겠군.

근거: **5** [32]민감도는 시료에 목표 성분이 존재하는 경우에 대해 키트가 이를 양성으로 판정한 비율이다. [33]특이도는 시료에 목표 성분이 없는 경우에 대해 키트가 이를 음성으로 판정한 비율이다. + 〈보기〉 [3]살모넬라균은 감염 속도가 빠르므로 다량의 시료 중 오염이 의심되는 시료부터 신속하게 골라낸 후에 이 시료만을 대상으로 더 정확한 방법으로 분석하여 오염 여부를 확정 짓는 것이 효과적이다. [4]최근에~살모넬라균만을 신속하게 검출할 수 있는 LFIA 방식의 새로운 키트가 개발되었다고 한다.

살모넬라균만을 신속하게 검출할 수 있는 @는 추후에 더 정확한 방법으로 검사하기 위해 다량의 시료 중 오염이 의심되는 시료를 신속하게 골라내는 과정에서 활용될 수 있는 키트이다. 따라서 @를 활용하여 오염이 의심되는 시료만을 신속하게 골라내기 위해서는, 시료에 목표 성분이 없는 경우와 관련된 특이도보다는 시료에 목표 성분이 있는 경우와 관련된 민감도가 높은 것이 더 효과적일 것이다.

⑤ @를 이용하여 살모넬라균이 검출되었다고 키트가 판정한 경우에도 기존의 분석법으로는 균이 검출되지 않을 수 있겠군.

근거: **4** [29]현실에서 위양성이나 위음성을 배제할 수 있는 키트는 없다. + **5** [34]민감도와 특이도가 모두 높아 정확도가 높은 키트가 가장 이상적이지만 현실에서는 그렇지 않은 경우가 많아서 + 〈보기〉 [2]기존의 살모넬라균 분석법은 정확도는 높으나 3~5일의 시간이 소요되어 질병 발생 시 신속한 진단 및 예방에 어려움이 있었다.~[4]최근에 기존 방법보다 정확도는 낮으나 저렴한 비용으로 살모넬라균만을 신속하게 검출할 수 있는 LFIA 방식의 새로운 키트가 개발되었다고 한다.

@는 기존의 분석법에 비해 신속하게 살모넬라균을 검출할 수 있으나, 한편으로는 기존의 분석법에 비해 낮은 정확도를 가지고 있어 민감도와 특이도가 모두 상대적으로 낮다. 따라서 @의 판정은 실제로는 존재하지 않는 살모넬라균이 존재한다고 잘못 파악하는 위양성 판단에 해당될 가능성이 있으며, 이와 달리 보다 높은 정확도를 지닌 기존의 분석법으로는 살모넬라균이 검출되지 않는다고 판정될 수 있다.

• 4-④번

학생들이 정답 이외에 가장 많이 고른 선지가 ④번이다. ④번에 제시된 '민감도'나 '특이도'의 개념과 특성을 4문단~5문단에서 명확하게 이해하지 못했다면, 이를 〈보기〉와 선지에 제시된 '오염 의심 시료를 선별'하는 상황과 직접적으로 연결하여 판단하기 어려웠을 것이다.

5문단에서는 '상황에 따라 민감도나 특이도를 고려하여 키트를 선택'해야 한다고 하였다. 따라서 〈보기〉와 ④번에서는 민감도와 특이도를 고려하기 위해 어떠한 상황을 제시하고 있는지 우선적으로 파악해야 한다. 〈보기〉에서는 LFIA 방식의 새로운 키트(ⓐ)가 개발된 배경으로, '기존의 살모넬라균 분석법'은 살모넬라균의 검출에 지나치게 오랜 시간이 소요되기 때문에 '다량의 시료 중 오염이 의심되는 시료부터 신속하게 골라' 내는 기술이 개발되어야 하는 상황을 제시하고 있다. 또한 ④번에서도 ⓐ를 이용해 현장에서 살모넬라균 '오염 의심 시료를 선별'해 내어야 하는 상황을 다루고 있음을 알 수 있다. 5문단에 따르면 '민감도'는 '목표 성분이 존재하는 경우'에 대해 올바른 검사 결과를 얻을 확률과 연관되며, '특이도'는 '목표 성분이 없는 경우'에 대해 올바른 결과 검사를 얻을 확률과 연관된다. 즉 ⓐ를 활용하여 '오염 의심 시료', 즉 '살모넬라균(목표 성분)이 존재하는 시료'를 선별하고자 한다면 ('목표 성분이 있는 경우'를 판별하는) '민감도'가 ('목표 성분이 없는 경우'를 판별하는) '특이도'보다 높아야 효과적일 것임을 알 수 있다.

정답률 분석

	정답		매력적 오답	
①	②	③	④	⑤
7%	41%	15%	20%	17%

[1~4] 다음 글을 읽고 물음에 답하시오.

✏ 사고의 흐름

1 ¹탄수화물은 사람을 비롯한 동물이 생존하는 데 필수적인 에너지원이다. ²탄수화물은 섬유소와 비섬유소로 구분된다. '탄수화물'이라는 화제가 제시되었고, 이를 섬유소와 비섬유소로 구분했군. 어떤 차이가 있는지 생각하며 읽어야겠어! ³사람은 체내에서 합성한 효소를 이용하여 곡류의 녹말과 같은 비섬유소를 포도당으로 분해하고 이를 소장에서 흡수하여 에너지원으로 이용한다. ⁴반면, 사람은 풀이나 채소의 주성분인 셀룰로스와 같은 섬유소를 포도당으로 분해하는 효소를 합성하지 못하므로, 섬유소를 소장에서 이용하지 못한다. ⁵㉠소, 양, 사슴과 같은 반추 동물도 섬유소를 분해하는 효소를 합성하지 못하는 것은 ㉡마찬가지이지만, 비섬유소와 섬유소를 모두 에너지원으로 이용하며 살아간다.

사람의 비섬유소 분해와 섬유소 분해는 차이가 있군.

앞서 사람과 반추 동물의 공통점을 설명했으니 뒤에서는 차이점을 설명하겠군!

	사람	반추 동물
섬유소 (셀룰로스)	분해 효소 X, 에너지원 이용 X	분해 효소 X, 에너지원 이용 O
비섬유소 (녹말)	분해 효소 O, 에너지원 이용 O	에너지원 이용 O

사람이나 반추 동물이나 섬유소를 분해하는 효소를 합성하지는 못하는군! 그런데 반추 동물은 사람과 달리 섬유소도 에너지원으로 이용하네? 그럼 이어서 반추 동물이 효소 없이 어떻게 섬유소를 에너지원으로 이용하는지 설명해 주겠지?

2 ⁶위(胃)가 넷으로 나누어진 반추 동물의 첫째 위인 반추위에는 여러 종류의 미생물이 서식하고 있다. 갑자기 반추 동물의 반추위에 서식하는 미생물에 대해 이야기하네? 그렇다면 이 미생물은 분명 반추 동물이 섬유소를 에너지원으로 이용할 수 있는 것과 관련이 있을 거야! ⁷반추 동물의 반추위에는 산소가 없는데, 이 환경에서 왕성하게 생장*하는 반추위 미생물들은 다양한 생리적 특성을 가지고 있다. ⁸그중 ⓐ피브로박터 숙시노젠(F)은 섬유소를 분해하는 대표적인 미생물이다. 반추위 미생물 중 F는 섬유소 분해 미생물이군! ⁹식물체에서 셀룰로스(=섬유소)는 그것을 둘러싼 다른 물질과 복잡하게 얽혀 있는데, F가 가진 효소 복합체는 이 구조를 끊어 셀룰로스를 노출시킨 후 이를 포도당으로 분해한다. ¹⁰F는 이 포도당을 자신의 세포 내에서 대사 과정을 거쳐 에너지원으로 이용하여 생존을 유지하고 개체 수를 늘림으로써 생장한다. F: 섬유소를 포도당으로 분해하여 자신의 에너지원으로 이용 ¹¹이런 대사 과정에서 아세트산, 숙신산 등이 대사산물로 발생하고 이를 자신(F)의 세포 외부로 배출한다. ¹²반추위에서 미생물들이 생성한 아세트산은 반추 동물의 세포로 직접 흡수되어 생존에 필요한 에너지를 생성하는 데 주로 이용되고 체지방을 합성하는 데에도 쓰인다. ¹³한편 반추위에서 숙신산은 프로피온산을 대사산물로 생성하는 다른 미생물의 에너지원으로 빠르게 소진된다. ¹⁴이 과정에서 생성된 프로피온산은 반추 동물이 간(肝)에서 포도당을 합성하는 대사 과정에서 주요 재료로 이용된다.

대사산물 중 아세트산에 대해 설명했고 이제 숙신산에 대해 설명하겠지!

F의 대사산물 ┌ 아세트산: 반추 동물의 에너지원(세포로 직접 흡수), 체지방 합성
└ 숙신산: 프로피온산 생성하는 다른 미생물의 에너지원

F의 대사산물이 직·간접적으로 반추 동물의 에너지원이 되니까, 섬유소 분해 효소가 없더라도 섬유소를 에너지원으로 이용할 수 있는 거네.

3 ¹⁵반추위에는 비섬유소인 녹말을 분해하는 ⓑ스트렙토코쿠스 보비스(S)도 서식한다. 반추위 미생물 중 S는 비섬유소 분해 미생물이야. ¹⁶이 미생물은 반추 동물이 섭취한 녹말을 포도당으로 분해하고, 이 포도당을 자신의 세포 내에서 대사 과정을 통해 자신에게 필요한 에너지원으로 이용한다. S: 비섬유소를 포도당으로 분해하여 자신의 에너지원으로 이용 ¹⁷이때 S는 자신의 세포 내의 산성도에 따라 세포 외부로 배출하는 대사산물이 달라진다. ¹⁸산성도를 알려 주는 수소 이온 농도 지수(pH)가 7.0 정도로 중성이고 생장 속도가 느린 경우에는 아세트산, 에탄올 등이 대사산물로 배출된다. ¹⁹반면 산성도가 높아져 pH가 6.0 이하로 떨어지거나 녹말의 양이 충분하여 생장 속도가 빠를 때는 젖산이 대사산물로 배출된다. 산성도가 높아지면 pH는 떨어지는 거네. ²⁰반추위에서 젖산은 반추 동물의 세포로 직접 흡수되어 반추 동물에게 필요한 에너지를 생성하는 데 이용되거나 아세트산 또는 프로피온산을 대사산물로 배출하는 다른 미생물의 에너지원으로 이용된다.

S의 대사산물 ┌ 아세트산, 에탄올: pH 7.0(중성), 생장 속도↓
└ 젖산: pH 6.0↓(산성↑), 생장 속도↑
└ 반추 동물의 에너지원(세포로 직접 흡수), 아세트산 or 프로피온산 배출하는 다른 미생물의 에너지원

S의 대사산물 역시 반추 동물의 에너지원이 되는군!

4 ²¹그런데 S의 과도한 생장이 반추 동물에게 악영향을 끼치는 경우가 있다. S가 지나치게 생장하면 문제가 발생하는구나! ²²반추 동물이 짧은 시간에 과도한 양의 비섬유소를 섭취하면 S의 개체 수가 급격히 늘고 과도한 양의 젖산이 배출되어 반추위의 산성도가 높아진다. 단기간 비섬유소 섭취↑ → S 개체 수↑ → 젖산 배출↑ → 산성도↑ ²³이에 따라 산성의 환경에서 왕성히 생장하며 항상 젖산을 대사산물로 배출하는 ⓒ락토바실러스 루미니스(L)와 같은 젖산 생성 미생물들의 생장이 증가하며 다량의 젖산을 배출하기 시작한다. L은 젖산 생성 미생물이야! 이미 과도한 양의 젖산이 배출되어 산성도가 높아졌는데, L로 인해 젖산이 더 많이 배출되겠네. ²⁴F를 비롯한 섬유소 분해 미생물들은 자신의 세포 내부의 pH를 중성으로 일정하게 유지하려는 특성이 있는데, 젖산 농도의 증가로 자신의 세포 외부의 pH가 낮아지면 자신의 세포 내의 항상성*을 유지하기 위해 에너지를 사용하므로 생장이 감소한다. ²⁵만일 자신의 세포 외부의 pH가 5.8 이하로 떨어지면 에너지가 소진되어 생장을 멈추고 사멸*하는 단계로 접어든다. F를 비롯한 섬유소 분해 미생물들은 산성도가 높아지면 생장이 감소하고, pH가 5.8 이하면 사멸하는군. ²⁶이와 달리 S와 L은 상대적으로 산성에 견디는 정도가 강해 자신의 세포 외부의 pH가 5.5 정도까지 떨어지더라도 이에 맞춰 자신의 세포 내부의 pH를 낮출 수 있어 자신의 에너지를 세포

전환! 앞의 내용과는 다른 내용이 언급되겠지!

F와의 차이점 정리!!

내부의 pH를 유지하는 데 거의 사용하지 않고 생장을 지속하는 데 사용한다. [27]그러나 S도 자신의 세포 외부의 pH가 그 이하로 더 떨어지면 생장을 멈추고 사멸하는 단계로 접어들고, 산성에 더 강한 L을 비롯한 젖산 생성 미생물들이 반추위 미생물의 많은 부분을 차지하게 된다. *S는 pH가 5.5 이하면 사멸! 산성도가 높아지면 L과 같은 젖산 생성 미생물만 남겠네.* [28]그렇게 되면 반추위의 pH가 5.0 이하가 되는 급성 반추위 산성증이 발병한다. *S의 과도한 생장은 급성 반추위 산성증이라는 병을 발생시킬 수 있군!*

이것만은 챙기자

- **생장:** 생물체의 원형질과 그 부수물의 양이 늘어나는 일.
- **항상성:** 생체가 여러 가지 환경 변화에 대응하여 생명 현상이 제대로 일어날 수 있도록 일정한 상태를 유지하는 성질. 또는 그런 현상.
- **사멸:** 죽어 없어짐.

만점 선배의 구조도 예시

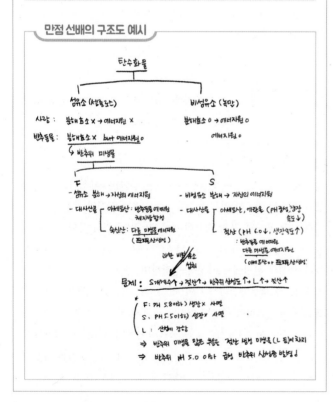

---

1. 윗글을 읽고 알 수 있는 내용으로 가장 적절한 것은?

✅ 정답풀이

⑤ 피브로박터 숙시노젠(F)은 자신의 세포 내에서 포도당을 에너지원으로 이용하여 생장한다.

> 근거: **2** [10]F는 이 포도당을 자신의 세포 내에서 대사 과정을 거쳐 에너지원으로 이용하여 생존을 유지하고 개체 수를 늘림으로써 생장한다.

❌ 오답풀이

① 섬유소는 사람의 소장에서 포도당의 공급원으로 사용된다.

근거: **1** [4]반면, 사람은 풀이나 채소의 주성분인 셀룰로스와 같은 섬유소를 포도당으로 분해하는 효소를 합성하지 못하므로, 섬유소를 소장에서 이용하지 못한다.

사람은 섬유소를 분해하는 효소를 합성하지 못하므로 이를 소장에서 사용할 수 없다.

② 반추 동물의 세포에서 합성한 효소는 셀룰로스를 분해한다.

근거: **1** [4]셀룰로스와 같은 섬유소 [5]소, 양, 사슴과 같은 반추 동물도 섬유소를 분해하는 효소를 합성하지 못하는 것은 마찬가지 + **2** [8]그(반추위 미생물) 중 피브로박터 숙시노젠(F)은 섬유소를 분해하는 대표적인 미생물이다. [9]식물체에서 셀룰로스(=섬유소)는 그것을 둘러싼 다른 물질과 복잡하게 얽혀 있는데, F가 가진 효소 복합체는 이 구조를 끊어 셀룰로스를 노출시킨 후 이를 포도당으로 분해한다.

반추 동물은 셀룰로스(섬유소)를 분해하는 효소를 합성하지 못한다. 반추 동물의 반추위 미생물 F가 섬유소를 분해하는 역할을 한다.

③ 반추위 미생물은 산소가 없는 환경에서 생장을 멈추고 사멸한다.

근거: **2** [7]반추 동물의 반추위에는 산소가 없는데, 이 환경에서 왕성하게 생장하는 반추위 미생물들은 다양한 생리적 특성을 가지고 있다. + **4** [25]만일 자신(F를 비롯한 섬유소 분해 미생물)의 세포 외부의 pH가 5.8 이하로 떨어지면 에너지가 소진되어 생장을 멈추고 사멸하는 단계로 접어든다.~ [27]그러나 S도 자신의 세포 외부의 pH가 그(5.5) 이하로 더 떨어지면 생장을 멈추고 사멸하는 단계로 접어들고

반추위 미생물은 산소가 없는 환경에서 왕성하게 생장한다. 반추위 미생물이 생장을 멈추고 사멸하는 것은 pH가 특정 수치 이하로 떨어지는 경우이다.

④ 반추 동물의 과도한 섬유소 섭취는 급성 반추위 산성증을 유발한다.

근거: **4** [22]반추 동물이 짧은 시간에 과도한 양의 비섬유소를 섭취하면 S의 개체 수가 급격히 늘고 과도한 양의 젖산이 배출되어 반추위의 산성도가 높아진다.~[28]그렇게 되면 반추위의 pH가 5.0 이하가 되는 급성 반추위 산성증이 발병한다.

반추 동물이 과도하게 비섬유소를 섭취하는 경우, 급성 반추위 산성증을 유발한다.

2. 윗글로 볼 때, ⓐ∼ⓒ에 대한 이해로 적절하지 <u>않은</u> 것은?

> ⓐ: 피브로박터 숙시노젠(F)
> ⓑ: 스트렙토코쿠스 보비스(S)
> ⓒ: 락토바실러스 루미니스(L)

✅ 정답풀이

④ ⓑ와 ⓒ는 모두 반추위의 산성도에 따라 다양한 종류의 대사 산물을 배출하겠군.

> 근거: **2** [17]이때 S(ⓑ)는 자신의 세포 내의 산성도에 따라 세포 외부로 배출하는 대사산물이 달라진다. + **4** [23]항상 젖산을 대사산물로 배출하는 락토바실러스 루미니스(L)(ⓒ)
> ⓑ는 반추위의 산성도가 아니라 자신의 세포 내의 산성도에 따라 배출하는 대사산물이 달라진다. 또한 ⓒ는 항상 젖산을 대사산물로 배출한다.

❌ 오답풀이

① ⓐ와 ⓑ는 모두 급성 반추위 산성증에 걸린 반추 동물의 반추위 에서는 생장하지 못하겠군.

근거: **4** [25]만일 자신(ⓐ를 비롯한 섬유소 분해 미생물들)의 세포 외부의 pH가 5.8 이하로 떨어지면 에너지가 소진되어 생장을 멈추고 사멸하는 단계로 접어든다. [27]그러나 S(ⓑ)도 자신의 세포 외부의 pH가 그(5.5) 이하로 더 떨어지면 생장을 멈추고 사멸하는 단계로 접어들고, [28]그렇게 되면 반추위의 pH가 5.0 이하가 되는 급성 반추위 산성증이 발병한다.
급성 반추위 산성증에 걸린 반추 동물의 반추위의 pH는 5.0 이하이므로 ⓐ와 ⓑ 모두 생장하지 못한다.

② ⓐ와 ⓑ는 모두 반추위에서 반추 동물의 체지방을 합성하는 물질을 생성할 수 있겠군.

근거: **2** [11](ⓐ의) 이런 대사 과정에서 아세트산, 숙신산 등이 대사산물로 발생하고 이를 자신의 세포 외부로 배출한다. [12]반추위에서 미생물들이 생성한 아세트산은 반추 동물의∼체지방을 합성하는 데에도 쓰인다. + **3** [18]산성도를 알려 주는 수소 이온 농도 지수(pH)가 7.0정도로 중성이고 생장 속도가 느린 경우에는 아세트산, 에탄올 등이 (ⓑ의) 대사산물로 배출된다.
ⓐ는 반추위에서 반추 동물의 체지방을 합성하는 데 쓰이는 아세트산을 대사산물로 발생시킨다. 또한 ⓑ도 반추위에서 산성도가 중성이고 생장 속도가 느린 경우에 체지방을 합성하는 데 쓰이는 아세트산을 대사산물로 배출한다.

③ 반추위의 pH가 6.0일 때, ⓐ는 ⓒ보다 자신의 세포 내의 산성도를 유지하는 데 더 많은 에너지를 쓰겠군.

근거: **3** [18]산성도를 알려 주는 수소 이온 농도 지수(pH)가 7.0 정도로 중성 [19]산성도가 높아져 pH가 6.0 이하로 떨어지거나 + **4** [24]F(ⓐ)를 비롯한 섬유소 분해 미생물들은 자신의 세포 내부의 pH를 중성으로 일정하게 유지하려는 특성이 있는데, 젖산 농도의 증가로 자신의 세포 외부의 pH가 낮아지면 자신의 세포 내의 항상성을 유지하기 위해 에너지를 사용하므로 생장이 감소한다. [26]이와 달리 S와 L(ⓒ)은 상대적으로 산성에 견디는 정도가 강해 자신의 세포 외부의 pH가 5.5 정도까지 떨어지더라도∼자신의 에너지를 세포 내부의 pH를 유지하는 데 거의 사용하지 않고 생장을 지속하는 데 사용한다.
반추위의 pH가 6.0이면 ⓐ는 자신의 세포 내의 산성도를 중성(pH가 7.0 정도)으로 유지하기 위해 에너지를 사용한다. 반면 ⓒ는 상대적으로 산성에 견디는 정도가 강해 반추위의 pH가 6.0일 때에는 자신의 세포 내의 산성도를 유지하는 데 에너지를 거의 사용하지 않는다. 따라서 반추위의 pH가 6.0일 때, ⓐ는 ⓒ보다 자신의 세포 내의 산성도를 유지하는 데 더 많은 에너지를 쓸 것이다.

⑤ 반추위에서 녹말의 양과 ⓑ의 생장이 증가할수록, ⓐ의 생장은 감소하고 ⓒ의 생장은 증가하겠군.

근거: **3** [19]반면 산성도가 높아져 pH가 6.0 이하로 떨어지거나 녹말의 양이 충분하여 생장 속도가 빠를 때는 젖산이 (ⓑ의) 대사산물로 배출된다. + **4** [22]반추 동물이 짧은 시간에 과도한 양의 (녹말과 같은) 비섬유소를 섭취하면 S의 개체 수가 급격히 늘고 과도한 양의 젖산이 배출되어 반추위의 산성도가 높아진다. [23]이에 따라 산성의 환경에서 왕성히 생장하며 항상 젖산을 대사산물로 배출하는 락토바실러스 루미니스(L)(ⓒ)와 같은 젖산 생성 미생물들의 생장이 증가하며 다량의 젖산을 배출하기 시작한다. [24]F(ⓐ)를 비롯한 섬유소 분해 미생물들은∼젖산 농도의 증가로 자신의 세포 외부의 pH가 낮아지면 자신의 세포 내의 항상성을 유지하기 위해 에너지를 사용하므로 생장이 감소한다.
녹말의 양과 ⓑ의 생장이 증가하면 젖산이 배출되어 반추위의 산성도가 높아진다. 젖산 농도의 증가로 세포 외부의 pH가 낮아지면, 자신의 세포 내의 항상성을 유지하기 위해 에너지를 사용하는 ⓐ의 생장은 감소하지만 ⓒ는 산성의 환경에서 왕성히 생장한다.

3. 윗글을 바탕으로 ㉠이 가능한 이유를 진술한다고 할 때, 〈보기〉의 ㉮, ㉯에 들어갈 말로 가장 적절한 것은? [3점]

> ㉠: 소, 양, 사슴과 같은 반추 동물도 섬유소를 분해하는 효소를 합성하지 못하는 것은 마찬가지이지만, 비섬유소와 섬유소를 모두 에너지원으로 이용하며 살아간다.

〈보기〉

반추 동물이 섭취한 섬유소와 비섬유소는 반추위에서 (㉮), 이를 이용하여 생장하는 (㉯)은 반추 동물의 에너지원으로 이용되기 때문이다.

✅ 정답풀이

① ⎡ ㉮: 반추위 미생물의 에너지원이 되고
　 ⎣ ㉯: 반추위 미생물이 대사 과정을 통해 생성한 대사산물

㉮

근거: **2** [8]그중 피브로박터 숙시노젠(F)은 섬유소를 분해하는 대표적인 미생물이다. [9]F가 가진 효소 복합체는 이 구조를 끊어 셀룰로스(섬유소)를 노출시킨 후 이를 포도당으로 분해한다. [10]F는 이 포도당을 자신의 세포 내에서 대사 과정을 거쳐 에너지원으로 이용하여 생존을 유지하고 개체 수를 늘림으로써 생장한다. + **3** [15]반추위에는 비섬유소인 녹말을 분해하는 스트렙토코쿠스 보비스(S)도 서식한다. [16]이 미생물은 반추 동물이 섭취한 녹말을 포도당으로 분해하고, 이 포도당을 자신의 세포 내에서 대사 과정을 통해 자신에게 필요한 에너지원으로 이용한다.

반추 동물이 섭취한 섬유소는 반추위 미생물 F에 의해 포도당으로 분해되며, F는 그 포도당을 자신의 에너지원으로 이용한다. 그리고 반추 동물이 섭취한 비섬유소는 반추위 미생물 S에 의해 포도당으로 분해되며, S는 그 포도당을 자신의 에너지원으로 이용한다.

㉯

근거: **2** [12]반추위에서 미생물들이 생성한 아세트산은 반추 동물의 세포로 직접 흡수되어 생존에 필요한 에너지를 생성하는 데 주로 이용 + **3** [19]반면 산성도가 높아져 pH가 6.0 이하로 떨어지거나 녹말의 양이 충분하여 생장 속도가 빠를 때는 젖산이 (S의) 대사산물로 배출된다. [20]반추위에서 젖산은 반추 동물의 세포로 직접 흡수되어 반추 동물에게 필요한 에너지를 생성하는 데 이용

반추위 미생물은 대사 과정에서 반추 동물의 에너지원으로 이용되는 아세트산과 젖산을 대사산물로 생성한다.

❌ 오답풀이

㉮: 반추위 미생물에 의해 합성된 포도당이 되고

근거: **2** [8]그중 피브로박터 숙시노젠(F)은 섬유소를 분해하는 대표적인 미생물이다. [9]식물체에서 셀룰로스(=섬유소)는 그것을 둘러싼 다른 물질과 복잡하게 얽혀 있는데, F가 가진 효소 복합체는 이 구조를 끊어 셀룰로스를 노출시킨 후 이를 포도당으로 분해한다. + **3** [15]반추위에는 비섬유소인 녹말을 분해하는 스트렙토코쿠스 보비스(S)도 서식한다. [16]이 미생물(S)은 반추 동물이 섭취한 녹말을 포도당으로 분해

반추위 미생물은 섬유소와 비섬유소를 포도당으로 합성하는 것이 아니라 분해한다.

㉯: 반추위 미생물이 대사 과정을 통해 생성한 포도당

근거: **2** [10]F는 이 포도당을 자신의 세포 내에서 대사 과정을 거쳐 에너지원으로 이용하여 생존을 유지하고 개체 수를 늘림으로써 생장한다. + **3** [16]이 미생물(S)은 반추 동물이 섭취한 녹말을 포도당으로 분해하고, 이 포도당을 자신의 세포 내에서 대사 과정을 통해 자신에게 필요한 에너지원으로 이용한다.

반추위 미생물이 생성한 포도당은 반추 동물이 아니라 반추위 미생물 자신에게 필요한 에너지원으로 이용한다.

㉯: 반추 동물이 대사 과정을 통해 생성한 포도당

근거: **2** [9]F가 가진 효소 복합체는 이 구조를 끊어 셀룰로스를 노출시킨 후 이를 포도당으로 분해한다. [10]F는 이 포도당을 자신의 세포 내에서 대사 과정을 거쳐 에너지원으로 이용하여 생존을 유지하고 개체 수를 늘림으로써 생장한다. + **3** [16]이 미생물(S)은 반추 동물이 섭취한 녹말을 포도당으로 분해하고, 이 포도당을 자신의 세포 내에서 대사 과정을 통해 자신에게 필요한 에너지원으로 이용한다.

반추 동물이 아닌 반추위 미생물이 포도당을 생성하며, 반추위 미생물은 이 포도당을 자신에게 필요한 에너지원으로 이용한다.

🖋 모두의 질문　　　　　　　　　　　　• 3-㉮

Q: 반추 동물이 섭취한 비섬유소는 그냥 체내 효소에 의해 에너지원이 되는 것 아닌가요?

A: 윗글에 반추 동물이 체내에서 합성한 효소를 이용하여 비섬유소를 에너지원으로 삼는 방식이나 원리에 대해 언급한 내용은 찾을 수 없다. 윗글에서는 반추 동물이 반추위에서 섬유소와 비섬유소를 활용하는 방법에 대해 반추위 미생물이 개입된 원리만 설명했을 뿐이다. 즉 3번 문제는 반추위 미생물의 역할에 초점을 맞추어 해결해야 한다.

문제적 문제 ·3-④번

학생들이 정답만큼 많이 고른 선지가 ④번이다.

④ ┌ ㉮: 반추위 미생물에 의해 합성된 포도당이 되고
    └ ㉯: 반추위 미생물이 대사 과정을 통해 생성한 대사산물

많은 학생들이 '반추 동물이 섭취한 섬유소와 비섬유소는 반추위에서 반추위 미생물에 의해 합성된 포도당이 되고'라고 생각한 것이다. 그런데 2문단과 3문단에서 반추위 미생물 F와 S는 각각 섬유소와 비섬유소를 포도당으로 '분해'한다고 했다. 즉 반추위 미생물은 섬유소와 비섬유소를 포도당으로 '분해'하는 것이지 섬유소와 비섬유소를 '합성'된 포도당으로 만드는 것이 아니다. 2문단에 따르면, 대사산물 프로피온산이 간에서 포도당을 합성하는 대사 과정에서 주요 재료로 이용된다고 했을 뿐이다. 이처럼 근거를 찾을 때 몇몇 키워드만 가지고 단편적으로 판단해서는 안 된다는 점을 명심하자.

정답률 분석

	정답			매력적 오답	
	①	②	③	④	⑤
	39%	10%	6%	34%	11%

| 세부 내용 추론 | 정답률 **78**

4. 윗글로 볼 때, 반추위 미생물에서 배출되는 숙신산과 젖산에 대한 설명으로 적절하지 않은 것은?

✅ 정답풀이

③ 숙신산과 젖산은 반추위가 산성일 때보다 중성일 때 더 많이 배출된다.

근거: **2** [11](F의) 대사 과정에서 아세트산, 숙신산 등이 대사산물로 발생하고 이를 자신의 세포 외부로 배출한다. + **3** [19](S의 세포 내) 산성도가 높아져 pH가 6.0 이하로 떨어지거나 녹말의 양이 충분하여 생장 속도가 빠를 때는 젖산이 대사산물로 배출된다. + **4** [23]산성의 환경에서 왕성히 생장하며 항상 젖산을 대사산물로 배출하는 락토바실러스 루미니스(L)와 같은 젖산 생성 미생물들의 생장이 증가하며 다량의 젖산을 배출하기 시작한다. [24]F를 비롯한 섬유소 분해 미생물들은~자신의 세포 외부의 pH가 낮아지면 자신의 세포 내의 항상성을 유지하기 위해 에너지를 사용하므로 생장이 감소한다.

숙신산은 F의 대사 과정에서 발생하는 대사산물인데, F는 자신의 세포 외부의 pH가 낮아지면(산성도가 높아지면) 생장이 감소하므로 숙신산은 반추위가 산성일 때보다 중성일 때 더 많이 배출된다. 반면 젖산은 S의 세포 내 산성도가 높아질 때 대사산물로 배출되며, 산성의 환경에서 L과 같은 젖산 생성 미생물들의 생장이 증가하므로 반추위가 중성일 때보다 산성일 때 더 많이 배출된다.

❌ 오답풀이

① 숙신산이 많이 배출될수록 반추 동물의 간에서 합성되는 포도당의 양도 늘어난다.

근거: **2** [13]반추위에서 숙신산은 프로피온산을 대사산물로 생성하는 다른 미생물의 에너지원으로 빠르게 소진된다. [14]이 과정에서 생성된 프로피온산은 반추 동물이 간에서 포도당을 합성하는 대사 과정에서 주요 재료로 이용된다.

숙신산은 프로피온산을 대사산물로 생성하는 다른 미생물의 에너지원인데, 프로피온산은 반추 동물이 간에서 포도당을 합성하는 데 이용된다. 따라서 숙신산이 많이 배출될수록 프로피온산이 많이 생성되어 반추 동물의 간에서 합성되는 포도당의 양도 늘어날 것이다.

② 젖산은 반추 동물의 세포로 직접 흡수되어 반추 동물의 에너지원으로 이용될 수 있다.

근거: **3** [20]반추위에서 젖산은 반추 동물의 세포로 직접 흡수되어 반추 동물에게 필요한 에너지를 생성하는 데 이용

④ 숙신산과 젖산은 반추위 미생물의 세포 내에서 대사 과정을 거쳐 생성된다.

근거: **2** [10]F는 이 포도당을 자신의 세포 내에서 대사 과정을 거쳐 에너지원으로 이용하여 생존을 유지하고 개체 수를 늘림으로써 생장한다. [11]이런 대사 과정에서 아세트산, 숙신산 등이 대사산물로 발생하고 이를 자신의 세포 외부로 배출한다. + **3** [19](S의 세포 내) 산성도가 높아져 pH가 6.0 이하로 떨어지거나 녹말의 양이 충분하여 생장 속도가 빠를 때는 젖산이 대사산물로 배출된다.

숙신산은 반추위 미생물 F의 세포 내에서 대사 과정을 거쳐 대사산물로 생성되고, 젖산은 반추위 미생물 S의 세포 내에서 대사 과정을 거쳐 대사산물로 생성된다.

⑤ 숙신산과 젖산은 프로피온산을 대사산물로 배출하는 다른 미생물의 에너지원으로 이용되기도 한다.

근거: **2** [13]반추위에서 숙신산은 프로피온산을 대사산물로 생성하는 다른 미생물의 에너지원으로 빠르게 소진된다. + **3** [20]반추위에서 젖산은~아세트산 또는 프로피온산을 대사산물로 배출하는 다른 미생물의 에너지원으로 이용된다.

[1~4] 다음 글을 읽고 물음에 답하시오.

✏️ 사고의 흐름

1 ¹18세기에는 열의 실체*가 칼로릭(caloric)이며 칼로릭은 온도가 높은 쪽에서 낮은 쪽으로 흐르는 성질을 갖고 있는, 질량이 없는 입자들의 모임이라는 생각이 받아들여지고 있었다. *'칼로릭'이라는 화제가 제시되었네. 처음부터 생소한 개념이 등장했으니 집중하자!* ²이를 칼로릭 이론이라 ㉠부르는데, 이에 따르면 찬 물체와 뜨거운 물체를 접촉시켜 놓았을 때 두 물체의 온도가 같아지는 것은 칼로릭이 뜨거운 물체에서 차가운 물체로 이동하기 때문이라는 것이다. *두 물체가 접촉하여 칼로릭이 이동하면서 온도가 변했다는 거네! 18C 칼로릭 이론: 칼로릭은 고온에서 저온으로 이동* ³이러한 상황에서 과학자들의 큰 관심사 중의 하나는 증기 기관과 같은 열기관의 열효율 문제였다. *칼로릭 이론과 열기관의 열효율 문제가 어떻게 관련되는지 확인하며 읽어야겠군!*

2 ⁴열기관은 높은 온도의 열원에서 열을 흡수하고 낮은 온도의 대기와 같은 열기관 외부에 열을 방출하며 일을 하는 기관을 말하는데, 열효율은 열기관이 흡수한 열의 양 대비 한 일의 양으로 정의된다. *열기관: 열을 흡수·방출하며 일을 하는 기관 / 열효율: $\frac{한 \, 일의 \, 양}{흡수한 \, 열의 \, 양}$* ⁵19세기 초에 카르노는 열기관의 열효율 문제를 칼로릭 이론에 기반*을 두고 ㉡다루었다. *앞의 내용과 유사하게 뒤의 내용이 이어지겠지? 이때, 뒤의 내용이 핵심이야!* ⁶카르노는 물레방아와 같은 수력 기관에서 물이 높은 곳에서 낮은 곳으로 ㉢흐르면서 일을 할 때 물의 양과 한 일의 양의 비가 높이 차이에만 좌우*되는 것에 주목하였다. ⁷물이 높이 차에 의해 이동하는 것과 (유사하게) 칼로릭도 고온에서 저온으로 이동하면서 일을 하게 되는데, 열기관의 열효율 역시 이러한 두 온도에만 의존한다는 것이었다. *19C 카르노: 열기관의 열효율 문제를 칼로릭 이론에 기반하여 설명, 열효율은 두 온도에만 의존*

3 *앞의 내용과 다른 상황의 내용이 전개될 거야!* ⁸(한편) 1840년대에 줄(Joule)은 일정량의 열을 얻기 위해 필요한 각종 에너지의 양을 측정하는 실험을 행하였다. ⁹대표적인 것이 열의 일당량 실험이었다. ¹⁰이 실험은 열기관을 대상으로 한 것이 아니라, 추를 낙하시켜 물속의 날개바퀴를 회전시키는 실험이었다. ¹¹열의 양은 칼로리(calorie)로 표시되는데, 그는 역학적 에너지인 일이 열로 바뀌는 과정의 정밀한 실험을 통해 1kcal의 열을 얻기 위해서 필요한 일의 양인 열의 일당량을 측정하였다. ¹²줄은 이렇게 일과 열은 형태만 다를 뿐 서로 전환이 가능한 물리량이므로 등가성을 갖는다는 것을 입증하였으며, 열과 일이 상호 전환될 때 열과 일의 에너지를 합한 양은 일정하게 보존된다는 사실을 알아내었다. *1840's 줄: 일 ⇄(전환) 열, 열 에너지 + 일 에너지 = 일정* ¹³이후 열과 일뿐만 아니라 화학 에너지, 전기 에너지 등이 등가성을 가지며 상호 전환될 때에 에너지의 총량은 변하지 않는다는 에너지 보존 법칙이 입증되었다. *카르노의 이론에 이어 줄의 법칙이 제시되었어! 그런데 이는 '열기관의 열효율'과는 다소 동떨어진 내용이잖아? 하지만 뒤에서 분명 이러한 내용들이 연결되는 순간이 올 테니 차분히 읽어 나가자!*

4 ¹⁴열과 일에 대한 이러한 이해는 카르노의 이론에 대한 과학자들의 재검토로 이어졌다. *이어서 카르노 이론의 재검토에 관한 구체적인 내용이 나오겠군!* ¹⁵(특히) 톰슨은 ⓐ칼로릭 이론에 입각한 카르노의 열기관에 대한 설명이 줄의 에너지 보존 법칙에 위배된다고 지적하였다. *'특히'가 나오면 그 뒤의 내용에 주목하자!* *톰슨은 카르노가 활용한 칼로릭 이론의 오류를 지적했네.* ¹⁶카르노의 이론에 의하면, 열기관은 높은 온도에서 흡수한 열 전부를 낮은 온도로 방출하면서 일을 한다. ¹⁷이것은 줄이 입증한 열과 일의 등가성과 에너지 보존 법칙에 ㉣어긋나는 것이어서 열의 실체가 칼로릭이라는 생각은 더 이상 유지될 수 없게 되었다. *칼로릭 이론에 입각한 카르노의 열기관에 대한 설명에 따르면, 열기관은 높은 온도와 낮은 온도라는 두 요소에 따라 흡수한 열 '전부'를 방출하면서 일을 해. 그런데 줄이 입증한 열과 일의 등가성과 에너지 보존 법칙에 따르면 열 '전부'를 방출하면 일로 전환될 수 있는 열은 없어. 즉 그 열기관은 일을 할 수 없는 거지. 따라서 열의 실체가 칼로릭이라면 열기관이 한 일을 설명할 수 없어!* ¹⁸(하지만) 열효율에 관한 카르노의 이론은 클라우지우스의 증명으로 유지될 수 있었다. *앞의 내용과 반대되는 내용을 언급할 거야!* *칼로릭 이론의 오류가 밝혀졌지만, 열효율에 관한 카르노의 이론은 클라우지우스의 증명으로 유지될 수 있었군!* ¹⁹그는 카르노의 이론이 유지되지 않는다면 열은 저온에서 고온으로 흐르는 현상이 ㉤생길 수도 있을 것이라는 가정에서 출발하여, 열기관의 열효율은 열기관이 고온에서 열을 흡수하고 저온에 방출할 때의 두 작동 온도에만 관계된다는 카르노의 이론을 증명하였다. *열이 저온에서 고온으로 흐를 수는 없으니까, 열기관의 열효율은 두 작동 온도(고온 → 저온)에만 관계된다는 설명은 유지되어야 하는 거야!*

5 ²⁰클라우지우스는 자연계에서는 열이 고온에서 저온으로만 흐르고 그와 반대되는 현상은 일어나지 않는 것과 같이 경험적으로 알 수 있는 방향성이 있다는 점에 주목하였다. ²¹또한 일이 열로 전환될 때와는 달리, 열기관에서 열 전부를 일로 전환할 수 없다는, 즉 열효율이 100%가 될 수 없다는 상호 전환 방향에 관한 비대칭성이 있다는 사실에 주목하였다. *비대칭성: 일 전부 → 열 O / 열 전부 → 일 X* ²²이러한 방향성과 비대칭성에 대한 논의는 이를 설명할 수 있는 새로운 물리량인 엔트로피의 개념을 낳았다. *'엔트로피'의 개념은 열의 방향성과 비대칭성에 대한 논의에서 나온 것이군!*

이것만은 챙기자

* **실체**: 실제의 물체. 또는 외형에 대한 실상(實相).
* **기반**: 기초가 되는 바탕. 또는 사물의 토대.
* **좌우**: 어떤 일에 영향을 주어 지배함.

만점 선배의 구조도 예시

○ 18C 칼로릭 이론
  · 칼로릭: 고온→저온, 질량✕
  · 열기관의 열효율에 관심
    └열→일 └한 일의 양 / 흡수한 열의 양
○ 19C초 '카르노'
  · 칼로릭 이론 기반
  · 열효율은 두 온도에만 의존
○ 1840' '줄'
  · 열의 일당량 실험
  · 일 ⇄전환 열
  · 칼 + 일 = 일정
☀ 카르노 이론 재검토: '톰슨' 카르노의 열기관에 대한
        설명은 에너지 보존 법칙 위배
      └열의 실체는 칼로릭 ✕
  '클라우지우스' 열효율에 관한 카르노 이론 증명
        방향성과 비대칭성 주목
      └엔트로피 개념

1. 윗글에서 알 수 있는 내용으로 가장 적절한 것은?

✅ 정답풀이

⑤ 열기관의 열효율은 두 작동 온도에만 관계된다는 이론은 칼로릭 이론의 오류가 밝혀졌음에도 유지되었다.

근거: 4 [15]특히 톰슨은 칼로릭 이론에 입각한 카르노의 열기관에 대한 설명이 줄의 에너지 보존 법칙에 위배된다고 지적하였다.~[17]이것은 줄이 입증한 결과 일의 등가성과 에너지 보존 법칙에 어긋나는 것이어서 열의 실체가 칼로릭이라는 생각은 더 이상 유지될 수 없게 되었다. [18]하지만 열효율에 관한 카르노의 이론은 클라우지우스의 증명으로 유지될 수 있었다. [19]그는 카르노의 이론이 유지되지 않는다면 열은 저온에서 고온으로 흐르는 현상이 생길 수도 있을 것이라는 가정에서 출발하여, 열기관의 열효율은 열기관이 고온에서 열을 흡수하고 저온에 방출할 때의 두 작동 온도에만 관계된다는 카르노의 이론을 증명하였다.

톰슨에 의해 열의 실체가 칼로릭이라는 칼로릭 이론의 오류가 밝혀졌지만, 열기관의 열효율은 두 작동 온도에만 관계된다는 카르노의 이론은 클라우지우스의 증명으로 유지될 수 있었다.

❌ 오답풀이

① 열기관은 외부로부터 받은 일을 열로 변환하는 기관이다.
근거: 2 [4]열기관은 높은 온도의 열원에서 열을 흡수하고 낮은 온도의 대기와 같은 열기관 외부에 열을 방출하며 일을 하는 기관
열기관은 열을 흡수하고 열기관 외부에 열을 방출하며 일을 하는 기관이다.

② 수력 기관에서 물의 양과 한 일의 양의 비는 물의 온도 차이에 비례한다.
근거: 2 [6]카르노는 물레방아와 같은 수력 기관에서 물이 높은 곳에서 낮은 곳으로 흐르면서 일을 할 때 물의 양과 한 일의 양의 비가 높이 차이에만 좌우되는 것에 주목하였다.
수력 기관에서 물이 높은 곳에서 낮은 곳으로 흐르면서 일을 할 때 물의 양과 한 일의 양의 비는 물의 온도 차이에 비례하는 것이 아니라, 물의 높이 차이에만 좌우된다.

③ 칼로릭 이론에 의하면 차가운 쇠구슬이 뜨거워지면 쇠구슬의 질량은 증가하게 된다.
근거: 1 [1]18세기에는 열의 실체가 칼로릭이며 칼로릭은 온도가 높은 쪽에서 낮은 쪽으로 흐르는 성질을 갖고 있는, 질량이 없는 입자들의 모임이라는 생각이 받아들여지고 있었다.
칼로릭 이론에 의하면 칼로릭은 질량이 없는 입자들의 모임이라고 했으므로, 쇠구슬의 온도가 변하더라도 질량의 변화는 없다.

④ 칼로릭 이론에서는 칼로릭을 온도가 낮은 곳에서 높은 곳으로 흐르는 입자라고 본다.
근거: 1 [1]18세기에는 열의 실체가 칼로릭이며 칼로릭은 온도가 높은 쪽에서 낮은 쪽으로 흐르는 성질을 갖고 있는, 질량이 없는 입자들의 모임이라는 생각이 받아들여지고 있었다.

2. 윗글로 볼 때 ⓐ의 내용으로 가장 적절한 것은?

> ⓐ: 칼로릭 이론에 입각한 카르노의 열기관에 대한 설명이 줄의 에너지
> 보존 법칙에 위배된다고 지적

✓ 정답풀이

② 열의 실체가 칼로릭이라면 열기관이 한 일을 설명할 수 없다는 점

> 근거: **2** [5]19세기 초에 카르노는 열기관의 열효율 문제를 칼로릭 이론에
> 기반을 두고 다루었다. + **3** [12]줄은 이렇게 일과 열은 형태만 다를 뿐 서
> 로 전환이 가능한 물리량이므로 등가성을 갖는다는 것을 입증하였으며,
> 열과 일이 상호 전환될 때 열과 일의 에너지를 합한 양이 일정하게 보존
> 된다는 사실을 알아내었다. [13]이후 열과 일뿐만 아니라 화학 에너지, 전기
> 에너지 등이 등가성을 가지며 상호 전환될 때에 에너지의 총량은 변하지
> 않는다는 에너지 보존 법칙이 입증되었다. + **4** [16]카르노의 이론에 의하
> 면, 열기관은 높은 온도에서 흡수한 열 전부를 낮은 온도로 방출하면서
> 일을 한다. [17]이것은 줄이 입증한 열과 일의 등가성과 에너지 보존 법칙
> 에 어긋나는 것이어서 열의 실체가 칼로릭이라는 생각은 더 이상 유지될
> 수 없게 되었다.
> 카르노는 열기관의 열효율 문제를 칼로릭 이론에 기반을 두고 다루었는데,
> 이에 따르면 열기관은 높은 온도에서 흡수한 열 '전부'를 낮은 온도로 방출
> 하면서 일을 한다. 하지만 줄은 일과 열은 등가성을 가지며, 열과 일이 상
> 호 전환될 때 열과 일의 에너지를 합한 양은 일정하게 보존된다는 사실을
> 알아내었고 이는 입증되었다. 따라서 톰슨은 열의 실체가 칼로릭이면 줄의
> 에너지 보존 법칙에 위배되어 열기관이 한 일을 설명할 수 없다고 지적한
> 것이다.

✗ 오답풀이

① 화학 에너지와 전기 에너지는 서로 전환될 수 없는 에너지라는 점
> 근거: **3** [13]이후 열과 일뿐만 아니라 화학 에너지, 전기 에너지 등이 등가성
> 을 가지며 상호 전환될 때에 에너지의 총량은 변하지 않는다는 에너지 보
> 존 법칙이 입증되었다.
> 에너지 보존 법칙에 의하면 화학 에너지와 전기 에너지는 등가성을 가지며
> 상호 전환될 수 있다.

③ 자연계에서는 열이 고온에서 저온으로만 흐르는 것과 같은
방향성이 있는 현상이 존재한다는 점
> 근거: **5** [20]클라우지우스는 자연계에서는 열이 고온에서 저온으로만 흐르
> 고 그와 반대되는 현상은 일어나지 않는 것과 같이 경험적으로 알 수 있는
> 방향성이 있다는 점에 주목하였다.
> ⓐ는 줄의 에너지 보존 법칙과 관련된 것이다. 자연계에서 열이 방향성이
> 있는 현상이 존재한다는 것은 클라우지우스의 설명일 뿐, ⓐ와는 관련이 없다.

④ 열효율에 관한 카르노의 이론이 맞지 않는다면 열은 저온에서
고온으로 흐르는 현상이 생길 수 있다는 점
> 근거: **4** [19]그(클라우지우스)는 카르노의 이론이 유지되지 않는다면 열은
> 저온에서 고온으로 흐르는 현상이 생길 수도 있을 것이라는 가정에서 출발
> 하여, 열기관의 열효율은 열기관이 고온에서 열을 흡수하고 저온에 방출할
> 때의 두 작동 온도에만 관계된다는 카르노의 이론을 증명하였다.
> ⓐ는 카르노가 활용한 칼로릭 이론에 대한 톰슨의 지적일 뿐, 카르노의 열
> 효율과 관련된 이론에 대한 지적이 아니다. 또한 열이 저온에서 고온으로
> 흐를 수도 있다는 것은 카르노의 이론을 증명하기 위한 클라우지우스의 가
> 정이므로, ⓐ와 관련이 없다.

⑤ 열기관의 열효율은 열기관이 고온에서 열을 흡수하고 저온에
방출할 때의 두 작동 온도에만 관계된다는 점
> 근거: **2** [4]열기관은 높은 온도의 열원에서 열을 흡수하고 낮은 온도의 대기
> 와 같은 열기관 외부에 열을 방출하며 일을 하는 기관을 말하는데, 열효율
> 은 열기관이 흡수한 열의 양 대비 한 일의 양으로 정의된다. [7]칼로릭도 고
> 온에서 저온으로 이동하면서 일을 하게 되는데, 열기관의 열효율 역시 이러
> 한 두 온도에만 의존한다는 것이었다. + **4** [19]그(클라우지우스)는~열기관
> 의 열효율은 열기관이 고온에서 열을 흡수하고 저온에 방출할 때의 두 작
> 동 온도에만 관계된다는 카르노의 이론을 증명하였다.
> ⓐ는 칼로릭 이론에 대한 톰슨의 지적이다. 4문단에 따르면, 클라우지우스는
> 열기관의 열효율은 열기관이 고온에서 열을 흡수하고 저온에서 방출할 때의
> 두 작동 온도에만 관계된다는 것을 가정을 통해 증명하였다. 따라서 이는 클라
> 우지우스가 카르노의 이론을 증명한 것일 뿐 ⓐ와 관련이 없다.

3. 윗글을 바탕으로 할 때, 〈보기〉의 [가]에 들어갈 말로 가장 적절한 것은? [3점]

〈보기〉

줄의 실험(일과 열은 서로 전환 가능, 열과 일의 에너지를 합한 양은 일정, A = B)과 달리, 열기관이 흡수한 열의 양(A)과 열기관으로부터 얻어진 일의 양(B)을 측정하여 $\frac{B}{A}$(열효율)로 열의 일당량(1kcal의 열을 얻기 위해서 필요한 일의 양)을 구하면, 그 값은 ([가])는 결과가 나올 것이다.

☑ 정답풀이

⑤ 열기관이 흡수한 열의 양과 두 작동 온도에 상관없이 줄이 구한 열의 일당량보다 작다

근거: ③ ¹¹그(줄)는 역학적 에너지인 일이 열로 바뀌는 과정의 정밀한 실험을 통해 1kcal의 열을 얻기 위해서 필요한 일의 양인 열의 일당량을 측정하였다. ¹²줄은 이렇게 일과 열은 형태만 다를 뿐 서로 전환이 가능한 물리량이므로 등가성을 갖는다는 것을 입증하였으며, 열과 일이 상호 전환될 때 열과 일의 에너지를 합한 양은 일정하게 보존된다는 사실을 알아내었다. + ⑤ ²¹(클라우지우스는) 일이 열로 전환될 때와는 달리, 열기관에서 열 전부를 일로 전환할 수 없다는, 즉 열효율이 100%가 될 수 없다는 상호 전환 방향에 관한 비대칭성이 있다는 사실에 주목하였다.

줄은 '일이 열로' 바뀌는 과정에서 열의 일당량을 측정하여, 일과 열은 서로 전환이 가능하여 등가성을 가지며 열과 일의 에너지를 합한 양은 일정하게 보존된다는 사실을 알아내었다. 하지만 5문단에서 일이 열로 전환될 때와는 달리, 열기관에서 열 전부를 일로 전환할 수 없다는, 즉 열효율이 100%가 될 수 없다고 하였으므로 열기관이 흡수한 열의 양은 열기관으로부터 얻어진 일의 양에 비해서 더 크다. 따라서 이때 열의 일당량의 값은 열기관이 흡수한 열의 양과 두 작동 온도에 상관없이 줄이 구한 열의 일당량보다 작을 것이다.

📋 문제적 문제   · 3번

정답 이외의 나머지 선지들을 고른 비율이 비슷하게 나타났다. 대부분의 학생들에게 모든 선지들이 매력적으로 느껴진 것이다. 선지의 내용이 얼핏 보면 모두 맞는 것 같아 보이고, 적절한 것을 고르는 문제라 선지를 지워 가며 풀 수도 없었을 것이다. 다른 문제를 풀 때도 마찬가지겠지만, 특히 이와 같은 문제의 경우 지문과 〈보기〉에서 근거가 되는 내용을 찾아 이를 판단 기준으로 삼는 것이 필수적이다.

먼저 〈보기〉에서 '줄의 실험과 달리'라고 하였으므로 [가]는 줄의 실험과 충돌되는 내용일 것임을 알 수 있다. 우선 3문단을 통해 줄의 실험으로 열은 일로, 일은 열로 상호 전환됨을 알 수 있다. 또한 5문단에 따르면 클라우지우스는 일이 열로 전환될 때와는 달리, 열기관에서 열 전부를 일로 전환할 수 없어 열효율이 100%가 될 수 없다는 상호 전환 방향에 대한 비대칭성이 있다고 했다. 이를 통해 열과 일이 상호 전환될 때 열 전부가 일로, 일 전부가 열로 전환될 것이라는 줄의 생각을 클라우지우스가 수정, 보완했음을 추론할 수 있다. 예를 들어 열기관이 10만큼의 일을 흡수했을 때, 열이 모두 일로 전환된다고 생각한 줄에 의하면 10의 일을 얻을 것이고, 열의 일부만 일로 전환된다고 생각한 클라우지우스에 의하면 10보다 적은 양의 일을 얻을 것이다. 즉, 같은 양의 열을 흡수한 열기관으로부터 얻는 일의 양은 클라우지우스가 줄보다 항상 작을 것이다.

이를 종합하면 열기관이 흡수한 열의 양(A)과 열기관으로부터 얻어진 일의 양(B)을 측정하여 B/A로 열의 일당량을 구하면 줄이 언제나 1이 될 것이라고 생각한 것과 달리, 실제로는 줄이 구한 열의 일당량보다 작은 결과가 나올 것임을 알 수 있다.

정답률 분석

매력적 오답	매력적 오답	매력적 오답	매력적 오답	정답
①	②	③	④	⑤
14%	14%	16%	18%	38%

4. 윗글의 ㉠~㉤과 같은 의미로 사용된 것은?

✅ 정답풀이

④ ㉣: 그는 상식에 <u>어긋나는</u> 일을 한 적이 없다.

> 근거: **4** ¹⁷열과 일의 등가성과 에너지 보존 법칙에 ㉣<u>어긋나는</u> 것이어서
> ㉣과 ④번의 '어긋나다'는 모두 '기대에 맞지 아니하거나 일정한 기준에서
> 벗어나다.'라는 의미로 사용되었다.

❌ 오답풀이

① ㉠: 웃음은 또 다른 웃음을 <u>부르는</u> 법이다.
근거: **1** ²이를 칼로릭 이론이라 ㉠<u>부르는데</u>
㉠의 '부르다'는 '무엇이라고 가리켜 말하거나 이름을 붙이다.'라는 의미이고,
①번의 '부르다'는 '어떤 행동이나 말이 관련된 다른 일이나 상황을 초래하다.'
라는 의미이다.

② ㉡: 그는 익숙한 솜씨로 기계를 <u>다루고</u> 있었다.
근거: **2** ⁵열기관의 열효율 문제를 칼로릭 이론에 기반을 두고 ㉡<u>다루었다.</u>
㉡의 '다루다'는 '어떤 것을 소재나 대상으로 삼다.'라는 의미이고, ②번의
'다루다'는 '기계나 기구 따위를 사용하다.'라는 의미이다.

③ ㉢: 이야기가 엉뚱한 방향으로 <u>흐르고</u> 있다.
근거: **2** ⁶물이 높은 곳에서 낮은 곳으로 ㉢<u>흐르면서</u>
㉢의 '흐르다'는 '액체 따위가 낮은 곳으로 내려가거나 넘쳐서 떨어지다.'라는
의미이고, ③번의 '흐르다'는 '어떤 한 방향으로 치우쳐 쏠리다.'라는 의미이다.

⑤ ㉤: 하늘을 보니 당장이라도 비가 오게 <u>생겼다.</u>
근거: **4** ¹⁹열은 저온에서 고온으로 흐르는 현상이 ㉤<u>생길</u> 수도 있을 것
㉤의 '생기다'는 '어떤 일이 일어나다.'라는 의미이고, ⑤번의 '생기다'는 '일의
상태가 부정적인 어떤 지경에 이르게 됨을 나타내는 말.'이라는 의미이다.

[1~4] 다음 글을 읽고 물음에 답하시오.

✏️ *사고의 흐름*

1 ¹인간의 신경 조직을 수학적으로 모델링하여 컴퓨터가 인간처럼 기억·학습·판단할 수 있도록 구현한 것이 <u>인공 신경망 기술</u>이다. ²신경 조직의 기본 단위는 뉴런인데, @인공 신경망에서는 뉴런의 기능을 수학적으로 모델링한 <u>퍼셉트론을 기본 단위로 사용</u>한다. *'인공 신경망 기술'과 그 기본 단위인 '퍼셉트론'이 제시되었네.*

2 ³ⓑ퍼셉트론은 입력값들을 받아들이는 여러 개의 ⓒ입력 단자와 이 값을 처리하는 부분, 처리된 값을 내보내는 한 개의 출력 단자로 구성되어 있다. *퍼셉트론: 여러 개의 입력 단자, 입력값을 처리하는 부분, 한 개의 출력 단자로 구성* ⁴퍼셉트론은 <u>각각의 입력 단자에 할당*된</u> ⓓ가중치를 입력값에 곱한 값들을 모두 합하여 가중합을 구한 후, 고정된 ⓔ임계치보다 가중합이 작으면 0, 그렇지 않으면 1과 같은 방식으로 ⓕ출력값을 내보낸다. *퍼셉트론의 작동 과정을 정리해 보자!*

'구성' 다음 '원리'가 제시되는 것이 과학 지문의 흔한 구성 방식!

① 가중합 구하기	(입력 단자 a의 가중치 × a의 입력값) + ⋯ + (입력 단자 d의 가중치 × d의 입력값) + ⋯ = 가중합
② 출력값 내보내기	가중합 < 임계치 → 출력값 = 0 가중합 ≥ 임계치 → 출력값 = 1

3 ⁵이러한 퍼셉트론은 출력값에 따라 두 가지로만 구분하여 입력값들을 판정할 수 있을 뿐이다. *임계치보다 가중합이 작으면 0, 크거나 같으면 1로만 판정 가능!* ⁶이에 비해 복잡한 판정을 할 수 있는 <u>인공 신경망</u>은 다수의 퍼셉트론을 여러 계층으로 배열하여 한 계층에서 출력된 신호가 다음 계층에 있는 모든 퍼셉트론의 입력 단자에 입력값으로 입력되는 구조로 이루어진다. *퍼셉트론은 두 가지로만 판정 가능하니까 퍼셉트론을 여러 개 이용해 복잡한 판정을 할 수 있도록 만든 것이 인공 신경망이구나!* ⁷이러한 인공 신경망에서 가장 처음에 입력값을 받아들이는 퍼셉트론들을 입력층, 가장 마지막에 있는 퍼셉트론들을 출력층이라고 한다. *입력층 퍼셉트론이 가중합을 구하여 출력값을 내보내면, 그 출력된 신호가 다음 계층 퍼셉트론의 입력값이 되고, 이런 과정이 출력층에 이르기까지 반복되겠구나!*

두 가지로만 판정 가능한 퍼셉트론과, 여러 판정이 가능한 인공 신경망 기술을 비교하고 있어.

4 ⁸㉠어떤 사진 속 물체의 색깔과 형태로부터 그 물체가 사과인지 아닌지를 구별할 수 있도록 인공 신경망을 학습시키는 경우를 생각해 보자. *예를 통해 인공 신경망을 학습시키는 과정(원리)을 자세히 설명해 주려나 보군!* ⁹먼저 학습을 위한 입력값들 즉 학습 데이터를 만들어야 한다. ¹⁰학습 데이터를 만들기 위해서는 사과 사진을 준비하고 사진에 나타난 특징인 색깔과 형태를 수치화해야 한다. ¹¹이 경우 색깔과 형태라는 두 범주를 수치화하여 하나의 학습 데이터로 묶은 다음, 인공 신경망의 학습 ① *범주들을 수치화하여 하나의 학습 데이터 만들기* '정답'에 해당하는 값과 함께 학습 데이터를 인공 신경망에 제공한다. *인공 신경망의 학습 ② '정답'에 해당하는 값과 학습 데이터를 인공 신경망에 제공* ¹²이때 같은 범주에 속하는 입력값은 동일한 입력 단자를 통해 들어가도록 해야 한다. *색깔과 형태는 '두 범주'라고 했으니 서로 다른 입력 단자를 통해 들어가도록 해야겠지?* ¹³그리고 사과 사진에 대한 학습 데이터를

'순서'를 확인하며 읽자!

만들 때에 정답인 '사과이다'에 해당하는 값을 '1'로 설정하였다면 출력값 '0'은 '사과가 아니다'를 의미하게 된다.

5 ¹⁴인공 신경망의 작동은 크게 학습 단계와 판정 단계로 나뉜다. *본격적으로 인공 신경망 작동 과정이 제시되네. 4문단에서 학습 데이터를 만들고 정답에 해당하는 값과 학습 데이터를 인공 신경망에 제공하는 과정까지 나왔으니 그 이후에 대해서 설명해 줄 거야!* ¹⁵학습 단계는 학습 데이터를 입력층의 입력 단자에 넣어 주고 출력층의 출력값을 구한 후, 이 출력값과 정답에 해당하는 값의 차이가 줄어들도록 가중치를 갱신*하는 과정이다. ¹⁶어떤 학습 데이터가 주어지면 이때의 출력값을 구하고 학습 데이터와 함께 제공된 정답에 해당하는 값에서 출력값을 뺀 값 즉 오차 값을 구한다. *인공 신경망의 작동 ① 학습 단계: (범주들을 수치화한) 학습 데이터를 입력층의 입력 단자에 넣음 → 출력층의 출력값 구함 → 오차 값(정답에 해당하는 값 - 출력값)이 줄어들도록 가중치를 갱신* ¹⁷이 오차 값의 일부가 출력층의 출력 단자에서 입력층의 입력 단자 방향으로 되돌아가면서 각 계층의 퍼셉트론별로 출력 신호를 만드는 데 관여한 모든 가중치들에 더해지는 방식으로 가중치들이 갱신된다. ¹⁸이러한 과정을 다양한 학습 데이터에 대하여 반복하면 출력값들이 각각의 정답 값에 수렴*하게 되고 판정 성능이 좋아진다. *학습 단계의 핵심은 가중치의 갱신인 거야!* ¹⁹오차 값이 0에 근접하게 되거나 가중치의 갱신이 더 이상 이루어지지 않게 되면 학습 단계를 마치고 판정 단계로 전환한다. *학습 단계를 거치면서 출력값이 정답 값에 수렴하게 되니까 정답에 해당하는 값에서 출력값을 뺀 값인 오차 값은 0에 가까워지겠지! 그런 다음에 인공 신경망의 작동 ② 판정 단계로 전환돼.* ²⁰이때 판정의 오류를 줄이기 위해서는 학습 단계에서 대상들의 변별적 특징이 잘 반영되어 있는 서로 다른 학습 데이터를 사용하는 것이 좋다.

이것만은 챙기자

* **할당:** 몫을 갈라 나눔. 또는 그 몫.
* **갱신:** 기존의 내용을 변동된 사실에 따라 변경·추가·삭제하는 일.
* **수렴:** 어떤 일정한 수의 근방에 모여 있는 현상.

만점 선배의 구조도 예시

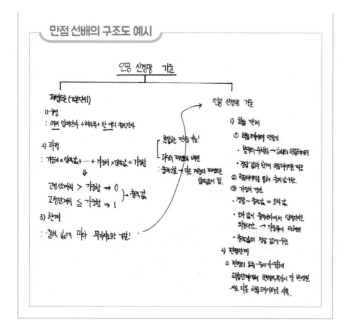

1. 윗글에 따를 때, ⓐ~ⓕ에 대한 설명으로 적절하지 않은 것은?

> ⓐ: 인공 신경망
> ⓑ: 퍼셉트론
> ⓒ: 입력 단자
> ⓓ: 가중치
> ⓔ: 임계치
> ⓕ: 출력값

✔ 정답풀이

③ ⓓ가 변하면 ⓔ도 따라서 변한다.

> 근거: ❷ [4]퍼셉트론은 각각의 입력 단자에 할당된 가중치(ⓓ)를 입력값에 곱한 값들을 모두 합하여 가중합을 구한 후, 고정된 임계치(ⓔ)보다 가중합이 작으면 0, 그렇지 않으면 1과 같은 방식으로 출력값을 내보낸다.
> 가중합과 비교하는 ⓔ는 '고정'되어 있다고 했다. 따라서 ⓔ는 변하지 않는다.

✘ 오답풀이

① ⓑ는 ⓐ의 기본 단위이다.
   근거: ❶ [2]인공 신경망(ⓐ)에서는 뉴런의 기능을 수학적으로 모델링한 퍼셉트론(ⓑ)을 기본 단위로 사용한다.
② ⓒ는 ⓑ를 구성하는 요소 중 하나이다.
   근거: ❷ [3]퍼셉트론(ⓑ)은 입력값들을 받아들이는 여러 개의 입력 단자(ⓒ)와 이 값을 처리하는 부분, 처리된 값을 내보내는 한 개의 출력 단자로 구성되어 있다.
④ ⓔ는 ⓕ를 결정하는 기준이 된다.
   근거: ❷ [4]고정된 임계치(ⓔ)보다 가중합이 작으면 0, 그렇지 않으면 1과 같은 방식으로 출력값(ⓕ)을 내보낸다.
   고정된 ⓔ를 기준으로 가중합이 ⓔ보다 작은지 그렇지 않은지에 따라 ⓕ가 0이나 1로 결정된다.
⑤ ⓐ가 학습하는 과정에서 ⓕ는 ⓓ의 변화에 영향을 미친다.
   근거: ❺ [15](ⓐ의) 학습 단계는~이 출력값(ⓕ)과 정답에 해당하는 값의 차이가 줄어들도록 가중치(ⓓ)를 갱신하는 과정이다. [16]어떤 학습 데이터가 주어지면 이때의 출력값을 구하고 학습 데이터와 함께 제공된 정답에 해당하는 값에서 출력값을 뺀 값 즉 오차 값을 구한다. [17]이 오차 값의 일부가 출력층의 출력 단자에서 입력층의 입력 단자 방향으로 되돌아가면서 각 계층의 퍼셉트론별로 출력 신호를 만드는 데 관여한 모든 가중치들에 더해지는 방식으로 가중치들이 갱신된다.
   ⓐ의 학습 단계에서 정답에 해당하는 값에서 ⓕ를 뺀 오차 값의 일부가 ⓓ에 더해진다고 했으므로, ⓕ는 ⓓ의 변화에 영향을 미친다고 할 수 있다.

2. 윗글에 대한 이해로 적절하지 <u>않은</u> 것은?

⊙ 정답풀이

⑤ 가중치의 갱신은 입력층의 입력 단자에서 출력층의 출력 단자 방향으로 진행된다.

> 근거: **5** [17]이 오차 값의 일부가 출력층의 출력 단자에서 입력층의 입력 단자 방향으로 되돌아가면서~가중치들이 갱신된다.
> 가중치의 갱신은 출력층의 출력 단자에서 입력층의 입력 단자 방향으로 진행된다.

⊗ 오답풀이

① 퍼셉트론의 출력 단자는 하나이다.

> 근거: **2** [3]퍼셉트론은 입력값들을 받아들이는 여러 개의 입력 단자와 이 값을 처리하는 부분, 처리된 값을 내보내는 한 개의 출력 단자로 구성되어 있다.

② 출력층의 출력값이 정답에 해당하는 값과 같으면 오차 값은 0이다.

> 근거: **5** [16]어떤 학습 데이터가 주어지면 이때의 출력값을 구하고 학습 데이터와 함께 제공된 정답에 해당하는 값에서 출력값을 뺀 값 즉 오차 값을 구한다.
> '정답에 해당하는 값 − 출력값 = 오차 값'이므로 정답에 해당하는 값과 출력값이 같으면 오차 값은 0이 될 것이다.

③ 입력층 퍼셉트론에서 출력된 신호는 다음 계층 퍼셉트론의 입력값이 된다.

> 근거: **3** [6]복잡한 판정을 할 수 있는 인공 신경망은 다수의 퍼셉트론을 여러 계층으로 배열하여 한 계층에서 출력된 신호가 다음 계층에 있는 모든 퍼셉트론의 입력 단자에 입력값으로 입력되는 구조로 이루어진다. [7]이러한 인공 신경망에서 가장 처음에 입력값을 받아들이는 퍼셉트론들을 입력층, 가장 마지막에 있는 퍼셉트론들을 출력층이라고 한다.

④ 퍼셉트론은 인간의 신경 조직의 기본 단위의 기능을 수학적으로 모델링한 것이다.

> 근거: **1** [2]신경 조직의 기본 단위는 뉴런인데, 인공 신경망에서는 뉴런의 기능을 수학적으로 모델링한 퍼셉트론을 기본 단위로 사용한다.

3. 윗글을 바탕으로 ㉠에 대해 추론한 것으로 적절하지 <u>않은</u> 것은?

> ㉠: 어떤 사진 속 물체의 색깔과 형태로부터 그 물체가 사과인지 아닌지를 구별할 수 있도록 인공 신경망을 학습시키는 경우

⊙ 정답풀이

③ 색깔에 해당하는 범주와 형태에 해당하는 범주를 분리하여 각각 서로 다른 학습 데이터로 만들어야 하겠군.

> 근거: **4** [10]학습 데이터를 만들기 위해서는 사과 사진을 준비하고 사진에 나타난 특징인 색깔과 형태를 수치화해야 한다. [11]이 경우 색깔과 형태라는 두 범주를 수치화하여 하나의 학습 데이터로 묶은 다음,
> 학습 데이터를 만들기 위해 색깔에 해당하는 범주와 형태에 해당하는 범주로 분리하여 수치화하는 것은 맞지만, 수치화된 두 범주를 하나로 묶어 하나의 학습 데이터로 만들어야 한다.

⊗ 오답풀이

① 학습 데이터를 만들 때는 색깔이나 형태가 다른 사과의 사진을 선택하는 것이 좋겠군.

> 근거: **5** [20]판정의 오류를 줄이기 위해서는 학습 단계에서 대상들의 변별적 특징이 잘 반영되어 있는 서로 다른 학습 데이터를 사용하는 것이 좋다.

② 학습 데이터에 두 가지 범주가 제시되었으므로 입력층의 퍼셉트론은 두 개의 입력 단자를 사용하겠군.

> 근거: **4** [11]색깔과 형태라는 두 범주를 수치화하여 하나의 학습 데이터로 묶은 다음,~[12]같은 범주에 속하는 입력값은 동일한 입력 단자를 통해 들어가도록 해야 한다.
> 같은 범주에 속하는 입력값은 동일한 입력 단자를 통해 들어가도록 해야 한다고 했다. ㉠의 경우 색깔과 형태라는 서로 다른 두 가지 범주가 제시되었으므로 입력층의 퍼셉트론은 두 개의 입력 단자를 사용해야 한다.

④ 가중치가 더 이상 변하지 않는 단계에 이르면 '사과'인지 아닌지를 구별하는 학습 단계가 끝났다고 볼 수 있겠군.

> 근거: **5** [19]오차 값이 0에 근접하게 되거나 가중치의 갱신이 더 이상 이루어지지 않게 되면 학습 단계를 마치고 판정 단계로 전환한다.
> 어떤 사진 속 물체가 사과인지 아닌지를 구별할 수 있도록 하는 '학습 단계'에서 가중치의 갱신이 더 이상 이루어지지 않게 되면 학습 단계를 마친 것이라 볼 수 있다.

⑤ 학습 데이터를 만들 때 사과 사진의 정답에 해당하는 값을 0으로 설정하였다면, 출력층의 출력 단자에서 0 신호가 출력되면 '사과이다'로, 1 신호가 출력되면 '사과가 아니다'로 해석해야 되겠군.

> 근거: **4** [13]사과 사진에 대한 학습 데이터를 만들 때에 정답인 '사과이다'에 해당하는 값을 '1'로 설정하였다면 출력값 '0'은 '사과가 아니다'를 의미하게 된다.
> 사과 사진의 정답에 해당하는 값을 0으로 설정하면 윗글에 제시된 것과 반대의 결과가 나온다. 즉 출력층의 출력 단자에서 0 신호가 출력되면 '사과이다'로, 1 신호가 출력되면 '사과가 아니다'로 해석해야 하는 것이다.

모두의 질문 ·3-①번

Q: ①번이 왜 적절한가요?

A: ㉠의 목적은 인공 신경망이 물체들의 색깔과 형태로부터 그 대상이 사과인지 아닌지를 구별할 수 있도록 하는 것이다. 사과는 빨갛고 둥근 모양만 있는 것이 아니라, 조금 찌그러지거나 불그스름한 색을 지닌 것도 있을 수 있다. 이러한 사과들을 '사과가 아니다'라고 판정하는 오류를 줄이기 위해서는 학습 단계에서 미리 변별적 특징이 반영된 사과의 사진을 학습 데이터로 입력해야 한다.

| 구체적 상황에 적용 | 정답률 ㊸

4. 윗글을 바탕으로 〈보기〉를 이해한 내용으로 가장 적절한 것은? [3점]

〈보기〉

아래의 [A]와 같은 하나의 퍼셉트론을 [B]를 이용해 학습시키고자 한다.

[A]
• 입력 단자는 세 개(a, b, c)
• a, b, c의 현재의 가중치는 각각 $W_a = 0.5$, $W_b = 0.5$, $W_c = 0.1$
• 가중합이 임계치 1보다 작으면 0을, 그렇지 않으면 1을 출력
  '가중치 × 입력값'을 모두 합한 것

[B]
• a, b, c로 입력되는 학습 데이터는 각각 $I_a = 1$, $I_b = 0$, $I_c = 1$
• 학습 데이터와 함께 제공되는 정답 = 1   입력값 = 1, 0, 1
  – 가중합 0.6 < 임계치 1 → 출력값 0
  – 정답 1 – 출력값 0 – 오차 값 1
  – 오차 값 1의 일부가 모든 가중치들에 더해지게 됨 → 가중치 W_a, W_b, W_c가 모두 늘어나게 됨

정답풀이

③ [B]로 한 번 학습시키고 나면 가중치 W_a, W_b, W_c가 모두 늘어나 있겠군.

근거: 2 ⁴퍼셉트론은 각각의 입력 단자에 할당된 가중치를 입력값에 곱한 값들을 모두 합하여 가중합을 구한 후 + 5 ¹⁶어떤 학습 데이터가 주어지면 이때의 출력값을 구하고 학습 데이터와 함께 제공된 정답에 해당하는 값에서 출력값을 뺀 값 즉 오차 값을 구한다. ¹⁷이 오차 값의 일부가 출력층의 출력 단자에서 입력층의 입력 단자 방향으로 되돌아가면서 각 계층의 퍼셉트론별로 출력 신호를 만드는 데 관여한 모든 가중치들에 더해지는 방식으로 가중치들이 갱신된다.
〈보기〉의 가중합은 $(W_a × I_a) + (W_b × I_b) + (W_c × I_c)$로, '(0.5×1) + (0.5×0) + (0.1×1)'이므로 0.6이다. 이는 임계치 1보다 작으므로 출력값은 0이 되고, 정답에 해당하는 값 1에서 출력값을 뺀 오차 값은 1이 된다. 이 오차 값의 일부가 각 계층의 퍼셉트론별로 출력 신호를 만드는 데 관여한 모든 가중치들에 더해지게 되므로, [B]로 한 번 학습시키고 나면 가중치 W_a, W_b, W_c는 모두 늘어나게 된다.

오답풀이

① [B]로 학습시키기 위해서는 판정 단계를 먼저 거쳐야 하겠군.
근거: 5 ¹⁹오차 값이 0에 근접하게 되거나 가중치의 갱신이 더 이상 이루어지지 않게 되면 학습 단계를 마치고 판정 단계로 전환한다.
학습 단계 이후에 판정 단계로 전환된다.

② 이 퍼셉트론이 1을 출력한다면, 가중합이 1보다 작았기 때문이겠군.
〈보기〉에서 가중합이 임계치 1보다 작으면 0을, 그렇지 않으면 1을 출력한다고 했다. 따라서 퍼셉트론이 1을 출력했다는 것은 가중합이 1보다 크거나 같음을 의미한다.

④ [B]로 여러 차례 반복해서 학습시키면 퍼셉트론의 출력값은 0에 수렴하겠군.
근거: 5 ¹⁸이러한 과정을 다양한 학습 데이터에 대하여 반복하면 출력값들이 각각의 정답 값에 수렴하게 되고 판정 성능이 좋아진다.
[B]로 여러 차례 반복해서 학습시키면 퍼셉트론의 출력값은 정답인 1에 수렴하게 될 것이다.

⑤ [B]의 학습 데이터를 한 번 입력했을 때 그에 대한 퍼셉트론의 출력값은 1이겠군.
〈보기〉에서 가중합이 임계치 1보다 작으면 0을, 그렇지 않으면 1을 출력한다고 했다. 데이터를 한 번 입력했을 때의 가중합은 0.6으로, 가중합이 임계치 1보다 작기 때문에 그에 대한 퍼셉트론의 출력값은 0이 된다.

이의 제기

③번이 왜 적절한가요?

답변

이 문항은 윗글에서 설명한 내용을 바탕으로 〈보기〉의 상황에 대해 가장 적절하게 이해한 것이 무엇인지 묻고 있습니다.

윗글의 2문단에서 가중합을 구하는 원리를 '각각의 입력 단자에 할당된 가중치를 입력값에 곱한 값들을 모두 합하여'라고 규정하였습니다. 또한 윗글의 5문단에서는 가중치 갱신의 원리를 '어떤 학습 데이터가 주어지면 ~정답에 해당하는 값에서 출력값을 뺀 값 즉 오차 값을 구한다. 이 오차 값의 일부가~출력 신호를 만드는 데 관여한 모든 가중치들에 더해지는 방식'이라고 규정하였습니다.

따라서 윗글에서 설명한 이 두 가지 원리를 종합하면 모든 가중치에 일정한 오차 값의 일부가 더해져 늘어나게 되므로 ③번은 적절합니다.

[1~3] 다음 글을 읽고 물음에 답하시오.

✏️ 사고의 흐름

1 ¹지레는 받침과 지렛대를 이용하여 물체를 쉽게 움직일 수 있는 도구이다. ²지레에서 힘을 주는 곳을 힘점, 지렛대를 받치는 곳을 받침점, 물체에 힘이 작용하는 곳을 작용점이라 한다. 정의가 나왔으니까 기억해 있자! ³받침점에서 힘점까지의 거리가 받침점에서 작용점까지의 거리에 비해 멀수록 힘점에 작은 힘을 주어 작용점에서 물체에 큰 힘을 가할 수 있다. 그림으로 그리면 이렇게 되겠지?

A < B → 작은 힘으로 물체에 큰 힘을 가할 수 있음

작용점   받침점   힘점

⁴이러한 지레의 원리에는 돌림힘의 개념이 숨어 있다. 지레의 원리와 관련한 '돌림힘'이라는 새로운 개념이 나왔으니 이제부터 이 개념을 설명해 주겠군!

2 ⁵물체의 회전 상태에 변화를 일으키는 힘의 효과를 돌림힘이라고 한다. ⁶물체에 회전 운동을 일으키거나 물체의 회전 속도를 변화시키려면 물체에 힘을 가해야 한다. ⁷같은 힘이라도 회전축으로부터 얼마나 멀리 떨어진 곳에 가해 주느냐에 따라 회전 상태의 변화 양상*이 달라진다. 지레에서도 받침점과 얼마나 떨어진 곳에서 힘을 주느냐에 따라 물체에 작용하는 힘이 달라졌었지? 이와 비슷한 원리네! ⁸물체에 속한 점 X와 회전축을 최단 거리로 잇는 직선과 직각을 이루는 동시에 회전축과 직각을 이루도록 힘을 X에 가한다고 하자. ⁹이때 물체에 작용하는 돌림힘의 크기는 회전축에서 X까지의 거리와 가해 준 힘의 크기의 곱으로 표현되고 그 단위는 N·m(뉴턴미터)이다.

돌림힘의 크기(N·m)
: a(회전축에서 X까지의 거리) × 가해 준 힘의 크기

회전축

3 ¹⁰동일한 물체에 작용하는 두 돌림힘의 합을 알짜 돌림힘이라 한다. ¹¹두 돌림힘의 방향이 같으면 알짜 돌림힘의 크기는 두 돌림힘의 크기의 합이 되고 그 방향은 두 돌림힘의 방향과 같다. ¹²두 돌림힘의 방향이 서로 반대이면 알짜 돌림힘의 크기는 두 돌림힘의 크기의 차가 되고 그 방향은 더 큰 돌림힘의 방향과 같다. 표로 정리해 보자.

두 돌림힘의 방향이 동일	두 돌림힘의 방향이 반대
알짜 돌림힘의 크기 = 두 돌림힘의 크기 합	알짜 돌림힘의 크기 = 두 돌림힘의 크기 차
두 돌림힘의 방향과 동일	더 큰 돌림힘의 방향과 동일

앞의 상황과 유사하게!

¹³지레의 힘점에 힘을 주지만 물체가 지레의 회전을 방해하는 힘을 작용점에 주어 지레가 움직이지 않는 상황(처럼) 두 돌림힘의 크기가 같고 방향이 반대이면 알짜 돌림힘은 0이 되고 이때를 돌림힘의 평형이라고 한다. 두 돌림힘의 방향이 반대이면 두 돌림힘의 차가 알짜

돌림힘이라고 했으니, 두 돌림힘의 크기가 같으면 알짜 돌림힘은 당연히 0이 되겠지? 어느 한쪽의 힘이 더 크지 않으니까 움직이지 않고 평형을 이루게 되는 거야.

4 ¹⁴회전 속도의 변화는 물체에 알짜 돌림힘이 일을 해 주었을 때에만 일어난다. ¹⁵돌고 있는 팽이에 마찰력이 일으키는 돌림힘을 포함하여 어떤 돌림힘도 작용하지 않으면 팽이는 영원히 돈다. ¹⁶일정한 형태의 물체에 일정한 크기와 방향의 알짜 돌림힘을 가하여 물체를 회전시키면, 알짜 돌림힘이 한 일은 알짜 돌림힘의 크기와 회전 각도의 곱이고 그 단위는 J(줄)이다. 알짜 돌림힘이 한 일: 알짜 돌림힘의 크기(같은 방향: 두 돌림힘의 크기 합 / 반대 방향: 두 돌림힘의 크기 차) × 회전 각도

5 ¹⁷(가령), 마찰이 없는 여닫이문이 정지해 있다고 하자. ¹⁸갑은 지면에 대하여 수직으로 서 있는 문의 회전축에서 1m 떨어진 지점을 문의 표면과 직각으로 300N의 힘으로 밀고, 을은 문을 사이에 두고 갑의 반대쪽에서 회전축에서 2m만큼 떨어진 지점을 문의 표면과 직각으로 200N의 힘으로 미는 상태에서 문이 90° 즉, 0.5π 라디안을 돌면, 알짜 돌림힘이 문에 해 준 일은 50π J이다. 앞에서 설명해 준 내용과 연결해 보자.

[가]

예를 제시해 주네 아는 앞서 제시된 개념을 잘 이해해야 한다는 뜻이야!

갑: 회전축과 1m 떨어진 곳에서 300N의 힘을 가하고 있음	을: 회전축과 2m 떨어진 곳에서 200N의 힘을 가하고 있음
갑의 돌림힘의 크기 : 1m × 300N = 300N·m	을의 돌림힘의 크기 : 2m × 200N = 400N·m
알짜 돌림힘의 크기: 400N·m - 300N·m = 100N·m	

↓

∴ 알짜 돌림힘이 한 일: 100N·m × 0.5π 라디안 = 50π J

6 ¹⁹알짜 돌림힘이 물체를 돌리려는 방향과 물체의 회전 방향이 일치하면 알짜 돌림힘이 양(+)의 일을 하고 그 방향이 서로 반대이면 음(-)의 일을 한다. ²⁰어떤 물체에 알짜 돌림힘이 양의 일을 하면 그만큼 물체의 회전 운동 에너지는 증가하고 음의 일을 하면 그만큼 회전 운동 에너지는 감소한다. ²¹형태가 일정한 물체의 회전 운동 에너지는 회전 속도의 제곱에 정비례한다. 과학 지문에서 비례/반비례 관계는 매우 중요해. 체크하자! 물체의 회전 운동 에너지와 회전 속도²은 정비례 ²²그러므로 형태가 일정한 물체에 알짜 돌림힘이 양의 일을 하면 회전 속도가 증가하고, 음의 일을 하면 회전 속도가 감소한다.

알짜 돌림힘 양(+)의 일 (알짜 돌림힘의 방향 = 물체의 회전 방향)	회전 운동 에너지↑, 회전 속도↑
알짜 돌림힘 음(-)의 일 (알짜 돌림힘의 방향 ↔ 물체의 회전 방향)	회전 운동 에너지↓, 회전 속도↓

이것만은 챙기자

* *양상: 사물이나 현상의 모양이나 상태.

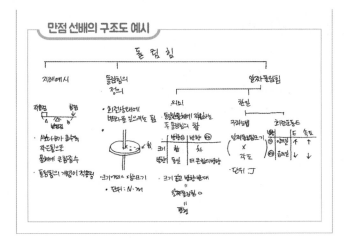

1. 윗글의 내용과 일치하지 <u>않는</u> 것은?

▽ 정답풀이

⑤ 형태가 일정한 물체의 회전 속도가 2배가 되면 회전 운동 에너지는 2배가 된다.

> 근거: **6** [21]형태가 일정한 물체의 회전 운동 에너지는 회전 속도의 제곱에 정비례한다.
> 형태가 일정한 물체의 회전 속도가 2배가 되면 회전 운동 에너지는 이의 제곱이 되므로 $4(=2^2)$배가 된다.

⊗ 오답풀이

① 물체에 힘이 가해지지 않으면 돌림힘은 작용하지 않는다.

근거: **2** [5]물체의 회전 상태에 변화를 일으키는 힘의 효과를 돌림힘이라고 한다. [6]물체에 회전 운동을 일으키거나 물체의 회전 속도를 변화시키려면 물체에 힘을 가해야 한다.

돌림힘은 물체의 회전 상태에 변화를 일으키는 힘이므로, 물체에 힘이 가해지지 않으면 돌림힘은 작용하지 않는다.

② 물체에 가해진 알짜 돌림힘이 0이 아니면 물체의 회전 상태가 변화한다.

근거: **2** [5]물체의 회전 상태에 변화를 일으키는 힘의 효과를 돌림힘이라고 한다. + **3** [13]지레의 힘점에 힘을 주지만 물체가 지레의 회전을 방해하는 힘을 작용점에 주어 지레가 움직이지 않는 상황처럼, 두 돌림힘의 크기가 같고 방향이 반대이면 알짜 돌림힘은 0이 되고 이때를 돌림힘의 평형이라고 한다.

물체에 가해진 알짜 돌림힘이 0이 아니라는 것은 돌림힘의 평형 상태가 아님을 의미한다. 즉 어느 한 방향으로 돌림힘이 작용하는 것이므로 물체의 회전 상태는 변화한다.

③ 회전 속도가 감소하고 있는, 형태가 일정한 물체에는 돌림힘이 작용한다.

근거: **4** [14]회전 속도의 변화는 물체에 알짜 돌림힘이 일을 해 주었을 때에만 일어난다. + **6** [20]어떤 물체에 알짜 돌림힘이 양의 일을 하면 그만큼 물체의 회전 운동 에너지는 증가하고 음의 일을 하면 그만큼 회전 운동 에너지는 감소한다.

회전 속도가 감소하고 있다는 것은 회전 속도의 변화가 일어났다는 의미이므로 물체에 돌림힘이 작용한 것이다.

④ 힘점에 힘을 받는 지렛대가 움직이지 않으면 돌림힘의 평형이 이루어져 있다.

근거: **3** [13]지레의 힘점에 힘을 주지만 물체가 지레의 회전을 방해하는 힘을 작용점에 주어 지레가 움직이지 않는 상황처럼, 두 돌림힘의 크기가 같고 방향이 반대이면 알짜 돌림힘은 0이 되고 이때를 돌림힘의 평형이라고 한다.

2. [가]에서 문이 90° 회전하는 동안의 상황에 대한 이해로 적절한 것은?

> **[가]의 상황 분석**
> • 마찰이 없는 여닫이문: 마찰력 작용 없음 = 다른 힘 작용 없음
> • 돌림힘의 크기 = 회전축에서 X까지의 거리 × 가해 준 힘의 크기
>   → 갑: 1m × 300N = 300N·m / 을: 2m × 200N = 400N·m
> • 알짜 돌림힘의 크기 = (돌림힘의 방향이 반대일 경우) 두 돌림힘 크기의 차
>   → 400N·m – 300N·m = 100N·m
> • 알짜 돌림힘이 한 일 = 알짜 돌림힘의 크기 × 회전 각도
>   → 100N·m × 0.5π 라디안 = 50π J)

✅ 정답풀이

② 문의 회전 운동 에너지는 점점 증가한다.

> 근거: ❸ [12]두 돌림힘의 방향이 서로 반대이면 알짜 돌림힘의 크기는 두 돌림힘의 크기의 차가 되고 그 방향은 더 큰 돌림힘의 방향과 같다. + ❺ [18]알짜 돌림힘이 문에 해 준 일은 50π J이다. + ❻ [19]알짜 돌림힘이 물체를 돌리려는 방향과 물체의 회전 방향이 일치하면 알짜 돌림힘이 양(+)의 일 [20]어떤 물체에 알짜 돌림힘이 양의 일을 하면 그만큼 물체의 회전 운동 에너지는 증가
> [가]에서 알짜 돌림힘이 문에 해 준 일은 50π J이고 갑보다 을의 돌림힘의 크기가 크므로 을이 문을 미는 방향으로 알짜 돌림힘이 작용한다. 을이 문을 미는 방향과 문의 회전 방향이 일치하므로 문이 90° 회전하는 동안 알짜 돌림힘은 양의 일을 한다. 따라서 문이 90° 회전하는 동안 문의 회전 운동 에너지는 점점 증가할 것이다.

❌ 오답풀이

① 알짜 돌림힘의 크기는 점점 증가한다.

  [가]에서는 갑과 을이 가한 돌림힘이 서로 반대 방향으로 작용하는 것 외에 다른 힘이 작용하지 않는다. 따라서 문이 90° 회전하는 동안 작용하는 알짜 돌림힘의 크기는 100N·m로 일정하다.

③ 문에는 돌림힘의 평형이 유지되고 있다.

  근거: ❸ [13]두 돌림힘의 크기가 같고 방향이 반대이면 알짜 돌림힘은 0이 되고 이때를 돌림힘의 평형이라고 한다.
  [가]에서는 문이 회전하고 있으며, 이는 알짜 돌림힘이 작용했기 때문이다. 즉 갑과 을의 돌림힘의 크기가 다르기 때문에 돌림힘의 평형이 유지되고 있다고 볼 수 없다.

④ 알짜 돌림힘과 갑의 돌림힘은 방향이 같다.

  근거: ❸ [12]두 돌림힘의 방향이 서로 반대이면 알짜 돌림힘의 크기는 두 돌림힘의 크기의 차가 되고 그 방향은 더 큰 돌림힘의 방향과 같다.
  갑보다 을의 돌림힘의 크기가 더 크므로 알짜 돌림힘은 갑의 돌림힘과 방향이 다르고 을의 돌림힘과 방향이 같다.

⑤ 갑의 돌림힘의 크기는 을의 돌림힘의 크기보다 크다.

  갑의 돌림힘의 크기는 300N·m, 을의 돌림힘의 크기는 400N·m이므로 을의 돌림힘의 크기가 더 크다.

🖋 모두의 질문
• 2-②번

Q: 을의 입장에서 보면 양의 일이지만 갑의 입장에서는 음의 일을 하는 건데, 이걸 양의 일로 단정지어 회전 운동 에너지가 증가한다고 볼 수 있나요?

A: 문에 가해지는 힘의 절댓값을 측정했을 때, 서로 반대 방향에서 문을 밀고 있는 '을'의 돌림힘의 크기가 '갑'의 돌림힘의 크기보다 크기에 문은 '을'이 문을 미는 방향으로 작동한다. 즉 돌림힘의 총합에 해당되는 알짜 돌림힘은 을이 문을 미는 방향으로 작용하게 된다. 이때 6문단에서 '알짜 돌림힘이 물체를 돌리려는 방향과 물체의 회전 방향이 일치하면' 알짜 돌림힘이 양(+)의 일을 한다고 하였으므로, 물체에 작용하는 알짜 돌림힘의 방향과 물체의 실제 회전 방향이 일치한다면 이를 '양의 일'이라고 보아야 한다.

3. 윗글을 바탕으로 할 때, 〈보기〉의 '원판'의 회전 운동에 대한 이해로 적절하지 않은 것은? [3점]

〈보기〉

[1]돌고 있는 원판 위의 두 점 A, B는 그 원판의 중심 O를 수직으로 통과하는 회전축에서 각각 0.5R, R만큼 떨어져 O, A, B의 순서로 한 직선 위에 있다. [2]A, B에는 각각 OA, OB와 직각 방향으로 표면과 평행하게 같은 크기의 힘이 작용하여 원판을 각각 시계 방향과 시계 반대 방향으로 밀어 준다. [3]현재 이 원판은 시계 반대 방향으로 회전하고 있다. [4]단, 원판에는 다른 힘이 작용하지 않고 회전축은 고정되어 있다.

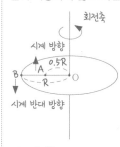

'같은 크기의 힘'을 문자 'a'라고 하자. 현재 원판은 시계 반대 방향으로 회전하고 있는 상황이고, 알짜 돌림힘이 작용하면 회전 속도의 '변화(증가 혹은 감소)'가 나타날 것이다.
- A의 돌림힘 크기(시계 방향)
  = 0.5R x a(가해 준 힘의 크기) = 0.5Ra
- B의 돌림힘 크기(시계 반대 방향)
  = R x a(가해 준 힘의 크기) = Ra
- B의 돌림힘의 크기가 더 크므로 원판에 작용하는 알짜 돌림힘의 방향
  = B의 돌림힘 방향(시계 반대 방향)
- 이는 원판의 회전 방향과 같으므로 알짜 돌림힘이 한 일 = 양의 일
- 알짜 돌림힘의 크기 = Ra - 0.5Ra

✔ 정답풀이

④ A에 가해 주는 힘만을 제거한 상태에서 원판이 두 바퀴 회전하는 동안 알짜 돌림힘이 한 일은 한 바퀴 회전하는 동안 알짜 돌림힘이 한 일의 4배이다.

근거: **2** [9]이때 물체에 작용하는 돌림힘의 크기는 회전축에서 X까지의 거리와 가해 준 힘의 크기의 곱으로 표현되고 그 단위는 N·m(뉴턴미터)이다. + **3** [12]두 돌림힘의 방향이 서로 반대이면 알짜 돌림힘의 크기는 두 돌림힘의 크기의 차가 되고 그 방향은 더 큰 돌림힘의 방향과 같다. + **4** [16]일정한 형태의 물체에 일정한 크기와 방향의 알짜 돌림힘을 가하여 물체를 회전시키면, 알짜 돌림힘이 한 일은 알짜 돌림힘의 크기와 회전 각도의 곱이고 그 단위는 J(줄)이다. + **5** [18]문이 90° 즉, 0.5π 라디안을 돌면, 알짜 돌림힘이 문에 해 준 일은 50π J이다.
A에 가해 주는 힘만을 제거하면 알짜 돌림힘의 크기는 B의 돌림힘과 같아진다. 윗글에서 문이 90° 회전한 경우 곱해지는 회전 각도는 0.5π 라디안이라고 하였으므로, 원판이 한 바퀴(360°) 회전할 때의 회전 각도는 2π 라디안, 두 바퀴(720°) 회전할 때의 회전 각도는 4π 라디안임을 알 수 있다. 이때 B에 가해지는 힘을 a라고 하면, 한 바퀴 회전할 때의 알짜 돌림힘이 한 일은 2aπ J, 두 바퀴 회전할 때의 알짜 돌림힘이 한 일은 4aπ J이 된다. 따라서 원판이 두 바퀴 회전하는 동안 알짜 돌림힘이 한 일은 한 바퀴 회전하는 동안 알짜 돌림힘이 한 일의 2배가 된다.

⊗ 오답풀이

① 두 힘을 계속 가해 주는 상태에서 원판의 회전 속도는 증가한다.
근거: **3** [12]두 돌림힘의 방향이 서로 반대이면 알짜 돌림힘의 크기는 두 돌림힘의 크기의 차가 되고 그 방향은 더 큰 돌림힘의 방향과 같다. + **6** [19]알짜 돌림힘이 물체를 돌리려는 방향과 물체의 회전 방향이 일치하면 알짜 돌림힘이 양(+)의 일~[22]그러므로 형태가 일정한 물체에 알짜 돌림힘이 양의 일을 하면 회전 속도가 증가 + 〈보기〉 [3]현재 이 원판은 시계 반대 방향으로 회전
현재 원판이 시계 반대 방향으로 회전하고 있는 상태이고, A의 돌림힘(0.5Ra)보다 B의 돌림힘(Ra)이 더 크므로 알짜 돌림힘의 방향 또한 시계 반대 방향이다. 따라서 알짜 돌림힘은 양(+)의 일을 하여 원판의 회전 속도를 증가시킬 것이다.

② A, B에 가해 주는 힘을 모두 제거하면 원판은 일정한 회전 속도를 유지한다.
근거: **4** [14]회전 속도의 변화는 물체에 알짜 돌림힘이 일을 해 주었을 때에만 일어난다. [15]돌고 있는 팽이에 마찰력이 일으키는 돌림힘을 포함하여 어떤 돌림힘도 작용하지 않으면 팽이는 영원히 돈다.
A, B에 가해 주는 힘을 모두 제거하면 알짜 돌림힘은 0이 된다. 즉 어떤 돌림힘도 작용하지 않게 되는 것이므로 원판은 일정한 회전 속도를 유지할 것이다.

③ A에 가해 주는 힘만을 제거하면 원판의 회전 속도는 증가한다.
근거: **6** [19]알짜 돌림힘이 물체를 돌리려는 방향과 물체의 회전 방향이 일치하면 알짜 돌림힘이 양(+)의 일~[22]그러므로 형태가 일정한 물체에 알짜 돌림힘이 양의 일을 하면 회전 속도가 증가 + 〈보기〉 [2]A, B에는 각각 OA, OB와 직각 방향으로 표면과 평행하게 같은 크기의 힘이 작용하여 원판을 각각 시계 방향과 시계 반대 방향으로 밀어 준다. [3]현재 이 원판은 시계 반대 방향으로 회전
A에 가해 주는 힘만을 제거하면 알짜 돌림힘의 크기는 시계 반대 방향으로 작용하는 B의 돌림힘의 크기와 같아진다. 현재 원판은 시계 반대 방향으로 회전하고 있고, 이는 B의 돌림힘의 방향과 일치하므로 알짜 돌림힘은 양(+)의 일을 하며, A에 가하는 힘을 제거할 경우 알짜 돌림힘의 크기는 더 커지게 되어 원판의 회전 속도를 증가시킬 것이다.

⑤ B에 가해 주는 힘만을 제거하면 원판의 회전 운동 에너지는 점차 감소하여 0이 되었다가 다시 증가한다.
근거: **6** [19]알짜 돌림힘이 물체를 돌리려는 방향과 물체의 회전 방향이 일치하면 알짜 돌림힘이 양(+)의 일을 하고 그 방향이 서로 반대이면 음(-)의 일을 한다. [20]어떤 물체에 알짜 돌림힘이 양의 일을 하면 그만큼 물체의 회전 운동 에너지는 증가하고 음의 일을 하면 그만큼 회전 운동 에너지는 감소한다.~[22]그러므로 형태가 일정한 물체에 알짜 돌림힘이 양의 일을 하면 회전 속도가 증가하고, 음의 일을 하면 회전 속도가 감소한다. + 〈보기〉 [3]현재 이 원판은 시계 반대 방향으로 회전
B에 가해 주는 힘만을 제거하면 알짜 돌림힘의 크기는 시계 방향으로 작용하는 A의 돌림힘의 크기와 같아진다. 현재 원판은 시계 반대 방향으로 회전하고 있어 A의 돌림힘의 방향과 반대이므로, A의 돌림힘은 음(-)의 일을 하게 되어 원판의 회전 속도를 감소시킬 것이다. 시계 방향으로 작용하는 알짜 돌림힘이 계속 작용하면 원판의 속도는 점점 감소하면서 0(정지)이 되었다가 A의 알짜 돌림힘의 방향인 시계 방향으로 증가하게 된다. 회전 운동 에너지는 속도의 제곱에 정비례하므로 B에 가해 주는 힘만을 제거하면 원판의 회전 운동 에너지는 점차 감소하여 0이 되었다가 다시 증가하게 될 것이다.

[1~2] 다음 글을 읽고 물음에 답하시오.

✏️ 사고의 흐름

1 ¹어떤 물체가 물이나 공기와 같은 유체* 속에서 자유 낙하할 때 물체에는 중력, 부력, 항력이 작용한다. 유체 속에서 낙하하는 물체에 작용하는 힘 세 가지가 화제로 제시되었으니 이에 대해서 설명해 주겠지? ²중력은 물체의 질량에 중력 가속도를 곱한 값으로 물체가 낙하하는 동안 일정하다. 중력 = 물체의 질량 X 중력 가속도, 물체가 낙하하는 동안 일정 ³부력은 어떤 물체에 의해서 배제된 부피만큼의 유체의 무게에 해당하는 힘으로, 항상 중력의 반대 방향으로 작용한다. 부력 = 물체에 의해서 배제된 부피만큼의 유체의 무게에 해당하는 힘, 중력의 반대 방향 ⁴빗방울에 작용하는 부력의 크기는 빗방울의 부피에 해당하는 공기의 무게이다. 빗방울을 예로 들어 앞에서 언급한 부력의 정의를 다시 설명해 주고 있군! ⁵공기의 밀도는 물의 밀도의 1,000분의 1 수준이므로, 빗방울이 공기 중에서 떨어질 때 부력이 빗방울의 낙하 운동에 영향을 주는 정도는 미미하다. 유체에 비해 낙하 물체의 상대적 밀도↑ → 부력이 낙하 운동에 미치는 영향↓ ⁶그러나 스티로폼 입자와 같이 밀도가 매우 작은 물체가 낙하할 경우에는 부력이 물체의 낙하 속도에 큰 영향을 미친다. 유체에 비해 낙하 물체의 상대적 밀도↓ → 부력이 낙하 속도에 미치는 영향↑

예외 없이 모든 경우 부력은 중력의 반대 방향이라는 것!

앞의 내용과 달리 부력이 낙하 운동에 큰 영향을 주는 경우가 나오겠지? 어떤 차이가 있는지 가정하자.

2 ⁷물체가 유체 내에 정지해 있을 때와는 달리, 유체 속에서 운동하는 경우에는 물체의 운동에 저항하는 힘인 항력이 발생하는데, 이 힘은 물체의 운동 방향과 반대로 작용한다. ⁸항력은 유체 속에서 운동하는 물체의 속도가 커질수록 이에 상응하여 커진다. 항력 = 물체의 운동에 저항하는 힘 → 물체의 운동 방향과 반대, 물체의 속도와 비례 ⁹항력은 마찰 항력과 압력 항력의 합이다. ¹⁰마찰 항력은 유체의 점성 때문에 물체의 표면에 가해지는 항력으로, 유체의 점성이 크거나 물체의 표면적이 클수록 커진다. ¹¹압력 항력은 물체가 이동할 때 물체의 전후방에 생기는 압력 차에 의해 생기는 항력으로, 물체의 운동 방향에서 바라본 물체의 단면적이 클수록 커진다.

'달리'가 나오면 뒤의 내용에 주의!

항력 = 마찰 항력 + 압력 항력	
마찰 항력	물체의 표면에 가해지는 항력 유체의 점성, 물체의 표면적과 비례
압력 항력	물체의 전후방 압력 차에 의해 생기는 항력 운동 방향에서 바라본 물체의 단면적과 비례

3 ¹²안개비의 빗방울이나 미세 먼지와 같이 작은 물체가 낙하하는 경우에는 물체의 전후방에 생기는 압력 차가 매우 작아 마찰 항력이 전체 항력의 대부분을 차지한다. 작은 물체가 낙하하는 경우: 물체의 전후방 압력 차가 작음 → 항력의 대부분이 마찰 항력 ¹³빗방울의 크기가 커지면 전체 항력 중 압력 항력이 차지하는 비율이 점점 커진다. 빗방울의 크기가 커지면 운동 방향에서 바라본 물체의 단면적이 커지므로 압력 항력의 비율이 커지겠지! ¹⁴반면 스카이다이버와 같이 큰 물체가 빠른 속도로 떨어질 때에는 물체의 전후방에 생기는 압력 차에 의한 압력 항력이 매우 크므로 마찰 항력이 전체 항력에 기여하는 비중은 무시할 만하다. 큰 물체가 낙하하는 경우: 물체의 전후방 압력 차가 큼 → 항력의 대부분이 압력 항력

앞의 내용이 작은 물체가 떨어질 경우의 항력이었으니 이제 큰 물체가 떨어질 경우의 항력에 대해 설명하겠지?

4 ¹⁵빗방울이 낙하할 때 처음에는 중력 때문에 빗방울의 낙하 속도가 점점 증가하지만, 이에 따라 항력도 커지게 되어 마침내 항력과 부력의 합이 중력의 크기와 같아지게 된다. 빗방울이 낙하할 때: 항력 + 부력 < 중력 → 낙하 속도↑ … → 물체의 운동 속도↑ → 항력↑ … → 항력 + 부력 = 중력 ¹⁶이때 (항력 + 부력 = 중력) 물체의 가속도가 0이 되므로 빗방울의 속도는 일정해지는데, 이렇게 일정해진 속도를 종단 속도라 한다. 빗방울(물체)의 이동 방향(↓)으로 작용하는 힘인 중력과, 그 반대 방향(↑)으로 작용하는 힘인 항력과 부력이 평형을 이루어 빗방울이 일정한 속도를 가지게 되는 것이군! ¹⁷유체 속에서 상승하거나 지면과 수평으로 이동하는 물체의 경우에도 종단 속도가 나타나는 것은 이동 방향으로 작용하는 힘과 반대 방향으로 작용하는 힘의 평형에 의한 것이다.

이것만은 챙기자

*유체: 기체와 액체를 아울러 이르는 말.

만점 선배의 구조도 예시

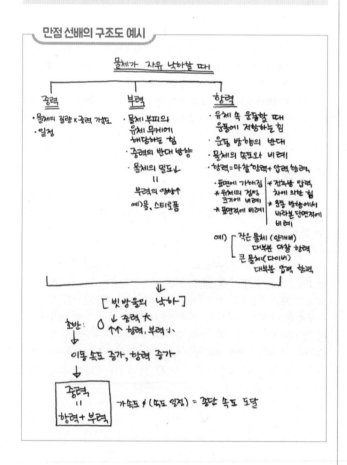

1. 윗글을 통해 알 수 있는 내용으로 가장 적절한 것은?

✓ 정답풀이

④ 균일한 밀도의 액체 속에서 낙하하는 동전에 작용하는 부력은 항력의 크기에 상관없이 일정한 크기를 유지한다.

> 근거: **1** ³부력은 어떤 물체에 의해서 배제된 부피만큼의 유체의 무게에 해당하는 힘으로, 항상 중력의 반대 방향으로 작용한다. ⁴빗방울에 작용하는 부력의 크기는 빗방울의 부피에 해당하는 공기의 무게이다. +
> **2** ⁷물체가 유체 내에 정지해 있을 때와는 달리, 유체 속에서 운동하는 경우에는 물체의 운동에 저항하는 힘인 항력이 발생하는데, 이 힘은 물체의 운동 방향과 반대로 작용한다. ⁸항력은 유체 속에서 운동하는 물체의 속도가 커질수록 이에 상응하여 커진다.
>
> 액체 속에서 동전에 작용하는 부력은 동전 부피에 해당하는 액체의 무게인데, 균일한 밀도의 액체 속에서 낙하하는 동전의 부피는 변함이 없으므로 동전에 작용하는 부력은 항력의 크기에 상관없이 일정한 크기를 유지한다.

✗ 오답풀이

① 스카이다이버가 낙하 운동할 때에는 마찰 항력이 전체 항력의 대부분을 차지하게 된다.

> 근거: **3** ¹⁴반면 스카이다이버와 같이 큰 물체가 빠른 속도로 떨어질 때에는 물체의 전후방에 생기는 압력 차에 의한 압력 항력이 매우 크므로 마찰 항력이 전체 항력에 기여하는 비중은 무시할 만하다.

② 물체가 유체 속에서 운동할 때 물체 전후방에 생기는 압력 차는 그 물체의 속도를 증가시킨다.

> 근거: **2** ⁷물체가 유체 내에 정지해 있을 때와는 달리, 유체 속에서 운동하는 경우에는 물체의 운동에 저항하는 힘인 항력이 발생~¹¹압력 항력은 물체가 이동할 때 물체의 전후방에 생기는 압력 차에 의해 생기는 항력
>
> 물체가 유체 속에서 운동할 때 물체 전후방의 압력 차에 의해 생기는 것은 압력 항력인데, 항력은 물체의 운동에 저항하는 힘이므로 오히려 물체의 속도를 감소시킨다.

③ 낙하하는 물체의 속도가 종단 속도에 이르게 되면 그 물체의 가속도는 중력 가속도와 같아진다.

> 근거: **1** ²중력은 물체의 질량에 중력 가속도를 곱한 값으로 물체가 낙하하는 동안 일정하다. + **4** ¹⁵이에 따라 항력도 커지게 되어 마침내 항력과 부력의 합이 중력의 크기와 같아지게 된다. ¹⁶이때(항력 + 부력 = 중력) 물체의 가속도가 0이 되므로 빗방울의 속도는 일정해지는데, 이렇게 일정해진 속도를 종단 속도라 한다.
>
> 낙하하는 물체의 항력과 부력의 합이 중력의 크기와 같아지게 될 때 물체의 가속도가 0이 되어 물체의 속도가 일정해지는 종단 속도가 나타난다. 낙하하는 물체에는 중력이 작용하는데, 중력은 물체의 질량에 중력 가속도를 곱한 값이므로 중력 가속도는 0이 될 수 없다. 또한 종단 속도는 물체의 가속도가 0이 되는 속도라고 하였으므로, 종단 속도일 때의 가속도와 중력 가속도가 같아진다는 것은 적절하지 않다.

⑤ 균일한 밀도의 액체 속에 완전히 잠겨 있는 쇠 막대에 작용하는 부력은 서 있을 때보다 누워 있을 때가 더 크다.

> 근거: **1** ³부력은 어떤 물체에 의해서 배제된 부피만큼의 유체의 무게에 해당하는 힘으로, 항상 중력의 반대 방향으로 작용한다. ⁴빗방울에 작용하는 부력의 크기는 빗방울의 부피에 해당하는 공기의 무게이다.
>
> 부력은 쇠 막대의 부피만큼의 액체 무게에 해당하는 힘이다. 따라서 쇠 막대가 서 있거나 누워 있거나에 상관없이 쇠 막대의 부피는 같으므로 부력 역시 일정할 것이다.

2. 윗글을 바탕으로 〈보기〉에 대해 탐구한 내용으로 가장 적절한 것은? [3점]

〈보기〉

크기와 모양은 같으나(두 물체의 부피가 같음) 밀도가 서로 다른 구 모양의 물체 A와 B를 공기 중에 고정하였다. 이때 물체 A와 B의 밀도는 공기보다 작으며,(두 물체 모두 유체보다 밀도가 작음, 부력의 영향이 큼) 물체 B의 밀도는 물체 A보다 더 크다.(밀도: 물체 A < 물체 B < 공기) 물체 A와 B를 놓아 주었더니 두 물체 모두 속도가 증가하며 상승하다가, 각각 어느 정도 시간이 지난 후 각각 다른 일정한 속도(종단 속도)를 유지한 채 계속 상승하였다. (단, 두 물체는 공기나 다른 기체 중에서 크기와 밀도가 유지되도록 제작되었고, 물체 운동에 영향을 줄 수 있는 기체의 흐름과 같은 외적 요인들이 모두 제거되었다고 가정함.)

- A와 B의 크기와 모양이 같음 = 부피가 같음
- 밀도: 물체 A < 물체 B < 공기
- 속도 증가하며 상승 → 일정한 속도로 상승(종단 속도에 도달)

(물체의 운동 방향)

부력 (중력의 반대 방향)

↑
○
↓

중력
+
항력 (물체의 운동 방향과 반대)

- 윗글과 달리 〈보기〉는 '상승'의 경우를 다룸:

⑤ 공기보다 밀도가 더 큰 기체 내에서 B가 상승하여 일정한 속도를 유지할 때 B에 작용하는 항력은 공기 중에서 상승하여 일정한 속도를 유지할 때 작용하는 항력보다 더 크겠군.

근거: **1** ³부력은 어떤 물체에 의해서 배제된 부피만큼의 유체의 무게에 해당하는 힘으로, 항상 중력의 반대 방향으로 작용한다. ⁵공기의 밀도는 물의 밀도의 1,000분의 1 수준이므로, 빗방울이 공기 중에서 떨어질 때 부력이 빗방울의 낙하 운동에 영향을 주는 정도는 미미하다. ⁶그러나 스티로폼 입자와 같이 밀도가 매우 작은 물체가 낙하할 경우에는 부력이 물체의 낙하 속도에 큰 영향을 미친다. + **2** ⁷유체 속에서 운동하는 경우에는 물체의 운동에 저항하는 힘인 항력이 발생하는데, 이 힘은 물체의 운동 방향과 반대로 작용한다. + **4** ¹⁵빗방울이 낙하할 때 처음에는 중력 때문에 빗방울의 낙하 속도가 점점 증가하지만, 이에 따라 항력도 커지게 되어 마침내 항력과 부력의 합이 중력의 크기와 같아지게 된다. ¹⁶이때 물체의 가속도가 0이 되므로 빗방울의 속도는 일정해지는데, 이렇게 일정해진 속도를 종단 속도라 한다. ¹⁷유체 속에서 상승하거나 지면과 수평으로 이동하는 물체의 경우에도 종단 속도가 나타나는 것은 이동 방향으로 작용하는 힘과 반대 방향으로 작용하는 힘의 평형에 의한 것이다.
'일정한 속도를 유지할 때'라는 것은 종단 속도를 유지하는 상황을 의미하며, 〈보기〉에서 B는 '상승'하므로 '부력 = 항력 + 중력'이 된다. 부력은 어떤 물체에 의해서 배제된 부피만큼의 '유체의 무게에 해당하는 힘'이다. 따라서 공기보다 밀도가 더 큰 기체 내에서 B에 작용하는 부력이 더 크다는 것을 알 수 있다. 항력은 물체의 운동에 저항하는 힘이며 물체의 운동 방향과 반대로 작용하므로, 부력이 클수록 항력 역시 더 커진다. 이때 '밀도 = 질량/부피'라는 공식을 사용한다면 더 쉽게 풀이할 수 있다. 왜냐하면 동일한 부피(유체의 밀도가 큰 경우와 작은 경우 모두 물체는 B로 동일함)에 대한 어떤 유체의 밀도가 더 크다는 것은 그 유체의 질량(무게)이 더 크다는 것이기 때문이다. 따라서 '부력 = 항력 + 중력'을 고려할 때 중력은 일정하고 부력이 더 크게 작용하는, 공기보다 밀도가 더 큰 기체 내에서 B가 상승하는 경우의 항력이 더 크다.

① A와 B가 고정되어 있을 때에는 A에 작용하는 항력이 B에 작용하는 항력보다 더 작겠군.

근거: **2** ⁷물체가 유체 내에 정지해 있을 때와는 달리, 유체 속에서 운동하는 경우에는 물체의 운동에 저항하는 힘인 항력이 발생하는데, 이 힘은 물체의 운동 방향과 반대로 작용한다.
항력은 물체가 유체 속에서 운동하는 경우 물체의 운동에 저항하여 발생하는 힘이므로 물체가 고정되어 있으면 항력은 발생하지 않는다.

② A와 B가 각각 일정한 속도를 유지할 때 A에 작용하고 있는 항력은 B에 작용하고 있는 항력보다 더 작겠군.

근거: **1** ³부력은 어떤 물체에 의해서 배제된 부피만큼의 유체의 무게에 해당하는 힘으로, 항상 중력의 반대 방향으로 작용한다. ~⁵공기의 밀도는 물의 밀도의 1,000분의 1 수준이므로, 빗방울이 공기 중에서 떨어질 때 부력이 빗방울의 낙하 운동에 영향을 주는 정도는 미미하다. ⁶그러나 스티로폼 입자와 같이 밀도가 매우 작은 물체가 낙하할 경우에는 부력이 물체의 낙하 속도에 큰 영향을 미친다. + **2** ⁷유체 속에서 운동하는 경우에는 물체의 운동에 저항하는 힘인 항력이 발생하는데, 이 힘은 물체의 운동 방향과 반대로 작용한다. + **4** ¹⁶이때 (항력 + 부력 = 중력) 물체의 가속도가 0이 되므로 빗방울의 속도는 일정해지는데, 이렇게 일정해진 속도를 종단 속도라 한다. ¹⁷유체 속에서 상승하거나 지면과 수평으로 이동하는 물체의 경우에도 종단 속도가 나타나는 것은 이동 방향으로 작용하는 힘과 반대 방향으로 작용하는 힘의 평형에 의한 것이다.
'A와 B가 각각 일정한 속도를 유지할 때'라고 했으므로, 각각 종단 속도로 상승하고 있을 때 A와 B의 항력을 비교하면 된다. 유체 속에서 상승하는 물체에 종단 속도가 나타나는 것은 이동 방향으로 작용하는 힘과 반대 방향으로 작용하는 힘의 평형에 의한 것이라고 하였으므로, A와 B가 종단 속도를 유지할 때 '부력 = 항력 + 중력'이 된다. 이때 〈보기〉에서 A의 밀도보다 B의 밀도가 크다고 했고, 밀도가 작을수록 부력이 속도에 큰 영향을 미치므로 같은 유체 내에서 A는 상대적으로 부력의 영향을 B보다 더 크게 받는다. 따라서 A와 B가 각각 일정한 속도를 유지할 때 A에 작용하는 항력이 B에 작용하는 항력보다는 더 클 것이다.

③ A에 작용하는 부력과 중력의 크기 차이는 A의 속도가 증가하고 있을 때보다 A가 고정되어 있을 때 더 크겠군.

근거: **1** ²중력은 물체의 질량에 중력 가속도를 곱한 값으로 물체가 낙하하는 동안 일정하다. ³부력은 어떤 물체에 의해서 배제된 부피만큼의 유체의 무게에 해당하는 힘으로, 항상 중력의 반대 방향으로 작용한다. ⁴빗방울에 작용하는 부력의 크기는 빗방울의 부피에 해당하는 공기의 무게이다.
A의 속도가 증가하고 있을 때나 A가 고정되어 있을 때나 A의 부피는 변하지 않기 때문에 A의 부피만큼의 유체의 무게에 해당하는 힘인 부력은 같다. 또한 동일한 물체이므로 두 경우에서 질량이 같아 중력 역시 같다. 따라서 A에 작용하는 부력과 중력의 크기 차이는 A의 속도가 증가하고 있을 때나 고정되어 있을 때 상관없이 일정하다.

④ A와 B 모두 일정한 속도에 도달하기 전에 속도가 증가하는 것으로 보아 A와 B에 작용하는 항력이 점점 감소하기 때문에 일정한 속도에 도달하는 것이겠군.

근거: **4** ¹⁵빗방울이 낙하할 때 처음에는 중력 때문에 빗방울의 낙하 속도가 점점 증가하지만, 이에 따라 항력도 커지게 되어 마침내 항력과 부력의 합이 중력의 크기와 같아지게 된다. ¹⁶이때 물체의 가속도가 0이 되므로 빗방울의 속도는 일정해지는데, 이렇게 일정해진 속도를 종단 속도라 한다. ¹⁷유체 속에서 상승하거나 지면과 수평으로 이동하는 물체의 경우에도 종단 속도가 나타나는 것은 이동 방향으로 작용하는 힘과 반대 방향으로 작용하는 힘의 평형에 의한 것이다.
A와 B 모두 속도가 증가하며 상승하다가 일정한 속도를 유지하게 되는 것은, 부력 때문에 증가한 속도로 인해 반대 방향으로 작용하는 항력도 커지게 되어 결국 항력과 중력의 합이 부력과 같아지기 때문이다. 즉 항력이 점점 감소하기 때문에 일정한 속도에 도달하는 것이 아니라, 항력이 증가하기 때문에 일정한 속도에 도달하는 것이다.

모두의 질문

Q: '밀도 = 질량/부피'라는 공식을 모르면(배경지식이 없으면) 어떻게 문제를 해결하나요?

A: 밀도에 관한 지식이 없어도 윗글에 제시된 근거와 〈보기〉의 내용을 통해 충분히 선지를 판단할 수 있다.

1문단의 '공기와 물', '공기와 스티로폼'의 관계를 통해 물체 밀도와 유체 밀도의 상대적 크기 차이에 따른 부력의 영향을 알 수 있다. 물의 경우 유체인 공기보다 밀도가 1,000배 수준으로 커서 부력의 영향이 작은 반면에, 스티로폼은 밀도가 매우 작기 때문에 부력의 영향이 크다고 하였다. 따라서 동일한 유체 내에서는 밀도가 큰 물체일수록 부력의 영향이 작음을 알 수 있다. 〈보기〉에 나타나는 A와 B의 경우도 이처럼 '상대적으로' 생각해 볼 수 있다. 동일한 물체의 경우, 유체의 밀도가 클수록 그 물체의 밀도가 상대적으로 작은 비중을 갖게 되므로 부력의 영향을 크게 받을 것이고, 반대로 유체의 밀도가 작을수록 그 물체의 밀도가 상대적으로 큰 비중을 갖게 되므로 부력의 영향을 작게 받을 것이라고 추론이 가능하다.

②번의 경우, 〈보기〉는 상승하는 경우이기 때문에 위로 작용하는 '부력의 영향이 클수록' 상승 속도가 크게 증가한다. 그런데 〈보기〉에서 밀도는 'B 〉 A'라고 했으니, A에 부력이 미치는 영향이 더 클 것이고, 상승 속도가 더 빠를 것이라고 추론할 수 있다. 그리고 2문단에서는 항력이 '유체 속에서 운동하는 물체의 속도가 커질수록 이에 상응하여 커진다.'라고 하였으므로, A의 항력이 B의 항력보다 더 클 것임을 추론할 수 있다.

⑤번의 경우, 공기보다 밀도가 더 큰 기체 내에서의 B의 밀도는 공기 중에서의 B의 밀도보다 상대적으로 더 작은 비중을 갖게 되므로, 공기보다 밀도가 더 큰 기체 내의 B가 부력의 영향이 더 큼을 알 수 있다. 따라서 공기보다 밀도가 더 큰 기체 내에서 B의 상승 속도가 더 빠르므로 이에 비례하여 커지는 항력 역시 공기보다 밀도가 더 큰 기체 내에서 더 커짐을 추론할 수 있다.

MEMO

[1~2] 다음 글을 읽고 물음에 답하시오.

🖊 사고의 흐름

1 ¹암 치료에 사용되는 항암제는 세포 독성 항암제와 표적 항암제로 나뉜다. 항암제의 종류 두 가지가 나왔네. 어떤 것은 종류가 구분되면 차이점을 반드시 파악해야 돼. 하지만 공통점 또한 있을 수 있으니 고려해 두자! ²파클리탁셀과 같은 세포 독성 항암제는 세포 분열을 방해하여 세포가 증식*하지 못하고 사멸*에 이르게 한다. 세포 독성 항암제의 원리: 세포 분열 방해 → 세포의 사멸 유도 ³그러므로 세포 독성 항암제는 암세포뿐 아니라 정상 세포 중 빈번하게 세포 분열하는 종류의 세포도 손상시킨다. ⁴이러한 세포 독성 항암제의 부작용은 이 약제의 사용을 꺼리게 하는 주된 이유이다. ⁵만면에 표적 항암제는 암세포에 선택적으로 작용하도록 고안된 것이다. 표적 항암제는 세포 독성 항암제의 부작용을 극복한 약제이겠구나. 세포 독성 항암제: 정상 세포에도 작용 / 표적 항암제: 암세포에만 선택적으로 작용

항암제 두 가지 중 세포 독성 항암제의 문제점이 제시되었으니 이제 다른 특성을 지닌 표적 항암제가 나오겠지?

2 ⁶암세포에서는 변형된 유전자가 만들어 낸 비정상적인 단백질이 세포 분열을 위한 신호 전달 과정을 왜곡하여 과다한 세포 증식을 일으킨다. ⁷암세포가 종양으로 자라려면 종양 속으로 연결되는 새로운 혈관의 생성이 필수적이다. 암세포: 변형된 유전자가 만든 비정상적인 단백질이 신호 전달 과정을 왜곡 → 과다한 세포 증식 → 종양으로 연결되는 새로운 혈관 생성 → 종양이 자람 ⁸표적 항암제는 암세포가 증식하고 종양이 자라는 과정에서 어느 단계에 개입하느냐에 따라 신호 전달 억제제와 신생 혈관 억제제로 나뉜다. 표적 항암제: ① 신호 전달 억제제 ② 신생 혈관 억제제. 다음 문단부터는 이 두 표적 항암제에 대해 설명해 주겠네. 둘의 차이점과 공통점이 무엇인지를 파악하며 읽자!

3 ⁹신호 전달 억제제는 암세포의 증식을 유도하는 신호 전달 과정 중 특정 단계의 진행을 방해한다. ¹⁰신호 전달 경로는 암의 종류에 따라 다르므로 신호 전달 억제제는 특정한 암에만 치료 효과를 나타낸다. ¹¹만성골수성백혈병(CML)의 치료제인 ⓛ이마티닙이 그 예이다. ¹²만성골수성백혈병은 골수의 조혈 모세포가 혈구로 분화하는 과정에서 발생하는 혈액암이다. ¹³만성골수성백혈병 환자의 95% 정도는 조혈 모세포의 염색체에서 돌연변이 유전자(변형된 유전자)가 형성되어 변형된 형태의 효소인 Bcr-Abl 단백질(비정상적인 단백질)을 만들어 낸다. ¹⁴이 효소는 암세포 증식을 유도하는 신호 전달 경로를 활성화하여 암세포를 증식(신호 전달 과정을 왜곡하여 과도하게 세포를 증식)시킨다. 2문단에서 설명한 암세포의 증식 과정을 만성골수성백혈병의 사례로 다시 설명하고 있어! 말 바꾸기 된 정보들은 그 내용들을 대응해 가며 읽어야 해. ¹⁵이러한 원리에 착안하여 Bcr-Abl 단백질에 달라붙어 그것의 작용을 방해하는 이마티닙이 개발되었다. ① 신호 전달 억제제: 암세포 증식을 유도하는 신호 전달 과정 중 특정 단계의 진행 방해, 특정 암에만 효과. 예) 이마티닙 / ① 신호 전달 억제제의 개입 단계와 효과를 이야기했으니, 이어서 ② 신생 혈관 억제제의 개입 단계와 효과를 설명하겠지?

뒤에 다른 표적 항암제인 신생 혈관 억제제에 대한 설명이 나올 거야.

4 ¹⁶신생 혈관 억제제는 암세포가 새로운 혈관을 생성하는 것을 방해한다. ¹⁷암세포가 증식하여 종양이 되고 그 종양이 자라려면 산소와 영양분이 계속 공급되어야 한다. ¹⁸종양이 계속 자라려면 종양에 인접한 정상 조직과 종양이 혈관으로 연결되고, 종양 속으로 혈관이 뻗어 들어와야 한다. ¹⁹대부분의 암세포들은 혈관 내피 성장인자(VEGF)를 분비하여 암세포 주변의 조직에서 혈관 내피세포를 증식시킴으로써 새로운 혈관을 형성한다. 과정이 항상 순차적으로 제시되지는 않아! 순서를 뒤바꾸어 제시했을 때에도 순서대로 파악할 수 있어야 해. 암세포가 혈관내피 성장인자 분비 → 암세포 주변 조직에서 혈관내피세포 증식 → 새로운 혈관 형성 → 정상 조직과 종양이 혈관으로 연결, 종양 속으로 혈관이 뻗어 들어옴 → 종양이 자람 ²⁰이러한 원리에 착안하여 종양의 혈관 생성을 저지할 수 있는 약제인 ⓒ베바시주맙이 개발되었다. ²¹이 약제는 인공적인 항체로서 혈관내피 성장인자를 항원으로 인식하여 결합함으로써 혈관 생성을 방해한다. ²²베바시주맙은 대장암의 치료제로 개발되었지만 다른 여러 종류의 암에도 효과가 있다. ② 신생 혈관 억제제: 새로운 혈관 생성 방해, 여러 종류의 암에 효과 예) 베바시주맙

이것만은 챙기자

*증식: 생물이나 조직 세포 따위가 세포 분열을 하여 그 수를 늘려 감. 또는 그런 현상.

*사멸: 죽어 없어짐.

만점 선배의 구조도 예시

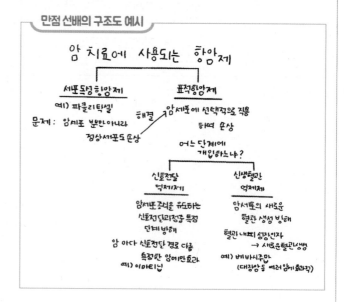

1. ㉠~㉢에 대한 이해로 가장 적절한 것은?

> ㉠: 파클리탁셀
> ㉡: 이마티닙
> ㉢: 베바시주맙

✓ 정답풀이

⑤ ㉢은 ㉡과 달리 암세포가 분비하는 성장인자에 작용한다.

> 근거: ❸ [13]만성골수성백혈병 환자의 95% 정도는~변형된 형태의 효소인 Bcr-Abl 단백질을 만들어 낸다. [14]이 효소는 암세포 증식을 유도하는 신호 전달 경로를 활성화하여 암세포를 증식시킨다. [15]이러한 원리에 착안하여 Bcr-Abl 단백질에 달라붙어 그것의 작용을 방해하는 이마티닙(㉡)이 개발되었다. + ❹ [19]대부분의 암세포들은 혈관내피 성장인자(VEGF)를 분비하여 암세포 주변의 조직에서 혈관내피세포를 증식시킴으로써 새로운 혈관을 형성한다.~[21]이 약제(㉢)는 인공적인 항체로서 혈관내피 성장인자를 항원으로 인식하여 결합함으로써 혈관 생성을 방해한다.
>
> ㉢은 신생 혈관 억제제로 대부분의 암세포들이 분비하는 혈관내피 성장인자에 작용하여 혈관 생성을 방해하고, ㉡은 신호 전달 억제제로 암세포 증식을 유도하는 신호 전달 경로를 활성화하는 효소에 작용하여 암세포의 증식을 방해한다.

✗ 오답풀이

① ㉠과 ㉡은 모두 암세포만 선택적으로 공격한다.

> 근거: ❶ [2]파클리탁셀(㉠)과 같은 세포 독성 항암제는 세포 분열을 방해하여 세포가 증식하지 못하고 사멸에 이르게 한다. [3]그러므로 세포 독성 항암제는 암세포뿐 아니라 정상 세포 중 빈번하게 세포 분열하는 종류의 세포도 손상시킨다.~[5]반면에 표적 항암제는 암세포에 선택적으로 작용하도록 고안된 것이다.
>
> ㉠은 세포 독성 항암제로 정상 세포도 손상시키는 반면, ㉡은 표적 항암제로 암세포에만 선택적으로 작용한다.

② ㉠은 ㉢과 달리 세포의 증식을 방해한다.

> 근거: ❶ [2]파클리탁셀(㉠)과 같은 세포 독성 항암제는 세포 분열을 방해하여 세포가 증식하지 못하고 사멸에 이르게 한다. + ❹ [19]대부분의 암세포들은 혈관내피 성장인자(VEGF)를 분비하여 암세포 주변의 조직에서 혈관내피세포를 증식시킴으로써 새로운 혈관을 형성한다. [20]이러한 원리에 착안하여 종양의 혈관 생성을 저지할 수 있는 약제인 베바시주맙(㉢)이 개발되었다.
>
> ㉠은 세포 분열을 방해하여 세포가 증식하지 못하게 한다. 한편 대부분의 암세포들은 혈관내피 성장인자를 분비하여 혈관내피세포를 증식시켜 새로운 혈관을 형성하는데, 종양의 혈관 생성을 저지하는 약제가 ㉢이므로 ㉢ 또한 '혈관내피세포'라는 세포의 증식을 방해한다.

③ ㉡과 ㉢은 모두 변형된 유전자를 정상 유전자로 복원한다.

> 근거: ❸ [13]만성골수성백혈병 환자의 95% 정도는~변형된 형태의 효소인 Bcr-Abl 단백질을 만들어 낸다.~[15]이러한 원리에 착안하여 Bcr-Abl 단백질에 달라붙어 그것의 작용을 방해하는 이마티닙(㉡)이 개발되었다. + ❹ [20]이러한 원리에 착안하여 종양의 혈관 생성을 저지할 수 있는 약제인 베바시주맙(㉢)이 개발되었다.
>
> ㉡은 변형된 형태의 효소인 Bcr-Abl 단백질의 작용을 방해하는 것이지 변형된 유전자를 정상 유전자로 복원하는 것이 아니다. ㉢ 또한 신생 혈관 억제제로서 변형된 유전자와는 관련이 없다.

④ ㉢은 ㉡과 달리 한 가지 종류의 암에만 효능을 보인다.

> 근거: ❸ [10]신호 전달 경로는 암의 종류에 따라 다르므로 신호 전달 억제제는 특정한 암에만 치료 효과를 나타낸다. [11]만성골수성백혈병(CML)의 치료제인 이마티닙(㉡)이 그 예이다. + ❹ [22]베바시주맙(㉢)은 대장암의 치료제로 개발되었지만 다른 여러 종류의 암에도 효과가 있다.
>
> 한 가지 종류의 암에만 효능을 보이는 것은 ㉢이 아니라 ㉡이다.

2. 윗글을 바탕으로 〈보기〉의 ⓐ, ⓑ를 이해한 내용으로 적절하지 <u>않은</u> 것은? [3점]

> 〈보기〉
>
> 어떤 암세포를 시험관 속의 액체에 넣었다. 액체 속에는 산소와 영양분이 충분함에도 불구하고, ⓐ액체 속의 암세포는 세포 분열을 하여 1~2mm의 작은 암 덩이로 자란 후 더 이상 증식하지 않았다.
>
> 같은 종류의 암세포를 실험동물에게 주입하였다. ⓑ주입된 암세포는 커다란 종양으로 계속 자라났고, 종양의 일부 조직을 조사해 보니 조직 내부에 혈관이 들어차 있었다.

> 근거: ❹ [17]암세포가 증식하여 종양이 되고 그 종양이 자라려면 산소와 영양분이 계속 공급되어야 한다. [18]종양이 계속 자라려면 종양에 인접한 정상 조직과 종양이 혈관으로 연결되고, 종양 속으로 혈관이 뻗어 들어와야 한다.
>
> ⓐ 액체 속의 암세포 → 작은 암 덩이로 자란 후 더 이상 증식 X
> ∴ 산소와 영양분 계속 공급 X, 종양과 혈관으로 연결될 정상 조직 X
> ⓑ (실험동물에게) 주입된 암세포 → 암세포가 종양으로 계속 자라남
> ∴ 산소와 영양분 계속 공급 O, 종양이 정상 조직과 혈관으로 연결 O

✓ 정답풀이

② ⓐ와 함께 Bcr-Abl 단백질을 액체에 넣는다면 암세포가 큰 종양
으로 계속 자라겠군.

> 근거: **3** ¹⁴이 효소(Bcr-Abl 단백질)는 암세포 증식을 유도하는 신호 전
> 달 경로를 활성화하여 암세포를 증식시킨다. + **4** ¹⁷암세포가 증식하여
> 종양이 되고 그 종양이 자라려면 산소와 영양분이 계속 공급되어야 한다.
> ¹⁸종양이 계속 자라려면 종양에 인접한 정상 조직과 종양이 혈관으로 연
> 결되고, 종양 속으로 혈관이 뻗어 들어와야 한다.
>
> ⓐ는 작은 암 덩이로 자란 후 더 이상 증식하지 못했다. 반면 ⓑ는 증식
> 을 거쳐 종양으로 계속 자라났다. 이는 시험관 액체 속은 종양이 자랄 수
> 없는 환경이고, 동물의 체내는 종양이 자라날 수 있는 환경임을 의미한
> 다. 암세포가 종양이 되어 자라려면 산소와 영양분이 계속 공급되고 정상
> 조직과 종양이 혈관으로 연결되어 혈관이 종양 속에 뻗어 들어와야 한다.
> 따라서 ⓐ와 함께 Bcr-Abl 단백질을 액체에 넣는다면 암세포의 증식에
> 는 영향을 줄 수 있지만, 암세포가 큰 종양으로 자라는 데는 영향을 미치
> 지 못할 것이다. 또한 Bcr-Abl 단백질은 만성골수성백혈병 환자에게 발
> 생하는 비정상적인 단백질로, 〈보기〉의 암세포가 만성골수성백혈병의 암
> 세포라고 단정할 수도 없다.

✗ 오답풀이

① ⓐ에서는 혈관내피 성장인자 분비를 통한 혈관 생성이 이루어
지지 못했겠군.

> 근거: **4** ¹⁹대부분의 암세포들은 혈관내피 성장인자(VEGF)를 분비하여 암
> 세포 주변의 조직에서 혈관내피세포를 증식시킴으로써 새로운 혈관을 형성
> 한다.
>
> 시험관 액체 속에는 '암세포 주변의 조직'이 없으므로, ⓐ에서는 혈관내피
> 성장인자 분비를 통한 혈관 생성이 이루어지지 못했을 것이다.

③ ⓑ와 함께 세포 독성 항암제를 주입한다면 암세포의 분열이 억제
되겠군.

> 근거: **1** ²파클리탁셀과 같은 세포 독성 항암제는 세포 분열을 방해하여
> 세포가 증식하지 못하고 사멸에 이르게 한다. ³그러므로 세포 독성 항암제
> 는 암세포뿐 아니라 정상 세포 중 빈번하게 세포 분열하는 종류의 세포도
> 손상시킨다.
>
> 세포 독성 항암제는 세포 분열을 방해하여 세포 증식을 막는다. 따라서
> ⓑ와 함께 세포 독성 항암제를 주입한다면 암세포의 분열이 억제될 것이다.

④ ⓑ가 종양으로 자랄 수 있었던 것은 산소와 영양분이 계속 공급
되었기 때문이겠군.

> 근거: **4** ¹⁷암세포가 증식하여 종양이 되고 그 종양이 자라려면 산소와 영양
> 분이 계속 공급되어야 한다. ¹⁸종양이 계속 자라려면 종양에 인접한 정상 조
> 직과 종양이 혈관으로 연결되고, 종양 속으로 혈관이 뻗어 들어와야 한다.
>
> 종양이 자라려면 산소와 영양분이 혈관을 통해 계속 공급되어야 한다. ⓑ가
> 자라서 생성된 종양의 조직 내부에 혈관이 들어차 있는 것을 볼 때, ⓑ가 종양
> 으로 자랄 수 있었던 것은 혈관을 통해 산소와 영양분이 계속 공급되었기 때문
> 임을 알 수 있다.

⑤ ⓑ가 종양으로 자라는 과정에서 암세포의 증식을 유도하는 신호
전달 경로에 비정상적인 단백질의 개입이 있었겠군.

> 근거: **2** ⁶암세포에서는 변형된 유전자가 만들어 낸 비정상적인 단백질이
> 세포 분열을 위한 신호 전달 과정을 왜곡하여 과다한 세포 증식을 일으킨
> 다. ⁷암세포가 종양으로 자라려면 종양 속으로 연결되는 새로운 혈관의 생
> 성이 필수적이다.
>
> 암세포에서는 비정상적인 단백질이 세포 분열을 위한 신호 전달 과정을 왜
> 곡하여 과다한 세포 증식을 일으킨다. 이를 통해 ⓑ가 종양으로 자라는 과
> 정에서 신호 전달 경로에 비정상적인 단백질이 개입하여 과다한 세포 증식
> 을 일으켰을 것이라고 추론할 수 있다. 물론 ⓑ가 종양으로 자라기 위해서
> 는 종양 속으로 연결되는 새로운 혈관의 생성 역시 필수적이다.

🎯 평가원의 관점 ・2-①, ②, ④, ⑤번

이의 제기

①번, ④번, ⑤번은 적절하지 않으니 정답이 될 수 있지 않나요? 또 ②번은
적절하니 정답이 될 수 없는 것 아닌가요?

답변

'윗글을 바탕으로' 〈보기〉의 상황을 이해하여야 합니다. ①번, ④번은
4문단 '암세포가 증식하여 종양이 되고~새로운 혈관을 형성한다.'와
〈보기〉에서 ⓐ가 증식하지 않았고 ⓑ가 증식했다는 진술을 종합하여 이
해하면 적절함을 알 수 있습니다.

또한 ⑤번은 2문단 '암세포에서는~세포 증식을 일으킨다.'와 〈보기〉에서
ⓑ가 증식했다는 진술을 종합하여 이해하면 적절함을 알 수 있습니다.

그리고 ②번은 3문단 '만성골수성백혈병 환자의~만들어 낸다.', 4문단
'암세포가 증식하여 종양이 되고~새로운 혈관을 형성한다.'와 〈보기〉에
서 ⓐ가 증식하지 않았다는 진술을 종합하여 이해하면 적절하지 않음을
알 수 있습니다.

달과 지구의 공전 궤도

2015학년도 수능B

문제 P.068

[1~2] 다음 글을 읽고 물음에 답하시오.

✎ 사고의 흐름

1 ¹우리는 가끔 평소보다 큰 보름달인 '슈퍼문(supermoon)'을 보게 된다. ²실제 달의 크기는 일정한데 이러한 현상이 발생하는 까닭은 무엇일까? ³이 현상('슈퍼문' 현상)은 달의 공전 궤도*가 타원 궤도라는 점과 관련이 있다. '슈퍼문' 현상의 원인이 달의 공전 궤도가 타원 궤도라는 점에 있다고 글의 화제를 제시했네. 이어서 그 원인에 대해 자세히 설명해 주겠지?

2 ⁴타원은 두 개의 초점이 있고 두 초점으로부터의 거리를 합한 값이 일정한 점들의 집합이다. ⁵두 초점이 가까울수록 원 모양에 가까워진다. ⁶타원에서 두 초점을 지나는 긴지름을 가리켜 장축이라 하는데, 두 초점 사이의 거리를 장축의 길이로 나눈 값을 이심률이라 한다. ⁷두 초점이 가까울수록 이심률은 작아진다. 비례/반비례 혹은 인과 관계가 나오면 정리하고 넘어가자! 두 초점 사이의 거리↓ → 이심률↓

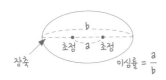

3 ⁸달은 지구를 한 초점으로 하면서 이심률이 약 0.055인 타원 궤도를 돌고 있다. ⁹이 궤도의 장축 상에서 지구로부터 가장 먼 지점을 '원지점', 가장 가까운 지점을 '근지점'이라 한다. ¹⁰지구에서 보름달은 약 29.5일 주기로 세 천체가 '태양-지구-달'의 순서로 배열될 때 볼 수 있는데, 이때 보름달이 근지점이나 그 근처에 위치하면 슈퍼문이 관측된다. 슈퍼문 현상의 조건: ① 태양-지구-달의 순서로 배열 ② 보름달이 근지점이나 그 근처에 위치

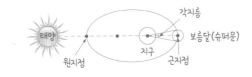

¹¹슈퍼문은 보름달 중 크기가 가장 작게 보이는 것보다 14% 정도 크게 보인다. ¹²이는 지구에서 본 달의 겉보기 지름이 달라졌기 때문이다. ¹³지구에서 본 천체의 겉보기 지름을 각도로 나타낸 것을 각지름이라 하는데, 관측되는 천체까지의 거리가 가까워지면 각지름이 커진다. 천체까지의 거리↓ → 각지름↑ ¹⁴예를 들어, 달과 태양의 경우 평균적인 각지름은 각각 0.5° 정도이다. 예시를 든다는 건 앞의 내용이 중요하다는 뜻이야!

4 ¹⁵지구의 공전 궤도에서도 이와 같은 현상(천체의 크기가 일정함에도 불구하고 더 크거나 작게 보이는 현상)이 나타난다. ¹⁶지구 역시 태양을 한 초점으로 하는 타원 궤도로 공전하고 있으므로, 궤도 상의 지구의 위치에 따라 태양과의 거리가 다르다. ¹⁷달과 마찬가지로 지구도 공전 궤도의 장축 상에서 태양으로부터 가장 먼 지점과 가장 가까운 지점을 갖는데, 이를 각각 원일점과 근일점이라 한다.

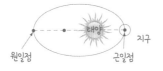

¹⁸지구와 태양 사이의 이러한 거리 차이에 따라 일식* 현상이 다르게 나타난다. ¹⁹세 천체가 '태양-달-지구'의 순서로 늘어서고, 달이 태양을 가릴 수 있는 특정한 위치에 있을 때, 일식 현상이 일어난다. ²⁰이때 달이 근지점이나 그 근처에 위치하면 대부분의 경우 태양 면의 전체 면적이 달에 의해 완전히 가려지는 개기 일식이 관측된다. 개기 일식 현상의 조건: ① 태양-달-지구의 순서로 배열 ② 달이 근지점이나 그 근처에 위치 ²¹하지만 일식이 일어나는 같은 조건에서 달이 원지점이나 그 근처에 위치하면 대부분의 경우 태양 면이 달에 의해 완전히 가려지지 않아 태양 면의 가장자리가 빛나는 고리처럼 보이는 금환 일식이 관측될 수 있다. 금환 일식 현상의 조건: ① 태양-달-지구의 순서로 배열 ② 달이 원지점이나 그 근처에 위치

개기 일식과 다른 현상이 관측되는 경우를 설명하겠지?

5 ²²이러한 원일점, 근일점, 원지점, 근지점의 위치는 태양, 행성 등 다른 천체들의 인력*에 의해 영향을 받아 미세하게 변한다. ²³현재 지구 공전 궤도의 이심률은 약 0.017인데, 일정한 주기로 이심률이 변한다. ²⁴천체의 다른 조건들을 고려하지 않을 때 지구 공전 궤도의 이심률만이 현재보다 더 작아지면 근일점은 현재보다 더 멀어지며 원일점은 현재보다 더 가까워지게 된다. 이심률이 작아지면 두 초점이 가까워지고 궤도는 원 모양에 가까워지겠지! 그럼 근일점은 멀어지고 원일점은 가까워지겠네! ²⁵이는 달의 공전 궤도 상에 있는 근지점과 원지점도 마찬가지이다. 이심률↓ → 근일점(근지점)과의 거리↑, 원일점(원지점)과의 거리↓ ²⁶천체의 다른 조건들을 고려하지 않을 때 천체의 공전 궤도의 이심률만이 현재보다 커지면 반대의 현상이 일어난다. 이심률↑ → 근일점(근지점)과의 거리↓, 원일점(원지점)과의 거리↑

이것만은 챙기자

* **공전 궤도:** 한 천체(天體)가 다른 천체의 둘레를 주기적으로 도는 길.
* **일식:** 달이 태양의 일부나 전부를 가림. 또는 그런 현상.
* **인력:** 공간적으로 떨어져 있는 물체끼리 서로 끌어당기는 힘.

만점 선배의 구조도 예시

1. 윗글을 통해 알 수 있는 내용으로 적절하지 <u>않은</u> 것은?

✅ 정답풀이

② 현재의 달 공전 궤도는 현재의 지구 공전 궤도보다 원 모양에 더 가깝다.

> 근거: ❷ [5]두 초점이 가까울수록 원 모양에 가까워진다.~[7]두 초점이 가까울수록 이심률은 작아진다. + ❸ [8]달은 지구를 한 초점으로 하면서 이심률이 약 0.055인 타원 궤도를 돌고 있다. + ❺ [23]현재 지구 공전 궤도의 이심률은 약 0.017인데, 일정한 주기로 이심률이 변한다.
> 이심률이 작을수록 공전 궤도는 원 모양에 가까워진다고 했는데, 현재의 달 공전 궤도의 이심률(약 0.055)은 지구 공전 궤도의 이심률(약 0.017)보다 크다. 즉 이심률이 작은 지구의 공전 궤도가 달 공전 궤도보다 원 모양에 더 가깝다.

❌ 오답풀이

① 태양의 인력으로 달 공전 궤도의 이심률이 약간씩 변화될 수 있다.
근거: ❷ [6]타원에서 두 초점을 지나는 긴지름을 가리켜 장축이라 하는데, 두 초점 사이의 거리를 장축의 길이로 나눈 값을 이심률이라 한다. + ❺ [22]이러한 원일점, 근일점, 원지점, 근지점의 위치는 태양, 행성 등 다른 천체들의 인력에 의해 영향을 받아 미세하게 변한다. [23]현재 지구 공전 궤도의 이심률은 약 0.017인데, 일정한 주기로 이심률이 변한다.

③ 금환 일식이 일어날 때 지구에서 관측되는 태양의 각지름은 달의 각지름보다 크다.
근거: ❸ [13]지구에서 본 천체의 겉보기 지름을 각도로 나타낸 것을 각지름 + ❹ [21]태양 면이 달에 의해 완전히 가려지지 않아 태양 면의 가장자리가 빛나는 고리처럼 보이는 금환 일식이 관측될 수 있다.
금환 일식이 일어나면 지구에서 볼 때 태양 면이 달에 의해 완전히 가려지지 않아 태양 면의 가장자리가 빛나는 고리처럼 보인다고 했다. 즉 지구에서 태양이 더 크게 보이는 것이므로 '지구에서 본 태양의 겉보기 지름(태양의 각지름) > 지구에서 본 달의 겉보기 지름(달의 각지름)'이 되는 것이다.

④ 지구에서 보이는 보름달의 크기는 달 공전 궤도 상의 근지점일 때보다 원지점일 때 더 작게 보인다.
근거: ❸ [10]지구에서 보름달은 약 29.5일 주기로 세 천체가 '태양-지구-달'의 순서로 배열될 때 볼 수 있는데, 이때 보름달이 근지점이나 그 근처에 위치하면 슈퍼문이 관측된다. [11]슈퍼문은 보름달 중 크기가 가장 작게 보이는 것보다 14% 정도 크게 보인다.

⑤ 지구 공전 궤도 상의 근일점에서 관측한 태양의 각지름은 원일점에서 관측한 태양의 각지름보다 더 크다.

근거: 3 ¹³관측되는 천체까지의 거리가 가까워지면 각지름이 커진다. + 4 ¹⁷달과 마찬가지로 지구도 공전 궤도의 장축 상에서 태양으로부터 가장 먼 지점과 가장 가까운 지점을 갖는데, 이를 각각 원일점과 근일점이라 한다.

관측되는 천체까지의 거리가 가까워지면 각지름이 커진다고 했으므로 지구에서 볼 때 태양과의 거리가 가까울수록 각지름이 커질 것이다. 즉 근일점은 지구가 공전 궤도의 장축 상에서 태양으로부터 가장 가까이 있는 지점이고 원일점은 지구가 공전 궤도의 장축 상에서 태양으로부터 가장 멀리 있는 지점이므로 근일점에서 관측한 태양의 각지름이, 원일점에서 관측한 태양의 각지름보다 더 클 것이라고 판단할 수 있다.

🖋 모두의 질문
• 1–③번

Q : '관측되는 천체까지의 거리가 가까워지면 각지름이 커진다'고 했고, 달이 태양보다 가까이 있는데 왜 태양의 각지름이 더 큰가요?

A : '각지름'은 '겉보기 지름'이기 때문에 지구에서 보이는 천체의 모습을 기준으로 한다. 이는 거리와도 관계가 있지만 천체의 크기와도 관계가 있음을 추론할 수 있다. 천체 자체의 크기가 크다면 거리가 멀어도 가까이 있는 작은 천체보다 크게 보일 수 있기 때문이다. 3문단에서 '달과 태양의 경우 평균적인 각지름은 각각 0.5°'라고 한 것은 비록 태양이 달보다 지구에서 멀리 떨어져 있지만 각지름이 비슷할 정도로 태양의 크기가 월등히 크다는 것을 의미한다.

③번은 금환 일식이 일어날 때의 각지름을 물어보고 있다. 금환 일식은 '태양 면이 달에 의해 완전히 가려지지 않아 태양 면의 가장자리가 빛나는 고리처럼 보이는 일식'이다. 이는 지구에서 본 '태양의 겉보기 지름'이 '달의 겉보기 지름'보다 커서 '달'로 다 가려지지 않기 때문에 생기는 것이며, 이를 통해 태양의 각지름이 더 크다고 판단할 수 있다.

2. 윗글을 바탕으로 할 때, 〈보기〉의 ㉠에 들어갈 말로 가장 적절한 것은? [3점]

〈보기〉

북반구의 A 지점에서는 약 12시간 25분 주기로 해수면이 높아졌다 낮아졌다 하는 현상이 관측된다. 이 현상에서 해수면이 가장 높은 때와 가장 낮은 때의 해수면의 높이 차이를 '조차'라고 한다. 이 조차에 영향을 미치는 한 요인이 지구와 달, 지구와 태양 사이의 '거리'인데, 그 거리가 가까울수록 조차가 커진다. (지구와 달, 지구와 태양 사이의 거리↓ → 조차↑) 지구와 태양 사이의 거리가 조차에 미치는 영향만을 고려하면, 조차는 북반구의 겨울인 1월에 가장 크고 (1월에 지구와 태양 사이의 거리가 가장 가까움: 근일점) 7월에 가장 작다. (7월에 지구와 태양 사이의 거리가 가장 멂: 원일점)

천체의 다른 모든 조건들은 고정되어 있고, 다만 지구 공전 궤도의 이심률과 지구와 달, 지구와 태양 사이의 거리만이 조차에 영향을 준다고 가정하자. 이 경우에 (㉠   )

조차에 영향을 주는 요인: 1) 지구 공전 궤도의 이심률
2) 지구와 달 사이의 거리
3) 지구와 태양 사이의 거리

✅ 정답풀이

④ 지구 공전 궤도의 이심률만이 더 커지면, 달이 근지점에 있을 때 A 지점에서 1월에 나타나는 조차가 이심률 변화 전의 1월의 조차보다 더 커진다.

근거: 2 ⁷두 초점이 가까울수록 이심률은 작아진다. + 4 ¹⁷달과 마찬가지로 지구도 공전 궤도의 장축 상에서 태양으로부터 가장 먼 지점과 가장 가까운 지점을 갖는데, 이를 각각 원일점과 근일점이라 한다. + 5 ²⁴천체의 다른 조건들을 고려하지 않을 때 지구 공전 궤도의 이심률만이 현재보다 더 작아지면 근일점은 현재보다 더 멀어지며 원일점은 현재보다 더 가까워지게 된다.~²⁶천체의 다른 조건들을 고려하지 않을 때 천체의 공전 궤도의 이심률만이 현재보다 커지면 반대의 현상이 일어난다.

'달이 근지점에 있을 때'라고 했으므로 요인 2)는 고려하지 않아도 된다. 그리고 요인 3)과 관련하여 〈보기〉에서 지구와 태양 사이의 거리가 조차에 미치는 영향만을 고려하면 1월은 조차가 가장 크다고 했으므로, 지구와 태양 사이의 거리가 가장 가까운 근일점일 때를 말함을 알 수 있다. 이때 요인 1)만이 더 커지면 지구의 공전 궤도의 두 초점은 멀어지고 이에 따라 이심률 변화 전보다 근일점은 더 가까워진다. 즉, 이심률 변화 전보다 지구와 태양 사이의 거리가 더 가까워지므로 조차는 더 커지게 된다.

⊗ 오답풀이

① 지구 공전 궤도의 이심률에 변화가 없다면, 1월에 슈퍼문이 관측되었을 때보다 7월에 슈퍼문이 관측되었을 때, A 지점에서의 조차가 더 크다.

근거: ③ [10]이때 보름달이 근지점이나 그 근처에 위치하면 슈퍼문이 관측된다. 요인 1)에는 변화가 없다고 가정했다. 또 1월과 7월에 모두 슈퍼문이 관측되었다는 것은 달은 동일하게 근지점이나 그 근처에 위치함을 의미하므로 요인 2)도 같다. 따라서 요인 3)만 고려하여 조차를 비교하면 된다. 〈보기〉에서 지구와 태양 사이의 거리가 조차에 미치는 영향만을 고려하면 조차는 북반구의 겨울인 1월에 가장 크고 7월에 가장 작으므로, 북반구인 A 지점에서의 조차는 7월보다 1월에 더 크다.

② 지구 공전 궤도의 이심률에 변화가 없다면, 보름달이 관측된 1월에 달이 근지점에 있을 때보다 원지점에 있을 때, A 지점에서의 조차가 더 크다.

근거: ③ [8]달은 지구를 한 초점으로 하면서 이심률이 약 0.055인 타원 궤도를 돌고 있다. [9]이 궤도의 장축 상에서 지구로부터 가장 먼 지점을 '원지점', 가장 가까운 지점을 '근지점'이라 한다. 요인 1)에는 변화가 없다고 가정했으며, 같은 1월이므로 요인 3)도 동일하다. 따라서 요인 2)만 고려하여 조차를 비교하면 된다. 달이 근지점에 있을 때는 원지점에 있을 때보다 지구와 달의 거리가 가까운데, 〈보기〉에서 거리가 가까울수록 조차가 커진다고 했으므로, A 지점에서의 조차는 달이 원지점이 아니라 근지점에 있을 때 더 크다.

③ 지구 공전 궤도의 이심률에 변화가 없다면, 7월에 슈퍼문이 관측될 때보다 7월에 원지점에 위치한 보름달이 관측될 때, A 지점에서의 조차가 더 크다.

근거: ③ [10]이때 보름달이 근지점이나 그 근처에 위치하면 슈퍼문이 관측된다. 요인 1)에는 변화가 없다고 가정했으며, 같은 7월이므로 요인 3)도 동일하다. 따라서 요인 2)만 고려하여 조차를 비교하면 된다. '슈퍼문이 관측'된다는 것은 달이 근지점이나 그 근처에 위치하고 있다는 뜻이다. 원지점에 위치한 보름달이 관측될 때보다 슈퍼문이 관측될 때 달이 지구와 더 가까이 있는 것이므로, 슈퍼문이 관측될 때 A 지점에서의 조차가 더 크다.

⑤ 지구 공전 궤도의 이심률만이 더 커지면, 달이 원지점에 있을 때 A 지점에서 7월에 나타나는 조차가 이심률 변화 전의 7월의 조차보다 더 커진다.

근거: ⑤ [24]천체의 다른 조건들을 고려하지 않을 때 지구 공전 궤도의 이심률만이 현재보다 더 작아지면 근일점은 현재보다 더 멀어지며 원일점은 현재보다 더 가까워지게 된다.~[26]천체의 다른 조건들을 고려하지 않을 때 천체의 공전 궤도의 이심률만이 현재보다 커지면 반대의 현상이 일어난다. '달이 원지점에 있을 때'라고 했으므로 요인 2)는 고려하지 않아도 된다. 그리고 요인 3)과 관련하여 〈보기〉에서 지구와 태양 사이의 거리가 조차에 미치는 영향만을 고려하면 7월은 조차가 가장 작다고 했으므로, 지구와 태양 사이의 거리가 가장 먼 원일점일 때를 말함을 알 수 있다. 이때 요인 1)만이 더 커지면 지구의 공전 궤도의 두 초점은 멀어지고 이에 따라 이심률 변화 전보다 원일점은 더 멀어진다. 즉, 이심률 변화 전보다 지구와 태양 사이의 거리가 더 멀어지므로 조차는 더 작아지게 된다.

[1~2] 다음 글을 읽고 물음에 답하시오.

✏️ 사고의 흐름

❶ [1]어떤 물체가 점탄성이라는 성질을 가지고 있다고 했을 때, 점탄성이란 무엇일까? [2]점탄성을 이해하기 위해 점성을 가진 물체와 탄성을 가진 물체의 특징을 알아보자. 점성을 가진 물체와 탄성을 가진 물체의 특징을 설명한 다음, 본격적으로 다루고자 하는 '점탄성'에 대해 소개하겠군! [3]용수철에 힘을 가하여 잡아당기면 용수철은 즉각적으로 늘어나며 용수철에 가한 힘을 제거하면 바로 원래의 형태로 되돌아가는데, 이는 용수철이 탄성을 가지고 있기 때문이다. [4]이와 같이 용수철은 힘과 변형의 관계가 즉각적으로 형성되는 '즉각성'을 가지고 있다. 탄성을 가지는 물체: 힘과 변형의 관계가 즉각적으로 형성(즉각성) (반면) [5]꿀을 평평한 판 위에 올려놓으면 꿀은 중력에 의해 서서히 흐르는 변형을 하게 되는데, 이는 꿀이 흐름에 저항하는 성질인 점성을 가지고 있기 때문이다. [6]즉 꿀은 힘과 변형의 관계가 시간에 따라 변하는 '시간 지연성'을 가지고 있다. 점성을 가지는 물체: 힘과 변형의 관계가 시간에 따라 변함(시간 지연성)

앞의 내용과 반대되는 개념이 나올 테니 어떤 차이가 있는지 봐야 해. 탄성에 대해 설명했으니 이제 점성에 대한 설명이 나오겠지?

❷ [7]어떤 물체가 힘과 변형의 관계에서 탄성체가 가지고 있는 '즉각성'과 점성체가 가지고 있는 '시간 지연성'을 모두 가지고 있을 때 점탄성을 가지고 있다고 하고, 그 물체를 점탄성체라 한다. 점탄성체(점탄성) = 탄성체(즉각성) + 점성체(시간 지연성) [8]이러한 점탄성을 잘 보여 주는 물리적 현상으로 응력 완화와 크리프를 들 수 있다. [9]응력 완화는 변형된 상태가 고정되어 있을 때, 물체가 받는 힘인 응력이 시간에 따라 감소하는 현상이다. [10]그리고 크리프는 응력이 고정되어 있을 때 변형이 서서히 증가하는 현상이다. 점탄성을 잘 보여 주는 물리적 현상: ① 응력 완화(변형된 상태 고정 시 응력이 시간에 따라 감소) ② 크리프(응력 고정 시 변형이 서서히 증가)

❸ [11]응력 완화를 이해하기 위해 고무줄에 힘을 주어 특정 길이만큼 당긴 후 이 길이를 유지하는 경우를 생각해 보자. 예를 들어 ① 응력 완화를 자세히 설명해 주려나 봐! [12]외부에서 힘을 주면 고무줄은 즉각적으로 늘어나게 된다. [13]힘과 변형의 관계가 탄성의 특성인 '즉각성'을 보여 주는 것이다. [14]그런데 이때 늘어난 고무줄의 길이를 그대로 고정해 놓으면, 시간이 지남에 따라 겉보기에는 아무 변화가 없지만 고무줄의 분자들의 배열 구조가 점차 변하며 응력이 서서히 감소하게 된다. [15]이는 점성의 특성인 '시간 지연성'을 보여 주는 것이다. 힘에 따라 즉각적으로 변형이 일어나니까 '즉각성'을 갖는데, 이대로 고정시키면 점차 물체가 받는 힘이 줄어들게 되는구나! 이는 힘과 변형의 관계가 시간에 따라 변한 거니까 '시간 지연성'을 보여 주는 거야. [16](이처럼) 점탄성체의 변형이 그대로 유지될 때, 응력이 시간에 따라 서서히 감소하는 현상이 응력 완화이다.

응력 완화 현상에 대해 정리해 줄 거야!

❹ [17]이제는 고무줄에 추를 매달아 고무줄이 일정한 응력을 받도록 하는 경우를 살펴보자. 이번엔 ② 크리프를 예를 들어 설명해 주겠군! [18]고무줄은 순간적으로 일정 길이만큼 늘어난다. [19]이는 탄성체가 가지고 있는 특성(즉각성)을 보여 준다. 힘과 변형의 관계가 즉각적으로 형성되니까 '즉각성'을 갖는군. [20]그러나 이후에는 시간이 지남에 따라 점성체

와 같이 분자들의 위치가 점차 변하며 고무줄이 서서히 늘어나게 되는데, 이러한 현상이 크리프이다. [21]오랜 세월이 지나면 유리창 유리의 아랫부분이 두꺼워지는 것도 이와 같은 현상이다. 힘과 변형의 관계가 시간이 지남에 따라 변한 거니까 '시간 지연성'도 갖는군.

❺ [22]점탄성체의 변형에 걸리는 시간이 물질마다 다른 것은 분자나 원자 간의 결합 및 배열된 구조가 서로 다르기 때문이다. [23]나일론과 같은 물질의 응력 완화와 크리프는 상온(常溫)*에서도 인지할 수 있지만, 금속의 경우 너무 느리게 일어나므로 상온에서는 관찰이 어렵다. [24]온도를 높이면 물질의 유동성*이 증가하기 때문에, 나일론의 경우 온도를 높임에 따라 응력 완화와 크리프가 가속화되며, 금속도 고온에서는 응력 완화와 크리프를 인지할 수 있다. 온도↑ → 응력 완화와 크리프↑ [25](모든) 물체는 본질적으로는 점탄성체이며 물체의 점탄성 현상이 우리가 인지할 정도로 빠르게 일어나는가 아닌가의 차이가 있을 뿐이다.

'모든 / 항상'과 같은 말이 나오면 체크! 예외가 없다는 뜻이니까!

이것만은 챙기자

* **상온**: 가열하거나 냉각하지 않은 자연 그대로의 기온.
* **유동성**: 액체와 같이 흘러 움직이는 성질.

만점 선배의 구조도 예시

점탄성체

점탄성
┌───┴───┐
탄성 + 점성
즉각성   시간지연성
(ex. 용수철)   (ex. 꿀)

· 점탄성을 가지고 있는 것 : 점탄성체

─ 점탄성을 잘 보여주는 물리적 현상

	고무줄 특정길이만 당겨 유지	고무줄에 추를달아 일정한 응력 받게
즉각성	외부힘→늘어남 즉각	추매달기→늘어남 즉각
시간지연성	분자배열구조 변형 →응력감소	분자들 위치 바뀜 →고무줄 늘어남
	응력완화	크리프

─ 변형에 걸리는 시간

· 분자나 원자간 결합 및 배열 구조 서로 다름

· 온도↑ ──→ 응력완화, 크리프↑

1. 윗글을 이해한 내용으로 가장 적절한 것은?

⊙ 정답풀이

④ 유리창의 유리 아랫부분이 두꺼워지는 것은 '시간 지연성'과 관련이 있다.

> 근거: **1** [6]즉 꿀은 힘과 변형의 관계가 시간에 따라 변하는 '시간 지연성'을 가지고 있다. + **2** [10]그리고 크리프는 응력이 고정되어 있을 때 변형이 서서히 증가하는 현상이다. + **4** [20]그러나 이후에는 시간이 지남에 따라 점성체와 같이 분자들의 위치가 점차 변하며 고무줄이 서서히 늘어나게 되는데, 이러한 현상이 크리프이다. [21]오랜 세월이 지나면 유리창 유리의 아랫부분이 두꺼워지는 것도 이와 같은 현상이다.
>
> 크리프는 응력이 고정되어 있을 때 변형이 서서히 증가하는 현상이므로 힘과 변형의 관계가 시간에 따라 변하는 시간 지연성을 가진다. 유리창의 유리 아랫부분은 일정하게 작용하는 중력으로 인해 변형이 서서히 증가하여 두꺼워진 것이므로 시간 지연성과 관련이 있다고 볼 수 있다.

⊗ 오답풀이

① 용수철의 힘과 변형의 관계가 '즉각성'을 갖는 것은 점성 때문이다.
> 근거: **1** [3]용수철에 힘을 가하여 잡아당기면 용수철은 즉각적으로 늘어나며 용수철에 가한 힘을 제거하면 바로 원래의 형태로 되돌아가는데, 이는 용수철이 탄성을 가지고 있기 때문이다. [4]이와 같이 용수철은 힘과 변형의 관계가 즉각적으로 형성되는 '즉각성'을 가지고 있다.
>
> 용수철의 힘과 변형의 관계가 '즉각성'을 갖는 것은 탄성 때문이다.

② 같은 온도에서는 물질의 종류와 무관하게 물질의 유동성 정도는 같다.
> 근거: **5** [23]나일론과 같은 물질의 응력 완화와 크리프는 상온에서도 인지할 수 있지만, 금속의 경우 너무 느리게 일어나므로 상온에서는 관찰이 어렵다. [24]온도를 높이면 물질의 유동성이 증가하기 때문에, 나일론의 경우 온도를 높임에 따라 응력 완화와 크리프가 가속화되며, 금속도 고온에서는 응력 완화와 크리프를 인지할 수 있다.
>
> 상온에서 나일론과 달리 금속은 응력 완화와 크리프를 관찰하기 어렵다고 한 것으로 보아, 같은 온도에서 물질의 유동성 정도는 물질의 종류에 따라 다르다.

③ 물체가 서서히 변형될 때에는 물체를 이루는 분자의 위치에 변화가 없다.
> 근거: **4** [20]그러나 이후에는 시간이 지남에 따라 점성체와 같이 분자들의 위치가 점차 변하며 고무줄이 서서히 늘어나게 되는데, 이러한 현상이 크리프이다.

⑤ 판 위의 꿀이 흐르는 동안 중력에 대응하여 꿀의 응력은 서서히 증가한다.
> 근거: **1** [6]즉 꿀은 힘과 변형의 관계가 시간에 따라 변하는 '시간 지연성'을 가지고 있다. + **2** [9]응력 완화는 변형된 상태가 고정되어 있을 때, 물체가 받는 힘인 응력이 시간에 따라 감소하는 현상이다. [10]그리고 크리프는 응력이 고정되어 있을 때 변형이 서서히 증가하는 현상이다.
>
> 응력이 증가하는 경우는 응력 완화나 크리프에 해당하지 않는다. 중력은 일정하게 작용하는 힘이므로 중력에 대응하는 꿀의 응력의 크기 또한 일정하게 유지된다. 즉 시간이 지남에 따라 분자들의 위치가 점차 변하여 꿀은 서서히 흐르는 것이다.

🖋 모두의 질문
· 1-⑤번

Q: 해설에서는 판 위의 꿀이 흐르는 동안 중력에 대응하여 꿀의 응력은 일정하게 유지된다고 했는데, 꿀은 시간 지연성을 가지고 있으니 응력이 서서히 감소한다고 볼 수도 있지 않나요?

A: 지문에 따르면 응력은 물체가 받는 힘이라고 정의되어 있다. 즉 꿀의 응력이라는 말은 꿀이 받는 힘이라고 생각할 수 있다. ⑤번에서 '중력에 대응'한다고 했으므로 꿀이 받는 힘은 중력이라고 생각하는 것이 타당하다. 중력은 일정하게 작용하는 힘이므로 꿀이 받는 힘은 증가하는 것이 아니라 일정하게 유지된다고 판단할 수 있다.
다만 국어사전에서 응력은 '물체가 외부 힘의 작용에 저항하여 원형을 지키려는 힘.'이라고 정의되어 있다. 지문에서는 물체가 받는 힘, 사전에서는 힘을 받았을 때 물체 내부의 저항력으로 서로 응력의 정의를 다르게 보고 있어 선지를 선택하는 데 혼란이 생겼을 수도 있다. 배경지식이 다양하면 내용 이해에 도움이 되는 것은 사실이지만, 그보다 지문을 먼저 정확히 파악하는 것이 중요하다. 지문에 제시된 정보를 활용하지 않고 배경지식만으로 선지를 선택했더라도, '꿀의 응력이 서서히 증가한다'는 내용은 적절하지 않은 설명이므로 ⑤번은 확실한 오답이다.

2. 윗글을 바탕으로 〈보기〉의 (가), (나)에 대해 탐구한 내용으로 적절하지 <u>않은</u> 것은? [3점]

─────────── 〈보기〉 ───────────

(가) 나일론 재질의 기타 줄을 길이가 늘어나게 당긴 후 고정하여 음을 맞추고 <u>바로 풀어 보니 원래의 길이로 돌아 갔다.</u> (탄성체의 즉각성) 이번에는 기타 줄을 길이가 늘어나게 당긴 후 고정하여 음을 맞추고 오랫동안 방치해 놓으니, 매여 있는 기타 줄의 길이는 그대로였지만 <u>팽팽한 정도가 감소하여 음이 맞지 않았다.</u> (응력 완화)

(나) 무거운 책을 선반에 올려놓으니 선반이 즉각적으로 아래로 휘어졌다. (탄성체의 즉각성) 이 상태에서 <u>선반이 서서히 휘어져</u> 몇 달이 지난 후 살펴보니 선반의 <u>휘어진 정도가 처음보다 더 심해져 있었다.</u> (크리프) 다른 조건이 모두 같을 때 <u>선반이 서서히 휘는 속력은 따뜻한 여름과 추운 겨울에 따라</u> 차이가 있었다. (온도↑ → 크리프↑)

──────────────────────────────

◉ **정답풀이**

③ (가)에서 나일론 재질 대신 금속 재질의 기타 줄을 사용한다면 기타 줄의 팽팽한 정도가 더 빨리 감소하겠군.

> 근거: **5** [23]나일론과 같은 물질의 응력 완화와 크리프는 상온에서도 인지할 수 있지만, 금속의 경우 너무 느리게 일어나므로 상온에서는 관찰이 어렵다.
> 금속은 나일론보다 변형에 걸리는 시간이 길다. 따라서 나일론 재질 대신 금속 재질의 기타 줄을 사용한다면 기타 줄의 팽팽한 정도가 더 느리게 감소할 것이다.

❌ **오답풀이**

① (가)에서 기타 줄이 원래의 길이로 돌아간 것은 기타 줄이 탄성을 가지고 있기 때문이군.
근거: **3** [12]외부에서 힘을 주면 고무줄은 즉각적으로 늘어나게 된다. [13]힘과 변형의 관계가 탄성의 특성인 '즉각성'을 보여 주는 것이다.

② (가)에서 기타 줄의 팽팽한 정도가 달라진 것은 기타 줄에 응력 완화가 일어났기 때문이군.
근거: **3** [14]그런데 이때 늘어난 고무줄의 길이를 그대로 고정해 놓으면, 시간이 지남에 따라 겉보기에는 아무 변화가 없지만 고무줄의 분자들의 배열 구조가 점차 변하며 응력이 서서히 감소하게 된다.~[16]이처럼 점탄성체의 변형이 그대로 유지될 때, 응력이 시간에 따라 서서히 감소하는 현상이 응력 완화이다.
응력 완화는 변형된 상태가 고정되어 있을 때 시간에 따라 응력이 서서히 감소하는 현상이다. 기타 줄을 길이가 늘어나게 당긴 채로 고정한 것은 변형된 형태가 고정된 것이고, 팽팽한 정도가 감소한 것은 시간에 따라 응력이 감소한 것이다. 따라서 기타 줄에 응력 완화가 일어났다는 것은 적절하다.

④ (나)에서 선반이 책 무게 때문에 서서히 변형된 것은 선반이 크리프 현상을 보였기 때문이겠군.
근거: **2** [9]물체가 받는 힘인 응력 [10]그리고 크리프는 응력이 고정되어 있을 때 변형이 서서히 증가하는 현상이다.
책의 무게가 일정하므로 선반에 작용하는 응력은 고정되어 있다. 응력이 고정된 상태에서 선반이 서서히 변형된 것이므로 (나)는 크리프 현상의 예이다.

⑤ (나)에서 여름과 겨울에 선반의 휘어지는 속력이 차이가 나는 것은 선반이 겨울보다 여름에 휘어지는 속력이 더 크기 때문이군.
근거: **5** [24]온도를 높이면 물질의 유동성이 증가하기 때문에, 나일론의 경우 온도를 높임에 따라 응력 완화와 크리프가 가속화되며, 금속도 고온에서는 응력 완화와 크리프를 인지할 수 있다.
온도가 높은 여름이 겨울보다 크리프 현상에 의한 변형이 빠르게 일어난다.

PART ❸ 과학

각운동량

2014학년도 9월 모평B

문제 P.072

[1~2] 다음 글을 읽고 물음에 답하시오.

✏️ 사고의 흐름

1 [1]회전 운동을 하는 물체는 외부로부터 돌림힘이 작용하지 않는다면 일정한 빠르기로 회전 운동을 유지하는데, 이를 각운동량 보존 법칙이라 한다. [2]각운동량은 질량이 m인 작은 알갱이가 회전축으로부터 r만큼 떨어져 속도 v로 운동하고 있을 때 mvr로 표현된다. [3]그런데 회전하는 물체에 회전 방향으로 힘이 가해지거나 마찰 또는 공기 저항이 작용하게 되면, 회전하는 물체의 각운동량이 변화하여 회전 속도는 빨라지거나 느려지게 된다. 회전 방향으로 힘이 가해지면 회전 속도가 빨라지고, 마찰이나 공기 저항이 작용하면 회전 속도가 느려진다는 말이네! [4]이렇게 회전하는 물체의 각운동량을 변화시키는 힘을 돌림힘이라고 한다.

('돌림힘이 작용하지 않는' 경우에서 작용하는 경우로 상황이 달라졌어!)

회전 운동을 하는 물체	
돌림힘 작용 X	돌림힘 작용 O
일정한 빠르기로 회전 운동 유지	회전 속도 변화
각운동량 보존 (각운동량 = mvr)	각운동량 변화

2 [5]그러면 팽이와 같은 물체의 각운동량은 어떻게 표현할까? 팽이를 예로 앞에서 이야기한 각운동량을 설명하려 하는구나! [6]아주 작은 균일한 알갱이들로 팽이가 이루어졌다고 볼 때, 이 알갱이 하나하나를 질량 요소라고 한다. [7]이 질량 요소 각각의 각운동량의 총합이 팽이 전체의 각운동량에 해당한다. 질량 요소 각운동량 + … + 질량 요소 각운동량 = 팽이 전체 각운동량 [8]회전 운동에서 물체의 각운동량은 (각속도)×(회전 관성)으로 나타낸다. [9]여기에서 각속도는 회전 운동에서 물체가 단위 시간당 회전하는 각이다. 각속도는 시간당 얼마나 회전했는가, 즉 빠르기를 나타내는 거구나! [10]질량이 직선 운동에서 물체의 속도를 변화시키기 어려운 정도를 나타내듯이, 회전 관성은 회전 운동에서 각속도를 변화시키기 어려운 정도를 나타낸다. [11]즉, 회전체의 회전 관성이 클수록 그것의 회전 속도를 변화시키기 어렵다. 회전 관성과 회전 속도의 변화 정도는 반비례 관계! 개념 정의가 쏟아지고 있어. 나열된 개념들은 이후 핵심 정보를 설명하는 데 활용될 테니 차분히 정리하자. 정보량에 매몰되지 말고 지문의 거시적인 흐름에 집중하자고 스스로 정신을 다잡는 것이 중요해!

(앞의 내용을 정리해서 다시 알려 줄 거야!)

3 [12]회전체의 회전 관성은 회전체를 구성하는 질량 요소들의 회전 관성의 합과 같은데, 질량 요소들의 회전 관성은 질량 요소가 회전축에서 떨어져 있는 거리가 멀수록 커진다. 회전 관성은 질량 요소와 회전축 사이의 거리에 비례! [13]그러므로 질량이 같은 두 팽이가 있을 때 홀쭉하고 키가 큰 팽이보다 넓적하고 키가 작은 팽이가 회전 관성이 크다. 넓적하고 키가 작은 팽이가 질량 요소와 회전축 사이의 거리가 더 머니까 홀쭉하고 키가 큰 팽이보다 회전 관성이 큰 것이군!

4 [14]각운동량 보존의 원리는 스포츠에서도 쉽게 확인할 수 있다. 이번에는 각운동량 보존의 원리를 스포츠 경기에 적용하여 설명하려 하네! [15]피겨 선수에게 공중 회전수는 중요한데 이를 확보하기 위해서는 공중회

전을 하는 동안 각속도를 크게 해야 한다. 공중에서 회전을 많이 하려면 빠르게 회전해야 하겠지. [16]이를 위해 피겨 선수가 공중에서 팔을 몸에 바짝 붙인 상태로 회전하는 것을 볼 수 있다. [17]피겨 선수의 회전 관성은 몸을 이루는 질량 요소들의 회전 관성의 합과 같다. [18]따라서 팔을 몸에 붙이면 팔을 구성하는 질량 요소들이 회전축에 가까워져서 팔을 폈을 때보다 몸 전체의 회전 관성이 줄어들게 된다. [19]점프 이후에 공중에서 각운동량은 보존되기 때문에 팔을 붙였을 때가 폈을 때보다 각속도가 커지는 것이다. 각운동량 = (각속도) × (회전 관성)이니까 각속도를 높이려면 회전 관성을 줄여야 하겠지? 회전 관성은 질량 요소가 회전축에서 가까울수록 작아지니까 공중에서 팔을 몸에 바짝 붙이는 거야! [20]반대로 착지 직전에는 각속도를 줄여 착지 실수를 없애야 하기 때문에 양팔을 한껏 펼쳐 회전 관성을 크게 만드는 것이 유리하다. 착지 직전에는 각속도를 줄여서 안정된 착지를 할 수 있게 한다는 것!

만점 선배의 구조도 예시

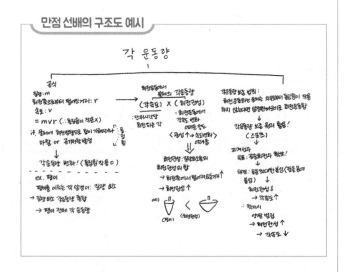

1. 윗글로 미루어 알 수 있는 내용으로 적절한 것은?

정답풀이

④ 크기와 질량이 동일한, 속이 빈 쇠공과 속이 찬 플라스틱 공이 자전할 때 회전 관성은 쇠공이 더 크다.

> 근거: 2 ⁶아주 작은 균일한 알갱이들로 팽이가 이루어졌다고 볼 때, 이 알갱이 하나하나를 질량 요소라고 한다. + 3 ¹²회전체의 회전 관성은 회전체를 구성하는 질량 요소들의 회전 관성의 합과 같은데, 질량 요소들의 회전 관성은 질량 요소가 회전축에서 떨어져 있는 거리가 멀수록 커진다.

'질량 요소'는 어떠한 물체의 질량을 이루는 요소이므로, '질량 요소의 질량의 합 = 물체의 총 질량'이다. 따라서 속이 빈 쇠공과 속이 찬 플라스틱 공의 질량이 동일한 경우 질량 요소의 합도 같다. 그리고 질량 요소들의 회전 관성은 질량 요소들과 회전축까지의 거리와 비례하여 질량 요소가 회전축에서 멀리 떨어져 있을수록 크다. 속이 빈 쇠공의 질량 요소들은 속이 찬 플라스틱 공에 비해 공의 테두리, 즉 공의 회전축과 먼 곳에 많이 몰려 있을 것이다. 따라서 질량 요소가 회전축 가까이에도 존재하는 속이 찬 플라스틱 공에 비해 속이 빈 쇠공은 회전 관성이 더 큰 질량 요소들로 구성된 셈이므로 회전 관성이 더 크다.

오답풀이

① 정지되어 있는 물체는 회전 관성이 클수록 회전시키기 쉽다.

> 근거: 2 ¹⁰회전 관성은 회전 운동에서 각속도를 변화시키기 어려운 정도를 나타낸다. ¹¹즉, 회전체의 회전 관성이 클수록 그것의 회전 속도를 변화시키기 어렵다.

회전 관성이 크면 물체의 회전 속도를 변화시키기 어렵다고 했으므로 회전 관성이 클수록 물체를 회전시키기 쉽다는 내용은 적절하지 않다. 또한 윗글에서 회전 관성은 '회전 운동'을 전제로 설명하였으므로 정지되어 있는 물체에 작용하는 회전 관성을 설명할 수 없다.

② 회전하는 팽이는 외부에서 가해지는 돌림힘의 작용 없이 회전을 멈출 수 있다.

> 근거: 1 ¹회전 운동을 하는 물체는 외부로부터 돌림힘이 작용하지 않는다면 일정한 빠르기로 회전 운동을 유지

돌림힘이 작용하지 않으면 일정한 빠르기로 회전 운동을 유지하게 되므로 회전하는 팽이는 외부에서 가해지는 돌림힘의 작용이 있어야 회전을 멈출 수 있다.

③ 지면과의 마찰은 회전하는 팽이의 회전 관성을 작게 만들어 팽이의 각운동량을 줄어들게 한다.

> 근거: 1 ³그런데 회전하는 물체에 회전 방향으로 힘이 가해지거나 마찰 또는 공기 저항이 작용하게 되면, 회전하는 물체의 각운동량이 변화하여 회전 속도는 빨라지거나 느려지게 된다. ⁴이렇게 회전하는 물체의 각운동량을 변화시키는 힘을 돌림힘이라고 한다. + 3 ¹²회전체의 회전 관성은 회전체를 구성하는 질량 요소들의 회전 관성의 합과 같은데, 질량 요소들의 회전 관성은 질량 요소가 회전축에서 떨어져 있는 거리가 멀수록 커진다.

마찰이 작용하면 회전하는 물체의 각운동량이 변화하여 회전 속도가 줄어들게 된다. 즉 지면과의 마찰(돌림힘)은 팽이의 각운동량을 줄어들게 할 것이다. 그런데 윗글에서 회전 관성은 질량 요소들과 회전축까지의 거리에 따라 달라진다고 하였을 뿐, 마찰과 회전 관성의 상관관계를 제시한 바가 없다. 따라서 윗글을 통해 지면과의 마찰이 팽이의 회전 관성을 작게 만드는지는 알 수 없다.

⑤ 회전하는 하나의 시곗바늘 위의 두 점 중 회전축에 가까이 있는 점이 멀리 있는 점보다 각속도가 작다.

> 근거: 2 ⁹여기에서 각속도는 회전 운동에서 물체가 단위 시간당 회전하는 각이다.

각속도는 회전 운동에서 물체가 단위 시간당 회전하는 각이므로, 회전하는 하나의 시곗바늘 위의 두 점은 회전축과의 거리와 상관없이 각속도가 같다.

📋 문제적 문제
· 1–③, ④번

학생들이 정답과 함께 가장 많이 고른 선지가 ③번이다. 무려 40%의 학생들이 ③번을 적절한 선지로 판단했는데, ③번 내용이 당연히 맞을 것이라는 추측으로 정답이라고 생각한 학생들이 많을 것이다. 그러나 선지의 적절성을 판단할 때에는 먼저 지문에서 근거를 찾아야 한다. 윗글에서 각운동량을 변화시키는 힘을 돌림힘이라고 하였고, 지면과의 마찰은 돌림힘에 해당하므로 회전 속도를 느리게 하여 각운동량을 변화시킬 것임을 알 수 있다. 그런데 윗글에 회전 관성과 마찰의 관계를 언급한 부분은 없다. 회전 관성은 질량 요소들과 회전축까지의 거리에 따라 결정되는 것이라고 하였을 뿐이다. 따라서 지면과의 마찰은 팽이의 각운동량을 줄어들게 하는 것은 맞지만, 회전하는 팽이의 회전 관성을 작게 만드는지는 알 수 없다.

④번의 경우 윗글에서는 질량이 같고, 크기가 다른 팽이들을 비교했기 때문에 선지에 제시된 '속이 빈 쇠공'과 '속이 찬 플라스틱 공'이 무엇을 의미하는지 파악하지 못하여 적절하지 않다고 판단한 학생들이 다수 있었을 것이다. 그런데 회전 관성이 질량 요소들과 회전축까지의 거리에 따라 결정되는 것이라는 점을 염두에 두고 선지를 보면, 속이 빈 쇠공은 질량 요소가 공의 겉 부분에만 있으므로 회전축과 질량 요소 사이의 거리가 멀고, 속이 찬 플라스틱 공은 회전축과 맞닿은 부분부터 질량 요소가 있으므로 그 거리가 가깝다는 것을 알 수 있다. 윗글에서 특별히 재질과 회전 관성 사이의 관계에 대한 언급이 없고 크기와 질량이 동일하다고 했으므로, 제시된 요건인 '질량 요소'와 '회전축 사이의 거리'만 비교하면 되는 것이다.

정답률 분석

		매력적 오답	정답	
①	②	③	④	⑤
4%	4%	40%	40%	12%

2. 윗글을 바탕으로 〈보기〉를 이해한 내용으로 적절한 것은?
[3점]

─〈보기〉─

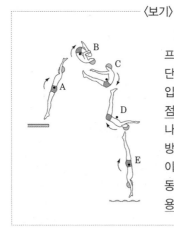

다이빙 선수가 발판에서 점프하여 공중회전하며 A~E 단계를 거쳐 1.5바퀴 회전하여 입수하고 있다. 여기에서 검은 점은 회전 운동의 회전축을 나타내며 회전 운동은 화살표 방향으로만 진행된다. 단, 다이빙 선수가 공중에 머무는 동안은 외부에서 돌림힘이 작용하지 않는다고 간주한다.

✅ 정답풀이

⑤ B 단계부터 같은 자세로 회전 운동을 계속하여 입수한다면 다이빙 선수는 1.5바퀴보다 더 많이 회전하겠군.

근거: **1** [1]회전 운동을 하는 물체는 외부로부터 돌림힘이 작용하지 않는다면 일정한 빠르기로 회전 운동을 유지하는데, 이를 각운동량 보존 법칙이라 한다. + **2** [8]회전 운동에서 물체의 각운동량은 (각속도)×(회전 관성)으로 나타낸다. [9]여기에서 각속도는 회전 운동에서 물체가 단위 시간당 회전하는 각이다. + **3** [12]질량 요소들의 회전 관성은 질량 요소가 회전축에서 떨어져 있는 거리가 멀수록 커진다.

'각운동량 = (각속도) × (회전 관성)'인데, A~E 단계에서 돌림힘이 작용하지 않는다고 했으므로 각운동량은 보존된다. 즉 각 단계의 각운동량은 동일한데, B 단계에서는 몸을 작게 웅크려 회전축과 질량 요소들의 거리가 다른 단계보다 가까우므로 회전 관성이 가장 작아 각속도는 B 단계에서 가장 클 것이다. 각속도는 단위 시간당 회전하는 각이므로 각속도가 큰 B 단계의 자세를 계속 유지한다면 다이빙 선수는 1.5바퀴보다 더 많이 회전할 것이다.

❌ 오답풀이

① A보다 B에서 다이빙 선수의 각운동량이 더 크겠군.

근거: **1** [1]회전 운동을 하는 물체는 외부로부터 돌림힘이 작용하지 않는다면 일정한 빠르기로 회전 운동을 유지하는데, 이를 각운동량 보존 법칙이라 한다.

〈보기〉에서 다이빙 선수가 공중에 머무는 동안은 외부에서 돌림힘이 작용하지 않는다고 했으므로 각운동량은 보존된다. 따라서 A~E 단계의 각운동량은 동일하다.

② B보다 D에서 다이빙 선수의 질량 요소들의 합은 더 작겠군.

근거: **2** [6]아주 작은 균일한 알갱이들로 팽이가 이루어졌다고 볼 때, 이 알갱이 하나하나를 질량 요소라고 한다. [7]이 질량 요소 각각의 각운동량의 총합이 팽이 전체의 각운동량에 해당한다.

다이빙 선수의 질량 요소들의 합은 다이빙 선수의 질량, 즉 몸무게를 말한다. B와 D는 동일한 사람이 회전하고 있으므로 다이빙 선수의 질량 요소들의 합은 B와 D에서 동일하다.

③ A~E의 다섯 단계 중 B 단계에서 다이빙 선수는 가장 작은 각속도를 갖겠군.

근거: **1** [1]회전 운동을 하는 물체는 외부로부터 돌림힘이 작용하지 않는다면 일정한 빠르기로 회전 운동을 유지하는데, 이를 각운동량 보존 법칙이라 한다. + **2** [8]회전 운동에서 물체의 각운동량은 (각속도)×(회전 관성)으로 나타낸다. + **3** [12]질량 요소들의 회전 관성은 질량 요소가 회전축에서 떨어져 있는 거리가 멀수록 커진다.

B 단계에서는 회전축과 질량 요소의 거리가 다른 단계보다 가까우므로 회전 관성이 가장 작다. 그런데 각 단계의 각운동량은 동일하므로 각속도는 B 단계에서 가장 클 것이다.

④ C에서 E로 진행함에 따라 다이빙 선수의 팔과 다리가 펼쳐지면서 회전 관성이 작아지겠군.

근거: **3** [12]질량 요소들의 회전 관성은 질량 요소가 회전축에서 떨어져 있는 거리가 멀수록 커진다. + **4** [20]반대로 착지 직전에는 각속도를 줄여 착지 실수를 없애야 하기 때문에 양팔을 한껏 펼쳐 회전 관성을 크게 만드는 것이 유리하다.

C에서 E로 진행함에 따라 다이빙 선수의 팔과 다리가 펼쳐지므로 회전축에서 질량 요소의 거리가 멀어지기 때문에 회전 관성은 커진다.

[1~3] 다음 글을 읽고 물음에 답하시오.

✏️ 사고의 흐름

1 ¹기체의 온도를 일정하게 하고 부피를 줄이면 압력은 높아진다. 온도가 일정할 때 부피와 압력은 반비례 관계(부피↓ → 압력↑) ²한편 압력을 일정하게 유지할 때 온도를 높이면 부피는 증가한다. 압력이 일정할 때 온도와 부피는 비례 관계(온도↑ → 부피↑) ³이와 같이 기체의 상태에 영향을 미치는 압력(P), 온도(T), 부피(V)의 상관관계를 1몰*의 기체에 대해 표현하면 $P=\frac{RT}{V}$ (R: 기체 상수*)가 되는데, 이를 ㉠이상 기체 상태 방정식이라 한다. ⁴여기서 이상 기체란 분자* 자체의 부피와 분자 간 상호 작용이 없다고 가정한 기체이다. 이상 기체의 개념이 나왔네. 정리하자! 이상 기체: ① 분자 자체의 부피 ✕ ② 분자 간 상호 작용 ✕ ⁵이 식은 기체에서 세 변수 사이에 발생하는 상관관계를 간명하게 설명할 수 있다.

위에서 제시된 압력, 온도, 부피의 상관관계를 정리해 줄 거야.

2 ⁶하지만 실제 기체에 이상 기체 상태 방정식을 적용하면 잘 맞지 않는다. 이상 기체 상태 방정식에 문제점이 있구나! 그럼 그 원인을 설명하겠지? ⁷실제 기체에는 분자 자체의 부피와 분자 간의 상호 작용이 존재하기 때문이다. 이상 기체 상태 방정식의 문제점의 원인: 실제 기체에는 ① 분자 자체의 부피 ○ ② 분자 간의 상호 작용 ○ ⁸분자 간의 상호 작용은 인력*과 반발력*에 의해 발생하는데, 일반적인 기체 상태에서 분자 간 상호 작용은 대부분 분자 간 인력에 의해 일어난다. 먼저 분자 간의 상호 작용에 대해 설명하고 있어. 분자 간 상호 작용은 '대부분' 인력에 의해 일어난다고 했으니까 그렇지 않은 경우도 뒤에서 언급하겠지? ⁹온도를 높이면 기체 분자의 운동 에너지가 증가하여 인력의 영향은 줄어든다. ¹⁰또한 인력은 분자 사이의 거리가 멀어지면 감소하는데, 어느 정도 이상 멀어지면 그 힘은 무시할 수 있을 정도로 약해진다. 온도↑ → 인력↓ 여기서 한번 더 생각해 보자! 1문단에서 온도↑ → 부피↑라고 했으니까 온도↑ → 부피↑ → 인력↓을 추론할 수 있어! 즉, 부피가 커지면 인력은 줄어들겠지? 반대로 부피가 작아지면 인력은 커질 거야. ¹¹하지만 분자들이 거의 맞닿을 정도가 되면 반발력이 급격히 증가하여 반발력이 인력을 압도하게 된다. 앞에서 '대부분의 경우' 분자 간 상호 작용이 인력에 의해 일어난다고 했는데, 이제 그렇지 않은 경우에 관한 설명이 나왔네. 즉, '분자들이 거의 맞닿을 정도가 되'는 경우에는 반발력이 인력을 압도하는군! 이 두 경우를 기억하자! ¹²이러한 반발력 때문에 실제 기체의 부피는 압력을 아무리 높이더라도 이상 기체에서 기대했던 것만큼 줄지 않는다. 1문단에서 부피와 압력이 반비례 관계라고 했어. 실제 기체에서도 부피와 압력은 반비례 관계이기 때문에 압력이 높아지면 부피가 줄지만, '반발력이 인력을 압도'한 경우에는 반발력 때문에 '이상 기체에서 기대했던 것만큼' 부피가 줄지는 않는 거지! 예를 들어, 이상 기체에서는 압력을 2배로 높이면 부피가 1/2로 줄지만, 실제 기체에서는 반발력 때문에 부피가 1/2까지는 줄지 않으니까 이상 기체의 부피보다 실제 기체의 부피가 더 크네!

2문단 처음에 '하지만'이 나왔네! 1문단과는 상반되는 사실이 제시된다는 의미!

'대부분'이라는 표현에 주목! 그렇지 않은 경우가 있다는 의미!

전환!

3 ¹³이제 부피가 V인 용기 안에 들어 있는 1몰의 실제 기체를 생각해 보자. 2문단 설명에 대한 구체적인 예를 들고 있네. 정확히 이해해야지! ¹⁴이때 분자의 자체 부피를 b라 하면 기체 분자가 운동할 수 있는

자유 이동 부피는 이상 기체에 비해 b만큼 줄어든 V−b가 된다. 실제 기체의 자유 이동 부피: V−b ¹⁵한편 실제 기체는 분자 사이의 인력에 의한 상호 작용으로 분자들이 서로 끌어당기므로 이상 기체보다 압력이 낮아진다. 그럼 인력에 의한 상호 작용을 고려해 부피와 압력의 관계를 그래프로 그려 보자! 1문단에서 부피↓ → 압력↑이라고 했으므로, 이상 기체와 실제 기체 모두 부피가 줄면 압력은 높아져. 하지만 이상 기체와 달리 인력에 의한 상호 작용이 발생하는 실제 기체는 이상 기체만큼 압력이 높아지지는 않는다(이상 기체보다 압력이 낮아진다)고 했으니 그래프는 아래와 같겠지?

전환!

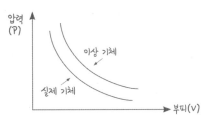

그런데 2문단에서 반발력이 인력을 압도할 때에는 반발력 때문에 실제 기체의 부피가 이상 기체의 부피보다 크다고 했어. 그러니까 아래 그래프에서 A의 위부분은 실제 기체에서 반발력이 인력을 압도한 경우에 해당하겠지!

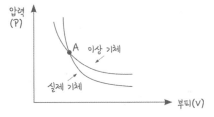

¹⁶이때 줄어드는 압력은 기체 부피의 제곱에 반비례하는데, 이것을 비례 상수 a가 포함된 $\frac{a}{V^2}$로 나타낼 수 있다. 어렵게 느껴진다면 일단 지나가고 다음 내용을 보자! ¹⁷왜냐하면 기체의 부피가 줄면 분자 간 거리도 줄어 인력이 커지기 때문이다. ¹⁸즉 실제 기체의 압력은 이상 기체에 비해 $\frac{a}{V^2}$만큼 줄게 된다. 결국 실제 기체의 압력은 인력으로 인해 이상 기체의 압력보다는 낮아진다는 얘기! 이쯤에서 각 요소들의 상관관계를 정리해 보자! (인력은 실제 기체에서만 작용한다는 것 기억하기!)

앞의 내용을 요약해 줄 거야!

대상	상관관계	예
부피와 압력	반비례 관계	부피↑ → 압력↓ 부피↓ → 압력↑
온도와 부피	비례 관계	온도↑ → 부피↑ 온도↓ → 부피↓
부피와 인력	반비례 관계	부피↑ → 인력↓ 부피↓ → 인력↑

4 ¹⁹이와 같이 실제 기체의 분자 자체 부피와 분자 사이의 인력에 의한 압력 변화를 고려하여 이상 기체 상태 방정식을 보정하면 $P=\frac{RT}{V-b}-\frac{a}{V^2}$가 된다. ① 분자 자체 부피 고려: 실제 기체의 자유 이동 부피 (V−b) ② 분자 사이의 인력 고려: 이상 기체보다 줄어든 압력 ($\frac{a}{V^2}$) ²⁰이를

3문단의 내용을 다시 정리!

ⓛ반데르발스 상태 방정식이라 하는데, 여기서 매개 변수 a와 b는 기체의 종류마다 다른 값을 가진다. 부피가 같아도 기체의 종류에 따라 이상 기체에 비해 압력이 줄어드는 정도가 다르겠구나! [21]이 방정식은 실제 기체의 압력, 온도, 부피의 상관관계를 이상 기체 상태 방정식보다 잘 표현할 수 있게 해 주었으며, 반데르발스가 1910년 노벨상을 수상하는 계기가 되었다. [22]이처럼 자연현상을 정확하게 표현하기 위해 단순한 모형을 정교한 모형으로 수정해 나가는 것은 과학 연구에서 매우 중요한 절차 중의 하나이다. 이상 기체 상태 방정식의 문제점과 원인, 그 해결 방법(반데르발스 상태 방정식)을 소개하는 방식으로 구성되었군!

*1몰: 기체 분자 6.02 ×10²³개.

이것만은 챙기자

- **상수:** 물질의 물리적·화학적 성질을 표시하는 수치. 일정한 상태에 있는 물질의 성질에 관하여 일정량을 보이는 수를 이른다.
- **분자:** 물질에서 화학적 형태와 성질을 잃지 않고 분리될 수 있는 최소의 입자.
- **인력:** 공간적으로 떨어져 있는 물체끼리 서로 끌어당기는 힘.
- **반발력:** 되받아 퉁기는 힘.

만점 선배의 구조도 예시

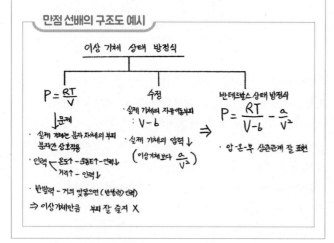

1. 윗글의 내용과 일치하지 않는 것은?

✔ 정답풀이

⑤ 실제 기체의 분자 간 상호 작용은 거리에 상관없이 일정하다.

> 근거: 2 [7]실제 기체에는 분자 자체의 부피와 분자 간의 상호 작용이 존재하기 때문이다. [8]분자 간의 상호 작용은 인력과 반발력에 의해 발생하는데, 일반적인 기체 상태에서 분자 간 상호 작용은 대부분 분자 간 인력에 의해 일어난다. [10]또한 인력은 분자 사이의 거리가 멀어지면 감소하는데, 어느 정도 이상 멀어지면 그 힘은 무시할 수 있을 정도로 약해진다. [11]하지만 분자들이 거의 맞닿을 정도가 되면 반발력이 급격하게 증가하여 반발력이 인력을 압도하게 된다.
> 분자 사이의 거리에 따라 작용하는 인력과 반발력의 세기가 달라지므로, 실제 기체의 분자 간 상호 작용은 거리에 영향을 받는다.

✖ 오답풀이

① 이상 기체는 압력이 일정할 때 온도를 높이면 부피가 증가한다.
　근거: 1 [2]한편 압력을 일정하게 유지할 때 온도를 높이면 부피는 증가한다.

② 이상 기체는 분자 자체의 부피와 분자 간 상호 작용이 없는 가상의 기체이다.
　근거: 1 [4]여기서 이상 기체란 분자 자체의 부피와 분자 간 상호 작용이 없다고 가정한 기체이다.

③ 실제 기체에서 분자 간 상호 작용은 기체 압력에 영향을 준다.
　근거: 2 [8]분자 간의 상호 작용은 인력과 반발력에 의해 발생 + 3 [15]한편 실제 기체는 분자 사이의 인력에 의한 상호 작용으로 분자들이 서로 끌어당기므로 이상 기체보다 압력이 낮아진다.

④ 실제 기체 분자의 운동 에너지가 증가하면 인력의 영향은 줄어든다.
　근거: 2 [9]온도를 높이면 기체 분자의 운동 에너지가 증가하여 인력의 영향은 줄어든다.

2. ㉠과 ㉡에 대한 설명으로 옳지 <u>않은</u> 것은?

㉠: 이상 기체 상태 방정식
㉡: 반데르발스 상태 방정식

✓ 정답풀이

⑤ 용기의 부피가 같다면 ㉠에서 기체 분자가 운동할 수 있는 자유 이동 부피는 ㉡에서보다 작다.

> 근거: **1** [4]여기서 이상 기체란 분자 자체의 부피와 분자 간 상호 작용이 없다고 가정한 기체이다. + **3** [14]이때 (실제 기체의 경우) 분자의 자체 부피를 b라 하면 기체 분자가 운동할 수 있는 자유 이동 부피는 이상 기체에 비해 b만큼 줄어든 V−b가 된다.
> ㉠은 분자 자체의 부피가 없다고 가정한 이상 기체의 상태 방정식이고, ㉡은 실제 기체 분자 자체의 부피를 고려하여 ㉠을 보정한 방정식이다. ㉠에서 기체 분자가 운동할 수 있는 자유 이동 부피는 V이고, ㉡에서는 분자 자체의 부피 b를 고려한 V−b가 기체 분자가 운동할 수 있는 자유 이동 부피이다. 따라서 용기의 부피가 같다면 ㉠에서 기체 분자가 운동할 수 있는 자유 이동 부피는 ㉡에서보다 크다.

✕ 오답풀이

① ㉠, ㉡ 모두 기체의 압력, 온도, 부피의 상관관계를 나타낸다.

근거: **1** [3]이와 같이 기체의 상태에 영향을 미치는 압력(P), 온도(T), 부피(V)의 상관관계를 1몰의 기체에 대해 표현하면 $P = \dfrac{RT}{V}$ (R: 기체 상수)가 되는데, 이를 이상 기체 상태 방정식(㉠)이라 한다. + **4** [21]이 방정식(㉡)은 실제 기체의 압력, 온도, 부피의 상관관계를 이상 기체 상태 방정식보다 잘 표현할 수 있게 해 주었으며

② ㉠과 달리 ㉡에서는 기체 분자 사이에 작용하는 인력이 기체의 부피에 따라 달라짐을 반영한다.

근거: **3** [15]한편 실제 기체는 분자 사이의 인력에 의한 상호 작용으로 분자들이 서로 끌어당기므로 이상 기체보다 압력이 낮아진다.~[17]왜냐하면 기체의 부피가 줄면 분자 간 거리도 줄어 인력이 커지기 때문이다. + **4** [19]이와 같이 실제 기체의 분자 자체 부피와 분자 사이의 인력에 의한 압력 변화를 고려하여 이상 기체 상태 방정식(㉠)을 보정 [20]이를 반데르발스 상태 방정식(㉡)이라 하는데
실제 기체에서는 부피가 줄면 분자 간 거리가 줄고, 인력이 커져 이상 기체보다 압력이 낮아진다. ㉠과 달리 ㉡은 이를 고려한 방정식이므로 기체 분자 사이에 작용하는 인력이 기체의 부피에 따라 달라짐을 반영한 것이다.

③ ㉠으로부터 ㉡이 유도된 것은 단순한 모형을 실제 상황에 맞추기 위해 수정한 예이다.

근거: **2** [6]하지만 실제 기체에 이상 기체 상태 방정식(㉠)을 적용하면 잘 맞지 않는다. + **4** [21]이 방정식(㉡)은 실제 기체의 압력, 온도, 부피의 상관관계를 이상 기체 상태 방정식보다 잘 표현할 수 있게 해 주었으며~[22]이처럼 자연 현상을 정확하게 표현하기 위해 단순한 모형을 정교한 모형으로 수정해 나가는 것은 과학 연구에서 매우 중요한 절차 중의 하나이다.

④ 매개 변수 b는 ㉠을 ㉡으로 보정할 때 실제 기체의 자체 부피를 고려하여 추가된 것이다.

근거: **3** [14]이때 (실제 기체의 경우) 분자의 자체 부피를 b라 하면 기체 분자가 운동할 수 있는 자유 이동 부피는 이상 기체에 비해 b만큼 줄어든 V−b가 된다. + **4** [19]이와 같이 실제 기체의 분자 자체 부피와 분자 사이의 인력에 의한 압력 변화를 고려하여 이상 기체 상태 방정식을 보정하면 $P = \dfrac{RT}{V-b} - \dfrac{a}{V^2}$ 가 된다.

3. 윗글을 바탕으로 〈보기〉에 대해 탐구할 때, 적절한 것은? [3점]

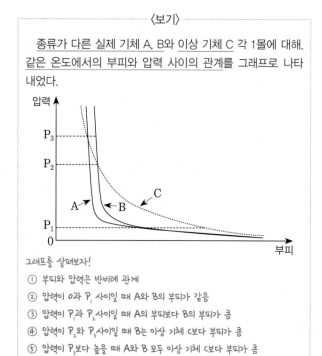

〈보기〉

종류가 다른 실제 기체 A, B와 이상 기체 C 각 1몰에 대해, 같은 온도에서의 부피와 압력 사이의 관계를 그래프로 나타내었다.

그래프를 살펴보자!
① 부피와 압력은 반비례 관계
② 압력이 0과 P_1 사이일 때 A와 B의 부피가 같음
③ 압력이 P_1과 P_2 사이일 때 A의 부피보다 B의 부피가 큼
④ 압력이 P_2와 P_3 사이일 때 B는 이상 기체 C보다 부피가 큼
⑤ 압력이 P_3보다 높을 때 A와 B 모두 이상 기체 C보다 부피가 큼

✅ 정답풀이

② 압력이 P_1과 P_2 사이일 때, A가 B에 비해 반발력보다 인력의 영향을 더 크게 받는다고 볼 수 있군.

근거: **2** [8](실제 기체의 경우) 분자 간의 상호 작용은 인력과 반발력에 의해 발생하는데, 일반적인 기체 상태에서 분자 간 상호 작용은 대부분 분자 간 인력에 의해 일어난다.~[11]하지만 분자들이 거의 맞닿을 정도가 되면 반발력이 급격하게 증가하여 반발력이 인력을 압도하게 된다. [12]이러한 반발력 때문에 실제 기체의 부피는 압력을 아무리 높이더라도 이상 기체에서 기대했던 것만큼 줄지 않는다. + **3** [15]한편 실제 기체는 분자 사이의 인력에 의한 상호 작용으로 분자들이 서로 끌어당기므로 이상 기체보다 압력이 낮아진다.~[17]왜냐하면 기체의 부피가 줄면 분자 간 거리도 줄어 인력이 커지기 때문이다.

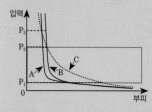

압력이 P_1과 P_2 사이일 때, 실제 기체 A와 B는 인력의 영향으로 이상 기체 C보다 압력이 낮아진다. 즉 이 구간에서는 A와 B 모두 반발력보다는 인력의 영향을 더 크게 받는 것이다. 그런데 같은 압력에서 A의 부피가 B의 부피보다 더 작다. 부피가 더 작다는 것은 A가 B에 비해 인력의 영향을 더 크게 받음을 의미한다. 부피가 줄면 분자 간 거리도 줄어 인력이 커지기 때문이다. 즉, A가 B에 비해 인력의 영향을 더 크게 받는다고 볼 수 있다.

❌ 오답풀이

① 압력이 P_1에서 0에 가까워질수록 A와 B 모두 분자 간 상호 작용이 증가되고 있음을 알 수 있군.

근거: **2** [8](실제 기체의 경우) 분자 간의 상호 작용은 인력과 반발력에 의해 발생 [11]분자들이 거의 맞닿을 정도가 되면 반발력이 급격하게 증가 + **3** [17]왜냐하면 기체의 부피가 줄면 분자 간 거리도 줄어 인력이 커지기 때문이다.

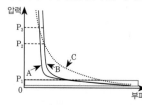

압력이 P_1에서 0에 가까워질수록 A와 B의 압력이 낮아지고, 부피는 커지고 있다. 기체의 부피가 커지면 분자 간 거리가 멀어져 인력과 반발력, 즉 분자 간 상호 작용이 감소하게 된다.

③ 압력이 P_2와 P_3 사이일 때, A와 B 모두 반발력보다 인력의 영향을 더 크게 받는다고 볼 수 있군.

근거: **2** [8](실제 기체의 경우) 분자 간의 상호 작용은 인력과 반발력에 의해 발생하는데, 일반적인 기체 상태에서 분자 간 상호 작용은 대부분 분자 간 인력에 의해 일어난다.~[11]하지만 분자들이 거의 맞닿을 정도가 되면 반발력이 급격하게 증가하여 반발력이 인력을 압도하게 된다. [12]이러한 반발력 때문에 실제 기체의 부피는 압력을 아무리 높이더라도 이상 기체에서 기대했던 것만큼 줄지 않는다. + **3** [15]한편 실제 기체는 분자 사이의 인력에 의한 상호 작용으로 분자들이 서로 끌어당기므로 이상 기체보다 압력이 낮아진다.

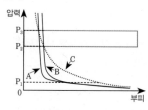

압력이 P_2와 P_3 사이일 때, A는 이상 기체 C보다 부피가 작고, B는 이상 기체 C보다 부피가 크다. 즉, B의 부피는 P_2부터 이상 기체에서 기대했던 것만큼 줄지 않고 있는 것이다. 따라서 A는 반발력보다 인력의 영향을 더 크게 받는 상황이지만, B는 반발력이 급격하게 증가하여 인력을 압도한 상황이라고 볼 수 있다.

④ 압력이 P_3보다 높을 때, A가 B에 비해 인력보다 반발력의 영향을
더 크게 받는다고 볼 수 있군.

근거: **2** [8](실제 기체의 경우) 분자 간의 상호 작용은 인력과 반발력에 의해
발생하는데, 일반적인 기체 상태에서 분자 간 상호 작용은 대부분 분자 간
인력에 의해 일어난다.~[11]하지만 분자들이 거의 맞닿을 정도가 되면 반발
력이 급격하게 증가하여 반발력이 인력을 압도하게 된다. [12]이러한 반발력
때문에 실제 기체의 부피는 압력을 아무리 높이더라도 이상 기체에서 기대
했던 것만큼 줄지 않는다.

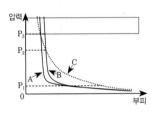

압력이 P_3보다 높을 때, A와 B 모두 이
상 기체 C보다 부피가 크다. 결국 A
와 B 모두 압력의 증가로 인해 부피
가 줄어 '분자들이 거의 맞닿을 정도'
가 되었고, 이에 따라 반발력이 급격
하게 증가하여 이상 기체에서 기대했
던 것만큼 부피가 줄지 않는 상황이
된 것이다. 이때 A와 C의 부피 차이에 비해 B와 C의 부피 차이가 더 크므로
B가 A에 비해 반발력을 더 크게 받는다고 판단할 수 있다. 또한 B의 부피는
이미 압력이 P_2보다 높을 때부터 이상 기체에서 기대했던 것만큼 줄지 않고
있고, A의 부피는 압력이 P_3보다 높을 때부터 이상 기체에서 기대했던 것
만큼 줄지 않아 이상 기체의 부피보다 더 큰 상황이다. 즉 B가 A에 비해 더
낮은 압력에서 반발력이 인력을 압도했고, 압력이 상승함에 따라 반발력이
더 급증할 것이므로 반발력의 영향을 더 크게 받는다고 추론할 수 있다.

⑤ 압력을 P_3 이상에서 계속 높이면 A, B, C 모두 부피가 0이 되겠군.

근거: **1** [3]이와 같이 기체의 상태에 영향을 미치는 압력(P), 온도(T), 부피
(V)의 상관관계를 1몰의 기체에 대해 표현하면 $P = \dfrac{RT}{V}$ (R: 기체 상수)가 되
는데, 이를 이상 기체 상태 방정식이라 한다. + **2** [11]하지만 분자들이 거의
맞닿을 정도가 되면 반발력이 급격하게 증가하여 반발력이 인력을 압도하
게 된다. [12]이러한 반발력 때문에 실제 기체의 부피는 압력을 아무리 높이
더라도 이상 기체에서 기대했던 것만큼 줄지 않는다.

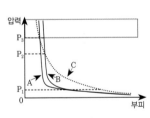

$P = \dfrac{RT}{V}$ 라는 공식을 고려하면, 압력(P)
을 계속 높일 경우 이상 기체 C의 부피
(V)는 0에 가까워질 수 있다. 반면 실
제 기체 A와 B는 분자들이 거의 맞닿
을 정도가 되면 반발력이 급격하게 증
가하여 실제 기체의 부피는 압력을 무
한히 높이더라도 일정 수준 이하로 줄
어들 수 없으므로 0이 되지 않는다.

• 3-③번

🎯 **평가원의** 관점

이의 제기

실제 기체에서 반발력과 인력의 작용 양상을 알기 어려우니 ③번도 적절
하지 않나요?

답변

③번 선지의 근거에 설명되어 있듯이, 같은 압력에서 실제 기체의 부피는
반발력이 인력보다 클 때는 이상 기체에 비해 더 크고, 인력이 반발력보다
클 때는 이상 기체에 비해 더 작습니다. 그래프에서 압력이 P_2와 P_3 사이일
때 이상 기체보다 A는 부피가 작고 B는 부피가 크므로, A는 반발력보다
인력이 더 크고 B는 인력보다 반발력이 더 크다는 것을 알 수 있습니다.
따라서 ③번은 적절하지 않습니다.

율리우스력과 그레고리력

2011학년도 수능

문제 P.076

✏ 사고의 흐름

[1~5] 다음 글을 읽고 물음에 답하시오.

1 ¹1582년 10월 4일의 다음날이 1582년 10월 15일이 되었다. 첫 문장부터 알 수 없는 말이 나왔네! 일단 다음 문장을 계속 읽어 보자! ²10일이 사라지면서 혼란이 예상되었으나 교황청은 과감한 조치를 단행했던 것이다. 아직도 왜 10일이 사라졌는지 설명해 주지 않네. ³이로써 ㉠그레고리력이 시행된 국가에서는 이듬해 춘분인 3월 21일에 밤과 낮의 길이가 같아졌다. 여기서도 앞 문장의 내용을 설명해 주지 않네. 당황하지 말고, 인내심을 갖고 1문단을 끝까지 읽어 보자! ⁴그레고리력은 코페르니쿠스의 지동설이 무시당하고 여전히 천동설이 지배적이었던 시절에 부활절을 정확하게 지키려는 필요에 의해 제정*되었다. 1문단을 다 읽었는데 이전 문장에 대한 설명 없이 내용이 계속 전개되고 있어! 우선 교황청이 부활절을 정확하게 지키기 위해 그레고리력을 제정했다는 것만 정리하고 2문단으로 넘어가자!

2 ⁵㉢ 그 전까지 유럽에서는 ㉡율리우스력이 사용되고 있었다. 율리우스력이 완벽한 역법이었다면 1문단에서 말한 그레고리력이 나오지 않았겠지? 그럼 율리우스력의 문제점이 무엇이었는지 설명할 거야! ⁶카이사르가 제정한 태양력의 일종인 율리우스력은 제정 당시에 알려진 1년 길이의 평균값인 365일 6시간에 근거하여 평년은 365일, 4년마다 돌아오는 윤년은 366일로 정했다. ⁷율리우스력의 4년은 실제보다 길었기에 절기*는 조금씩 앞당겨져 16세기 후반에는 춘분이 3월 11일에 도래*했다. 어려운 문장이 나올 때 뒤에서 설명해 주지 않으면 너무 깊게 생각하지 말고 일단은 전개되는 대로 읽어 보자! ⁸이것은 춘분을 지나서 첫 보름달이 뜬 후 첫 번째 일요일을 부활절로 정한 교회의 전통적 규정에서 볼 때, 부활절을 정확하게 지키지 못하는 문제를 낳았다. ⁹그것이 교황 그레고리우스 13세가 역법* 개혁을 명령한 이유였다.

	1년의 길이	역법 vs. 실제	문제점
율리우스력	365일 6시간 평년: 365일 윤년: 366일	율리우스력 4년 > 실제 4년	(16세기 후반) 절기 앞당겨져 춘분이 3월 11일에 도래 → 부활절을 정확히 지키지 못함 → 교황이 역법 개혁 명령

결국 율리우스력이 부활절을 정확히 지키지 못하는 문제의 근본적인 원인은 정확하지 않은 1년의 길이 때문! 문제의 해결책은 원인에서 나오지? 그럼 율리우스력 다음에 나온 그레고리력은 '1년의 길이'를 무엇으로 정하는가를 고민해 만들었을 거야.

3 ¹⁰그레고리력의 기초를 놓은 인물은 릴리우스였다. ¹¹그는 당시 천문학자들의 생각처럼 복잡한 천체 운동을 반영하여 역법을 고안하면 일반인들이 어려워할 것이라 보고, 율리우스력처럼 눈에 보이는 태양의 운동만을 근거로 1년의 길이를 정할 것을 제안했다. ¹²그런데 무엇을 1년의 길이로 볼 것인가가 문제였다. 율리우스력이 가진 문제점의 근본적인 원인이 정확하지 않은 1년의 길이였으니까! ¹³릴리우스는 반세기 전에 코페르니쿠스가 지구의 공전 주기인 항성년을 1년으로 본 것을 알고 있었다.

☆ 항성

지구

태양

4 ¹⁴항성년은 위의 그림처럼 태양과 지구와 어떤 항성이 일직선에 놓였다가 다시 그렇게 될 때까지의 시간이다. 항성년의 개념 정리하기! ¹⁵그러나 릴리우스는 교회의 요구에 따라 절기에 부합하는 역법을 창출하고자 했기에 항성년을 1년의 길이로 삼을 수 없었다. 항성년을 1년의 길이로 삼는 것으로는 부활절을 정확히 지키지 못한다는 거네! 그럼 교회의 요구에 적합한 다른 1년의 길이가 제시되겠지?

[A] ¹⁶그는 춘분과 다음 춘분 사이의 시간 간격인 회귀년이 항성년보다 짧다는 것을 알고 있었기 때문이었다. 회귀년 < 항성년 절기를 맞추어야 부활절을 지킬 수 있으니 춘분과 다음 춘분 사이 시간 간격인 회귀년보다 긴 항성년을 1년의 길이로 삼을 수는 없었겠지! ¹⁷항성년과 회귀년의 차이는 춘분 때의 지구 위치가 공전 궤도상에서 매년 조금씩 달라지는 현상 때문에 생긴다. 회귀년이 항성년보다 짧은 이유!

5 ¹⁸릴리우스는 이 현상의 원인에 관련된 논쟁을 접어 두고, 당시 가장 정확한 천문 데이터를 모아 놓은 알폰소 표에 제시된 회귀년 길이의 평균값을 채택하자고 했다. 율리우스력: 제정 당시에 알려진 1년 길이의 평균값 활용 / 그레고리력: 당시 가장 정확한 천문 데이터의 회귀년 길이의 평균값 활용! 그레고리력은 율리우스력의 문제점(부활절을 정확히 지키지 못함)을 해결하기 위해 당시 가장 정확한 데이터를 근거로 1년의 길이를 채택했군. ¹⁹그 값은 365일 5시간 49분 16초였고, 이 값을 채용하면 새 역법은 율리우스력보다 134년에 하루가 짧아지게 되어 있었다. ²⁰릴리우스는 연도가 4의 배수인 해를 ⓐ윤년으로 삼아 하루를 더하는 율리우스력의 방식을 받아들이되, 100의 배수인 해는 평년으로, 400의 배수인 해는 다시 윤년으로 하는 규칙을 추가할 것을 제안했다. ²¹이것은 1만 년에 3일이 절기와 차이가 생기는 정도였다. ²²이리하여 그레고리력은 과학적 논쟁에 휘말리지 않으면서도 절기에 더 잘 들어맞는 특성을 갖게 되었다. ²³그 결과 새 역법은 종교적 필요를 떠나 일상생활의 감각과도 잘 맞아서 오늘날까지 널리 사용되고 있다.

율리우스력과 그레고리력을 비교해 보자!

	1년의 길이	역법 vs. 실제
율리우스력	365일 6시간 평년: 365일 윤년: 366일 (4의 배수인 해)	율리우스력 4년 > 실제 4년

↓ 부활절을 정확히 지키지 못하여
↓ 교황이 역법 개혁 명령

(handwritten margin notes:)
'그 전까지' 율리우스력이 사용되었다는 것을 통해 '그 후에' 1문단에서 말한 그레고리력이 사용됨을 짐작할 수 있지! 이 둘의 차이점에 집중하자!

'만'은 앞의 것을 한정한다는 뜻이지! 꼭 체크하고 넘어가자!

'그런데' 다음 내용에 집중하자!

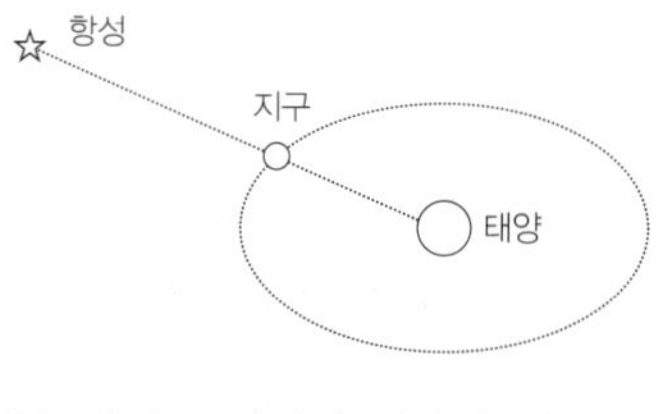

전환! '그러나' 뒤의 내용을 강조!

'보다/ 아니라/ 달리/ 대신에'에 집중! 두 대상을 비교하여 차이점을 극대화하는 표현이야!

	1년의 길이	역법 vs. 실제
그레고리력	365일 5시간 49분 16초 평년: 365일 (100의 배수인 해) 윤년: 366일 (4의 배수, 400의 배수인 해)	그레고리력 4년 ≒ 실제 4년 (추론 가능)

그레고리력은 절기에 잘 맞아 부활절을 지킬 수 있게 되었겠군! 다시 1문단으로 돌아가 보자. 교황청이 율리우스력에서 그레고리력으로 과감하게 바꾸어 10일이 사라진 것이고, 그레고리력의 시행으로 춘분을 지나고 첫 보름달이 뜬 후 첫 번째 일요일인 부활절이 제대로 지켜질 수 있었던 것이군! 글의 전개 순서가 A → B → C가 아닌 경우도 많아! 이 글도 순서대로 전개되지 않기 때문에 이해하기 어려웠을 거야. 이럴 경우 일단 다음 내용을 읽다가 다시 위로 올라가 정보를 연결하며 읽어야 해! 실전에서 당황하지 않도록 미리 훈련하자!

이것만은 챙기자

* **제정**: 제도나 법률 따위를 만들어서 정함.
* **절기**: 한 해를 스물넷으로 나눈, 계절의 표준이 되는 것.
* **도래**: 어떤 시기나 기회가 닥쳐옴.
* **역법**: 천체의 주기적 현상을 기준으로 하여 한 해의 절기나 달, 계절에 따른 때를 정하는 방법.

만점 선배의 구조도 예시

	율리우스력	그레고리력
제정내력	카이사르가 제정한 태양력	교황 그레고리우스 + 릴리우스가 제정한 태양력
(역)개혁	당시 달력 임의값	회귀년 → 절기에 부합 (cf. 항성년) ∴ 좀더 짧은 회귀년의 평균값 채택함
구성	평균값 365일 6시간 → 평년 365일 (3년) 윤년 366일 (1년) ∴ 윤년이 4년에 1번	평균값 365일 5시간 49분 16초 4의배수 (100의배수) 평·윤·평·윤 년 윤
결과	부활절이 지켜지지X 절기(춘분) + 달 + 주일을 이용	부활절 지켜짐. 오차↓, 통일된 시법.

| 세부 정보 파악 | 정답률 83

1. 윗글의 내용과 일치하는 것은?

✓ 정답풀이

③ 릴리우스는 교회의 요구에 부응하여 역법 개혁안을 마련했다.

> 근거: 4 ¹⁵그러나 릴리우스는 교회의 요구에 따라 절기에 부합하는 역법을 창출하고자 했기에 + 5 ¹⁸릴리우스는~당시 가장 정확한 천문 데이터를 모아 놓은 알폰소 표에 제시된 회귀년 길이의 평균값을 채택하자고 했다.

✗ 오답풀이

① 두 역법 사이의 10일의 오차는 조금씩 나누어 몇 년에 걸쳐 수정되었다.

근거: 1 ¹1582년 10월 4일의 다음날이 1582년 10월 15일이 되었다. ²10일이 사라지면서 혼란이 예상되었으나 교황청은 과감한 조치를 단행했던 것이다.
교황청은 역법의 개혁을 몇 년에 걸쳐 시행하지 않고 한번에 과감히 단행했다.

② 과학계의 반대에도 불구하고 역법 개혁안이 권력에 의해 강제되었다.

근거: 5 ²²이리하여 그레고리력은 과학적 논쟁에 휘말리지 않으면서도 절기에 더 잘 들어맞는 특성을 갖게 되었다.
율리우스력에서 그레고리력으로 역법이 개혁되는 것에 대해 과학계가 반대했다는 내용은 찾을 수 없다. 또한 그레고리력은 과학적 논쟁에 휘말리지 않았다고 하였으므로 적절하지 않다

④ 릴리우스는 천문 현상의 원인 구명에 큰 관심을 가졌다.

근거: 5 ¹⁸릴리우스는 이 현상(항성년과 회귀년이 차이가 나는 현상)의 원인에 관련된 논쟁을 접어 두고,
그레고리력은 부활절을 정확히 지키기 위해 고안된 역법으로, 릴리우스는 천문 현상의 원인 구명에는 관심이 없었다. 참고로 '구명'이란 '사물의 본질, 원인 따위를 깊이 연구하여 밝힘.'을 의미하며, '학자가 학문의 원리를 구명하다.'와 같이 쓰인다.

⑤ 그레고리력이 선포된 시점에는 지동설이 지배적이었다.

근거: 1 ⁴그레고리력은 코페르니쿠스의 지동설이 무시당하고 여전히 천동설이 지배적이었던 시절에 부활절을 정확하게 지키려는 필요에 의해 제정되었다.

2. 윗글과 〈보기〉를 함께 읽은 후의 반응으로 적절하지 <u>않은</u> 것은?

─〈보기〉─

¹보름달이 돌아오는 주기를 기준으로 하여 만든 역법인 음력에서는 30일과 29일이 든 달을 번갈아 써서, 평년은 한 해가 열두 달로 354일이다. ²그런데 이것은 지구의 공전 주기와 많이 다르므로, 윤달을 추가하여 열세 달이 한 해가 되는 윤년을 대략 19년에 일곱 번씩 두게 된다. ³전통적으로 동양에서는 이런 방식으로 역법을 만들고 대략 15일 간격의 24절기를 태양의 움직임에 따라 정해 놓음으로써 계절의 변화를 쉽게 알 수 있게 했다. ⁴이러한 역법을 '태음태양력'이라고 한다.

	서양의 역법	동양의 역법
기준	태양의 운동만	보름달이 돌아오는 주기
평년	365일	354일
추가	1일	윤달
윤년	366일	13달(354일 + 30일 or 29일)

✅ 정답풀이

③ 서양의 태양력에서도 보름달이 돌아오는 주기를 고려했군.

> 근거: ❸ ¹⁰그레고리력의 기초를 놓은 인물은 릴리우스였다. ¹¹그는~율리우스력처럼 눈에 보이는 태양의 운동만을 근거로 1년의 길이를 정할 것을 제안했다.
> 그레고리력과 율리우스력 모두 눈에 보이는 태양의 운동'만'을 근거로 1년의 길이를 정했다. 즉, 보름달이 돌아오는 주기를 고려한 동양의 역법과 달리 서양의 태양력에서는 달의 운동을 고려하지 않은 것이다.

❌ 오답풀이

① 부활절을 정할 때는 음력처럼 달의 모양을 고려했군.
근거: ❷ ⁸이것(율리우스력)은 춘분을 지나서 첫 보름달이 뜬 후 첫 번째 일요일을 부활절로 정한 교회의 전통적 규정 + 〈보기〉 ¹보름달이 돌아오는 주기를 기준으로 하여 만든 역법인 음력

② 동서양 모두 역법을 만들기 위해 천체의 운행을 고려했군.
근거: ❸ ¹⁰그레고리력의 기초를 놓은 인물은 릴리우스였다. ¹¹그는~율리우스력처럼 눈에 보이는 태양의 운동만을 근거로 1년의 길이를 정할 것을 제안했다. + 〈보기〉 ¹보름달이 돌아오는 주기를 기준으로 하여 만든 역법인 음력 ²이것은 지구의 공전 주기와 많이 다르므로, 윤달을 추가
서양의 그레고리력과 율리우스력 모두 '태양의 운동', 즉 천체의 운행을 근거로 만들어졌다. 그리고 〈보기〉를 통해 동양의 역법도 '보름달이 돌아오는 주기', 즉 천체의 운행을 고려하여 만들어졌음을 알 수 있다.

④ 그레고리력의 1년은 태음태양력의 열두 달과 일치하지 않는군.
근거: ❺ ¹⁹그 값(그레고리력의 1년의 길이)은 365일 5시간 49분 16초 + 〈보기〉 ¹음력에서는 30일과 29일이 든 달을 번갈아 써서, 평년은 한 해가 열두 달로 354일, ²윤달을 추가하여 열세 달이 한 해가 되는 윤년을 대략 19년에 일곱 번씩 두게 된다. ⁴이러한 역법을 '태음태양력'이라고 한다.
그레고리력의 1년은 알폰소 표에 제시된 회귀년 길이의 평균값인 365일 5시간 49분 16초이고, 〈보기〉의 태음태양력의 열두 달은 354일이므로 그레고리력의 1년은 태음태양력의 열두 달과 일치하지 않는다.

⑤ 윤달이 첨가된 태음태양력의 윤년은 율리우스력의 윤년보다 길겠군.
근거: ❷ ⁶율리우스력은 제정 당시에 알려진 1년 길이의 평균값인 365일 6시간에 근거하여 평년은 365일, 4년마다 돌아오는 윤년은 366일로 정했다. + 〈보기〉 ¹음력에서는 30일과 29일이 든 달을 번갈아 써서, 평년은 한 해가 열두 달로 354일, ²윤달을 추가하여 열세 달이 한 해가 되는 윤년을 대략 19년에 일곱 번씩 두게 된다.
〈보기〉에서 태음태양력은 윤년을 열세 달이 한 해가 되는 것으로 정했다고 했고, 평년은 한 해가 열두 달로 354일이라고 했다. 여기서 한 달은 30일 혹은 29일이라고 했으므로 태음태양력의 윤년은 384(354 + 30)일 혹은 383(354 + 29)일이 된다. 한편 율리우스력에서 윤년은 366일로 정했다고 했다. 따라서 태음태양력의 윤년이 율리우스력의 윤년보다 길다.

🖊 모두의 질문
• 2-③번

Q: 보름달과 부활절이 연관되어 있고, 부활절과 태양력이 연관되어 있으니 태양력이 보름달도 고려한 것이 되니까 ③번도 적절하지 않나요?

A: 선지를 볼 때 흔히 하는 실수 중 하나가 단어 위주로 선지의 내용을 파악하는 것이다. 키워드 중심으로 대상 간의 관계를 파악해서는 안 된다. 태양력 역법을 만들 때 고려한 것과 부활절을 정하는 문제는 구분되어야 한다. 또한 윗글에서는 분명 그레고리력과 율리우스력은 모두 눈에 보이는 태양의 운동'만'을 근거로 1년의 길이를 정했다고 했다. 그런데 ③번에서는 서양의 태양력에서'도' (동양의 역법처럼) 보름달이 돌아오는 주기를 고려했다고 진술했으므로 적절하지 않다. 조사의 쓰임에 주의해서 윗글과 선지를 읽었다면 쉽게 답을 골랐을 것이다. 핵심 내용을 정확하게 파악하고, '만, 도, 처럼, 같이' 등과 같은 조사의 쓰임에 주의하도록 하자!

🖊 모두의 질문
• 2-③번

Q: 그레고리력이 서양의 태양력임을 알 수 있는 근거는 어디 있나요?

A: 2문단에서 '카이사르가 제정한 태양력의 일종인 율리우스력'이라고 했고, 3문단에서 '(그레고리력의 기초를 놓은 릴리우스는) 율리우스력처럼 눈에 보이는 태양의 운동만을 근거로 1년의 길이를 정할 것을 제안했다.'라고 했다. 이를 통해 율리우스력은 태양력이고, 태양력은 태양의 운동을 기준으로 하였다는 것을 알 수 있다. 따라서 율리우스력처럼 태양의 운동만을 근거로 한 그레고리력 역시 '태양력'임을 알 수 있다.

3. ㉠과 ㉡을 비교한 설명으로 적절한 것은?

> ㉠: 그레고리력
> ㉡: 율리우스력

✓ 정답풀이

② ㉠은 ㉡보다 더 정확한 관측치를 토대로 제정되었다.

> 근거: **2** **⁶**율리우스력(㉡)은 제정 당시에 알려진 1년 길이의 평균값인 365일 6시간에 근거하여 평년은 365일, 4년마다 돌아오는 윤년은 366일로 정했다. ~**⁸**이것(율리우스력에서 절기가 조금씩 앞당겨진 것)은~부활절을 정확하게 지키지 못하는 문제를 낳았다. + **5** **¹⁸**릴리우스는~당시 가장 정확한 천문 데이터를 모아 놓은 알폰소 표에 제시된 회귀년 길이의 평균값을 채택하자고 했다.
> ㉡은 제정 당시 알려진 1년 길이의 평균값에 근거하여 1년의 길이를 정했다. 그런데 이는 부활절을 정확하게 지키지 못하는 문제를 낳았고, 이를 개선하기 위해 ㉠은 당시 가장 정확한 천문 데이터인 알폰소 표의 값을 토대로 1년의 길이를 정했다.

✗ 오답풀이

① ㉠과 ㉡에서 서기 1700년은 모두 윤년이다.

> 근거: **2** **⁶**카이사르가 제정한 태양력의 일종인 율리우스력(㉡)은 제정 당시에 알려진 1년 길이의 평균값인 365일 6시간에 근거하여 평년은 365일, 4년마다 돌아오는 윤년은 366일로 정했다. + **5** **²⁰**릴리우스는 연도가 4의 배수인 해를 윤년으로 삼아 하루를 더하는 율리우스력의 방식을 받아들이되, 100의 배수인 해는 평년으로, 400의 배수인 해는 다시 윤년으로 하는 규칙을 추가할 것을 제안했다.
> ㉠은 ㉡과 같이 4의 배수인 해를 윤년으로 삼는다. 다만 100의 배수인 해는 평년으로 한다는 점이 ㉡과 다르다. 서기 1700년은 100의 배수인 해이므로 ㉠에서는 평년이고, 4의 배수인 해이므로 ㉡에서는 윤년이다.

③ ㉠을 쓰면 ㉡을 쓸 때보다 윤년이 더 자주 돌아온다.

> 근거: **5** **²⁰**릴리우스는 연도가 4의 배수인 해를 윤년으로 삼아 하루를 더하는 율리우스력(㉡)의 방식을 받아들이되, 100의 배수인 해는 평년으로, 400의 배수인 해는 다시 윤년으로 하는 규칙을 추가할 것을 제안했다.
> ㉡은 4의 배수인 해를 모두 윤년으로 삼지만, ㉠은 100의 배수인 해는 윤년이 아닌 평년으로 한다. 그러므로 ㉠을 쓰면 ㉡을 쓸 때보다 윤년이 줄어들게 된다.

④ ㉡은 ㉠보다 절기에 더 잘 들어맞는다.

> 근거: **2** **⁷**율리우스력(㉡)의 4년은 실제보다 길었기에 절기는 조금씩 앞당겨져 16세기 후반에는 춘분이 3월 11일에 도래했다. + **5** **²²**이리하여 그레고리력(㉠)은 과학적 논쟁에 휘말리지 않으면서도 절기에 더 잘 들어맞는 특성을 갖게 되었다.

⑤ ㉡은 ㉠보다 나중에 제정되었지만 더 보편적으로 쓰인다.

> 근거: **2** **⁵**그 전까지 유럽에서는 율리우스력(㉡)이 사용되고 있었다. + **5** **²³**그 결과 새 역법(㉠)은 종교적 필요를 떠나 일상생활의 감각과도 잘 맞아서 오늘날까지 널리 사용되고 있다.

4. [A]를 이해하기 위해 〈보기〉를 활용할 때 ㉮~㉰에 해당하는 것은?

> ─────〈보기〉─────
> ○○시에 있는 원형 전망대 식당은 그 식당의 중심(태양)을 축으로 조금씩 회전한다. ㉮철수(지구)는 창밖의 폭포(항성)에 가장 가까운 창가 식탁(춘분)에서 일어나 전망대의 회전 방향과 반대 방향으로 창가를 따라 걸었다. 철수가 한 바퀴를 돌아 그 식탁으로 돌아오는 데 ㉯57초(회귀년)가 걸렸는데, 폭포에 가장 가까운 창가 위치까지 돌아오는 데에는 ㉰60초(항성년)가 걸렸다.

✓ 정답풀이

	㉮	㉯	㉰
⑤	지구	회귀년	항성년

> 근거: **4** **¹⁴**항성년은 위의 그림처럼 태양과 지구와 어떤 항성이 일직선에 놓였다가 다시 그렇게 될 때까지의 시간이다. **¹⁶**춘분과 다음 춘분 사이의 시간 간격인 회귀년이 항성년보다 짧다는 것
> 항성년은 태양과 지구와 어떤 항성이 일직선에 놓였다가 다시 그렇게 될 때까지의 시간이고, 윗글에 제시된 그림을 보면 태양을 중심으로 지구가 돌고 있음을 알 수 있다. 그러므로 원형 전망대 식당의 중심이 태양, 이를 축으로 걸어가는 철수(㉮)는 지구에 해당함을 알 수 있다. ㉯와 ㉰는 시간이기 때문에 항성년 또는 회귀년에 대응되는데, 윗글에서 회귀년이 항성년보다 짧다고 했으므로 57초인 ㉯가 회귀년, 60초인 ㉰가 항성년에 해당한다.

5. ⓐ의 '으로'와 쓰임이 가장 가까운 것은?

▼ 정답풀이

③ 그가 동창회의 차기 회장으로 뽑혔다.

> 근거: **5** [20]릴리우스는 연도가 4의 배수인 해를 ⓐ윤년으로 삼아 하루를 더하는 율리우스력의 방식을 받아들이되
>
> ⓐ에서 '으로'는 지위나 신분 또는 자격을 나타내는 격 조사로, ③번의 '으로'도 이와 같은 의미로 쓰였다.

✖ 오답풀이

① 이 안경테는 플라스틱으로 만들어서 가볍다.
  어떤 물건의 재료나 원료를 나타내는 격 조사로 쓰였다.

② 그 문제는 가능하면 토론으로 해결하자.
  어떤 일의 방법이나 방식을 나타내는 격 조사로 쓰였다.

④ 사장은 간부들을 현장으로 불렀다.
  움직임의 방향을 나타내는 격 조사로 쓰였다.

⑤ 지난겨울에는 독감으로 고생했다.
  어떤 일의 원인이나 이유를 나타내는 격 조사로 쓰였다.

MEMO

MEMO

HOLSOO

혼자 공부하는 수능 국어 기출 분석

PART 4
기술

사고의 흐름

[1~4] 다음 글을 읽고 물음에 답하시오.

1 [1]ⓐ주사 터널링 현미경(STM)에서는 끝이 첨예한* 금속 탐침과 도체 또는 반도체 시료* 표면 간에 적당한 전압을 걸어 주고 둘 간의 거리를 좁히게 된다. [2]탐침과 시료의 거리가 매우 가까우면 양자 역학적 터널링 효과에 의해 둘이 접촉하지 않아도 전류가 흐른다. [3]이때 탐침과 시료 표면 간의 거리가 원자 단위 크기에서 변하더라도 전류의 크기는 민감하게 달라진다. [4]이 점을 이용하면 <u>시료 표면의 높낮이를 원자 단위에서 측정할 수 있다.</u> [5]하지만 전류가 흐를 수 없는 시료의 표면 상태는 STM을 이용하여 관찰할 수 없다.
STM을 이용해 시료를 관찰하기 위해서는 금속 탐침과 시료 표면 간에 전류가 흐르도록 해야 해. [6]이렇게 민감한 STM도 진공 기술의 뒷받침이 있었기에 널리 사용될 수 있었다. *STM과 관련하여 '진공 기술'이라는 소재가 제시되었어.*

2 [7]STM은 대체로 진공 통 안에 설치되어 사용되는데 그 이유는 무엇일까? *앞 문장에 이어 '진공'에 대한 이야기를 하고 있네.* [8]기체 분자는 끊임없이 떠돌아다니다가 주변과 충돌한다. [9]이때 일부 기체 분자들은 관찰하려는 시료의 표면에 붙어 표면과 반응하거나 표면을 덮어 시료 표면의 관찰을 방해한다. [10]따라서 용이한 관찰을 위해 STM을 활용한 실험에서는 관찰하려고 하는 시료와 기체 분자의 접촉을 최대한 차단할 필요가 있어 진공이 요구되는 것이다. *시료 표면의 관찰을 위해서는 '진공'이 요구된다는 것이네!* [11]진공이란 기체 압력이 대기압보다 낮은 상태를 통칭하며 기체 압력이 낮을수록 진공도가 높다고 한다. *진공 = 기체 압력 < 대기압의 기체 압력, 기체 압력↓ → 진공도↑* [12]진공 통 내부의 온도가 일정하고 한 종류의 기체 분자만 존재할 경우, 기체 분자의 종류와 상관없이 통 내부의 기체 압력은 단위 부피당 떠돌아다니는 기체 분자의 수에 비례한다. *단위 부피당 떠돌아다니는 기체 분자 수와 기체 압력은 비례! 따라서 기체 분자 수는 진공도와 반비례 관계!* [13]따라서 기체 분자들을 진공 통에서 뽑아내거나 진공 통 내부에서 움직이지 못하게 고정하면 진공 통 내부의 기체 압력을 낮출 수 있다. *떠돌아다니는 기체 분자들을 이용하여 기체 압력을 낮추기 위한 방법이 나와 있군!*

3 [14]STM을 활용하는 실험에서 어느 정도의 진공도가 요구되는지를 이해하기 위해서는 '단분자층 형성 시간'의 개념을 이해할 필요가 있다. *앞으로는 '단분자층 형성 시간'에 대해 이야기할 거야. 이는 이후에 '어느 정도의 진공도가 요구되는지'를 설명하기 위한 사전 정보 역할을 한다는 것을 생각하며 읽자.* [15]진공 통 내부에서 떠돌아다니던 기체 분자들이 관찰하려는 시료의 표면에 달라붙어 한 층의 막을 형성하기까지 걸리는 시간을 단분자층 형성 시간이라 한다. [16]이 시간은 시료의 표면과 충돌한 기체 분자들이 표면에 달라붙을 확률이 클수록, 단위 면적당 기체 분자의 충돌 빈도가 높을수록 짧다. [17]또한 기체 운동론에 따르면 고정된 온도에서 기체 분자의 질량이 크거나 기체의 압력이 낮을수록 단분자층 형성 시간은 길다. [18]가령 질소의 경우 20℃, 760토르* 대기압에서 단분자층 형성 시간은 3×10^{-9}초이지만, 같은 온도에서 압력이 10^{-9}토르로 낮아지면 대략 2,500초로 증가한다. [19]이런

관찰을 방해하는 문제를 해결하는 방법을 소개할 거야.

상관관계는 정리하며 읽자!

추가적인 정보가 나열되고 있어!

앞의 설명 구체화!

이유로 STM에서는 시료의 관찰 가능 시간을 확보하기 위해 통상* 10^{-9}토르 이하의 초고진공이 요구된다. *단분자층 형성 시간에 영향을 주는 요인들을 정리해 볼까? 이러한 관계들은 모두 기억한다기보다는 해당 문장에 표시를 하거나 간단히 정리해 두고, 문제에서 물어보면 그때 지문으로 돌아와서 확인하면 돼!*

요인	단분자층 형성 시간	비례 관계
기체 분자들이 표면에 달라붙을 확률↑	↓(짧음)	반비례
단위 면적당 기체 분자의 충돌 빈도↑	↓(짧음)	반비례
(고정 온도) 기체 분자의 질량↑	↑(김)	비례
(고정 온도) 기체의 압력↓	↑(김)	반비례

4 [20]초고진공을 얻기 위해서는 ⓛ스퍼터 이온 펌프가 널리 쓰인다. [21]스퍼터 이온 펌프는 진공 통 내부의 기체 분자가 펌프 내부로 유입되도록 진공 통과 연결하여 사용한다. [22]스퍼터 이온 펌프는 영구 자석, 금속 재질의 속이 뚫린 원통 모양 양극, 타이타늄으로 만든 판 형태의 음극으로 구성되어 있다.

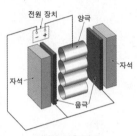

스퍼터 이온 펌프

스퍼터 이온 펌프의 구성 요소: 영구 자석, 양극, 음극 [23]자석 때문에 생기는 자기장이 원통 모양 양극의 축 방향으로 걸려 있고, 양극과 음극 간에는 2~7kV의 고전압이 걸려 있다. [24]양극과 음극 간에 걸린 고전압의 영향으로 음극에서 방출된 전자는 자기장의 영향을 받아 복잡한 형태의 궤적*을 그리며 양극으로 이동한다. [25]이 과정에서 음극에서 방출된 전자는 주변의 기체 분자와 충돌하여 기체 분자를 그것의 구성 요소인 양이온과 전자로 분리시킨다. [26]여기서 자기장은 전자가 양극까지 이동하는 거리를 자기장이 없을 때보다 증가시켜 주어 전자와 기체 분자와의 충돌 빈도를 높여 준다. [27]이 과정에서 생성된 양이온은 전기력에 의해 음극으로 당겨져 음극에 박히게 되어 이동 불가능한 상태가 된다. [28]이 과정이 1차 펌프 작용이다. [29]또한 양이온이 음극에 충돌하면 타이타늄이 떨어져 나와 충돌 지점 주변에 들러붙는다. [30]이렇게 들러붙은 타이타늄은 높은 화학 반응성 때문에 여러 기체 분자와 쉽게 반응하여, 떠돌아다니던 기체 분자를 흡착한다. [31]이는 떠돌아다니는 기체 분자의 수를 줄이는 효과가 있으므로 이를 2차 펌프 작용이라 부른다. [32]이렇듯 1, 2차 펌프 작용을 통해 스퍼터 이온 펌프는 초고진공 상태를 만들 수 있다. *스퍼터 이온 펌프를 활용하여 초고진공 상태를 만드는 과정을 정리하면 다음과 같아.*

끊어 읽으며 순서 정리!

1차 펌프 작용 이후의 작용이 제시되겠군!

1차 펌프	고전압으로 인해 방출된 전자가 음극에서 양극으로 이동 → 전자와 주변의 기체 분자가 충돌해 기체 분자가 양이온과 전자로 분리 → 양이온이 음극에 박혀 이동 불가능하게 됨

↓

2차 펌프	양이온과 음극의 충돌로 떨어진 타이타늄이 기체 분자를 흡착 → 기체 분자 수을 줄임

↓

초고진공 상태

*토르(torr): 기체 압력의 단위.

이것만은 챙기자

* **첨예하다:** 날카롭고 뾰족하다.
* **시료:** 시험, 검사, 분석 따위에 쓰는 물질이나 생물.
* **통상:** 일상적으로. 또는 일상적인 경우에는.
* **궤적:** 수레바퀴가 지나간 자국이라는 뜻으로, 물체가 움직이면서 남긴 움직임을 알 수 있는 자국이나 자취를 이르는 말.

만점 선배의 구조도 예시

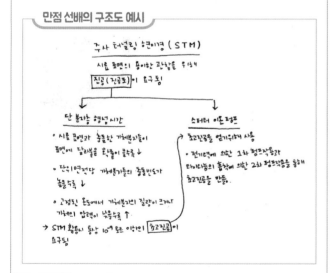

1. 윗글의 내용과 일치하는 것은?

✔ 정답풀이

② 스퍼터 이온 펌프는 초고진공을 만드는 역할을 한다.

> 근거: 4 [20]초고진공을 얻기 위해서는 스퍼터 이온 펌프가 널리 쓰인다. [32]이렇듯 1, 2차 펌프 작용을 통해 스퍼터 이온 펌프는 초고진공 상태를 만들 수 있다.

✖ 오답풀이

① 대기압보다 진공도가 낮은 상태가 진공이다.

근거: 2 [11]진공이란 기체 압력이 대기압보다 낮은 상태를 통칭하며 기체 압력이 낮을수록 진공도가 높다고 한다.

진공은 대기압보다 기체 압력이 낮은 상태를 말한다. 기체 압력이 낮을수록 진공도는 높기 때문에 진공은 대기압보다 진공도가 높은 상태이다.

③ 단분자층 형성 시간이 짧을수록 STM을 이용한 관찰이 용이하다.

근거: 3 [17]기체 운동론에 따르면 고정된 온도에서 기체 분자의 질량이 크거나 기체의 압력이 낮을수록 단분자층 형성 시간은 길다.~[19]이런 이유로 STM에서는 시료의 관찰 기능 시간을 확보하기 위해 통상 10^{-9}토르 이하의 초고진공이 요구된다.

기체의 압력이 낮을수록 단분자층 형성 시간이 길기 때문에 시료의 관찰 가능 시간을 확보하기 위해서는 특정 수치 이하의 기체 압력이 요구된다. 따라서 단분자층 형성 시간이 길수록 STM을 이용한 관찰이 용이할 것이다.

④ 일정한 온도와 부피의 진공 통 안에서 떠돌아다니는 기체 분자의 수는 기체 압력에 반비례한다.

근거: 2 [12]진공 통 내부의 온도가 일정하고 한 종류의 기체 분자만 존재할 경우, 기체 분자의 종류와 상관없이 통 내부의 기체 압력은 단위 부피당 떠돌아다니는 기체 분자의 수에 비례한다.

⑤ 단분자층 형성 시간은 시료 표면과 충돌한 기체 분자들이 표면에 달라붙을 확률과 무관하게 결정된다.

근거: 3 [15]진공 통 내부에서 떠돌아다니던 기체 분자들이 관찰하려는 시료의 표면에 달라붙어 한 층의 막을 형성하기까지 걸리는 시간을 단분자층 형성 시간이라 한다. [16]이 시간은 시료의 표면과 충돌한 기체 분자들이 표면에 달라붙을 확률이 클수록, 단위 면적당 기체 분자의 충돌 빈도가 높을수록 짧다.

단분자층 형성 시간은 시료 표면과 충돌한 기체 분자들이 표면에 달라붙을 확률이 클수록 짧아진다. 즉 단분자층 형성 시간은 시료 표면과 충돌한 기체 분자들이 표면에 달라붙을 확률과 반비례 관계에 있는 것이다.

2. ㉠에 대한 이해로 가장 적절한 것은?

> ㉠: 주사 터널링 현미경(STM)

✔ 정답풀이

③ 시료의 관찰 가능 시간을 늘리려면 진공 통 안의 기체 압력을 낮추어야 한다.

> 근거: ❸ [15]진공 통 내부에서 떠돌아다니던 기체 분자들이 관찰하려는 시료의 표면에 달라붙어 한 층의 막을 형성하기까지 걸리는 시간을 단분자층 형성 시간이라 한다. [17]또한 기체 운동론에 따르면 고정된 온도에서 기체 분자의 질량이 크거나 기체의 압력이 낮을수록 단분자층 형성 시간은 길다.~[19]이런 이유로 STM에서는 시료의 관찰 가능 시간을 확보하기 위해 통상 10^{-9}토르 이하의 초고진공이 요구된다.

✖ 오답풀이

① 시료 표면의 높낮이를 원자 단위까지 측정할 수 없다.
> 근거: ❶ [3]탐침과 시료 표면 간의 거리가 원자 단위 크기에서 변하더라도 전류의 크기는 민감하게 달라진다. [4]이 점을 이용하면 시료 표면의 높낮이를 원자 단위에서 측정할 수 있다.

② 시료의 전기 전도 여부에 관계없이 시료를 관찰할 수 있다.
> 근거: ❶ [1]전류가 흐를 수 없는 시료의 표면 상태는 STM을 이용하여 관찰할 수 없다.
> 시료의 표면에 전류가 흐를 수 없으면 STM을 이용하여 시료를 관찰할 수 없다.

④ 시료 표면의 관찰을 위해서는 시료 표면에 기체의 단분자층 형성이 필요하다.
> 근거: ❷ [9]일부 기체 분자들은 관찰하려는 시료의 표면에 붙어 표면과 반응하거나 표면을 덮어 시료 표면의 관찰을 방해한다. + ❸ [15]진공 통 내부에서 떠돌아다니던 기체 분자들이 관찰하려는 시료의 표면에 달라붙어 한 층의 막을 형성하기까지 걸리는 시간을 단분자층 형성 시간이라 한다.
> 단분자층이 형성된다는 것은 기체 분자들이 시료 표면에 달라붙어 표면과 반응하거나 표면을 덮는 것인데, 이는 시료 표면의 관찰을 방해한다.

⑤ 양자 역학적 터널링 효과를 이용하여 탐침을 시료 표면에 접촉시킨 후 흐르는 전류를 측정한다.
> 근거: ❶ [2]탐침과 시료의 거리가 매우 가까우면 양자 역학적 터널링 효과에 의해 둘이 접촉하지 않아도 전류가 흐른다.
> 양자 역학적 터널링 효과는 탐침과 시료 표면이 접촉하지 않아도 둘 사이에 전류가 흐르게 한다.

3. ㉡의 '음극'에 대한 설명으로 적절하지 <u>않은</u> 것은?

> ㉡: 스퍼터 이온 펌프

✔ 정답풀이

① 고전압과 전자의 상호 작용으로 자기장을 만든다.

> 근거: ❹ [23]자석 때문에 생기는 자기장이 원통 모양 양극의 축 방향으로 걸려 있고, 양극과 음극 간에는 2~7kV의 고전압이 걸려 있다. [24]양극과 음극 간에 걸린 고전압의 영향으로 음극에서 방출된 전자
> 자기장은 고전압과 전자의 상호 작용이 아니라 자석 때문에 생기는 것이다. 고전압은 전자를 ㉡의 '음극'에서 방출시키는 역할을 한다.

✖ 오답풀이

② 떠돌아다니던 기체 분자를 흡착하는 물질을 내놓는다.
> 근거: ❹ [29]양이온이 음극에 충돌하면 타이타늄이 떨어져 나와 충돌 지점 주변에 들러붙는다. [30]이렇게 들러붙은 타이타늄은 높은 화학 반응성 때문에 여러 기체 분자와 쉽게 반응하여, 떠돌아다니던 기체 분자를 흡착한다.
> 양이온이 ㉡의 '음극'에 충돌하면 타이타늄이 떨어져 나와 충돌 지점 주변에 들러붙는데, 타이타늄은 떠돌아다니던 기체 분자를 흡착하게 된다. 즉 '음극'은 기체 분자를 흡착하는 물질인 타이타늄을 내놓는 것이다.

③ 기체 분자에서 분리된 양이온을 전기력으로 끌어당긴다.
> 근거: ❹ [25]이 과정에서 음극에서 방출된 전자는 주변의 기체 분자와 충돌하여 기체 분자를 그것의 구성 요소인 양이온과 전자로 분리시킨다. [27]이 과정에서 생성된 양이온은 전기력에 의해 음극으로 당겨져 음극에 박히게 되어 이동 불가능한 상태가 된다.
> 기체 분자가 ㉡의 '음극'에서 방출된 전자와 충돌하여 생긴 양이온은 전기력에 의해 ㉡의 '음극'에 박히게 된다. 즉 '음극'은 기체 분자에서 분리된 양이온을 전기력으로 끌어당기는 것이다.

④ 전자와 기체 분자의 충돌로 만들어진 양이온을 고정시킨다.
> 근거: ❹ [25]이 과정에서 음극에서 방출된 전자는 주변의 기체 분자와 충돌하여 기체 분자를 그것의 구성 요소인 양이온과 전자로 분리시킨다. [27]이 과정에서 생성된 양이온은 전기력에 의해 음극으로 당겨져 음극에 박히게 되어 이동 불가능한 상태가 된다.
> 기체 분자가 ㉡의 '음극'에서 방출된 전자와 충돌하여 생긴 양이온은 전기력에 의해 ㉡의 '음극'에 박히게 되어 이동 불가능한 상태가 된다. 즉 '음극'은 양이온을 전기력으로 당겨 음극에 박히게 해 고정시키는 것이다.

⑤ 기체 분자를 양이온과 전자로 분리시키는 전자를 방출한다.
> 근거: ❹ [25]이 과정에서 음극에서 방출된 전자는 주변의 기체 분자와 충돌하여 기체 분자를 그것의 구성 요소인 양이온과 전자로 분리시킨다.

4. 윗글을 바탕으로 할 때, 〈보기〉에 대한 설명으로 옳지 <u>않은</u> 것은? [3점]

─〈보기〉─

STM을 사용하여 규소의 표면을 관찰하는 실험을 하려고 한다. 동일한 사양의 STM이 설치된, 동일한 부피의 진공 통 A~E가 있고, 각 진공 통 내부에 있는 기체 분자의 정보는 다음 표와 같다. 진공 통 A 안의 기체 압력은 10^{-9}토르이며, 모든 진공 통의 내부 온도는 20℃(온도는 일정)이다. (단, 기체 분자가 규소 표면과 충돌하여 달라붙을 확률은 기체의 종류와 관계없이 일정하며, 제시되지 않은 모든 조건은 각 진공 통에서 동일하다. N은 일정한 자연수이다.)

진공 통	기체	분자의 질량 (amu*)	단위 부피당 기체 분자 수 (개 / cm³)
A	질소	28	$4N$
B	질소	28	$2N$
C	질소	28	$7N$
D	산소	32	N
E	이산화 탄소	44	N

*amu: 원자 질량 단위.

정답풀이

⑤ E 내부의 시료 표면에 대한 단위 면적당 기체 분자의 충돌 빈도는 D의 경우보다 높겠군.

근거: ❸ [16]이 시간(단분자층 형성 시간)은 시료의 표면과 충돌한 기체 분자들이 표면에 달라붙을 확률이 클수록, 단위 면적당 기체 분자의 충돌 빈도가 높을수록 짧다. [17]또한 기체 운동론에 따르면 고정된 온도에서 기체 분자의 질량이 크거나 기체의 압력이 낮을수록 단분자층 형성 시간은 길다.

기체 분자의 질량이 클수록 단분자층 형성 시간이 길다고 하였다. D와 E의 분자의 질량은 각각 32, 44이므로 E의 분자의 질량이 더 크고 단분자층 형성 시간도 더 길다. 그리고 단분자층 형성 시간은 단위 면적당 기체 분자의 충돌 빈도가 높을수록 짧다고 했으므로, 단분자층 형성 시간이 더 긴 E는 D에 비해 단위 면적당 기체 분자의 충돌 빈도가 낮다.

오답풀이

① A 내부에서의 단분자층 형성 시간은 대략 2,500초이겠군.

근거: ❸ [18]가령 질소의 경우 20℃, 760토르 대기압에서 단분자층 형성 시간은 3 ×10^{-9}초이지만, 같은 온도에서 압력이 10^{-9}토르로 낮아지면 대략 2,500초로 증가한다.

② B 내부의 기체 압력은 10^{-9}토르보다 낮겠군.

근거: ❷ [12]진공 통 내부의 온도가 일정하고 한 종류의 기체 분자만 존재할 경우, 기체 분자의 종류와 상관없이 통 내부의 기체 압력은 단위 부피당 떠돌아다니는 기체 분자의 수에 비례한다.

기체 압력은 단위 부피당 떠돌아다니는 기체 분자 수에 비례한다. A보다 B의 단위 부피당 기체 분자 수가 적으며, A 내부의 기체 압력은 10^{-9}토르라고 했으므로 B 내부의 기체 압력은 10^{-9}토르보다 낮을 것이다.

③ C 내부의 진공도는 B 내부의 진공도보다 낮겠군.

근거: ❷ [11]진공이란 기체 압력이 대기압보다 낮은 상태를 통칭하며 기체 압력이 낮을수록 진공도가 높다고 한다. [12]진공 통 내부의 온도가 일정하고 한 종류의 기체 분자만 존재할 경우, 기체 분자의 종류와 상관없이 통 내부의 기체 압력은 단위 부피당 떠돌아다니는 기체 분자의 수에 비례한다.

진공도는 기체 압력이나 단위 부피당 기체 분자 수와 반비례한다. B보다 C의 단위 부피당 기체 분자 수가 많으므로 C 내부의 진공도는 B 내부의 진공도보다 낮을 것이다.

④ D 내부에서의 단분자층 형성 시간은 A의 경우보다 길겠군.

근거: ❷ [12]진공 통 내부의 온도가 일정하고 한 종류의 기체 분자만 존재할 경우, 기체 분자의 종류와 상관없이 통 내부의 기체 압력은 단위 부피당 떠돌아다니는 기체 분자의 수에 비례한다. + ❸ [16]이 시간(단분자층 형성 시간)은 시료의 표면과 충돌한 기체 분자들이 표면에 달라붙을 확률이 클수록, 단위 면적당 기체 분자의 충돌 빈도가 높을수록 짧다. [17]또한 기체 운동론에 따르면 고정된 온도에서 기체 분자의 질량이 크거나 기체의 압력이 낮을수록 단분자층 형성 시간은 길다.

단분자층 형성 시간은 고정된 온도에서 기체 분자의 질량에 비례하며, 기체 압력이나 단위 부피당 기체 분자 수에 반비례한다. D는 A보다 분자의 질량이 크고 단위 부피당 기체 분자 수가 적기에, D 내부에서의 단분자층 형성 시간은 A의 경우보다 길 것이다.

학생들이 정답 이외에 가장 많이 고른 선지가 ③번, ④번이다.

지문을 통해 단분자층 형성 시간은 기체 분자들이 표면에 달라붙을 확률이 클수록, 단위 면적당 기체 분자의 충돌 빈도가 높을수록 짧고, 고정된 온도에서 기체 분자의 질량이 크거나 기체의 압력이 낮을수록 길어짐을 알 수 있다. 또한 기체의 압력은 단위 부피당 떠돌아다니는 기체 분자의 수에 비례하고, 기체 압력은 진공도와 반비례하므로 기체 분자의 수가 적어지면(진공도가 높아지면) 단분자층 형성 시간은 길어질 것이다.

③번을 보면, 진공 통 B와 C 내부의 기체 분자의 질량은 동일하지만 단위 부피당 기체 분자의 수는 B 내부가 더 적다. 따라서 기체의 압력은 C 내부가 B 내부보다 높아 진공도는 C 내부가 B 내부보다 더 낮은 것이다.

④번의 경우, 다른 조건은 모두 동일하므로 단분자층 형성 시간은 기체 분자의 질량에 비례하고 기체 압력에 반비례한다. D 내부의 기체는 A 내부의 기체보다 기체 분자의 질량이 더 크고 단위 부피당 기체 분자 수가 적어 압력이 더 낮으므로 D 내부의 단분자층 형성 시간은 A의 경우보다 길 것이다.

⑤번에서는 E 내부가 D 내부보다 단분자층 형성 시간이 긴 것이 기체 분자의 질량이 더 크기 때문인 것은 알 수 있지만, 그렇다고 충돌 빈도가 낮아졌다고 확신할 수는 없다. 충돌 빈도가 변함없다고 가정해도 질량의 차이만으로 같은 결과를 확인할 수 있다.

상관관계는 지문을 읽는 과정에서 미리 정리해 두는 것이 좋다. 또한 선지에서는 지문에 제시된 상관관계를 그대로 묻는 것이 아니라, '기체의 분자 수가 적어짐 = 기체 압력이 낮아짐 = 진공도가 높아짐'처럼 말을 바꾸어 물어볼 수 있다는 점도 염두에 두어야 한다.

정답률 분석

①	②	매력적 오답 ③	매력적 오답 ④	정답 ⑤
6%	11%	14%	16%	53%

Q: E 내부의 시료 표면에 대한 단위 면적당 기체 분자의 충돌 빈도는 D의 경우보다 낮다고 볼 수 있는 것 아닌가요?

A: 단분자층 형성 시간은 기체 분자의 질량에 비례하고 충돌 빈도에 반비례하므로, 기체 분자의 질량이 크면 충돌 빈도는 낮다고 생각한 학생들이 많았다. 따라서 기체 분자의 질량이 큰 E가 D보다 충돌 빈도가 낮아서 ⑤번이 옳지 않다고 판단한 것이다. 결과적으로는 맞는 답을 고르기는 했지만, 평가원은 모든 선지에 대해 지문에 근거하여 판단할 것을 요구한다는 점을 고려할 때 이와 같은 사고 과정은 바람직하지 않다.

지문에서 기체 분자의 충돌 빈도와 질량 사이의 관계를 명확하게 파악할 수는 없다. 3문단에서 단분자층 형성 시간은 '시료의 표면과 충돌한~충돌 빈도가 높을수록 짧다. 또한 기체 운동론에 따르면~단분자층 형성 시간은 길다.'라고 하였다. 즉 앞 문장과 뒷 문장은 '또한'으로 연결되어 단분자층 형성 시간에 영향을 주는 원인들을 나열하고 있을 뿐이다. 지문에 제시된 정보만 가지고 두 원인(충돌 빈도와 질량) 사이의 상관관계까지 파악하기는 어렵다고 볼 수 있다.

[1~5] 다음 글을 읽고 물음에 답하시오.

✎ 사고의 흐름

1 [1]디지털 통신 시스템은 송신기, 채널, 수신기로 구성되며, ⓐ전송할 데이터를 빠르고 정확하게 전달하기 위해 부호화 과정을 거쳐 전송한다. <u>디지털 통신 시스템의 구성 요소를 제시했고, 부호화 과정은 데이터를 빠르고 정확하게 전송하기 위한 것임을 알려 주었어!</u> [2]영상, 문자 등인 데이터는 ⓑ기호 집합에 있는 기호들의 조합이다. [3](예를 들어) 기호 집합 {a, b, c, d, e, f}에서 기호들을 조합한 add, cab, beef 등이 데이터이다. [4]정보량은 어떤 기호가 발생했다는 것을 알았을 때 얻는 정보의 크기이다. [5]어떤 기호 집합에서 특정 기호의 발생 확률이 높으면 그 기호의 정보량은 적고, 발생 확률이 낮으면 그 기호의 정보량은 많다. <u>기호들의 발생 확률과 정보량은 반비례 관계에 있구나.</u> [6]기호 집합의 평균 정보량*을 기호 집합의 엔트로피라고 하는데 모든 기호들이 동일한 발생 확률을 가질 때 그 기호 집합의 엔트로피는 최댓값을 갖는다. <u>개념들이 쏟아지고 있어! 이는 모두 '부호화 과정'을 설명하는 데 필요한 사전 지식을 제공하는 정보임을 생각하며 차근히 정리하자. 기호 집합의 평균 정보량 = 기호 집합의 엔트로피, 모든 기호들이 동일한 발생 확률 = 엔트로피는 최댓값!</u>

2 [7]송신기에서는 ①소스 부호화, ②채널 부호화, ③선 부호화를 거쳐 기호를 ⓒ부호로 변환*한다. <u>부호화는 송신기에서 일어나는구나. 뒤에서 세 가지 부호화에 대한 설명을 해 주겠지?</u> [8]①소스 부호화는 데이터를 압축하기 위해 기호를 0과 1로 이루어진 부호로 변환하는 과정이다. [9]어떤 기호가 110과 같은 부호로 변환되었을 때 0 또는 1을 비트라고 하며 이 부호의 비트 수는 3이다. [10]이때 기호 집합의 엔트로피는 기호 집합에 있는 기호를 부호로 표현하는 데 필요한 평균 비트 수의 최솟값이다. <u>'기호 집합의 엔트로피'가 다시 나왔어. 기호 집합의 엔트로피 = 기호 집합의 평균 정보량 = 기호 집합의 기호를 부호화하는 데 필요한 평균 비트 수의 최솟값</u> [11]전송된 부호를 수신기에서 원래의 기호로 ⓓ복원하려면 부호들의 평균 비트 수가 기호 집합의 엔트로피보다 크거나 같아야 한다. <u>'부호들의 평균 비트 수 ≧ 기호 집합의 엔트로피'여야 수신기에서 복원 가능!</u> [12]기호 집합을 엔트로피에 최대한 가까운 평균 비트 수를 갖는 부호들로 변환하는 것을 엔트로피 부호화라 한다. <u>엔트로피 부호화는 소스 부호화의 하나겠지?</u> [13]그중 하나인 '허프만 부호화'에서는 발생 확률이 높은 기호에는 비트 수가 적은 부호를, 발생 확률이 낮은 기호에는 비트 수가 많은 부호를 할당*한다. <u>1문단에서 기호들의 발생 확률과 정보량은 반비례 관계라고 했으니 이와 연결하여 정리해 보자.</u>

허프만 부호화	
발생 확률↑ (정보량↓)	비트 수 적은 부호 할당
발생 확률↓ (정보량↑)	비트 수 많은 부호 할당

3 [14]②채널 부호화는 오류를 검출하고 정정하기 위하여 부호에 잉여* 정보를 추가하는 과정이다. <u>잉여 정보가 추가되면 전송해야 하는 정보의 양이 늘어날 텐데, 이는 빠르게 전송하기 위한 것이라기보다는 '정확하게' 전송하기 위한 거야.</u> [15]송신기에서 부호를 전송하면 채널의 잡음으로 인해 오

류가 발생하는데 이 문제를 해결하기 위해 잉여 정보를 덧붙여 전송한다. [16]채널 부호화 중 하나인 '삼중 반복 부호화'는 0과 1을 각각 000과 111로 부호화한다. [17]이때 수신기에서는 수신한 부호에 0이 과반수인 경우에는 0으로 판단하고, 1이 과반수인 경우에는 1로 판단한다. [18]<u>즉</u> 수신기에서 수신된 부호가 000, 001, 010, 100 중 하나라면 0으로 판단하고, 그 이외에는 1로 판단한다. <u>앞의 내용 정리!</u> [19]이렇게 하면 000을 전송했을 때 하나의 비트에서 오류가 생겨 001을 수신해도 0으로 판단하므로 오류는 정정된다. <u>삼중 반복 부호화: 각 부호를 3번 반복하여 표기 → 세 부호 중 하나에 오류가 발생하더라도 과반수(2개)인 부호에 맞추어 판단 → 오류 정정!</u> [20]채널 부호화를 하기 전 부호의 비트 수를, 채널 부호화를 한 후 부호의 비트 수로 나눈 것을 부호율이라 한다. <u>부호율 = 채널 부호화 전 부호의 비트 수 / 채널 부호화 후 부호의 비트 수! 채널 부호화 시 추가되는 잉여 정보가 많을수록 부호율이 낮아지겠지?</u> [21]삼중 반복 부호화의 부호율은 약 0.33이다. <u>0, 1을 각각 000이나 111로 부호화하니까 삼중 반복 부호화 전 비트 수는 1, 부호화 후 비트 수는 3이므로 부호율은 1/3 = 약 0.33!</u>

4 [22]채널 부호화를 거친 부호들을 채널을 통해 전송하려면 부호들을 전기 신호로 변환해야 한다. <u>데이터 전송 과정: 소스 부호화 → 채널 부호화 → 부호를 전기 신호로 변환 → 채널 통해 신호 전송</u> [23]0 또는 1에 해당하는 전기 신호의 전압을 결정하는 과정이 ③선 부호화이다. [24]전압의 ⓔ결정 방법은 선 부호화 방식에 따라 다르다. [25]선 부호화 중 하나인 '차동 부호화'는 부호의 비트가 0이면 전압을 유지하고 1이면 전압을 변화시킨다. <u>차동 부호화: 전기 신호의 전압 결정 → 0: 유지 / 1: 변화</u> [26]차동 부호화를 시작할 때는 기준 신호가 필요하다. <u>전압을 변화시키는 것이기에 변화의 기준이 되는 신호가 필요한 건가 봐.</u> [27](예를 들어) 차동 부호화 직전의 기준 신호가 양(+)의 전압이라면 부호 0110은 '양, 음, 양, 양'의 전압을 갖는 전기 신호로 변환된다. <u>기준 신호: 양(+) → 양(0: 유지) → 음(1: 변화) → 양(1: 변화) → 양(0: 유지)의 방식으로 전압을 변화시키는구나!</u> [28]수신기에서는 송신기와 동일한 기준 신호를 사용하여, 전압의 변화가 있으면 1로 판단하고 변화가 없으면 0으로 판단한다.

*평균 정보량: 각 기호의 발생 확률과 정보량을 서로 곱하여 모두 더한 것.

이것만은 챙기자

- *변환: 달라져서 바뀜. 또는 다르게 하여 바꿈.
- *할당: 몫을 갈라 나눔. 또는 그 몫.
- *잉여: 쓰고 난 후 남은 것.

(왼쪽 여백 메모)
예를 통해 기호와 데이터에 대해 구체적으로 설명하겠지?

(오른쪽 여백 메모)
매우 구체적으로 예를 들어 주는 경우 반드시 문제화되니 눈여겨보자.

〈 부호화 과정 〉

- 디지털 통신 시스템 (① 송신기 + ② 채널 + ③ 수신기)
  : 전송할 데이터를 빠르고 정확하게 전달하기 위해 부호화 함

  └ 영상, 문자 등   기호 발생 시 얻는 정보 크기, 발생 확률 ∝ $\frac{1}{정보량}$

  └ 기호 집합의 엔트로피 = 기호 집합의 평균 정보량. 모든 기호 발생을 묶음 + 최댓값. 가짐
     기호를 부호화 하기 위한 평균 비트 수의 최솟값.

  ① 송신기 : 부호화 [기호 (a,b,c) → 부호 (0,1)] 과정을 거침
                                              └→ 비트

  ① 소스 부호화 : 데이터 압축 위해 기호 → 부호

    ┌ 기호만 부호화 : 발생확률   ↑   ↓
    └ 엔트로피 부호화   비트수   ↑   ↓   부호   ↓   ↑

    ② 수신기
    ┌ 기호로 복원 시
    └ 비트수 ≥ 엔트로피

  ② 채널 부호화 : 오류 검출·정정 위해 부호에 잉여정보 추가

    삽입 반복 부호화 : 0 → 000 / 1 → 111
    부호율 = ① 원의 비트수 / ② 후의 비트수

    ② 수신기
    ┌ 과반수 1 → 1로 판단
    └ 과반수 0 → 0으로 판단

  ③ 선 부호화 : ② 채널 통해 전송하기 위해 전기 신호로 변환 시 전압 결정

    ┌ 차동 부호화 : ┌ 0 : 전압 유지
    └   └ 1 : 전압 변화
         └→ 기준 신호 비교

    ② 수신기
    ┌ 전압 변화 有 → 1로 판단
    └ 전압 변화 無 → 0으로 판단

---

1. 윗글에서 알 수 있는 내용으로 적절한 것은?

✅ 정답풀이

② 수신기에는 부호를 기호로 복원하는 기능이 있다.

> 근거: 1 [1]디지털 통신 시스템은 송신기, 채널, 수신기로 구성되며, 전송할 데이터를 빠르고 정확하게 전달하기 위해 부호화 과정을 거쳐 전송한다. + 2 [11]전송된 부호를 수신기에서 원래의 기호로 복원하려면 부호들의 평균 비트 수가 기호 집합의 엔트로피보다 크거나 같아야 한다.
> 디지털 통신 시스템은 데이터를 빠르고 정확하게 전달하기 위해 부호화 과정을 거쳐서 전송한다고 하였다. 이렇게 변환되어 전송된 부호는 수신기에서 원래의 기호로 복원된다.

❌ 오답풀이

① 영상 데이터는 채널 부호화 과정에서 압축된다.

근거: 2 [8]소스 부호화는 데이터를 압축하기 위해 기호를 0과 1로 이루어진 부호로 변환하는 과정이다. + 3 [14]채널 부호화는 오류를 검출하고 정정하기 위하여 부호에 잉여 정보를 추가하는 과정이다.
데이터를 압축하는 것은 소스 부호화 과정에서 이루어진다. 채널 부호화는 부호에 잉여 정보를 추가하는 과정이므로, 이 과정에서 데이터가 압축된다고 볼 수 없다.

③ 잉여 정보는 데이터를 압축하기 위해 추가한 정보이다.

근거: 3 [14]채널 부호화는 오류를 검출하고 정정하기 위하여 부호에 잉여 정보를 추가하는 과정이다.
잉여 정보는 데이터를 압축하기 위해서가 아니라 오류를 검출하고 정정하기 위해 추가된다.

④ 영상을 전송할 때는 잡음으로 인한 오류가 발생하지 않는다.

근거: 1 [1]디지털 통신 시스템은~전송할 데이터를 빠르고 정확하게 전달하기 위해 부호화 과정을 거쳐 전송한다. [2]영상, 문자 등인 데이터 + 3 [15]송신기에서 부호를 전송하면 채널의 잡음으로 인해 오류가 발생
영상 역시 데이터의 일종이기 때문에 영상 데이터를 부호화하여 전송하는 과정에서 채널의 잡음으로 인한 오류가 발생할 수 있다.

⑤ 소스 부호화는 전송할 기호에 정보를 추가하여 오류에 대비하는 과정이다.

근거: 2 [8]소스 부호화는 데이터를 압축하기 위해 기호를 0과 1로 이루어진 부호로 변환하는 과정이다. + 3 [14]채널 부호화는 오류를 검출하고 정정하기 위하여 부호에 잉여 정보를 추가하는 과정이다.
전송할 기호에 정보를 추가하여 오류에 대비하는 과정은 소스 부호화 과정이 아니라 채널 부호화 과정이다.

2. 윗글을 바탕으로, 2가지 기호로 이루어진 기호 집합에 대해 이해한 내용으로 적절하지 <u>않은</u> 것은?

✓ 정답풀이

② 기호들의 발생 확률이 각각 1/4, 3/4인 경우의 평균 정보량이 최댓값이다.

> 근거: **1** [6]기호 집합의 평균 정보량을 기호 집합의 엔트로피라고 하는데 모든 기호들이 동일한 발생 확률을 가질 때 그 기호 집합의 엔트로피는 최댓값을 갖는다.
>
> 기호 집합의 평균 정보량인 엔트로피는 모든 기호들이 동일한 발생 확률을 가질 때 최댓값을 갖는다. 따라서 기호들의 발생 확률이 각각 1/4, 3/4으로 다른 경우에는 평균 정보량이 최댓값을 가진다고 볼 수 없다.

✗ 오답풀이

① 기호들의 발생 확률이 모두 1/2인 경우, 각 기호의 정보량은 동일하다.

근거: **1** [5]어떤 기호 집합에서 특정 기호의 발생 확률이 높으면 그 기호의 정보량은 적고, 발생 확률이 낮으면 그 기호의 정보량은 많다.

기호들의 발생 확률이 모두 1/2로 동일하다면, 각 기호의 정보량도 동일함을 알 수 있다.

③ 기호들의 발생 확률이 각각 1/4, 3/4인 경우, 기호의 정보량이 더 많은 것은 발생 확률이 1/4인 기호이다.

근거: **1** [5]어떤 기호 집합에서 특정 기호의 발생 확률이 높으면 그 기호의 정보량은 적고, 발생 확률이 낮으면 그 기호의 정보량은 많다.

기호 집합에서 특정 기호의 발생 확률과 정보량은 반비례 관계이다. 따라서 발생 확률이 1/4인 기호와 3/4인 기호 중 기호의 정보량이 더 많은 것은 발생 확률이 1/4인 기호일 것이다.

④ 기호들의 발생 확률이 모두 1/2인 경우, 기호를 부호화하는 데 필요한 평균 비트 수의 최솟값이 최대가 된다.

근거: **1** [6]기호 집합의 평균 정보량을 기호 집합의 엔트로피라고 하는데 모든 기호들이 동일한 발생 확률을 가질 때 그 기호 집합의 엔트로피는 최댓값을 갖는다. + **2** [10]이때 기호 집합의 엔트로피는 기호 집합에 있는 기호를 부호로 표현하는 데 필요한 평균 비트 수의 최솟값이다.

기호 집합의 평균 정보량 = 기호 집합의 엔트로피 = 기호를 부호화하는 데 필요한 평균 비트 수의 최솟값인데, 이는 모든 기호들이 동일한 발생 확률을 가질 때 최댓값을 갖는다. 따라서 기호들의 발생 확률이 모두 1/2로 동일할 경우에는 기호를 부호화하는 데 필요한 평균 비트 수의 최솟값이 최대가 될 것이다.

⑤ 기호들의 발생 확률이 각각 1/4, 3/4인 기호 집합의 엔트로피는 발생 확률이 각각 3/4, 1/4인 기호 집합의 엔트로피와 같다.

근거: **1** [4]정보량은 어떤 기호가 발생했다는 것을 알았을 때 얻는 정보의 크기이다. [5]어떤 기호 집합에서 특정 기호의 발생 확률이 높으면 그 기호의 정보량은 적고, 발생 확률이 낮으면 그 기호의 정보량은 많다. [6]기호 집합의 평균 정보량을 기호 집합의 엔트로피라고 하는데

기호들의 발생 확률이 각각 1/4, 3/4인 기호 집합의 엔트로피, 즉 평균 정보량은 각 기호의 발생 확률과 정보량을 서로 곱하여 모두 더하면 알 수 있다. 그런데 이때 정보량은 기호의 발생 확률에 따라 얻는 정보의 크기를 의미하므로, 두 기호 집합의 기호 발생 확률이 각각 1/4, 3/4로 동일하다면 그에 따른 정보량도 각각 동일할 것이다. 즉 두 기호 집합의 엔트로피는 (1/4 × 1/4 발생 확률에 따른 정보량) + (3/4 × 3/4 발생 확률에 따른 정보량)으로 같을 것이다.

3. 윗글의 '부호화'에 대한 내용으로 적절한 것은?

✅ **정답풀이**

⑤ 삼중 반복 부호화를 이용하여 0을 부호화한 경우, 수신된 부호에서 두 개의 비트에 오류가 있으면 오류는 정정되지 않는다.

> 근거: ❸ [16]채널 부호화 중 하나인 '삼중 반복 부호화'는 0과 1을 각각 000과 111로 부호화한다. [17]이때 수신기에서는 수신한 부호에 0이 과반수인 경우에는 0으로 판단하고, 1이 과반수인 경우에는 1로 판단한다.
> 삼중 반복 부호화에서는 0을 000으로 부호화한다. 하지만 수신된 부호에서 두 개의 비트에 오류가 생기면 110, 101, 011 등으로 부호화가 되어 1이 과반수가 될 것이며, 이때 수신기는 부호를 1로 잘못 판단할 것이므로 오류는 정정되지 않을 것이다.

❌ **오답풀이**

① 선 부호화에서는 수신기에서 부호를 전기 신호로 변환한다.

근거: ❷ [7]송신기에서는 소스 부호화, 채널 부호화, 선 부호화를 거쳐 기호를 부호로 변환한다. + ❹ [22]채널 부호화를 거친 부호들을 채널을 통해 전송하려면 부호들을 전기 신호로 변환해야 한다. [23]0 또는 1에 해당하는 전기 신호의 전압을 결정하는 과정이 선 부호화이다. [28]수신기에서는 송신기와 동일한 기준 신호를 사용하여, 전압의 변화가 있으면 1로 판단하고 변화가 없으면 0으로 판단한다.
선 부호화에서 부호들을 전기 신호로 변환하여 전송하는 과정은 '송신기'에서 이루어진다. 수신기에서는 이 변환된 신호를 가지고 송신기와 동일한 기준 신호를 사용하여 1과 0을 판단할 뿐이다.

② 허프만 부호화에서는 정보량이 많은 기호에 상대적으로 비트 수가 적은 부호를 할당한다.

근거: ❶ [5]어떤 기호 집합에서 특정 기호의 발생 확률이 높으면 그 기호의 정보량은 적고, 발생 확률이 낮으면 그 기호의 정보량은 많다. + ❷ [13]그(엔트로피 부호화)중 하나인 '허프만 부호화'에서는 발생 확률이 높은 기호에는 비트 수가 적은 부호를, 발생 확률이 낮은 기호에는 비트 수가 많은 부호를 할당한다.
허프만 부호화는 발생 확률이 낮은 기호에는 비트 수가 많은 부호를 할당한다. 발생 확률과 정보량은 반비례하므로 정보량이 많은 기호는 발생 확률이 낮은 기호에 해당되어 허프만 부호화에서 상대적으로 비트 수가 많은 부호를 할당할 것이다.

③ 채널 부호화를 거친 부호들은 채널로 전송하기 전에 잉여 정보를 제거한 후 선 부호화한다.

근거: ❸ [14]채널 부호화는 오류를 검출하고 정정하기 위하여 부호에 잉여 정보를 추가하는 과정이다. [15]송신기에서 부호를 전송하면 채널의 잡음으로 인해 오류가 발생하는데 이 문제를 해결하기 위해 잉여 정보를 덧붙여 전송한다. + ❹ [22]채널 부호화를 거친 부호들을 채널을 통해 전송하려면 부호들을 전기 신호로 변환해야 한다. [23]0 또는 1에 해당하는 전기 신호의 전압을 결정하는 과정이 선 부호화이다.
채널 부호화는 채널 잡음으로 인해 오류가 발생하는 문제를 해결하기 위해 잉여 정보를 추가하는 과정이며, 선 부호화는 채널 부호화를 거친 부호들을 채널로 전송하기 전에 전기 신호로 변환하는 과정이다. 윗글에 잉여 정보를 제거한 후 선 부호화를 한다는 내용은 없으며, 잉여 정보를 제거한 후 선 부호화를 한다면 채널의 잡음으로 인한 오류를 해결하지 못할 것이므로 채널 부호화를 거치는 의미가 없어진다.

④ 채널 부호화 과정에서 부호에 일정 수준 이상의 잉여 정보를 추가하면 부호율은 1보다 커진다.

근거: ❸ [14]채널 부호화는 오류를 검출하고 정정하기 위하여 부호에 잉여 정보를 추가하는 과정이다. [20]채널 부호화를 하기 전 부호의 비트 수를, 채널 부호화를 한 후 부호의 비트 수로 나눈 것을 부호율이라 한다.
채널 부호화는 잉여 정보를 추가하는 과정이다. 따라서 채널 부호화를 하기 전 부호의 비트 수보다 채널 부호화를 한 후 잉여 정보를 추가한 부호의 비트 수가 더 많을 것이다. 그렇기에 부호율이 1보다 커질 수는 없으며, 일정 수준 이상의 잉여 정보를 추가할수록 부호율은 작아질 것이다.

📋 **문제적 문제**　　　　　　　　　　　　　• 3-①, ⑤번

　　학생들이 정답 이외에 가장 많이 고른 선지가 ①번이다. 지문의 정보량이 많았기에 선지가 적절한지를 판단하는 데 시간이 걸렸을 것이며, 선지를 판단하는 데 필요한 정보를 지문에서 찾지 못했을 수도 있다.

　　①번을 보자. 지문에서는 송신기에서 부호화 과정이 일어난다고 하였고, 수신기에서는 선 부호화 과정을 통해 변환된 전기 신호를 0과 1로 판단한다고 하였다. 그러므로 <u>수신기가 부호를 전기 신호로 변환하는 것은 아님</u>을 알 수 있다.

　　⑤번은 삼중 반복 부호화와 관련된 개념을 이해하고 있는지를 확인하고 있다. 3문단에서 삼중 반복 부호화는 0과 1을 각각 000, 111로 부호화하는데, 수신기에서는 '0이 과반수인 경우에는 0으로 판단하고, 1이 과반수인 경우에는 1로 판단'한다고 했다. 그러므로 오류가 두 개가 생기면, 즉 '000'의 '0'에 오류가 생겨 '1'이 두 개가 되는 경우에는, 1이 과반수가 될 것이므로 수신기는 이를 '1'로 판단하고, 결과적으로 오류가 수정되지 못할 것이다.

　　지문 어딘가에는 선지의 근거가 분명히 나와 있다. 그런데 길고 정보량이 많은 지문의 경우 그 내용을 한눈에 파악하거나 모두 기억할 수 없는 것이 당연하다. 그러니 <u>지문의 큰 줄기를 중심으로 어느 부분에 어떤 내용이 있었는지를 구획화하면서 읽자. 그리고 문제에서 물어보면 지문의 해당 부분으로 빠르게 돌아와서 확인하면 된다.</u>

정답률 분석

매력적 오답				정답
①	②	③	④	⑤
15%	10%	7%	8%	60%

4. 윗글을 바탕으로 〈보기〉를 이해한 내용으로 적절한 것은? [3점]

〈보기〉

날씨 데이터를 전송하려고 한다. 날씨는 '맑음', '흐림', '비', '눈'으로만 분류하며, 각 날씨의 발생 확률은 모두 같다. 엔트로피 부호화를 통해 '맑음', '흐림', '비', '눈'을 각각 00, 01, 10, 11의 부호로 바꾼다.

'맑음' = 00 / '흐림' = 01 / '비' = 10 / '눈' = 11

✅ 정답풀이

④ 날씨 '비'를 삼중 반복 부호화와 차동 부호화를 이용하여 부호화하는 경우, 기준 신호가 양(+)의 전압이면 '음, 양, 음, 음, 음, 음'의 전압을 갖는 전기 신호로 변환되겠군.

> 근거: **3** [16]채널 부호화 중 하나인 '삼중 반복 부호화'는 0과 1을 각각 000과 111로 부호화한다. + **4** [25]선 부호화 중 하나인 '차동 부호화'는 부호의 비트가 0이면 전압을 유지하고 1이면 전압을 변화시킨다. [26]차동 부호화를 시작할 때는 기준 신호가 필요하다. [27]예를 들어 차동 부호화 직전의 기준 신호가 양(+)의 전압이라면 부호 0110은 '양, 음, 양, 양'의 전압을 갖는 전기 신호로 변환된다.
>
> 날씨 '비'의 부호는 10이다. 삼중 반복 부호화를 통해 부호화하면 10은 111000이 된다. 이를 차동 부호화를 통해 부호화하면 기준 신호의 전압으로부터 '전압 변화, 전압 변화, 전압 변화, 전압 유지, 전압 유지, 전압 유지'를 해야 한다. 그렇기에 기준 신호가 양(+)의 전압일 때에 날씨 '비'는 삼중 반복 부호화와 차동 부호화 과정을 통해 '음(변화), 양(변화), 음(변화), 음(유지), 음(유지), 음(유지)'의 전압을 가지는 전기 신호로 변환될 것이다.

❌ 오답풀이

① 기호 집합 {맑음, 흐림, 비, 눈}의 엔트로피는 2보다 크겠군.

> 근거: **2** [9]어떤 기호가 110과 같은 부호로 변환되었을 때 0 또는 1을 비트라고 하며 이 부호의 비트 수는 3이다. [10]이때 기호 집합의 엔트로피는 기호 집합에 있는 기호를 부호로 표현하는 데 필요한 평균 비트 수의 최솟값이다.
>
> 엔트로피 부호화를 통해 기호 집합 {맑음, 흐림, 비, 눈}은 {00, 01, 10, 11}이 되는데, 00, 01, 10, 11 모두 비트 수는 2이기에 부호들의 평균 비트 수도 2가 된다. 기호 집합의 엔트로피는 기호 집합에 있는 기호를 부호로 표현하는 데 필요한 평균 비트 수의 최솟값이므로 부호들의 평균 비트 수인 2보다 기호 집합의 엔트로피가 클 수는 없다.

② 엔트로피 부호화를 통해 4일 동안의 날씨 데이터 '흐림비맑음흐림'은 '01001001'로 바뀌겠군.

> 〈보기〉에서 엔트로피 부호화를 통해 '흐림'은 01, '비'는 10, '맑음'은 00의 부호로 바꾼다고 하였으므로 '흐림/비/맑음/흐림'은 '01/00/10/01'이 아니라 '01/10/00/01'로 바뀌어야 한다.

③ 삼중 반복 부호화를 이용하여 전송한 특정 날씨의 부호를 '110001'과 '101100'으로 각각 수신하였다면 서로 다른 날씨로 판단하겠군.

> 근거: **3** [16]채널 부호화 중 하나인 '삼중 반복 부호화'는 0과 1을 각각 000과 111로 부호화한다. [17]이때 수신기에서는 수신한 부호에 0이 과반수인 경우에는 0으로 판단하고, 1이 과반수인 경우에는 1로 판단한다.
>
> 삼중 반복 부호화를 이용한 수신기에서는 수신한 부호에 0이 과반수인 경우에는 0으로 판단하고, 1이 과반수인 경우에는 1로 판단한다고 하였으므로, '110/001'의 경우와 '101/100'의 경우를 모두 '10'으로 판단할 것이다. 따라서 수신기에서는 '110001'과 '101110'을 서로 다른 날씨가 아니라 모두 '10'에 해당하는 '비'로 판단할 것이다.

⑤ 삼중 반복 부호화와 차동 부호화를 이용하여 특정 날씨의 부호를 전송할 경우, 수신기에서 '음, 음, 음, 양, 양, 양'을 수신했다면 기준 신호가 양(+)의 전압일 때 '흐림'으로 판단하겠군.

> 근거: **3** [16]채널 부호화 중 하나인 '삼중 반복 부호화'는 0과 1을 각각 000과 111로 부호화한다. [17]이때 수신기에서는 수신한 부호에 0이 과반수인 경우에는 0으로 판단하고, 1이 과반수인 경우에는 1로 판단한다. + **4** [25]선 부호화 중 하나인 '차동 부호화'는 부호의 비트가 0이면 전압을 유지하고 1이면 전압을 변화시킨다. [26]차동 부호화를 시작할 때는 기준 신호가 필요하다. [27]예를 들어 차동 부호화 직전의 기준 신호가 양(+)의 전압이라면 부호 0110은 '양, 음, 양, 양'의 전압을 갖는 전기 신호로 변환된다.
>
> 차동 부호화는 '0'의 경우 기준 신호 혹은 직전 신호의 전압을 유지하고, '1'의 경우에는 전압을 변화시킨다. 그렇기에 기준 신호인 양의 전압을 기준으로 '음, 음, 음, 양, 양, 양'은 '전압 변화(1), 전압 유지(0), 전압 유지(0), 전압 변화(1), 전압 유지(0), 전압 유지(0)'이며, 수신기에서는 이를 '100100'으로 판단할 것이다. 이때 삼중 반복 부호화가 된 신호를 수신기에서는 수신한 부호에 0이 과반수인 경우에는 0으로 판단한다고 하였으므로, '100/100'을 '00'으로 판단할 것이다. '00'은 '흐림'이 아니라 '맑음'이다. 따라서 수신기는 기준 신호가 양(+)의 전압일 때 '음, 음, 음, 양, 양, 양'이라는 전기 신호를 '00', 즉 '맑음'으로 판단할 것이다.

문제적 문제

・4-④, ⑤번

학생들이 정답 이외에 가장 많이 고른 선지가 ⑤번이다. 삼중 반복 부호화와 차동 부호화에 해당하는 내용을 정확히 이해하고 구체적인 사례에 적용하는 데 시간이 걸렸을 것이며, 특히 차동 부호화 방식을 이해하는 데에 어려움을 겪은 학생들이 많았을 것이다. 차동 부호화 과정을 거친 신호는 '기준 신호 혹은 직전 신호의 전압'이 유지되었느냐, 변화되었느냐에 따라 그 값이 '0' 또는 '1'로 결정된다. 따라서 단순히 '음이냐, 양이냐'를 따지는 것이 아니라 이전의 전압과 비교했을 때 변화가 있었는지의 여부를 살펴보아야 한다. '음-양, 양-음'의 경우에는 변화가 있었으므로 '1'로 판단하며, '양-양, 음-음'의 경우에는 전압이 유지되었으므로 '0'으로 판단한다.

⑤번의 경우 기준 신호는 양의 전압이라고 했으므로, 수신기는 '음(변화), 음(유지), 음(유지), 양(변화), 양(유지), 양(유지)'을 '100100'으로 판단하게 된다. 또한, 삼중 반복 부호화가 된 신호는 하나의 신호에 두 개의 잉여 정보가 덧붙은 것이며, 과반수가 0인 경우에는 0으로, 1인 경우에는 1로 판단하기 때문에 '100100'은 '00'이 되며, 〈보기〉에 따라 '00'은 '흐림'이 아니라 '맑음'이 되는 것이다.

④번의 경우, 날씨 '비'에 해당하는 부호인 '10'이 삼중 반복 부호화를 거치면 두 개의 잉여 정보가 붙어 '111000'이 되는데, 차동 부호화 과정에서 '111000'은 기준 신호로부터 '변화, 변화, 변화, 유지, 유지, 유지'가 되어야 한다. 기준 신호가 양의 전압이라고 했으므로 '111000'은 '음(변화), 양(변화), 음(변화), 음(유지), 음(유지), 음(유지)'으로 변환될 것이다.

정답률 분석

①	②	③	정답 ④	매력적 오답 ⑤
9%	6%	13%	49%	23%

---

5. 문맥을 고려할 때, 밑줄 친 말이 ⓐ~ⓔ의 동음이의어가 아닌 것은?

정답풀이

④ ⓓ: 한번 금이 간 인간관계를 복원(復原)하기는 어렵다.

> 근거: ❷ ¹¹전송된 부호를 수신기에서 원래의 기호로 ⓓ복원
> 동음이의어는 소리는 같으나 뜻이 다른 단어를 말한다. ⓓ는 '원래대로 회복함.'이라는 의미이며, '인간관계를 복원하기는'의 '복원'도 이와 같은 의미로 사용되었다.

오답풀이

① ⓐ: 공항에서 해외로 떠나는 친구를 전송(餞送)할 계획이다.
근거: ❶ ¹ⓐ전송할 데이터를 빠르고 정확하게 전달
전송(電送): 글이나 사진 따위를 전류나 전파를 이용하여 먼 곳에 보냄.
전송(餞送): 서운하여 잔치를 베풀고 보낸다는 뜻으로, 예를 갖추어 떠나보냄을 이르는 말.

② ⓑ: 대중의 기호(嗜好)에 맞추어 상품을 개발한다.
근거: ❶ ²영상, 문자 등인 데이터는 ⓑ기호 집합에 있는 기호들의 조합이다.
기호(記號): 어떠한 뜻을 나타내기 위하여 쓰이는 부호, 문자, 표지 따위를 통틀어 이르는 말.
기호(嗜好): 즐기고 좋아함.

③ ⓒ: 나는 가난하지만 귀족이나 부호(富豪)가 부럽지 않다.
근거: ❷ ⁷송신기에서는 소스 부호화, 채널 부호화, 선 부호화를 거쳐 기호를 ⓒ부호로 변환한다.
부호(符號): 일정한 뜻을 나타내기 위하여 따로 정하여 쓰는 기호.
부호(富豪): 재산이 넉넉하고 세력이 있는 사람.

⑤ ⓔ: 이 작품은 그 화가의 오랜 노력의 결정(結晶)이다.
근거: ❹ ²⁴전압의 ⓔ결정 방법은 선 부호화 방식에 따라 다르다.
결정(決定): 행동이나 태도를 분명하게 정함. 또는 그렇게 정해진 내용.
결정(結晶): 애써 노력하여 보람 있는 결과를 이루는 것이나 그 결과를 비유적으로 이르는 말.

DNS 스푸핑이 이루어지는 과정

[1~5] 다음 글을 읽고 물음에 답하시오.

✏ 사고의 흐름

1 ¹DNS(도메인 네임 시스템) 스푸핑은 인터넷 사용자가 어떤 사이트에 접속하려 할 때 사용자를 위조* 사이트로 접속시키는 행위를 말한다. *DNS 스푸핑의 개념이 나왔네. 개념은 꼭 확인해 두자.* ²이는 도메인 네임을 IP 주소로 변환해 주는 과정에서 이루어진다. *DNS 스푸핑이 어떤 과정에서 이루어지는지에 대한 정보가 나왔네!*

2 ³인터넷에 연결된 컴퓨터들이 서로를 식별*하고 통신하기 위해서 각 컴퓨터들은 IP(인터넷 프로토콜)에 따라 ㉠만들어지는 고유 IP 주소를 가져야 한다. *고유 IP 주소: 인터넷에 연결된 컴퓨터를 식별하고 통신하기 위한 것* ⁴프로토콜은 컴퓨터들이 연결되어 서로 데이터를 주고받기 위해 사용하는 통신 규약으로 소프트웨어나 하드웨어로 구현된다. ⁵현재 주로 사용하는 IP 주소는 '***.126.63.1'처럼 점으로 구분된 4개의 필드에 숫자를 사용하여 ㉡나타낸다. ⁶이 주소를 중복 지정하거나 임의로 지정해서는 안 되고 공인 IP 주소를 부여받아야 한다. *1문단에서 DNS 스푸핑은 도메인 네임을 IP 주소로 변환하는 과정에서 이루어진다고 했는데, 2문단에서 IP 주소에 대해 자세히 설명한 것으로 보아 이는 이후 제시될 DNS 스푸핑의 과정을 설명하기 위한 사전 정보라는 것을 알 수 있어!*

3 ⁷공인 IP 주소에는 동일한 번호를 지속적으로 사용하는 고정 IP 주소와 번호가 변경되기도 하는 유동 IP 주소가 있다. *공인 IP 주소의 두 가지 하위 분류가 제시되었어. 두 가지 하위 분류의 차이점에 주목해서 글을 읽고 공통점도 꼭 확인하자!* ⁸유동 IP 주소는 DHCP라는 프로토콜에 의해 부여된다. ⁹DHCP는 IP 주소가 필요한 컴퓨터의 요청을 받아 주소를 할당해 주고, 컴퓨터가 IP 주소를 사용하지 않으면 주소를 반환받아 다른 컴퓨터가 그 주소를 사용할 수 있도록 해 준다. ¹⁰한편, 인터넷에 직접 접속은 안 되고 내부 네트워크에서만 서로를 식별할 수 있는 사설 IP 주소도 있다. *전형적인 부록 정보야! 이 글에서 사설 IP에 대한 설명은 이 문장이 끝이거든. 이러한 문장은 대부분 단순 일치/불일치 수준의 문제를 내기 위해 있는 경우가 많아!*

4 ¹¹인터넷은 공인 IP 주소를 기반으로 동작하지만 우리가 인터넷을 사용할 때는 IP 주소 대신 사용하기 쉽게 'www.***.***' 등과 같이 문자로 ㉢이루어진 도메인 네임을 이용한다. *인터넷은 공인 IP 주소를 기반으로 동작하는군! 그래서 3문단에서 공인 IP 주소를 자세히 설명한 거구나.* ¹²따라서 도메인 네임을 IP 주소로 변환해 주는 DNS가 필요하며 DNS를 운영하는 장치를 네임서버라고 한다. *도메인 네임 → DNS(네임서버) → IP 주소* ¹³컴퓨터에는 네임서버의 IP 주소가 기록되어 있어야 하는데, 유동 IP 주소를 할당받는 컴퓨터에는 IP 주소를 받을 때 네임서버의 IP 주소가 자동으로 기록되지만, 고정 IP 주소를 사용하는 컴퓨터에는 사용자가 네임서버의 IP 주소를 직접 기록해 놓아야 한다.

공인 IP 주소	고정 IP 주소	동일한 번호 지속적 사용 네임서버 IP 주소 사용자가 직접 기록
	유동 IP 주소	번호가 변경되기도 함(DHCP 프로토콜에 의해 부여) 네임서버 IP 주소 자동 기록

¹⁴인터넷 통신사는 가입자들이 공동으로 사용할 수 있는 네임서버를 운영하고 있다. *또 부록 정보가 제시되었어. IP 주소가 서로 다른 컴퓨터라도 네임서버는 공동으로 사용 가능!*

5 ¹⁵㉮사용자가 어떤 사이트에 정상적으로 접속하는 (과정)을 살펴보자. *과정이 나오면 단계별로 끊어서 읽어 보자.* ¹⁶웹 사이트에 접속하려고 하는 컴퓨터를 클라이언트라 한다. ¹⁷사용자가 방문하고자 하는 사이트의 도메인 네임을 주소창에 직접 입력하거나 포털 사이트에서 그 사이트를 검색해 클릭하면 클라이언트는 기록되어 있는 네임서버에 도메인 네임에 해당하는 IP 주소를 물어보는 질의 패킷을 보낸다.(단계 ①) ¹⁸네임서버는 해당 IP 주소가 자신의 목록에 있으면 클라이언트에 이 IP 주소를 알려 주는 응답 패킷을 보낸다.(단계 ②-A) ¹⁹응답 패킷에는 어느 질의 패킷에 대한 응답인지가 적혀 있다. ²⁰만일 해당 IP 주소가 목록에 없으면 네임서버는 다른 네임서버의 IP 주소를 알려 주는 응답 패킷을 보내고, 클라이언트는 다시 그 네임서버에 질의 패킷을 보내는 단계로 돌아가 같은 과정을 반복한다.(단계 ②-B) ²¹클라이언트는 이렇게 ㉣알아낸 IP 주소로 사이트를 찾아간다.(단계 ③) *4문단에서 언급한 [도메인 네임 → DNS(네임서버) → IP 주소]의 과정이 순서대로 상세하게 제시되었어. 이때 모든 단계를 기억할 필요는 없어! 이해만 하고 넘어가자.* ²²네임서버와 클라이언트는 UDP라는 프로토콜에 ㉤맞추어 패킷을 주고받는다. *DHCP 외에 다른 프로토콜이 제시되었네. UDP의 특성을 확인하자!* ²³UDP는 패킷의 빠른 전송 속도를 확보하기 위해 상대에게 패킷을 보내기만 할 뿐 도착 여부는 확인하지 않으며, 특정 질의 패킷에 대해 처음 도착한 응답 패킷을 신뢰하고 다음 도착한 패킷은 확인하지 않고 버린다. ²⁴DNS 스푸핑은 UDP의 이런 허점들을 이용한다. *네임서버와 클라이언트는 패킷을 주고받는데, 이때 UDP에 맞추어 이루어진다고 했어. 그런데 DNS 스푸핑은 UDP의 허점을 이용한다고 했으니, 이어지는 내용은 그 구체적인 방법일 거야!*

6 ²⁵㉯DNS 스푸핑이 이루어지는 (과정)을 알아보자. *과정이 나온다면? 단계별로 확인하기!* ²⁶악성 코드에 감염되어 DNS 스푸핑을 행하는 컴퓨터를 공격자라 한다. ²⁷클라이언트가 네임서버에 특정 IP 주소를 묻는 질의 패킷을 보낼 때, 공격자에도 패킷이 전달되고(단계 ①) 공격자는 위조 사이트의 IP 주소가 적힌 응답 패킷을 클라이언트에 보낸다.(단계 ②) ²⁸공격자가 보낸 응답 패킷이 네임서버가 보낸 응답 패킷보다 클라이언트에 먼저 도착하고 클라이언트는 공격자가 보낸 응답 패킷을 옳은 패킷으로 인식하여 위조 사이트로 연결된다.(단계 ③) *5문단에서 UDP는 도착 여부는 확인하지 않고 특정 질의 패킷에 대해 처음 도착한 응답 패킷만 신뢰한다고 했어. DNS 스푸핑은 이를 이용해 네임서버가 보낸 주소보다 공격자가 보낸 위조 사이트의 주소가 먼저 도착하도록 하는 거지. 그럼 네임서버의 응답 패킷은 버려지고 클라이언트는 위조 사이트로 접속하게 되는 거야!*

이것만은 챙기자

*위조: 어떤 물건을 속일 목적으로 꾸며 진짜처럼 만듦.

*식별: 분별하여 알아봄.

만점 선배의 구조도 예시

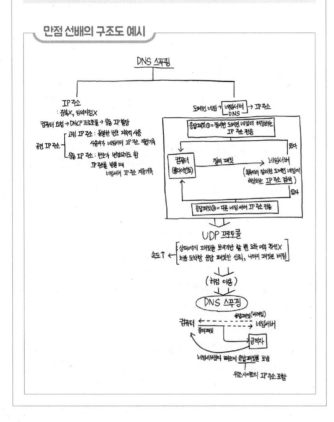

1. 윗글의 '프로토콜'에 대한 설명으로 적절하지 않은 것은?

✓ 정답풀이

④ DHCP를 이용하는 컴퓨터에는 네임서버의 IP 주소를 사용자가 기록해야 한다.

> 근거: **3** [8]유동 IP 주소는 DHCP라는 프로토콜에 의해 부여된다. + **4** [13]유동 IP 주소를 할당받는 컴퓨터에는 IP 주소를 받을 때 네임서버의 IP 주소가 자동으로 기록되지만, 고정 IP 주소를 사용하는 컴퓨터에는 사용자가 네임서버의 IP 주소를 직접 기록해 놓아야 한다.
>
> 네임서버의 IP 주소를 사용자가 직접 기록해야 하는 경우는 고정 IP 주소를 사용하는 컴퓨터에 해당하며, DHCP를 이용하는 컴퓨터는 유동 IP 주소를 사용하는 컴퓨터이기 때문에 IP 주소를 받을 때 네임서버의 IP 주소가 자동으로 기록된다.

✗ 오답풀이

① 컴퓨터 사이의 통신을 위한 규약으로서 저마다 정해진 기능이 있다.

근거: **2** [4]프로토콜은 컴퓨터들이 연결되어 서로 데이터를 주고받기 위해 사용하는 통신 규약으로 소프트웨어나 하드웨어로 구현된다. + **3** [8]유동 IP 주소는 DHCP라는 프로토콜에 의해 부여된다. + **5** [22]네임서버와 클라이언트는 UDP라는 프로토콜에 맞추어 패킷을 주고받는다.

프로토콜은 컴퓨터들이 데이터를 주고받기 위해 사용하는 통신 규약으로서 저마다 정해진 기능이 있음을 알 수 있다.

② IP에 따르면 현재 주로 사용하는 IP 주소는 4개의 필드에 적힌 숫자로 구성된다.

근거: **2** [5]현재 주로 사용하는 IP 주소는 '***. 126. 63. 1'처럼 점으로 구분된 4개의 필드에 숫자를 사용하여 나타낸다.

③ DHCP를 이용하는 컴퓨터는 IP 주소를 요청해야 IP 주소를 부여받을 수 있다.

근거: **3** [8]유동 IP 주소는 DHCP라는 프로토콜에 의해 부여된다. [9]DHCP는 IP 주소가 필요한 컴퓨터의 요청을 받아 주소를 할당해 주고, 컴퓨터가 IP 주소를 사용하지 않으면 주소를 반환받아 다른 컴퓨터가 그 주소를 사용할 수 있도록 해 준다.

DHCP는 컴퓨터의 요청을 받아야 유동 IP 주소를 할당해 주기 때문에 DHCP를 이용하는 컴퓨터는 IP 주소를 요청해야 IP 주소를 부여받을 수 있다.

⑤ UDP는 패킷 전송 속도를 높이기 위해 패킷이 목적지에 제대로 도착했는지 확인하지 않는다.

근거: **5** [23]UDP는 패킷의 빠른 전송 속도를 확보하기 위해 상대에게 패킷을 보내기만 할 뿐 도착 여부는 확인하지 않으며

2. 〈보기〉는 ⑦ 또는 ④에서 이루어지는 클라이언트의 동작을 나타낸 것이다. 이에 대한 이해로 적절한 것은? [3점]

> ⑦: 사용자가 어떤 사이트에 정상적으로 접속하는 과정
> ④: DNS 스푸핑이 이루어지는 과정

〈보기〉

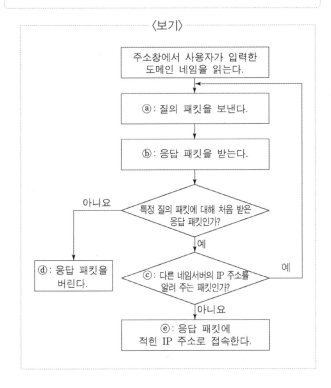

✅ **정답풀이**

③ ⑦: ⓒ는 ⓐ에서 질의한 도메인 네임에 해당하는 IP 주소를 네임 서버가 찾았는지 여부를 확인하는 절차이다.

> 근거: ⑤ [17]클라이언트는 기록되어 있는 네임서버에 도메인 네임에 해당 하는 IP 주소를 물어보는 질의 패킷을 보낸다. [20]만일 해당 IP 주소가 목록에 없으면 네임서버는 다른 네임서버의 IP 주소를 알려 주는 응답 패킷을 보내고, 클라이언트는 다시 그 네임서버에 질의 패킷을 보내는 단계로 돌아가 같은 과정을 반복한다.
> 질의한 도메인 네임에 해당하는 IP 주소가 목록에 없으면 네임서버는 다른 네임서버의 IP 주소를 알려 주는 응답 패킷을 보낸다. 따라서 ⑦에서 ⓒ는 ⓐ에서 질의한 도메인 네임에 해당하는 IP 주소를 네임서버가 찾았는지 여부를 확인하는 절차로, 만약 찾았다면 다음 과정은 ⓒ에서 ⓔ로, 찾지 못했다면 ⓒ에서 다시 ⓐ로 진행된다.

❌ **오답풀이**

① ⑦: ⓐ가 두 번 동작했다면, 두 질의 내용이 동일하고 패킷을 받는 수신 측도 동일하다.

> 근거: ⑤ [17]클라이언트는 기록되어 있는 네임서버에 도메인 네임에 해당하는 IP 주소를 물어보는 질의 패킷을 보낸다.~[20]만일 해당 IP 주소가 목록에 없으면 네임서버는 다른 네임서버의 IP 주소를 알려 주는 응답 패킷을 보내고, 클라이언트는 다시 그 네임서버에 질의 패킷을 보내는 단계로 돌아가 같은 과정을 반복한다.
> ⑦에서 ⓐ가 두 번 동작했다는 것은 질의 패킷에 담긴 도메인 네임에 해당하는 IP 주소가 처음 질의 패킷을 받은 네임서버의 목록에 없어, 다른 네임서버의 IP 주소가 클라이언트에게 전송되고 그 네임서버의 IP 주소로 동일한 내용의 질의 패킷이 다시 전송되었다는 것을 의미한다. 즉 질의 패킷의 내용은 도메인 네임에 해당하는 IP 주소를 묻는 것으로 동일하지만, 질의 패킷을 받는 수신 측은 서로 다른 네임서버가 되므로 수신 측이 동일하다고는 볼 수 없다.

② ⑦: ⓑ가 두 번 동작했다면, 두 응답 내용이 서로 다르고 패킷을 보낸 송신 측은 동일하다.

> 근거: ⑤ [17]클라이언트는 기록되어 있는 네임서버에 도메인 네임에 해당하는 IP 주소를 물어보는 질의 패킷을 보낸다.~[20]만일 해당 IP 주소가 목록에 없으면 네임서버는 다른 네임서버의 IP 주소를 알려 주는 응답 패킷을 보내고, 클라이언트는 다시 그 네임서버에 질의 패킷을 보내는 단계로 돌아가 같은 과정을 반복한다.
> ⑦에서 ⓑ가 두 번 동작했다는 것은 질의 패킷에 담긴 도메인 네임에 해당하는 IP 주소가 처음 질의 패킷을 받은 네임서버의 목록에 없어, 다른 네임서버의 IP 주소가 응답 패킷이 되어 클라이언트에게 전송되고 그 네임서버의 IP 주소로 질의 패킷을 보내 응답 패킷을 받았다는 것을 의미한다. 따라서 ⓑ가 처음 동작했을 때 클라이언트가 받은 응답 내용은 처음 질의 패킷을 받은 네임서버가 보낸 다른 네임서버의 IP 주소일 것이고, ⓑ가 두 번째 동작했을 때 응답 내용은 다른 네임서버가 보낸 도메인 네임에 해당하는 IP 주소일 것이다. 그러므로 두 응답 내용이 서로 다르다는 선지의 내용은 적절하지만, 첫 번째 응답 패킷을 보낸 송신 측과 두 번째 응답 패킷을 보낸 송신 측은 서로 다른 네임서버이므로 패킷을 보낸 송신 측은 동일하지 않다.

④ ④: ⓓ의 응답 패킷에는 공격자가 보내 온 IP 주소가 포함되어 있다.

> 근거: ⑤ [23]UDP는 패킷의 빠른 전송 속도를 확보하기 위해 상대에게 패킷을 보내기만 할 뿐 도착 여부는 확인하지 않으며, 특정 질의 패킷에 대해 처음 도착한 응답 패킷을 신뢰하고 다음에 도착한 패킷은 확인하지 않고 버린다. + ⑥ [28]공격자가 보낸 응답 패킷이 네임서버가 보낸 응답 패킷보다 클라이언트에 먼저 도착하고 클라이언트는 공격자가 보낸 응답 패킷을 옳은 패킷으로 인식하여 위조 사이트로 연결된다.
> ④에서 ⓓ는 DNS 스푸핑이 이루어지는 과정에서 응답 패킷이 버려지는 상황이다. UDP는 처음 도착한 응답 패킷만을 신뢰하고 그다음으로 도착하는 패킷들을 확인하지 않고 버리므로, ⓓ에서 버려진 패킷들은 처음에 도착하지 않은 패킷이다. 이때 ④에서 공격자가 보낸 응답 패킷은 네임서버가 보낸 응답 패킷보다 클라이언트에게 먼저 도착하기 때문에, 버려지는 응답 패킷에는 공격자가 아니라 정상적인 네임서버가 보낸 IP 주소가 포함되어 있는 것이다.

⑤ ㉯: ⓔ의 IP 주소는 ⓐ에서 질의한 도메인 네임에 해당하는 IP 주소이다.

근거: ⑥ ²⁷클라이언트가 네임서버에 특정 IP 주소를 묻는 질의 패킷을 보낼 때, 공격자에게도 패킷이 전달되고 공격자는 위조 사이트의 IP 주소가 적힌 응답 패킷을 클라이언트에게 보낸다.

㉯에서 ⓔ의 IP 주소는 ⓐ에서 질의한 도메인 네임에 해당하는 IP 주소보다 먼저 도착한, 공격자가 보낸 위조 사이트의 IP 주소이다. 이 경우 ⓐ에서 질의한 IP 주소는 ⓓ에서 버려진다.

| 세부 내용 추론 | 정답률 **46**

3. 윗글을 바탕으로 알 수 있는 것은?

✅ 정답풀이

② 동일한 내부 네트워크에 연결된 컴퓨터들의 사설 IP 주소는 서로 달라야 한다.

> 근거: ❸ ¹⁰한편, 인터넷에 직접 접속은 안 되고 내부 네트워크에서만 서로를 식별할 수 있는 사설 IP 주소도 있다.
> 사설 IP 주소는 내부 네트워크에서 서로를 식별하기 위한 IP 주소이기 때문에 서로 달라야 한다는 것을 추론할 수 있다.

❌ 오답풀이

① DNS는 도메인 네임을 사설 IP 주소로 변환한다.

근거: ❹ ¹¹인터넷은 공인 IP 주소를 기반으로 동작하지만 우리가 인터넷을 사용할 때는 IP 주소 대신 사용하기 쉽게 'www. ***. ***' 등과 같이 문자로 이루어진 도메인 네임을 이용한다. ¹²따라서 도메인 네임을 IP 주소로 변환해 주는 DNS가 필요하며 DNS를 운영하는 장치를 네임서버라고 한다.

DNS는 도메인 네임을 IP 주소로 변환해 주는데, 이때의 IP 주소는 사설 IP 주소가 아니라 공인 IP 주소를 말하는 것이다.

③ 유동 IP 주소 방식의 컴퓨터들에는 동시에 동일한 공인 IP 주소를 할당할 수 있다.

근거: ❷ ³인터넷에 연결된 컴퓨터들이 서로를 식별하고 통신하기 위해서 각 컴퓨터들은 IP(인터넷 프로토콜)에 따라 만들어지는 고유 IP 주소를 가져야 한다. ⁶이 주소를 중복 지정하거나 임의로 지정해서는 안 되고 공인 IP 주소를 부여받아야 한다. + ❸ ⁸유동 IP 주소는 DHCP라는 프로토콜에 의해 부여된다. ⁹DHCP는 IP 주소가 필요한 컴퓨터의 요청을 받아 주소를 할당해 주고, 컴퓨터가 IP 주소를 사용하지 않으면 주소를 반환받아 다른 컴퓨터가 그 주소를 사용할 수 있도록 해 준다.

각 IP들은 고유한 IP 주소를 가져야 하며, 주소는 중복 지정할 수 없다. 또한 컴퓨터가 IP 주소를 사용하지 않으면 주소를 반환받아 다른 컴퓨터가 사용할 수 있게 한다고 하였으므로, 동시에 동일한 공인 IP 주소를 할당받을 수 없다.

④ 고정 IP 주소 방식의 컴퓨터들에는 동시에 동일한 공인 IP 주소를 부여할 수 있다.

근거: ❷ ³인터넷에 연결된 컴퓨터들이 서로를 식별하고 통신하기 위해서 각 컴퓨터들은 IP(인터넷 프로토콜)에 따라 만들어지는 고유 IP 주소를 가져야 한다. ⁶이 주소를 중복 지정하거나 임의로 지정해서는 안 되고 공인 IP 주소를 부여받아야 한다. + ❸ ⁷공인 IP 주소에는 동일한 번호를 지속적으로 사용하는 고정 IP 주소와 번호가 변경되기도 하는 유동 IP 주소가 있다.

각 IP들은 고유한 IP 주소를 가져야 하며, 주소는 중복 지정할 수 없고 공인 IP 주소를 부여받아야 한다. 고정 IP 주소는 공인 IP 주소에 해당하므로, 이에 따라 동시에 동일한 공인 IP 주소를 부여할 수 없다.

⑤ IP 주소가 서로 다른 컴퓨터들은 각각에 기록되어 있는 네임서버의 IP 주소도 서로 달라야 한다.

근거: ❹ ¹⁴인터넷 통신사는 가입자들이 공동으로 사용할 수 있는 네임서버를 운영하고 있다.

인터넷 통신사는 공동으로 사용할 수 있는 네임서버를 운영하고 있기 때문에, IP 주소가 다른 컴퓨터들도 사용하는 인터넷 통신사가 같으면 동일한 네임서버의 IP 주소가 기록되어 있을 수 있다.

4. 윗글과 〈보기〉를 참고할 때, DNS 스푸핑을 피하기 위한 방법으로 적절한 것은?

〈보기〉

[1]DNS가 고안되기 전에는 특정 컴퓨터의 사용자가 'hosts'라는 파일에 <u>모든 도메인 네임과 그에 해당하는 IP 주소</u>를 적어 놓았고, 클라이언트들은 이 파일을 복사하여 사용하였다. [2]네임서버를 사용하는 현재에도 여전히 클라이언트는 질의 패킷을 보내기 전에 hosts 파일의 내용을 확인한다. [3]클라이언트가 이 파일에서 <u>원하는 도메인 네임의 IP 주소를 찾으면 그 주소로 바로 접속하고, IP 주소를 찾지 못했을 때 클라이언트는 네임서버에 질의 패킷을 보낸다.</u>

✔ 정답풀이

⑤ 접속하려는 사이트의 도메인 네임과 IP 주소를 사용자가 클라이언트의 hosts 파일에 적어 놓으면 되겠군.

> 근거: ⑥ [27]클라이언트가 네임서버에 특정 IP 주소를 묻는 질의 패킷을 보낼 때, 공격자에도 패킷이 전달되고 공격자는 위조 사이트의 IP 주소가 적힌 응답 패킷을 클라이언트에 보낸다. + 〈보기〉 [3]클라이언트가 이 파일에서 원하는 도메인 네임의 IP 주소를 찾으면 그 주소로 바로 접속하고, IP 주소를 찾지 못했을 때 클라이언트는 네임서버에 질의 패킷을 보낸다.
> 〈보기〉에 따르면 접속하려는 사이트의 도메인 네임과 IP 주소가 hosts 파일에 적혀 있는 경우 네임서버에 질의 패킷을 보내지 않고도 hosts 파일에 있는 IP 주소로 바로 접속할 수 있다. DNS 스푸핑은 네임서버로 질의 패킷을 보내고 응답 패킷을 받는 과정에서 일어나는 것이므로, 네임서버를 사용하지 않고 hosts 파일을 통해서 바로 해당 IP 주소에 접속하게 되면 DNS 스푸핑을 피할 수 있다.

✖ 오답풀이

① 클라이언트에서 사용자가 hosts 파일을 찾아 삭제하면 되겠군.
근거: 〈보기〉 [3]클라이언트가 이 파일에서 원하는 도메인 네임의 IP 주소를 찾으면 그 주소로 바로 접속하고, IP 주소를 찾지 못했을 때 클라이언트는 네임서버에 질의 패킷을 보낸다.
〈보기〉에 따르면 hosts 파일에서 도메인 네임에 해당하는 IP 주소를 찾지 못한 경우 네임서버에 질의 패킷을 보내게 되고, DNS 스푸핑은 네임서버로 질의 패킷을 보내고 응답 패킷을 받는 과정에서 일어난다. 따라서 클라이언트에서 hosts 파일을 찾아 삭제하면 모든 IP 주소를 네임서버에 의존해서 찾게 되기 때문에 오히려 DNS 스푸핑에 걸릴 확률이 높아진다.

② 클라이언트의 IP 주소를 사용자가 클라이언트의 hosts 파일에 적어 놓으면 되겠군.
근거: 〈보기〉 [3]클라이언트가 이 파일에서 원하는 도메인 네임의 IP 주소를 찾으면 그 주소로 바로 접속하고, IP 주소를 찾지 못했을 때 클라이언트는 네임서버에 질의 패킷을 보낸다.
〈보기〉에 따르면 hosts 파일에서 찾는 것은 클라이언트의 IP 주소가 아니라 찾고자 하는 도메인 네임에 해당하는 IP 주소이기 때문에, 클라이언트의 IP 주소를 hosts 파일에 적어 놓는 것은 DNS 스푸핑을 피하는 것과 무관하다.

③ 클라이언트에 hosts 파일이 없더라도 사용자가 주소창에 도메인 네임만 입력하면 되겠군.
근거: 〈보기〉 [3]클라이언트가 이 파일에서 원하는 도메인 네임의 IP 주소를 찾으면 그 주소로 바로 접속하고, IP 주소를 찾지 못했을 때 클라이언트는 네임서버에 질의 패킷을 보낸다.
〈보기〉에 따르면 hosts 파일에 해당 도메인 네임에 해당하는 IP 주소가 없거나 hosts 파일 자체가 없는 경우 네임서버를 통해 IP 주소를 찾게 된다. DNS 스푸핑은 네임서버로 질의 패킷을 보내고 응답 패킷을 받는 과정에서 일어나기 때문에 이 경우 DNS 스푸핑이 이루어질 수 있다. 따라서 hosts 파일이 없는 상태에서 주소창에 도메인 네임만 입력하는 것은 DNS 스푸핑을 피하기 위한 방법으로 적절하지 않다.

④ 네임서버의 도메인 네임과 IP 주소를 사용자가 클라이언트의 hosts 파일에 적어 놓으면 되겠군.
근거: 〈보기〉 [3]클라이언트가 이 파일에서 원하는 도메인 네임의 IP 주소를 찾으면 그 주소로 바로 접속하고, IP 주소를 찾지 못했을 때 클라이언트는 네임서버에 질의 패킷을 보낸다.
〈보기〉에 따르면 hosts 파일에서 찾는 것은 네임서버의 도메인 네임, IP 주소가 아니라 찾고자 하는 도메인 네임에 해당하는 IP 주소이다. 네임서버의 도메인 네임과 IP 주소를 클라이언트의 hosts 파일에 적어 놓는 것은 DNS 스푸핑을 피하는 것과 무관하다.

5. 문맥상 ㉠~㉤과 바꿔 쓰기에 가장 적절한 것은?

✔ 정답풀이

② ㉡: 표시(標示)한다

> 근거: **2** ⁵4개의 필드에 숫자를 사용하여 ㉡나타낸다.
> '나타내다'는 '어떤 일의 결과나 징후를 외부에 드러내다.'라는 의미이므로 '표를 하여 외부에 드러내 보이다.'라는 의미의 '표시하다'와 바꿔 쓸 수 있다.

✗ 오답풀이

① ㉠: 제조(製造)되는
근거: **2** ³각 컴퓨터들은 IP(인터넷 프로토콜)에 따라 ㉠만들어지는
만들다: 글을 짓거나 문서 같은 것을 짜다.
제조되다: 공장에서 큰 규모로 물건이 만들어지다.

③ ㉢: 발생(發生)된
근거: **4** ¹¹문자로 ㉢이루어진 도메인 네임을 이용한다.
이루어지다: 몇 가지 부분이나 요소가 모여 일정한 성질이나 모양을 가진 존재가 되다.
발생되다: 어떤 일이나 사물이 생겨나게 되다.

④ ㉣: 인정(認定)한
근거: **5** ²¹클라이언트는 이렇게 ㉣알아낸 IP 주소로 사이트를 찾아간다.
알아내다: 방법이나 수단을 써서 모르던 것을 알 수 있게 되다.
인정하다: 확실히 그렇다고 여기다.

⑤ ㉤: 비교(比較)해
근거: **5** ²²네임서버와 클라이언트는 UDP라는 프로토콜에 ㉤맞추어
맞추다: 어떤 기준이나 정도에 어긋나지 아니하게 하다.
비교하다: 둘 이상의 사물을 견주어 서로 간의 유사점, 차이점, 일반 법칙 따위를 고찰하다.

모두의 질문 • 5번

Q: 어휘 문제를 자주 틀리는데, 모든 단어의 의미를 외워야 하나요? 어디서부터, 어떻게 공부해야 하는지 막막해요.

A: 어휘 문제에 대해 어려움을 느끼는 학생들이 많다. 하지만 대부분의 경우 지문의 단어를 선지에 넣어 보았을 때 의미가 통하는지를 따져 보면 해결할 수 있으며, 사전적 의미를 물어본다면 확실히 틀린 것을 찾으면 해결된다. 그럼에도 불구하고 실전에서 답을 고르기 어려운 상황에 직면했다면 우선 확실히 답이 아닌 선지들을 지우고, 그래도 고민이 된다면 그 지문과 문제에 매달리지 말고 다른 문제를 풀며 머리를 환기한 다음 마지막에 돌아와 다시 보면 처음 볼 때보다 답이 또렷하게 보일 수 있다. 어휘력을 기르는 가장 좋은 방법은 꾸준한 독서겠지만 수능이 임박한 상황에서 이것이 현실적으로 어렵다면, 공부를 하는 과정에서 뜻을 모르거나 어려운 단어가 나올 때마다 사전에서 그 뜻을 찾아보고 용례를 확인하는 것만으로도 큰 도움이 된다. 또 기출 어휘 문제를 모아서 풀어 보고 반복 출제된 어휘 위주로 뜻과 쓰임, 가능하다면 그 반의어, 유의어 등으로 확장해 가면서 공부하면 된다. 여유가 된다면 한자도 함께 보는 것이 좋다. 외국어가 아니므로 외우려고 하기보다는 뜻을 정확하게 알고 넘어간다고 생각하면 충분하다.

[1~6] 다음 글을 읽고 물음에 답하시오.

✏️ 사고의 흐름

1 ¹'콘크리트'는 건축 재료로 다양하게 사용되고 있다. 건축 재료 중 '콘크리트'가 화제로 제시됐네. ²일반적으로 콘크리트가 근대 기술의 ㉠산물*로 알려져 있지만 콘크리트는 이미 고대 로마 시대에도 사용되었다. 일반적으로 알려진 것과 달리 고대 로마 시대부터 콘크리트가 사용되었군! ³로마 시대의 탁월한 건축미를 보여 주는 판테온은 콘크리트 구조물인데, 반구형의 지붕인 돔은 오직 콘크리트로만 이루어져 있다. ⁴로마인들은 콘크리트의 골재 배합*을 달리하면서 돔의 상부로 갈수록 두께를 점점 줄여 지붕을 가볍게 할 수 있었다. ⁵돔 지붕이 지름 45m 남짓의 넓은 원형 내부 공간과 이어지도록 하였고, 지붕의 중앙에는 지름 9m가 넘는 ㉡원형의 천창을 내어 빛이 내부 공간을 채울 수 있도록 하였다. 판테온: 로마 시대의 콘크리트 구조물 / 돔은 오직 콘크리트로만 이루어짐, 원형의 천창을 냄

'-지만' 앞에 일반적인 내용이 나온 뒤, 일반적이지 않은 내용이 제시될 거야. '-지만' 뒤에 제시된 내용에 주목하자!

2 ⁶콘크리트는 시멘트에 모래와 자갈 등의 골재를 섞어 물로 반죽한 혼합물이다. ⁷콘크리트에서 결합재 역할을 하는 시멘트가 물과 만나면 ㉢점성을 띠는 상태가 되며, 시간이 지남에 따라 수화 반응이 일어나 골재, 물, 시멘트가 결합하면서 굳어진다. ⁸콘크리트의 수화 반응은 상온에서 일어나기 때문에 작업하기에도 좋다. 콘크리트: 시멘트(결합재 역할) + 골재(모래, 자갈 등) + 물 → 수화 반응으로 굳어짐 ⁹반죽 상태의 콘크리트를 거푸집에 부어 경화시키면 다양한 형태와 크기의 구조물을 만들 수 있다. ¹⁰콘크리트의 골재는 종류에 따라 강도와 밀도가 다양하므로 골재의 종류와 비율을 조절하여 콘크리트의 강도와 밀도를 다양하게 변화시킬 수 있다. ¹¹그리고 골재들 간의 접촉을 높여야 강도가 높아지기 때문에, 서로 다른 크기의 골재를 배합하는 것이 효과적이다. 정보가 나열되며 글이 전개되고 있어서 아직까지는 글의 분명한 방향을 알기는 어려워. 이럴 때는 지금까지 나타난 정보들만 차분히 정리하고 넘어가면 돼! 콘크리트: 다양한 형태와 크기의 구조물 제작 가능, 다양한 강도(골재들 간 접촉↑ → 강도↑)와 밀도

3 ¹²콘크리트가 철근 콘크리트로 발전함에 따라 건축은 구조적으로 더욱 견고해지고*, 형태 면에서는 더욱 다양하고 자유로운 표현이 가능해졌다. '철근 콘크리트'라는 새로운 건축 재료가 제시됐네. ¹³일반적으로 콘크리트는 누르는 힘인 압축력에는 쉽게 부서지지 않지만 당기는 힘인 인장력에는 쉽게 부서진다. 콘크리트가 인장력에 약하다는 단점이 제시된 걸로 보아 이를 보완한 것이 철근 콘크리트임을 예측할 수 있어. ¹⁴압축력이나 인장력에 재료가 부서지지 않고 그 힘에 견딜 수 있는, 단위 면적당 최대의 힘을 각각 압축 강도와 인장 강도라 한다. ¹⁵콘크리트의 압축 강도는 인장 강도보다 10배 이상 높다. ¹⁶또한 압축력을 가했을 때 최대한 줄어드는 길이는 인장력을 가했을 때 최대한 늘어나는 길이보다 훨씬 길다. 인장력을 가했을 때보다 압축력을 가했을 때 부서지지 않고 변화하는 길이가 길다고 했어. 이는 앞서 콘크리트는 압축력에는 강하나 인장력에는 약하다고 언급한 것을 재진술한 거네. ¹⁷그런데 철근이나 철골과 같은 철재는

인장력과 압축력에 의한 변형 정도가 콘크리트보다 작은 데다가 압축 강도와 인장 강도 모두가 콘크리트보다 높다. ¹⁸특히 인장 강도는 월등히 더 높다. 철재는 콘크리트에 비해 인장력과 압축력에 모두 강하군. 철재에 대해 강조하고자 하는 내용이 나오겠네! ¹⁹따라서 보강재로 철근을 콘크리트에 넣어 대부분의 인장력을 철근이 받도록 하면 인장력에 취약한 콘크리트의 단점이 크게 보완된다. '철근 콘크리트'는 인장 강도가 높은 철근을 보완재로 콘크리트에 넣어 인장력에 취약한 콘크리트의 단점을 보완한 것이군! ²⁰다만 철근은 무겁고 비싸기 때문에, 대개는 인장력을 많이 받는 부분을 정확히 계산하여 그 지점을 ㉣위주로 철근을 보강한다. ²¹또한 가해진 힘의 방향에 수직인 방향으로 재료가 변형되는 점도 고려해야 하는데, 이때 필요한 것이 포아송 비이다. '포아송 비'라는 새로운 개념이 나왔네. 집중하자! ²²철재는 콘크리트보다 포아송 비가 크며, 대체로 철재의 포아송 비는 0.3, 콘크리트는 0.15 정도이다. '콘크리트'라는 건축 재료의 발전이 글의 큰 흐름임을 알 수 있는 문단이었어. 긴 문단이었지만 결국 중요한 것은 콘크리트의 한계점을 보완한 것이 철근 콘크리트라는 점과, 콘크리트와 철재의 특징 비교라는 점에 집중하자.

	콘크리트	철재(철근, 철골)
변형 정도	크다	작다
압축·인장 강도	낮다	높다
포아송 비	0.15	0.3

4 ²³강도가 높고 지지력이 좋아진 철근 콘크리트를 건축 재료로 사용하면서, 대형 공간을 축조하고 기둥의 간격도 넓힐 수 있게 되었다. ²⁴20세기에 들어서면서부터 근대 건축에서 철근 콘크리트는 예술적 ㉤영감을 줄 수 있는 재료로 인식되기 시작하였다. 철근 콘크리트: 강도↑, 지지력↑ / 대형 공간 축조 가능, 기둥 간격 넓힐 수 있음 ²⁵기술이 예술의 가장 중요한 근원이라는 신념을 가졌던 르 코르뷔지에는 철근 콘크리트 구조의 장점을 사보아 주택에서 완벽히 구현*하였다. 철근 콘크리트 구조의 장점이 사보아 주택에서 구현되었군. ²⁶사보아 주택은, 벽이 건물의 무게를 지탱하는 구조로 설계된 건축물과는 달리 기둥만으로 건물 본체의 하중을 지탱하도록 설계되어 건물이 공중에 떠 있는 듯한 느낌을 준다. ²⁷2층 거실을 둘러싼 벽에는 수평으로 긴 창이 나 있고, 건축가가 '건축적 산책로'라고 이름 붙인 경사로는 지상의 출입구에서 2층의 주거 공간으로 이어지다가 다시 테라스로 나와 지붕까지 연결된다. ²⁸목욕실 지붕에 설치된 작은 천창을 통해 하늘을 바라보면 이 주택이 자신을 중심으로 펼쳐진 또 다른 소우주임을 느낄 수 있다. ²⁹평평하고 넓은 지붕에는 정원이 조성되어, 여기서 산책하다 보면 대지를 바다 삼아 항해하는 기선의 갑판에 서 있는 듯하다. 사보아 주택: 철근 콘크리트 구조물 / 기둥만으로 하중 지탱, 수평으로 긴 창, 경사로, 목욕실 지붕의 천창, 지붕에는 정원

5 ³⁰철근 콘크리트는 근대 이후 가장 중요한 건축 재료로 널리 사용되어 왔지만 철근 콘크리트의 인장 강도를 높이려는 연구가 계속

되어 프리스트레스트 콘크리트가 등장하였다. '프리스트레스트 콘크리트'

프리스트레스트 콘크리트의 제작 순서가 나올 거야.

라는 새로운 건축 재료가 제시되었네. 그렇다면 인장 강도는 '콘크리트 < 철근 콘크리트 < 프리스트레스트 콘크리트'순으로 높겠군. ³¹프리스트레스트 콘크리트는 다음과 같이 제작된다. ³²<u>먼저</u> 거푸집에 철근을 넣고 철근을 당긴 상태에서 콘크리트 반죽을 붓는다. ³³콘크리트가 (수화 반응으로) 굳은 뒤에 당기는 힘을 제거하면, 철근이 줄어들면서 콘크리트에 압축력이 작용하여 외부의 인장력에 대한 저항성이 높아진 프리스트레스트 콘크리트가 만들어진다. ³⁴킴벨 미술관은 개방감을 주기 위하여 기둥 사이를 30m 이상 벌리고 내부의 전시 공간을 하나의 층으로 만들었다. 각각의 건축 재료의 특징이 반영된 세 가지 건축물이 제시되었어. 세 건축물의 차이를 묻는 문제가 출제될 가능성이 높겠군! 앞의 판테온, 사보아 주택과 킴벨 미술관을 구분하여 읽어 보자! ³⁵이 간격은 프리스트레스트 콘크리트 구조를 활용하였기에 구현할 수 있었고, 일반적인 철근 콘크리트로는 구현하기 어려웠다. ³⁶이 구조로 이루어진 긴 지붕의 틈새로 들어오는 빛이 넓은 실내를 환하게 채우며 철근 콘크리트로 이루어진 내부를 대리석처럼 빛나게 한다. 킴벨 미술관: 프리스트레스트 콘크리트 구조물 / 기둥 간격↑, 하나의 층, 긴 지붕의 틈새로 빛이 들어옴. 그럼 콘크리트, 철근 콘크리트, 프리스트레스트 콘크리트를 비교하며 정리해 보자!

	콘크리트	철근 콘크리트	프리스트레스트 콘크리트
장점	다양한 형태, 크기, 강도, 밀도	강도↑, 지지력↑, 대형 공간 축조 가능, 기둥 간격↑	인장력에 제일 강함, 기둥 간격↑
단점	인장력에 약함	무겁고 가격이 비쌈	-
구조물	판테온	사보아 주택	킴벨 미술관

지금까지의 설명을 정리해 줄 거야.

6 ³⁷<u>이처럼</u> 건축 재료에 대한 기술적 탐구는 언제나 새로운 건축 미학의 원동력이 되어 왔다. ³⁸특히 근대 이후에는 급격한 기술의 발전으로 혁신적인 건축 작품들이 탄생할 수 있었다. ³⁹건축 재료와 건축 미학의 유기적인 관계는 앞으로도 지속될 것이다. 건축 재료와 건축 미학의 관계를 전망하며 글을 마치고 있군!

만점 선배의 구조도 예시

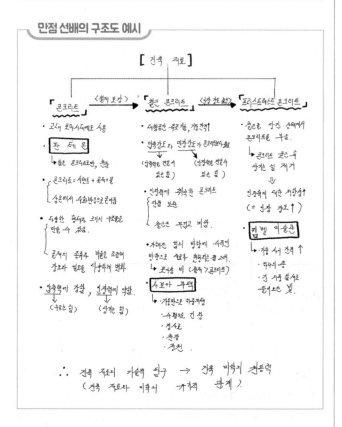

1. 윗글에 대한 설명으로 가장 적절한 것은?

☑ 정답풀이

① 건축 재료의 특성과 발전을 서술하면서 각 건축물들의 공간적 특징을 설명하고 있다.

> 근거: **1** ¹'콘크리트'는 건축 재료로 다양하게 사용되고 있다.~³로마 시대의 탁월한 건축미를 보여 주는 판테온은 콘크리트 구조물인데, 반구형의 지붕인 돔은 오직 콘크리트로만 이루어져 있다. + **3** ¹²콘크리트가 철근 콘크리트로 발전함에 따라 건축은 구조적으로 더욱 견고해지고, 형태면에서는 더욱 다양하고 자유로운 표현이 가능해졌다.~**4** ²⁵르 코르뷔지에는 철근 콘크리트 구조의 장점을 사보아 주택에서 완벽히 구현하였다. ²⁶사보아 주택은, 벽이 건물의 무게를 지탱하는 구조로 설계된 건축물과는 달리 기둥만으로 건물 본체의 하중을 지탱하도록 설계되어 건물이 공중에 떠 있는 듯한 느낌을 준다. + **5** ³⁰철근 콘크리트의 인장 강도를 높이려는 연구가 계속되어 프리스트레스트 콘크리트가 등장하였다.~³⁴킴벨 미술관은 개방감을 주기 위하여 기둥 사이를 30m 이상 벌리고 내부의 전시 공간을 하나의 층으로 만들었다.
> 윗글은 건축 재료인 콘크리트, 철근 콘크리트, 프리스트레스트 콘크리트의 특성과 발전을 서술하며, 각 콘크리트로 이루어진 건축물인 판테온, 사보아 주택, 킴벨 미술관의 공간적 특징을 설명하고 있다.

☒ 오답풀이

② 건축 재료의 특성에 기초하여 건축물들의 특징에 대한 상반된 평가를 제시하고 있다.

건축 재료들의 특성에 기초하여 건축물들의 특징을 설명하고 있을 뿐, 이에 대한 상반된 평가를 제시하고 있지는 않다.

③ 건축 재료의 기원을 검토하여 다양한 건축물들의 미학적 특성과 한계를 평가하고 있다.

윗글에 건축 재료의 기원이나 다양한 건축물들의 미학적 한계를 평가하는 내용은 없다.

④ 건축 재료의 시각적 특성을 설명하면서 각 재료와 건축물들의 경제적 가치를 탐색하고 있다.

건축 재료의 물질적 특성을 설명하고 있을 뿐, 시각적 특성을 설명하고 있지 않다. 또한 각 재료와 건축물들의 경제적 가치를 탐색하고 있지도 않다.

⑤ 건축물들의 특징에 대한 평가가 시대에 따라 달라진 원인을 제시하고 건축 재료와의 관계를 설명하고 있다.

윗글에 건축물들의 특징에 대한 평가가 시대에 따라 달라졌다거나 그 원인을 제시한 내용은 없다.

2. 윗글의 내용에 대한 이해로 적절하지 <u>않은</u> 것은?

☑ 정답풀이

⑤ 사보아 주택과 킴벨 미술관은 모두 층을 구분하지 않도록 구성하여 개방감을 확보하였다.

> 근거: **4** ²⁷(사보아 주택의) 2층 거실을 둘러싼 벽에는 수평으로 긴 창이 나 있고, 건축가가 '건축적 산책로'라고 이름 붙인 경사로는 지상의 출입구에서 2층의 주거 공간으로 이어지다가 다시 테라스로 나와 지붕까지 연결된다. + **5** ³⁴킴벨 미술관은 개방감을 주기 위하여 기둥 사이를 30m 이상 벌리고 내부의 전시 공간을 하나의 층으로 만들었다.
> 킴벨 미술관은 내부의 전시 공간을 하나의 층으로 만들었지만, 사보아 주택은 2층으로 층을 구분하였다.

☒ 오답풀이

① 판테온의 돔에서 상대적으로 더 얇은 부분은 상부 쪽이다.

근거: **1** ⁴로마인들은 콘크리트의 골재 배합을 달리하면서 (판테온의) 돔의 상부로 갈수록 두께를 점점 줄여 지붕을 가볍게 할 수 있었다.

② 사보아 주택의 지붕은 여유를 즐길 수 있는 공간으로도 활용되었다.

근거: **4** ²⁹(사보아 주택의) 평평하고 넓은 지붕에는 정원이 조성되어, 여기서 산책하다 보면 대지를 바다 삼아 항해하는 기선의 갑판에 서 있는 듯하다.

③ 킴벨 미술관은 철근 콘크리트의 인장 강도를 높이는 방법을 이용하여 넓고 개방된 내부 공간을 확보하였다.

근거: **5** ³³콘크리트가 굳은 뒤에 당기는 힘을 제거하면, 철근이 줄어들면서 콘크리트에 압축력이 작용하여 외부의 인장력에 대한 저항성이 높아진 프리스트레스트 콘크리트가 만들어진다. ³⁴킴벨 미술관은 개방감을 주기 위하여 기둥 사이를 30m 이상 벌리고 내부의 전시 공간을 하나의 층으로 만들었다.

킴벨 미술관은 철근 콘크리트의 인장 강도를 높인 프리스트레스트 콘크리트를 활용하여 기둥 사이를 벌리고 내부의 전시 공간을 하나의 층으로 만들었으므로, 넓고 개방된 내부 공간을 확보하였다고 할 수 있다.

④ 판테온과 사보아 주택은 모두 천창을 두어 빛이 위에서 들어올 수 있도록 하였다.

근거: **1** ⁵(판테온) 지붕의 중앙에는 지름 9m가 넘는 원형의 천창을 내어 빛이 내부 공간을 채울 수 있도록 하였다. + **4** ²⁸목욕실 지붕에 설치된 작은 천창을 통해 하늘을 바라보면 이 주택(사보아 주택)이 자신을 중심으로 펼쳐진 또 다른 소우주임을 느낄 수 있다.

3. 윗글을 바탕으로 추론한 내용으로 가장 적절한 것은?

✅ 정답풀이

④ 프리스트레스트 콘크리트는 철근이 복원되려는 성질을 이용하여 콘크리트에 압축력을 줌으로써 인장 강도를 높인 것이다.

> 근거: ⑤ ³²먼저, 거푸집에 철근을 넣고 철근을 당긴 상태에서 콘크리트 반죽을 붓는다. ³³콘크리트가 굳은 뒤에 당기는 힘을 제거하면, 철근이 줄어들면서 콘크리트에 압축력이 작용하여 외부의 인장력에 대한 저항성이 높아진 프리스트레스트 콘크리트가 만들어진다.
> 프리스트레스트 콘크리트는 철근을 당긴 상태에서 콘크리트 반죽을 부어 제작한 것인데, 콘크리트가 굳은 뒤에 당기는 힘을 제거하면 철근이 다시 줄어들려는 성질, 즉 복원되려는 성질을 이용하여 콘크리트에 압축력을 줌으로써 외부의 인장력에 대한 저항성을 높일 수 있다.

❌ 오답풀이

① 당기는 힘에 대한 저항은 철근 콘크리트가 철재보다 크다.
근거: ❸ ¹³일반적으로 콘크리트는 누르는 힘인 압축력에는 쉽게 부서지지 않지만 당기는 힘인 인장력에는 쉽게 부서진다. ¹⁷그런데 철근이나 철골과 같은 철재는 인장력과 압축력에 의한 변형 정도가 콘크리트보다 작은 데다가 압축 강도와 인장 강도 모두가 콘크리트보다 높다. ¹⁹따라서 보강재로 철근을 콘크리트에 넣어 대부분의 인장력을 철근이 받도록 하면 인장력에 취약한 콘크리트의 단점이 크게 보완된다.
당기는 힘(인장력)에 대한 저항은 콘크리트가 철재보다 작다. 인장 강도를 높이기 위해 콘크리트에 보강재로 철근을 넣은 것이 철근 콘크리트이므로, 철근 콘크리트가 철재보다 당기는 힘에 대한 저항이 크다고 할 수는 없다.

② 일반적으로 철근을 콘크리트에 보강재로 사용할 때는 압축력을 많이 받는 부분에 넣는다.
근거: ❸ ²⁰다만 철근은 무겁고 비싸기 때문에, 대개는 인장력을 많이 받는 부분을 정확히 계산하여 그 지점을 위주로 철근을 보강한다.
철근은 압축력이 아니라 인장력을 많이 받는 부분에 넣는다.

③ 프리스트레스트 콘크리트에서는 철근의 인장력으로 높은 강도를 얻게 되어 수화 반응이 일어나지 않는다.
근거: ❷ ⁷콘크리트에서 결합재 역할을 하는 시멘트가 물과 만나면 점성을 띠는 상태가 되며, 시간이 지남에 따라 수화 반응이 일어나 골재, 물, 시멘트가 결합하면서 굳어진다. + ❺ ³²먼저, 거푸집에 철근을 넣고 철근을 당긴 상태에서 콘크리트 반죽을 붓는다. ³³콘크리트가 굳은 뒤에 당기는 힘을 제거하면, 철근이 줄어들면서 콘크리트에 압축력이 작용하여 외부의 인장력에 대한 저항성이 높아진 프리스트레스트 콘크리트가 만들어진다.
콘크리트는 수화 반응이 일어나 굳어진다. 프리스트레스트 콘크리트는 철근을 당긴 상태에서 콘크리트 반죽을 붓고, 콘크리트가 굳은 뒤에 당기는 힘을 제거한 것이므로 수화 반응이 일어난 것이다.

⑤ 콘크리트의 강도를 높이는 데에는 크기가 다양한 자갈을 사용하는 것보다 균일한 크기의 자갈만 사용하는 것이 효과적이다.
근거: ❷ ⁶시멘트에 모래와 자갈 등의 골재 ¹¹그리고 골재들 간의 접촉을 높여야 강도가 높아지기 때문에, 서로 다른 크기의 골재를 배합하는 것이 효과적이다.

4. 윗글을 바탕으로 〈보기〉에 대해 탐구한 내용으로 적절하지 않은 것은?

〈보기〉

압축   인장

변형 후

¹철재만으로 제작된 원기둥 A와 콘크리트만으로 제작된 원기둥 B에 힘을 가하며 변형을 관찰하였다. ²A와 B의 윗면과 아랫면에 수직인 방향으로 압축력을 가했더니 높이가 줄어들면서 지름은 늘어났다. ³또, A의 윗면과 아랫면에 수직인 방향으로 인장력을 가했더니 높이가 늘어나면서 지름이 줄어들었다. ⁴이때 지름의 변화량의 절댓값을 높이의 변화량의 절댓값으로 나누어 포아송 비를 구하였더니,

포아송 비 = |지름 변화량| / |높이 변화량| 일반적으로 알려진 철재와 콘크리트의 포아송 비와 동일하게 나왔다. ⁵그리고 A와 B의 포아송 비는 변형 정도에 상관없이 그 값이 변하지 않았다. (단, 힘을 가하기 전 A의 지름과 높이는 B와 동일하다.)

✅ 정답풀이

④ A와 B에 압축력을 가했을 때 줄어든 높이의 변화량이 같았다면 B의 지름이 A의 지름보다 더 늘어났을 것이다.

> 근거: ❸ ²²철재는 콘크리트보다 포아송 비가 크며, 대체로 철재의 포아송 비는 0.3, 콘크리트는 0.15 정도이다. + 〈보기〉 ⁴이때 지름의 변화량의 절댓값을 높이의 변화량의 절댓값으로 나누어 포아송 비를 구하였더니, 일반적으로 알려진 철재와 콘크리트의 포아송 비와 동일하게 나왔다.
> '포아송 비 = |지름 변화량| / |높이 변화량|'이고 A의 포아송 비는 0.3, B의 포아송 비는 0.15이다. A와 B에 압축력을 가했을 때 줄어든 높이의 변화량을 100이라고 가정하여 포아송 비를 구하는 공식에 넣으면 다음과 같다.
> A의 포아송 비 = 0.3 = |30| / |100|
> B의 포아송 비 = 0.15 = |15| / |100|
> A의 지름의 변화량의 절댓값이 30, B의 지름의 변화량의 절댓값이 15이므로 A의 지름이 B의 지름보다 더 늘어났을 것이다.

❌ 오답풀이

① 동일한 압축력을 가했다면 B는 A보다 높이가 더 줄어들었을 것이다.
근거: ❸ ¹⁷그런데 철근이나 철골과 같은 철재는 인장력과 압축력에 의한 변형 정도가 콘크리트보다 작은 데다가 압축 강도와 인장 강도 모두가 콘크리트보다 높다. + 〈보기〉 ¹철재만으로 제작된 원기둥 A와 콘크리트만으로 제작된 원기둥 B
철재가 콘크리트보다 압축력에 의한 변형 정도가 더 적으므로 〈보기〉에서 동일한 압축력을 가했다면 콘크리트만으로 제작된 원기둥 B는 철재만으로 제작된 원기둥 A보다 높이가 더 줄어들었을 것이다.

② A에 인장력을 가했다면 높이의 변화량의 절댓값은 지름의 변화량의 절댓값보다 컸을 것이다.

근거: ⓐ ²²철재는 콘크리트보다 포아송 비가 크며, 대체로 철재의 포아송 비는 0.3, 콘크리트는 0.15 정도이다. + 〈보기〉⁴이때 지름의 변화량의 절댓값을 높이의 변화량의 절댓값으로 나누어 포아송 비를 구하였더니, 일반적으로 알려진 철재와 콘크리트의 포아송 비와 동일하게 나왔다.

〈보기〉에 따르면 '포아송 비 = | 지름 변화량 | / | 높이 변화량 | '이고 A의 포아송 비는 0.3(3/10)이므로, A에 인장력을 가했다면 높이의 변화량의 절댓값은 지름의 변화량의 절댓값보다 크다.

③ B에 압축력을 가했다면 지름의 변화량의 절댓값은 높이의 변화량의 절댓값보다 작았을 것이다.

근거: ⓐ ²²철재는 콘크리트보다 포아송 비가 크며, 대체로 철재의 포아송 비는 0.3, 콘크리트는 0.15 정도이다. + 〈보기〉⁴이때 지름의 변화량의 절댓값을 높이의 변화량의 절댓값으로 나누어 포아송 비를 구하였더니, 일반적으로 알려진 철재와 콘크리트의 포아송 비와 동일하게 나왔다.

〈보기〉에 따르면 '포아송 비 = | 지름 변화량 | / | 높이 변화량 | '이고 B의 포아송 비는 0.15(15/100)이므로, B에 압축력을 가했다면 지름의 변화량의 절댓값은 높이의 변화량의 절댓값보다 작다.

⑤ A와 B에 압축력을 가했을 때 늘어난 지름의 변화량이 같았다면 A의 높이가 B의 높이보다 덜 줄어들었을 것이다.

근거: ⓐ ²²철재는 콘크리트보다 포아송 비가 크며, 대체로 철재의 포아송 비는 0.3, 콘크리트는 0.15 정도이다. + 〈보기〉⁴이때 지름의 변화량의 절댓값을 높이의 변화량의 절댓값으로 나누어 포아송 비를 구하였더니, 일반적으로 알려진 철재와 콘크리트의 포아송 비와 동일하게 나왔다.

〈보기〉에 따르면 '포아송 비 = | 지름 변화량 | / | 높이 변화량 | '이고 A의 포아송 비는 0.3, B의 포아송 비는 0.15이다. A와 B에 압축력을 가했을 때 늘어난 지름의 변화량을 30이라고 가정하여 포아송 비를 구하는 공식에 넣으면 다음과 같다.

A의 포아송 비 = 0.3 = | 30 | / | 100 |
B의 포아송 비 = 0.15 = | 30 | / | 200 |

A의 높이의 변화량의 절댓값이 100, B의 높이의 변화량의 절댓값이 200이므로 A의 높이가 B의 높이보다 덜 줄어들었을 것이다.

🗒 문제적 문제
• 4-③번

학생들이 정답 이외에 가장 많이 고른 선지가 ③번이다. 건축 재료라는 전문적인 소재에, '포아송 비'라는 낯선 개념까지 등장하니 심적으로 어려움을 느꼈을 것이다. 하지만 국어 시험인 만큼 과학 · 기술 영역이라고 해도 지문과 문제에 제시된 것만 제대로 이해하면 문제를 충분히 풀 수 있다. 즉 〈보기〉에서 제시한 '지름의 변화량의 절댓값을 높이의 변화량의 절댓값으로 나누어 포아송 비를 구하'는 방법을 파악한 후, 윗글의 콘크리트의 포아송 비는 '0.15'라는 정보와 연결했으면 ③번이 적절하다는 것을 어렵지 않게 파악할 수 있었다.

출제자들은 학생들에게 설명해 주지 않은 전문 지식을 묻지 않는다. 제시된 내용을 근거로 삼아 깊고 넓게 독해를 할 수 있는지를 묻는 것이다. 그러니 겁먹지 말고 지문의 흐름을 읽는 독해를 하자. 구조도 그리기는 이를 도와주는 좋은 훈련 방법이다.

정답률 분석

	①	②	매력적 오답 ③	정답 ④	⑤
	9%	16%	22%	41%	12%

| 세부 내용 추론 | 정답률 ⑦⑨

5. 윗글과 〈보기〉를 읽고 추론한 내용으로 적절하지 않은 것은? [3점]

─────── 〈보기〉 ───────

¹철골은 매우 높은 강도를 지닌 건축 재료로, 규격화된 직선의 형태로 제작된다. ²철근 콘크리트 대신 철골을 사용하여 기둥을 만들면 더 가는 기둥으로도 간격을 더욱 벌려 세울 수 있어 훨씬 넓은 공간 구현이 가능하다. ³하지만 산화되어 녹이 슨다는 단점이 있어 내식성 페인트를 칠하거나 콘크리트를 덧입히는 등 산화 방지 조치를 하여 사용한다.

⁴베를린 신국립미술관은 철골의 기술적 장점을 미학적으로 승화시킨 건축물이다. ⁵거대한 평면 지붕은 여덟 개의 십자형 철골 기둥만이 떠받치고 있고, 지붕과 지면 사이에는 가벼운 유리벽이 사면을 둘러싸고 있다. ⁶최소한의 설비 외에는 어떠한 것도 천장에 닿아 있지 않고 내부 공간이 텅 비어 있어 지붕은 공중에 떠 있는 느낌을 준다. ⁷미술관 내부에 들어가면 넓은 공간 속에서 개방감을 느끼게 된다.

🔽 정답풀이

④ 가는 기둥들이 넓은 간격으로 늘어선 건물을 지을 때 기둥의 재료로는 철골보다 철근 콘크리트가 더 적합하겠군.

> 근거: 〈보기〉²철근 콘크리트 대신 철골을 사용하여 기둥을 만들면 더 가는 기둥으로도 간격을 더욱 벌려 세울 수 있어 훨씬 넓은 공간 구현이 가능하다.
>
> 〈보기〉에서 철근 콘크리트 대신 철골을 사용하여 기둥을 만들면 더 가는 기둥으로도 간격을 더욱 벌려 세울 수 있다고 하였으므로, 가는 기둥들이 넓은 간격으로 늘어선 건물을 지을 때 기둥의 재료로는 철근 콘크리트보다 철골이 더 적합하다.

❌ 오답풀이

① 베를린 신국립미술관의 기둥에는 산화 방지 조치가 되어 있겠군.

근거: 〈보기〉³하지만 산화되어 녹이 슨다는 단점이 있어 내식성 페인트를 칠하거나 콘크리트를 덧입히는 등 산화 방지 조치를 하여 사용한다. ⁵거대한 평면 지붕은 여덟 개의 십자형 철골 기둥만이 떠받치고 있고

베를린 신국립미술관의 기둥은 철골로 되어 있으므로 산화 방지 조치가 되어 있을 것이라 추측할 수 있다.

② 휘어진 곡선 모양의 기둥을 세우려 할 때는 대체로 철골을 재료로 쓰지 않겠군.

근거: 〈보기〉¹철골은 매우 높은 강도를 지닌 건축 재료로, 규격화된 직선의 형태로 제작된다.

철골은 직선의 형태로 제작되기 때문에 휘어진 곡선 모양의 기둥을 세우려 할 때는 대체로 철골을 재료로 쓰지 않을 것이다.

③ 베를린 신국립미술관은 철골을, 킴벨 미술관은 프리스트레스트 콘크리트를 활용하여 개방감을 구현하였겠군.

근거: 5 ³⁴킴벨 미술관은 개방감을 주기 위하여 기둥 사이를 30m 이상 벌리고 내부의 전시 공간을 하나의 층으로 만들었다. ³⁵이 간격은 프리스트레스트 콘크리트 구조를 활용하였기에 구현할 수 있었고, 일반적인 철근 콘크리트로는 구현하기 어려웠다. + 〈보기〉 ⁴베를린 신국립미술관은 철골의 기술적 장점을 미학적으로 승화시킨 건축물이다.~⁷미술관 내부에 들어가면 넓은 공간 속에서 개방감을 느끼게 된다.

⑤ 베를린 신국립미술관의 지붕과 사보아 주택의 건물이 공중에 떠 있는 느낌을 주는 것은 벽이 아닌 기둥이 구조적으로 중요한 역할을 하고 있기 때문이겠군.

근거: 4 ²⁶사보아 주택은, 벽이 건물의 무게를 지탱하는 구조로 설계된 건축물과는 달리 기둥만으로 건물 본체의 하중을 지탱하도록 설계되어 건물이 공중에 떠 있는 듯한 느낌을 준다. + 〈보기〉 ⁵거대한 평면 지붕은 여덟 개의 십자형 철골 기둥만이 떠받치고 있고, 지붕과 지면 사이에는 가벼운 유리벽이 사면을 둘러싸고 있다. ⁶최소한의 설비 외에는 어떠한 것도 천장에 닿아 있지 않고 내부 공간이 텅 비어 있어 지붕은 공중에 떠 있는 느낌을 준다.

6. ㉠~㉤을 사용하여 만든 문장으로 적절하지 않은 것은?

✔ 정답풀이

② ㉡: 이 건축물은 후대 미술관의 원형이 되었다.

> 근거: 1 ⁵지붕의 중앙에는 지름 9m가 넘는 ㉡원형의 천창
> ㉡(원형)은 '둥근 모양.'을 이르는 말이다. 반면 '후대 미술관의 원형이 되었다'의 '원형'은 '같거나 비슷한 여러 개가 만들어져 나온 본바탕.'을 이르는 말이다.

✘ 오답풀이

① ㉠: 행복은 성실하고 꾸준한 노력의 산물이다.
근거: 1 ²콘크리트가 근대 기술의 ㉠산물로 알려져 있지만
산물: 어떤 것에 의하여 생겨나는 사물이나 현상을 비유적으로 이르는 말.

③ ㉢: 이 물질은 점성 때문에 끈적끈적한 느낌을 준다.
근거: 2 ⁷시멘트가 물과 만나면 ㉢점성을 띠는 상태가 되며
점성: 차지고 끈끈한 성질.

④ ㉣: 그녀는 채소 위주의 식단을 유지하고 있다.
근거: 3 ²⁰그 지점을 ㉣위주로 철근을 보강한다.
위주: 으뜸으로 삼음.

⑤ ㉤: 그의 발명품은 형의 조언에서 영감을 얻은 것이다.
근거: 4 ²⁴예술적 ㉤영감을 줄 수 있는 재료로 인식되기 시작하였다.
영감: 창조적인 일의 계기가 되는 기발한 착상이나 자극.

CPU 스케줄링

2015학년도 9월 모평A

PART ④ 기술

문제 P.090

[1~3] 다음 글을 읽고 물음에 답하시오.

✏️ 사고의 흐름

1 ¹우리는 컴퓨터에서 음악을 들으면서 문서를 작성할 때 두 가지 프로그램이 동시에 실행되고 있다고 생각한다. ²그러나 실제로는 아주 짧은 시간 간격으로 그 프로그램들이 번갈아 실행되고 있다. ³이는 컴퓨터 운영 체제의 일부인 CPU(중앙 처리 장치) 스케줄링 때문이다. ⁴어떤 프로그램이 실행될 때 컴퓨터 운영 체제는 실행할 프로그램을 주기억 장치에 저장하고 실행 대기 프로그램의 목록인 '작업큐'에 등록한다. ⁵운영 체제는 실행할 하나의 프로그램을 작업큐에서 선택하여 CPU에서 실행하고 실행이 종료되면 작업큐에서 지운다. CPU 스케줄링을 통한 프로그램의 실행 원리를 간단하게 설명해 주고 있어. 다음 문단부터는 더 자세하게 설명해 줄 거야.

일반적인 생각과 다르다는 이야기가 나올 거야!

2 ⁶한 개의 CPU는 한 번에 하나의 프로그램만을 실행할 수 있다. ⁷그러면 A와 B 두 개의 프로그램이 동시에 실행되는 것처럼 보이게 하려면 어떻게 해야 할까? 두 가지 프로그램(A, B)이 '어떻게' 동시에 실행되는 것처럼 보일 수 있는지에 대해 설명해 주겠지? ⁸프로그램은 실행을 요청한 순서대로 작업큐에 등록되고 이 순서에 따라 A와 B는 차례로 실행된다. ⁹이때 A의 실행 시간이 길어지면 B가 기다려야 하는 '대기 시간'이 길어지므로 동시에 두 프로그램이 실행되고 있는 것처럼 보이지 않는다. ¹⁰그러나 A와 B를 일정한 시간 간격을 두고 번갈아 실행하면 두 프로그램이 동시에 실행되는 것처럼 보인다. 프로그램들을 번갈아 실행하면 동시에 실행되는 것처럼 보이는구나!

앞의 내용과 반대되는 내용이 나오겠지?

3 ¹¹이를 위해서 CPU의 실행 시간을 여러 개의 짧은 구간으로 나누어 놓고 각각의 구간마다 하나의 프로그램이 실행되도록 한다. 어떤 원리로 두 가지 프로그램을 번갈아 실행하는지 구체적으로 설명하고 있어. 개념을 자세하게 이해하고 넘어가자! ¹²여기서 한 구간에서 프로그램이 실행되는 것을 '구간 실행'이라 하며, 각각의 구간에서 프로그램이 실행되는 시간을 '구간 시간'이라고 하는데 구간 시간의 길이는 일정하게 정한다. ¹³A와 B의 구간 실행은 원칙적으로 두 프로그램이 종료될 때까지 번갈아 반복되지만 하나의 프로그램이 먼저 종료되면 나머지 프로그램이 계속 실행된다.

4 ¹⁴한편, 어떤 프로그램의 구간 실행이 진행되는 동안, 다른 프로그램은 작업큐에서 대기한다. ¹⁵A의 구간 실행이 끝나면 A의 실행이 정지되고 다음번 구간 시간 동안 실행할 프로그램을 선택한다. ¹⁶이때 A가 정지한 후 B의 실행을 준비하는 데 필요한 시간을 '교체 시간'이라고 하는데 교체 시간은 구간 시간에 비해 매우 짧다. ¹⁷교체 시간에는 그때까지 실행된 A의 상태를 저장하고 B를 실행하기 위해 B의 이전 상태를 가져온다. ¹⁸뿐만 아니라 같은 프로그램이 이어서 실행되더라도 운영 체제가 다음에 실행되어야 할 프로그램을 판단해야 하므로 구간 실행 사이에는 반드시 교체 시간이 필요하다. '대기 시간', '구간 시간', '교체 시간' 등 비슷한 개념이 연달아 제시되면 헷갈릴 수 있으니 정리하고 넘어가자!

추가적인 정보 제시!

대기 시간	• 다른 프로그램이 구간 실행되어 작업큐에서 대기하는 시간 　－ 프로그램 A 실행 시간↑ → 프로그램 B 대기 시간↑
구간 시간	• 각각의 구간에서 프로그램이 실행되는 시간 　－ 길이 일정 • 구간 실행: 한 구간에서 프로그램이 실행되는 것 　－ A와 B 번갈아 반복, 하나의 프로그램 종료 시 나머지 프로그램 계속 실행
교체 시간	• A가 정지한 후 B의 실행을 준비하는 데 필요한 시간 　－ 실행된 A 상태 저장, B의 이전 상태 가져옴 　－ 구간 시간에 비해 짧음, 구간 실행 사이에 필수적

5 ¹⁹하나의 프로그램이 작업큐에 등록될 때부터 종료될 때까지 걸리는 시간을 '총처리 시간'이라고 하는데 이 시간은 순수하게 프로그램의 실행에만 소요된 시간인 '총실행 시간'에 '교체 시간'과 작업큐에서 실행을 기다리는 '대기 시간'을 모두 합한 것이다. 총처리 시간 = 총실행 시간 + 교체 시간 + 대기 시간 ²⁰㉠총실행 시간이 구간 시간보다 긴 프로그램이 실행될 때는 구간 실행 횟수가 많아져서 교체 시간의 총합은 늘어난다. 총실행 시간이 구간 시간보다 길다면 그만큼 여러 개의 구간을 요구하는데, 구간 실행 사이에는 교체 시간이 필요하니까 구간 실행 횟수가 많아지면 교체 시간의 총합은 늘어나겠지! ²¹그러나 총실행 시간이 구간 시간보다 짧거나 같은 프로그램은 한 번의 구간 시간 내에 종료되고 곧바로 다음 프로그램이 실행된다.

6 ²²이제 프로그램 A, B, C가 실행되는 경우를 생각해 보자. 이제는 프로그램이 두 개가 아니라 세 개인 경우(A, B, C 실행)를 보여 주네! ²³A가 실행되고 있고 B가 작업큐에서 대기 중인 상태에서 새로운 프로그램 C를 실행할 경우, C는 B 다음에 등록되므로 A와 B의 구간 실행이 끝난 후 C가 실행된다. ²⁴A와 B가 종료되지 않아 추가적인 구간 실행이 필요하면 작업큐에서 C의 뒤로 다시 등록되므로 C, A, B의 상태가 되고 결과적으로 세 프로그램은 등록되는 순서대로 반복해서 실행된다.

7 ²⁵이처럼 작업큐에 등록된 프로그램의 수가 많아지면 각 프로그램의 대기 시간은 그에 비례하여 늘어난다. 앞 순서들의 구간 실행이 끝날 때까지 대기해야 할 테니까! ²⁶따라서 작업큐에 등록할 수 있는 프로그램의 수를 제한해 대기 시간이 일정 수준 이상으로 길어지는 것을 막을 필요가 있다.

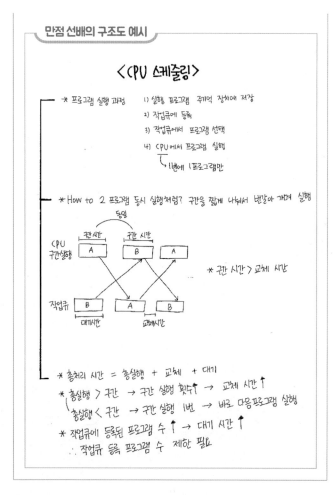

만점 선배의 구조도 예시

〈CPU 스케줄링〉

* 프로그램 실행 과정
  1) 실행 프로그램 주기억 장치에 저장
  2) 작업큐에 등록
  3) 작업큐에서 프로그램 선택
  4) CPU에서 프로그램 실행
     → 1번에 1프로그램만

* How to 2 프로그램 동시 실행처럼? 구간을 짧게 나눠서 번갈아 가며 실행

CPU 구간실행
동일
구간시간   구간시간
A   B   A
* 구간 시간 > 교체 시간

작업큐
B   A   B
대기시간   교체시간

* 총처리 시간 = 총실행 + 교체 + 대기
* 총실행 > 구간 → 구간 실행 횟수↑ → 교체 시간↑
  총실행 < 구간 → 구간 실행 1번 → 바로 다음프로그램 실행
* 작업큐에 등록된 프로그램 수↑ → 대기 시간↑
  ∴ 작업큐 등록 프로그램 수 제한 필요

| 세부 정보 파악 | 정답률 **93**

1. 윗글의 내용과 일치하지 <u>않는</u> 것은?

◇ 정답풀이

② 프로그램 실행이 종료되면 실행 결과는 작업큐에 등록된다.

> 근거: **1** [4]실행 대기 프로그램의 목록인 '작업큐'에 등록한다. [5]운영 체제는 실행할 하나의 프로그램을 작업큐에서 선택하여 CPU에서 실행하고 실행이 종료되면 작업큐에서 지운다.
> 작업큐는 실행 대기 프로그램의 목록으로, CPU에서 실행이 종료된 프로그램은 작업큐에서 지운다.

✗ 오답풀이

① CPU 스케줄링은 컴퓨터 운영 체제의 일부이다.

> 근거: **1** [3]이는 컴퓨터 운영 체제의 일부인 CPU(중앙 처리 장치) 스케줄링 때문이다.

③ 구간 실행의 교체에 소요되는 시간은 구간 시간보다 짧다.

> 근거: **4** [16]이때 A가 정지한 후 B의 실행을 준비하는 데 필요한 시간을 '교체 시간'이라고 하는데 교체 시간은 구간 시간에 비해 매우 짧다.

④ CPU 한 개는 한 번에 하나의 프로그램만 실행이 가능하다.

> 근거: **2** [6]한 개의 CPU는 한 번에 하나의 프로그램만을 실행할 수 있다.

⑤ 컴퓨터 운영 체제는 실행 프로그램을 주기억 장치에 저장한다.

> 근거: **1** [4]어떤 프로그램이 실행될 때 컴퓨터 운영 체제는 실행할 프로그램을 주기억 장치에 저장하고

2. ⊙의 실행 과정에 대한 이해로 적절하지 <u>않은</u> 것은?

> ⊙: 총실행 시간이 구간 시간보다 긴 프로그램

✅ 정답풀이

④ 구간 시간이 늘어나면 구간 실행 횟수는 늘어난다.

> 근거: **5** [20]총실행 시간이 구간 시간보다 긴 프로그램(⊙)이 실행될 때는 구간 실행 횟수가 많아져서 교체 시간의 총합은 늘어난다.
> 구간 실행 횟수가 늘어나는 경우는 특정 프로그램의 총실행 시간이 구간 시간보다 긴 경우이다. 즉 ⊙을 실행하기 위해서는 여러 개의 구간이 필요하게 되므로 구간 실행 횟수가 늘어나는 것이다. 구간 시간이 늘어난다고 해도 특정 프로그램의 총실행 시간이 늘어나지 않으면 구간 실행 횟수는 늘어날 수 없다.

❌ 오답풀이

① 교체 시간이 줄어들면 총처리 시간이 줄어든다.
  근거: **5** [19]하나의 프로그램이 작업큐에 등록될 때부터 종료될 때까지 걸리는 시간을 '총처리 시간'이라고 하는데 이 시간은 순수하게 프로그램의 실행에만 소요된 시간인 '총실행 시간'에 '교체 시간'과 작업큐에서 실행을 기다리는 '대기 시간'을 모두 합한 것이다.
  총처리 시간은 총실행 시간, 교체 시간, 대기 시간을 모두 합한 것이므로 교체 시간이 줄어들면 총처리 시간은 줄어든다.

② 대기 시간이 늘어나면 총처리 시간이 늘어난다.
  근거: **5** [19]하나의 프로그램이 작업큐에 등록될 때부터 종료될 때까지 걸리는 시간을 '총처리 시간'이라고 하는데 이 시간은 순수하게 프로그램의 실행에만 소요된 시간인 '총실행 시간'에 '교체 시간'과 작업큐에서 실행을 기다리는 '대기 시간'을 모두 합한 것이다.
  총처리 시간은 총실행 시간, 교체 시간, 대기 시간을 모두 합한 것이므로 대기 시간이 늘어나면 총처리 시간은 늘어난다.

③ 총실행 시간이 줄어들면 총처리 시간이 줄어든다.
  근거: **5** [19]하나의 프로그램이 작업큐에 등록될 때부터 종료될 때까지 걸리는 시간을 '총처리 시간'이라고 하는데 이 시간은 순수하게 프로그램의 실행에만 소요된 시간인 '총실행 시간'에 '교체 시간'과 작업큐에서 실행을 기다리는 '대기 시간'을 모두 합한 것이다.
  총처리 시간은 총실행 시간, 교체 시간, 대기 시간을 모두 합한 것이므로 총실행 시간이 줄어들면 총처리 시간은 그만큼 줄어들 것이다.

⑤ 작업큐의 프로그램 개수가 늘어나면 총처리 시간은 늘어난다.
  근거: **5** [19]하나의 프로그램이 작업큐에 등록될 때부터 종료될 때까지 걸리는 시간을 '총처리 시간'이라고 하는데 이 시간은 순수하게 프로그램의 실행에만 소요된 시간인 '총실행 시간'에 '교체 시간'과 작업큐에서 실행을 기다리는 '대기 시간'을 모두 합한 것이다. + **7** [25]이처럼 작업큐에 등록된 프로그램의 수가 많아지면 각 프로그램의 대기 시간은 그에 비례하여 늘어난다.
  작업큐의 프로그램 개수가 늘어나면 각 프로그램의 대기 시간은 그에 비례하여 늘어나므로 총실행 시간, 교체 시간, 대기 시간을 모두 합한 총처리 시간은 늘어난다.

3. 윗글을 바탕으로 할 때, 〈보기〉의 [가]에 들어갈 내용으로 적절한 것은? [3점]

> ───〈보기〉───
>
> 운영 체제가 작업큐에 등록된 프로그램에 대해 우선순위를 부여하고 순위가 가장 높은 것을 다음에 실행할 프로그램으로 선택하면 작업큐의 크기를 제한하지 않고도 각 프로그램의 '대기 시간'을 조절할 수 있다.
> 프로그램 P, Q, R이 실행되고 있는 예를 생각해 보자. P가 '구간 실행' 상태이고 Q와 R이 작업큐에 대기 중이며 Q의 순위가 R보다 높다. P가 구간 실행을 마치고 작업큐에 재등록될 때, P의 순위를 Q보다는 낮지만 R보다는 높게 한다. P가 작업큐에 재등록된 후 다시 P가 구간 실행을 하기 직전까지 _____ [가] _____ 을/를 거쳐야 한다.

✅ 정답풀이

④ Q의 구간 실행과 Q에서 P로의 교체

> 근거: **4** [14]한편, 어떤 프로그램의 구간 실행이 진행되는 동안, 다른 프로그램은 작업큐에서 대기한다. [15]A의 구간 실행이 끝나면 A의 실행이 정지되고 다음번 구간 시간 동안 실행할 프로그램을 선택한다. [16]이때 A가 정지한 후 B의 실행을 준비하는 데 필요한 시간을 '교체 시간'
> 〈보기〉에서 P가 구간 실행 중일 때 작업큐에 대기하고 있는 프로그램은 우선순위에 따라 Q, R의 순서로 등록되어 있다. P가 구간 실행을 마치고 작업큐에 재등록될 때 우선순위가 Q보다 낮고 R보다 높은 순위에 등록된다면, 우선순위는 Q→P→R 순서가 될 것이다. 따라서 P가 구간 실행을 마친 후에는 우선순위가 가장 빠른 Q의 구간 실행이 되고, 이후에 Q와 P가 서로 교체되는 과정을 겪을 것이다.

❌ 오답풀이

① P에서 R로의 교체
  근거: **4** [15]A의 구간 실행이 끝나면 A의 실행이 정지되고 다음번 구간 시간 동안 실행할 프로그램을 선택한다. [16]이때 A가 정지한 후 B의 실행을 준비하는 데 필요한 시간을 '교체 시간'
  〈보기〉에서 P가 작업큐에 재등록된 후에는 P가 Q로 교체되어 Q가 구간 실행 상태이므로 P가 R로 교체될 수 없다.

② Q의 구간 실행
  근거: **4** [15]A의 구간 실행이 끝나면 A의 실행이 정지되고 다음번 구간 시간 동안 실행할 프로그램을 선택한다. [16]이때 A가 정지한 후 B의 실행을 준비하는 데 필요한 시간을 '교체 시간'
  〈보기〉에서 Q가 구간 실행된 후 P가 구간 실행되기 위해서는 Q에서 P로의 교체 과정을 거쳐야 한다.

③ Q의 구간 실행과 R의 구간 실행

〈보기〉에서 R보다 P의 우선순위가 높기 때문에 R의 구간 실행을 하기 위해서는 Q의 구간 실행 이후 Q에서 P로의 교체, P의 구간 실행, P에서 R로의 교체가 이루어져야 한다.

⑤ R의 구간 실행과 R에서 P로의 교체

〈보기〉에서 R의 우선순위가 가장 낮기 때문에 R의 구간 실행은 가장 마지막에 이루어진다.

MEMO

CD 드라이브의 정보 판독 원리

2014학년도 수능A

문제 P.092

[1~3] 다음 글을 읽고 물음에 답하시오.

✏ 사고의 흐름

1 ¹CD 드라이브는 디스크 표면에 조사*된 레이저 광선이 반사되거나 산란되는 효과를 이용해 정보를 판독*한다. ²CD의 기록면 중 광선이 흩어짐(산란) 없이 반사되는 부분을 랜드, 광선의 일부가 산란되어 빛이 적게 반사되는 부분을 피트라고 한다. 랜드: 산란 X / 피트: 산란 O ³CD에는 나선 모양으로 돌아 나가는 단 하나의 트랙이 있는데 트랙을 따라 일렬로 랜드와 피트가 번갈아 배치*되어 있다. ⁴피트를 제외한 부분, 즉 이웃하는 트랙과 트랙 사이도 랜드에 해당한다.

2 ⁵CD 드라이브는 디스크 모터, 광 픽업 장치, 광학계 구동 모터로 구성된다. CD 드라이브의 구성: 디스크 모터, 광 픽업 장치, 광학계 구동 모터. 이어서 구성 장치들을 순서대로 설명하겠군!

'구성' 다음 '원리'가 제시되는 것이 기술 지문의 흔한 구성 방식!

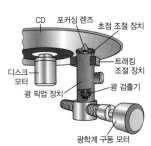

CD / 포커싱 렌즈 / 초점 조절 장치 / 디스크 모터 / 광 픽업 장치 / 트래킹 조절 장치 / 광 검출기 / 광학계 구동 모터

⁶디스크 모터는 CD를 회전시킨다. ⁷CD 아래에 있는 광 픽업 장치는 레이저 광선을 발생시켜 CD 기록면에 조사하고, CD에서 반사된 광선은 광 픽업 장치 안의 광 검출기가 받아들인다. ⁸광선의 경로 상에 있는 포커싱 렌즈는 광선을 트랙의 한 지점에 모으고, 광 검출기는 반사된 광선의 양을 측정하여 랜드와 피트의 정보를 읽어 낸다. ⁹이때 CD의 회전 속도에 맞춰 트랙에 광선이 조사될 수 있도록 광학계 구동 모터가 광 픽업 장치를 CD의 중심부에서 바깥쪽으로 서서히 직선으로 이동시킨다. 예상대로 CD 드라이브의 구성 장치들을 설명하면서 자연스럽게 그 작동 원리를 설명했네. 정리해 보자!

디스크 모터	CD를 회전시킴
광 픽업 장치	레이저 광선 발생시킴 → CD 기록면에 조사 → 포커싱 렌즈가 광선을 트랙의 한 지점에 모음 / 광 검출기가 CD에서 반사된 광선의 양을 측정하여 랜드와 피트의 정보를 읽어 냄
광학계 구동 모터	광 픽업 장치를 CD의 중심부에서 바깥쪽으로 직선 이동시킴

3 ¹⁰CD의 고속 회전 등으로 진동이 생기면 광선의 위치가 트랙을 벗어나거나 초점이 맞지 않아 데이터를 잘못 읽을 수 있다. 데이터를 잘못 읽게 되는 원인: ① 광선의 위치가 트랙을 벗어남 ② 초점이 맞지 않음 문제의 원인이 두 가지라면 해결책도 당연히 두 가지가 제시되어야겠지. 이어서 두 가지 해결책을 소개하는 내용이 나올 거야! ¹¹이를 막으려면 트래킹 조절 장치와 초점 조절 장치를 제어해 실시간으로 편차*를 보정*해야 한다. 문제의 원인 ①은 트래킹 조절 장치, ②는 초점 조절 장치 제어로 편차를 보정하면 해결되나 보군! ¹²편차 보정에는 광 검출기가 사용된다. ¹³광 검출기는 가운데를 기준으로 전후좌우의 네 영역으로 분할되어 있는데, 트랙의 방향과 같은 방향으로 전후 영역이, 직각 방향으로 좌우 영역이 배치되어 있다. ¹⁴이때 각 영역에 조사되는 빛의 양이 많아지면 그 영역의 출력값도 커지며(빛의 양과 출력값은 비례 관계) 네 영역의 출력값의 합을 통해 피트와 랜드를 구별한다. 해결책이 바로 제시되지 않는다고 당황하지

말자! 3문단에서는 해결책을 설명하는 데 필요한 사전 정보를 먼저 제시한 거야. 그러니까 3문단의 내용과 다음 내용(해결책)이 어떻게 관련되는지 생각하며 읽어야겠네!

4 ¹⁵레이저 광선이 트랙의 중앙에 초점이 맞은 상태로 정확히 조사되면 광 검출기 네 영역의 출력값은 모두 동일하다. 문제없이 데이터를 잘 읽은 경우! ¹⁶그런데 광선이 피트에 해당하는 지점에 조사될 때 트랙의 중앙을 벗어나 좌측으로 치우치면, 피트 왼편에 있는 랜드에서 반사되는 빛이 많아져 광 검출기의 좌 영역의 출력값이 우 영역보다 커진다. ¹⁷이 경우 두 출력값의 차이에 대응하는 만큼 트래킹 조절 장치를 작동하여 광 픽업 장치를 오른쪽으로 움직여서 편차를 보정한다. ¹⁸우측으로 치우쳐 조사된 경우에도 비슷한 과정을 거쳐 편차를 보정한다.

문제가 발생하는 경우로 전환!

광선이 정확히 조사	광 검출기 네 영역의 출력값 모두 동일
광선이 트랙 중앙을 벗어나 좌측으로 치우침	광 검출기 좌 영역의 출력값 > 우 영역의 출력값 → 트래킹 조절 장치로 광 픽업 장치를 오른쪽으로 움직여서 편차 보정

예상대로 문제의 원인 ①은 트래킹 조절 장치 제어로 해결할 수 있네. 이어서 초점 조절 장치 제어를 통해 문제의 원인 ②를 해결하는 방법에 대해 설명하겠지?

5 ¹⁹한편 광 검출기에 조사되는 광선의 모양은 초점의 상태에 따라 전후나 좌우 방향으로 길어진다. ²⁰CD 기록면과 포커싱 렌즈 간의 거리가 가까워져 광선의 초점이 맞지 않으면, 조사된 모양이 전후 영역으로 길어지고 출력값도 상대적으로 커진다. ²¹반면 둘 사이의 거리가 멀어지면, 좌우 영역으로 길어지고 출력값도 상대적으로 커진다. ²²이때 광 검출기의 전후 영역 출력값의 합과 좌우 영역 출력값의 합을 구한 후, 그 둘의 차이에 해당하는 만큼 초점 조절 장치를 이용해 포커싱 렌즈의 위치를 CD 기록면과 가깝게 또는 멀게 이동시켜 초점이 맞도록 한다. 초점 조절 장치 제어를 통해 문제를 해결하는 방법을 표로 정리하면 다음과 같아.

대등한 차원에서 전환하겠다는 거야.

CD 기록면과 포커싱 렌즈 간의 거리가 가까워서 광선의 초점이 맞지 않음	조사된 모양이 전후 영역으로 길어지고 출력값↑ → 초점 조절 장치를 이용해 포커싱 렌즈의 위치를 CD의 기록면과 멀게 이동
CD 기록면과 포커싱 렌즈 간의 거리가 멀어서 광선의 초점이 맞지 않음	조사된 모양이 좌우 영역으로 길어지고 출력값↑ → 초점 조절 장치를 이용해 포커싱 렌즈의 위치를 CD의 기록면과 가깝게 이동

이것만은 챙기자

* **조사**: 광선이나 방사선 따위를 쬠.
* **판독**: 어려운 문장이나 암호, 고문서 따위를 뜻을 헤아려 읽음.
* **배치**: 일정한 차례나 간격에 따라 벌여 놓음.
* **편차**: 수치, 위치, 방향 따위가 일정한 기준에서 벗어난 정도나 크기.
* **보정**: 실험, 관측 또는 근삿값 계산 따위에서 결과에 포함된 외부적 원인에 의한 오차를 없애고 참값에 가까운 값을 구하는 것.

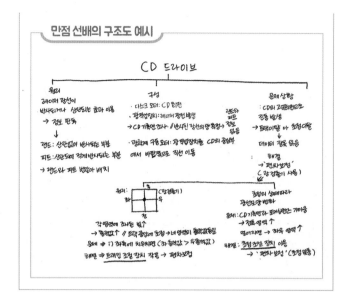

만점 선배의 구조도 예시

CD 드라이브

원리
레이저 광선이
반사되거나 산란되는 효과 이용
→ 정보 판독

랜드: 산란없이 반사되는 부분
피트: 산란되어 적게 반사되는 부분
→ 랜드와 피트 번갈아 배치

구성
· 디스크 모터: CD 회전
· 광검출장치: 레이저 광선 발생
→ CD 기록면 조사 // 반사된 광선의 양 측정 → 정보 읽음
· 광학계 구동 모터: 광 픽업장치를 CD의 중심부 에서 바깥쪽으로 직선 이동

랜드와 피트 번갈아 정보 읽음

문제 상황
· CD의 고속회전으로 진동 발생
→ 트랙이탈 or 초점이탈
데이터 정보 읽음
해결
→ '편차보정' ('광 검출기 사용')

원리
좌   (광검출기)
우
정
각 영역에 조사된 빛의
→ 출력값 ↑ // 트랙 중앙에 초점 →네 영역이 출력값 동일
문제 → ㄱ) 좌측에 치우치면 (좌 출력값 > 우 출력값)
해결 → 트래킹 조절 장치 작동 → 편차보정

초점의 상태에 따라
광검출 모양 변화
원제: CD 기록면과 포커싱렌즈 가까움
→ 정호 영역 ↑
멀어지면 → 좌우 영역 ↑
해결: 초점 조절 장치 이동
→ '편차 보정' (초점 맞춤)

1. 윗글에 나타난 여러 장치에 대한 설명으로 적절하지 않은 것은?

✓ 정답풀이

④ 광학계 구동 모터는 광 픽업 장치가 CD를 따라 회전할 수 있도록 해 준다.

> 근거: ❷ [9]이때 CD의 회전 속도에 맞춰 트랙에 광선이 조사될 수 있도록 광학계 구동 모터가 광 픽업 장치를 CD의 중심부에서 바깥쪽으로 서서히 직선으로 이동시킨다.
>
> 광학계 구동 모터는 광 픽업 장치가 CD의 중심부에서 바깥쪽으로 서서히 직선으로 이동하도록 해 주므로 적절하지 않다.

✗ 오답풀이

① 초점 조절 장치는 포커싱 렌즈의 위치를 이동시킨다.

> 근거: ❺ [22]초점 조절 장치를 이용해 포커싱 렌즈의 위치를 CD 기록면과 가깝게 또는 멀게 이동시켜 초점이 맞도록 한다.

② 포커싱 렌즈는 레이저 광선을 트랙의 한 지점에 모아 준다.

> 근거: ❷ [8]포커싱 렌즈는 광선을 트랙의 지점에 모으고

③ 광 검출기의 출력값은 트래킹 조절 장치를 제어하는 데 사용된다.

> 근거: ❹ [16]그런데 광선이 피트에 해당하는 지점에 조사될 때 트랙의 중앙을 벗어나 좌측으로 치우치면, 피트 왼편에 있는 랜드에서 반사되는 빛이 많아져 광 검출기의 좌 영역의 출력값이 우 영역보다 커진다. [17]이 경우 두 출력값의 차이에 대응하는 만큼 트래킹 조절 장치를 작동하여 광 픽업 장치를 오른쪽으로 움직여서 편차를 보정한다.
>
> 초점이 맞지 않은 상태로 조사되면 서로 다른 출력값의 차이에 대응하는 만큼 트래킹 조절 장치를 작동하여 편차를 보정하므로 적절한 설명이다.

⑤ 광 픽업 장치에는 레이저 광선을 발생시키는 부분과 반사된 레이저 광선을 검출하는 부분이 있다.

> 근거: ❷ [7]CD 아래에 있는 광 픽업 장치는 레이저 광선을 발생시켜 CD 기록면에 조사하고, CD에서 반사된 광선은 광 픽업 장치 안의 광 검출기가 받아들인다.

2. 윗글을 이해한 내용으로 적절하지 <u>않은</u> 것은?

✓ 정답풀이

④ 렌즈의 초점이 맞지 않으면 광 검출기의 전 영역과 후 영역의 출력값의 차이를 이용하여 보정하겠군.

> 근거: **5** [22]이때(초점이 맞지 않을 때) 광 검출기의 전후 영역 출력값의 합과 좌우 영역 출력값의 합을 구한 후, 그 둘의 차이에 해당하는 만큼 초점 조절 장치를 이용해 포커싱 렌즈의 위치를 CD 기록면과 가깝게 또는 멀게 이동시켜 초점이 맞도록 한다.
> 렌즈의 초점이 맞지 않으면 광 검출기의 전 영역과 후 영역의 출력값의 차이가 아니라 전후 영역 출력값의 합과 좌우 영역 출력값의 합의 차이를 이용하여 보정해야 한다.

✗ 오답풀이

① CD에 기록된 정보는 중심에서부터 바깥쪽으로 읽어야 하겠군.

근거: **1** [1]CD 드라이브는 디스크 표면에 조사된 레이저 광선이 반사되거나 산란되는 효과를 이용해 정보를 판독한다. + **2** [7]CD에서 반사된 광선은 광 픽업 장치 안의 광 검출기가 받아들인다.~[9]광학계 구동 모터가 광 픽업 장치를 CD의 중심부에서 바깥쪽으로 서서히 직선으로 이동시킨다.

CD 드라이브는 광선을 이용해 정보를 판독하는데, 반사된 광선은 광 픽업 장치 안의 광 검출기가 받아들인다. 그런데 광 픽업 장치는 광학계 구동 모터에 의해 CD의 중심부에서 바깥쪽으로 이동하므로 CD에 기록된 정보 또한 중심에서부터 바깥쪽으로 읽어야 한다.

② 레이저 광선은 CD 기록면을 향해 아래에서 위쪽으로 조사되겠군.

근거: **2** [7]CD 아래에 있는 광 픽업 장치는 레이저 광선을 발생시켜 CD 기록면에 조사하고,

CD 아래에 있는 광 픽업 장치가 레이저 광선을 CD 기록면에 조사하는 것이므로 레이저 광선은 CD 기록면을 향해 아래에서 위쪽으로 조사될 것이다.

③ 광 검출기에서 네 영역의 출력값의 합은 피트를 읽을 때보다 랜드를 읽을 때 더 크게 나타나겠군.

근거: **1** [2]CD의 기록면 중 광선이 흩어짐 없이 반사되는 부분을 랜드, 광선의 일부가 산란되어 빛이 적게 반사되는 부분을 피트라고 한다. + **2** [7]CD에서 반사된 광선은 광 픽업 장치 안의 광 검출기가 받아들인다. + **3** [14]이때 각 영역(광 검출기의 전후좌우 네 영역)에 조사되는 빛의 양이 많아지면 그 영역의 출력값도 커지며 네 영역의 출력값의 합을 통해 피트와 랜드를 구별한다.

CD에서 반사된 광선은 광 검출기가 받아들이는데(광 검출기에 조사되는데), 광 검출기에 조사되는 빛의 양이 많아지면 네 영역의 출력값의 합은 커진다. 랜드는 광선이 흩어짐 없이 반사되므로 광선의 일부가 흩어져 빛이 적게 반사되는 피트보다 반사되는 빛의 양이 많다. 따라서 광 검출기에서 네 영역의 출력값의 합은 피트를 읽을 때보다 랜드를 읽을 때 더 크게 나타날 것이다.

⑤ CD의 고속 회전에 의한 진동으로 인해 광 검출기에 조사된 레이저 광선의 모양이 길쭉해질 수 있겠군.

근거: **3** [10]CD의 고속 회전 등으로 진동이 생기면 광선의 위치가 트랙을 벗어나거나 초점이 맞지 않아 데이터를 잘못 읽을 수 있다. + **5** [19]한편 광 검출기에 조사되는 광선의 모양은 초점의 상태에 따라 전후나 좌우 방향으로 길어진다.

•2-③번

 모두의 질문

Q: ③번의 근거를 윗글에서 어떻게 찾아 판단해야 하나요?

A: ③번에서 비교해야 할 것은 네 영역의 '출력값의 합'이다. '출력값의 합'을 언급한 부분은 3문단으로, 각 영역에 조사되는 빛의 양이 많아지면 그 영역의 출력값도 커진다고 하였다. 따라서 각 영역에 조사되는 빛의 양(광 검출기에 조사되는 빛의 양)이 더 많은 쪽이 출력값의 합도 더 클 것이다. 이때, '조사된다'는 2문단에서 언급한 '받아들인다'와 같은 의미이므로, CD에서 반사된 광선이 광 검출기에 조사되는 빛임을 알 수 있다. 그리고 이러한 광선은 랜드 부분에는 흩어짐 없이 반사되고, 피트에는 적게 반사된다. 즉, 랜드 부분에서 반사되어 광 검출기에 조사되는 빛의 양이 더 많은 것이다. 따라서 각 영역의 출력값의 합은 피트를 읽을 때보다 랜드를 읽을 때 더 크게 나타날 것이다. 근거가 한 문단에 있는 것이 아니라 한눈에 이를 찾기 쉽지는 않았겠지만, 반사되는 광선의 양과 출력값의 크기가 비례한다는 것을 파악했다면 선지의 정 · 오답 판단이 어렵지는 않았을 것이다.

3. 윗글을 바탕으로 〈보기〉에 대해 설명한 내용으로 적절한 것은?
[3점]

〈보기〉

다음은 CD 기록면의 피트 위치에 레이저 광선이 조사되었을 때 〈상태 1〉과 〈상태 2〉에서 얻은 광 검출기의 출력값이다.

영역	전	후	좌	우
상태 1의 출력값	2	2	3	1
상태 2의 출력값	5	5	3	3

〈상태 1〉

근거: **4** [16](레이저) 광선이 피트에 해당하는 지점에 조사될 때 트랙의 중앙을 벗어나 좌측으로 치우치면, 피트 왼편에 있는 랜드에서 반사되는 빛이 많아져 광 검출기의 좌 영역의 출력값이 우 영역보다 커진다. [17]이 경우 두 출력값의 차이에 대응하는 만큼 트래킹 조절 장치를 작동하여 광 픽업 장치를 오른쪽으로 움직여서 편차를 보정한다.

좌 영역의 출력값(3)이 우 영역의 출력값(1)보다 큰 것으로 보아, 광선이 피트에 해당하는 지점에 조사될 때 트랙의 중앙을 벗어나 좌측으로 치우친 경우이다. 트래킹 조절 장치를 작동하여 광 픽업 장치를 오른쪽으로 움직여서 편차를 보정해야 한다.

〈상태 2〉

근거: **5** [20]CD 기록면과 포커싱 렌즈 간의 거리가 가까워져 광선의 초점이 맞지 않으면, 조사된 모양이 전후 영역으로 길어지고 출력값도 상대적으로 커진다. [22]이때 광 검출기의 전후 영역 출력값의 합과 좌우 영역 출력값의 합을 구한 후, 그 둘의 차이에 해당하는 만큼 초점 조절 장치를 이용해 포커싱 렌즈의 위치를 CD 기록면과 가깝게 또는 멀게 이동시켜 초점이 맞도록 한다.

전후 영역 출력값의 합(10)이 좌우 영역 출력값의 합(6)에 비해 큰 것으로 보아, CD 기록면과 포커싱 렌즈 간의 거리가 가까워진 경우이다. 전후 영역 출력값의 합과 좌우 영역 출력값의 합을 구한 후, 그 둘의 차이에 해당하는 만큼 초점 조절 장치를 이용해 포커싱 렌즈의 위치를 CD 기록면과 멀게 이동시켜 초점이 맞도록 해야 한다.

▼ 정답풀이

⑤ 〈상태 1〉에서는 포커싱 렌즈와 CD 기록면의 사이의 거리를 조절할 필요가 없지만, 〈상태 2〉에서는 멀게 해야 한다.

〈상태 1〉은 광선이 피트에 해당하는 지점에 조사될 때 트랙의 중앙을 벗어나 좌측으로 치우친 경우로, 트래킹 조절 장치를 작동하여 광 픽업 장치를 오른쪽으로 움직여야 하지만, 전후 영역 출력값의 합과 좌우 영역 출력값의 합이 4로 같아 초점이 맞은 상태이므로 초점 조절 장치로 포커싱 렌즈와 CD 기록면 사이의 거리를 조절할 필요가 없다. 그런데 〈상태 2〉는 전후 영역 출력값의 합이 좌우 영역 출력값의 합보다 크므로 CD 기록면과 포커싱 렌즈 간의 거리가 가까워진 경우이다. 이 경우에는 초점 조절 장치를 이용해 포커싱 렌즈의 위치를 CD 기록면과 멀게 이동시켜야 한다.

⊗ 오답풀이

① 광 검출기에 조사되는 레이저 광선의 총량은 〈상태 1〉보다 〈상태 2〉가 작다.

근거: **3** [13]광 검출기는 가운데를 기준으로 전후좌우의 네 영역으로 분할 ~[14]이때 각 영역(광 검출기의 전후좌우 네 영역)에 조사되는 빛의 양이 많아지면 그 영역의 출력값도 커지며

〈상태 1〉의 전후좌우 네 영역의 출력값의 합은 8이고 〈상태 2〉의 전후좌우 네 영역의 출력값의 합은 16이므로, 광 검출기에 조사되는 레이저 광선의 총량은 〈상태 1〉보다 〈상태 2〉가 크다.

② 〈상태 1〉에서는 초점 조절 장치가 구동되어야 하지만, 〈상태 2〉에서는 구동될 필요가 없다.

〈상태 1〉에서는 초점 조절 장치가 아니라 트래킹 조절 장치가 구동되어야 하며, 〈상태 2〉에서는 초점 조절 장치가 구동되어야 한다.

③ 〈상태 1〉에서는 트래킹 조절 장치가 구동될 필요가 없지만, 〈상태 2〉에서는 구동되어야 한다.

〈상태 1〉에서는 좌 영역의 출력값이 우 영역의 출력값보다 커지므로 트래킹 조절 장치가 구동되어야 하며, 〈상태 2〉에서는 트래킹 조절 장치가 구동될 필요가 없다.

④ 〈상태 1〉에서는 레이저 광선이 트랙의 오른쪽에 치우쳐 조사되고, 〈상태 2〉에서는 가운데 조사된다.

〈상태 1〉에서는 좌 영역의 출력값이 우 영역보다 큰 것으로 보아 레이저 광선은 트랙의 왼쪽에 치우쳐 조사되고, 〈상태 2〉에서는 좌 영역의 출력값과 우 영역의 출력값이 같으므로 레이저 광선이 트랙의 가운데 조사된다.

🖋 모두의 질문
• 3-④번

Q: 〈상태 2〉에서 레이저 광선이 가운데 조사된다면 트랙의 전후좌우 광선 값이 모두 같아야 하는 것 아닌가요?

A: 윗글에서는 광선이 한쪽으로 치우칠 때 그 반대 방향의 출력값이 상대적으로 작아진다고 하였으므로 '좌'와 '우'의 값이 동일하고, '전'과 '후'의 값이 동일하다면 광선은 트랙의 가운데에 조사된 것이라 볼 수 있다. 다만 전후좌우 광선의 값이 모두 동일하지 않은 것은 광선이 가운데 조사되었으나 초점이 맞지 않는 경우로, 초점의 상태에 따라 '전, 후'의 값과 '좌, 우'의 값이 달라질 수 있음을 알아 두어야 한다.

[1~3] 다음 글을 읽고 물음에 답하시오.

✏️ 사고의 흐름

1 [1]1895년에 발견된 X선은 진단의학의 혁명을 일으켰다. [2]이후 X선 사진 기술은 단면 촬영을 통해 입체 영상 구성이 가능한 CT(컴퓨터 단층촬영장치)로 진화하면서 해부를 하지 않고 인체 내부를 정확하게 진단하는 기술로 발전하였다. X선 사진 기술 → CT로 진화 (해부를 하지 않고 인체 내부 정확히 진단)

2 [3]X선 사진은 X선을 인체에 조사하고, 투과된 X선을 필름에 감광*시켜 얻어낸 것이다. [4]조사된 X선의 일부는 조직에서 흡수·산란되고 나머지는 조직을 투과하여 반대편으로 나오게 된다.

인체에 X선 조사 ┌ 일부는 조직에서 흡수·산란
└ 나머지는 조직을 투과하여 반대편으로 나옴 → 필름에 감광: X선 사진

비례/반비례 관계를 확인하자!

[5]X선이 투과되는 정도를 나타내는 투과율은 공기가 가장 높으며 지방, 물, 뼈의 순서로 낮아진다. 투과율(X선이 투과되는 정도): 공기 > 지방 > 물 > 뼈 [6]또한 투과된 X선의 세기는 통과한 조직의 투과율이 낮을(수록), 두께가 두꺼울수록 약해진다. 통과한 조직의 투과율↓, 두께↑ → 투과된 X선의 세기↓ [7]이런 X선의 세기에 따라 X선 필름의 감광 정도가 달라져 조직의 흑백 영상을 얻을 수 있다. 투과된 X선의 세기 → X선 필름의 감광 정도에 영향

'~지만'이 나오면 뒤의 내용에 주목해 보자!

[8](그렇지만) X선 사진에서는 투과율이 비슷한 조직들 간의 구별이 어려워서, X선 사진은 다른 조직과의 투과율 차이가 큰 뼈나 이상 조직의 검사에 주로 사용된다. [9]이러한 X선 사진의 한계를 극복한 것이 CT이다. 기존 장치의 한계나 문제점을 제시한 후 해결책과 관련하여 새로운 장치라는 화제로 들어가고 있군! (X선 사진의 한계: 투과율이 비슷한 조직들 간의 구별 어려움 → CT: 투과율 비슷한 조직들 간의 구별 O)

3 [10]CT는 인체에 투과된 X선의 분포를 통해 인체의 횡단면*을 영상으로 재구성한다. [11]CT 촬영기 한쪽 편에는 X선 발생기가 있고 반대편에는 여러 개의 X선 검출기가 배치되어 있다. [12]CT 촬영기 중심에, 사람이 누운 침대가 들어가면 X선 발생기에서 나온 X선이 인체를 투과한 후 맞은편 X선 검출기에서 검출된다. CT 촬영이 이루어지는 과정이 제시되었네. 순서대로 정리해야겠군! CT: X선 발생기에서 X선 조사 → 인체 투과 → X선 검출기에서 X선 검출 → 투과된 X선 분포를 통해 인체의 횡단면을 영상으로 재구성

4 [13]X선 검출기로 인체를 투과한 X선의 세기를 검출하는데, 이때 공기를 통과하며 감쇄*된 양을 빼고, 인체 조직만을 통과하면서 감쇄된 X선의 총량을 구해야 한다. [14]이것은 공기만을 통과한 X선 세기와 조직을 투과한 X선 세기의 차이를 계산하면 얻을 수 있고, 이를 환산값이라고 한다. [15]즉, 환산값은 특정 방향에서 X선이 인체 조직을 통과하면서 산란되거나 흡수되어 감쇄된 총량을 의미한다. [16]이 값을 여러 방향에서 구하기 위해 CT 촬영기를 회전시킨다. [17]그러면 동일 단면에 대한 각 방향에서의 환산값을 구할 수 있고, 이를 활용하여 컴퓨터가 단면 영상을 재구성한다.

CT: 동일 단면에 대한 각 방향에서의 환산값(X선이 인체 조직만을 통과하면서 감쇄된 총량)을 활용하여 단면 영상 재구성

5 [18]CT에서 영상을 재구성하는 데에는 **역투사**(back projection) 방법이 이용된다. [19]역투사는 어떤 방향에서 X선이 진행했던 경로를 거슬러 진행하면서 경로상에 환산값을 고르게 분배하는 방법이다. [20]CT 촬영기를 회전시키며 얻은 여러 방향의 환산값을 경로별로 역투사하여 더해 나가는데, 이처럼 여러 방향의 환산값들이 더해진 결과가 역투사 결괏값이다. [21]역투사를 하게 되면 뼈와 같이 감쇄를 많이 시키는 조직에서는 여러 방향의 값들이 더해지게 되고, 그 결과 다른 조직에서보다 더 큰 결괏값이 나오게 된다.

영상 재구성에는 역투사(X선 경로 거슬러 환산값 고르게 분배) 이용 / 감쇄가 많은 조직 → 역투사 결괏값↑

6 [22]역투사 결괏값들을 합성하면 투과율의 차이에 따른 조직의 분포를 영상으로 재구성할 수 있다. [23]CT 촬영기가 조금씩 움직이면서 인체의 여러 단면에 대하여 촬영을 반복하면 연속적인 단면 영상을 얻을 수 있고, 필요에 따라 이 단면 영상들을 조합하여 입체 영상도 얻을 수 있다. 역투사 결괏값들의 합성을 통해 입체 영상을 얻을 수 있다고 하면서 글을 마무리하고 있어.

이것만은 챙기자

* **감광**: 빛에 감응하여 화학적 변화를 일으킴.
* **횡단면**: 물체를 그 길이에 직각이 되게 가로로 잘라 생긴 면.
* **감쇄**: 줄어 없어짐. 또는 줄여 없앰.

만점 선배의 구조도 예시

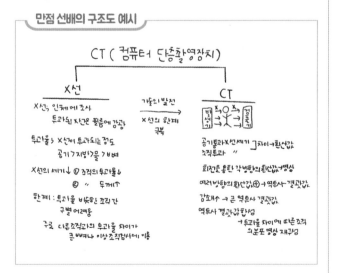

1. 윗글에 대한 이해로 적절하지 <u>않은</u> 것은?

✓ 정답풀이

④ 조직에서 흡수·산란된 X선의 세기는 그 조직을 투과한 X선 세기와 항상 같다.

> 근거: ② ⁴조사된 X선의 일부는 조직에서 흡수·산란되고 나머지는 조직을 투과하여 반대편으로 나오게 된다. ⁶또한 투과된 X선의 세기는 통과한 조직의 투과율이 낮을수록, 두께가 두꺼울수록 약해진다.
>
> 조사된 X선 중 일부는 조직에서 흡수·산란되고 나머지는 조직을 투과한다. 이때 투과된 X선의 세기는 통과한 조직의 투과율이 낮을수록, 즉 조직에서 흡수·산란되는 X선이 많을수록 약해진다. 따라서 조직에서 흡수·산란된 X선의 세기와 그 조직을 투과한 X선 세기가 항상 같다고 볼 수는 없다.

✗ 오답풀이

① CT 촬영을 할 때 X선 발생기와 X선 검출기는 회전한다.
　근거: ③ ¹¹CT 촬영기 한쪽 편에는 X선 발생기가 있고 반대편에는 여러 개의 X선 검출기가 배치되어 있다. + ④ ¹⁶이 값을 여러 방향에서 구하기 위해 CT 촬영기를 회전시킨다.

② X선 사진에서는 비슷한 투과율을 가진 조직들 간의 구별이 어렵다.
　근거: ② ⁸그렇지만 X선 사진에서는 투과율이 비슷한 조직들 간의 구별이 어려워서

③ CT에서의 환산값은 통과한 조직에서 감쇄된 X선의 총량을 나타낸다.
　근거: ④ ¹⁵즉, 환산값은 특정 방향에서 X선이 인체 조직을 통과하면서 산란되거나 흡수되어 감쇄된 총량을 의미한다.

⑤ 조직의 투과율이 높을수록, 조직의 두께가 얇을수록 X선은 더 많이 투과된다.
　근거: ② ⁶또한 투과된 X선의 세기는 통과한 조직의 투과율이 낮을수록, 두께가 두꺼울수록 약해진다.
　X선의 세기는 통과한 조직의 투과율이 낮을수록, 조직의 두께가 두꺼울수록 약해진다는 것을 통해 조직의 투과율이 높을수록, 조직의 두께가 얇을수록 X선의 세기가 강해져 더 많이 투과될 것임을 알 수 있다.

2. 역투사에 대한 설명으로 적절하지 <u>않은</u> 것은?

✓ 정답풀이

② 역투사 결괏값은 조직이 없고 공기만 있는 부분에서 가장 크다.

> 근거: ② ⁵투과율은 공기가 가장 높으며 + ④ ¹⁵즉, 환산값은 특정 방향에서 X선이 인체 조직을 통과하면서 산란되거나 흡수되어 감쇄된 총량을 의미한다. + ⑤ ²⁰여러 방향의 환산값들이 더해진 결과가 역투사 결괏값이다. ²¹역투사를 하게 되면 뼈와 같이 감쇄를 많이 시키는 조직에서는 여러 방향의 값들이 더해지게 되고, 그 결과 다른 조직에서보다 더 큰 결괏값이 나오게 된다.
>
> 환산값은 특정 방향에서 X선이 인체 조직을 통과하면서 감쇄된 총량을 말하는데, 공기가 투과율이 가장 높으므로 감쇄된 총량(환산값)이 가장 적을 것이다. 그리고 역투사 결괏값은 여러 방향의 환산값들이 더해진 결과인데, 감쇄를 많이 시키는 조직에서 큰 결괏값이 나온다고 했으므로 감쇄를 적게 시키는 부분에서는 결괏값이 작을 것이다. 따라서 조직이 없고 공기만 있는 부분은 감쇄된 총량이 가장 적으므로 역투사 결괏값이 가장 작을 것이다.

✗ 오답풀이

① X선 사진의 흑백 영상을 만드는 과정에서 역투사는 필요하지 않다.
　근거: ⑤ ¹⁸CT에서 영상을 재구성하는 데에는 역투사 방법이 이용된다.
　역투사는 X선 사진의 흑백 영상을 만드는 과정이 아니라, CT에서 영상을 재구성하는 데에 이용되는 방법이다.

③ 역투사 결괏값들을 활용하여 조직의 분포에 대한 영상을 얻을 수 있다.
　근거: ⑥ ²²역투사 결괏값들을 합성하면 투과율의 차이에 따른 조직의 분포를 영상으로 재구성할 수 있다.

④ X선 투과율이 낮은 조직일수록 그 위치에 대응하는 역투사 결괏값은 커진다.
　근거: ④ ¹⁵즉, 환산값은 특정 방향에서 X선이 인체 조직을 통과하면서 산란되거나 흡수되어 감쇄된 총량을 의미한다. + ⑤ ²⁰여러 방향의 환산값들이 더해진 결과가 역투사 결괏값이다.
　X선 투과율이 낮은 조직은 곧 감쇄를 많이 시키는 조직이므로 환산값도 클 것이다. 여러 방향의 환산값들이 더해진 결과가 역투사 결괏값이므로 X선 투과율이 낮은 조직일수록 역투사 결괏값은 커진다.

⑤ 역투사 결괏값은 CT 촬영기에서 구한 환산값을 컴퓨터에서 처리하여 얻을 수 있다.
　근거: ④ ¹⁷그러면 동일 단면에 대한 각 방향에서의 환산값을 구할 수 있고, 이를 활용하여 컴퓨터가 단면 영상을 재구성한다. + ⑤ ²⁰CT 촬영기를 회전시키며 얻은 여러 방향의 환산값을 경로별로 역투사하여 더해 나가는데, 이처럼 여러 방향의 환산값들이 더해진 결과가 역투사 결괏값이다.

3. 윗글을 바탕으로 〈보기〉와 같은 실험을 했을 때, B에 해당하는 그래프로 알맞은 것은? [3점]

〈보기〉

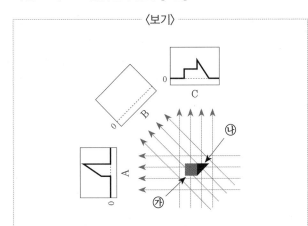

위의 그림처럼 단면이 정사각형인 물체 ㉮와 직각이등변 삼각형인 물체 ㉯가 연결된 ◢를 CT 촬영기 안에 넣고 촬영하여 A, B, C 방향에서 구한 환산값의 크기를 그래프로 나타냈다. 이때 ㉮의 투과율은 ㉯의 2배이다.

* X선은 화살표와 같이 평행하게 진행함.
* 물체 ◢의 밑면을 기준으로 A는 0° 방향, B는 45° 방향, C는 90° 방향의 위치에 있음.

▼ 정답풀이

①

'투과율(X선이 투과되는 정도)'이 높을수록 'X선의 세기'는 세지며 '감쇄량'은 적어지고, 감쇄량이 적을수록 '환산값(특정 방향에서 X선이 인체 조직을 통과하면서 감쇄된 총량)'은 작아진다. 반대로 투과율이 낮을수록 X선의 세기는 약해지며 감쇄량은 많아지고, 감쇄량이 많을수록 환산값은 커진다. 〈보기〉에서 단면이 정사각형인 물체 ㉮의 투과율은 단면이 직각이등변 삼각형인 물체 ㉯의 2배이다. 그러므로 환산값은 ㉯가 ㉮의 2배가 된다. 이를 적용하여 B 방향에서 구한 환산값의 크기를 그래프로 확인해 보자. B 방향으로 4개의 X선이 화살표와 같이 평행하게 진행하고 있는데 4개의 X선 사이의 환산값에 맞는 그래프를 찾으면 된다. 오른쪽부터 첫 번째 X선은 물체가 없이 공기만 투과되고 있으므로 환산값은 0이며, 첫 번째 X선에서 두 번째 X선으로 갈수록 물체 ㉯를 지나가고 있으므로 환산값은 0에서 점점 증가한다. 그리고 두 번째 X선이 끝날 때 물체 ㉮와 ㉯가 겹쳐지는 지점을 X선이 지나가고 있으므로 환산값이 일정하게 유지된다. 두 번째 X선에서 세 번째 X선은 물체 ㉯를 지나가다 점점 물체 ㉮를 지나가고 있으므로 환산값이 점차 작아지다가 세 번째와 네 번째 X선의 마지막에서 다시 물체가 없이 공기만 투과되고 있으므로 환산값은 0이 된다. 이 과정을 그래프에 대응시키면 환산값이 '0→증가→일정→감소→0'이 되므로 ①번이 정답이다.

✖ 오답풀이

②

〈보기〉에서 X선이 물체 ㉮와 ㉯가 겹쳐지는 부분을 지나가므로 그래프에는 일정하게 유지되는 구간이 있어야 한다.

③

〈보기〉의 두 번째 X선에서 세 번째 X선은 물체 ㉯를 지나가다 점점 물체 ㉮를 지나가고 있으므로 환산값이 점차 작아져야 하는데 그래프에는 점점 감소하는 부분이 없다.

④

〈보기〉 첫 번째 X선에서 두 번째 X선은 물체 ㉯를 지나가고 있으므로 환산값이 0에서 점점 증가해야 하는데 그래프에는 점점 증가하는 부분이 없다.

⑤

〈보기〉 첫 번째 X선에서 두 번째 X선은 물체 ㉯를 지나가고 있으므로 환산값이 0에서 점점 증가해야 하는데 그래프에는 점점 증가하는 부분이 없다.

📋 **문제적 문제**   • 3-⑤번

학생들이 정답 이외에 가장 많이 고른 선지가 ⑤번인데, 다른 선지를 정답으로 고른 비율도 높은 것으로 보아 〈보기〉 분석 자체를 어려워 한 학생들이 많았던 것으로 보인다.

우선 4문단에서 '환산값'은 X선이 물체를 통과하며 '감쇄된 총량'을 의미한다고 하였다. 따라서 물체가 없는 부분은 그대로 통과되어 감쇄된 총량이 0일 것이고, 물체가 있는 부분은 물체를 통과하며 산란되거나 흡수되어 0보다 큰 값을 갖게 될 것이다. 따라서 B의 방향에 해당하는 환산값을 그린 그래프의 양 끝부분은 물체가 없는 부분이므로 환산값이 0이 되는 것이다. 그리고 통과한 조직의 투과율이 낮을수록, 조직의 두께가 두꺼울수록 투과된 X선의 세기가 약해지므로 감쇄된 X선의 총량인 환산값은 점차 커지게 된다. (투과율↓ / 두께↑ → 환산값↑)

이를 바탕으로 〈보기〉를 보자. 〈보기〉에서 ㉮만을 통과할 때는 점점 그 두께가 두꺼워지므로 점점 감쇄된 총량이 늘어날 것이다. 즉 환산값은 커지게 된다. 그러다 ㉮와 ㉯가 겹치는 부분에서는 환산값이 일정해진다. ㉮의 투과율이 ㉯의 2배이지만 그 두께 역시 2배이기 때문이다. 그리고 ㉯만을 통과할 때는 점점 그 두께가 얇아지므로 환산값이 작아지게 된다. ㉮의 투과율이 ㉯의 2배라고 제시된 것뿐만 아니라 ㉮의 두께가 ㉯의 두께의 2배라는 점도 함께 고려하여 판단했어야 한다.

정답률 분석

정답				매력적 오답
①	②	③	④	⑤
36%	20%	11%	11%	22%

[1~3] 다음 글을 읽고 물음에 답하시오.

🖊 사고의 흐름

1 ¹하드 디스크는 고속으로 회전하는 디스크의 표면에 데이터를 저장한다. ²데이터는 동심원*으로 된 트랙에 저장되는데, 하드 디스크는 트랙을 여러 개의 섹터로 미리 구획*하고, 트랙을 오가는 헤드를 통해 섹터 단위로 읽기와 쓰기를 수행한다. 하드 디스크의 구조를 설명해 주고 있네. ³하드 디스크에서 데이터 입출력 요청을 완료하는 데 걸리는 시간을 접근 시간이라고 하며, 이는 하드 디스크의 성능을 결정하는 기준 중 하나가 된다. ⁴접근 시간은 원하는 트랙까지 헤드가 이동하는 데 소요되는 탐색 시간과, 트랙 위에서 해당 섹터가 헤드의 위치까지 회전해 오는 데 걸리는 대기 시간의 합이다. 접근 시간(데이터 입출력 요청을 완료하는 데 걸리는 시간) = 탐색 시간(원하는 트랙까지의 헤드 이동 시간) + 대기 시간(해당 섹터가 헤드 위치까지 오는 시간) ⁵하드 디스크의 제어기는 '디스크 스케줄링'을 통해 접근 시간이 최소가 되도록 한다. 하드 디스크 제어기: 디스크 스케줄링 → 접근 시간 최소 되도록(성능↑)

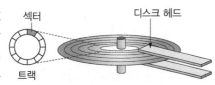

섹터 / 디스크 헤드 / 트랙

예를 들어 여러 디스크 스케줄링 방식 중 하나를 자세하게 설명할 거야. **2** ⁶㉠200개의 트랙이 있고 가장 안쪽의 트랙이 0번인 하드 디스크를 생각해 보자. ⁷현재 헤드가 54번 트랙에 있고 대기 큐*에는 '99, 35, 123, 15, 66' 트랙에 대한 처리 요청이 들어와 있다고 가정하자. ⁸요청 순서대로 데이터를 처리하는 방법을 FCFS 스케줄링이라 하며, 이때 헤드는 '54 → 99 → 35 → 123 → 15 → 66'과 같은 순서로 이동하여 데이터를 처리하므로 헤드의 총 이동 거리는 356이 된다. 데이터를 처리하는 '방법'이 이 글의 화제군! 데이터 처리 방법 ① FCFS 스케줄링: 요청 순서대로 데이터를 처리함

3 ⁹만일 헤드가 현재 위치로부터 이동 거리가 가장 가까운 트랙 순서로 이동하면 '54 → 66 → 35 → 15 → 99 → 123'의 순서가 되므로, 이때 헤드의 총 이동 거리는 171로 줄어든다. ¹⁰이러한 방식을 SSTF 스케줄링이라 한다. 또 다른 디스크 스케줄링 방법이 제시되었어. 첫 번째 방법과 어떻게 다른지 차이를 잘 정리하며 읽어야겠네! ¹¹이 방법을 사용하면 FCFS 스케줄링에 비해 헤드의 이동 거리가 짧아 탐색 시간이 줄어든다. 장점이 제시된 앞 내용과 달리 단점을 제시할 거야. ¹²하지만 현재 헤드 위치로부터 가까운 트랙에 대한 데이터 처리 요청이 계속 들어오면 먼 트랙에 대한 요청들의 처리가 계속 미뤄지는 문제가 발생할 수 있다. 데이터 처리 방법 ② SSTF 스케줄링: 헤드의 현재 위치로부터 이동 거리가 가까운 순서대로 데이터를 처리함. 장점: FCFS 스케줄링에 비해 탐색 시간이 줄어듦 / 단점: 가까운 트랙에 대한 처리 요청이 계속 들어오면 먼 트랙에 대한 요청 처리가 미뤄짐. 데이터 처리 방법 ②는 방법 ①을 보완한 거군! 아마 다음으로 제시되는 데이터 처리 방법은 방법 ②의 한계를 보완한 것이겠네?

4 ¹³이러한 SSTF 스케줄링의 단점을 개선한 방식이 SCAN 스케줄링이다. ¹⁴SCAN 스케줄링은 헤드가 디스크의 양 끝을 오가

면서 이동 경로 위에 포함된 모든 대기 큐에 있는 트랙에 대한 요청을 처리하는 방식이다. ¹⁵위의 예에서 헤드가 현재 위치에서 트랙 0번 방향으로 이동한다면 '54 → 35 → 15 → 0 → 66 → 99 → 123'의 순서로 처리되며, 이때 헤드의 총 이동 거리는 177이 된다. ¹⁶이 방법을 쓰면 현재 헤드 위치에서 멀리 떨어진 트랙이라도 최소한 다음 이동 경로에는 포함되므로 처리가 지나치게 늦어지는 것을 막을 수 있다. 데이터 처리 방법 ③ SCAN 스케줄링: 헤드가 디스크 양 끝을 오가며 이동 경로 위에 포함된 요청을 처리함. 장점: 현재 헤드 위치에서 멀리 떨어진 트랙이라도 처리가 지나치게 늦어지는 것을 막음

¹⁷SCAN 스케줄링을 개선한 LOOK 스케줄링은 현재 위치로부터 이동 방향에 따라 대기 큐에 있는 트랙의 최솟값과 최댓값 사이에서만 헤드가 이동함으로써 SCAN 스케줄링에서 불필요하게 양 끝까지 헤드가 이동하는 데 걸리는 시간을 없애 탐색 시간을 더욱 줄인다. 데이터 처리 방법 ④ LOOK 스케줄링: 현재 위치로부터 이동 방향에 따라 대기 큐에 있는 트랙의 최솟값과 최댓값 사이에서만 헤드가 이동함. 장점: 불필요하게 양 끝까지 헤드가 이동하지 않아도 되므로 탐색 시간 더욱 줄어듦. 데이터 처리 방법 ①~④는 데이터를 처리하는 순서에 차이가 있군!

*대기 큐: 하드 디스크에 대한 데이터 입출력 처리 요청을 임시로 저장하는 곳.

┌─────────────────────┐
│ **이것만은 챙기자**
└─────────────────────┘

*동심원: 같은 중심을 가지며 반지름이 다른 두 개 이상의 원.
*구획: 토지 따위를 경계를 지어 가름. 또는 그런 구역.

만점 선배의 구조도 예시

하드 디스크 : 디스크 표면에 데이터 저장
+ 미리 구획된 섹터 단위로 읽기/쓰기

○ 접근 시간 (데이터 입출력 요청을 완료하는 데 걸리는 시간)
= 탐색 시간 (원하는 트랙까지의 헤드 이동 시간)
+ 대기 시간 (해당 섹터가 헤드 위치까지 오는 시간)

↓

'디스크 스케줄링'을 통해 최소화

ex. 현재 헤드가 54번 트랙에, 대기 큐에는 99, 35, 123, 15, 66

FCFS 스케줄링
(요청 순서대로 데이터 처리)
ex. 54 → 99 → 35
→ 123 → 15 → 66

SSTF 스케줄링
(헤드 현재 위치로부터 가까운 순서대로 데이터 처리)
ex. 54 → 66 → 35
→ 15 → 99 → 123
장) FCFS 보다 탐색 시간 ↓
단) 먼 트랙에 대한 요청 처리가 미뤄짐

SCAN 스케줄링
(헤드가 디스크 양 끝을 오가면서 이동 경로 위 모든 대기 큐에 있는 트랙에 대한 요청 처리)
ex. 54 → 35 → 15 → 0
→ 66 → 99 → 123
장) 현재 헤드에서 먼 트랙도 처리가 지나치게 늦어지지 X

LOOK 스케줄링
(대기 큐에 있는 트랙의 최솟값과 최댓값 사이에서만 헤드 이동)
장) 탐색 시간 ↓

세부 정보 파악 | 정답률 66

1. 윗글의 내용과 일치하지 않는 것은?

✅ 정답풀이

① 데이터에 따라 트랙당 섹터의 수가 결정된다.

> 근거: **1** [2]데이터는 동심원으로 된 트랙에 저장되는데, 하드 디스크는 트랙을 여러 개의 섹터로 미리 구획
> 하드 디스크는 트랙을 여러 개의 섹터로 미리 구획한다고 했다. 즉 트랙당 섹터의 수는 데이터에 따라 결정되는 것이 아니라 하드 디스크에 일정한 수의 섹터가 이미 정해져 있는 것이다.

❌ 오답풀이

② 헤드의 이동 거리가 늘어나면 탐색 시간도 늘어난다.
근거: **1** [4]원하는 트랙까지 헤드가 이동하는 데 소요되는 탐색 시간

③ 디스크 스케줄링은 데이터들의 처리 순서를 결정한다.
FCFS 스케줄링, SSTF 스케줄링, SCAN 스케줄링, LOOK 스케줄링은 데이터를 처리하는 순서에 차이가 있다. 즉 디스크 스케줄링은 데이터들의 처리 순서를 결정한다.

④ 대기 시간은 하드 디스크의 회전 속도에 영향을 받는다.
근거: **1** [4]트랙 위에서 해당 섹터가 헤드의 위치까지 회전해 오는 데 걸리는 대기 시간
대기 시간은 트랙 위에서 해당 섹터가 헤드의 위치까지 회전해 오는 데 걸리는 시간이므로 하드 디스크의 회전 속도가 빨라지면 대기 시간이 짧아질 것이다. 반대로 하드 디스크의 회전 속도가 느려지면 대기 시간은 길어질 것이다. 따라서 대기 시간은 하드 디스크의 회전 속도에 영향을 받는다고 할 수 있다.

⑤ 접근 시간은 하드 디스크의 성능을 평가하는 척도 중 하나이다.
근거: **1** [3]하드 디스크에서 데이터 입출력 요청을 완료하는 데 걸리는 시간을 접근 시간이라고 하며, 이는 하드 디스크의 성능을 결정하는 기준 중 하나가 된다.

홀수 옛 기출 분석서 **독서** 183

2. 〈보기〉는 주어진 조건에 따라 ㉠에서 헤드가 이동하는 경로를 나타낸 것이다. (가), (나)에 해당하는 스케줄링 방식으로 적절한 것은?

> ㉠: 200개의 트랙이 있고 가장 안쪽의 트랙이 0번인 하드 디스크

〈보기〉

조건 1. 대기 큐에 있는 요청 트랙: 98, 183, 37, 122, 14
조건 2. 헤드는 50번 트랙의 작업을 마치고 현재 53번 트랙의 작업을 진행하는 중 (조건은 이유 없이 제시되지 않는다. 조건 2가 없다면, 정해진 이동 경로가 없으므로 (가)와 (나) 모두 LOOK 스케줄링이 될 수 있다.)

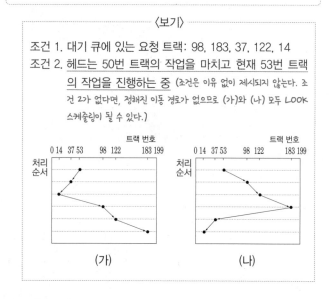

정답풀이

	(가)	(나)
③	SSTF	LOOK

(가) – SSTF
근거: 3 ⁹만일 헤드가 현재 위치로부터 이동 거리가 가장 가까운 트랙 순서로 이동~¹⁰이러한 방식을 SSTF 스케줄링이라 한다.
헤드가 50번 처리 이후 53번으로 진행하는 이동 방향을 꺾어 37번으로 간 것으로 보아, 현재 위치로부터 이동 거리가 가장 가까운 트랙 순서로 이동하여 데이터를 처리한 것이다. 따라서 (가)는 SSTF 스케줄링이다.

(나) – LOOK
근거: 4 ¹⁷LOOK 스케줄링은 현재 위치로부터 이동 방향에 따라 대기 큐에 있는 트랙의 최솟값과 최댓값 사이에서만 헤드가 이동
헤드가 50번 처리 이후 53번으로 진행하는 이동 방향에 따라 98번으로 갔으며, 그 방향으로 최댓값인 183번까지 갔다가 마지막으로 최솟값인 14번을 처리했으므로 (나)는 LOOK 스케줄링이다.

3. 헤드의 위치가 트랙 0번이고 현재 대기 큐에 있는 요청만을 처리한다고 할 때, 각 스케줄링의 탐색 시간의 합에 대한 비교로 옳은 것은? [3점]

정답풀이

① 요청된 트랙 번호들이 내림차순이면, SSTF 스케줄링과 LOOK 스케줄링에서 탐색 시간의 합은 같다.

근거: 1 ⁴접근 시간은 원하는 트랙까지 헤드가 이동하는 데 소요되는 탐색 시간과, 트랙 위에서 해당 섹터가 헤드의 위치까지 회전해 오는 데 걸리는 대기 시간의 합이다. + 3 ⁹만일 헤드가 현재 위치로부터 이동 거리가 가장 가까운 트랙 순서로 이동~¹⁰이러한 방식을 SSTF 스케줄링이라 한다. + 4 ¹⁷LOOK 스케줄링은 현재 위치로부터 이동 방향에 따라 대기 큐에 있는 트랙의 최솟값과 최댓값 사이에서만 헤드가 이동
위의 사례를 적용하면 요청된 트랙 번호들이 내림차순일 때 SSTF 스케줄링은 현재 위치로부터 이동 거리가 가장 가까운 트랙 순서대로 헤드가 이동하므로 요청된 대기 큐를 20, 40, 60, 100이라고 가정하면 0 → 20 → 40 → 60 → 100의 순서로 데이터를 처리할 것이다. 그리고 LOOK 스케줄링은 현재 헤드의 위치가 0번에 있으므로 이동 방향은 0 → 100이며 이에 따라 우선 0에서 20으로 이동한 뒤, 헤드가 20과 100 사이에서 이동하여 0 → 20 → 40 → 60 → 100의 순서로 데이터를 처리할 것이다. 즉, 두 스케줄링 방식 모두 0 → 20 → 40 → 60 → 100의 순서로 헤드가 이동하므로 이동 거리가 같고, 이에 따라 탐색 시간의 합도 같다.

오답풀이

② 요청된 트랙 번호들이 내림차순이면, FCFS 스케줄링이 SSTF 스케줄링보다 탐색 시간의 합이 작다.
근거: 1 ⁴접근 시간은 원하는 트랙까지 헤드가 이동하는 데 소요되는 탐색 시간과, 트랙 위에서 해당 섹터가 헤드의 위치까지 회전해 오는 데 걸리는 대기 시간의 합이다. + 2 ⁸요청 순서대로 데이터를 처리하는 방법을 FCFS 스케줄링 + 3 ⁹만일 헤드가 현재 위치로부터 이동 거리가 가장 가까운 트랙 순서로 이동~¹⁰이러한 방식을 SSTF 스케줄링이라 한다.
위의 사례를 적용하면 요청된 트랙 번호들이 내림차순일 때 FCFS 스케줄링은 요청 순서대로 헤드가 이동하므로 요청된 대기 큐를 100, 60, 40, 20이라고 가정하면 0 → 100 → 60 → 40 → 20의 순서로 데이터를 처리할 것이다. 그리고 SSTF 스케줄링은 현재 위치로부터 이동 거리가 가장 가까운 트랙 순서대로 헤드가 이동하므로 0 → 20 → 40 → 60 → 100의 순서로 데이터를 처리할 것이다. 따라서 FCFS 스케줄링에서 헤드의 이동 거리는 180, SSTF 스케줄링에서 헤드의 이동 거리는 100이므로 헤드의 이동 거리가 더 긴 FCFS 스케줄링이 SSTF 스케줄링보다 탐색 시간의 합이 크다.

③ 요청된 트랙 번호들이 오름차순이면, FCFS 스케줄링과 LOOK 스케줄링에서 탐색 시간의 합은 다르다.

근거: **1** ⁴접근 시간은 원하는 트랙까지 헤드가 이동하는 데 소요되는 탐색 시간과, 트랙 위에서 해당 섹터가 헤드의 위치까지 회전해 오는 데 걸리는 대기 시간의 합이다. + **2** ⁸요청 순서대로 데이터를 처리하는 방법을 FCFS 스케줄링 + **4** ¹⁷LOOK 스케줄링은 현재 위치로부터 이동 방향에 따라 대기 큐에 있는 트랙의 최솟값과 최댓값 사이에서만 헤드가 이동

위의 사례를 적용하면 요청된 트랙 번호들이 오름차순일 때 FCFS 스케줄링은 요청된 대기 큐를 20, 40, 60, 100이라고 가정했을 때 요청 순서대로 헤드가 이동하므로 0 → 20 → 40 → 60 → 100의 순서로 데이터를 처리할 것이다. 그리고 LOOK 스케줄링은 현재 헤드의 위치가 0번에 있으므로 이동 방향은 0 → 100이며 이에 따라 우선 0에서 20으로 이동한 뒤, 헤드가 20과 100 사이에서 이동하여 0 → 20 → 40 → 60 → 100의 순서로 데이터를 처리할 것이다. 즉, 두 스케줄링 방식 모두 0 → 20 → 40 → 60 → 100의 순서로 헤드가 이동하므로 이동 거리가 같고, 이에 따라 탐색 시간의 합도 같다.

④ 요청된 트랙 번호들이 오름차순이면, FCFS 스케줄링이 SCAN 스케줄링보다 탐색 시간의 합이 크다.

근거: **1** ⁴접근 시간은 원하는 트랙까지 헤드가 이동하는 데 소요되는 탐색 시간과, 트랙 위에서 해당 섹터가 헤드의 위치까지 회전해 오는 데 걸리는 대기 시간의 합이다. + **2** ⁸요청 순서대로 데이터를 처리하는 방법을 FCFS 스케줄링 + **4** ¹⁴SCAN 스케줄링은 헤드가 디스크의 양 끝을 오가면서 이동 경로 위에 포함된 모든 대기 큐에 있는 트랙에 대한 요청을 처리하는 방식이다.

위의 사례를 적용하면 요청된 트랙 번호들이 오름차순일 때 FCFS 스케줄링은 요청된 대기 큐를 20, 40, 60, 100이라고 가정했을 때 요청 순서대로 헤드가 이동하므로 0 → 20 → 40 → 60 → 100의 순서로 데이터를 처리할 것이다. 그리고 SCAN 스케줄링은 헤드가 디스크의 양 끝을 오가면서 이동 경로 위에 포함된 요청을 처리하므로 0 → 20 → 40 → 60 → 100의 순서로 데이터를 처리할 것이다. 즉, 둘 모두 0 → 20 → 40 → 60 → 100의 순서로 헤드가 이동하므로 이동 거리가 같고, 이에 따라 탐색 시간의 합도 같다.

⑤ 요청된 트랙 번호들에 끝 트랙이 포함되면, LOOK 스케줄링이 SCAN 스케줄링보다 탐색 시간의 합이 크다.

근거: **4** ¹⁴SCAN 스케줄링은 헤드가 디스크의 양 끝을 오가면서 이동 경로 위에 포함된 모든 대기 큐에 있는 트랙에 대한 요청을 처리하는 방식이다. ¹⁷LOOK 스케줄링은 현재 위치로부터 이동 방향에 따라 대기 큐에 있는 트랙의 최솟값과 최댓값 사이에서만 헤드가 이동

요청된 대기 큐가 20, 40, 60, 100, 150이고 끝 트랙이 150이라고 가정했을 때, 150이 요청된 트랙 번호라고 해 보자. 이 경우 SCAN 스케줄링과 LOOK 스케줄링에서 헤드의 이동 경로는 0 → 20 → 40 → 60 → 100 → 150으로 같으므로 이동 거리가 같고, 이에 따라 탐색 시간의 합도 같다.

• 3번

🖋️ **모두의 질문**

Q: 발문에서 설명하는 상황을 각 스케줄링 탐색 시간에 어떻게 적용할 수 있을까요? 이런 식으로 복수의 사례에 적용해야 하는 발문은 어떤 식으로 처리해야 하나요?

A: 발문에서 특정한 상황이 제시되고, 이를 복수의 구체적인 사례들에 적용해야 할 경우, 발문의 조건을 〈보기〉만큼 꼼꼼하게 읽으면서 이를 각 사례에 차분하게 대응해 가려는 태도를 갖춰야 한다. 이때 발문에 제시된 하나의 조건이, 각 사례에 적용되었을 때 어떤 점이 같거나 다른지를 눈여겨볼 필요가 있다.

발문에는 '헤드의 위치가 트랙 0번이고 현재 대기 큐에 있는 요청만을 처리'하는 경우를 제시했다. 문제 풀이를 위해, 대기 큐에는 트랙 번호가 20, 40, 60, 100인 요청이 있다고 가정하자. 선지는 이러한 트랙 번호들이 '내림차순(큰 것부터 작은 것으로 배열)'으로 요청된 경우와 '오름차순(작은 것부터 큰 것으로 배열하는 것)'으로 요청된 경우로 나누고 있다. 이 상황을 지문에 제시된 스케줄링의 방식인 FCFS, SSTF, SCAN, LOOK로 나누어 생각해 보면 다음과 같다.

내림차순일 때	오름차순일 때
100 → 60 → 40 → 20	20 → 40 → 60 → 100
• FCFS: 0 → 100 → 60 → 40 → 20으로 처리(요청 순서대로)	• FCFS: 0 → 20 → 40 → 60 → 100으로 처리(요청 순서대로)
• SSTF: 0 → 20 → 40 → 60 → 100으로 처리(이동 거리 가까운 순서대로)	• SSTF: 0 → 20 → 40 → 60 → 100으로 처리(이동 거리 가까운 순서대로)
• SCAN: 0 → 20 → 40 → 60 → 100으로 처리(대기 큐의 요청만을 처리한다고 했고, 헤드의 위치가 0이므로)	• SCAN: 0 → 20 → 40 → 60 → 100으로 처리(대기 큐의 요청만을 처리한다고 했고, 헤드의 위치가 0이므로)
• LOOK: 0 → 20 → 40 → 60 → 100으로 처리(이동 방향에 따라 먼저 0에서 20으로 가고, 그 이후에 20에서 100 사이에서만 헤드가 이동)	• LOOK: 0 → 20 → 40 → 60 → 100으로 처리(이동 방향에 따라 먼저 0에서 20으로 가고, 그 이후에 20에서 100 사이에서만 헤드가 이동)
• 이동 거리: FCFS 〉 SSTF = SCAN = LOOK	• 이동 거리: FCFS = SSTF = SCAN = LOOK

[1~4] 다음 글을 읽고 물음에 답하시오.

✏️ 사고의 흐름

1 [1]이어폰으로 스테레오 음악을 ㉠들으면 두 귀에 약간 차이가 나는 소리가 들어와서 자기 앞에 공연장이 펼쳐진 것 같은 공간감을 느낄 수 있다. [2]이러한 효과는 어떤 원리가 적용되어 나타난 것일까?

실생활의 현상이 제시되었네! 이 현상(효과)의 원리에 대한 설명이 이어질 거야.

2 [3]사람의 귀는 주파수 분포를 감지하여 음원의 종류를 알아내지만, 음원의 위치를 알아낼 수 있는 직접적인 정보는 감지하지 못한다. [4]하지만 사람의 청각 체계는 두 귀 사이 그리고 각 귀와 머리 측면 사이의 상호 작용에 의한 단서들을 이용하여 음원의 위치를 알아낼 수 있다. *사람의 귀: 음원의 종류 인식 O, 음원의 위치에 대한 직접적인 정보 감지 X → 청각 체계: 두 귀 사이, 각 귀와 머리 측면 사이 상호 작용으로 음원의 위치 파악* [5]음원의 위치는 소리가 오는 수평·수직 방향과 음원까지의 거리를 이용하여 지각*하는데, 그 정확도는 음원의 위치와 종류에 따라 다르며 개인차도 크다. [6]음원까지의 거리는 목소리 같은 익숙한 소리의 크기와 거리의 상관관계를 이용하여 추정한다. *음원의 위치: 소리가 오는 수평·수직 방향, 음원까지의 거리(익숙한 소리의 크기와 거리의 상관관계로 추정)를 통해 지각 → 정확도 차이 큼. 음원의 위치와, 음원까지의 거리를 추정하는 방법은 알려 줬으니 이제 소리가 오는 수평·수직 방향을 알아내는 방법을 자세히 설명하겠지?*

앞의 내용과 반대의 내용 (음원의 위치를 알아낼 수 있는 정보)가 나오겠지?

3 [7]음원이 청자의 정면 정중앙에 있다면 음원에서 두 귀까지의 거리가 같으므로 소리가 두 귀에 도착하는 시간 차이는 없다. [8]반면 음원이 청자의 오른쪽으로 ㉡치우치면 소리는 오른쪽 귀에 먼저 도착하므로, 두 귀 사이에 도착하는 시간 차이가 생긴다.

음원이 정중앙에 있지 않을 때를 설명할 거야.

음원이 청자의 정면 정중앙	음원이 청자의 오른쪽
음원이 두 귀로부터 같은 거리에 있음	음원이 오른쪽 귀와 가까이 있음
소리가 두 귀에 도착하는 시간 차 X	소리가 오른쪽 귀에 먼저 도착, 시간 차 O

[9]이때 치우친 정도가 클수록 시간 차이도 커진다. *음원이 어느 한쪽 귀에 더 가까이 있으면 소리가 그 귀에 훨씬 먼저 도착할 테니 시간 차이가 커지겠지?* [10]도착 순서와 시간 차이는 음원의 수평 방향을 ㉢알아내는 중요한 단서가 된다. *음원의 수평 방향을 알아내는 단서: 도착 순서, 시간 차이. 어느 쪽 귀에 먼저 도착했는지, 시간 차이가 얼마나 생겼는지를 통해 음원의 수평 방향(정중앙, 오른쪽, 왼쪽)을 알 수 있군!*

4 [11]음원이 청자의 오른쪽 귀 높이에 있다면 머리 때문에 왼쪽 귀에는 소리가 작게 들린다. [12]이러한 현상을 '소리 그늘'이라고 하는데, 주로 고주파 대역에서 ㉣일어난다. [13]고주파의 경우 소리가 진행하다가 머리에 막혀 왼쪽 귀에 잘 도달하지 않는 데 비해, 저주파의 경우 머리를 넘어 왼쪽 귀까지 잘 도달하기 때문이다. [14]소리 그늘 효과는 주파수가 1,000Hz 이상인 고음에서는 잘 나타나지만, 그 이하의 저음에서는 거의 나타나지 않는다. [15]이 현상은 고주파 음원의 수평 방향을 알아내는 데 특히 중요한 단서가 된다. *고주파 음원의 수평 방향을 알아내는 단서: 소리 그늘 현상*

5 [16]한편, 소리는 귓구멍에 도달하기 전에 머리 측면과 귓바퀴의 굴곡의 상호 작용에 의해 여러 방향으로 반사되고, 반사된 소리들은 서로 간섭을 일으킨다. *머리 측면과 귓바퀴 상호 작용 → 소리의 반사 → 간섭 발생* [17]같은 소리라도 소리가 귀에 도달하는 방향에 따라 상호 작용의 효과가 달라지는데, 수평 방향뿐만 아니라 수직 방향의 차이도 영향을 준다. *소리의 수평 방향, 수직 방향 차이 → 상호 작용 효과 달라짐* [18]이러한 상호 작용에 의해 주파수 분포의 변형이 생기는데, 이는 간섭에 의해 어떤 주파수의 소리는 ㉤작아지고 어떤 주파수의 소리는 커지기 때문이다. *상호 작용 → 주파수 분포의 변형* [19]이 또한 음원의 방향을 알아낼 수 있는 중요한 단서가 된다. *음원의 수평·수직 방향을 알아낼 수 있는 단서: 상호 작용에 의한 주파수 분포의 변형*

새로운 내용이 제시되겠군!

이것만은 챙기자

*지각: 감각 기관을 통하여 대상을 인식함.

만점 선배의 구조도 예시

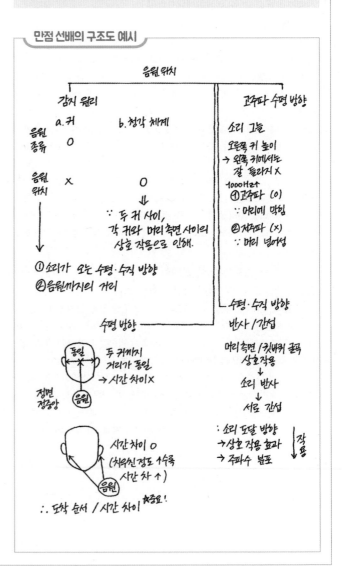

1. 윗글의 내용과 일치하지 않는 것은?

✔ 정답풀이

③ 위치 감지의 정확도는 소리가 오는 방향에 관계없이 일정하다.

> 근거: 2 [5]음원의 위치는 소리가 오는 수평·수직 방향과 음원까지의 거리를 이용하여 지각하는데, 그 정확도는 음원의 위치와 종류에 따라 다르며 개인차도 크다.

✖ 오답풀이

① 사람의 귀는 소리의 주파수 분포를 감지하는 감각 기관이다.

근거: 2 [3]사람의 귀는 주파수 분포를 감지하여 음원의 종류를 알아내지만,

② 청각 체계는 여러 단서를 이용해서 음원의 위치를 지각한다.

근거: 2 [4]하지만 사람의 청각 체계는 두 귀 사이 그리고 각 귀와 머리 측면 사이의 상호 작용에 의한 단서들을 이용하여 음원의 위치를 알아낼 수 있다.

④ 소리 그늘 현상은 머리가 장애물로 작용하기 때문에 일어난다.

근거: 4 [11]음원이 청자의 오른쪽 귀 높이에 있다면 머리 때문에 왼쪽 귀에는 소리가 작게 들린다. [12]이러한 현상을 '소리 그늘'

⑤ 반사된 소리의 간섭은 소리의 주파수 분포에 변화를 일으킨다.

근거: 5 [16]한편, 소리는 귓구멍에 도달하기 전에 머리 측면과 귓바퀴의 굴곡의 상호 작용에 의해 여러 방향으로 반사되고, 반사된 소리들은 서로 간섭을 일으킨다. [18]이러한 상호 작용에 의해 주파수 분포의 변형이 생기는데, 이는 간섭에 의해 어떤 주파수의 소리는 작아지고 어떤 주파수의 소리는 커지기 때문이다.

2. 사람의 청각 체계에 대한 설명으로 옳은 것은?

✔ 정답풀이

⑤ 소리의 주파수에 따라 음원의 수평 방향 지각에서 소리 그늘을 활용하는 정도가 달라진다.

> 근거: 4 [14]소리 그늘 효과는 주파수가 1,000Hz 이상인 고음에서는 잘 나타나지만, 그 이하의 저음에서는 거의 나타나지 않는다. [15]이 현상은 고주파 음원의 수평 방향을 알아내는 데 특히 중요한 단서가 된다.

✖ 오답풀이

① 두 귀에 소리가 도달하는 순서와 시간 차이를 감지했다면 생소한 소리라도 음원까지의 거리를 알아낼 수 있다.

근거: 2 [6]음원까지의 거리는 목소리 같은 익숙한 소리의 크기와 거리의 상관관계를 이용하여 추정한다. + 3 [10]도착 순서와 시간 차이는 음원의 수평 방향을 알아내는 중요한 단서가 된다.

두 귀에 소리가 도착하는 순서와 시간 차이를 감지했다면, 음원의 수평 방향을 알아낼 수 있을 뿐 이를 통해 음원까지의 거리를 알 수는 없다. 음원까지의 거리는 목소리 같은 익숙한 소리의 크기와 거리의 상관관계를 이용하여 추정할 수 있다.

② 이어폰을 통해 두 귀에 크기와 주파수 분포가 같은 소리를 동시에 들려주면 수평 방향의 공간감이 느껴진다.

근거: 1 [1]이어폰으로 스테레오 음악을 들으면 두 귀에 약간 차이가 나는 소리가 들어와서 자기 앞에 공연장이 펼쳐진 것 같은 공간감을 느낄 수 있다. + 4 [15]이 현상(소리 그늘 현상)은 고주파 음원의 수평 방향을 알아내는 데 특히 중요한 단서가 된다. + 5 [19]이(상호 작용에 의한 주파수 분포의 변형) 또한 음원의 방향을 알아낼 수 있는 중요한 단서가 된다.

두 귀에 약간 차이가 나는 소리가 들어왔을 때 공간감을 느낄 수 있다고 하였으므로 크기와 주파수 분포가 같은 소리를 두 귀에 동시에 들려주면 공간감을 느낄 수 없다. 그리고 고주파 음원의 수평 방향을 알아내는 데 단서가 되는 소리 그늘 효과나, 소리의 간섭으로 생기는 주파수 분포의 변형은 음원의 위치가 귀에서 떨어져 있어 소리의 진행이 방해받을 때 발생하므로, 이어폰으로 두 귀에 동시에 소리를 들려주는 경우와는 관련이 없다.

③ 소리가 울리는 실내라면 소리가 귀까지 도달하는 시간이 다양해져서 음원의 방향을 더 잘 찾아낼 수 있다.

근거: 3 [10]도착 순서와 시간 차이는 음원의 수평 방향을 알아내는 중요한 단서가 된다.

소리가 울리는 실내라면 음원에서 발생한 소리가 반사되므로 귀까지 도달하는 시간이 다양해진다. 따라서 음원의 방향을 찾기 어려울 것이다. 윗글에서 명시적 근거를 찾지 못했을지라도 실내에서 소리가 울리면 반사된 소리가 이곳저곳에서 다양한 순서로 귀에 들어올 것임을 알 수 있다.

④ 귓바퀴의 굴곡을 없애도록 만드는 보형물을 두 귀에 붙이면 음원의 수평 방향을 지각할 수 없다.

근거: **3** ¹⁰도착 순서와 시간 차이는 음원의 수평 방향을 알아내는 중요한 단서가 된다. + **4** ¹⁵이 현상(소리 그늘 현상)은 고주파 음원의 수평 방향을 알아내는 데 특히 중요한 단서가 된다. + **5** ¹⁶한편, 소리는 귓구멍에 도달하기 전에 머리 측면과 귓바퀴의 굴곡의 상호 작용에 의해 여러 방향으로 반사되고, 반사된 소리들은 서로 간섭을 일으킨다.~¹⁸이러한 상호 작용에 의해 주파수 분포의 변형~¹⁹이 또한 음원의 방향을 알아낼 수 있는 중요한 단서가 된다.

머리 측면과 귓바퀴의 굴곡의 상호 작용에 의해 주파수 분포의 변형이 생기는데, 이를 통해 음원의 방향을 알아낼 수 있다. 따라서 귓바퀴의 굴곡을 없애도록 만드는 보형물을 두 귀에 붙이면 귓바퀴의 굴곡의 상호 작용으로는 음원의 수평 방향을 지각할 수 없을 것이다. 하지만 도착 순서와 시간 차이, 소리 그늘 현상을 통해서도 음원의 수평 방향을 지각할 수 있으므로 귓바퀴에 보형물을 붙여 굴곡을 없애더라도 여전히 음원의 수평 방향을 지각할 수 있다.

🎯 평가원의 관점

• 2-③, ④, ⑤번

이의 제기
③번과 ④번의 내용은 추론 가능하고, ⑤번의 내용은 추론할 수 없지 않나요?

답변
③번은 소리의 울림에 의해 소리가 귀까지 도달하는 시간이 다양해질 경우, 음원의 위치 파악이 더 잘되는지 여부를 판단하는 내용입니다. 윗글에서 음원의 위치에 따라 소리가 두 귀까지 도달하는 시간의 차이가 생긴다고 하였는데, 소리가 울리는 실내라면 한 음원에서 발생한 소리가 반사되면서 귀까지 도달하는 소리가 다양해지므로 음원이 여기저기 있는 것처럼 느껴져 음원의 방향 지각의 정확도가 떨어질 것임을 알 수 있습니다.
④번은 귓바퀴의 굴곡을 없앨 경우 수평 방향 지각 능력이 상실되는지 판단하는 내용입니다. 윗글에 따르면 귓바퀴의 굴곡이 없어지면 상호 작용의 정도가 떨어지므로 수평과 수직 방향의 지각 능력이 떨어집니다. 하지만 소리의 도착 순서, 시간 차이 그리고 소리 그늘 현상에 의해 소리의 수평 방향을 지각할 수 있습니다.
⑤번은 음원의 수평 방향을 지각할 때 소리의 주파수에 따라 소리 그늘을 활용하는 정도가 달라지는지 판단하는 내용입니다. 윗글에 따르면 소리 그늘 현상은 1,000Hz 이상의 고주파 영역에서 활용될 수 있고 그 이하 저주파 영역에서는 거의 활용될 수 없다고 하였습니다. 따라서 소리 주파수의 높낮이에 따라 소리 그늘을 활용하는 정도가 달라질 수밖에 없는 것을 알 수 있습니다.

| 구체적 상황에 적용 | 정답률 **72**

3. 〈보기〉에서 ⓐ~ⓔ의 합성에 적용된 원리를 분석한 내용으로 옳지 <u>않은</u> 것은?

〈보기〉

은영이는 이어폰을 이용한 소리 방향 지각 실험에 참여하였다. 이 실험에서는 컴퓨터가 각각 하나의 원리만을 이용해서 합성한 소리를 들려준다. 은영이는 ⓐ멀어져 가는 자동차 소리, ⓑ머리 위에서 나는 종소리, ⓒ발 바로 아래에서 나는 마루 삐걱거리는 소리, ⓓ오른쪽에서 나는 저음의 북소리, ⓔ왼쪽에서 나는 고음의 유리잔 깨지는 소리로 들리도록 합성한 소리를 차례로 들었다.

✅ 정답풀이

③ ⓒ는 같은 소리가 두 귀에서 시간 차이를 두고 들리도록 했겠군.

근거: **3** ¹⁰도착 순서와 시간 차이는 음원의 수평 방향을 알아내는 중요한 단서가 된다. + **5** ¹⁶한편, 소리는 귓구멍에 도달하기 전에 머리 측면과 귓바퀴의 굴곡의 상호 작용에 의해 여러 방향으로 반사되고, 반사된 소리들은 서로 간섭을 일으킨다. ¹⁷같은 소리라도 소리가 귀에 도달하는 방향에 따라 상호 작용의 효과가 달라지는데, 수평 방향뿐만 아니라 수직 방향의 차이도 영향을 준다. ¹⁸이러한 상호 작용에 의해 주파수 분포의 변형~¹⁹이 또한 음원의 방향을 알아낼 수 있는 중요한 단서가 된다.
ⓒ(발 바로 아래에서 나는 마루 삐걱거리는 소리)는 음원의 수직 방향과 관련이 있는데, 소리를 두 귀에서 시간 차이를 두고 들리도록 하는 것은 음원의 수평 방향과 관련이 있는 것이므로 ⓒ의 합성에 적용된 원리가 아니다. 음원의 수직 방향은 머리 측면과 귓바퀴의 굴곡의 상호 작용에 의해 반사된 소리들의 간섭이 주파수 분포에 끼치는 영향을 단서로 알아낼 수 있다.

❌ 오답풀이

① ⓐ는 소리의 크기가 시간에 따라 점점 작아지도록 했겠군.
근거: **2** ⁶음원까지의 거리는 목소리 같은 익숙한 소리의 크기와 거리의 상관관계를 이용하여 추정한다.
ⓐ(멀어져 가는 자동차 소리)를 지각하게 하려면 소리의 크기가 시간에 따라 점점 작아지도록 해야 한다.

② ⓑ는 귓바퀴와 머리 측면의 상호 작용이 일어난 소리가 두 귀에 들리도록 했겠군.
근거: **5** ¹⁶한편, 소리는 귓구멍에 도달하기 전에 머리 측면과 귓바퀴의 굴곡의 상호 작용에 의해 여러 방향으로 반사되고, 반사된 소리들은 서로 간섭을 일으킨다. ¹⁷같은 소리라도 소리가 귀에 도달하는 방향에 따라 상호 작용의 효과가 달라지는데, 수평 방향뿐만 아니라 수직 방향의 차이도 영향을 준다. ¹⁸이러한 상호 작용에 의해 주파수 분포의 변형~¹⁹이 또한 음원의 방향을 알아낼 수 있는 중요한 단서가 된다.
ⓑ(머리 위에서 나는 종소리)는 음원의 수직 방향과 관련이 있다. 따라서 은영이에게 이 소리가 머리 위에서 나는 것임을 지각하게 하려면 귓바퀴와 머리 측면의 상호 작용이 일어난 소리를 들려주어야 한다.

④ ⓓ는 특정 주파수 분포를 가진 소리가 오른쪽 귀에 먼저 들리도록 했겠군.

근거: 3 ⁸반면 음원이 청자의 오른쪽으로 치우치면 소리는 오른쪽 귀에 먼저 도착하므로, 두 귀 사이에 도착하는 시간 차이가 생긴다. + 4 ¹⁴소리 그늘 효과는 주파수가 1,000Hz 이상인 고음에서는 잘 나타나지만, 그 이하의 저음에서는 거의 나타나지 않는다.

저음에서는 소리 그늘 효과가 거의 나타나지 않는다고 하였다. 따라서 은영이에게 소리가 오른쪽에서 나는 것임을 지각하게 하려면 ⓓ(오른쪽에서 나는 저음의 북소리)가 오른쪽 귀에 먼저 들리도록 하여 소리가 두 귀 사이에 도착하는 시간 차이를 만들어 주어야 한다.

⑤ ⓔ는 오른쪽 귀에 소리 그늘 효과가 생긴 소리가 들리도록 했겠군.

근거: 4 ¹¹음원이 청자의 오른쪽 귀 높이에 있다면 머리 때문에 왼쪽 귀에는 소리가 작게 들린다. ¹²이러한 현상을 '소리 그늘'~¹⁴소리 그늘 효과는 주파수가 1,000Hz 이상인 고음에서는 잘 나타나지만, 그 이하의 저음에서는 거의 나타나지 않는다.

소리 그늘은 머리 때문에 한쪽 귀에 들리는 소리가 더 작게 들리는 현상이며, 이는 고음에서 잘 나타난다고 하였다. 따라서 ⓔ(왼쪽에서 나는 고음의 유리잔 깨지는 소리)는 왼쪽 귀에 들린 소리가 머리에 막혀 오른쪽 귀에 작게 들리는 소리 그늘 효과에 의한 것이다.

4. ㉠~㉤을 바꾸어 쓴 말로 적절하지 않은 것은?

⊘ 정답풀이

② ㉡: 치중(置重)하면

> 근거: 3 ⁸반면 음원이 청자의 오른쪽으로 ㉡치우치면
> '치중하다'는 '어떠한 것에 특히 중점을 두다.'라는 의미이고 '치우치다'는 '균형을 잃고 한쪽으로 쏠리다.'라는 의미이다. 문맥은 음원의 위치가 청자의 오른쪽으로 쏠린 것을 의미하는 것이지, 오른쪽에 더욱 중점을 둔다는 의미는 아니므로 '치중하면'으로 바꿔 쓸 수 없다.

✗ 오답풀이

① ㉠: 청취(聽取)하면
근거: 1 ¹이어폰으로 스테레오 음악을 ㉠들으면
듣다: 사람이나 동물이 소리를 감각 기관을 통해 알아차리다.
청취하다: 의견, 보고, 방송 따위를 듣다.

③ ㉢: 파악(把握)하는
근거: 3 ¹⁰음원의 수평 방향을 ㉢알아내는 중요한 단서가 된다.
알아내다: 방법이나 수단을 써서 모르던 것을 알 수 있게 되다.
파악하다: 어떤 대상의 내용이나 본질을 확실하게 이해하여 알다.

④ ㉣: 발생(發生)한다
근거: 4 ¹²주로 고주파 대역에서 ㉣일어난다
일어나다: 어떤 일이 생기다.
발생하다: 어떤 일이나 사물이 생겨나다.

⑤ ㉤: 감소(減少)하고
근거: 5 ¹⁸어떤 주파수의 소리는 ㉤작아지고
작아지다: 작은 상태로 되다.
감소하다: 양이나 수치가 줄다.

[1~3] 다음 글을 읽고 물음에 답하시오.

✏ 사고의 흐름

❶ ¹우리는 생활에서 각종 유해 가스에 노출될 수 있다. ²인간은 후각이나 호흡 기관을 통해 위험 가스의 존재를 인지할 수는 있으나, 그 종류를 감각으로 판별하기는 어려우며, 미세한 농도의 감지는 더욱 불가능하다. *인간의 감각으로는 가스의 종류 판별과 미세한 농도 감지는 할 수 없다는 한계가 있네.* ³따라서 가스의 종류나 농도 등을 감지할 수 있는 고성능 가스 센서를 사용하는 것이 위험 가스로 인한 사고를 미연*에 방지할 수 있는 길이다. *인간 감각의 한계를 고성능 가스 센서를 통해 보완하는군!*

❷ ⁴가스 센서란 특정 가스를 감지하여 그것을 적당한 전기 신호로 변환하는 장치의 총칭이다. *가스 센서의 개념!* ⁵각종 가스 센서 가운데 산화물 반도체 물질을 이용한 저항형 센서는 감지 속도가 빠르고 안정성이 높으며 휴대용 장치에 적용할 수 있도록 소형화가 용이하기 때문에 널리 사용되고 있다. *저항형 센서의 장점: ① 감지 속도 빠름 ② 안정성 높음 ③ 소형화 용이* ⁶센서 장치에서 ㉠안정성이 높다는 것은 시간이 지남에 따라 반복 측정하여도 동일 조건 하에서는 센서의 출력이 거의 일정하다는 뜻이다. *세 가지 장점 중 ② 안정성 높음에 관해 자세히 설명하고 있네. 문제에 나올 테니 잘 기억해야겠군!*

❸ ⁷저항형 가스 센서는 두께가 수백 나노미터(10^{-9}m)에서 수 마이크로미터(10^{-6}m)인 산화물 반도체 물질이 두 전극 사이를 연결하는 방식으로 되어 있다. ⁸가스가 센서에 다다르면 시간이 지남에 따라 산화물 반도체 물질에 흡착*되는 가스의 양이 늘어나다가 흡착된 가스의 양이 일정하게 유지되는 정상 상태(定常狀態)에 도달하여 일정한 저항값을 나타내게 된다. ⁹정상 상태에 도달하는 동안 이산화질소와 같은 산화 가스는 산화물 반도체로부터 전자를 받으면서 흡착하여 산화물 반도체의 저항값을 증가시킨다. *차이점을 잘 정리해 둬야지!* ¹⁰반면에 일산화탄소와 같은 환원 가스는 산화물 반도체 물질에 전자를 주면서 흡착하여 산화물 반도체의 저항값을 감소시킨다. ¹¹이러한 저항값 변화로부터 가스를 감지하고 농도를 산출하는 것이 센서의 작동 원리이다. *저항형 가스 센서의 작동 원리가 제시되었네. 정리하면 다음과 같아!*

가스가 센서에 다다라 산화물 반도체 물질에 흡착되는 가스의 양↑

산화 가스	환원 가스
산화물 반도체로부터 전자를 받으면서 흡착 저항값 증가시킴	산화물 반도체에 전자를 주면서 흡착 저항값 감소시킴

저항값 변화로부터 가스 감지, 농도 산출

흡착된 가스의 양이 일정하게 유지되는 정상 상태에 도달하여 일정한 저항값 나타냄

❹ ¹²저항형 가스 센서의 성능을 평가하는 주된 요소는 응답 감도, 응답 시간, 회복 시간이다. ¹³응답 감도는 특정 가스가 존재할 때 가스 센서의 저항이 얼마나 민감하게 변하는가에 대한 정도이며, *저항형 가스 센서 성능 평가 요소 ① 응답 감도: 가스 센서의 저항이 얼마나 민감하게 변하는가에 대한 정도* 일정하게 유지되는 정상 상태 저항값(R_s)과 특정 가스 없이 공기 중에서 측정된 저항값(R_{air})으로부터 도출된다. ¹⁴이는 R_s와 R_{air}의 차이를 R_{air}로 나누어 백분율로 나타낸 것으로, 이 값이 클수록 가스 센서는 감도가 좋다고 할 수 있다. 응답 감도 = $\dfrac{|R_s - R_{air}|}{R_{air}} \times 100(\%)$ ¹⁵또한 가스 센서가 특정 가스를 얼마나 빨리 감지하고 반응하느냐의 척도인 응답 시간은 응답 감도 값의 50% 혹은 90% 값에 도달하는 데 걸리는 시간으로 정의된다. *성능 평가 요소 ② 응답 시간: 응답 감도 값의 50% 혹은 90% 값에 도달하는 데 걸리는 시간* ¹⁶한편 ← *새로운 내용이 제시되겠군!* 센서는 반복적으로 사용해야 하기 때문에 산화물 반도체 물질에 정상 상태로 흡착돼 있는 가스를 가능한 한 빠른 시간 내에 탈착*시켜 처음 상태로 되돌려야 한다. ¹⁷따라서 흡착된 가스가 공기 중에서 탈착되는 데 필요한 시간인 회복 시간 역시 가스 센서의 성능을 평가하는 중요한 요소로 꼽힌다. *성능 평가 요소 ③ 회복 시간: 흡착된 가스가 공기 중에서 탈착되는 데 필요한 시간*

*흡착: 고체 표면에 기체나 액체가 달라붙는 현상.
*탈착: 흡착된 물질이 고체 표면으로부터 떨어지는 현상.

이것만은 챙기자

*미연: 어떤 일이 아직 그렇게 되지 않은 때.

만점 선배의 구조도 예시

저항형 센서

가스 센서의 쓰임
: 특정 가스 감지→전기 신호 변환
↓
저항형 센서
· 감지 속도 fast
· 안정성 ↑ (= 동일 조건 하에서는 반복 측정해도 출력 일정)
· 소형화 용이

원리
① 산화물 반도체 물질이 두 전극 사이 연결하는 방식
②
  a. 가스 → 센서
  b. 산화물 반도체 물질에 흡착 ↑
  c. 정상 상태 도달 → 저항값 일정
    ↳ 흡착된 가스 양 일정 유지.
    ㄱ. 산화 가스 ex.이산화질소
      : 전자 take
      저항값 ↑
    ㄴ. 환원 가스 ex.일산화탄소
      : 전자 give
      저항값 ↓
  ∴ 저항값 변화 → 가스 감지. 농도 산출.

평가 요소
a. 응답 강도
  : $\frac{|Rs - Rair|}{Rair} \times 100$
  값↑ = 강도 ☺
    → 특정 가스 존재시 저항이 변하는 민감 정도

b. 응답 시간
  : 응답강도값 50% or 90% 값에 도달하는 데 걸리는 시간.
    → 특정 가스 감지·반응 걸리는 시간적 척도

c. 회복시간
  : 흡착된 가스가 공기 中 탈착되는 시간
    → 센서 반복적 사용↑

---

1. 윗글의 내용과 일치하는 것은?

✓ 정답풀이

① 산화물 반도체 물질은 가스 흡착 시 전자를 주거나 받을 수 있다.

> 근거: 3 [9]정상 상태에 도달하는 동안 이산화질소와 같은 산화 가스는 산화물 반도체로부터 전자를 받으면서 흡착~[10]반면에 일산화탄소와 같은 환원 가스는 산화물 반도체 물질에 전자를 주면서 흡착

✗ 오답풀이

② 인간은 후각을 이용하여 유해 가스 농도를 수치로 나타낼 수 있다.
  근거: 1 [2]인간은 후각이나 호흡 기관을 통해 위험 가스의 존재를 인지할 수는 있으나, 그 종류를 감각으로 판별하기는 어려우며, 미세한 농도의 감지는 더욱 불가능하다.

③ 회복 시간이 길어야 산화물 반도체 가스 센서를 오래 사용할 수 있다.
  근거: 4 [16]한편, 센서는 반복적으로 사용해야 하기 때문에 산화물 반도체 물질에 정상 상태로 흡착돼 있는 가스를 가능한 한 빠른 시간 내에 탈착시켜 처음 상태로 되돌려야 한다. [17]따라서 흡착된 가스가 공기 중에서 탈착되는 데 필요한 시간인 회복 시간 역시 가스 센서의 성능을 평가하는 중요한 요소로 꼽힌다.

④ 산화물 반도체 물질에 흡착되는 가스의 양은 시간이 지남에 따라 계속 늘어난다.
  근거: 3 [8]가스가 센서에 다다르면 시간이 지남에 따라 산화물 반도체 물질에 흡착되는 가스의 양이 늘어나다가 흡착된 가스의 양이 일정하게 유지되는 정상 상태에 도달하여 일정한 저항값을 나타내게 된다.

⑤ 저항형 가스 센서는 가스의 탈착 전후에 변화한 저항값으로부터 가스를 감지한다.
  근거: 3 [9]정상 상태에 도달하는 동안 이산화질소와 같은 산화 가스는 산화물 반도체로부터 전자를 받으면서 흡착하여 산화물 반도체의 저항값을 증가시킨다. [10]반면에 일산화탄소와 같은 환원 가스는 산화물 반도체 물질에 전자를 주면서 흡착하여 산화물 반도체의 저항값을 감소시킨다. [11]이러한 저항값 변화로부터 가스를 감지하고 농도를 산출하는 것이 센서의 작동 원리이다.
  저항형 가스 센서는 가스의 탈착 전후에 변화한 저항값으로부터 가스를 감지하는 것이 아니라, 가스를 흡착하여 변화한 저항값으로부터 가스를 감지한다.

문제적 문제

• 1-①, ⑤번

학생들이 정답 이외에 가장 많이 고른 선지가 ⑤번이다. 지문의 정보량이 많았기에 선지가 적절한지를 판단하는 데 시간이 걸렸을 것이며, 선지를 판단하는 데 필요한 정보를 지문에서 찾지 못했을 수도 있다.

먼저 정답인 ①번을 판단하려면, 지문에서 <u>산화물 반도체 물질이 가스 흡착 시 어떤 작용을 하는지</u> 확인해야 한다. 하지만 지문에서는 가스 흡착 시 전자를 주거나 받는 <u>주체가 '산화물 반도체 물질'이 아닌 '산화 가스'나 '환원 가스'</u>로 서술되어 있어 학생들이 쉽게 답을 찾지 못했을 수도 있다. 산화물 반도체 물질은 산화 가스에게 전자를 주어 저항값을 증가시키거나, 환원 가스에게 전자를 받아 흡착함으로써 저항값을 감소시킨다고 정리한다면 이해가 쉽게 될 것이다.

⑤번은 저항형 가스 센서가 가스를 감지하는 원리에 대한 내용을 묻고 있다. '가스의 탈착'은 센서를 반복적으로 사용하기 위한 방법이었다. 또한 지문에서 저항형 가스 센서는 전자를 주고받으면서 흡착하여 저항값의 변화를 통해 가스를 감지한다고 하였는데, 이 '흡착'을 '탈착'으로 <u>착각했을 수도 있다.</u>

지문 어딘가에는 선지의 근거가 분명히 나와 있다. 그런데 글의 길이가 길고 정보량이 많은 지문의 경우 그 내용을 한눈에 파악하거나 모두 기억할 수 없는 것이 당연하다. 그러니 지문의 큰 줄기를 중심으로 어느 부분에 어떤 내용이 있었는지를 구획화하면서 읽자. 그리고 문제에서 출제된다면 지문의 해당 부분으로 빠르게 돌아와서 확인하면 된다.

정답률 분석

정답				매력적 오답
①	②	③	④	⑤
56%	3%	5%	5%	31%

| 구체적 상황에 적용 | 정답률 **81**

2. ㉠에 해당하는 예로 가장 적절한 것은?

㉠: 안정성이 높다

✔ **정답풀이**

⑤ 매일 아침 운동장을 열 바퀴 걸은 직후 맥박을 재어 보니 항상 분당 128~130회였다.

> 근거: **2** [6]센서 장치에서 안정성이 높다(㉠)는 것은 시간이 지남에 따라 반복 측정하여도 동일 조건 하에서는 센서의 출력이 거의 일정하다는 뜻이다.
>
> 매일 아침(시간이 지남) 운동장 열 바퀴를 걸은 직후 맥박을 측정했을 때(동일 조건 하에서 반복 측정), 맥박이 항상 분당 128~130회였으므로(센서의 출력이 거의 일정) ⑤번은 ㉠에 해당하는 예로 적절하다.

✘ **오답풀이**

① 어제 잠자리에 들기 전 음악을 듣고 마음의 안정을 찾았다.
일시적인 사건이므로 반복 측정을 한 것으로 보기 어렵다.

② 체육 시간에 안정적인 자세로 물구나무를 서서 박수를 받았다.
일시적인 사건이므로 반복 측정을 한 것으로 보기 어렵다.

③ 모형 항공기가 처음에는 맞바람에 요동쳤으나 곧 안정되어 활강하였다.
일시적인 사건이므로 반복 측정을 한 것으로 보기 어렵다.

④ 자세를 여러 가지로 바꾸어 가며 공을 던졌으나 50m 이상 날아가지 않았다.
자세를 여러 가지로 바꾸어 가며 공을 던졌으므로, 동일 조건 하에서 반복 측정을 한 것으로 보기 어렵다.

⑤ t_1 직후부터 정상 상태에 도달하기 직전까지는 A의 저항값이 B의
저항값보다 크다.

근거: ❸ [8]가스가 센서에 다다르면 시간이 지남에 따라 산화물 반도체 물질
에 흡착되는 가스의 양이 늘어나다가 흡착된 가스의 양이 일정하게 유지되
는 정상 상태에 도달하여 일정한 저항값을 나타내게 된다.

〈보기〉에서 t_1 직후부터 정상 상태에 도달하기 직전까지는 흡착되는 가스의
양이 늘어나고 있는데, 이때 A의 저항값은 B의 저항값보다 크다.

구체적 상황에 적용 | 정답률 65

3. 산화물 반도체 물질 A와 B를 각각 이용한 두 센서를 가지고
같은 조건에서 실험하여 〈보기〉와 같은 그래프를 얻었다.
이에 대한 해석으로 적절하지 <u>않은</u> 것은? [3점]

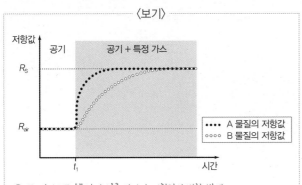

① 두 센서 모두 '특정 가스'를 만나자 저항값의 변화 발생
② t_1: (저항값을 증가시키는) 산화 가스 흡착 시점
③ A를 이용한 센서와 B를 이용한 센서의 R_s, R_{air} 동일 → 응답 감도 동일
④ 정상 상태 저항값인 R_s에 도달하는 시간(응답 시간)은 A가 빠름

✔ 정답풀이

③ 응답 시간은 A를 이용한 센서와 B를 이용한 센서가 같다.

근거: ❹ [15]또한 가스 센서가 특정 가스를 얼마나 빨리 감지하고 반응하
느냐의 척도인 응답 시간은 응답 감도 값의 50% 혹은 90% 값에 도달하
는 데 걸리는 시간으로 정의된다.

응답 시간은 응답 감도 값의 50% 혹은 90% 값, 즉 일정 수준에 도달하
는 데 걸리는 시간이다. 〈보기〉에서 정상 상태 저항값인 R_s에 도달하는
시간은 B보다 A가 더 빠르므로 응답 시간도 A가 B보다 빠를 것임을 알
수 있다.

✘ 오답풀이

① 실험에 사용된 가스는 산화 가스이다.

근거: ❸ [9]정상 상태에 도달하는 동안 이산화질소와 같은 산화 가스는 산화물
반도체로부터 전자를 받으면서 흡착하여 산화물 반도체의 저항값을 증가시
킨다.

〈보기〉에서 A 물질의 저항값과 B 물질의 저항값은 모두 증가하고 있으므
로, 실험에 사용된 가스는 산화 가스이다.

② 응답 감도는 A를 이용한 센서와 B를 이용한 센서가 같다.

근거: ❹ [14]이(응답 감도)는 R_s와 R_{air}의 차이를 R_{air}로 나누어 백분율로 나타
낸 것으로, 이 값이 클수록 가스 센서는 감도가 좋다고 할 수 있다.

〈보기〉에서 A를 이용한 센서와 B를 이용한 센서의 정상 상태 저항값(R_s)과
공기 중에서 측정된 저항값(R_{air})이 동일하므로 두 센서의 응답 감도는 같다.

④ 특정 가스가 흡착하기 전에는 공기 중에서 A와 B의 저항값이 같다.

〈보기〉에서 t_1 이전에는 A와 B의 저항값이 같으므로, 특정 가스가 흡착하기
전에는 A와 B의 공기 중 저항값(R_{air})이 같다.

홀수 옛 기출 분석서 독서 193

HOLSOO

홀로 공부하는 수능 국어 기출 분석

PART 5
예술

회화주의 사진

2016학년도 9월 모평AB

문제 P.104

[1~4] 다음 글을 읽고 물음에 답하시오.

✏️ 사고의 흐름

(여백) 사진에 대한 인식이 바뀌었음을 암시!

1 ¹사진은 19세기 초까지만 해도 근대 문명이 만들어 낸 기술적 도구이자 현실 재현의 수단으로 인식되었다. ²하지만 점차 여러 사진작가들이 사진을 연출된 형태로 찍거나 제작함으로써 자기의 주관을 표현하고자 하는 시도를 하였다. ³이들은 빛의 처리, 원판의 합성 등의 기법으로 회화적 표현을 모방하여 예술성 있는 사진을 추구하였다. ⁴이러한 흐름 속에서 만들어진 사진 작품들을 회화주의 사진이라고 부른다. *회화주의 사진에 대해 설명하는 글이구나!*

2 ⁵스타이컨의 ㉠〈빅토르 위고와 생각하는 사람과 함께 있는 로댕〉(1902년)은 회화주의 사진을 대표하는 것으로 평가된다. ⁶이 작품에서 피사체들은 조각가 '로댕'과 그의 작품인 〈빅토르 위고〉와 〈생각하는 사람〉이다. ⁷스타이컨은 로댕을 대리석상 〈빅토르 위고〉 앞에 두고 찍은 사진과, 청동상 〈생각하는 사람〉을 찍은 사진을 합성하여 하나의 사진 작품으로 만들었다. *스타이컨의 사진 작품은 두 사진을 합성해서 만들어진 회화주의 사진이구나!* ⁸이렇게 제작된 사진의 구도*에서 어둡게 나타난 근경에는 로댕이 〈생각하는 사람〉과 서로 마주 보며 비슷한 자세로 앉아 있고, 반면 환하게 보이는 원경에는 〈빅토르 위고〉가 이들을 내려다보는 모습으로 배치되어 있다. *근경(어두움): 로댕과 〈생각하는 사람〉 유사한 자세로 마주 보고 앉음 / 원경(밝음): 〈빅토르 위고〉가 이들을 내려다봄* ⁹단순히 근경과 원경을 합성한 것이 아니라, 두 사진의 피사체들이 작가가 의도한 바에 따라 하나의 프레임 속에서 자리 잡을 수 있도록 당시로서는 고난이도인 합성 사진 기법을 동원한 것이다. ¹⁰또한 인화 과정에서는 피사체의 질감이 억제되는 감광액*을 사용하였다.

3 ¹¹스타이컨은 1901년부터 거의 매주 로댕과 예술적 교류를 하며 그의 작품들을 촬영했다. ¹²로댕은 사물의 외형만을 재현하려는 당시 예술계의 경향에서 벗어나 생명력과 표현성을 강조하는 조각을 하고 있었는데, 스타이컨은 이를 높이 평가하고 깊이 공감하였다. ¹³스타이컨은 사진이나 조각이 작가의 주관과 감정을 표현할 수 있으며 문학 작품처럼 해석의 대상도 될 수 있다고 생각했는데, 로댕 또한 이에 동감하여 기꺼이 사진 작품의 모델이 되어 주기도 하였다.

로댕		스타이컨
생명력, 표현성 강조	공감 ⇄	사진과 조각 = 작가의 주관과 감정 표현, 문학처럼 해석의 대상 O

4 ¹⁴이 사진(〈빅토르 위고와 생각하는 사람과 함께 있는 로댕〉)에서는 피사체들의 질감이 뚜렷이 ㉡살지 않게 처리하여 모든 피사체들이 사람인 듯한 느낌을 주고자 하였다. *이때 감광액을 사용했겠지?* ¹⁵대문호 〈빅토르 위고〉가 내려다보고 있는 가운데 로댕은 〈생각하는 사람〉과 마주하여 자신도 〈생각하는 사람〉이 된 양, 같은 자세로 묵상*

하는 모습을 취하고 있다. ¹⁶원경에서 희고 밝게 빛나는 〈빅토르 위고〉는 근경에 있는 로댕과 〈생각하는 사람〉의 어두운 모습에 대비되어 창조의 영감을 발산하는 모습으로 나타난다. ¹⁷이러한 구도는 로댕의 작품도 문학 작품과 마찬가지로 창작의 고뇌 속에서 이루어진 것이라는 메시지를 주고 있다.

5 ¹⁸이처럼 스타이컨은 ①명암 대비가 뚜렷이 드러나도록 촬영하고, ②원판을 합성하여 구도를 만들고, ③특수한 감광액으로 질감에 변화를 주는 등의 방식으로 사진이 회화와 같은 방식으로 창작되고 표현될 수 있는 예술임을 보여 주고자 하였다. *지금까지의 설명을 정리해 줄 거야.*

이것만은 챙기자

* **구도**: 그림에서 모양, 색깔, 위치 따위의 짜임새.
* **감광액**: 감광(빛에 반응하여 화학적 변화를 일으키는 물질)을 녹인 액체.
* **묵상**: 눈을 감고 말없이 마음속으로 생각함.

만점 선배의 구조도 예시

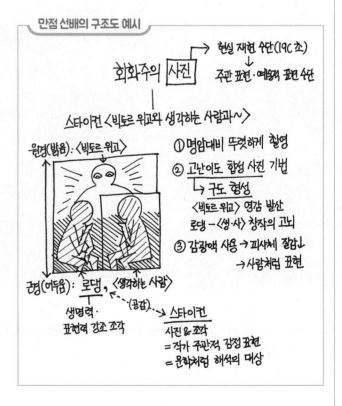

1. 윗글에 대한 이해로 가장 적절한 것은?

⊘ 정답풀이

① 로댕은 사진 작품, 조각 작품, 문학 작품 모두 해석의 대상이 된다고
여겼다.

> 근거: 3 13스타이컨은 사진이나 조각이 작가의 주관과 감정을 표현할 수
> 있으며 문학 작품처럼 해석의 대상도 될 수 있다고 생각했는데, 로댕 또
> 한 이에 동감
> 스타이컨은 사진과 조각이 문학처럼 해석의 대상이 될 수 있다고 보았는
> 데, 로댕도 이에 동감하였으므로 사진 작품, 조각 작품, 문학 작품 모두
> 해석의 대상이 된다고 여겼을 것이다.

✗ 오답풀이

② 빅토르 위고는 사진과 조각을 모두 해석의 대상이라고 생각하여
그것들을 내려다보고 있었다.

근거: 2 7스타이컨은 로댕을 대리석상 〈빅토르 위고〉 앞에 두고 찍은 사진
과, 청동상 〈생각하는 사람〉을 찍은 사진을 합성하여 하나의 사진 작품으로
만들었다. 8환하게 보이는 원경에는 〈빅토르 위고〉가 이들을 내려다보는 모
습으로 배치되어 있다.
스타이컨의 작품은 대리석상 〈빅토르 위고〉가 청동상 〈생각하는 사람〉과
마주하고 있는 로댕을 내려다보는 구도로 배치되어 있다고만 언급했을 뿐,
실제로 빅토르 위고가 사진과 조각을 해석의 대상으로 생각하였는지에 대
해서는 언급하지 않았다.

③ 스타이컨의 사진은 대상을 그대로 보여 준다는 점에서 회화주의
사진의 대표적 작품으로 평가된다.

근거: 1 2하지만 점차 여러 사진작가들이 사진을 연출된 형태로 찍거나 제
작함으로써 자기의 주관을 표현하고자 하는 시도를 하였다. 4이러한 흐름
속에서 만들어진 사진 작품들을 회화주의 사진이라고 부른다. + 2 5스타
이컨의 〈빅토르 위고와 생각하는 사람과 함께 있는 로댕〉(1902년)은 회화
주의 사진을 대표하는 것으로 평가된다.
회화주의 사진은 사진작가들이 사진을 연출된 형태로 찍거나 제작함으로써
자신의 주관을 표현하고자 하는 시도에 의해 만들어졌다. 따라서 회화주의
사진을 대표하는 스타이컨의 사진이 대상을 있는 그대로 보여 준다고 보기
는 어렵다.

④ 로댕과 스타이컨은 조각의 역할이 사물의 형상을 충실히 재현하는
것으로 한정되어야 한다고 보았다.

근거: 3 12로댕은 사물의 외형만을 재현하려는 당시 예술계의 경향에서 벗
어나 생명력과 표현성을 강조하는 조각을 하고 있었는데, 스타이컨은 이를
높이 평가하고 깊이 공감하였다.
로댕은 사물의 외형만을 재현하려는 당시 경향에서 벗어난 조각을 했으며,
스타이컨은 이를 높이 평가하고 깊이 공감했다. 따라서 로댕과 스타이컨이
조각의 역할을 사물의 형상을 충실히 재현하는 것으로 한정했다고 볼 수 없다.

⑤ 스타이컨의 작품에서 명암 효과는 합성 사진 기법으로 구현되었고
질감 변화는 피사체의 대립적인 구도로 실현되었다.

근거: 2 8어둡게 나타난 근경에는 로댕이 〈생각하는 사람〉과 서로 마주 보
며 비슷한 자세로 앉아 있고, 반면 환하게 보이는 원경에는 〈빅토르 위고〉
가 이들을 내려다보는 모습으로 배치되어 있다. 9단순히 근경과 원경을 합
성한 것이 아니라~합성 사진 기법을 동원한 것이다. 10또한 인화 과정에서
는 피사체의 질감이 억제되는 감광액을 사용하였다.
스타이컨의 작품에서 밝은 원경과 어두운 근경의 대비를 통해 나타나는 명암
효과는 합성 사진 기법으로 구현되었다고 볼 수 있으나, 질감 변화는 피사체
의 대립적인 구도가 아닌, 인화 과정에서 사용된 특수한 감광액을 통해 실현
되었다.

2. ㉠과 관련하여 추론할 수 있는 스타이컨의 의도로 적절하지 않은 것은? [3점]

> ㉠: 〈빅토르 위고와 생각하는 사람과 함께 있는 로댕〉

✅ 정답풀이

④ 원경의 대상을 따로 촬영한 것은 인물과 청동상을 함께 찍은 근경의 사진과 합칠 때 대비 효과를 얻기 위해서였다.

> 근거: 2 ⁷스타이컨은 로댕을 대리석상 〈빅토르 위고〉 앞에 두고 찍은 사진과, 청동상 〈생각하는 사람〉을 찍은 사진을 합성하여 하나의 사진 작품으로 만들었다. ⁸어둡게 나타난 근경에는 로댕이 〈생각하는 사람〉과 서로 마주 보며 비슷한 자세로 앉아 있고, 반면 환하게 보이는 원경에는 〈빅토르 위고〉가 이들을 내려다보는 모습으로 배치되어 있다.
> 원경에 배치된 대리석상 〈빅토르 위고〉는 따로 촬영된 것이 아니라 근경의 로댕과 함께 촬영되었다. 따로 촬영된 것은 근경의 청동상인 〈생각하는 사람〉이며, 스타이컨은 명암의 대비 효과를 얻기 위해 이 두 사진을 합성하였다.

❌ 오답풀이

① 고난도의 합성 사진 기법을 쓴 것은 촬영한 대상들을 하나의 프레임에 담기 위해서였다.
근거: 2 ⁹두 사진의 피사체들이 작가가 의도한 바에 따라 하나의 프레임 속에서 자리 잡을 수 있도록 당시로서는 고난도인 합성 사진 기법을 동원한 것이다.

② 원경이 밝게 보이도록 한 것은 〈빅토르 위고〉와 로댕 간의 명암 대비 효과를 내기 위해서였다.
근거: 4 ¹⁶원경에서 희고 밝게 빛나는 〈빅토르 위고〉는 근경에 있는 로댕과 〈생각하는 사람〉의 어두운 모습에 대비되어 창조의 영감을 발산하는 모습으로 나타난다.
원경에 배치되어 밝게 빛나는 〈빅토르 위고〉와 근경에 배치되어 어둡게 보이는 로댕 간에는 명암의 대비 효과가 나타난다.

③ 로댕이 〈생각하는 사람〉과 마주 보며 같은 자세로 있게 한 것은 고뇌하는 모습을 보여 주기 위해서였다.
근거: 4 ¹⁵대문호 〈빅토르 위고〉가 내려다보고 있는 가운데 로댕은 〈생각하는 사람〉과 마주하여 자신도 〈생각하는 사람〉이 된 양, 같은 자세로 묵상하는 모습을 취하고 있다.~¹⁷이러한 구도는 로댕의 작품도 문학 작품과 마찬가지로 창작의 고뇌 속에서 이루어진 것이라는 메시지를 주고 있다.
㉠에서 로댕과 〈생각하는 사람〉은 마주 보며 같은 자세를 취하고 있으며, 〈빅토르 위고〉는 이들을 내려다보며 창조의 영감을 발산하는 모습으로 나타난다. 스타이컨이 이러한 구도로 로댕과 〈생각하는 사람〉을 마주 보게 배치한 것은 로댕이 지닌 창작의 고뇌를 보여 주기 위함이라고 볼 수 있다.

⑤ 대상들의 질감이 잘 살지 않도록 인화한 것은 대리석상과 청동상이 사람처럼 보이게 하는 효과를 얻기 위해서였다.
근거: 4 ¹⁴이 사진(㉠)에서는 피사체들의 질감이 뚜렷이 살지 않게 처리하여 모든 피사체들이 사람인 듯한 느낌을 주고자 하였다.

🎯 평가원의 관점 · 2-③번

이의 제기
4문단의 '이러한 구도'가 어떤 구도인지 명확하지 않기 때문에 ③번이 적절하다고 볼 근거가 부족한 것 아닌가요?

답변
아닙니다. 4문단의 '이러한 구도'는 2문단에서 언급한 '사진의 구도'와 마찬가지로 원경의 〈빅토르 위고〉와 근경의 로댕, 〈생각하는 사람〉을 포함한 사진의 전체적인 구도를 지칭합니다. 따라서 로댕과 〈생각하는 사람〉이 마주 보며 동일한 자세를 취하도록 한 것도 '이러한 구도'에 포함되며, 이 구도를 통해 '창작의 고뇌'를 보여 주고 있다고 볼 수 있습니다.

3. 다음은 학생이 쓴 감상문의 일부이다. 윗글을 바탕으로 할 때, ⓐ~ⓔ 중 적절하지 <u>않은</u> 것은?

학습활동 스타이컨의 작품을 감상하고 글을 써 보자.

예전에 나는, 사진은 사물을 있는 그대로 재현하는 도구에 지나지 않는다고 생각했고, 사진이 예술 작품이 된다고 생각해 본 적이 없었다. 그런데 스타이컨의 〈빅토르 위고와 생각하는 사람과 함께 있는 로댕〉을 보고, ⓐ사진도 예술 작품으로서 작가의 생각을 표현하는 창작 활동이라는 스타이컨의 생각에 동감하게 되었다. 특히 ⓑ회화적 표현을 사진에서 실현시키려 했던 스타이컨의 노력은 그 예술사적 가치를 인정받아야 할 것이다. 하지만 아쉬운 점도 없지 않다. 당시의 상황에서는 ⓒ스타이컨이 빅토르 위고와 같은 위대한 문학가를 창작의 영감을 주는 존재로 표현할 수밖에 없었을 것이다. 그래도 ⓓ스타이컨이 로댕의 조각 예술이 문학에 종속되는 것으로 표현할 것까지는 없었다고 생각한다. 그렇더라도 ⓔ기술적 도구로 여겨졌던 사진을 예술 행위의 수단으로 활용한 스타이컨의 창작열은 참으로 본받을 만하다.

정답풀이

④ ⓓ

근거: **3** ¹³스타이컨은 사진이나 조각이 작가의 주관과 감정을 표현할 수 있으며 문학 작품처럼 해석의 대상도 될 수 있다고 생각 + **4** ¹⁷〈빅토르 위고와 생각하는 사람과 함께 있는 로댕〉에 나타난) 이러한 구도는 로댕의 작품도 문학 작품과 마찬가지로 창작의 고뇌 속에서 이루어진 것이라는 메시지를 주고 있다.

스타이컨은 조각과 문학이 모두 해석의 대상이 될 수 있으며, 창작이 고뇌 속에서 이루어진다는 점에서 동등하다고 보고 있다. 따라서 스타이컨이 로댕의 조각 예술을 문학에 종속되는 것으로 보았다거나 그런 식으로 표현하였다는 감상은 적절하지 않다.

오답풀이

① ⓐ

근거: **3** ¹³스타이컨은 사진이나 조각이 작가의 주관과 감정을 표현할 수 있으며

② ⓑ

근거: **5** ¹⁸스타이컨은~사진이 회화와 같은 방식으로 창작되고 표현될 수 있는 예술임을 보여 주고자 하였다.

③ ⓒ

근거: **4** ¹⁶원경에서 희고 밝게 빛나는 〈빅토르 위고〉는~창조의 영감을 발산하는 모습으로 나타난다.

〈빅토르 위고〉는 작품 속에서 로댕과 〈생각하는 사람〉을 향해 창조의 영감을 발산하고 있으므로, 창작의 영감을 주는 존재로 표현되었다고 볼 수 있다.

⑤ ⓔ

근거: **1** ¹사진은 19세기 초까지만 해도 근대 문명이 만들어 낸 기술적 도구이자 현실 재현의 수단으로 인식되었다. + **5** ¹⁸스타이컨은~사진이 회화와 같은 방식으로 창작되고 표현될 수 있는 예술임을 보여 주고자 하였다.

스타이컨은 기술적 도구로 인식되었던 사진을 예술 행위의 수단으로 활용하여 사진이 회화와 같은 방식으로 창작되고 표현될 수 있는 예술임을 보여 주고자 하였다.

4. ⓛ의 문맥적 의미와 가장 가까운 것은?

정답풀이

① 이 소설가는 개성이 <u>살아</u> 있는 문체로 유명하다.

근거: **4** ¹⁴이 사진에서는 피사체들의 질감이 뚜렷이 ⓛ살지 않게 처리하여

ⓛ의 '살다'는 '본래 가지고 있던 색깔이나 특징 따위가 그대로 있거나 뚜렷이 나타나다.'라는 의미를 지닌다. '개성이 살아 있는'의 '살아'도 이와 유사한 의미에서 사용되었다.

오답풀이

② 아궁이에 불씨가 <u>살아</u> 있으니 장작을 더 넣어라.
'불 따위가 타거나 비치고 있는 상태에 있다.'의 의미로 사용되었다.

③ 어제까지도 <u>살아</u> 있던 손목시계가 그만 멈춰 버렸다.
'움직이던 물체가 멈추지 않고 제 기능을 하다.'의 의미로 사용되었다.

④ 흰긴수염고래는 지구에 <u>살고</u> 있는 동물 중 가장 크다.
'어느 곳에 거주하거나 거처하다.'의 의미로 사용되었다.

⑤ 부부가 행복하게 <u>살려면</u> 서로를 존중하고 사랑해야 한다.
'어떤 사람과 결혼하여 함께 생활하다.'의 의미로 사용되었다.

[1~4] 다음 글을 읽고 물음에 답하시오.

✏ 사고의 흐름

1 ¹근대 초기의 합리론은 이성에 의한 확실한 지식만을 중시하여 미적 감수성의 문제를 거의 논외로 하였다. ²미적 감수성은 이성과는 달리 어떤 원리도 없는 자의적*인 것이어서 '세계의 신비'를 푸는 데 거의 기여하지 못한다고 ㉠여겼기 때문이다.

비교하는 것이니까 '미적 감수성'과 '이성'이 같은 층위에 있다는 것을 알 수 있네!

근대 초기 합리론	이성	확실한 지식	세계의 신비를 푸는 데 기여 O
	미적 감수성	원리 X, 자의적	세계의 신비를 푸는 데 기여 X

³이러한 근대 초기의 합리론에 맞서 칸트는 미적 감수성을 '미감적 판단력'이라 부르면서, 이 또한 어떤 원리에 의거*하며 결코 이성에 못지않은 위상과 가치를 지닌다는 주장을 ㉡펼친다. *칸트의 주장이 근대 초기 합리론에 맞선다고 했으니까 근대 초기 합리론과 비교해서 다시 정리해 보자!*

근대 초기 합리론	이성	확실한 지식	세계의 신비를 푸는 데 기여 O
	미적 감수성	원리 X, 자의적	세계의 신비를 푸는 데 기여 X
칸트	미감적 판단력	원리 O	이성 못지않은 위상·가치를 지님

⁴이러한 작업에서 핵심 역할을 하는 것이 그의 취미 판단 이론이다. *일단 취미 판단에 대해 설명한 다음에 미감적 판단력에 관해 알려 주겠다는 거구나.*

2 ⁵취미 판단이란, 대상의 미·추를 판정하는, 미감적 판단력의 행위이다. ⁶모든 판단은 'S는 P이다.'라는 명제 형식으로 환원*되는데, 그 가운데 이성이 개념을 통해 지식이나 도덕 준칙을 구성하는 '규정적 판단'에서는 술어 P가 보편적 개념에 따라 객관적 성질로서 주어 S에 부여된다. *'규정적 판단'은 이성을 중시한 근대 초기 합리론의 입장이겠네. 칸트의 취미 판단과 무엇이 다른지 생각하며 읽어야겠다! 여기서 술어 P가 주어 S에 부여된다는 말은 '정의'를 말하는 거겠네. 예) 사자는(S는) 고양잇과의 포유류이다.(P이다.)* ⁷이와 유사하게 취미 판단에서도 P, 즉 '미' 또는 '추'가 마치 객관적 성질인 것처럼 S에 부여된다. ⁸하지만 실제로 취미 판단에서의 P는 오로지 판단 주체의 쾌 또는 불쾌라는 주관적 감정에 의거한다. ⁹또한 규정적 판단은 명제의 객관적이고 보편적인 타당성을 지향하므로 하나의 개별 대상뿐 아니라 여러 대상이나 모든 대상을 묶은 하나의 단위에 대해서도 이루어진다. ¹⁰이와 달리, 취미 판단은 오로지 하나의 개별 대상에 대해서만 이루어진다. ¹¹즉 복수의 대상을 한 부류로 묶어 말하는 것은 이미 개념적 일반화가 되기 때문에 취미 판단이 될 수 없는 것이다. *규정적 판단과 취미 판단에 대해 정리해 보자.*

[A]

'모든', '항상'과 같은 표현은 예외가 없다는 것이니 체크해 두자!

공통점에 관한 설명이네.

차이점!

차이점!

		S는	P이다.
근대 초기 합리론	규정적 판단	개별, 집단	보편적 개념(객관적)
칸트	취미 판단	개별	미·추 = 쾌·불쾌(주관적)

¹²한편 취미 판단은 오로지 대상의 형식적 국면을 관조*하여 그것이 일으키는 감정에 따라 미·추를 판정하는 것 이외의 어떤 다른 목적도 배제하는 순수한 태도, 즉 미감적 태도를 전제로 한다. ¹³취미 판단에는 대상에 대한 지식뿐 아니라, 실

용적 유익성, 교훈적 내용 등 일체의 다른 맥락이 ㉢끼어들지 않아야 하는 것이다. *형식만 관조 = 순수한 태도 = 미감적 태도. 그럼 '취미 판단'인지 아닌지 판별할 수 있는 조건은 세 가지가 있는 거네! ① 주어가 개별 대상 ② 서술어는 미·추 = 쾌·불쾌(주관적) ③ 형식적인 것*

3 ¹⁴중요한 것은 취미 판단이 기본적으로 공동체적 차원의 것이라는 점이다. *취미 판단의 성격에 관한 설명이네.* ¹⁵순수한 미감적 태도를 취할 때, 취미 판단의 주체들은 미감적 공동체를 이루고 있다고 할 수 있다. ¹⁶왜냐하면 그 구성원들 간에는 '공통감'이라 불리는 공통의 미적 감수성이 전제로 작용하고 있기 때문이다. ¹⁷이때 공통감은 취미 판단의 미적 규범 역할을 한다. ¹⁸즉 공통감으로 인해 취미 판단은 규정적 판단의 객관적 보편성과 구별되는 '주관적 보편성'을 ㉣지니는 것으로 설명된다. *규정적 판단: 객관적 보편성 vs. 취미 판단: 주관적 보편성* ¹⁹따라서 어떤 주체가 내리는 취미 판단은 그가 속한 공동체의 공통감을 예시한다. *'보편성'을 지니니까 한 사람의 취미 판단은 그 사람이 속한 공동체의 공통감을 보여 주는 거겠구나.*

4 ²⁰이러한 분석을 통해 칸트가 궁극적으로 지향한 것은 인간의 총체적인 자기 이해이다. *칸트 이론의 최종 목표!* ²¹그에 따르면 '인간은 무엇인가?'라는 물음에 대한 충실한 답변을 얻고자 한다면, 이성뿐 아니라 미적 감수성에 대해서도 그 고유한 원리를 설명해야 한다. ²²게다가 객관적 타당성은 이성의 미덕인 동시에 한계가 되기도 한다. ²³'세계'는 개념으로는 낱낱이 밝힐 수 없는 무한한 것이기 때문이다. ²⁴반면 미적 감수성은 대상을 개념적으로 규정할 수는 없지만 역으로 개념으로부터의 자유를 통해 세계라는 무한의 영역에 더 가까이 다가갈 수 있다. ²⁵오늘날에는 미적 감수성을 심오한 지혜의 하나로 보는 견해가 ㉤퍼져 있는데, 많은 학자들이 그 이론적 단초를 칸트에게서 찾는 것은 그의 이러한 논변 때문이다.

객관적 타당성의 한계를 뛰어넘는 미적 감수성의 특징이 제시되겠군!

근대 초기 합리론	이성	확실한 지식	세계의 신비를 푸는 데 기여 O
	미적 감수성	원리 X, 자의적	세계의 신비를 푸는 데 기여 X
칸트	미감적 판단력	원리 O: 공통감	위상, 가치를 지님: 인간의 총체적인 자기 이해에 기여

이것만은 챙기자

- ***자의적:** 일정한 질서를 무시하고 제멋대로 하는 것.
- ***의거:** 어떤 사실이나 원리 따위에 근거함.
- ***환원:** 잡다한 사물이나 현상을 어떤 근본적인 것으로 바꿈.
- ***관조:** 고요한 마음으로 사물이나 현상을 관찰하거나 비추어 봄.

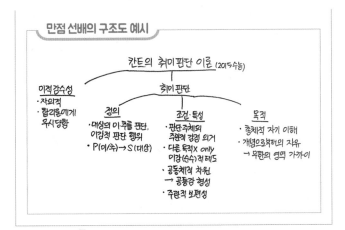

만점 선배의 구조도 예시

1. 윗글에 대한 이해로 가장 적절한 것은?

✅ **정답풀이**

⑤ 칸트는 미적 감수성의 원리에 대한 설명이 인간의 총체적 자기 이해에 기여한다고 보았다.

> 근거: **4** [20]이러한 분석을 통해 칸트가 궁극적으로 지향한 것은 인간의 총체적인 자기 이해이다. [21]그에 따르면 '인간은 무엇인가?'라는 물음에 대한 충실한 답변을 얻고자 한다면, 이성뿐 아니라 미적 감수성에 대해서도 그 고유한 원리를 설명해야 한다.
>
> 칸트는 '인간은 무엇인가?'라는 물음에 대한 충실한 답변을 얻고자 한다면, 즉 인간의 총체적 자기 이해를 위해서는 미적 감수성에 대해서도 그 고유한 원리를 설명해야 한다고 했다. 다시 말해, 미적 감수성의 원리에 대한 설명이 인간의 총체적 자기 이해에 기여한다고 본 것이다.

❌ **오답풀이**

① 칸트는 미감적 판단력과 규정적 판단력이 동일하다고 보았다.

근거: **2** [5]취미 판단이란, 대상의 미·추를 판정하는, 미감적 판단력의 행위이다. [6]'규정적 판단'에서는 술어 P가 보편적 개념에 따라 객관적 성질로서 주어 S에 부여된다. [8]하지만 실제로 취미 판단에서의 P는 오지 판단 주체의 쾌 또는 불쾌라는 주관적 감정에 의거한다. [9]또한 규정적 판단은 명제의 객관적이고 보편적인 타당성을 지향하므로 하나의 개별 대상뿐 아니라 여러 대상이나 모든 대상을 묶은 하나의 단위에 대해서도 이루어진다. [10]이와 달리, 취미 판단은 오지 하나의 개별 대상에 대해서만 이루어진다.

칸트는 취미 판단이 미감적 판단력의 행위라고 하면서 미감적 판단(취미 판단)이 개별 대상에 대해서만 쾌 또는 불쾌라는 주관적 서술어가 부여된다면, 규정적 판단은 개별 대상뿐만 아니라 집단에 대해서도 이루어지며 객관적 서술어가 부여된다고 했다. 따라서 칸트가 미감적 판단력과 규정적 판단력을 동일하게 보았다고 할 수 없다.

② 칸트는 이성에 의한 지식이 개념의 한계로 인해 객관적 타당성을 결여한다고 보았다.

근거: **4** [22]게다가 객관적 타당성은 이성의 미덕인 동시에 한계가 되기도 한다. [23]'세계'는 개념으로는 낱낱이 밝힐 수 없는 무한한 것이기 때문이다.

이성에 의한 지식이 개념의 한계로 인해 객관적 타당성을 결여한 것이 아니라, 세계가 개념으로는 낱낱이 밝힐 수 없는 무한한 것이기 때문에 객관적 타당성을 지닌 이성에 의한 지식은 한계에 부딪히게 되는 것이다.

③ 칸트는 미적 감수성이 비개념적 방식으로 세계에 대한 객관적 지식을 창출한다고 보았다.

근거: **4** [24]반면 미적 감수성은 대상을 개념적으로 규정할 수는 없지만 역으로 개념으로부터의 자유를 통해 세계라는 무한의 영역에 더 가까이 다가갈 수 있다.

미적 감수성이 비개념적 방식(개념으로부터의 자유)으로 세계에 접근한다고 볼 수는 있지만, 이를 통해 객관적 지식을 창출한다고 볼 수 있는 근거는 없다.

④ 칸트는 미감적 판단력을 본격적으로 규명하여 근대 초기의 합리론을 선구적으로 이끌었다.

근거: **1** ³이러한 근대 초기의 합리론에 맞서 칸트는 미적 감수성을 '미감적 판단력'이라 부르면서, 이 또한 어떤 원리에 의거하며 결코 이성에 못지 않은 위상과 가치를 지닌다는 주장을 펼친다.

칸트는 근대 초기의 합리론에 맞서 다른 주장을 펼쳤다. 따라서 칸트가 근대 초기 합리론을 선구적으로 이끌었다고 볼 수 없다.

2. [A]에 제시된 '취미 판단'에 대한 이해로 적절하지 <u>않은</u> 것은?

✓ 정답풀이

④ '이 영화의 주제는 권선징악이어서 아름답다.'는 취미 판단에 해당한다.

> 근거: **2** ⁷이와 유사하게 취미 판단에서도 P, 즉 '미' 또는 '추'가 마치 객관적 성질인 것처럼 S에 부여된다. ⁸하지만 실제로 취미 판단에서의 P는 오로지 판단 주체의 쾌 또는 불쾌라는 주관적 감정에 의거한다.~¹⁰이와 달리, 취미 판단은 오로지 하나의 개별 대상에 대해서만 이루어진다. ¹²한편 취미 판단은 오로지 대상의 형식적 국면을 관조하여 그것이 일으키는 감정에 따라 미·추를 판정하는 것 이외의 어떤 다른 목적도 배제하는 순수한 태도, 즉 미감적 태도를 전제로 한다. ¹³취미 판단에는 대상에 대한 지식뿐 아니라, 실용적 유익성, 교훈적 내용 등 일체의 다른 맥락이 끼어들지 않아야 하는 것이다.
>
> 취미 판단이 될 수 있는 것은 주어가 개별 대상이고 서술어가 판단 주체의 주관적 감정에 의거하며, 형식적인 것이어야 한다. 또한 취미 판단에는 교훈적인 내용 등 다른 맥락이 끼어들 수 없다고 하였다. 그러므로 '권선징악'이라는 교훈이 끼어든 '이 영화의 주제는 권선징악이어서 아름답다.'는 취미 판단에 해당하지 않는다.

✗ 오답풀이

① '이 장미는 아름답다.'는 취미 판단에 해당한다.

근거: **2** ⁶모든 판단은 'S는 P이다.'라는 명제 형식으로 환원되는데, ⁸취미 판단에서의 P는 오로지 판단 주체의 쾌 또는 불쾌라는 주관적 감정에 의거한다. ¹⁰취미 판단은 오로지 하나의 개별 대상에 대해서만 이루어진다. ¹²어떤 다른 목적도 배제하는 순수한 태도, 즉 미감적 태도

주어가 개별 대상이고, 술어가 '미'에 해당하므로 취미 판단이다.

② '유용하다'는 취미 판단 명제의 술어가 될 수 없다.

근거: **2** ¹³취미 판단에는 대상에 대한 지식뿐 아니라, 실용적 유익성, 교훈적 내용 등 일체의 다른 맥락이 끼어들지 않아야 하는 것이다.

취미 판단에는 실용적 유익성 등 다른 맥락이 끼어들지 않아야 한다. '유용하다'는 실용적 유익성에 해당되기 때문에 술어가 될 수 없다.

③ '모든 예술'은 취미 판단 명제의 주어가 될 수 없다.

근거: **2** ¹⁰이와 달리, 취미 판단은 오로지 하나의 개별 대상에 대해서만 이루어진다.

취미 판단 명제의 주어는 개별 대상이어야 한다. '모든 예술'은 복수의 대상이므로 취미 판단 명제의 주어가 될 수 없다.

⑤ '이 소설은 액자식 구조로 이루어져 있다.'는 취미 판단에 해당하지 않는다.

근거: **2** ¹³취미 판단에는 대상에 대한 지식뿐 아니라, 실용적 유익성, 교훈적 내용 등 일체의 다른 맥락이 끼어들지 않아야 하는 것이다.

취미 판단에는 대상에 대한 지식이 끼어들지 않아야 한다. 따라서 '액자식 구조'와 같은 소설의 지식은 취미 판단에 해당하지 않는다.

3. 윗글을 통해 추론한 내용으로 적절하지 <u>않은</u> 것은? [3점]

✓ 정답풀이

① 개념적 규정은 예술 작품에 대한 취미 판단을 가능하게 한다.

> 근거: **1** ³칸트는 미적 감수성을 '미감적 판단력'이라 부르면서 + **2** ⁵취미 판단이란, 대상의 미·추를 판정하는, 미감적 판단력의 행위이다. + **4** ²⁴반면 미적 감수성은 대상을 개념적으로 규정할 수는 없지만
> 칸트는 미적 감수성을 '미감적 판단력'이라고 불렀으며, 이러한 미감적 판단력의 행위를 '취미 판단'이라고 했다. 그런데 미적 감수성(미감적 판단력)은 대상을 개념적으로 규정할 수 없다고 하였으므로 '개념적 규정은 예술 작품에 대한 취미 판단을 가능하게 한다.'라는 추론은 적절하지 않다.

✗ 오답풀이

② 공통감은 미감적 공동체에서 예술 작품의 미를 판정할 보편적 규범이 될 수 있다.
근거: **3** ¹⁵순수한 미감적 태도를 취할 때, 취미 판단의 주체들은 미감적 공동체를 이루고 있다고 할 수 있다. ¹⁶왜냐하면 그 구성원들 간에는 '공통감'이라 불리는 공통의 미적 감수성이 전제로 작용하고 있기 때문이다. ¹⁷이때 공통감은 취미 판단의 미적 규범 역할을 한다. ¹⁸즉 공통감으로 인해 취미 판단은 규정적 판단의 객관적 보편성과 구별되는 '주관적 보편성'을 지니는 것으로 설명된다.
미감적 공동체 구성원들 간의 '공통감'은 취미 판단의 미적 규범 역할을 하며, 이 공통감으로 인해 취미 판단은 주관적 보편성을 지니는 것이라고 하였으므로 적절한 내용이다.

③ 특정 예술 작품에 대한 사람들의 취미 판단이 일치하는 것은 우연으로 볼 수 없다.
근거: **3** ¹⁵순수한 미감적 태도를 취할 때, 취미 판단의 주체들은 미감적 공동체를 이루고 있다고 할 수 있다. ¹⁶왜냐하면 그 구성원들 간에는 '공통감'이라 불리는 공통의 미적 감수성이 전제로 작용하고 있기 때문이다. ¹⁷이때 공통감은 취미 판단의 미적 규범 역할을 한다. ¹⁸즉 공통감으로 인해 취미 판단은 규정적 판단의 객관적 보편성과 구별되는 '주관적 보편성'을 지니는 것으로 설명된다.
사람들의 취미 판단이 일치하는 것은 우연이 아니라 공통감으로 인해 주관적 보편성을 가지기 때문이다.

④ 예술 작품에 대한 나의 취미 판단은 내가 속한 미감적 공동체의 미적 감수성을 보여 준다.
근거: **3** ¹⁶왜냐하면 그 구성원들 간에는 '공통감'이라 불리는 공통의 미적 감수성이 전제로 작용하고 있기 때문이다. ¹⁹따라서 어떤 주체가 내리는 취미 판단은 그가 속한 공동체의 공통감을 예시한다.
어떤 주체가 내리는 취미 판단은 그가 속한 공동체의 공통감을 예시한다고 했고, 공통감은 곧 공통의 미적 감수성과 동일한 의미이므로 적절한 내용이다.

⑤ 예술 작품에 대해 순수한 미감적 태도를 취하지 못하면 그 작품에 대한 취미 판단이 가능하지 않다.
근거: **2** ¹²한편 취미 판단은 오로지 대상의 형식적 국면을 관조하여 그것이 일으키는 감정에 따라 미·추를 판정하는 것 이외의 어떤 다른 목적도 배제하는 순수한 태도, 즉 미감적 태도를 전제로 한다.

4. 문맥상 ㉠~㉢과 바꿔 쓰기에 적절하지 <u>않은</u> 것은?

✓ 정답풀이

④ ㉢: 소지하는

> 근거: **3** ¹⁸주관적 보편성'을 ㉢지니는 것으로 설명된다.
> '지니다'는 '바탕으로 갖추고 있다.'라는 뜻이다. 그런데 '소지하다'는 '물건을 지니고 있다.'라는 뜻을 지닌 단어로 물리적 대상에만 적용되므로 '주관적 보편성'과 호응하고 있는 ㉢과 바꿔 쓸 수 없다.

✗ 오답풀이

① ㉠: 간주했기
근거: **1** ²기여하지 못한다고 ㉠여겼기 때문이다.
여기다: 마음속으로 그러하다고 인정하거나 생각하다.
간주하다: 상태, 모양, 성질 따위가 그와 같다고 보거나 그렇다고 여기다.

② ㉡: 피력한다
근거: **1** ³위상과 가치를 지닌다는 주장을 ㉡펼친다.
펼치다: 생각 따위를 전개하거나 발전시키다.
피력하다: 생각하는 것을 털어놓고 말하다.

③ ㉢: 개입하지
근거: **2** ¹³일체의 다른 맥락이 ㉢끼어들지 않아야 하는 것이다.
끼어들다: 자기 순서나 자리가 아닌 틈 사이를 비집고 들어서다.
개입하다: 자신과 직접적인 관계가 없는 일에 끼어들다.

⑤ ㉣: 확산되어
근거: **4** ²⁵지혜의 하나로 보는 견해가 ㉣퍼져 있는데,
퍼지다: 어떤 물질이나 현상 따위가 넓은 범위에 미치다.
확산되다: 흩어져 널리 퍼지게 되다.

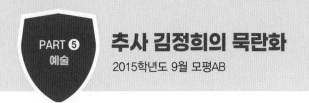
✏️ 사고의 흐름

[1~4] 다음 글을 읽고 물음에 답하시오.

1 ¹먹으로 난초를 그린 묵란화는 사군자의 하나인 난초에 관념*을 투영*하여 형상화*한 그림으로, 여느 사군자화와 마찬가지로 군자가 마땅히 지녀야 할 품성을 담고 있다. <u>묵란화의 개념을 설명하며 시작하고 있네!</u> ²묵란화는 중국 북송 시대에 그려지기 시작하여 우리나라를 포함한 동북아시아 문인들에게 널리 퍼졌다. <u>묵란화는 중국에서 시작되었군.</u> ³문인들에게 시, 서예, 그림은 나눌 수 없는 하나였다. ⁴이런 인식은 묵란화에도 이어져 난초를 칠 때는 글씨의 획을 그을 때와 같은 붓놀림을 구사했다. ⁵따라서 묵란화는 <u>문인들이 인문적 교양과 감성을 드러내는 수단</u>이 되었다. <u>묵란화: 사군자 중 난초에 관념을 투영하여 문인들의 인문적 교양과 감성을 드러내는 수단</u>

2 ⁶추사 김정희가 25세 되던 해에 그린 ㉠<석란石蘭>은 당시 청나라에서도 유행하던 전형적인 양식을 따른 묵란화이다. <u>추사 김정희의 묵란화를 통해 글의 주제를 구체화하겠군!</u> ⁷화면에 공간감과 입체감을 부여하는 잎새들은 가지런하면서도 완만한 곡선을 따라 늘어져 있으며, 꽃은 소담하고 정갈하게 피어 있다. ⁸도톰한 잎과 마른 잎, 둔중한 바위와 부드러운 잎의 대비가 돋보인다. ⁹난 잎의 조심스러운 선들에서는 단아한 품격을, 잎들 사이로 핀 꽃에서는 고상한 품위를, 묵직한 바위에서는 돈후한 인품을 느낄 수 있으며 <u>당시 문인들의 공통적 이상이 드러난다.</u> <u>추사 김정희가 25세 때 그린 <석란>: 당시 문인들의 공통적 이상이 드러남</u>

3 ¹⁰평탄했던 젊은 시절과 (달리) 김정희의 예술 세계는 55세부터 장기간의 유배 생활을 거치면서 큰 변화를 보인다. ¹¹글씨는 맑고 단아한 서풍에서 추사체로 알려진 자유분방한 서체로 바뀌었고, 그림도 부드럽고 우아한 화풍에서 쓸쓸하고 처연한 느낌을 주는 화풍으로 바뀌어 갔다.

<u>'달리'를 기준으로 55세 이후에는 삶이 평탄하지 않았음을 말할 거야.</u>

글씨	맑고 단아한 서풍	— 55세 →	자유분방한 서체(추사체)
그림	부드럽고 우아한 화풍		쓸쓸하고 처연한 느낌을 주는 화풍

4 ¹²생을 마감하기 일 년 전인 69세 때 그렸다고 추정되는 ㉡<부작란도(不作蘭圖)>는 (이러한 변화)를 잘 보여 준다. ¹³담묵의 거친 갈필*로 화면 오른쪽 아래에서 시작된 몇 가닥의 잎은 왼쪽에서 불어오는 바람을 맞아, 오른쪽으로 뒤틀리듯 구부러져 있다. ¹⁴그중 유독 하나만 위로 솟구쳐 올라 허공을 가르지만, 그 잎 역시 부는 바람에 속절없이 꺾여 있다. ¹⁵그 잎과 평행한 꽃대 하나, 바람에 맞서며 한 송이 꽃을 피웠다. ¹⁶바람에 꺾이고, 맞서는 난초 꽃대와 꽃송이에서 세파*에 시달려 쓸쓸하고 황량해진 그의 처지와 그것에 맞서는 <u>강한 의지를 느낄 수 있다.</u> <u>69세 때 그린 <부작란도>: 고독한 자신의 처지와 거친 세상에 맞서는 강한 의지를 드러냄</u> ¹⁷우리는 여기에서 <u>김정희가 자신의 경험에서 느낀 세계와 묵란화의 표현 방법을 일치시켜,</u> 문인 공통의 이상을 표출하는 관습적인 표현을 넘어 자신만의 감정을 충실히 드러낸 세계를 창출했음을 알 수 있다. <u>김정희의 세계 = 묵란화의 표현 방법</u> <u>→ 관습적인 표현 넘어 자신만의 감정 드러낸 세계 창출</u>

<u>3문단에 나온 55세 이후의 변화를 말하는 거야!</u>

5 ¹⁸묵란화에는 종종 심정을 적어 두기도 했다. ¹⁹김정희도 <부작란도>에 '우연히 그린 그림에서 참모습을 얻었다'고 적어 두었다. ²⁰여기서 우연히 얻은 참모습을 자신이 처한 모습을 적절하게 표현하는 것이라 한다면 이때 우연이란 요행이 아니라 오랜 기간 훈련된 감성이 어느 한 순간의 계기에 의해 표출된 필연적인 우연이라고 해야 할 것이다. <u>우연히 얻은 참모습 = 자신이 처한 모습을 적절하게 표현 → 필연적인 우연</u>

*갈필: 물기가 거의 없는 붓으로 먹을 조금만 묻혀 거친 느낌을 주게 그리는 필법.

이것만은 챙기자

*관념: 어떤 일에 대한 견해나 생각.
*투영: 어떤 일을 다른 일에 반영하여 나타냄을 비유적으로 이르는 말.
*형상화: 형체로는 분명히 나타나 있지 않은 것을 어떤 방법이나 매체를 통하여 구체적이고 명확한 형상으로 나타냄.
*세파: 모질고 거센 세상의 어려움.

만점 선배의 구조도 예시

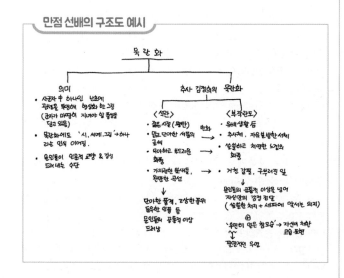

1. 윗글에 대한 설명으로 가장 적절한 것은?

✔ 정답풀이

① 구체적인 작품을 사례로 제시하며 작가의 삶과 작품 세계를 설명하고 있다.

> 근거: 2 ⁶추사 김정희가 25세 되던 해에 그린 〈석란〉은 당시 청나라에서도 유행하던 전형적인 양식을 따른 묵란화이다. + 3 ¹⁰평탄했던 젊은 시절과 달리 김정희의 예술 세계는 55세부터 장기간의 유배 생활을 거치면서 큰 변화를 보인다. + 4 ¹²생을 마감하기 일 년 전인 69세 때 그렸다고 추정되는 〈부작란도〉는 이러한 변화를 잘 보여 준다.
>
> 〈석란〉과 〈부작란도〉를 사례로 제시하며 추사 김정희의 삶과 작품 세계를 설명하고 있다.

✘ 오답풀이

② 후대 작가의 작품과의 비교를 통해 작품에 대한 이해를 확장하고 있다.
> 윗글에서 후대 작가의 작품은 제시되지 않았다.

③ 특정한 입장을 바탕으로 작가와 작품에 대한 역사적 논란을 소개하고 있다.
> 윗글은 특정한 입장을 바탕으로 작가와 작품을 소개했다고 보기 어려우며, 역사적 논란 또한 제시하지 않았다.

④ 다양한 해석을 근거로 들어 작품에 대한 통념적인 이해를 비판하고 있다.
> 윗글에서는 김정희의 작품에 대한 다양한 해석이 나타나지 않았으며, 통념(일반적으로 널리 통하는 개념)적인 이해를 비판하고 있지도 않다.

⑤ 대조적인 성격의 작품을 예로 들어 예술의 대중화 과정을 분석하고 있다.
> 유배 생활 이전의 〈석란〉과 이후의 〈부작란도〉가 서로 대조적인 성격을 띠고 있지만, 이는 김정희 개인의 삶과 작품 세계에 변화가 있었음을 보여줄 뿐이다. 윗글에서 이를 통해 예술의 대중화 과정을 분석하고 있지는 않다.

2. 윗글의 내용과 일치하지 않는 것은?

✔ 정답풀이

⑤ 김정희는 말년에 서예의 필법을 쓰지 않고 그리는 묵란화를 창안하였다.

> 근거: 1 ⁴이런 인식은 묵란화에도 이어져 난초를 칠 때는 글씨의 획을 그을 때와 같은 붓놀림을 구사했다. + 4 ¹²생을 마감하기 일 년 전인 69세 때 그렸다고 추정되는 〈부작란도〉는 이러한 변화를 잘 보여 준다. ¹³담묵의 거친 갈필로 화면 오른쪽 아래에서 시작된 몇 가닥의 잎은 왼쪽에서 불어오는 바람을 맞아, 오른쪽으로 뒤틀리듯 구부러져 있다.
>
> 1문단에서 문인들이 난초를 칠 때는 글씨의 획을 그을 때와 같은 붓놀림을 구사했다고 했으며, 김정희가 생을 마감하기 일 년 전에 그렸다고 추정되는 〈부작란도〉에는 담묵의 거친 갈필이 쓰였다고 했다. 윗글에서 김정희가 말년에 서예의 필법을 쓰지 않고 그리는 묵란화를 창안했다는 내용은 찾아볼 수 없다.

✘ 오답풀이

① 문인들은 사군자화를 통해 군자의 덕목을 드러내려 했다.
> 근거: 1 ¹먹으로 난초를 그린 묵란화는 사군자의 하나인 난초에 관념을 투영하여 형상화한 그림으로, 여느 사군자화와 마찬가지로 군자가 마땅히 지녀야 할 품성을 담고 있다.
> 사군자화가 '군자가 마땅히 지녀야 할 품성을 담고 있다.'는 것을 통해 문인들이 군자의 덕목을 사군자화로 드러내려 했음을 확인할 수 있다.

② 묵란화는 그림의 소재에 관념을 투영하여 형상화한 것이다.
> 근거: 1 ¹먹으로 난초를 그린 묵란화는 사군자의 하나인 난초에 관념을 투영하여 형상화한 그림

③ 유배 생활은 김정희의 서체와 화풍의 변화에 영향을 주었다.
> 근거: 3 ¹⁰평탄했던 젊은 시절과 달리 김정희의 예술 세계는 55세부터 장기간의 유배 생활을 거치면서 큰 변화를 보인다. ¹¹글씨는 맑고 단아한 서풍에서 추사체로 알려진 자유분방한 서체로 바뀌었고, 그림도 부드럽고 우아한 화풍에서 쓸쓸하고 처연한 느낌을 주는 화풍으로 바뀌어 갔다.

④ 묵란화는 중국에서 기원하여 우리나라에 전래된 그림 양식이다.
> 근거: 1 ²묵란화는 중국 북송 시대에 그려지기 시작하여 우리나라를 포함한 동북아시아 문인들에게 널리 퍼졌다.

3. ㉠, ㉡에 대한 이해로 적절하지 <u>않은</u> 것은?

> ㉠: 〈석란〉
> ㉡: 〈부작란도〉

✓ 정답풀이

④ ㉡에서 홀로 위로 솟구쳤다 꺾인 잎은 지식을 추구했던 과거의 삶과 단절하겠다는 김정희 자신의 의지가 표현된 것이다.

> 근거: **4** [14]그중 유독 하나만 위로 솟구쳐 올라 허공을 가르지만, 그 잎 역시 부는 바람에 속절없이 꺾여 있다. [16]바람에 꺾이고, 맞서는 난초 꽃대와 꽃송이에서 세파에 시달려 쓸쓸하고 황량해진 그의 처지와 그것에 맞서는 강한 의지를 느낄 수 있다.
> ㉡에서 홀로 위로 솟구쳤다 꺾인 잎은 세파에 시달리며 쓸쓸하고 황량해진 김정희의 처지를 나타내고, 꽃대와 꽃송이는 그것에 맞서겠다는 강한 의지를 표현한 것이다. 이는 지식을 추구했던 과거의 삶과 단절하겠다는 의지를 표현한 것으로는 볼 수 없다.

✗ 오답풀이

① ㉠에서 완만하고 가지런한 잎새는 김정희가 삶이 순탄하던 시절에 추구하던 단아한 품격을 표현한 것이다.

> 근거: **2** [7]잎새들은 가지런하면서도 완만한 곡선을 따라 늘어져 있으며 [9]난 잎의 조심스러운 선들에서는 단아한 품격 + **3** [10]평탄했던 젊은 시절

② ㉠에서 소담하고 정갈한 꽃을 피워 내는 모습은 고상한 품위를 지키려는 김정희의 이상을 표상한 것이다.

> 근거: **2** [7]꽃은 소담하고 정갈하게 피어 있다. [9]잎들 사이로 핀 꽃에서는 고상한 품위를~당시 문인들의 공통적 이상이 드러난다.

③ ㉡에서 바람을 맞아 뒤틀리듯 구부러진 잎은 세상의 풍파에 시달린 김정희의 처지를 형상화한 것이다.

> 근거: **4** [13]몇 가닥의 잎은 왼쪽에서 불어오는 바람을 맞아, 오른쪽으로 뒤틀리듯 구부러져 있다. [16]바람에 꺾이고, 맞서는 난초 꽃대와 꽃송이에서 세파에 시달려 쓸쓸하고 황량해진 그의 처지와 그것에 맞서는 강한 의지를 느낄 수 있다.

⑤ ㉠과 ㉡에 그려진 난초는 김정희가 자신의 인문적 교양과 감성을 표현하기 위해 선택한 소재이다.

> 근거: **1** [5]따라서 묵란화는 문인들이 인문적 교양과 감성을 드러내는 수단이 되었다. + **2** [9]난 잎의 조심스러운 선들에서는~당시 문인들의 공통적 이상이 드러난다. + **4** [17]우리는 여기에서 김정희가 자신의 경험에서 느낀 세계와 묵란화의 표현 방법을 일치시켜, 문인 공통의 이상을 표출하는 관습적인 표현을 넘어 자신만의 감정을 충실히 드러낸 세계를 창출했음을 알 수 있다.
> ㉠의 난 잎에는 평탄했던 젊은 시절 김정희가 지녔던 당시 문인들의 공통적 이상이 나타나 있는 것으로 볼 수 있으며, ㉡의 난초에는 문인 공통의 이상뿐만 아니라 자신만의 감정까지 충실히 드러나 있음을 알 수 있다.

4. 〈보기〉를 바탕으로 할 때, 윗글에 나타난 김정희의 예술 세계에 대해 이해한 내용으로 적절하지 <u>않은</u> 것은? [3점]

> ── 〈보기〉 ──
>
> [1]예술 작품의 내용은 형식에 담긴다. [2]그러므로 감상자의 입장에서 보면 형식으로써 내용을 알게 된다고 할 수 있고, 내용과 형식이 꼭 맞게 이루어진 예술 작품에서 감동을 받는다. [3]따라서 형식에 대한 파악은 예술 작품을 이해하는 데 핵심적인 요소가 된다. [4]예술 작품의 형식은 그것이 속한 문화 속에서 형성되어 온 것이다. [5]이 형식을 이해하고 능숙하게 익히는 것은 작가에게도 매우 중요한 일이다. [6]예술 창작이란 아무것도 없는 것에서 어떤 사물을 창조하는 것이 아니라, 문화적 축적 속에서 새롭게 의미를 찾아 형식화하는 것이기 때문이다. [7]결국 전통의 계승과 혁신의 문제는 예술에서도 오래된 주제이다.

✓ 정답풀이

⑤ 〈부작란도〉에서 자신만의 감정을 드러내는 세계를 창출했다는 것은 축적된 문화로부터 멀어지려 한 것이라 할 수 있겠군.

> 근거: **4** [17]우리는 여기에서 김정희가 자신의 경험에서 느낀 세계와 묵란화의 표현 방법을 일치시켜, 문인 공통의 이상을 표출하는 관습적인 표현을 넘어 자신만의 감정을 충실히 드러낸 세계를 창출했음을 알 수 있다. + 〈보기〉 [6]예술 창작이란 아무 것도 없는 것에서~문화적 축적 속에서 새롭게 의미를 찾아 형식화하는 것

✗ 오답풀이

① 전형적인 방식으로 〈석란〉을 그린 것은 당시 문인화의 전통을 수용한 것이겠군.

> 근거: **2** [6]추사 김정희가 25세 되던 해에 그린 〈석란〉은 당시 청나라에서도 유행하던 전형적인 양식을 따른 묵란화이다. + 〈보기〉 [4]예술 작품의 형식은 그것이 속한 문화 속에서 형성되어 온 것이다.

② 추사체라는 필법을 새롭게 창안했다는 것은 전통의 답습에 머무르지 않았음을 의미하는군.

> 근거: **3** [11]글씨는 맑고 단아한 서풍에서 추사체로 알려진 자유분방한 서체로 바뀌었고 + 〈보기〉 [6]예술 창작이란 아무것도 없는 것에서~문화적 축적 속에서 새롭게 의미를 찾아 형식화하는 것

③ 〈부작란도〉에서 참모습을 얻었다고 한 것은 의미가 그에 걸맞은 형식을 만난 것이라 할 수 있겠군.

> 근거: **5** [19]김정희도 〈부작란도〉에 '우연히 그린 그림에서 참모습을 얻었다'고 적어 두었다. [20]여기서 우연히 얻은 참모습을 자신이 처한 모습을 적절하게 표현하는 것이라 한다면 이때 우연이란 요행이 아니라 오랜 기간 훈련된 감성이 어느 한 순간의 계기에 의해 표출된 필연적인 우연이라고 해야 할 것이다. + 〈보기〉 [2]내용과 형식이 꼭 맞게 이루어진 예술 작품에서 감동을 받는다.
> 김정희가 〈부작란도〉를 그리면서 우연히 그린 그림에서 참모습, 자신이 처한 모습을 얻었다고 한 것은 그가 그림의 의미에 걸맞은 형식을 만나게 된 것이라고 할 수 있다.

④ 시와 서예와 그림 모두에 능숙했다는 것은 여러 가지 표현 양식을 이해하고 익힌 것이라 할 수 있겠군.

근거: **1** ³문인들에게 시, 서예, 그림은 나눌 수 없는 하나였다. + 〈보기〉 ³형식에 대한 파악은 예술 작품을 이해하는 데 핵심적인 요소가 된다.

김정희와 같은 문인들에게 시, 서예, 그림이 나눌 수 없는 하나라는 것은 이들이 예술 작품의 표현 양식을 충분히 이해하고 익히고 있음을 의미한다.

🎯 평가원의 관점 · 4-②번

이의 제기

②번의 근거를 지문과 〈보기〉에서 찾을 수 없지 않나요?

답변

〈보기〉에서 '예술 창작이란~문화적 축적 속에서 새롭게 의미를 찾아 형식화하는 것'이라 하였습니다. 또한 1문단의 '문인들에게 시, 서예, 그림은 나눌 수 없는 하나였다.', 3문단의 '글씨는 맑고 단아한~화풍으로 바뀌어 갔다.', 4문단의 '우리는 여기에서 김정희가~창출했음을 알 수 있다.' 등을 고려할 때, 〈부작란도〉처럼 '추사체' 역시 김정희가 서체상의 전통을 계승하고 혁신하여 새로 창안한 필법이라는 점을 알 수 있습니다.

✒️ 모두의 질문 · 4-④번

Q: '추사 김정희가 시, 서예, 그림 모두에 능숙했는지에 대한 언급이 없는데 어떻게 ④번 선지를 판단하나요?'

A: 1문단에서 '문인들에게 시, 서예, 그림은 나눌 수 없는 하나였다. 이런 인식은 묵란화에도 이어져 난초를 칠 때는 글씨의 획을 그을 때와 같은 붓놀림을 구사했다.'고 했고, 2문단에서는 '추사 김정희'와 그가 그린 묵란화에 대해 설명했다. 이를 종합했을 때, 추사 김정희는 1문단에서 언급한 당대의 문인 중 한 사람으로서 시, 서예, 그림 모두에 능숙했을 것임을 추론할 수 있다. 또한, 2문단에 제시된 김정희의 〈석란〉에 대한 설명과 4문단에 제시된 〈부작란도〉의 설명, '문인 공통의 이상을 표출하는 관습적인 표현을 넘어 자신만의 감정을 충실히 드러낸 세계를 창출'했다는 내용을 통해서도 추사 김정희가 시, 서예, 그림 모두에 능숙했음을 짐작할 수 있다. 직접적으로 설명되지 않았더라도 전체적인 내용을 통해 충분히 이해할 수 있는 부분인 것이다.

[1~4] 다음 글을 읽고 물음에 답하시오.

✏ 사고의 흐름

1 ¹전통적 의미에서 영화적 재현과 만화적 재현의 큰 차이점 중 하나는 움직임의 유무일 것이다. 영화적 재현과 만화적 재현의 차이점이라는 화제를 제시하고 있네. 우선 '움직임의 유무'에 주목하고 있어. ²영화는 사진에 결여되었던 사물의 운동, 즉 시간을 재현한 예술 장르이다. ³반면 만화는 공간이라는 차원만을 알고 있다. ⁴정지된 그림이 의도된 순서에 따라 공간적으로 나열된 것이 만화이기 때문이다. 이 지문에서 '시간'은 '사물(대상)의 운동(움직임)'을 의미하는군. 만화는 영화와 달리 정지된 그림으로 이루어져 있어 '시간'은 없고 '공간'이라는 차원만 나타나네. ⁵만일 만화에도 시간이 존재한다면 그것은 읽기의 과정에서 독자에 의해 사후에 생성된 것이다. ⁶독자는 정지된 이미지에서 상상을 통해 움직임을 끌어낸다. ⁷그리고 인물이나 물체의 주변에 그려져 속도감을 암시하는 효과선은 독자의 상상을 더욱 부추긴다. 만화에서의 '시간'은 만화 자체에 내재된 것이 아니라, 독자의 상상을 통해 만들어지는 것이군.

이 지문에는 '반면', '달리' 등과 같이 두 대상의 차이점을 나타내는 표지가 자주 등장하니 주의해서 읽자!

가정이 제시되었어! 앞뒤 맥락을 고려하면 만화에 공간이라는 차원이 나타난다는 진술을 강화하기 위한 가정이라고 볼 수 있어.

2 ⁸만화는 물리적 시간의 부재를 공간의 유연함으로 극복한다. ⁹영화 화면의 테두리인 프레임과 달리, 만화의 칸은 그 크기와 모양이 다양하다. 만화가 지닌 '공간의 유연함'은 영화의 '프레임'과 달리 크기와 모양이 다양한 '칸'으로 구현되는군. ¹⁰또한 만화에는 한 칸 내부에 그림뿐 아니라, ⓐ말풍선과 인물의 심리나 작중 상황을 드러내는 언어적·비언어적 정보를 모두 담을 수 있는 자유로움이 있다. ¹¹그리고 그것이 독자의 읽기 시간에 변화를 주게 된다. ¹²하지만 영화에서는 이미지를 영사*하는 속도가 일정하여 감상의 속도가 강제된다. 칸 안에 언어적·비언어적 정보를 다양하게 담을 수 있는 만화의 자유로움이 각 칸을 읽는 시간에 변화를 주는구나. 이는 감상의 속도가 강제된 영화와 구분되는 특징이야.

만화와 영화의 차이 ① 움직임의 유무 관련	
영화	만화
- 물리적 움직임(시간) O	- 물리적 움직임(시간) X → 독자의 상상으로 생성
- 화면(프레임) 형태 고정	- 칸 형태 고정 X
- 감상 속도 강제	- 감상 시간 유동적

3 ¹³영화와 만화는 그 이미지의 성격에서도 대조적이다. 영화와 만화의 차이와 관련하여, 이번에는 '이미지의 성격'에 주목하려 하네. ¹⁴영화가 촬영된 이미지라면 만화는 수작업으로 만들어진 이미지이다. ¹⁵빛이 렌즈를 통과하여 필름에 착상되는 사진적 원리에 따른 영화의 이미지 생산 과정은 기술적으로 자동화되어 있다. ¹⁶그렇기에 영화 이미지 내에서 감독의 체취를 발견하기란 쉽지 않다. ¹⁷그에 비해 만화는 수작업의 과정에서 자연스럽게 세계에 대한 작가의 개인적인 해석(=영화에서 감독의 체취와 대응됨)을 드러내게 된다. ¹⁸이것은 그림의 스타일과 터치 등으로 나타난다. ¹⁹그래서 만화 이미지는 '서명된 이미지'이다. 사진적 원리에 따라 생산된 영화의 '촬영된 이미지'에서는 감독의 체취를 발견하기 어렵지만, 수작업으로 만들어진 만화의 '서명된 이미지'에는 작

가의 개인적 해석이 자연스럽게 나타나는구나.

4 ²⁰촬영된 이미지와 수작업에 따른 이미지는 영화와 만화가 현실과 맺는 관계를 다르게 규정한다. 이어질 내용에 대한 단서를 제공했어. 영화와 만화가 현실과 어떤 관계를 맺는지에 주목하며 읽자. ²¹영화는 실제 대상과 이미지가 인과 관계로 맺어져 있어 본질적으로 사물에 대한 사실적인 기록이 된다. ²²이 기록의 과정에는 촬영장의 상황이나 촬영 여건과 같은 제약이 따른다. 영화 이미지와 현실은 인과 관계를 맺고 있는데, 사물을 사실적으로 기록하기 때문에 촬영 상황과 여건에 제약을 받고 있어. ²³그러나 최근에는 촬영된 이미지들을 컴퓨터상에서 합성하거나 그래픽 이미지를 활용하는 ㉠디지털 특수 효과의 도움을 받는 사례가 늘고 있는데, 이를 통해 만화에서와 마찬가지로 실재하지 않는 대상이나 장소도 만들어 낼 수 있게 되었다. 실재하지 않는 대상을 구현할 수 있게 된 디지털 특수 효과를 통해, 실제 대상에 얽매여 상황적 제약을 감수해야 했던 영화 이미지와 현실의 인과 관계가 약화되었다고 볼 수 있어.

제약이 적용되지 않는 상황이 제시될 거야.

5 ²⁴만화의 경우는 구상*을 실행으로 옮기는 단계가 현실을 매개로 하지 않는다. ²⁵따라서 만화 이미지는 그 제작 단계가 작가의 통제에 포섭*되어 있는 이미지이다. ²⁶이 점은 만화적 상상력의 동력으로 작용한다. ²⁷현실과 직접적으로 대면하지 않기에 작가의 상상력에 이끌려 만화적 현실로 향할 수 있는 것이다. 만화 이미지와 현실은 직접적으로 대면하지 않는 관계이군. 영화처럼 현실을 매개로 하지 않아서 작가의 만화적 상상력에 따라 자유롭게 제작되는 거야.

만화와 영화의 차이 ② 이미지의 성격 관련	
영화	만화
- 촬영된 이미지	- 수작업 이미지
→ 사진적 원리에 따름	→ 서명된 이미지
- 현실과 인과 관계	- 현실과 직접 대면 X
→ 제작: 장소, 여건 제약	→ 제작: 작가의 통제
→ 디지털 특수 효과로 제약 약화	→ 만화적 상상력

이것만은 챙기자

- ***영사:** 영화나 환등 따위의 필름에 있는 상을 영사막에 비추어 나타냄.
- ***구상:** 예술 작품을 창작할 때, 작품의 골자가 될 내용이나 표현 형식 따위에 대하여 생각을 정리함. 또는 그 생각.
- ***포섭:** 상대편을 자기편으로 감싸 끌어들임.

영화적 재현과 만화적 재현의 차이

① 움직임의 유무 관련

영화 * 움직임 有
- 물리적 시간 재현
- 화면 형태 고정 (프레임)
- 이미지 영사 속도 일정
  → 감상 속도 강제

만화 * 움직임 無
- 시간 X → 공간적 차원만 有
  → 독자 상상 통해 생성
- 칸 크기·모양 다양 (공간의 유연함)
- 칸마다 언어적·비언어적 정보 다양
  → 읽기 시간 변화

② 이미지의 성격 관련

영화 * 촬영된 이미지
  → 사진적 원리에 따름
  (감독의 체화 ↓)
- 현실과 인과관계
  → 사물의 사실적 기록
- 제작: 촬영장·여건 제약 有
  ↓
  그래픽 이미지로 극복

만화 * 수작업에 따른 이미지
  → 서명된 이미지
  (작가의 해석 포함 ↑)
- 현실과 직접적 대면 X
  → 현실 매개로 구상 실행 X
- 제작: 작가의 통제에 포섭
  ↓
  작가의 상상력

---

1. 윗글의 내용과 일치하는 것은?

✓ 정답풀이

① 영화는 사물의 움직임을 재현한 예술이다.

> 근거: **1** [1]전통적 의미에서 영화적 재현과 만화적 재현의 큰 차이점 중 하나는 움직임의 유무일 것이다. [2]영화는 사진에 결여되었던 사물의 운동, 즉 시간을 재현한 예술 장르이다.
> 영화는 사물의 운동(움직임)을 재현하는 예술 장르에 해당한다.

✗ 오답풀이

② 만화는 물리적 시간 재현이 영화보다 충실하다.

> 근거: **1** [2]영화는 사진에 결여되었던 사물의 운동, 즉 시간을 재현한 예술 장르이다. [3]반면 만화는 공간이라는 차원만을 알고 있다. [5]만일 만화에도 시간이 존재한다면 그것은 읽기의 과정에서 독자에 의해 사후에 생성된 것이다. + **2** [8]만화는 물리적 시간의 부재를 공간의 유연함으로 극복한다.
> 만화는 물리적 시간을 재현하는 영화와 달리 공간의 차원만을 가지고 있어, 물리적 시간의 부재를 공간의 유연함으로 극복한다. 또한 만화에서의 '시간'은 만화를 읽는 독자에 의해 생성되므로, 만화가 영화보다 충실하게 물리적 시간을 재현한다고 볼 수는 없다.

③ 영화에서 이미지를 영사하는 속도는 일정하지 않다.

> 근거: **2** [12]영화에서는 이미지를 영사하는 속도가 일정하여 감상의 속도가 강제된다.

④ 만화 이미지는 사진적 원리에 따라 만들어진다.

> 근거: **3** [14]영화가 촬영된 이미지라면 만화는 수작업으로 만들어진 이미지이다. [15]빛이 렌즈를 통과하여 필름에 착상되는 사진적 원리에 따른 영화의 이미지 생산 과정은 기술적으로 자동화되어 있다.
> 사진적 원리에 따라 만들어지는 것은 만화 이미지가 아닌 영화 이미지이다.

⑤ 만화는 사물을 영화보다 더 사실적으로 기록한다.

> 근거: **4** [21]영화는 실제 대상과 이미지가 인과 관계로 맺어져 있어 본질적으로 사물에 대한 사실적인 기록이 된다. [23]그러나 최근에는 촬영된 이미지들을 컴퓨터상에서 합성하거나 그래픽 이미지를 활용하는 디지털 특수 효과의 도움을 받는 사례가 늘고 있는데, 이를 통해 만화에서와 마찬가지로 실재하지 않는 대상이나 장소도 만들어 낼 수 있게 되었다. + **5** [24]만화의 경우는 구상을 실행으로 옮기는 단계가 현실을 매개로 하지 않는다.
> 만화는 구상을 실행으로 옮길 때 현실을 매개로 하지 않아, 실재하지 않는 대상이나 장소도 만들어 낼 수 있다. 그러나 영화는 본질적으로 사물을 사실적으로 기록하며, 최근에야 그래픽 이미지를 통해 만화와 같이 실재하지 않는 대상을 구현할 수 있게 되었다. 따라서 만화가 영화보다 사물을 더 사실적으로 기록한다고 볼 수는 없다.

2. ㉠에 대한 반응으로 적절한 것은?

> ㉠: 디지털 특수 효과의 도움을 받는 사례가 늘고 있는데

✅ 정답풀이

④ 실제 대상과 영화 이미지 간의 인과 관계가 약해지겠군.

> 근거: 4 ²¹영화는 실제 대상과 이미지가 인과 관계로 맺어져 있어 본질적으로 사물에 대한 사실적인 기록이 된다. ²²이 기록의 과정에는 촬영장의 상황이나 촬영 여건과 같은 제약이 따른다. ²³그러나 최근에는 촬영된 이미지들을 컴퓨터상에서 합성하거나 그래픽 이미지를 활용하는 디지털 특수 효과의 도움을 받는 사례가 늘고 있는데(㉠), 이를 통해 만화에서와 마찬가지로 실재하지 않는 대상이나 장소도 만들어 낼 수 있게 되었다.
>
> 영화가 사물을 사실적으로 기록하며 촬영장의 상황이나 촬영 여건과 같은 제약을 받는 것은, 영화 이미지와 실제 대상이 인과 관계로 맺어져 있기 때문이다. 그런데 디지털 특수 효과를 통해 이미지들을 합성하거나 그래픽 이미지를 활용할 수 있게 되면서, 영화는 반드시 실재하는 대상이나 장소(촬영장)의 상황·여건에 구애받지 않고 가공의 대상이나 장소를 구현할 수 있게 되었다. 따라서 ㉠으로 인해 실제 대상과 영화 이미지 간의 인과 관계가 약해질 것이라고 추측할 수 있다.

❌ 오답풀이

① 제작 주체가 이미지를 의도대로 만들기가 더 어려워지겠군.

> 근거: 4 ²¹영화는 실제 대상과 이미지가 인과 관계로 맺어져 있어 본질적으로 사물에 대한 사실적인 기록이 된다. ²²이 기록의 과정에는 촬영장의 상황이나 촬영 여건과 같은 제약이 따른다. ²³그러나 최근에는~디지털 특수 효과의 도움을 받는 사례가 늘고 있는데(㉠), 이를 통해 만화에서와 마찬가지로 실재하지 않는 대상이나 장소도 만들어 낼 수 있게 되었다.
>
> 사물에 대한 사실적인 기록만이 가능하던 때 영화의 제작 주체는 실제 대상만을 활용할 수 있었으며, 이미지를 만드는 과정에서 촬영장의 상황이나 촬영 여건과 같은 제약을 받아야 했다. 따라서 ㉠으로 인해 실재하지 않는 대상과 장소를 만들어 낼 수 있게 되었으므로 제작 주체는 이미지를 의도대로 만들기가 더 어려워지지는 않았을 것이다.

② 영화 촬영장의 물리적 환경이 미치는 영향이 더 커지겠군.

> 근거: 4 ²¹영화는 실제 대상과 이미지가 인과 관계로 맺어져 있어 본질적으로 사물에 대한 사실적인 기록이 된다. ²²이 기록의 과정에는 촬영장의 상황이나 촬영 여건과 같은 제약이 따른다. ²³그러나 최근에는~디지털 특수 효과의 도움을 받는 사례가 늘고 있는데(㉠), 이를 통해 만화에서와 마찬가지로 실재하지 않는 대상이나 장소도 만들어 낼 수 있게 되었다.
>
> 사물에 대한 사실적인 기록만이 가능하던 때에는 촬영장의 물리적 상황이나 촬영 여건이 제약으로 작용하였지만, ㉠은 그러한 제약에서 벗어나 실재하지 않는 대상이나 장소도 만들어 낼 수 있게 했다. 따라서 ㉠으로 인해 영화 촬영장의 물리적 환경이 미치는 영향이 더 커지지는 않을 것이다.

③ 촬영된 이미지에만 의존하는 제작 방식의 비중이 늘겠군.

> 근거: 4 ²¹영화는 실제 대상과 이미지가 인과 관계로 맺어져 있어 본질적으로 사물에 대한 사실적인 기록이 된다. ²³그러나 최근에는~디지털 특수 효과의 도움을 받는 사례가 늘고 있는데(㉠), 이를 통해 만화에서와 마찬가지로 실재하지 않는 대상이나 장소도 만들어 낼 수 있게 되었다.
>
> ㉠은 실재하지 않는 대상이나 장소를 만들어 낼 수 있게 하므로, 촬영된 이미지에만 의존하는 제작 방식의 비중이 늘지는 않을 것이다.

⑤ 영화에 만화적 상상력을 도입하기가 더 힘들어지겠군.

> 근거: 4 ²³그러나 최근에는~디지털 특수 효과의 도움을 받는 사례가 늘고 있는데(㉠), 이를 통해 만화에서와 마찬가지로 실재하지 않는 대상이나 장소도 만들어 낼 수 있게 되었다. + 5 ²⁴만화의 경우는 구상을 실행으로 옮기는 단계가 현실을 매개로 하지 않는다. ²⁵따라서 만화 이미지는 그 제작 단계가 작가의 통제에 포섭되어 있는 이미지이다. ²⁶이 점은 만화적 상상력의 동력으로 작용한다.
>
> ㉠은 실재하지 않는 대상을 구현할 수단이 확보됨으로써 영화에 만화적 상상력이 도입될 수 있게 된 상황에 해당한다고 볼 수 있다. 따라서 ㉠으로 인해 영화에 만화적 상상력을 도입하기가 더 힘들어지지는 않을 것이다.

| 구체적 상황에 적용 | 정답률 87

3. 윗글을 바탕으로 〈보기〉에 대해 설명할 때, 적절하지 <u>않은</u> 것은?

〈보기〉

✔ 정답풀이

③ 칸 ④에서 효과선을 지우면 인물의 움직임을 상상하게 하는 요소가 모두 사라진다.

> 근거: ① ²영화는 사진에 결여되었던 사물의 운동, 즉 시간을 재현한 예술 장르이다. ⁵만일 만화에도 시간이 존재한다면 그것은 읽기의 과정에서 독자에 의해 사후에 생성된 것이다. ⁶독자는 정지된 이미지에서 상상을 통해 움직임을 끌어낸다. ⁷그리고 인물이나 물체의 주변에 그어져 속도감을 암시하는 효과선은 독자의 상상을 더욱 부추긴다.
> 〈보기〉의 칸 ④의 효과선은 인물의 움직임에 대한 독자의 상상력을 부추기는 역할을 하지만, 효과선이 없더라도 무언가를 향해 달려가는 자세를 취한 인물의 모습과 '다다다'라는 글자를 점점 크게 제시한 것을 통해 인물의 움직임을 상상하는 것은 가능하다. 따라서 효과선을 지움으로써 인물의 움직임을 상상하게 하는 요소가 모두 사라진다고 볼 수는 없다.

✖ 오답풀이

① 칸 ①부터 칸 ⑥에 이르기까지 각 칸에 독자의 시선이 머무는 시간은 유동적이다.

근거: ② ¹⁰만화에는 한 칸 내부에 그림뿐 아니라, 말풍선과 인물의 심리나 작중 상황을 드러내는 언어적·비언어적 정보를 모두 담을 수 있는 자유로움이 있다. ¹¹그리고 그것이 독자의 읽기 시간에 변화를 주게 된다. ¹²하지만 영화에서는 이미지를 영사하는 속도가 일정하여 감상의 속도가 강제된다. 각 칸에 다양한 정보를 담을 수 있는 만화의 자유로움은 독자의 읽기 시간에 변화를 주며, 이는 이미지를 영사하는 속도가 일정한 영화와 구분된다. 〈보기〉의 칸 ①~칸 ⑥에는 그림, 말풍선 등 인물의 심리와 작중 상황을 드러내는 언어적·비언어적 정보가 다양하게 구현되어 있는데, 이는 각 칸에 독자의 시선이 머무는 시간을 유동적으로 만들어 독자의 읽기 시간에 변화를 준다고 볼 수 있다.

② 칸 ②는 언어적·비언어적 정보를 모두 활용하여 작중 상황을 부각하고 있다.

근거: ② ¹⁰만화에는 한 칸 내부에 그림뿐 아니라, 말풍선과 인물의 심리나 작중 상황을 드러내는 언어적·비언어적 정보를 모두 담을 수 있는 자유로움이 있다.
〈보기〉의 칸 ②는 '꽈당'이라는 문자로 표현된 언어적 정보와, 인물이 돌에 걸려 넘어졌음을 보여 주는 그림으로 구현된 비언어적 정보를 모두 활용하여, 인물이 세게 넘어졌다는 작중 상황을 부각하고 있다.

④ 인물들의 얼굴과 몸의 형태를 통해 만화 이미지가 '서명된 이미지'임을 확인할 수 있다.

근거: ③ ¹⁷만화는 수작업의 과정에서 자연스럽게 세계에 대한 작가의 개인적인 해석을 드러내게 된다. ¹⁸이것은 그림의 스타일과 터치 등으로 나타난다. ¹⁹그래서 만화 이미지는 '서명된 이미지'이다.
만화에서 그림의 스타일과 터치는 세계에 대한 작가의 개인적인 해석을 드러내며, 이는 만화 이미지가 '서명된 이미지'임을 나타낸다. 〈보기〉에 제시된 인물들의 얼굴과 몸의 형태는 현실적인 인간의 모습과 차이가 있는데, 이는 작가가 수작업을 통해 세계에 대한 개인적 해석을 드러낸 것이라 볼 수 있다. 그리고 이를 통해 만화 이미지가 '서명된 이미지'임을 확인할 수 있다.

⑤ 다양한 크기와 모양의 칸을 통해 영화의 프레임과 차별화된 만화 칸의 유연함을 알 수 있다.

근거: ② ⁸만화는 물리적 시간의 부재를 공간의 유연함으로 극복한다. ⁹영화 화면의 테두리인 프레임과 달리, 만화의 칸은 그 크기와 모양이 다양하다.
〈보기〉의 칸 ①~칸 ⑥은 영화 화면의 프레임과 달리 크기와 모양이 다양한데, 이는 만화 칸이 지닌 공간의 유연함을 드러낸다고 볼 수 있다.

🖋 모두의 질문
• 3-③번

Q: 대상의 속도감을 암시하는 역할을 하는 효과선이 지워지면 대상의 움직임을 파악할 수 없게 되는 것 아닌가요?

A: 1문단에 따르면 독자는 만화의 '정지된 이미지에서 상상을 통해 움직임을 끌어'내며, 효과선은 이러한 '독자의 상상을 더욱 부추'기는 역할을 한다. 즉 대상의 속도감을 암시하는 효과선이 대상의 움직임에 대한 독자의 상상을 자극하는 요소 중 하나인 것은 맞지만, 독자의 상상을 '더욱 부추긴'다는 것은 독자가 만화 속 대상의 움직임을 상상할 때 효과선만이 유일한 단서로 작용하는 것은 아님을 의미한다. 실제로 〈보기〉의 칸 ④에서 인물 주위의 효과선을 지운 상황을 가정할 때, 우리는 대상의 모습이나 '다다다'라는 언어적 표현의 단서를 통해 대상의 움직임을 상상할 수 있다. 따라서 효과선이 지워지는 것만으로 대상의 움직임을 파악할 수 없게 된다고 보기는 어렵다.

4. 〈보기〉를 바탕으로 할 때, 윗글의 ⓐ와 같은 방식으로 이루어진 것은?

─〈보기〉─

ⓐ(말풍선)는 '만화에서 주고받는 대사를 써넣은 풍선 모양의 그림'을 뜻한다. 원래 '풍선'에는 공기만이 담길 수 있을 뿐, '말'은 담길 수 없다. 따라서 ⓐ는 서로 담고 담길 수 없는 것들이 한데 묶인 단어이다.

⊙ 정답풀이

③ 꾀주머니

> 근거: **2** ¹⁰만화에는 한 칸 내부에 그림뿐 아니라, ⓐ말풍선과 인물의 심리나 작중 상황을 드러내는 언어적 · 비언어적 정보를 모두 담을 수 있는 자유로움이 있다.
> '꾀주머니'는 '꾀가 많이 가지고 있는 꾀나 꾀를 많이 가지고 있는 사람을 비유적으로 이르는 말.'을 뜻한다. 일반적으로 '주머니'는 '자질구레한 물품 따위를 넣어 허리에 차거나 들고 다니도록 만든 물건.'을 뜻하는데, '꾀'는 '일을 잘 꾸며 내거나 해결해 내거나 하는, 묘한 생각이나 수단.'으로, '주머니'에는 담길 수 없는 추상적인 대상이다. 따라서 '꾀주머니'는 ⓐ와 마찬가지로 '꾀'와 '주머니'라는, 서로 담고 담길 수 없는 것들이 한데 묶인 단어에 해당한다고 볼 수 있다.

⊗ 오답풀이

① 국그릇

'국그릇'은 '국을 담는 그릇.'을 뜻한다. 실제 '그릇'에는 '국'이 담길 수 있으므로, 이는 ⓐ와 같은 방식으로 이루어진 단어라고 볼 수 없다.

② 기름통

'기름통'은 '기름을 담아 두는 통.'을 뜻한다. 실제 '통'에는 '기름'이 담길 수 있으므로, 이는 ⓐ와 같은 방식으로 이루어진 단어라고 볼 수 없다.

④ 물병

'물병'은 '물을 넣는 병.'을 뜻한다. 실제 '병'에는 '물'이 담길 수 있으므로, 이는 ⓐ와 같은 방식으로 이루어진 단어라고 볼 수 없다.

⑤ 쌀가마니

'쌀가마니'는 '쌀을 담은 가마니.'를 뜻한다. 실제 '가마니'에는 '쌀'이 담길 수 있으므로, 이는 ⓐ와 같은 방식으로 이루어진 단어라고 볼 수 없다.

[1~4] 다음 글을 읽고 물음에 답하시오.

✏ 사고의 흐름

1 ¹프레임(frame)은 영화와 사진 등의 시각 매체에서 화면 영역과 화면 밖의 영역을 구분하는 경계로서의 틀을 말한다. 프레이밍: 영역 구분용 틀 ²카메라로 대상을 포착하는 행위는 현실의 특정한 부분만을 떼어 내 프레임에 담는 것으로, 찍는 사람의 의도와 메시지를 내포*한다. ³그런데 문, 창, 기둥, 거울 등 주로 사각형이나 원형의 형태를 갖는 물체들을 이용하여 프레임 안에 또 다른 프레임을 만드는 경우가 있다. ⁴이런 기법을 '이중 프레이밍', 그리고 안에 있는 프레임을 '이차 프레임'이라 칭한다. 프레임의 개념과, 프레임 안에 이차 프레임을 넣는 이중 프레이밍 기법을 제시하고 있어.

2 ⁵이차 프레임의 일반적인 기능은 크게 세 가지로 구분할 수 있다. 이차 프레이밍의 '기능'이 무엇인지로 화제를 구체화했네. 이어지는 내용에서는 이차 프레이밍의 세 가지 기능을 하나씩 설명해 줄 거야. ⁶먼저, ①화면 안의 인물이나 물체에 대한 시선 유도 기능이다. ⁷대상을 틀로 에워싸기 때문에 시각적으로 강조하는 효과가 있으며, 대상이 작거나 구도의 중심에서 벗어나 있을 때도 존재감을 부각하기가 용이하다*. ⁸또한 프레임 내 프레임이 많을수록 화면이 다층적으로 되어, 자칫 밋밋해질 수 있는 화면에 깊이감과 입체감이 부여된다. ⁹광고의 경우, 설득력을 높이기 위해 이차 프레임 안에 상품을 위치시켜 주목을 받게 하는 사례들이 있다. 이차 프레이밍의 기능 ① 시선 유도: 특정 대상의 시각적 강조, 다층적 구성을 통해 화면에 깊이감과 입체감 부여

3 ¹⁰다음으로, 이차 프레임은 ②작품의 주제나 내용을 암시하기도 한다. ¹¹이차 프레임은 시각적으로 내부의 대상을 외부와 분리하는데, 이는 곧잘 심리적 단절로 이어져 구속, 소외, 고립 따위를 환기*한다. ¹²그리고 이차 프레임 내부의 대상과 외부의 대상 사이에는 정서적 거리감이 ⓐ조성(造成)되기도 한다. ¹³어떤 영화들은 작중 인물을 문이나 창을 통해 반복적으로 보여 주면서,(=이차 프레임으로 제시하여) 그가 세상으로부터 격리된 상황(=분리, 단절의 상황)을 암시하거나 불안감, 소외감 같은 인물의 내면(=정서적 거리감)을 시각화하기도 한다. 이차 프레이밍의 기능 ② 작품의 주제와 내용 암시: 내부와 외부 분리 → 내·외부 대상 간의 심리적 단절, 정서적 거리감 제시

4 ¹⁴마지막으로, 이차 프레임은 ③'이야기 속 이야기'인 액자형 서사 구조를 지시하는 기능을 하기도 한다. ¹⁵일례로, 어떤 영화는 작중 인물의 현실 이야기와 그의 상상에 따른 이야기로 구성되는데, 카메라는 이차 프레임으로 사용된 창을 비추어 한 이야기의 공간에서 다른 이야기의 공간으로 들어가거나 빠져나온다. 이차 프레이밍의 기능 ③ 액자형 서사 구조 지시: 외화와 내화를 드나드는 경계

5 ¹⁶그런데 현대에 이를수록 시각 매체의 작가들은 ㉠이차 프레임의 범례에서 벗어나는 시도들로 다양한 효과를 끌어내기도 한다. ¹⁷가령 (1)이차 프레임 내부 이미지의 형체를 식별하기 어렵게 함으로써 관객의 지각 행위를 방해하여, 강조의 기능을 무력한 것으로 만들거나 서사적 긴장을 유발하기도 한다. 이차 프레이밍이 지닌

시각적 강조의 기능을 무력화하는 시도 ¹⁸또 (2)문이나 창을 봉쇄함으로써 이차 프레임으로서의 기능을 상실시켜 공간이나 인물의 폐쇄성*을 드러내기도 한다. 봉쇄를 통해 '또 다른 프레임'에 해당하는 이차 프레이밍의 본질적 기능을 상실시키는 시도 ¹⁹혹은 (3)이차 프레임 내의 대상이 그 경계를 넘거나 파괴하도록 하여 호기심을 자극하고 대상의 운동성을 강조하는 효과를 낳는 사례도 있다. 경계의 파괴를 통해 내부와 외부를 분리하는 이차 프레이밍의 기능을 상실시키는 시도

이것만은 챙기자

*내포: 어떤 성질이나 뜻 따위를 속에 품음.
*용이하다: 어렵지 아니하고 매우 쉽다.
*환기: 주의나 여론, 생각 따위를 불러일으킴.
*폐쇄성: 태도나 생각 따위가 꼭 닫히거나 막히어서 외부와 통하지 않는 성질.

만점 선배의 구조도 예시

프레임: 화면 영역을 구분하는 틀 → □ 프레임
이중 프레이밍
이차 프레임: 프레임 너의 프레임 → □ 이차 프레임

1. 일반적 기능
 1) 화면 속 특정한 대상으로 시선 유도
  - 시각적 강조
  - 중심이 아니거나 작을 때에도 존재감 부각
  H) 프레임 ⬆ → 다층적 (깊이감 입체감) ⬆
 2) 작품의 주제 및 내용 암시
  - 내부와 외부 분리 → 심리적 단절 → 정서적 거리감 (구속, 소외, 고립 등)
 3) 액자형 서사 구조 지시
  - 이야기 간 이동통로

2. 예외 (범례에서 벗어난 시도)
 1) 이차 프레임 내부 식별 통이성 ⬇
  - 강조 기능 무력화 → 서사적 긴장감 ⬆
 2) 이차 프레임 봉쇄
  - 폐쇄성 ⬆
 3) 이차 프레임 경계 초월 아 파괴
  - 대상 운동성 (역동성) ⬆
  - 대상에 대한 호기심 자극

| 세부 정보 파악 | 정답률 ⑨1

1. 윗글의 내용과 일치하지 <u>않는</u> 것은?

✅ 정답풀이

④ 이차 프레임 내부의 인물과 외부의 인물 사이에는 일체감이 형성된다.

> 근거: ③ [11]이차 프레임은 시각적으로 내부의 대상을 외부와 분리하는데, 이는 곧잘 심리적 단절로 이어져 구속, 소외, 고립 따위를 환기한다. [12]그리고 이차 프레임 내부의 대상과 외부의 대상 사이에는 정서적 거리감이 조성되기도 한다.
> 이차 프레임 내부의 인물과 외부의 인물 사이에는 단절감, 거리감이 조성되므로, 이들 사이에 일체감이 형성된다는 것은 윗글의 내용과 일치하지 않는다.

❌ 오답풀이

① 작가의 의도는 현실을 화면에 담는 촬영 행위에서도 드러난다.
> 근거: ① [2]카메라로 대상을 포착하는 행위는 현실의 특정한 부분만을 떼어 내 프레임에 담는 것으로, 찍는 사람의 의도와 메시지를 내포한다.

② 이차 프레임 내에 또 다른 프레임을 만들 수도 있다.
> 근거: ② [8]또한 프레임 내 프레임(이차 프레임)이 많을수록 화면이 다층적으로 되어, 자칫 밋밋해질 수 있는 화면에 깊이감과 입체감이 부여된다.
> 프레임 내에 프레임이 많을수록 다층적(여러 개의 층)이 되어 깊이감이나 입체감이 부여된다는 것을 통해 이차 프레임 내에 또 다른 프레임을 만들 수 있음을 알 수 있다.

③ 이차 프레임의 시각적 효과는 심리적 효과로 이어지기도 한다.
> 근거: ③ [11]이차 프레임은 시각적으로 내부의 대상을 외부와 분리하는데, 이는 곧잘 심리적 단절로 이어져 구속, 소외, 고립 따위를 환기한다.

⑤ 이차 프레임은 액자형 서사 구조의 영화에서 이야기 전환을 알리는 데 쓰이기도 한다.
> 근거: ④ [14]마지막으로, 이차 프레임은 '이야기 속 이야기'인 액자형 서사 구조를 지시하는 기능을 하기도 한다. [15]카메라는 이차 프레임으로 사용된 창을 비추어 한 이야기의 공간에서 다른 이야기의 공간으로 들어가거나 빠져나온다.
> 액자형 서사 구조를 지시하는 이차 프레임을 통해 두 이야기의 공간 사이를 드나들 수 있다는 것은, 이차 프레임이 액자형 서사 구조의 영화에서 이야기 전환을 알리는 데 쓰일 수 있음을 나타낸다.

| 구체적 상황에 적용 | 정답률 ⑧4

2. 윗글을 바탕으로 〈보기〉를 이해한 내용으로 가장 적절한 것은?

〈보기〉

　1950년대 어느 도시의 거리를 담은 이 사진은 ㉮자동차의 열린 뒷문의 창(이차 프레이밍)이 우연히 한 인물을 테두리 지어 작품의 묘미를 더하는데, 이는 이중 프레이밍의 전형적인 사례이다.

✅ 정답풀이

⑤ ㉮가 행인이 들고 있는 원형의 빈 액자 틀로 바뀌더라도 이차 프레임이 만들어지겠군.

> 근거: ① [3]문, 창, 기둥, 거울 등 주로 사각형이나 원형의 형태를 갖는 물체들을 이용하여 프레임 안에 또 다른 프레임을 만드는 경우가 있다. [4]이런 기법을 '이중 프레이밍', 그리고 안에 있는 프레임을 '이차 프레임'이라 칭한다.
> ㉮를 행인이 들고 있는 '원형의 빈 액자 틀'로 바꾸어도, 프레임 내의 틀이 또 다른 프레임을 형성하게 되므로 이차 프레임이 만들어질 것임을 알 수 있다.

❌ 오답풀이

① ㉮로 인해 화면이 평면적으로 느껴지는군.
> 근거: ② [8]또한 프레임 내 프레임(이차 프레임)이 많을수록 화면이 다층적으로 되어, 자칫 밋밋해질 수 있는 화면에 깊이감과 입체감이 부여된다.
> ㉮와 같은 이차 프레임은 화면에 깊이감과 입체감을 부여하는 기능을 한다. 따라서 ㉮로 인해 화면은 평면적이 아닌 입체적으로 느껴질 것이다.

② ㉮가 없다면 사진 속 공간의 폐쇄성이 강조되겠군.
> 근거: ⑤ [18]문이나 창을 봉쇄함으로써 이차 프레임으로서의 기능을 상실시켜 공간이나 인물의 폐쇄성을 드러내기도 한다.
> 이차 프레임인 ㉮ 자체를 없애는 것이 아니라, ㉮를 봉쇄하여 이차 프레임으로서의 기능을 상실시킴으로써 공간의 폐쇄성을 강조하는 것이다.

③ ㉚로 인해 창 테두리 외부의 풍경에 시선이 유도되는군.

근거: **2** ⁵이차 프레임의 일반적인 기능은 크게 세 가지로 구분할 수 있다. ⁶먼저, 화면 안의 인물이나 물체에 대한 시선 유도 기능이다.

창 테두리 외부가 아니라 창 테두리 내부의 인물에 시선이 유도된다.

④ ㉚ 안의 인물은 멀리 있어서 ㉚가 없더라도 작품 내 존재감이 비슷하겠군.

근거: **2** ⁵이차 프레임의 일반적인 기능은 크게 세 가지로 구분할 수 있다. ⁶먼저, 화면 안의 인물이나 물체에 대한 시선 유도 기능이다. ⁷대상을 틀로 에워싸기 때문에 시각적으로 강조하는 효과가 있으며, 대상이 작거나 구도의 중심에서 벗어나 있을 때도 존재감을 부각하기가 용이하다.

㉚ 안의 인물은 멀리 있지만, ㉚라는 틀로 에워싸여 시각적으로 강조되었으므로 존재감이 부각되었다고 볼 수 있다. 따라서 ㉚가 없어진다면 ㉚ 안의 인물은 작품 내 존재감이 현재보다 떨어질 것이다.

🖋 모두의 질문 ・2-②번

Q: ㉚가 없어지면 이차 프레임으로서의 기능이 상실되는 것 아닌가요? 이를 통해 공간의 폐쇄성이 강조된다고 볼 수 있지 않을까요?

A: 5문단에서 대상의 '이차 프레임으로서의 기능'을 상실시킴으로써 '공간이나 인물의 폐쇄성을 드러내'는 것이 가능하다고 한 것은 맞다. 그러나 이때 대상의 이차 프레임으로써의 기능을 상실시키는 수단이 무엇이었는지도 꼼꼼히 살펴야 한다. 지문은 '문이나 창'과 같은 이차 프레임의 기능이, 그 대상을 '봉쇄함으로써' 상실된다고 하였다. 즉 프레임 안에 이차 프레임의 틀은 존재하지만, 이 틀이 두 공간을 매개하는 이차 프레임으로써 기능하지 못하는 장면이 제시됨으로써 공간이나 인물의 폐쇄성이 드러난다고 한 것이다. 윗글에서 이차 프레임의 기능이 아니라, 이차 프레임 그 자체가 상실됨으로써 어떠한 효과가 나타나는지 언급한 부분은 찾아볼 수 없다.

---

3. ㉠의 사례로 보기 어려운 것은?

> ㉠: 이차 프레임의 범례에서 벗어나는 시도들

✔ 정답풀이

④ 한 영화에서 주인공이 앞집의 반쯤 열린 창틈으로 가족의 화목한 모습을 목격하고 계속 지켜보는데, 이차 프레임으로 사용된 창틈이 한 가정의 행복을 드러내는 기능을 한다.

근거: **2** ⁵이차 프레임의 일반적인 기능은 크게 세 가지로 구분할 수 있다. ⁶먼저, 화면 안의 인물이나 물체에 대한 시선 유도 기능이다. ⁷대상을 틀로 에워싸기 때문에 시각적으로 강조하는 효과가 있으며, 대상이 작거나 구도의 중심에서 벗어나 있을 때도 존재감을 부각하기가 용이하다.

㉠의 사례는 이차 프레임의 범례에서 벗어나는 사례가 되어야 한다. 이 사례에서 '반쯤 열린 창틈'은 주인공이 바라보는 '가족의 화목한 모습'을 시각적으로 강조하여 드러내는 이차 프레임으로서 기능하므로, 이차 프레임의 범례에서 벗어나는 사례라 보기 어렵다.

✘ 오답풀이

① 한 그림에서 화면 안의 직사각형 틀이 인물을 가두고 있는데, 팔과 다리는 틀을 빠져나와 있어 역동적인 느낌을 준다.

근거: **5** ¹⁹이차 프레임 내의 대상이 그 경계를 넘거나 파괴하도록 하여 호기심을 자극하고 대상의 운동성을 강조하는 효과를 낳는 사례도 있다.

이차 프레임에 해당하는 직사각형 틀 안에 있는 인물의 팔다리가 이차 프레임의 경계를 넘도록 하면 인물의 운동성을 강조하여 역동적인 느낌을 줄 수 있으며, 이는 ㉠의 사례로 적절하다.

② 한 영화에서 주인공이 속한 공간의 문이나 창은 항상 닫혀 있는데, 이는 주인공의 폐쇄적인 내면을 상징적으로 보여 준다.

근거: **5** ¹⁸문이나 창을 봉쇄함으로써 이차 프레임으로서의 기능을 상실시켜 공간이나 인물의 폐쇄성을 드러내기도 한다.

장면 속에 있는 문이나 창을 봉쇄하면 대상의 이차 프레임으로서의 기능을 상실시켜 인물의 폐쇄성을 드러낼 수 있으며, 이는 ㉠의 사례로 적절하다.

③ 한 그림에서 문이라는 이차 프레임을 이용해 관객의 시선을 유도한 뒤, 정작 그 안은 실체가 불분명한 물체의 이미지로 처리하여 관객에게 혼란을 준다.

근거: **5** ¹⁷이차 프레임 내부 이미지의 형체를 식별하기 어렵게 함으로써 관객의 지각 행위를 방해하여, 강조의 기능을 무력한 것으로 만들거나 서사적 긴장을 유발하기도 한다.

문이라는 이차 프레임 내부의 실체를 불분명한 물체의 이미지로 처리하여 지각 행위를 방해하면 관객에게 혼란을 줄 수 있으며, 이는 ㉠의 사례로 적절하다.

⑤ 한 영화는 자동차 여행 장면들에서 이차 프레임인 차창을 안개로 줄곧 뿌옇게 보이게 하여, 외부 풍경을 보여 주며 환경과 인간의 교감을 묘사하는 로드 무비의 관습을 비튼다.

근거: **⑤** [17]이차 프레임 내부 이미지의 형체를 식별하기 어렵게 함으로써 관객의 지각 행위를 방해하여, 강조의 기능을 무력한 것으로 만들거나 서사적 긴장을 유발하기도 한다.

로드 무비의 관습과 달리, 안개를 통해 차창이라는 이차 프레임 너머의 외부 풍경을 식별하기 어렵게 만들어 관객의 지각 행위를 방해하는 것은 ㉠의 사례로 적절하다.

4. 문맥상 ⓐ와 바꾸어 쓸 수 있는 말로 가장 적절한 것은?

🔽 정답풀이

⑤ 형성(形成)되기도

> 근거: **❸** [12]그리고 이차 프레임 내부의 대상과 외부의 대상 사이에는 정서적 거리감이 ⓐ조성(造成)되기도 한다.
> '조성되다'는 '분위기나 정세 따위가 만들어지다.'의 의미이므로, '어떤 형상이 이루어지다.'라는 의미의 '형성되다'와 바꾸어 쓸 수 있다.

❌ 오답풀이

① 결성(結成)되기도
결성되다: 조직이나 단체 따위가 짜여 만들어지다.

② 구성(構成)되기도
구성되다: 몇 가지 부분이나 요소들이 모여 일정한 전체가 짜여 이루어지다.

③ 변성(變成)되기도
변성되다: 변하여 다르게 되다.

④ 숙성(熟成)되기도
숙성되다: 충분히 이루어지다.

[1~4] 다음 글을 읽고 물음에 답하시오.

✎ 사고의 흐름

1 ¹㉠전통적인 철학적 미학은 그냥 '미학'이 아니라 '전통적인' 철학적 미학이라고 한 걸 보니 이어지는 부분에서 '또 다른' 현대의 미학에 대해서 이야기하겠군. 세계관, 인간관, 정치적 이념과 같은 심오한* 정신적 내용의 미적 형상화를 예술의 소명으로 본다. ²반면 현대의 ㉡체계 이론 미학은 내용적 구속성에서 벗어난 예술을 진정한 예술로 여긴다. 앞서 예측했던 '또 다른' 미학이네. '반면'이라는 접속어까지 사용되었으니 '전통적인 철학적 미학'과의 차이를 정리하며 읽어야겠어. ³이는 예술이 미적 유희를 통제하는 모든 외적 연관에서 벗어나 하나의 자기 연관적 체계로 확립되어 온 과정을 관찰하고 분석함으로써 얻은 결론이다. ⁴이 이론(체계 이론 미학)은 자율성을 참된 예술의 조건으로 보는 이들이 선호할 만하다.

앞 내용과 상반된 이야기를 하겠다는 거야!

전통적인 철학적 미학: 정신적 내용의 미적 형상화 / 체계 이론 미학: 자기 연관적 체계(자율성) ⁵그렇다면 현대의 새로운 예술 장르인 뮤지컬은 어떻게 진술될 수 있을까? 이어지는 부분에서는 '전통적인 철학적 미학'과 '체계 이론 미학'의 관점에서 바라본 '뮤지컬'에 대해서 설명하겠군.

1문단에서의 전환은 화제가 제시될 것임을 의미해!

2 ⁶뮤지컬은 여러 가지 형식적 요소로 구성되는데, 이것들은 내용, 즉 작품의 줄거리나 주제를 실질적으로 구현*하는 역할을 한다. ⁷전통적인 철학적 미학에 따르면 참된 예술은 훌륭한 내용과 훌륭한 형식이 유기적*으로 조화될 때 달성된다. ⁸이러한 고전적 기준을 수용할 때, 훌륭한 뮤지컬 작품은 어느 한 요소라도 ⓐ소홀히 한다면 만들어지기 어렵다. ⁹뮤지컬은 기본적으로 극적 서사를 지니기에 훌륭한 극본이 요구되고, 그 내용이 노래와 춤으로 표현되기에 음악과 무용도 핵심이 되며, 이것들의 효과는 무대 장치, 의상과 소품 등을 통해 배가*되기 때문이다. '전통적인 철학적 미학'의 관점에서 훌륭한 뮤지컬에 대해 설명했군.

'그런데'가 나온 걸 보니 앞으로는 '체계 이론 미학'의 과정에서 바라본 뮤지컬에 대해 이야기하겠군.

3 ¹⁰그런데 찬사를 받는 뮤지컬 중에는 전통적 기준의 충족과는 거리가 먼 사례가 적지 않다. ¹¹가령 A. L. 웨버는 대표작 〈캐츠〉의 일차적 목표를 다양한 형식의 볼거리와 들을 거리로 관객을 즐겁게 하는 데 두었다. ¹²〈캐츠〉는 고양이들을 주인공으로 한 T. S. 엘리엇의 우화집에서 소재를 빌렸지만, 이 작품의 핵심은 내용의 충실한 전달에 있는 것이 아니라 어떤 기발한 무대에서 얼마나 다채롭고 완성도 있는 춤과 노래가 펼쳐지는가에 있다. ¹³뮤지컬을 '레뷰(revue)', 즉 버라이어티 쇼로 바라보는 최근의 관점은 바로 이 점에 근거한다.

예를 들어 설명하는 부분은 눈여겨보자.

4 ¹⁴체계 이론 미학의 기준을 끌어들일 때, 레뷰로서의 뮤지컬은 예술로서의 예술의 한 범례*로 꼽힐 수 있다. ¹⁵물론 이러한 유형의 미학(체계 이론 미학)이 완전히 주류로 확립된 것은 아니다. ¹⁶전통적인 철학적 미학도 여전히 지지를 얻는 예술관의 하나이기 때문이다. ¹⁷이 입장(전통적인 철학적 미학)에 준거할 때 체계 이론 미학의 예술관은 예술을 명예롭게 하는 숭고한 가치 지향성을 아예 포

기하는 형식 지상주의*적 예술관으로 해석될 수 있다. '전통적인 철학적 미학'에서 본 '체계 이론 미학'에 대해 말하고 있어. '체계 이론 미학'은 '전통적인 철학적 미학'에 비해 가치 지향성이 부족하고 과하게 형식 지향적이라는 거네.

이것만은 챙기자

*심오하다: 사상이나 이론 따위가 깊이가 있고 오묘하다.
*구현: 어떤 내용이 구체적인 사실로 나타나게 함.
*유기적: 생물체처럼 전체를 구성하고 있는 각 부분이 서로 밀접하게 관련을 가지고 있어서 떼어 낼 수 없는 것.
*배가: 갑절 또는 몇 배로 늘어남. 또는 그렇게 늘림.
*범례: 예시하여 모범으로 삼는 것.
*지상주의: (일부 명사 뒤에 쓰여) 그 명사가 가리키는 것을 가장 으뜸으로 삼는 주의.

만점 선배의 구조도 예시

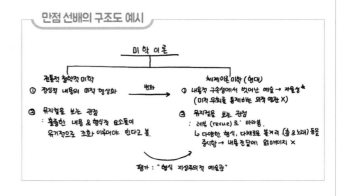

1. ㉠과 ㉡에 대한 이해로 적절한 것은?

> ㉠: 전통적인 철학적 미학
> ㉡: 체계 이론 미학

✅ 정답풀이

① ㉠은 내용적 요소와 형식적 요소를 모두 중시한다.

> **근거: 2** **⁷**전통적인 철학적 미학(㉠)에 따르면 참된 예술은 훌륭한 내용과 훌륭한 형식이 유기적으로 조화될 때 달성된다.

❌ 오답풀이

② ㉡은 자율적 예술의 탄생을 주도적으로 이끈 이론이다.

> **근거: 1** **⁴**이 이론(㉡)은 자율성을 참된 예술의 조건으로 보는 이들이 선호할 만하다. **+ 4** **¹⁵**물론 이러한 유형의 미학(㉡)이 완전히 주류로 확립된 것은 아니다.
> ㉡이 자율성을 중요하게 여긴 것은 맞지만, 자율적 예술의 탄생을 주도적으로 이끌었는지는 알 수 없다. 또한 ㉡이 완전히 주류로 확립된 것은 아니라고 하였으므로, ㉡이 자율적 예술의 탄생을 주도적으로 이끌었다고 보기 어렵다.

③ ㉠과 ㉡이 적용되는 예술 장르는 서로 다르다.

> **근거: 2** **⁷**전통적인 철학적 미학(㉠)에 따르면 참된 예술은 훌륭한 내용과 훌륭한 형식이 유기적으로 조화될 때 달성된다. **⁸**이러한 고전적 기준을 수용할 때, 훌륭한 뮤지컬 작품은 어느 한 요소라도 소홀히 한다면 만들어지기 어렵다. **+ 4** **¹⁴**체계 이론 미학(㉡)의 기준을 끌어들일 때, 레뷰로서의 뮤지컬은 예술로서의 예술의 한 범례로 꼽힐 수 있다.
> ㉠과 ㉡의 관점에서 각각 뮤지컬을 어떻게 진술하느냐에 대해 살피고 있으므로, 같은 예술 장르에 적용될 수 있음을 알 수 있다.

④ ㉡은 ㉠을 대체할 수 있는 새로운 주류 이론이다.

> **근거: 4** **¹⁵**물론 이러한 유형의 미학(㉡)이 완전히 주류로 확립된 것은 아니다.

⑤ ㉡은 ㉠에 비해 더 진지한 정신적 가치를 지향한다.

> **근거: 1** **¹**전통적인 철학적 미학(㉠)은~심오한 정신적 내용의 미적 형상화를 예술의 소명으로 본다. **+ 4** **¹⁷**이 입장(㉠)에 준거할 때 체계 이론 미학(㉡)의 예술관은 예술을 명예롭게 하는 숭고한 가치 지향성을 아예 포기하는 형식 지상주의적 예술관으로 해석될 수 있다.
> 더 진지한 정신적 가치를 지향하는 것은 ㉡이 아니라 ㉠이다.

2. 〈캐츠〉에 대한 감상 중 최근의 관점에 가장 가까운 것은?

✅ 정답풀이

① 멋진 춤과 노래가 어우러진 공연이 충분한 볼거리를 제공했기 때문에, 원작과 관계없이 만족했어요.

> **근거: 3** **¹²**이 작품(〈캐츠〉)의 핵심은 내용의 충실한 전달에 있는 것이 아니라 어떤 기발한 무대에서 얼마나 다채롭고 완성도 있는 춤과 노래가 펼쳐지는가에 있다. **¹³**뮤지컬을 '레뷰(revue)', 즉 버라이어티 쇼로 바라보는 최근의 관점은 바로 이 점에 근거한다.

❌ 오답풀이

② 감독이 고양이들의 등장 장면에 채택한 연출 방식이 작품의 주제 구현을 오히려 방해해서 실망했어요.

> **근거: 2** **⁷**전통적인 철학적 미학에 따르면 참된 예술은 훌륭한 내용과 훌륭한 형식이 유기적으로 조화될 때 달성된다.
> 작품의 주제와 연출 방식을 관련지어 감상하고 있으므로 내용과 형식을 모두 중요하게 생각한 '전통적인 철학적 미학'의 관점에 해당한다.

③ 늙은 암고양이의 회한이 담긴 노래의 가사는 들을 때마다 소외된 사람들에 대한 연민을 불러일으켜요.

> **근거: 1** **¹**전통적인 철학적 미학은~심오한 정신적 내용의 미적 형상화를 예술의 소명으로 본다.
> '연민'이라는 정신적 내용을 고려한 감상이므로 '전통적인 철학적 미학'의 관점에 해당한다.

④ 기발한 조명과 의상이 사용된 것을 보고, 원작의 심오한 주제에 걸맞은 연출 방식이구나 하며 감탄했어요.

> **근거: 2** **⁷**전통적인 철학적 미학에 따르면 참된 예술은 훌륭한 내용과 훌륭한 형식이 유기적으로 조화될 때 달성된다. **⁹**뮤지컬은 기본적으로~이것들의 효과는 무대 장치, 의상과 소품 등을 통해 배가되기 때문이다.
> 무대 장치와 의상을 원작의 주제와 관련지어 감상하고 있으므로 내용과 형식을 모두 중요하게 생각한 '전통적인 철학적 미학'의 관점에 해당한다.

⑤ 의인화된 고양이들의 삶과 내면이 노래들 속에 녹아들어 있어서, 인간을 진지하게 성찰하는 기회가 되었어요.

> **근거: 1** **¹**전통적인 철학적 미학은~심오한 정신적 내용의 미적 형상화를 예술의 소명으로 본다. **+ 2** **⁹**뮤지컬은 기본적으로~그 내용이 노래와 춤으로 표현되기에 음악과 무용도 핵심
> 작품의 내용이 드러나는 노래와 인간에 대한 성찰이라는 정신적 내용을 복합적으로 고려한 감상이므로 '전통적인 철학적 미학'의 관점에 해당한다.

3. 윗글을 바탕으로 〈보기〉의 ㉠와 ㉡를 이해한 것으로 적절한 것은?

〈보기〉

　종합 예술의 기원인 ㉠그리스 비극은 형식적 측면에서 높은 수준에 이르렀을 뿐만 아니라,(형식) 세계와 삶에 대한 당대인들의 인식을 이끌었다.(내용) 반면 ㉡근대의 오페라는 그 발전 과정에서 점차 아리아 위주로 편성됨으로써, 심오한 지적·도덕적 관심이 아니라(내용 X) 음악 내적 요소에 지배되는 경향을 띠었다.(형식)

　㉠ 그리스 비극: 형식 + 내용 → 전통적인 철학적 미학
　㉡ 근대의 오페라: 형식 → 체계 이론 미학

❤ 정답풀이

③ ㉠는 정신적 내용의 미적 형상화를, ㉡는 미적 유희를 추구하는군.

> 근거: **1** ¹전통적인 철학적 미학은~정신적 내용의 미적 형상화를 예술의 소명으로 본다. ²반면 현대의 체계 이론 미학은 내용적 구속성에서 벗어난 예술을 진정한 예술로 여긴다. ³이는 예술이 미적 유희를 통제하는 모든 외적 연관에서 벗어나~얻은 결론이다.
> ㉠는 높은 형식적 수준을 지니며 세계와 삶에 대한 당대인들의 인식을 이끌었으므로, 전통적인 철학적 미학과 같이 정신적 내용의 미적 형상화를 추구한다고 볼 수 있다. ㉡는 지적 관심이나 도덕적 관심와 같은 외적 연관에서 벗어나 예술의 내적 요소에 더욱 주목하였으므로, 정신적 요소의 통제에서 벗어난 미적 유희를 추구한다고 볼 수 있다.

❌ 오답풀이

① ㉠는 즐거움의 제공을, ㉡는 교훈의 제공을 목표로 삼고 있군.
　㉠는 세계와 삶에 대한 당대인들의 인식을 이끌었으며, ㉡는 심오한 지적·도덕적 관심이 아니라 음악 내적 요소에 지배되는 경향을 띠었다. 따라서 ㉠는 교훈의 제공을, ㉡는 즐거움의 제공을 목표로 삼았다고 할 수 있다.

② ㉠는 자기 연관적이지만, ㉡는 외적 연관에 의해 지배되는군.
　근거: **1** ³이는 예술이 미적 유희를 통제하는 모든 외적 연관에서 벗어나 하나의 자기 연관적 체계로 확립되어 온 과정을 관찰하고 분석함으로써 얻은 결론이다.
　자기 연관적 특성은 미적 유희를 통제하는 외적 연관, 혹은 내용적 구속성에서 벗어나면서 확립된다고 볼 수 있다. 따라서 세계와 삶에 대한 당대인들의 인식과 밀접하게 연관되는 ㉠가 외적 연관의 영향을 받고, 지적·도덕적 관심에서 벗어나 내적 요소에 지배되는 ㉡가 자기 연관적이라고 볼 수 있다.

④ ㉠와 ㉡는 모두 고전적 기준에 따라 높이 평가될 수 있군.
　근거: **2** ⁷전통적인 철학적 미학에 따르면 참된 예술은 훌륭한 내용과 훌륭한 형식이 유기적으로 조화될 때 달성된다. ⁸이러한 고전적 기준을 수용할 때~소홀히 한다면 만들어지기 어렵다.
　고전적 기준에 따라 높이 평가될 수 있는 것은 '전통적인 철학적 미학'의 관점에 가까운 ㉠뿐이다.

⑤ ㉠와 ㉡는 모두 각각의 시대에 걸맞은 '레뷰'라고 볼 수 있군.
　근거: **3** ¹³뮤지컬을 '레뷰(revue)', 즉 버라이어티 쇼로 바라보는 최근의 관점은 바로 이 점에 근거한다. + **4** ¹⁴체계 이론 미학의 기준을 끌어들일 때, 레뷰로서의 뮤지컬은 예술로서의 예술의 한 범례로 꼽힐 수 있다.
　'레뷰'로 볼 수 있는 것은 '체계 이론 미학'의 관점에 가까운 ㉡뿐이다.

4. 문맥상 ⓐ와 바꾸어 쓰기에 적절한 것은?

❤ 정답풀이

③ 등한시(等閑視)한다면

> 근거: **2** ⁸어느 한 요소라도 ⓐ소홀히 한다면
> '등한시'는 '소홀하게 보아 넘김.'이라는 뜻이므로 ⓐ와 바꾸어 쓸 수 있다.

❌ 오답풀이

① 멸시(蔑視)한다면
　멸시: 업신여기거나 하찮게 여겨 깔봄.

② 천시(賤視)한다면
　천시: 업신여겨 낮게 보거나 천하게 여김.

④ 문제시(問題視)한다면
　문제시: 논의하거나 해결해야 할 문제의 대상으로 삼음.

⑤ 이단시(異端視)한다면
　이단시: 어떤 사상이나 학설, 종교 따위를 이단(1. 자기가 믿는 이외의 도(道) 2. 전통이나 권위에 반항하는 주장이나 이론)으로 봄.

HOLSOO

혼자 공부하는 수능 국어 기출 분석

PART 6
주제 복합

[1~6] 다음 글을 읽고 물음에 답하시오.

✎ 사고의 흐름

❶ [1]16세기 전반에 서양에서 태양 중심설을 지구 중심설의 대안으로 제시하며 시작된 천문학 분야의 개혁은 경험주의의 확산과 수리 과학의 발전을 통해 형이상학을 뒤바꾸는 변혁으로 이어졌다. [2]서양의 우주론이 전파되자 중국에서는 중국과 서양의 우주론을 회통*하려는 시도가 전개되었고, 이 과정에서 자신의 지적 유산에 대한 관심이 제고*되었다. 서양에서 시작된 천문학 분야의 개혁이 중국에까지 영향을 주었음을 서술하고 있어. 그 다음에는 서양의 천문학 분야 개혁의 내용과 그것의 전파가 중국에 미친 영향에 대해 구체적으로 다루겠지?

❷ [3]복잡한 문제를 단순화하여 푸는 수학적 전통을 이어받은 코페르니쿠스는 천체의 운행을 단순하게 기술*할 방법을 찾고자 하였고, 그것이 ⓐ일으킬 형이상학적 문제에는 별 관심이 없었다. [4]고대의 아리스토텔레스와 프톨레마이오스는 우주의 중심에 고정되어 움직이지 않는 지구의 주위를 달, 태양, 다른 행성들의 천구들과, 항성들이 붙어 있는 항성 천구가 회전한다는 지구 중심설을 내세웠다. [5]그와 달리 코페르니쿠스는 태양을 우주의 중심에 고정하고 그 주위를 지구를 비롯한 행성들이 공전하며 지구가 자전하는 우주 모형을 ⓑ만들었다. 코페르니쿠스가 만든 우주 모형은 태양 중심설이겠네! [6]그러자 프톨레마이오스보다 훨씬 적은 수의 원으로 행성들의 가시적*인 운동을 설명할 수 있었고 행성이 태양에서 멀수록 공전 주기가 길어진다는 점에서 단순성이 충족되었다. 코페르니쿠스의 태양 중심설의 장점! [7]그러나 아리스토텔레스의 형이상학을 고수하는 다수 지식인과 종교 지도자들은 그의 이론을 받아들이려 하지 않았다. [8]왜냐하면 그것은 지상계와 천상계를 대립시키는 아리스토텔레스의 이분법적 구도를 무너뜨리고, 신의 형상을 ⓒ지닌 인간을 한갓 행성의 거주자로 전락*시키는 것으로 여겨졌기 때문이다. 코페르니쿠스의 이론은 아리스토텔레스의 형이상학과 상충되었군. 다양한 학자들의 입장이 제시되었으니 각각의 견해를 정확히 파악했는지를 묻는 문제가 반드시 나올 거야. 정리해 보자!

(좌측 여백 메모) 앞에 제시된 지구 중심설과는 다른 입장이 제시될 거야!

아리스토텔레스, 프톨레마이오스	지구 중심설(우주의 중심에 고정된 지구의 주위를 달, 태양, 천구들이 회전)
코페르니쿠스	태양 중심설(우주의 중심에 고정된 태양의 주위를 지구(자전)와 행성들이 공전) - 장점: 단순성(적은 수의 원으로 행성의 운동 설명, 태양과 먼 행성은 공전 주기 긺) - 아리스토텔레스 형이상학(지상계와 천상계 대립)과 상충

❸ [9]16세기 후반에 브라헤는 코페르니쿠스 천문학의 장점은 인정하면서도 아리스토텔레스 형이상학과의 상충*을 피하고자 우주의 중심에 지구가 고정되어 있고, 달과 태양과 항성들은 지구 주위를 공전하며, 지구 외의 행성들은 태양 주위를 공전하는 모형을 제안하였다. 브라헤는 코페르니쿠스 천문학과 아리스토텔레스의 형이상학을 절충했어. [10]그러나 케플러는 우주의 수적 질서를 신봉*하는 형이상학인 신플라톤주의에 매료되었기 때문에, 태양을 우주 중심에 배치하여 단순성을

(좌측 여백 메모) 시간의 흐름에 따라 글이 전개되고 있어!

(좌측 여백 메모) 케플러는 브라헤와는 입장이 다르겠군.

추구한 코페르니쿠스의 천문학을 받아들였다. 아리스토텔레스의 형이상학과 코페르니쿠스의 천문학은 상충된다고 했는데, 케플러는 신플라톤주의의 형이상학에 매료되어 코페르니쿠스의 천문학을 받아들였다고 한 것으로 보아, 아리스토텔레스의 형이상학과 신플라톤주의의 형이상학은 차이가 있나 봐. [11]하지만 그는 경험주의자였기에 브라헤의 천체 관측치를 활용하여 태양 주위를 공전하는 행성의 운동 법칙들을 수립할 수 있었다. [12]우주의 단순성을 새롭게 보여 주는 이 법칙들은 아리스토텔레스 형이상학을 더 이상 온존*할 수 없게 만들었다.

브라헤	코페르니쿠스 장점 + 아리스토텔레스 형이상학 → 우주의 중심에 고정된 지구, 달·태양·항성은 지구 주위 공전, 지구 외의 행성은 태양 주위 공전
케플러	- 신플라톤주의에 매료 → 코페르니쿠스 천문학 수용 - 브라헤의 천체 관측치 활용해 태양 주위 공전하는 행성의 운동 법칙 수립 → 아리스토텔레스 형이상학 온존 X

❹ [13]17세기 후반에 뉴턴은 태양 중심설을 역학적으로 정당화하였다. [14]그는 만유인력 가설로부터 케플러의 행성 운동 법칙들을 성공적으로 연역*했다. [15]이때 가정된 만유인력은 두 질점*이 서로 당기는 힘으로, 그 크기는 두 질점의 질량의 곱에 비례하고 거리의 제곱에 반비례한다. 상관관계가 나오면 정리해 두자. 만유인력 → 두 질점 질량의 곱에 비례, 거리의 제곱에 반비례 [16]지구를 포함하는 천체들이 밀도가 균질하거나 구 대칭*을 이루는 구라면 천체가 그 천체 밖 어떤 질점을 당기는 만유인력은, 그 천체를 잘게 나눈 부피 요소들을 각각이 그 천체 밖 어떤 질점을 당기는 만유인력을 모두 더하여 구할 수 있다. [17]또한 여기에서 지구보다 질량이 큰 태양과 지구가 서로 당기는 만유인력이 서로 같음을 증명할 수 있다. 만유인력의 크기에 영향을 미치는 요소는 질점의 질량과 거리니까, 태양이 지구를 당기는 만유인력과 지구가 태양을 당기는 만유인력은 같겠지. [18]뉴턴은 이 원리를 적용하여 달의 공전 궤도와 사과의 낙하 운동 등에 관한 실측값을 연역함으로써 만유인력의 실재를 입증하였다.

[A]

뉴턴	- 태양 중심설을 역학적으로 정당화 - 만유인력(두 질점이 서로 당기는 힘) 가설 → 케플러의 행성 운동 법칙들 연역 → 만유인력의 실재 입증

❺ [19]16세기 말부터 중국에 본격 유입된 서양 과학은, 청 왕조가 1644년 중국의 역법(曆法)을 기반으로 서양 천문학 모델과 계산법을 수용한 시헌력을 공식 채택함에 따라 그 위상이 구체화되었다. 중국으로 화제가 전환되었어! 그렇다면 1문단에 언급한 중국에서 중국과 서양의 우주론을 어떻게 회통하려고 시도했는지와 그 과정에서 중국의 지적 유산에 대한 관심이 제고된 것에 대해 구체적으로 설명해 주겠지? [20]브라헤와 케플러의 천문 이론을 차례대로 수용하여 정확도를 높인 시헌력이 생활 리듬으로 자리 잡았지만, 중국 지식인들은 서양 과학이 중국의 지적 유산에 적절히 연결되지 않

으면 아무리 효율적이더라도 불온*한 요소로 ⓓ여겼다. 브라헤, 케플러 이론 수용 → 중국의 시헌력 [21]이에 따라 서양 과학에 매료된 학자들도 어떤 방식으로든 ㉠서양 과학과 중국 전통 사이의 적절한 관계 맺음을 통해 이 문제(서양 과학이 중국의 지적 유산과 연결되지 않으면 불온한 요소로 여기는 문제)를 해결하고자 하였다.

⑥ [22](17세기) 웅명우와 방이지 등은 중국 고대 문헌에 수록된 우주론에 대해서는 부정적 태도를 견지*하면서 성리학적 기론(氣論)에 입각*하여 실증적인 서양 과학을 재해석한 독창적 이론을 제시하였다. [23]수성과 금성이 태양 주위를 회전한다는 그들의 태양계 학설은 브라헤의 영향이었지만, 태양의 크기에 대한 서양 천문학 이론에 의문을 제기하고 기(氣)와 빛을 결부하여 제시한 광학 이론은 그들이 창안한 것이었다.

(좌측 여백) 중국 이론에 대해서도 시간의 흐름에 따라 서술하고 있어!

웅명우, 방이지 등	- 중국 고대 문헌의 우주론에 대해 부정적 - 성리학적 기론에 입각해 서양 과학 재해석 → 독창적 이론(광학 이론) 제시

⑦ [24]17세기 후반 왕석천과 매문정은 서양 과학의 영향을 받아 경험적 추론과 수학적 계산을 통해 우주의 원리를 파악하고자 하였다. [25]그러면서 서양 과학의 우수한 면은 모두 중국 고전에 이미 ⓔ갖추어져 있던 것인데 웅명우 등이 이를 깨닫지 못한 채 성리학 같은 형이상학에 몰두했다고 비판했다. 왕석천과 매문정은 웅명우, 방이지와 달리 중국 고대 우주론을 옹호하는 입장을 취했어! [26]매문정은 고대 문헌에 언급된, 하늘이 땅의 네 모퉁이를 가릴 수 없을 것이라는 증자의 말을 땅이 둥글다는 서양 이론과 연결하는 등 서양 과학의 중국 기원론을 뒷받침하였다.

왕석천, 매문정	- 서양 과학 영향 → 경험적 추론, 수학적 계산 통해 우주 원리 파악 - 서양 과학 우수점은 중국 고전에 이미 있던 것(웅명우 등 비판)

⑧ [27]중국 천문학을 중심으로 서양 천문학을 회통하려는 매문정의 입장은 18세기 초를 기점으로 중국의 공식 입장으로 채택되었으며, 이 입장은 중국의 역대 지식 성과물을 망라*한 총서인 『사고전서』에 그대로 반영되었다. [28]이 총서의 편집자들은 고대부터 당시까지 쏟아진 천문 관련 문헌들을 정리하여 수록하였다. [29]이와 같이 고대 문헌에 담긴 우주론을 재해석하고 확인하려는 경향은 19세기 중엽까지 주를 이루었다. 중국 천문학을 토대로 서양 천문학을 수용하여 기존의 우주론을 검토하는 움직임이 19세기 중엽까지 일어났어!

*질점: 크기가 없고 질량이 모여 있다고 보는 이론상의 물체.
*구 대칭: 어떤 물체가 중심으로부터 모든 방향으로 같은 거리에서 같은 특성을 갖는 상태.

만점 선배의 구조도 예시

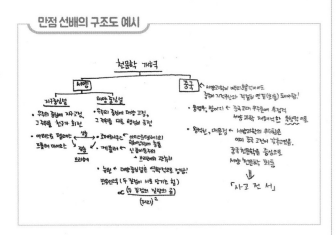

1. 다음은 윗글을 읽은 학생의 독서 기록 중 일부이다. 윗글을 참고할 때, '점검 결과'로 적절하지 <u>않은</u> 것은?

○ 읽기 계획: 1문단을 훑어보면서 뒷부분을 예측하고 질문 만들기를 한 후, 글을 읽고 점검하기

예측 및 질문 내용	점검 결과
○ 서양의 우주론에 태양 중심설과 지구 중심설의 개념이 소개되어 있을 것이다.	예측과 같음 …… ①
○ 서양의 우주론의 영향으로 변화된 중국의 우주론이 소개되어 있을 것이다.	예측과 다름 …… ②
○ 서양에서 태양 중심설을 제기한 사람은 누구일까?	질문의 답이 제시됨 ……… ③
○ 중국에서 서양의 우주론을 접하고 회통을 시도한 사람은 누구일까?	질문의 답이 제시됨 ……… ④
○ 중국에서 서양의 우주론을 전파한 서양의 인물은 누구일까?	질문의 답이 언급되지 않음 … ⑤

✔ 정답풀이

②

> 근거: **6** ²²17세기 웅명우와 방이지 등은~성리학적 기론에 입각하여 실증적인 서양 과학을 재해석한 독창적 이론을 제시하였다. + **7** ²⁴17세기 후반 왕석천과 매문정은 서양 과학의 영향을 받아 경험적 추론과 수학적 계산을 통해 우주의 원리를 파악하고자 하였다.
> 웅명우, 방이지, 왕석천, 매문정 등의 중국 학자들이 서양의 우주론에 영향을 받아 변화시킨 중국의 우주론을 소개하고 있으므로, 점검 결과는 예측과 다르지 않다.

✘ 오답풀이

①

근거: **2** ⁴고대의 아리스토텔레스와 프톨레마이오스는 우주의 중심에 고정되어 움직이지 않는 지구의 주위를 달, 태양, 다른 행성들의 천구들과, 항성들이 붙어 있는 항성 천구가 회전한다는 지구 중심설을 내세웠다. ⁵그와 달리 코페르니쿠스는 태양을 우주의 중심에 고정하고 그 주위를 지구를 비롯한 행성들이 공전하며 지구가 자전하는 우주 모형을 만들었다.

③

근거: **2** ⁵그와 달리 코페르니쿠스는 태양을 우주의 중심에 고정하고 그 주위를 지구를 비롯한 행성들이 공전하며 지구가 자전하는 우주 모형을 만들었다.

④

근거: **6** ²²17세기 웅명우와 방이지 등은 중국 고대 문헌에 수록된 우주론에 대해서는 부정적 태도를 견지하면서 성리학적 기론에 입각하여 실증적인 서양 과학을 재해석한 독창적 이론을 제시하였다. + **7** ²⁴17세기 후반 왕석천과 매문정은 서양 과학의 영향을 받아 경험적 추론과 수학적 계산을 통해 우주의 원리를 파악하고자 하였다.

⑤

근거: **5** ¹⁹16세기 말부터 중국에 본격 유입된 서양 과학은,
중국에 서양의 우주론이 전파되었다는 것은 알 수 있지만, 이를 전파한 서양의 인물이 누구인지는 윗글을 통해 알 수 없다.

2. 윗글에 대한 이해로 적절하지 <u>않은</u> 것은?

✔ 정답풀이

⑤ 서양에서는 중국과 달리 경험적 추론에 기초한 우주론이 제기되었다.

> 근거: **3** ¹¹하지만 그(케플러)는 경험주의자였기에 브라헤의 천체 관측치를 활용하여 태양 주위를 공전하는 행성의 운동 법칙들을 수립할 수 있었다. + **7** ²⁴17세기 후반 왕석천과 매문정은 서양 과학의 영향을 받아 경험적 추론과 수학적 계산을 통해 우주의 원리를 파악하고자 하였다.
> 서양의 케플러와 중국의 왕석천, 매문정은 경험적 추론을 통해 우주의 원리를 파악하고자 하였으므로, 서양과 중국에서는 모두 경험적 추론에 기초한 우주론이 제기되었다고 할 수 있다.

✘ 오답풀이

① 서양과 중국에서는 모두 우주론을 정립하는 과정에서 형이상학적 사고에 대한 재검토가 이루어졌다.

근거: **1** ¹16세기 전반에 서양에서 태양 중심설을 지구 중심설의 대안으로 제시하며 시작된 천문학 분야의 개혁은~형이상학을 뒤바꾸는 변혁으로 이어졌다. + **3** ¹²우주의 단순성을 새롭게 보여 주는 이 법칙들은 아리스토텔레스 형이상학을 더 이상 온존할 수 없게 만들었다. + **6** ²²웅명우와 방이지 등은 ~성리학적 기론에 입각하여 실증적인 서양 과학을 재해석 + **7** ²⁵(왕석천과 매문정은) 서양 과학의 우수한 면은 모두 중국 고전에 이미 갖추어져 있던 것인데 웅명우 등이 이를 깨닫지 못한 채 성리학 같은 형이상학에 몰두했다고 비판했다.

② 서양 천문학의 전래는 중국에서 자국의 우주론 전통을 재인식하는 계기가 되었다.

근거: **7** [24]17세기 후반 왕석천과 매문정은 서양 과학의 영향을 받아 경험적 추론과 수학적 계산을 통해 우주의 원리를 파악하고자 하였다. [25]그러면서 서양 과학의 우수한 면은 모두 중국 고전에 이미 갖추어져 있던 것인데 웅명우 등이 이를 깨닫지 못한 채 성리학 같은 형이상학에 몰두했다고 비판했다. + **8** [27]중국 천문학을 중심으로 서양 천문학을 회통하려는 매문정의 입장은 18세기 초를 기점으로 중국의 공식 입장으로 채택되었으며,~[29]이와 같이 고대 문헌에 담긴 우주론을 재해석하고 확인하려는 경향은 19세기 중엽까지 주를 이루었다.

③ 중국에 서양의 천문학적 성과가 자리 잡게 된 데에는 국가의 역할이 작용하였다.

근거: **5** [19]16세기 말부터 중국에 본격 유입된 서양 과학은, 청 왕조가 1644년 중국의 역법을 기반으로 서양 천문학 모델과 계산법을 수용한 시헌력을 공식 채택함에 따라 그 위상이 구체화되었다.

④ 중국에서는 18세기에 자국의 고대 우주론을 긍정하는 입장이 주류가 되었다.

근거: **7** [25]그러면서 (왕석천과 매문정은) 서양 과학의 우수한 면은 모두 중국 고전에 이미 갖추어져 있던 것인데 웅명우 등이 이를 깨닫지 못한 채 성리학 같은 형이상학에 몰두했다고 비판했다. + **8** [27]중국 천문학을 중심으로 서양 천문학을 회통하려는 매문정의 입장은 18세기 초를 기점으로 중국의 공식 입장으로 채택되었으며,

| 세부 내용 추론 | 정답률 **46**

3. 윗글에 나타난 서양의 우주론 에 대한 설명으로 가장 적절한 것은?

✅ 정답풀이

④ 지구가 우주 중심에 고정되어 있고 다른 행성을 거느린 태양이 지구 주위를 돈다는 브라헤의 우주론은 아리스토텔레스의 형이상학에서 자유롭지 못한 것이었다.

> 근거: **3** [9]16세기 후반에 브라헤는 코페르니쿠스 천문학의 장점은 인정하면서도 아리스토텔레스 형이상학과의 상충을 피하고자 우주의 중심에 지구가 고정되어 있고, 달과 태양과 항성들은 지구 주위를 공전하며, 지구 외의 행성들은 태양 주위를 공전하는 모형을 제안하였다.
> 브라헤는 우주의 중심에 지구가 고정되어 있고, 태양은 지구 주위를 공전한다는 아리스토텔레스의 주장을 받아들인 우주론을 제안하였다. 즉 브라헤의 우주론은 아리스토텔레스의 형이상학에서 자유롭지 못했다.

❌ 오답풀이

① 항성 천구가 고정되어 있다고 보는 아리스토텔레스의 우주론은 천상계와 지상계를 대립시킨 형이상학을 토대로 한 것이었다.

근거: **2** [4]고대의 아리스토텔레스와 프톨레마이오스는~항성들이 붙어 있는 항성 천구가 회전한다는 지구 중심설을 내세웠다. [7]아리스토텔레스의 형이상학을 고수하는 다수 지식인과 종교 지도자들은 그(코페르니쿠스)의 이론을 받아들이려 하지 않았다. [8]지상계와 천상계를 대립시키는 아리스토텔레스의 이분법적 구도를 무너뜨리고,

아리스토텔레스의 우주론이 천상계와 지상계를 대립시킨 형이상학을 토대로 한 것은 맞다. 하지만 아리스토텔레스는 항성 천구가 고정된 것이 아니라 지구 주위를 회전한다는 지구 중심설을 내세웠다.

② 많은 수의 원을 써서 행성의 가시적 운동을 설명한 프톨레마이오스의 우주론은 행성이 태양에서 멀수록 공전 주기가 길어진다는 점에서 단순성을 갖는 것이었다.

근거: **2** [6]그러자(코페르니쿠스가 태양을 우주의 중심에 고정한 우주 모형을 만들자) 프톨레마이오스보다 훨씬 적은 수의 원으로 행성들의 가시적인 운동을 설명할 수 있었고 행성이 태양에서 멀수록 공전 주기가 길어진다는 점에서 단순성이 충족되었다.

행성이 태양에서 멀수록 공전 주기가 길어진다는 점에서 단순성을 충족시키는 것은 많은 수의 원을 써서 행성의 가시적 운동을 설명한 프톨레마이오스의 우주론이 아닌 훨씬 적은 수의 원으로 행성들의 가시적인 운동을 설명한 코페르니쿠스의 태양 중심설이다.

③ 지구와 행성이 태양 주위를 공전한다는 코페르니쿠스의 우주론은 이전의 지구 중심설보다 단순할 뿐 아니라 아리스토텔레스의 형이상학과 양립이 가능한 것이었다.

근거: **2** [5]그와 달리 코페르니쿠스는 태양을 우주의 중심에 고정하고 그 주위를 지구를 비롯한 행성들이 공전하며 지구가 자전하는 우주 모형을 만들었다. [6]그러자~단순성이 충족되었다. [7]그러나 아리스토텔레스의 형이상학을 고수하는 다수 지식인과 종교 지도자들은 그(코페르니쿠스)의 이론을 받아들이려 하지 않았다. [8]왜냐하면 그것은 지상계와 천상계를 대립시키는 아리스토텔레스의 이분법적 구도를 무너뜨리고, 신의 형상을 지닌 인간을 한갓 행성의 거주자로 전락시키는 것으로 여겨졌기 때문이다.

지구와 행성이 태양 주위를 공전한다는 코페르니쿠스의 우주론이 이전의 지구 중심설보다 단순한 것은 맞다. 하지만 이는 지상계와 천상계를 대립시키는 아리스토텔레스의 이분법적 구도를 무너뜨리는 것이어서 아리스토텔레스의 형이상학과 양립이 불가능한 것이었다.

⑤ 태양 주위를 공전하는 행성의 운동 법칙들을 관측치로부터 수립한 케플러의 우주론은 신플라톤주의에서 경험주의적 근거를 찾은 것이었다.

근거: **3** [10]케플러는 우주의 수적 질서를 신봉하는 형이상학인 신플라톤주의에 매료되었기 때문에, 태양을 우주 중심에 배치하여 단순성을 추구한 코페르니쿠스의 천문학을 받아들였다. [11]하지만 그는 경험주의자였기에 브라헤의 천체 관측치를 활용하여 태양 주위를 공전하는 행성의 운동 법칙들을 수립할 수 있었다.

케플러의 우주론이 태양 주위를 공전하는 행성의 운동 법칙들을 관측치로부터 수립한 것은 맞다. 하지만 이는 브라헤의 천체 관측치를 활용한 것이지 신플라톤주의에서 경험주의적 근거를 찾은 것은 아니다. 신플라톤주의는 케플러가 코페르니쿠스의 천문학을 받아들이는 데 영향을 미쳤을 뿐이다.

4. ㉠에 대한 이해로 적절하지 <u>않은</u> 것은?

> ㉠: 서양 과학과 중국 전통 사이의 적절한 관계 맺음

✅ 정답풀이

⑤ 성리학적 기론을 긍정한 학자들은 중국 고대 문헌의 우주론을 근거로 서양 우주론을 받아들여 새 이론을 창안하였다.

> 근거: ⑥ ²²17세기 웅명우와 방이지 등은 중국 고대 문헌에 수록된 우주론에 대해서는 부정적 태도를 견지하면서 성리학적 기론에 입각하여 실증적인 서양 과학을 재해석한 독창적 이론을 제시하였다.
>
> 성리학적 기론을 긍정한 웅명우와 방이지 등은 서양 우주론을 받아들여 새 이론을 창안하였지만, 중국 고대 문헌에 수록된 우주론에 대해서는 부정적인 태도를 취했으므로 이들이 중국 고대 문헌의 우주론을 근거로 서양 우주론을 받아들였다고 볼 수 없다.

❌ 오답풀이

① 중국에서 서양 과학을 수용한 학자들은 자국의 지적 유산에 서양 과학을 접목하려 하였다.

근거: ⑤ ²⁰중국 지식인들은 서양 과학이 중국의 지적 유산에 적절히 연결되지 않으면 아무리 효율적이더라도 불온한 요소로 여겼다. ²¹이에 따라 서양 과학에 매료된 학자들도 어떤 방식으로든 서양 과학과 중국 전통 사이의 적절한 관계 맺음(㉠)을 통해 이 문제를 해결하고자 하였다.

② 서양 천문학과 관련된 내용이 중국의 역대 지식 성과를 집대성한 『사고전서』에 수록되었다.

근거: ⑧ ²⁷중국 천문학을 중심으로 서양 천문학을 회통하려는 매문정의 입장은 18세기 초를 기점으로 중국의 공식 입장으로 채택되었으며, 이 입장은 중국의 역대 지식 성과물을 망라한 총서인 『사고전서』에 그대로 반영되었다.

③ 방이지는 서양 우주론의 영향을 받았지만 서양의 이론과 구별되는 새 이론의 수립을 시도하였다.

근거: ⑥ ²²17세기 웅명우와 방이지 등은 중국 고대 문헌에 수록된 우주론에 대해서는 부정적 태도를 견지하면서 성리학적 기론에 입각하여 실증적인 서양 과학을 재해석한 독창적 이론을 제시하였다. ²³수성과 금성이 태양 주위를 회전한다는 그들의 태양계 학설은 브라헤의 영향이었지만, 태양의 크기에 대한 서양 천문학 이론에 의문을 제기하고 기와 빛을 결부하여 제시한 광학 이론은 그들이 창안한 것이었다.

④ 매문정은 중국 고대 문헌에 나타나는 천문학적 전통과 서양 과학의 수학적 방법론을 모두 활용하였다.

근거: ⑦ ²⁴17세기 후반 왕석천과 매문정은 서양 과학의 영향을 받아 경험적 추론과 수학적 계산을 통해 우주의 원리를 파악하고자 하였다. ²⁶하늘이 땅의 네 모퉁이를 가릴 수 없을 것이라는 증자의 말을 땅이 둥글다는 서양 이론과 연결하는 등 서양 과학의 중국 기원론을 뒷받침하였다.

매문정은 경험적 추론과 수학적 계산을 통해 우주의 원리를 파악하고자 했으므로 서양 과학의 수학적 방법론을 활용했다고 볼 수 있다. 또한 그는 고대 문헌에 언급된, 하늘이 땅의 네 모퉁이를 가릴 수 없을 것이라는 증자의 말을 땅이 둥글다는 서양 이론과 연결하였으므로 중국 고대 문헌에 나타나는 천문학적 전통을 활용한 것으로 볼 수 있다

5. 〈보기〉를 참고할 때, [A]에 대한 이해로 적절하지 <u>않은</u> 것은?
[3점]

───────〈보기〉───────

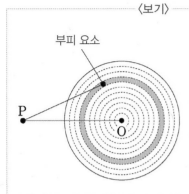

부피 요소

P

O

구는 무한히 작은 부피 요소들로 이루어져 있다. 그 부피 요소들이 빈틈없이 한 겹으로 배열되어 구 껍질을 이루고, 그런 구 껍질들이 구의 중심 O 주위에 반지름을 달리하며 양파처럼 겹겹이 싸여 구를 이룬다. 이때 부피 요소는 그것의 부피와 밀도를 곱한 값을 질량으로 갖는 질점으로 볼 수 있다.

부피 요소(질점) < 구 껍질 < 구

(1) 같은 밀도의 부피 요소들이 하나의 구 껍질을 구성하면, 이 부피 요소들이 구 외부의 질점 P를 당기는 만유인력들의 총합은, 그 구 껍질과 동일한 질량을 갖는 질점이 그 구 껍질의 중심 O에서 P를 당기는 만유인력과 같다.

구 껍질의 부피 요소들이 P를 당기는 만유인력들의 총합 =
구 껍질과 동일한 질량을 갖고 구 껍질의 중심에 있는 질점이 P를 당기는 만유인력

(2) (1)에서의 구 껍질들이 구를 구성할 때, 그 동심의 구 껍질들이 P를 당기는 만유인력들의 총합은, 그 구와 동일한 질량을 갖는 질점이 그 구의 중심 O에서 P를 당기는 만유인력과 같다.

구의 구 껍질들이 P를 당기는 만유인력들의 총합 =
구와 동일한 질량을 갖고 구의 중심에 있는 질점이 P를 당기는 만유인력

(1), (2)에 의하면, 밀도가 균질하거나 구 대칭인 구를 구성하는 부피 요소들이 P를 당기는 만유인력들의 총합은, 그 구와 동일한 질량을 갖는 질점이 그 구의 중심 O에서 P를 당기는 만유인력과 같다.

구를 구성하는 부피 요소들이 P를 당기는 만유인력들의 총합 =
구와 동일한 질량을 갖고 구의 중심에 있는 질점이 P를 당기는 만유인력

─────────────────────

◉ 정답풀이

② 태양의 중심에 있는 질량이 m인 질점이 지구 전체를 당기는 만유인력은, 지구의 중심에 있는 질량이 m인 질점이 태양 전체를 당기는 만유인력과 크기가 같겠군.

> 근거: 4 [15]이때 가정된 만유인력은 두 질점이 서로 당기는 힘으로, 그 크기는 두 질점의 질량의 곱에 비례하고 거리의 제곱에 반비례한다. [17]지구보다 질량이 큰 태양과 지구
>
> 태양의 중심에 있는 질량이 m인 질점이 지구 전체를 당기는 만유인력은 '태양의 중심에 있는 질량이 m인 질점'과 '지구 전체와 동일한 질량을 갖고 지구 중심에 있는 질점' 사이의 만유인력과 같다. 한편 지구의 중심에 있는 질량이 m인 질점이 태양 전체를 당기는 만유인력은 '지구의 중심에 있는 질량이 m인 질점'과 '태양 전체와 동일한 질량을 갖고 태양 중심에 있는 질점' 사이의 만유인력과 같다. 두 경우 질점 사이의 거리는 같으므로 만유인력의 크기는 두 질점의 질량의 곱에 의해 결정된다. 한 질점은 질량이 m으로 동일하지만 태양의 질량은 지구보다 크므로 '지구 전체와 동일한 질량을 갖고 지구 중심에 있는 질점'보다 '태양 전체와 동일한 질량을 갖고 태양 중심에 있는 질점'의 질량이 더 크기에 두 경우 만유인력의 크기는 같지 않다.

⊗ 오답풀이

① 밀도가 균질한 하나의 행성을 구성하는 동심의 구 껍질들이 같은 두께일 때, 하나의 구 껍질이 태양을 당기는 만유인력은 그 구 껍질의 반지름이 클수록 커지겠군.

근거: 4 [15]만유인력은~그 크기는 두 질점의 질량의 곱에 비례
〈보기〉에서 구 껍질은 부피 요소들이 빈틈없이 한 겹으로 배열되어 구성된 것으로, 이때 부피 요소는 질량을 갖는 질점으로 볼 수 있다고 하였다. 따라서 밀도가 균질하고 두께가 같은 구 껍질의 경우 반지름이 커질수록 부피 요소들이 더 많아져 질량은 더 커진다. 이때 만유인력의 크기는 두 질점의 질량의 곱에 비례하므로, 구 껍질의 반지름이 클수록 태양을 당기는 만유인력은 커진다.

③ 질량이 M인 지구와 질량이 m인 달은, 둘의 중심 사이의 거리만큼 떨어져 있으면서 질량이 M, m인 두 질점 사이의 만유인력과 동일한 크기의 힘으로 서로 당기겠군.

근거: 4 [15]이때 가정된 만유인력은 두 질점이 서로 당기는 힘으로, 그 크기는 두 질점의 질량의 곱에 비례하고 거리의 제곱에 반비례한다.
질량이 M인 지구는 지구의 중심에 있는 질량 M인 질점과 같고 질량이 m인 달은 달의 중심에 있는 질량 m인 질점과 같다. 따라서 지구와 달 사이의 만유인력은 둘의 중심 사이의 거리만큼 떨어져 있으면서 질량이 지구(M)와 달(m)만큼인 질점 사이의 만유인력과 동일하다.

④ 태양을 구성하는 하나의 부피 요소와 지구 사이에 작용하는 만유인력은, 지구를 구성하는 모든 부피 요소들과 태양의 그 부피 요소 사이에 작용하는 만유인력들을 모두 더하면 구해지겠군.

근거: **4** [16]지구를 포함하는 천체들이 밀도가 균질하거나 구 대칭을 이루는 구라면 천체가 그 천체 밖 어떤 질점을 당기는 만유인력은, 그 천체를 잘게 나눈 부피 요소들 각각이 그 천체 밖 어떤 질점을 당기는 만유인력을 모두 더하여 구할 수 있다.

천체(지구)가 그 천체(지구) 밖 어떤 질점(태양을 구성하는 하나의 부피 요소)을 당기는 만유인력은, 그 천체(지구)를 잘게 나눈 부피 요소들 각각이 그 천체(지구) 밖 어떤 질점(태양을 구성하는 하나의 부피 요소)을 당기는 만유인력을 모두 더하면 구할 수 있다.

⑤ 반지름이 R, 질량이 M인 지구와 지구 표면에서 높이 h에 중심이 있는 질량이 m인 구슬 사이의 만유인력은, R+h의 거리만큼 떨어져 있으면서 질량이 M, m인 두 질점 사이의 만유인력과 크기가 같겠군.

근거: **4** [15]이때 가정된 만유인력은 두 질점이 서로 당기는 힘으로, 그 크기는 두 질점의 질량의 곱에 비례하고 거리의 제곱에 반비례한다.

질량이 M인 지구는 질량이 M이고 지구의 중심에 있는 질점이고, 질량이 m인 구슬은 질량이 m이고 구슬의 중심에 있는 질점으로 생각할 수 있다. 이때 지구의 중심과 구슬의 중심 사이의 거리는 R+h이므로 지구와 구슬 사이의 만유인력의 크기는 질량이 M, m이고 질점 사이의 거리가 R+h인 두 질점 사이의 만유인력의 크기와 같다.

학생들이 정답만큼 혹은 정답보다 많이 고른 선지가 ③번과 ④번이다. 나머지 선지들 또한 정답과 비슷한 비율로 선택된 것으로 보아, 사실상 지문과 〈보기〉의 내용을 정확하게 파악하고 연결하여 푼 학생이 아주 적다고 볼 수 있다.

[A]에서는 만유인력의 크기에 영향을 미치는 요소로 두 질점의 질량과 거리가 있다고 하였다. 또한 〈보기〉를 통해 구를 구성하고 있는 부피 요소는 하나의 질점으로 생각할 수 있고, 한 겹의 구 껍질이나 구 껍질이 모여 만든 구는 각각 그것과 동일한 질량을 갖고 구 껍질이나 구의 중심에 있는 질점에 대응됨을 알 수 있다.

②번에서 지구 전체는 지구 중심에 있고 지구와 같은 질량의 질점으로 생각할 수 있다. 이 질점과 태양의 중심에 있는 질량 m인 질점 사이에 생기는 만유인력의 크기는 (지구 질량 × m)에 비례, 지구의 중심과 태양의 중심 사이 거리의 제곱에 반비례한다. 같은 방법으로 지구의 중심에 있는 질량 m인 질점과 태양 전체 사이에 생기는 만유인력의 크기는 (태양 질량 × m)에 비례, 태양의 중심과 지구의 중심 사이 거리의 제곱에 반비례함을 알 수 있다. 이때 태양의 중심과 지구의 중심 사이의 거리는 동일하지만 태양의 질량은 지구보다 크다고 했으므로 두 상황에서의 만유인력의 크기는 같지 않은 것이다.

③번과 ⑤번은 질량이 M인 지구는 지구의 중심에 있고 질량이 M인 질점과 같고, 질량이 m인 달은 달의 중심에 있고 질량이 m인 질점과 같은 것을 파악했으면 해결할 수 있는 선지였다. ④번 또한 [A]에 제시된 '천체가 그 천체 밖 어떤 질점을 당기는 만유인력은, 그 천체를 잘게 나눈 부피 요소들 각각이 그 천체 밖 어떤 질점을 당기는 만유인력을 모두 더하여 구할 수 있다.'라는 문장에서 '천체'에 '지구'를, '천체 밖 어떤 질점'에 '태양을 구성하는 하나의 부피 요소'를 대응했으면 정오를 판단할 수 있는 선지였다.

평소에는 단순하고 간단해 보이는 사고도 막상 실전에서는 어렵게 느껴진다. 기출 분석을 통해 사고력을 증진시키는 동시에, 긴장된 상황에서도 이러한 역량을 충분히 발휘할 수 있는 실전 훈련, 담대한 마음가짐도 필요하다. 또한 현실적인 조언을 하자면, 이처럼 극도로 어려운 문제를 만났을 때에는 어떻게 해서든 이 문제의 정답을 찾겠다고 생각하기보다는 해당 문제에 얼마만큼의 시간을 투자할 것인지를 빠르게 판단하고, 정한 시간 내에 해결하지 못했다면 우선 다른 문제를 풀고 시간이 남는 경우 다시 돌아와 생각해 보는 것이 나을 수 있다.

정답률 분석

	①	②	③	④	⑤
		정답	매력적 오답	매력적 오답	
	15%	22%	20%	29%	14%

평가원의 관점

이의 제기

②번은 옳은 진술이니 정답이 될 수 없는 것 아닌가요? 또 ⑤번도 틀린 진술이므로 복수 정답이 되어야 하는 것 아닌가요?

답변

이 문항은 〈보기〉에 근거하여 [A]의 내용을 설명하는 답지 중 옳지 않은 것을 묻고 있습니다. 우선 태양과 지구의 중심에 있는 질점이란 태양과 지구의 질량과 같은 질량을 갖는 질점이어야 하므로 ②번이 옳다고 본 학생들이 있습니다. 하지만 ②번에서 '태양의 중심에 있는 질량이 m인 질점', '지구의 중심에 있는 질량이 m인 질점'이라고 하였으므로 '태양의 중심', '지구의 중심'은 질점의 위치만 표시한 것이며 그 질점의 질량은 m입니다. 따라서 이 질점과 상대 천체 사이에 작용하는 만유인력은, 이 질점의 질량과 질점과 천체 사이의 거리는 같지만 상대 천체의 질량이 다르기 때문에 같지 않습니다. 따라서 ②번은 틀린 진술입니다.

한편 구슬의 크기, 모양, 밀도 분포 등을 서술하지 않았기 때문에 ⑤번은 옳지 않거나 확실히 판단할 수 없다고 본 학생들이 있습니다. 하지만 발문에서 요구한 바에 따라 선지를 판단할 때에는 〈보기〉와 [A]의 내용을 고려해야 합니다. 그러므로 선지의 '구슬'은 [A]의 '사과'의 낙하 운동에 대응하여 〈보기〉에 나온 대로 구의 형태와 균질한 밀도를 갖는 대상으로 제시된 것이라 볼 수 있습니다. 따라서 구슬과 지구 사이의 만유인력은 〈보기〉의 진술대로 구슬 중심의 높이 h와 지구의 반지름 R의 간격만큼 떨어진 두 질점 사이의 만유인력이라고 볼 수 있기에 ⑤번은 옳은 진술입니다.

6. 문맥상 ⓐ~ⓔ와 바꿔 쓴 것으로 가장 적절한 것은?

✓ 정답풀이

② ⓑ: 고안(考案)했다

> 근거: **2** [5]우주 모형을 ⓑ만들었다.
> 문맥상 '만들다'는 '노력이나 기술 따위를 들여 목적하는 사물을 이루다.'라는 뜻이므로 '연구하여 새로운 안을 생각해 내다.'라는 뜻의 '고안하다'와 바꿔 쓸 수 있다.

✗ 오답풀이

① ⓐ: 진작(振作)할
근거: **2** [3]그것이 ⓐ일으킬 형이상학적 문제
일으키다: 어떤 사태나 일을 벌이거나 터뜨리다.
진작하다: 떨쳐 일어나다. 또는 떨쳐 일으키다.

③ ⓒ: 소지(所持)한
근거: **2** [8]신의 형상을 ⓒ지닌 인간
지니다: 본래의 모양을 그대로 간직하다.
소지하다: 물건을 지니고 있다.

④ ⓓ: 설정(設定)했다
근거: **5** [20]아무리 효율적이더라도 불온한 요소로 ⓓ여겼다.
여기다: 마음속으로 그러하다고 인정하거나 생각하다.
설정하다: 새로 만들어 정해 두다.

⑤ ⓔ: 시사(示唆)되어
근거: **7** [25]서양 과학의 우수한 면은 모두 중국 고전에 이미 ⓔ갖추어져 있던 것
갖추다: 있어야 할 것을 가지거나 차리다.
시사하다: 어떤 것을 미리 간접적으로 표현해 주다.

[1~6] 다음 글을 읽고 물음에 답하시오.

✎ 사고의 흐름

1 ¹근대 도시의 삶의 양식은 많은 학자들의 관심을 끌어 왔다. ²오랫동안 지배적인 관점으로 받아들여진 것은 삶의 양식 중 노동 양식에 주목하는 ㉠생산학파의 견해였다. 근대 도시의 삶의 양식과 관련하여 우선 생산학파에 초점을 맞추고 있어! 이어 노동 양식과 관련된 생산학파의 견해를 제시하겠지? ³생산학파는 산업 혁명을 통해 근대 도시 특유의 노동 양식이 형성되는 점에 관심을 기울였다. ⁴그들은 우선 새로운 테크놀로지를 갖춘 근대 생산 체제가 대규모의 노동력을 각지로부터 도시로 끌어 모으는 현상에 주목했다. ⁵또한 다양한 습속*을 지닌 사람들이 어떻게 대규모 기계의 리듬에 맞추어 획일적으로 움직이는 노동자가 되는지 탐구했다. 생산학파는 도시의 사람들이 근대 생산 체제에 맞추어 획일적으로 움직이게 되는 과정에 주목했군! ⁶예를 들어, 미셸 푸코는 노동자를 집단 규율에 맞춰 금욕 노동을 하는 유순한 몸으로 만들어 착취하기 위해 어떤 훈육 전략이 동원되었는지 연구하였다. 생산학파는 도시의 노동자들이 착취당하는 존재라고 보았군! ⁷또한 생산학파는 노동자가 기계화된 노동으로 착취당하는 동안 감각과 감성으로 체험하는 내면세계를 상실하고 사물로 전락*했다고 고발하였다. ⁸이렇게 보면 근대 도시는 어떠한 쾌락과 환상도 끼어들지 못하는 거대한 생산 기계인 듯하다.

(여백 메모) 예를 통해 구체화! 내용을 더욱 정확하게 파악할 수 있어!

2 ⁹이에 대하여 ㉡소비학파는 근대 도시인이 내면세계를 상실한 사물로 전락한 것은 아니라고 하면서 생산학파를 비판하기 시작했다. 생산학파를 비판한다고 하였으니, 앞의 내용과는 다른 주장이 나올 것임을 예상할 수 있겠지? 차이를 생각하며 읽자! ¹⁰예를 들어, 콜린 캠벨은 금욕주의 정신을 지닌 청교도들조차 소비 양식에서 자기 환상적 쾌락주의를 가지고 있었다고 주장하였다. 소비학파는 생산학파와 달리 소비 양식에 초점을 두었군! ¹¹결핍을 충족시키려는 욕망과 실제로 욕망이 충족된 상태 사이에는 시간적 간극이 존재할 수밖에 없다. ¹²그런데 근대 도시에서는 이 간극이 좌절이 아니라 오히려 욕망이 충족된 미래 상태에 대한 주관적 환상을 자아낸다. 소비학파는 근대 도시에서의 시간적 간극이 긍정적인 역할을 한다고 보고 있구나! ¹³생산학파와 달리 캠벨은 새로운 테크놀로지의 발달 덕분에 이런 환상이 단순한 몽상이 아니라 실현 가능한 현실이 될 것이라는 기대를 불러일으킨다고 보았다. ¹⁴그는 이런 기대가 쾌락을 유발하여 근대 소비 정신을 북돋웠다고 긍정적으로 평가했다. 생산학파와 소비학파의 입장을 정리해 볼까?

(여백 메모) 예를 통해 구체화! 소비학파의 입장을 잘 파악해 두자!

	생산학파	소비학파
공통점	근대 도시의 삶의 양식에 주목함	
차이점	- 삶의 양식 중 노동 양식에 주목함 - 근대 도시의 노동자들 = 기계화된 노동으로 착취당하며 사물로 전락한 존재	- 삶의 양식 중 소비 양식에 주목함 - 근대 도시의 도시인 = 욕망 충족에 대한 기대를 가지고 살아가는 존재

3 ¹⁵근래 들어 노동 양식에 주목한 생산학파와 소비 양식에 주목한 소비학파의 입장을 ⓐ아우르려는 연구가 진행되고 있다. 이 연구는 생산학파와 소비학파의 입장을 모두 고려한 연구일 것임을 짐작할 수 있겠지? ¹⁶일찍이 근대 도시의 복합적 특성에 주목했던 발터 벤야민은 이러한 연구의 선구자 중 한 명으로 재발견되었다. ¹⁷그는 새로운 테크놀로지의 도입이 노동의 소외를 심화한다는 점은 인정하였다. 생산학파의 입장을 받아들인 부분이네! ¹⁸하지만 소비 행위의 의미가 자본가에게 이윤을 ⓑ가져다주는 구매 행위로 축소될 수는 없다고 생각했다. ¹⁹소비는 그보다 더 복합적인 체험을 가져다주기 때문이다. 이 의견은 소비학파의 입장과 비슷하다고 볼 수 있겠지? ²⁰벤야민은 이런 사실을 근대 도시에 대한 탐구를 통해 설명한다. ²¹근대 도시에서는 옛것과 새것, 자연적인 것과 인공적인 것 등 서로 다른 것들이 병치되고 뒤섞이며 빠르게 흘러간다. ²²환상을 자아내는 다양한 구경거리도 근대 도시 곳곳에 등장했다. ²³철도 여행은 근대 이전에는 정지된 이미지로 체험되었던 풍경을 연속적으로 이어지는 파노라마로 체험하게 만들었다. ²⁴또한 유리와 철을 사용하여 만든 상품 거리인 아케이드는 안과 밖, 현실과 꿈의 경계가 모호해지는 체험을 가져다주었다. ²⁵벤야민은 이러한 체험이 근대 도시인에게 충격을 가져다준다고 보았다. ²⁶또한 이러한 충격 체험을 통해 새로운 감성과 감각이 일깨워진다고 말했다. 벤야민은 근대 도시에서의 체험이 근대인들에게 새로운 감성과 감각을 일깨워 준다고 보았군!

4 ²⁷벤야민은 근대 도시의 복합적 특성이 영화라는 새로운 예술 형식에 드러난다고 주장했다. 근대 도시의 특성이 영화에 어떻게 드러나는지를 이어서 이야기해 주겠군? ²⁸19세기 말에 등장한 신기한 구경거리였던 영화는 벤야민에게 근대 도시의 작동 방식과 리듬에 상응하는 매체다. ²⁹영화는 조각난 필름들이 일정한 속도로 흘러가면서 움직임을 만들어 낸다는 점에서 공장에서 컨베이어 벨트가 만들어 내는 기계의 리듬을 ⓒ떠올리게 한다. ³⁰또한 관객이 아닌 카메라라는 기계 장치 앞에서 연기를 해야 하는 배우나 자신의 전문 분야에만 참여하는 스태프는 작품의 전체적인 모습을 파악하기 어렵다. ³¹분업화로 인해 노동으로부터 소외되는 근대 도시인의 모습이 영화 제작 과정에서도 드러나는 것이다. 배우, 스태프 = 분업화로 인해 노동으로부터 소외되는 근대 도시인 ³²하지만 동시에 영화는 일종의 충격 체험을 통해 근대 도시인에게 새로운 감성과 감각을 불러일으키는 매체이기도 하다. 앞의 부정적 내용과는 다른 내용이 이어질 거야! ³³예측 불가능한 이미지의 연쇄로 이루어진 영화를 체험하는 것은 이질적인 대상들이 복잡하고 불규칙하게 뒤섞인 근대 도시의 일상 체험과 유사하다. 근대 도시의 특성을 영화를 통해서도 체험할 수 있다는 의미네! ³⁴서로 다른 시·공간의 연결, 카메라가 움직일 때마다 변화하는 시점, 느린 화면과 빠른 화면의 교차 등 영화의 형식 원리는 ㉮정신적 충격을 발생시킨다. ³⁵영화는 보통 사람의 육안이라는 감각적 지각의 정상적 범위를 넘어선 체험을 가져다준다. ³⁶벤야민은

이러한 충격 체험을 환각, 꿈의 체험에 ⓓ빗대어 '시각적 무의식'이라고 불렀다. ³⁷관객은 영화가 제공하는 시각적 무의식을 체험함으로써 일상적 공간에 대해 새로운 의미를 발견하게 된다. ³⁸영화관에 모인 관객은 이런 체험을 집단적으로 공유하면서 동시에 개인적인 꿈의 세계를 향유*한다. 벤야민은 영화를 통해 사람들이 공통적으로 시각적 무의식을 체험하고 이를 공유하면서 개인적인 꿈의 세계를 가질 수 있다고 보고 있구나!

⑤ ³⁹근대 도시와 영화의 체험에 대한 벤야민의 견해는 생산학파와 소비학파를 포괄할 수 있는 이론적 단초*를 제공한다. ⁴⁰벤야민은 근대 도시인이 사물화된 노동자이지만 그 자체로 내면세계를 지닌 꿈꾸는 자이기도 하다는 사실을 보여 준다. ⁴¹벤야민이 말한 근대 도시는 착취의 사물 세계와 꿈의 주체 세계가 교차하는 복합 공간이다. ⁴²이렇게 벤야민의 견해는 근대 도시에 대한 일면적*인 시선을 ⓔ바로잡는 데 도움을 준다. 벤야민의 견해가 지닌 의의로 글이 마무리되는군!

이것만은 챙기자

*습속: 습관이 된 풍속.
*전락: 나쁜 상태나 타락한 상태에 빠짐.
*향유: 누리어 가짐.
*단초: 일이나 사건을 풀어 나갈 수 있는 첫머리.
*일면적: 한 방면으로 치우치는 것.

만점 선배의 구조도 예시

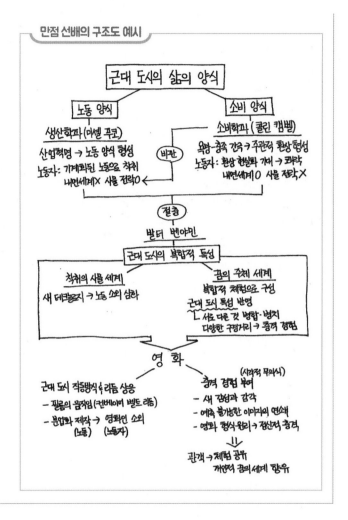

1. 윗글의 내용 전개 방식으로 가장 적절한 것은?

✔ 정답풀이

⑤ 근대 도시의 삶의 양식에 대한 서로 다른 견해를 소개한 후, 근대 도시와 영화에 대한 벤야민의 견해가 근대 도시의 복합적 특성을 드러냄을 밝히고 있다.

근거: **1** [1]근대 도시의 삶의 양식은 많은 학자들의 관심을 끌어 왔다. [2]오랫동안 지배적인 관점으로 받아들여진 것은 삶의 양식 중 노동 양식에 주목하는 생산학파의 견해였다. + **2** [9]이에 대하여 소비학파는~생산학파를 비판하기 시작했다. + **3** [15]근래 들어 노동 양식에 주목한 생산학파와 소비 양식에 주목한 소비학파의 입장을 아우르려는 연구가 진행되고 있다. [16]발터 벤야민은 이러한 연구의 선구자 + **4** [27]벤야민은 근대 도시의 복합적 특성이 영화라는 새로운 예술 형식에 드러난다고 주장했다. 1문단과 2문단에서 근대 도시의 삶의 양식에 대한 생산학파와 소비학파의 서로 다른 견해를 소개한 후, 3문단~5문단에서 이 두 가지 견해를 절충하며 근대 도시의 특성을 탐구하려 한 벤야민의 견해를 통해 영화가 근대 도시의 복합적인 특성을 드러냄을 밝히고 있다.

✘ 오답풀이

① 근대 도시의 삶의 양식에 대한 벤야민의 주장을 기준으로, 근대 도시의 산물인 영화를 유형별로 분류하고 있다.
벤야민의 주장을 기준으로 영화를 유형별로 분류하는 부분은 찾아볼 수 없다.

② 근대 도시와 영화의 개념을 정의한 후, 근대 도시의 복합적 특성을 밝힌 벤야민의 견해에 대해 그 의의와 한계를 평가하고 있다.
근거: **4** [27]벤야민은 근대 도시의 복합적 특성이 영화라는 새로운 예술 형식에 드러난다고 주장했다. [28]19세기 말에 등장한 신기한 구경거리였던 영화는 벤야민에게 근대 도시의 작동 방식과 리듬에 상응하는 매체다. + **5** [42]이렇게 벤야민의 견해는 근대 도시에 대한 일면적인 시선을 바로잡는 데 도움을 준다.
벤야민은 근대 도시의 복합적 특성을 영화를 통해 밝히고 있으나, 근대 도시나 영화의 개념을 정의한 부분이나 벤야민의 견해가 지닌 한계를 평가하는 부분은 찾아볼 수 없다.

③ 근대 도시의 삶의 양식에 대한 벤야민의 관점을 활용하여, 근대 도시의 기원과 영화의 탄생 간에 공통점과 차이점을 비교하고 있다.
근대 도시의 기원과 영화의 탄생 간에 공통점과 차이점을 비교한 부분은 찾아볼 수 없다.

④ 근대 도시의 복합적 특성에 따른 영화의 변화 양상을 통시적으로 살펴본 후, 근대 도시와 영화의 체험에 대한 벤야민의 주장을 비판하고 있다.
영화의 변화 양상을 통시적으로 살펴본 부분이나, 근대 도시와 영화의 체험에 대한 벤야민의 주장을 비판한 부분은 찾아볼 수 없다.

2. ㉠, ㉡에 대한 이해로 가장 적절한 것은?

㉠: 생산학파
㉡: 소비학파

✔ 정답풀이

④ ㉡은 근대 도시인이 사물로 전락한 대상이 아니라 실현 가능한 미래에 대한 기대를 가진 존재라고 본다.

근거: **2** [9]이에 대하여 소비학파(㉡)는 근대 도시인이 내면세계를 상실한 사물로 전락한 것은 아니라고 하면서 생산학파(㉠)를 비판하기 시작했다.~ [13]생산학파와 달리 캠벨은 새로운 테크놀로지의 발달 덕분에 이런 환상(욕망이 충족된 미래 상태에 대한 주관적 환상)이 단순한 몽상이 아니라 실현 가능한 현실이 될 것이라는 기대를 불러일으킨다고 보았다.

✘ 오답풀이

① ㉠은 근대 도시를 근대 도시인이 지닌 환상에 의해 작동되는 생산 기계라고 본다.
근거: **1** [8]이렇게 보면 (㉠의 입장에서) 근대 도시는 어떠한 쾌락과 환상도 끼어들지 못하는 거대한 생산 기계인 듯하다.
㉠의 입장에서 도시는 환상이 끼어들지 못하는 거대한 생산 기계이므로, 근대 도시인이 지닌 환상에 의해 근대 도시가 작동된다고 보지는 않을 것이다.

② ㉠은 새로운 테크놀로지의 발달로 성립된 근대 생산 체제가 욕망과 충족의 간극을 해소할 수 있다고 본다.
근거: **1** [8]이렇게 보면 (㉠의 입장에서) 근대 도시는 어떠한 쾌락과 환상도 끼어들지 못하는 거대한 생산 기계인 듯하다. + **2** [13]생산학파와 달리 (㉡의 입장인) 캠벨은 새로운 테크놀로지의 발달 덕분에 이런 환상(욕망이 충족된 미래 상태에 대한 주관적 환상)이 단순한 몽상이 아니라 실현 가능한 현실이 될 것이라는 기대를 불러일으킨다고 보았다.
새로운 테크놀로지의 발달이 욕망과 충족의 간극 해소에 대한 기대를 유발한다고 본 것은 ㉠이 아닌 ㉡이다. ㉠은 근대 도시를 쾌락과 환상이 끼어들지 못하는 공간이라고 보았다.

③ ㉡은 근대 도시인의 소비 정신이 금욕주의 정신에 의해 만들어졌다고 본다.
근거: **2** [9]이에 대하여 소비학파(㉡)는 근대 도시인이 내면세계를 상실한 사물로 전락한 것은 아니라고 하면서 생산학파(㉠)를 비판하기 시작했다. [10]예를 들어, 콜린 캠벨은 금욕주의 정신을 지닌 청교도들조차 소비 양식에서 자기 환상적 쾌락주의를 가지고 있었다고 주장하였다.
㉡은 금욕주의 정신을 지닌 청교도들조차 소비 양식에서 환상적 쾌락주의를 가지고 있다는 점을 들어 근대인의 내면세계가 상실된 것은 아니라고 주장하였을 뿐, 근대 도시인의 소비 정신이 금욕주의에서 비롯되었다고 언급하지는 않았다.

⑤ ㉠과 ㉡은 모두 소비가 노동자에 대한 집단 규율을 완화하여 유순한 몸을 만든다고 본다.
㉠이나 ㉡의 입장에서 소비와 집단 규율의 관련성을 언급한 부분은 찾아볼 수 없다.

3. ㉮에 대한 이해로 적절하지 <u>않은</u> 것은?

> ㉮: 정신적 충격

✅ 정답풀이

② 영화가 다루고 있는 독특한 주제에서 발생한다.

> 근거: ❹ ³⁴서로 다른 시·공간의 연결, 카메라가 움직일 때마다 변화하는 시점, 느린 화면과 빠른 화면의 교차 등 영화의 형식 원리는 정신적 충격(㉮)을 발생시킨다.
>
> 윗글에서는 영화의 형식 원리가 ㉮를 발생시킨다고 언급하였을 뿐, 영화가 다루고 있는 독특한 주제에 대해서 언급하지는 않았다.

❌ 오답풀이

① 관객에게 새로운 감성과 감각을 불러일으킨다.

> 근거: ❹ ³²영화는 일종의 충격 체험을 통해 근대 도시인에게 새로운 감성과 감각을 불러일으키는 매체이기도 하다.

③ 근대 도시의 일상 체험에서 유발되는 충격과 유사하다.

> 근거: ❹ ³³예측 불가능한 이미지의 연쇄로 이루어진 영화를 체험하는 것은 이질적인 대상들이 복잡하고 불규칙하게 뒤섞인 근대 도시의 일상 체험과 유사하다. ³⁴서로 다른 시·공간의 연결, 카메라가 움직일 때마다 변화하는 시점, 느린 화면과 빠른 화면의 교차 등 영화의 형식 원리는 정신적 충격(㉮)을 발생시킨다.
>
> 영화는 ㉮를 발생시키며, 근대 도시의 일상 체험과 유사하므로 적절하다.

④ 촬영 기법이나 편집 등 영화의 형식적 요소에 의해 관객에게 유발된다.

> 근거: ❹ ³⁴서로 다른 시·공간의 연결, 카메라가 움직일 때마다 변화하는 시점, 느린 화면과 빠른 화면의 교차 등 영화의 형식 원리는 (관객에게) 정신적 충격(㉮)을 발생시킨다.

⑤ 육안으로 지각 가능한 범위를 넘어서는 영화적 체험으로부터 발생한다.

> 근거: ❹ ³⁴영화의 형식 원리는 정신적 충격(㉮)을 발생시킨다. ³⁵영화는 보통 사람의 육안이라는 감각적 지각의 정상적 범위를 넘어선 체험을 가져다준다.

4. 윗글을 바탕으로 〈보기〉를 이해한 내용으로 적절하지 <u>않은</u> 것은? [3점]

> 〈보기〉
>
> ¹베르토프의 〈카메라를 든 사나이〉는 1920년대의 근대 도시를 소재로 한 다큐멘터리 영화다. ²베르토프는 다중 화면, 화면 분할 등 다양한 영화 기법을 도입하여 도시의 일상적 공간을 새롭게 재구성하고 있다. ³이 영화는 억압의 대상이던 노동자를 생산의 주체이자 새로운 시대의 주인공으로 묘사한다. ⁴영화인도 노동자 중 한 사람이라고 생각했던 베르토프는 영화 속에서 주체적이고 자율적으로 영화를 제작하는 영화인의 모습을 보여 준다. ⁵베르토프는 짧은 이미지들의 빠른 교차를 통해 영화가 편집의 예술임을 확인시켜 준다. ⁶또한 영화관에서 신기한 장면에 즐겁게 반응하는 관객들의 모습을 영화 속에서 보여 줌으로써 영화가 상영되는 과정을 드러낸다.

✅ 정답풀이

① 베르토프의 영화는 분업화로 인해 영화 제작 과정에서 소외된 영화인의 모습을 보여 주는군.

> 근거: ❹ ³⁰또한 관객이 아닌 카메라라는 기계 장치 앞에서 연기를 해야 하는 배우나 자신의 전문 분야에만 참여하는 스태프는 작품의 전체적인 모습을 파악하기 어렵다. ³¹분업화로 인해 노동으로부터 소외되는 근대 도시인의 모습이 영화 제작 과정에서도 드러나는 것이다. + 〈보기〉 ⁴영화인도 노동자 중 한 사람이라고 생각했던 베르토프는 영화 속에서 주체적이고 자율적으로 영화를 제작하는 영화인의 모습을 보여 준다.
>
> 영화 제작 과정에서 작품의 전체를 파악하기 어려운 영화인들은 분업화로 인해 노동으로부터 소외되는 근대 도시인의 모습을 보여 준다. 그러나 〈보기〉의 영화 속 영화인(노동자)들은 주체적·자율적 모습을 보여 주고 있다. 따라서 베르토프의 영화가 분업화로 인해 영화 제작 과정에서 소외된 영화인의 모습을 보여 준다고 이해하는 것은 적절하지 않다.

② 베르토프의 영화에 등장하는 노동자의 모습은 생산학파가 묘사하는 훈육된 노동자의 모습과는 다르군.

근거: **1** ⁵(생산학파는) 다양한 습속을 지닌 사람들이 어떻게 대규모 기계의 리듬에 맞추어 획일적으로 움직이는 노동자가 되는지 탐구했다. ⁶예를 들어, 미셸 푸코는 노동자를 집단 규율에 맞춰 금욕 노동을 하는 유순한 몸으로 만들어 착취하기 위해 어떤 훈육 전략이 동원되었는지 연구하였다. + 〈보기〉 ⁴영화인도 노동자 중 한 사람이라고 생각했던 베르토프는 영화 속에서 주체적이고 자율적으로 영화를 제작하는 영화인의 모습을 보여 준다.

생산학파는 사람들이 그들을 유순한 몸으로 만들어 착취하기 위한 훈육 전략으로 인해 획일적으로 움직이는 노동자가 된다고 보았다. 하지만 〈보기〉의 노동자들은 이와 달리 주체적이고 자율적으로 영화를 제작하는 영화인의 모습으로 나타난다.

③ 베르토프가 다양한 영화 기법을 통해 일상 공간을 재구성한 것은 벤야민이 말하는 시각적 무의식을 유발하겠군.

근거: **4** ³⁴영화의 형식 원리는 정신적 충격을 발생시킨다. ³⁶벤야민은 이러한 충격 체험을 환각, 꿈의 체험에 빗대어 '시각적 무의식'이라고 불렀다. + 〈보기〉 ²베르토프는 다중 화면, 화면 분할 등 다양한 영화 기법을 도입하여 도시의 일상적 공간을 새롭게 재구성하고 있다.

베르토프는 다양한 영화 기법을 도입하여 도시의 일상적 공간을 새롭게 재구성하였는데, 벤야민은 이러한 영화의 형식 원리가 충격 체험, 즉 시각적 무의식을 유발한다고 보았다.

④ 베르토프가 사용한 짧은 이미지들의 빠른 교차는 벤야민이 말하는 예측 불가능한 이미지의 연쇄를 보여 주는군.

근거: **4** ³³예측 불가능한 이미지의 연쇄로 이루어진 영화를 체험하는 것은 이질적인 대상들이 복잡하고 불규칙하게 뒤섞인 근대 도시의 일상 체험과 유사하다. + 〈보기〉 ⁵베르토프는 짧은 이미지들의 빠른 교차를 통해 영화가 편집의 예술임을 확인시켜 준다.

벤야민은 영화가 예측 불가능한 이미지의 연쇄로 이루어져 있으며, 이는 이질적인 대상들이 복잡하고 불규칙하게 뒤섞인 도시의 일상과 비슷하다고 보았다. 이를 참고하면, 베르토프가 짧은 이미지들을 빠르게 교차하도록 편집한 것은 벤야민이 말하는 예측 불가능한 이미지들의 연쇄로 볼 수 있다.

⑤ 베르토프의 영화에 등장하는 관객의 모습은 영화관에서 신기한 구경거리인 영화를 즐기는 근대 도시인을 보여 주는군.

근거: **4** ²⁸19세기 말에 등장한 신기한 구경거리였던 영화는 벤야민에게 근대 도시의 작동 방식과 리듬에 상응하는 매체다. + 〈보기〉 ⁶(베르토프는) 영화관에서 신기한 장면에 즐겁게 반응하는 관객들의 모습을 영화 속에서 보여 줌으로써 영화가 상영되는 과정을 드러낸다.

19세기 말에 등장한 영화는 당시 사람들이 신기하게 생각하던 구경거리였다. 베르토프의 영화에는 영화관에서 신기한 장면에 반응하는 관객들의 모습이 등장한다고 하였는데, 이는 영화를 즐기는 당시 근대 도시인의 모습을 그대로 반영한 것이라 할 수 있다.

Q: 영화에 등장하는 노동자의 모습을 생산학파가 묘사하는 훈육된 노동자의 모습과 같다고 볼 수 있지 않나요?

A: 1문단에 따르면, 생산학파는 근대 도시의 노동자들을 기계화된 노동으로 착취당하며 사물로 전락한 존재로 보았다. 반면 베르토프는 〈카메라를 든 사나이〉에서 (억압의 대상이던) 노동자를 생산의 주체이자 새로운 시대의 주인공으로 묘사하며, 주체적이고 자율적으로 영화를 제작하는 영화인의 모습으로 드러낸다. 이는 생산학파가 묘사한 기계적이고 피동적인 노동자의 모습과 다르다. 따라서 베르토프의 영화 속 노동자는 생산학파가 묘사한 훈육된 노동자의 모습과 같다고 볼 수 없다.

해당 문제에서는 〈보기〉가 구체적인 사례로 주어졌기 때문에, 베르토프의 영화가 지문에 언급된 생산학파의 관점을 그대로 반영했다고 판단했을 가능성이 있다. 그러나 〈보기〉가 항상 지문의 내용을 그대로 적용한 것은 아니므로, 이를 단정해서는 안 된다. 특히 위 문제처럼 〈보기〉가 지문과 다른 내용을 포함하고 있다면, 이를 구별하지 못하고 그대로 정답의 근거로 삼을 경우 오답을 선택할 위험이 있다. 이처럼 〈보기〉를 해석할 때는 지문과의 연관성을 분석하는 비판적 태도가 필요하다.

5. 벤야민이 말한 근대 도시를 이해한 내용으로 적절하지 않은 것은?

❤ 정답풀이

④ 새로운 테크놀로지의 도입을 통해 노동의 소외가 극복된 공간이다.

> 근거: ③ [17]그(벤야민)는 새로운 테크놀로지의 도입이 노동의 소외를 심화한다는 점은 인정하였다.
>
> 벤야민은 새로운 테크놀로지가 도입되며 노동의 소외가 심화되었다는 점을 인정하였으므로, 벤야민이 말한 근대 도시가 새로운 테크놀로지의 도입으로 노동의 소외가 극복된 공간이라고 보는 것은 적절하지 않다.

✘ 오답풀이

① 생산의 공간과 꿈꾸는 공간이 교차하는 공간이다.

근거: ⑤ [40]벤야민은 근대 도시인이 사물화된 노동자이지만 그 자체로 내면세계를 지닌 꿈꾸는 자이기도 하다는 사실을 보여 준다. [41]벤야민이 말한 근대 도시는 착취의 사물 세계와 꿈의 주체 세계가 교차하는 복합 공간이다.

② 소비 행위가 노동자에게 복합 체험을 가져다주는 공간이다.

근거: ③ [18]하지만 (벤야민은) 소비 행위의 의미가 자본가에게 이윤을 가져다주는 구매 행위로 축소될 수는 없다고 생각했다. [19]소비는 그보다 더 복합적인 체험을 가져다주기 때문이다.

③ 이질적인 것이 병치되고 뒤섞이며 빠르게 흘러가는 공간이다.

근거: ③ [21]근대 도시에서는 옛것과 새것, 자연적인 것과 인공적인 것 등 서로 다른 것들이 병치되고 뒤섞이며 빠르게 흘러간다.

⑤ 집단 규율을 따라 노동하는 노동자도 내면세계를 가지고 있는 공간이다.

근거: ① [6]예를 들어, 미셸 푸코는 노동자를 집단 규율에 맞춰 금욕 노동을 하는 유순한 몸으로 만들어 착취하기 위해 어떤 훈육 전략이 동원되었는지 연구하였다. [7]또한 생산학파는 노동자가 기계화된 노동으로 착취당하는 동안 감각과 감성으로 체험하는 내면세계를 상실하고 사물로 전락했다고 고발하였다.
\+ ⑤ [40]벤야민은 근대 도시인이 사물화된 노동자이지만 그 자체로 내면세계를 지닌 꿈꾸는 자이기도 하다는 사실을 보여 준다.
벤야민은 미셸 푸코가 주장한 것처럼 근대 도시인이 집단 규율에 따라 노동하는 사물화된 존재임을 인정하였지만, 동시에 그 자체로 내면세계를 지니며 꿈꾸는 자라고 생각하였다.

6. 문맥상 @~@와 바꿔 쓰기에 가장 적절한 것은?

❤ 정답풀이

③ ⓒ: 연상(聯想)하게

> 근거: ④ [29]공장에서 컨베이어 벨트가 만들어 내는 기계의 리듬을 ⓒ떠올리게 한다.
>
> '떠올리다'는 '기억을 되살려 내거나 잘 구상되지 않던 생각을 나게 하다.'라는 의미이므로 '하나의 관념이 다른 관념을 불러일으키다.'라는 의미인 '연상하다'와 바꿔 쓸 수 있다.

✘ 오답풀이

① @: 봉합(縫合)하려는

근거: ③ [15]노동 양식에 주목한 생산학파와 소비 양식에 주목한 소비학파의 입장을 @아우르려는 연구가 진행되고 있다.
아우르다: 여럿을 모아 한 덩어리나 한 판이 되게 하다.
봉합하다: 수술을 하려고 절단한 자리나 외상으로 갈라진 자리를 꿰매어 붙이다.

② ⓑ: 보증(保證)하는

근거: ③ [18]자본가에게 이윤을 ⓑ가져다주는 구매 행위로 축소될 수는 없다고 생각했다.
가져다주다: 어떤 상태나 결과를 낳게 하다.
보증하다: 어떤 사물이나 사람에 대하여 책임지고 틀림이 없음을 증명하다.

④ ⓓ: 의지(依支)하여

근거: ④ [36]벤야민은 이러한 충격 체험을 환각, 꿈의 체험에 ⓓ빗대어 '시각적 무의식'이라고 불렀다.
빗대다: 곧바로 말하지 아니하고 빙 둘러서 말하다.
의지하다: 다른 것에 마음을 기대어 도움을 받다.

⑤ ⓔ: 개편(改編)하는

근거: ⑤ [42]근대 도시에 대한 일면적인 시선을 ⓔ바로잡는 데 도움을 준다.
바로잡다: 그릇된 일을 바르게 만들거나 잘못된 것을 올바르게 고치다.
개편하다: 조직 따위를 고쳐 편성하다.

[1~6] 다음 글을 읽고 물음에 답하시오.

✏️ 사고의 흐름

1 ¹고전 역학에 ⓐ따르면, 물체의 크기에 관계없이 초기 운동 상태를 정확히 알 수 있다면 일정한 시간 후의 물체의 상태는 정확히 측정될 수 있으며, 배타적인 두 개의 상태가 공존할 수 없다. ²하지만 20세기에 등장한 양자 역학에 의해 미시 세계에서는 상호 배타적인 상태들이 공존할 수 있음이 알려졌다. 고전 역학과 양자 역학의 법칙에 대해 설명했어. 차이점을 정확하게 파악하자!

앞부분과 반대되는 내용이 나올 거야!

고전 역학	배타적 상태 공존 불가능
양자 역학	미시 세계에서는 배타적 상태 공존 가능

2 ³미시 세계에서의 상호 배타적인 상태의 공존을 이해하기 위해, 거시 세계에서 회전하고 있는 반지름 5㎝의 팽이를 생각해 보자. ⁴그 팽이는 시계 방향 또는 반시계 방향 중 한쪽으로 회전하고 있을 것이다. ⁵팽이의 회전 방향은 관찰하기 이전에 이미 정해져 있으며, 다만 관찰을 통해 ⓑ알게 되는 것뿐이다. 너무 당연한 이야기지? ⁶이와 달리 미시 세계에서 전자만큼 작은 팽이 하나가 회전하고 있다고 상상해 보자. ⁷이 팽이의 회전 방향은 시계 방향과 반시계 방향의 두 상태가 공존하고 있다. ⁸하나의 팽이에 공존하고 있는 두 상태는 관찰을 통해서 한 가지 회전 방향으로 결정된다. ⁹두 개의 방향 중 어떤 쪽이 결정될지는 관찰하기 이전에는 알 수 없다. ¹⁰거시 세계와 달리 양자 역학이 지배하는 미시 세계에서는, 우리가 관찰하기 이전에는 상호 배타적인 상태가 공존하는 것이다. 대부분의 학생들이 어려워했던 부분이야. 상식적으로 이해가 되지 않는 내용이거든. 실전에서 이와 같은 지문을 만난다면 겁먹지 말고 지문에 제시된 것만 제대로 확인한다고 생각하자! 문제에서 출제자가 요구하는 것도 결국 그 수준일 거야!

거시 세계에서는 양자 역학이 적용될 수 없다는 거네!

거시 세계	반지름 5cm 팽이	회전 방향 관찰 이전에 결정
미시 세계	전자만큼 작은 팽이	회전 방향 공존 → 관찰 통해 결정

¹¹배타적인 상태의 공존과 관찰 자체가 물체의 상태를 결정한다는 개념을 받아들이기 힘들었기 때문에, 아인슈타인은 ㉠"당신이 달을 보기 전에는 달이 존재하지 않는 것인가?"라는 말로 양자 역학의 해석에 회의적인 태도를 취하였다.

3 ¹²최근에는 상호 배타적인 상태의 공존을 적용함으로써 초고속 연산을 수행하는 양자 컴퓨터에 대한 연구가 진행되고 있다. ¹³이는 양자 역학에서 말하는 상호 배타적인 상태의 공존이 현실에서 실제로 구현될 수 있음을 잘 보여 주는 예라 할 수 있다. ¹⁴미시 세계에 대한 이러한 연구 성과는 거시 세계에 대해 우리가 자연스럽게 ⓒ지니게 된 상식적인 생각들에 근본적인 의문을 ⓓ던진다. ¹⁵이와 비슷한 의문은 논리학에서도 볼 수 있다. 우리가 흔히 상식이라고 생각하는 것들에 근본적인 의문을 던지는 것! 이게 양자 역학의 특징인데, 이와 비슷한 의문을 논리학에서도 볼 수 있다고 하네. 다음부터는 기존의 상식에 의문을 던지는 논리학에 대해 설명하겠군!

4 ¹⁶고전 논리는 '참'과 '거짓'이라는 두 개의 진리치*만 있는 이치 논리이다. ¹⁷그리고 고전 논리에서는 어떠한 진술이든 '참' 또는 '거짓'이다. ¹⁸이는 우리의 상식적인 생각과 잘 ⓔ들어맞는다. ¹⁹그러나 프리스트에 따르면, '참'인 진술과 '거짓'인 진술 이외에 '참인 동시에 거짓'인 진술이 있다. ²⁰이를 설명하기 위해 그는 '거짓말쟁이 문장'을 제시한다. ²¹거짓말쟁이 문장을 이해하기 위해 자기 지시적 문장과 자기 지시적이지 않은 문장을 구분해 보자. 프리스트는 '참/거짓/참인 동시에 거짓'인 진술이 있다고 보는데, 이를 설명하기 위해 '거짓말쟁이 문장'을 제시하고, 다시 이를 이해하기 위해 '자기 지시적 문장'에 대해 이야기하고 있어. 글을 읽을 때에는 세부 내용을 이해하는 것만큼이나 현재 무엇에 대해 설명하고 이를 왜 설명하는지를 파악하는 것이 중요해! ²²자기 지시적 문장은 말 그대로 자기 자신을 가리키는 문장을 말한다. ²³예를 들어 "이 문장은 모두 열여덟 음절로 이루어져 있다."라는 '참'인 문장은 자기 자신을 가리키며 그것이 몇 음절로 이루어져 있는지 말하고 있다. ²⁴반면 "페루의 수도는 리마이다."라는 '참'인 문장은 페루의 수도가 어디인지 말할 뿐 자기 자신을 가리키는 문장은 아니다.

고전 논리의 진술과는 다른 내용이 제시될 거야.

여기까지 들었으니 정확히 이해할 것!

자기 지시적이지 않은 문장의 예시가 나올 거야!

5 ²⁵"이 문장은 거짓이다."는 거짓말쟁이 문장이다. ²⁶이는 '이 문장'이라는 표현이 문장 자체를 가리키며 그것이 '거짓'이라고 말하는 자기 지시적 문장이다. ²⁷그렇다면 프리스트는 왜 거짓말쟁이 문장에 '참인 동시에 거짓'을 부여해야 한다고 생각할까? ²⁸이에 답하기 위해 우선 거짓말쟁이 문장이 '참'이라고 가정해 보자. ²⁹그렇다면 거짓말쟁이 문장은 '거짓'이다. ³⁰왜냐하면 거짓말쟁이 문장은 자기 자신을 가리키며 그것이 '거짓'이라고 말하는 문장이기 때문이다. 문장은 거짓이라는 사실이 '참'이니까 그 문장은 '거짓'이 되네. ³¹반면 거짓말쟁이 문장이 '거짓'이라고 가정해 보자. ³²그렇다면 거짓말쟁이 문장은 '참'이다. ³³왜냐하면 그것이 바로 그 문장이 말하는 바이기 때문이다. 거짓말쟁이 문장이 스스로가 '거짓'이라고 말하고 있으니, 그 문장은 '참'이 되네. ³⁴프리스트에 따르면 어떤 경우에도 거짓말쟁이 문장은 '참인 동시에 거짓'인 문장이다. ³⁵따라서 그는 거짓말쟁이 문장에 '참인 동시에 거짓'을 부여해야 한다고 본다. ³⁶그는 거짓말쟁이 문장 이외에 '참인 동시에 거짓'인 진리치가 존재함을 뒷받침하는 다양한 사례를 제시한다. ³⁷특히 그는 양자 역학에서 상호 배타적인 상태의 공존은 이 점을 시사하고 있다고 본다. 양자 역학이 시사하는 '이 점'이 무엇인지 알 수 있겠지? 배타적 상태의 공존이 가능하다는 것을 보여 줌으로써 상식이라 불리는 것에 근본적 의문을 던진다는 것을 말하고 있네!

6 ³⁸고전 논리에서는 '참인 동시에 거짓'인 진리치를 지닌 문장을 다룰 수 없기 때문에 프리스트는 그것도 다룰 수 있는 비고전 논리 중 하나인 LP*를 제시하였다. ³⁹그런데 LP에서는 직관적으로 호소력 있는(자연스럽게 상식으로 인정할 수 있는) 몇몇 추론 규칙이 성립하지 않는다. ⁴⁰전건* 긍정 규칙을 예로 들어 생각해 보자. ⁴¹고전 논리에서는 전건 긍정 규칙이 성립한다. ⁴²이는 ㉡"P이면 Q이다."라는

조건문과 그것의 전건인 P가 '참'이라면 그것의 후건인 Q도 반드시 '참'이 된다는 것이다. [43]이와 비슷한 방식으로 LP에서 전건 긍정 규칙이 성립하려면, 조건문과 그것의 전건인 P가 모두 '참' 또는 '참인 동시에 거짓'이라면 그것의 후건인 Q도 반드시 '참' 또는 '참인 동시에 거짓'이어야 한다. [44]그러나 LP에서 조건문의 전건은 '참인 동시에 거짓'이고 후건은 '거짓'인 경우, 조건문과 전건은 모두 '참인 동시에 거짓'이지만 후건은 '거짓'이 된다. [45]비록 전건 긍정 규칙이 성립하지는 않지만, LP는 고전 논리에 대한 근본적인 의문들에 답하기 위한 하나의 시도로서 의의가 있다. 굉장히 긴 지문이었어.

긴 지문은 처음부터 아예 두 지문이라고 생각하자! 그러니 읽는 데 시간이 좀 걸리고, 앞의 내용이 기억나지 않거나 간혹 이해되지 않는 부분이 있을 수 있다고 생각하면서 마음의 준비를 하고 있어 봐. 차분히 끝까지 읽으면 100% 이해는 못해도 정답을 고를 수 있는 수준까지의 이해는 충분히 가능해!

*LP: '역설의 논리(Logic of Paradox)'의 약자.

이 손글씨는 왼쪽 여백: LP의 경우 전건 긍정 규칙이 성립하지 않나 보네!

이것만은 챙기자

*진리치: 명제나 명제 변수가 취하는 값. 일반적으로 '참'과 '거짓'의 값을 이름.
*전건: 가언적(일정한 조건을 가정하여 성립되는) 판단에서 그 조건, 이유 따위를 표시하는 부분.

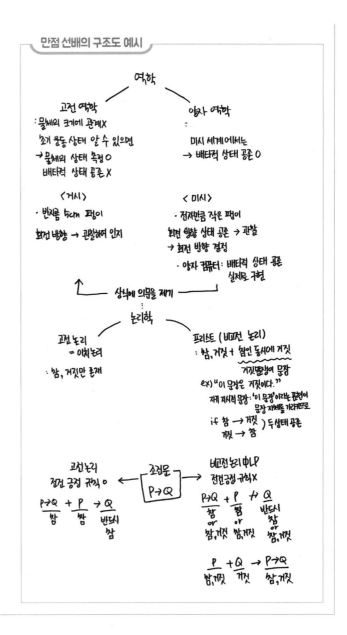

만점 선배의 구조도 예시

1. 문맥을 고려할 때 ㉠의 의미를 추론한 내용으로 가장 적절한 것은?

> ㉠: "당신이 달을 보기 전에는 달이 존재하지 않는 것인가?"

✔ 정답풀이

③ 달은 관찰 여부와 상관없이 존재하므로 누군가 달을 관찰하기 이전에도 존재한다.

> 근거: ☑ ¹¹배타적인 상태의 공존과 관찰 자체가 물체의 상태를 결정한다는 개념을 받아들이기 힘들었기 때문에, 아인슈타인은 "당신이 달을 보기 전에는 달이 존재하지 않는 것인가?"(㉠)라는 말로 양자 역학의 해석에 회의적인 태도를 취하였다.
> 아인슈타인은 물체를 관찰하는 행동(달을 보는 행동)이 물체(달)의 존재 상태를 결정한다고 보지 않았기 때문에 ㉠과 같이 말한 것이다.

✖ 오답풀이

① 많은 사람들이 항상 달을 관찰하고 있으므로 달이 존재한다.
관찰 자체가 달의 존재 여부를 결정한다는 뜻이므로 이는 양자 역학의 해석을 수용한 것이다. ㉠은 양자 역학의 해석에 대한 회의적인 태도를 담은 말이므로 적절하지 않다.

② 달은 질량이 매우 큰 거시 세계의 물체이므로 관찰 여부와 상관없이 존재한다.
근거: ☑ ¹⁰거시 세계와 달리 양자 역학이 지배하는 미시 세계에서는, 우리가 관찰하기 이전에는 상호 배타적인 상태가 공존하는 것이다. ¹¹배타적인 상태의 공존과 관찰 자체가 물체의 상태를 결정한다는 개념을 받아들이기 힘들었기 때문에, 아인슈타인은 "당신이 달을 보기 전에는 달이 존재하지 않는 것인가?"(㉠)라는 말로 양자 역학의 해석에 회의적인 태도를 취했다.
양자 역학은 미시 세계에서 우리가 관찰하기 이전의 물질에 상호 배타적인 상태가 공존할 수 있다고 보았으며, 아인슈타인은 배타적인 상태의 공존이라는 개념 자체에 대해 회의적인 입장을 취했다. 따라서 그는 관찰 여부가 물질의 상태를 결정하지 않는다고 보았을 것이다.

④ 달은 원래부터 있었지만 우리가 관찰하지 않으면 존재 여부에 대해 말할 수 없다.
☑ ¹¹배타적인 상태의 공존과 관찰 자체가 물체의 상태를 결정한다는 개념을 받아들이기 힘들었기 때문에, 아인슈타인은 "당신이 달을 보기 전에는 달이 존재하지 않는 것인가?"(㉠)라는 말로 양자 역학의 해석에 회의적인 태도를 취하였다.
㉠은 관찰 여부가 존재 상태를 결정할 수 없다는 뜻이며, 관찰 여부가 존재 여부에 대한 진술에 영향을 미친다는 것은 오히려 양자 역학의 해석에 부합한다고 볼 수 있다.

⑤ 달이 있을 가능성과 없을 가능성이 반반이므로 관찰 이후에 달이 있을 가능성은 반이다.
☑ ¹¹배타적인 상태의 공존과 관찰 자체가 물체의 상태를 결정한다는 개념을 받아들이기 힘들었기 때문에, 아인슈타인은 "당신이 달을 보기 전에는 달이 존재하지 않는 것인가?"(㉠)라는 말로 양자 역학의 해석에 회의적인 태도를 취하였다.
아인슈타인은 관찰 여부가 달의 존재 가능성을 결정한다고 보지 않을 것이다.

2. 윗글을 바탕으로, 〈보기〉의 '양자 컴퓨터'와 '일반 컴퓨터'에 대해 이해한 내용으로 적절한 것은?

―――――――〈보기〉―――――――

[1]양자 컴퓨터는 여러 개의 이진수들을 단 한 번에 처리함으로써 일반 컴퓨터보다 훨씬 빠른 속도로 연산을 수행한다. [2]연산 속도에 영향을 미치는 다른 요소들을 배제하면, 이진수를 처리하는 횟수가 적어질수록 연산 결과를 빨리 얻을 수 있기 때문이다. [3]n자리 이진수를 나타내기 위해서는 n비트*가 필요하고 n자리 이진수는 모두 2^n개 존재한다. [4]일반 컴퓨터는 한 개의 비트에 0과 1 중 하나만을 담을 수 있어, 두 자리 이진수인 00, 01, 10, 11을 2비트를 이용하여 연산할 때 네 번에 걸쳐 처리한다. [5]하지만 공존의 원리를 이용하는 양자 컴퓨터는 0과 1을 하나의 비트에 동시에 담아 정보를 처리할 수 있어 두 자리 이진수를 2비트를 이용하여 연산할 때 단 한 번에 처리가 가능하다. [6]양자 컴퓨터는 처리할 이진수의 자릿수가 커질수록 연산 속도에서 압도적인 위력을 발휘한다.

- 양자 컴퓨터: 0과 1을 하나의 비트에 동시에 담아 여러 개의 이진수들을 단 한 번에 처리 가능
- 일반 컴퓨터: n자리 이진수의 경우 n비트가 필요하고, 2^n번에 걸쳐 처리

　*비트(bit): 컴퓨터가 0과 1을 이용하는 이진법으로 연산을 수행하기 위해 사용하는 최소의 정보 저장 단위.

━━━━━━━━━━━━━━━━

❤ 정답풀이

④ 양자 컴퓨터의 각각의 비트에는 0과 1이 공존하고 있어 4비트로 한 번에 처리할 수 있는 네 자리 이진수의 개수는 모두 16개이다.

근거: 〈보기〉 [3]n자리 이진수를 나타내기 위해서는 n비트가 필요하고 n자리 이진수는 모두 2^n개 존재한다. [5]하지만 공존의 원리를 이용하는 양자 컴퓨터는 0과 1을 하나의 비트에 동시에 담아 정보를 처리할 수 있어 두 자리 이진수를 2비트를 이용하여 연산할 때 단 한 번에 처리가 가능하다.
양자 컴퓨터에서 네 자리 이진수를 나타내기 위해서는 4비트가 필요하고, 네 자리 이진수의 개수는 2^4개, 즉 16개가 존재하므로, 16개의 연산을 한 번에 처리할 수 있다.

❌ 오답풀이

① 양자 컴퓨터는 상태의 공존을 이용함으로써 연산에 필요한 비트의 수를 늘릴 수 있다.

근거: ❸ [12]최근에는 상호 배타적인 상태의 공존을 적용함으로써 초고속 연산을 수행하는 양자 컴퓨터에 대한 연구가 진행되고 있다. + 〈보기〉 [5]하지만 공존의 원리를 이용하는 양자 컴퓨터는 0과 1을 하나의 비트에 동시에 담아 정보를 처리할 수 있어 두 자리 이진수를 2비트를 이용하여 연산할 때 단 한 번에 처리가 가능하다.
양자 컴퓨터는 비트의 수 자체를 늘리거나 줄이는 것이 아니라, 공존의 원리를 이용하여 하나의 비트에 0과 1을 동시에 담아 처리함으로써 연산 처리 횟수를 줄이고 연산 속도를 빠르게 하는 것이다.

② 3비트를 사용하여 세 자리 이진수를 모두 처리하려고 할 때 양자 컴퓨터는 일반 컴퓨터보다 속도가 6배 빠르다.

근거: 〈보기〉 [3]n자리 이진수를 나타내기 위해서는 n비트가 필요하고 n자리 이진수는 모두 2^n개 존재한다.~[5]하지만 공존의 원리를 이용하는 양자 컴퓨터는 0과 1을 하나의 비트에 동시에 담아 정보를 처리할 수 있어 두 자리 이진수를 2비트를 이용하여 연산할 때 단 한 번에 처리가 가능하다.
3비트를 사용하여 세 자리 이진수를 처리하는 경우, 일반 컴퓨터는 2^3번, 즉 8번에 걸쳐 처리할 것이고, 양자 컴퓨터는 단 한 번에 처리할 것이다. 따라서 이 경우에 양자 컴퓨터는 일반 컴퓨터보다 속도가 8배 빠를 것임을 추론할 수 있다. 참고로 이때 〈보기〉에서는 이진수를 처리하는 횟수가 적어질수록 연산 결과를 빨리 얻는다고 했을 뿐, 처리 횟수에 따라 연산 속도가 '얼마나' 빨라지는지에 대해 언급하고 있지 않으므로 속도가 몇 배 빨라질 것인지를 정확한 수치로 단정하기 어렵다.

③ 한 자리 이진수를 모두 처리하기 위해 1비트를 사용한다고 할 때, 일반 컴퓨터와 양자 컴퓨터의 정보 처리 횟수는 같다.

근거: 〈보기〉 [3]n자리 이진수를 나타내기 위해서는 n비트가 필요하고 n자리 이진수는 모두 2^n개 존재한다.~[5]하지만 공존의 원리를 이용하는 양자 컴퓨터는 0과 1을 하나의 비트에 동시에 담아 정보를 처리할 수 있어 두 자리 이진수를 2비트를 이용하여 연산할 때 단 한 번에 처리가 가능하다.
1비트를 사용하여 한 자리 이진수를 처리하는 경우, 일반 컴퓨터는 2^1번, 즉 2번에 걸쳐 처리할 것이고, 양자 컴퓨터는 단 한 번에 처리할 것이다.

⑤ 3비트의 양자 컴퓨터가 세 자리 이진수를 모두 처리하는 속도는 6비트의 양자 컴퓨터가 여섯 자리 이진수를 모두 처리하는 속도보다 2배 빠르다.

근거: 〈보기〉 [1]양자 컴퓨터는 여러 개의 이진수들을 단 한 번에 처리함으로써 일반 컴퓨터보다 훨씬 빠른 속도로 연산을 수행한다.
양자 컴퓨터는 여러 개의 이진수를 단 한 번에 처리하므로, 3비트를 사용하여 세 자리 이진수를 모두 처리하는 경우와 6비트를 사용하여 여섯 자리 이진수를 모두 처리하는 경우 둘 다 한 번에 처리되어 속도는 같을 것이다.

3. 자기 지시적 문장에 대해 이해한 내용으로 적절한 것은?

⊘ 정답풀이

② "이 문장은 자기 지시적이다."라는 자기 지시적 문장은 '거짓'이
아니다.

> 근거: ④ [22]자기 지시적 문장은 말 그대로 자기 자신을 가리키는 문장을
> 말한다.
> "이 문장은 자기 지시적이다."라는 문장에서 '이 문장'은 자기 자신을 가
> 리키므로 이는 자기 지시적 문장이며, 따라서 이 문장은 '거짓'이 아니다.

⊗ 오답풀이

① "붕어빵에는 붕어가 없다."는 자기 지시적 문장이다.

> 근거: ④ [22]자기 지시적 문장은 말 그대로 자기 자신을 가리키는 문장을 말
> 한다. [24]반면 "페루의 수도는 리마이다."라는 '참'인 문장은 페루의 수도가 어
> 디인지 말할 뿐 자기 자신을 가리키는 문장은 아니다.
> "붕어빵에는 붕어가 없다."는 붕어빵에 대해 말한 것일 뿐 자기 자신을 가
> 리키는 자기 지시적 문장이 아니다.

③ "이 문장은 거짓이다."는 이치 논리에서 자기 지시적인 문장이
될 수 없다.

> 근거: ④ [16]고전 논리는 '참'과 '거짓'이라는 두 개의 진리치만 있는 이치 논리
> 이다. [22]자기 지시적 문장은 말 그대로 자기 자신을 가리키는 문장을 말한다.
> 이치 논리는 고전 논리를 뜻하는데, 이와 무관하게 "이 문장은 거짓이다."
> 의 '이 문장'이 자기 자신을 가리키므로 이는 자기 지시적 문장이다.

④ 고전 논리에서는 어떠한 자기 지시적 문장에도 진리치를 부여
하지 못한다.

> 근거: ④ [16]고전 논리는 '참'과 '거짓'이라는 두 개의 진리치만 있는 이치 논
> 리이다. [17]그리고 고전 논리에서는 어떠한 진술이든 '참' 또는 '거짓'이다.
> [22]자기 지시적 문장은 말 그대로 자기 자신을 가리키는 문장을 말한다. [23]예를
> 들어 "이 문장은 모두 열여덟 음절로 이루어져 있다."라는 '참'인 문장은 자기
> 자신을 가리키며 그것이 몇 음절로 이루어져 있는지 말하고 있다.
> 자기 지시적 문장은 자기 자신을 가리키는 문장인데, 이 또한 고전 논리에서
> '참' 또는 '거짓'의 진리치를 부여할 수 있다. 4문단에서 예로 든 "이 문장은 모
> 두 열여덟 음절로 이루어져 있다."와 같은 문장도 고전 논리에 따라 '참'의 진
> 리치를 부여할 수 있는 자기 지시적 문장이다.

⑤ 비고전 논리에서는 모든 자기 지시적 문장에 '참인 동시에 거짓'을
부여한다.

> 근거: ⑤ [27]그렇다면 프리스트는 왜 거짓말쟁이 문장에 '참인 동시에 거짓'
> 을 부여해야 한다고 생각할까?
> 비고전 논리에서는 '거짓말쟁이 문장'에 '참인 동시에 거짓'을 부여해야 한다
> 고 본 것일 뿐, 모든 자기 지시적 문장이 '참인 동시에 거짓'이라고 보는 것은
> 아니다.

4. 윗글을 통해 ⓒ에 대해 적절하게 추론한 것은?

> ⓒ: "P이면 Q이다."

⊘ 정답풀이

⑤ 고전 논리에서 ⓒ과 P가 '참'이면서 Q가 '거짓'인 것은 불가능하다.

> 근거: ⑥ [41]고전 논리에서는 전건 긍정 규칙이 성립한다. [42]이는 "P이면
> Q이다."(ⓒ)라는 조건문과 그것의 전건인 P가 '참'이라면 그것의 후건인
> Q도 반드시 '참'이 된다는 것이다.

⊗ 오답풀이

① LP에서 P가 '참인 동시에 거짓'이고 Q가 '거짓'이면, ⓒ은 '거짓'
이다.

> 근거: ⑥ [44]그러나 LP에서 조건문의 전건(P)은 '참인 동시에 거짓'이고 후
> 건(Q)은 '거짓'인 경우, 조건문(ⓒ)과 전건은 모두 '참인 동시에 거짓'이지만
> 후건은 '거짓'이 된다.
> ⓒ은 '참인 동시에 거짓'이 된다.

② LP에서 ⓒ과 P가 '참인 동시에 거짓'이면, Q도 반드시 '참인
동시에 거짓'이다.

> 근거: ⑥ [44]그러나 LP에서 조건문의 전건(P)은 '참인 동시에 거짓'이고
> 후건(Q)은 '거짓'인 경우, 조건문(ⓒ)과 전건은 모두 '참인 동시에 거짓'이지
> 만 후건은 '거짓'이 된다.
> LP에서 ⓒ과 P가 '참인 동시에 거짓'이어도 Q는 '거짓'일 수 있다.

③ LP에서 ⓒ과 P가 '참' 또는 '참인 동시에 거짓'이면, Q도 반드시
'참' 또는 '참인 동시에 거짓'이다.

> 근거: ⑥ [43]이와 비슷한 방식으로 LP에서 전건 긍정 규칙이 성립하려면, 조
> 건문(ⓒ)과 그것의 전건인 P가 모두 '참' 또는 '참인 동시에 거짓'이라면 그
> 것의 후건인 Q도 반드시 '참' 또는 '참인 동시에 거짓'이어야 한다. [44]그러나
> LP에서 조건문의 전건은 '참인 동시에 거짓'이고 후건은 '거짓'인 경우, 조
> 건문과 전건은 모두 '참인 동시에 거짓'이지만 후건은 '거짓'이 된다. [45]비록
> 전건 긍정 규칙이 성립하지는 않지만, LP는 고전 논리에 대한 근본적인 의
> 문들에 답하기 위한 하나의 시도로서 의의가 있다.
> LP에서는 전건 긍정 규칙이 성립하지 않는다. 따라서 LP에서 ⓒ과 P가 '참'
> 또는 '참인 동시에 거짓'이어도 Q는 '거짓'일 수 있다.

④ 고전 논리에서 ⓒ과 P가 각각 '거짓'이 아닐 때, Q는 '거짓'이다.

> 근거: ④ [16]고전 논리는 '참'과 '거짓'이라는 두 개의 진리치만 있는 이치 논
> 리이다. + ⑥ [41]고전 논리에서는 전건 긍정 규칙이 성립한다. [42]이는 "P이면 Q
> 이다."(ⓒ)라는 조건문과 그것의 전건인 P가 '참'이라면 그것의 후건인 Q도 반
> 드시 '참'이 된다는 것이다.
> 고전 논리는 '참'과 '거짓'이라는 두 개의 진리치만 존재하며 전건 긍정 규칙
> 이 성립하므로, ⓒ과 P가 각각 '거짓'이 아니라면('참'이라면) Q는 '참'이 된다.

5. 윗글을 바탕으로 〈보기〉를 이해한 내용으로 적절하지 <u>않은</u> 것은? [3점]

〈보기〉

A는 고전 논리를 받아들이고, B는 LP를 받아들일 뿐 아니라 양자 역학에서 상호 배타적인 상태의 공존이 시사하는 바에 대한 프리스트의 입장도 받아들인다.

A와 B는 아래의 (ㄱ)~(ㄹ)에 대하여 토론을 하고 있다.

(ㄱ) 전자 e(미시 세계)는 관찰하기 이전에 S라는 상태에 있다.
(ㄴ) 전자 e(미시 세계)는 관찰하기 이전에 S와 배타적인 상태에 있다.
(ㄷ) 반지름 5cm의 팽이(거시 세계)가 시계 방향으로 회전한다.
(ㄹ) 반지름 5cm의 팽이(거시 세계)가 반시계 방향으로 회전한다.

(단, (ㄱ)과 (ㄴ)의 전자 e는 동일한 전자이고 (ㄷ)과 (ㄹ)의 팽이는 동일한 팽이이다.)

✅ **정답풀이**

⑤ B는 A와 달리 (ㄹ)이 '참'이 아니라면 '참인 동시에 거짓'이라고 주장할 것이다.

근거: **1** [1]고전 역학에 따르면, 물체의 크기에 관계없이 초기 운동 상태를 정확히 알 수 있다면 일정한 시간 후의 물체의 상태는 정확히 측정될 수 있으며, 배타적인 두 개의 상태가 공존할 수 없다. [2]하지만 20세기에 등장한 양자 역학에 의해 미시 세계에서는 상호 배타적인 상태들이 공존할 수 있음이 알려졌다.
(ㄹ)은 거시 세계의 사례이므로 LP와 프리스트의 입장을 받아들이는 B도 상호 배타적인 상태의 공존은 불가능하다고 볼 것이다. 그러므로 A와 B 모두 (ㄹ)이 '참'이 아니라면 '거짓'이라고 주장할 것이다.

❌ **오답풀이**

① A는 (ㄱ)이 '참'이 아니라면 '거짓'이고, '참', '거짓' 외에 다른 진리치를 가질 수 없다고 주장할 것이다.

근거: **4** [16]고전 논리는 '참'과 '거짓'이라는 두 개의 진리치만 있는 이치 논리이다. [17]그리고 고전 논리에서는 어떠한 진술이든 '참' 또는 '거짓'이다.
A는 고전 논리를 받아들이기 때문에 모든 것을 '참'과 '거짓'이라는 두 개의 진리치로 주장할 것이다.

② B는 (ㄱ)은 '참인 동시에 거짓'일 수 있다고 주장하지만, (ㄷ)은 '참'이 아니라면 '거짓'이라고 주장할 것이다.

근거: **2** [10]거시 세계와 달리 양자 역학이 지배하는 미시 세계에서는, 우리가 관찰하기 이전에는 상호 배타적인 상태가 공존하는 것이다.
B는 양자 역학에서 상호 배타적인 상태의 공존을 인정하는 입장이므로 미시 세계인 (ㄱ)은 '참인 동시에 거짓'일 수 있다고 주장할 것이고, 거시 세계인 (ㄷ)은 '참'이 아니라면 '거짓'이라고 주장할 것이다.

③ A와 B는 모두 (ㄷ)이 '참'일 때 (ㄹ)도 '참'이 되는 것은 불가능하다고 주장할 것이다.

근거: **1** [1]고전 역학에 따르면, 물체의 크기에 관계없이 초기 운동 상태를 정확히 알 수 있다면 일정한 시간 후의 물체의 상태는 정확히 측정될 수 있으며, 배타적인 두 개의 상태가 공존할 수 없다. [2]하지만 20세기에 등장한 양자 역학에 의해 미시 세계에서는 상호 배타적인 상태들이 공존할 수 있음이 알려졌다.
A와 B 모두 거시 세계에서 (ㄷ)과 (ㄹ)이 동시에 '참'이 되는 것, 즉 상호 배타적인 상태의 공존이 이루어지는 것은 불가능하다고 주장할 것이다.

④ A는 B와 달리 (ㄴ)이 '참인 동시에 거짓'이 될 수 없다고 주장할 것이다.

근거: **1** [1]고전 역학에 따르면, 물체의 크기에 관계없이 초기 운동 상태를 정확히 알 수 있다면 일정한 시간 후의 물체의 상태는 정확히 측정될 수 있으며, 배타적인 두 개의 상태가 공존할 수 없다. [2]하지만 20세기에 등장한 양자 역학에 의해 미시 세계에서는 상호 배타적인 상태들이 공존할 수 있음이 알려졌다.
A는 '물체의 크기에 관계없이', 즉 미시 세계에서도 배타적인 두 개의 상태가 공존할 수 없다고 볼 것이므로 (ㄴ)이 '참인 동시에 거짓'이 될 수 없다고 주장할 것이다. 이와 달리 B는 미시 세계인 (ㄴ)은 '참인 동시에 거짓'이 될 수 있다고 주장할 것이다.

📋 **문제적 문제**   • 5-③번

학생들이 정답 이외에 가장 많이 고른 선지가 ③번이다. 윗글과 〈보기〉의 내용을 정확히 파악하지 못하면 잘못된 선지를 답으로 고르기 쉽다. (ㄱ)과 (ㄴ)은 미시 세계의 일이고, (ㄷ)과 (ㄹ)은 거시 세계의 일이다. 그리고 A는 고전 논리를, B는 LP와 프리스트의 입장을 받아들인다. 그런데 1문단을 독해할 때 고전 역학에서는 상호 배타적 상태의 공존이 불가능하고, 양자 역학에서는 상호 배타적 상태의 공존이 가능하다고만 이해한다면 5번 문제를 해결할 수 없다. 양자 역학에서도 '미시 세계'라는 조건이 성립했을 때에만 상호 배타적 상태가 공존할 수 있다고 보았다는 점을 꼼꼼하게 확인해야 한다. 즉 A와 B는 거시 세계는 같은 관점에서 바라보겠지만, 미시 세계는 서로 다른 관점에서 바라볼 것이라는 점이 중요하다. 이를 바탕으로 선지를 보자.

③번은 A와 B 모두 (ㄷ)이 '참'일 때 (ㄹ)도 '참'이 되는 것은 불가능하다고 주장할 것이라고 했다. 그런데 (ㄷ)과 (ㄹ)은 모두 거시 세계에 대한 설명이기에, A는 물론 B도 (ㄷ), 그리고 (ㄹ)과 같은 상호 배타적인 명제가 동시에 '참'이 되는 것은 불가능하다고 주장할 것이다.

정답률 분석

①	②	매력적 오답 ③	④	정답 ⑤
6%	15%	25%	10%	44%

6. 문맥상 ⓐ~ⓔ와 바꾸어 쓸 수 있는 말로 적절하지 <u>않은</u> 것은?

☑ 정답풀이

③ ⓒ: 소지(所持)하게

> 근거: **3** [14]우리가 자연스럽게 ⓒ지니게 된 상식적인 생각들
> '소지(所持)하다'는 '물건을 지니고 있다.'라는 뜻인데, 윗글에서 ⓒ는 '상식적인 생각들'을 그 대상으로 하고 있으며, '바탕으로 갖추고 있다.'라는 뜻으로 사용되었으므로 ⓒ를 '소지하다'로 바꾸는 것은 적절하지 않다.

❌ 오답풀이

① ⓐ: 의거(依據)하면
　근거: **1** [1]고전역학에 ⓐ따르면
　따르다: 어떤 경우, 사실이나 기준 따위에 의거하다.
　의거하다: 어떤 사실이나 원리 따위에 근거하다.

② ⓑ: 인지(認知)하게
　근거: **2** [5]관찰을 통해 ⓑ알게 되는 것뿐이다.
　알다: 어떤 사실이나 존재, 상태에 대해 의식이나 감각으로 깨닫거나 느끼다.
　인지하다: 어떤 사실을 인정하여 알다.

④ ⓓ: 제기(提起)한다
　근거: **3** [14]상식적인 생각들에 근본적인 의문을 ⓓ던진다.
　던지다: 어떤 문제 따위를 제기하다.
　제기하다: 의견이나 문제를 내어놓다.

⑤ ⓔ: 부합(符合)한다
　근거: **4** [18]우리의 상식적인 생각과 잘 ⓔ들어맞는다.
　들어맞다: 정확히 맞다.
　부합하다: 사물이나 현상이 서로 꼭 들어맞다.

홀수 옛 기출 분석서 독서

1판 1쇄 발행일 2025년 3월 13일

발행인 박광일
발행처 주식회사 도서출판 홀수
출판사 신고번호 제374-2014-0100051호
ISBN 979-11-94350-14-9

홈페이지 www.holsoo.com

AEGIS

2026 학년도 수능 대비

홀수

옛 기출 분석서

국어 | 독서

평가원 옛 기출(2009~2019학년도) 지문을 엄선하여 수록

수능 반복 출제 요소를 짚어 주는 박광일의 VIEWPOINT 제공

수능식 사고 과정을 체화할 수 있는 풍부한 해설 제공

편저 **박광일**

AEGIS

2026 학년도 수능 대비

홀수

옛 기출 분석서

독서 문제

평가원 옛 기출(2009~2019학년도) 지문을 엄선하여 수록

수능 반복 출제 요소를 짚어 주는 박광일의 VIEWPOINT 제공

수능식 사고 과정을 체화할 수 있는 풍부한 해설 제공

편저 **박광일**

새로운 수능 국어 학습 **이 / 지 / 스 프로그램**

홀수 옛 기출 분석서

박광일 선생님께서 엄선한
옛 기출 문학, 독서 지문을
영역별로 분류하여 수록함으로써
보다 집중적인 학습을 돕습니다.

효과적인 지문 분석 방법과
정확한 정답을 찾을 수 있도록
안내하는 다양한 장치를 통해
심화된 해설을 제공합니다.

새로운 수능 국어 학습
'이지스 프로그램'의 기출 분석 시리즈로
수능 국어를 빈틈없이 준비해 보세요.

? 모르는 것은 꼭 질문하세요.

홀수에서는 수험생들의 질문을 분석하여 교재에 반영합니다.
궁금한 점이 생기면 언제든
도서출판 홀수 홈페이지
'질문과 답변' 게시판에 글을 남겨 주세요.
빠르고 정확한 답변으로 공부를 도와드리겠습니다.

✋ 필요한 것은 요청하세요.

저희 홀수는 수험생이라면 누구나
효과적으로 공부할 수 있는 콘텐츠를 만듭니다.
필요한 자료나 서비스가 있다면
도서출판 홀수 홈페이지 게시판에 글을 남겨 주세요.
충분한 검토를 거쳐 수험생에게 가장 유용한 콘텐츠를 제공하겠습니다.

📱 인스타그램에서 홀수 소식을 확인하세요.

도서출판 홀수 인스타그램을 통해 교재 출간/개정 안내 및 이벤트 진행 등
홀수의 새 소식을 빠르게 확인할 수 있습니다.

👫 노력하는 수험생을 도와드립니다.

도서출판 홀수에서는 문화누리카드를 사용할 수 있습니다.
자세한 방법은 도서출판 홀수 홈페이지 공지사항을 참고하세요.

도서출판 홀수 인스타그램 바로 가기
@holsoo.official

도서출판 홀수 홈페이지 바로가기
www.holsoo.com